악몽과 몽상 2

NIGHTMARES & DREAMSCAPES
by Stephen King

Copyright ⓒ 1993 by Stephen King
Published by agreement with the Lotts Agency, Ltd.
Korean translation copyright ⓒ 2019 by Munhakdongne Publishing Group.

이 책의 한국어판 저작권은 대니홍 에이전시를 통한 저작권사와의 독점 계약으로
㈜문학동네, 엘릭시르에 있습니다.
저작권법에 의해 한국 내에서 보호를 받는 저작물이므로 무단 전재와 복제를 금합니다.

이 도서의 국립중앙도서관 출판예정도서목록(CIP)은
서지정보유통지원시스템 홈페이지(http://seoji.nl.go.kr)와
국가자료공동목록시스템(http://www.nl.go.kr/kolisnet)에서 이용하실 수 있습니다.
(CIP제어번호: CIP2019006867)

악몽과 몽상 2

스티븐 킹 단편집

이은선 옮김

STEPHEN KING

엘릭시르

차례

장마

· · · · · · · · ·

★★★

두꺼비가 비처럼 내리는 마을에서 보내는 여름휴가.

존과 엘리스 그레이엄은 오후 5시 30분이 되어서야 드디어, 진품 여부가 의심스러운 진주 한복판에 찍힌 모래알처럼 메인 주 윌로 한복판에 자리잡은 조그만 마을로 들어설 수 있었다. 마을은 헴스테드플레이스에서 팔 킬로미터도 안 됐지만 오는 동안 두 번이나 길을 잘못 들었다. 드디어 중심가에 도착했을 때 두 사람 모두 덥고 컨디션이 좋지 않았다. 세인트루이스에서 오는 동안 자동차 에어컨이 먹통이 됐는데 바깥 기온이 43도는 됨직했다. 물론 그럴 리는 없겠지만, 존 그레이엄은 생각했다. 노인들도 얘기하다시피 문제는 기온이 아니라 습도였다. 오늘은 손을 내밀어서 쥐어짜면 허공에서 따뜻한 물이 뚝뚝 떨어질 것도 같은 날이었다. 머리 위의 하늘은 맑고 파랬지만 습도가 높아서 당장이라도 비가 쏟아질 것 같았다. 무슨 헛소리! 이미 비가 내리고 있는 듯이 느껴졌다.

"밀리 커즌스가 얘기한 가게 저기 있다."

엘리스가 손으로 가리켰다.

존은 앓는 소리를 냈다.

"미래의 슈퍼마켓처럼 생기지는 않았네."

"그러게."

엘리스는 조심스럽게 맞장구쳤다. 그들은 서로 조심하고 있었다. 결혼한 지 이제 이 년이 지났고 아직까지 무척 사랑했지만 세인트루이스에서 출발해 국토를 종단하는 긴 여행중에 차의 라디오와 에어컨이 고장났다. 존은 여기 윌로에서 여름을 즐겁게 보낼 수 있길 바라마지않았지만(미주리 대학교에서 비용을 지불하고 있으니 그래야만 했다) 적응하고 자리를 잡으려면 일주일은 걸릴지 모른다. 게다가 날이 이렇게 개같이 더우면 아무것도 아닌 일로 말싸움이 벌어질 수도 있었다. 두 사람 모두 여름을 그런 식으로 시작하고 싶지는 않았다.

존은 윌로 잡화점·철물점을 향해 중심가를 천천히 달렸다. 파란 독수리가 그려진 녹슨 팻말이 현관 한쪽 구석에 걸려 있는 것을 보고 그는 여기가 우편물 취급소 역할도 한다는 사실을 알아차렸다. 잡화점은 오후 햇살을 쪼이며 졸고 있는 듯이 느껴졌고 아주 못쓰게 된 볼보 한 대가 "이탈리안·샌드위치·피자·식료품·입어 허가증"이라고 적힌 간판 아래에 주차되어 있었다. 하지만 마을의 다른 부분과 비교했을 때 이 정도면 생기 넘치는 수준이었다. 해가 지려면 거의 세 시간이나 남았는데도 유리창에서 맥주 네온사인이 지직거렸다. 상당히 급진적인데? 존은 생각했다. 행정위원회의 심의를 통과한 네온사인이겠지?

"메인이 여름에는 휴양지로 바뀌는 줄 알았는데."

엘리스는 중얼거렸다.

"지금까지 우리가 목격한 바로 판단하자면 윌로는 인기 관광지에 살짝 못 미치는 모양이야."

그들은 차에서 내려 현관 앞 계단을 올라갔다. 밀짚모자를 쓰고 등나무로 된 흔들의자에 앉아 있는 노인이 빈틈없어 보이는 조그맣고 파란 눈으로 그들을 쳐다보았다. 만취한 그는 발치에 널브러진 개에게 담뱃잎을 조금씩 흘려가며 담배를 말고 있었다. 개는 제조사도 모델도 알 수 없는 큼지막한 잡종이었다. 곡선으로 된 흔들의자의 다리받침 바로 밑에 녀석의 앞발이 있었다. 노인은 개를 신경쓰지 않았고 심지어 녀석이 거기 있는 줄도 모르는 눈치였지만 그가 몸을 앞으로 숙일 때마다 다리받침이 살이 연한 녀석의 앞발과 육밀리미터 떨어진 곳에서 멈추었다. 엘리스는 왠지 모르게 그것이 흥미진진하게 느껴졌다.

"안녕들 하신가, 신사숙녀 두 분." 노인이 말했다.

"안녕하세요." 엘리스는 노인에게 조심스럽게 미소를 지어보였다.

"안녕하세요." 존이 말했다. "저는⋯⋯."

"그레이엄 씨겠지." 노인이 차분하게 말문을 대신 맺었다. "그레이엄 씨 부부. 헴스테드플레이스에서 여름을 보내러 온. 무슨 책을 쓰신다고 들었소만."

"17세기에 프랑스에서 건너온 이주민에 대해서요." 존은 맞장구쳤다. "그러고 보면 소문이 참 빨라요, 그쵸?"

"그렇지. 작은 마을이잖소." 노인이 담배를 입에 물자마자 분해가 돼서 개의 다리와 축 늘어진 가죽 위로 담뱃잎이 흩뿌려졌다. 개는 꿈쩍하지 않았다. "이런, 망할." 노인은 풀린 종이를 아랫입술에서 떼어냈다. "우리 집사람은 이제 그만 담배를 끊으라고 한다오. 담배를 피우면 나쁠 뿐 아니라 자기까지 암에 걸린다는 기사를 읽었다면서."

"저희는 필요한 물건을 몇 가지 사려고 시내로 나왔어요. 그 고택은 훌륭한데 찬장에 아무것도 없어서요."

"그렇다마다. 만나서 반갑소. 나는 헨리 이든이오." 그는 쭈글쭈글한 손을 그들 쪽으로 늘어뜨렸다. 존이 그와 악수하고 엘리스도 그를 따라했다. 둘 다 조심스럽게 손을 잡았고 노인은 그래줘서 고맙다는 듯이 고개를 끄덕였다. "삼십 분 전쯤에 올 줄 알고 기다리고 있었더니. 길을 한두 번 잘못 든 모양이로구먼. 마을은 이렇게 작은데 길은 어찌나 많은지." 그는 웃음을 터뜨렸다. 힘없이 기관지를 거치고 나온 웃음이 이내 골초의 가래 섞인 기침으로 바뀌었다. "윌로는 도로가 장난 아니지, 그렇다마다!" 그러고는 다시 웃음을 터뜨렸다.

존은 살짝 미간을 찡그렸다.

"왜 저희를 기다리셨어요?"

"루시 두셋이 전화를 했거든. 못 보던 친구들이 지나가는 걸 봤다면서." 이든은 탑 담배쌈지를 꺼내서 열고 안으로 손을 집어넣어서 담배 마는 종이 꾸러미를 빼냈다. "자네들은 루시를 모르겠지만 루시 말로는 부인께서 자기 조카손녀하고 아는 사이라던데."

"밀리 커즌스의 고모할머니 말씀이에요?" 엘리스가 물었다.

"그렇다오." 이든은 담뱃가루를 뿌리기 시작했다. 종이 위에 안착한 것도 있었지만 대부분 아래에 누워 있는 개 위로 떨어졌다. 죽은 게 아닌가 하는 생각이 존 그레이엄의 머릿속을 스치고 지나간 순간, 녀석이 꼬리를 들고 방귀를 뀌었다. 쓸데없는 걱정이었네, 그는 생각했다. "윌로에서는 모든 주민들이 서로 엮여 있거든. 루시는 언덕 입구에 살아요. 안 그래도 내가 연락을 하려던 참이었는데 루시가 댁들이 오고 있다고 했으니……."

"저희가 이쪽으로 오고 있는 걸 어떻게 아셨어요?" 존이 물었다.

헨리 이든은 여기 말고 갈 데가 어디 있겠느냐는 듯이 어깨를 으쓱했다.

"저희한테 연락을 하려고 하셨다고요?" 엘리스가 물었다.

"뭐, 연락을 해야 하는 일이 있었지." 이든은 담배를 붙여서 입에 물었다. 존은 좀 전처럼 이번에도 분해가 될까 싶어서 지켜보았다. 그는 자기도 모르는 새 전원 마을로 위장한 CIA로 들어서기라도 한 듯 이 모든 상황에 조금 혼란스러워졌다.

담배는 해체되지 않았다. 안락의자의 한쪽 팔걸이에 검게 그은 사포가 달려 있었다. 이든이 거기에 대고 성냥을 그어서 담배에 갖다 대자마자 담배 절반이 타서 재로 변했다.

"두 분이 오늘 저녁은 다른 마을에서 보내고 싶지 않을까 싶소만." 이윽고 그가 얘기했다.

존은 그를 보며 눈을 깜빡거렸다.

"다른 마을요? 왜 그렇게 생각하세요? 저희는 이제 막 도착했는데요."

"그러는 게 좋을 거예요, 손님."

이든의 뒤에서 누군가가 얘기했다.

그레이엄 부부가 고개를 돌려보니 키가 크고 어깨가 구부정한 여자가 녹이 슨 잡화점의 방충문 뒤에 서 있었다. 체스터필드 담배를 광고하는 오래된 주석판 바로 위에서 그들을 내다보았다. "스물한 대의 담배가 스물한 번의 근사한 순간을 약속합니다." 그녀는 문을 열고 현관으로 나왔다. 얼굴이 누렇고 피곤해 보였지만 둔해 보이지는 않았다. 한 손에는 빵을, 다른 손에는 여섯 개들이 도슨스 에일을 들고 있었다.

"나는 로라 스탠턴이에요. 만나서 정말 반가워요. 우리도 윌로에 찾아온 손님을 환영하고 싶지만 오늘 저녁이 여기 장마라서요."

존과 엘리스는 어리벙벙한 눈빛으로 서로 쳐다보았다. 엘리스는 하늘을 올려다보았다. 뭉게구름이 몇 개 떠 있을 뿐 맑고 티끌 하나 없이 파랬다.

"두 분 눈에는 어떻게 보이는지 알아요." 스탠턴이라는 여자가 말했다. "중요한 건 그게 아니에요. 그렇죠, 헨리?"

"그렇다마다." 이든이 말했다. 그는 타들어간 담배를 한 모금 힘껏 빨고 현관 난간 너머로 내동댕이쳤다.

"공기가 얼마나 습한지 느껴지죠?" 스탠턴이라는 여자가 말했다. "그게 결정적인 힌트예요. 그렇죠, 헨리?"

"음, 그렇다마다. 칠 년이 됐어. 정확히 칠 년."

"정확히 칠 년이죠." 로라 스탠턴이 맞장구쳤다.

그들은 기대하는 눈빛으로 그레이엄 부부를 바라보았다.

"죄송한데요." 엘리스가 마침내 말문을 열었다. "무슨 말씀인지 전혀 이해를 못 하겠어요. 여기 분들끼리 주고받는 농담인가요?"

이번에는 헨리 이든과 로라 스탠턴이 서로 흘끗 쳐다보며 동시에 한숨을 쉬었다.

"이러는 거 정말 싫은데."

로라 스탠턴이 중얼거렸다. 노인에게 하는 얘기인지 혼잣말인지 존 그레이엄으로서는 알 수가 없었다.

"어쩔 수 없어." 이든이 대꾸했다.

그녀는 고개를 끄덕이고 한숨을 쉬었다. 무거운 짐을 내려놓았는데 다시 들어야 하는 사람의 한숨이었다.

"자주 벌어지는 현상은 아니에요. 장마가 윌로에 찾아오는 건 칠 년에 한 번이거든요……."

"6월 17일." 이든이 끼어들었다. "칠 년에 한 번, 6월 17일에 찾아오지. 날짜는 늘 똑같고 건너뛰는 법도 없어. 딱 하룻밤이지만 예전부터 장마라고 불렀고, 이유는 나도 모르겠네. 자네는 이유를 아나, 로라?"

"아뇨. 그리고 끼어들지 좀 말았으면 좋겠어요, 헨리. 점점 노망이 드는 것도 아니고."

"영구차에 실려가다 떨어진 사람이 살아 있어서 미안하구먼."

노인은 누가 들어도 역정이 난 목소리로 대꾸했다.

엘리스는 살짝 겁에 질린 눈빛으로 존을 흘끗 쳐다보았다. 두 사람이 우리한테 장난을 치고 있는 걸까? 그녀의 눈빛은 이렇게 묻고 있었다. 아니면 둘 다 맛이 간 걸까?

존은 알 수 없었지만 필요한 물건을 사러 오거스타로 가지 않은 것을 진심으로 후회했다. 그쪽으로 갔더라면 17번 도로변의 간이식당에서 간단하게 저녁을 해결할 수도 있었다.

"내 말 잘 들어요." 스탠턴이라는 여자가 친절하게 얘기했다. "우리가 두 분을 위해서 울위치 로드의 원더뷰 모텔에 방을 예약해놓았어요. 예약이 다 찼지만 관리인이 내 사촌이라 방을 하나 마련해주었어요. 내일 돌아와서 여름 내내 여기서 함께 지내요. 우리도 두 분이랑 같이 지내면 좋을 거예요."

"장난이라면 의도가 뭔지 모르겠네요." 존이 말했다.

"아니, 장난하는 거 아니에요." 그녀가 이든을 흘낏 쳐다보자 그는 멈추지 말고 계속하라는 듯이 딱딱하게 살짝 고개를 끄덕였다. 여자는 존과 엘리스 쪽으로 다시 시선을 돌리고 마음을 다잡는 듯한 눈치를 보이며 얘기했다. "저기 있잖아요, 여기 월로에서는 칠 년마다 한 번씩 하늘에서 두꺼비가 쏟아지거든요. 자, 이제 알겠죠?"

"두꺼비라고요."

엘리스는 꿈을 꾸는 것이길 바라는 목소리로 사색에 잠긴 듯 멍하니 중얼거렸다.

"그렇지, 두꺼비!" 헨리 이든이 명랑하게 못을 박았다.

존은 필요한 경우 도움을 받을 수 있을지 알아보느라 조심스럽게 주위를 살폈다. 하지만 중심가에는 개미 새끼 한 마리 없었다. 그뿐 아니라 모든 건물이 덧문을 닫아놓았다. 도로를 지나가는 차 한 대도 없었다. 양쪽 인도를 걸어가는 행인 한 명도 보이지 않았다.

이러다 골치 아픈 사태가 벌어질 수도 있겠어, 그는 생각했다. 이 사람들이 정말 제정신이 아니라면 정말 골치 아픈 사태가 벌어질 수도 있겠어. 문득 중학교를 졸업한 이래 처음으로 「제비뽑기」라는 셜리 잭슨의 단편소설이 생각났다.

"나도 여기 이렇게 서서 바보 같은 소리 늘어놓고 싶지 않아요." 로라 스탠턴이 말했다. "사실 나는 주어진 임무를 다하고 있을 뿐이에요. 헨리도 마찬가지고요. 그냥 두꺼비가 간간이 떨어지는 수준이 아니에요. 폭우처럼 쏟아진다고요."

"가자." 존은 엘리스의 팔꿈치 위쪽을 잡으며 말했다. 그러고는 그들을 향해 육 달러짜리 지폐만큼 진실해 보이는 미소를 지었다. "만나서 반가웠습니다." 그는 엘리스를 데리고 계단을 내려가며, 노인과 어깨가 구부정하고 안색이 창백한 여자를 어깨 너머로 두어 번 돌아보았다. 그들에게 완전히 등을 보이면 안 될 것 같았다.

여자가 그들 쪽으로 한 걸음 내딛는 바람에 존은 하마터면 마지막 계단에서 발을 헛디디고 굴러떨어질 뻔했다.

"믿기 어렵다는 거 알아요. 내가 완전히 정신이 나간 사람처럼 보일 수 있다는 것도요."

"아닙니다."

존이 얘기했다. 큼지막한 가짜 미소가 이제는 귓불을 향해 점점 다가오는 듯이 느껴졌다. 맙소사, 세인트루이스를 왜 떠났을까? 지킬 농부와 하이드 부인을 만나려고 라디오와 에어컨이 고장난 차를 몰고 이천오백 킬로미터를 달려왔던가.

"하지만 괜찮아요." 로라 스탠턴의 묘하게 평온한 표정과 말투 때문에 그는 포드까지 이 미터를 남겨두고 이탈리안 샌드위치 간판 옆에서 걸음을 멈추었다. "비처럼 쏟아진 개구리와 두꺼비와 새와 기타 등등 얘기를 들은 사람이라도 칠 년마다 한 번씩 윌로에서는 어떤 일이 벌어지는지 잘 모르거든요. 그래도 우리 조언을 귀담아들어주었으면 해요. 여기 있더라도 집 밖 출입은 삼가는 게 좋아요. 집 안에 있으면 아마 괜찮을 거예요."

"그래도 덧문은 닫는 게 좋을 거요."

이든이 덧붙였다. 개가 강조하려는 듯 꼬리를 들고 다시 신음 소리처럼 길게 이어지는 방귀를 뀌었다.

"네······. 네, 그럴게요."

엘리스는 소심하게 대답했고 존이 포드의 조수석 문을 열고 그녀를 안으로 밀어넣다시피 했다.

"그럼요." 그는 얼어붙은 함박웃음 사이로 말했다.

"내일 다시 만나세." 허둥지둥 포드의 앞면을 돌아서 운전석으로 향해가는 존에게 이든이 외쳤다. "내일이면 주변이 아주 조금 더 안전하게 느껴질 거야." 그는 말을 멈추었다가 다시 덧붙였다. "물론 계속 여기 머물러 있는 경우에 한해서지만."

존은 손을 흔들고 운전석에 올라타서 출발했다.

노인과 아파 보이는 창백한 얼굴의 여자가 다시 중심가로 진입하는 포드를 지켜보는 동안, 현관에는 정적이 흘렀다. 포드는 좀 전보다 훨씬 더 빠른 속도로 달리는 듯했다.

"자, 해치웠군."

노인이 흐뭇한 목소리로 말했다.

"네." 그녀가 맞장구쳤다. "그리고 나는 바보 천치가 된 기분이에요. 그들이 쳐다보는 눈빛을 대할 때마다 항상 그런 기분이 들어요. 나를 쳐다보는 눈빛을 대할 때마다."

"흠, 칠 년에 한 번인데다 어쩔 수 없어. 왜냐하면……."

"왜냐하면 의례의 일부분이니까요."

그녀가 침울한 목소리로 말했다.

"그렇지, 의례의 일부분이지."

맞는다는 듯이 개가 꼬리를 들고 다시 한번 방귀를 꿔었다. 여자는 녀석을 발로 찬 다음 허리춤에 손을 얹고 노인을 돌아보았다.

"네 군데 마을을 통틀어서 이보다 더 구역질나는 똥개는 없을 거예요, 헨리 이든!"

개는 끙끙거리며 일어나 비틀거리며 현관 앞 계단을 내려가다 말고 나무라는 듯한 눈빛으로 로라 스탠턴을 쳐다보았다.

"저 녀석도 어쩔 수 없으니까 그러는 거지."

그녀는 한숨을 쉬고 포드가 떠난 도로를 쳐다보았다.

"너무 아쉽네요. 좋은 사람들 같아 보였는데."

"우리도 어쩔 수가 없는 신세잖나."

헨리 이든은 이렇게 얘기하고 담배를 한 대 더 말기 시작했다.

이렇게 해서 그레이엄 부부는 결국 간이식당에서 저녁을 해결하게 됐다. 울위치라는 옆 마을("경치 좋은 원더뷰 모텔이 있는 곳이지." 존은 이런 발언으로 미소를 유도하려고 했지만 실패했다)에서 식당 하나를 찾아서 사방으로 가지를 뻗은 푸른가문비나무 아래에 설치된 피크닉 테이블에 앉았다. 간이식당은 윌로의 중심가에서 본 건물들과 신경쓰일 정도로 선명한 대조를 이루었다. 주차장은 빈자리가 거의 없었고(대부분의 차량이 그들처럼 다른 주 번호판을 달고 있었다) 아이들이 얼굴에 아이스크림을 묻히고 소리를 지르며 추격전을 벌이는 동안 부모들은 파리를 쫓아내며 어슬렁어슬렁 산책을 하고 스피커로 자기 번호가 불리길 기다렸다. 메뉴는 상당히 다양했다. 존이 보기에는 튀김기에 들어갈 만한 크기라면 뭐든 튀겨 먹는 듯했다.

"그 마을에서 두 달은커녕 이틀도 지낼 수 있을지 모르겠다. 이 여인네는 그 마을에 대한 애정이 식어버렸어, 조니."

"그냥 장난이었을 거야. 토박이들이 관광객들한테 그런 장난들 치고 그러잖아. 그들 같은 경우에는 선을 넘었을 뿐. 아마 지금쯤 자책하고 있을 거야."

"둘 다 진지해 보이던데. 그런 일을 겪은 마당에 돌아가서 그 영감님을 마주할 수 있을지 모르겠어."

"나라면 그런 걱정은 하지 않겠다. 담배 마는 걸 보아 하니 누구든 처음 만나는 사람처럼 느껴지는 단계에 다다른 것 같던데. 아주 오래된 친구들까지 말이야."

엘리스는 실룩거리는 입가를 달래보려다 포기하고 폭소를 터뜨렸다. "못됐다!"

"솔직하다면 모를까 못된 건 아니야. 치매는 아닐지 몰라도 화장실에 가려면 누가 가르쳐주어야겠다는 생각이 들던걸."

"다른 사람들은 어디 갔을까? 온 마을이 휑하던데."

"공제조합 건물 마당에서 다 같이 바비큐 파티를 벌이고 있든지 이스턴 스타 모임에서 카드를 치고 있겠지." 존은 기지개를 켜며 말했다. 그는 그녀 몫의 튀김 바구니를 들여다보았다. "자기야, 거의 안 먹었네?"

"당신 자기는 배가 별로 안 고파서."

"그냥 장난이었을 거라니까." 그는 말하며 그녀의 손을 잡았다. "기분 풀어."

"정말로, 정말로 그렇게 생각해?"

"정말로, 정말로. 아니, 칠 년마다 한 번씩 메인 주 윌로에 두꺼비 비가 내린다고? 스티븐 라이트의 독백극에나 나옴직한 대사 아니야?"

그녀는 힘없이 미소를 지었다.

"그냥 비가 아니라잖아. 장마라잖아."

"낚시꾼의 좌우명을 신봉하나 봐. 이왕 뻥을 치려거든 크게 쳐라. 내가 어렸을 때 다닌 캠프에서도 순진한 애들 골탕 먹이고 그랬는데. 그거랑 이거랑 별반 다르지 않아. 그리고 생각해보면 그렇게 놀랄 일도 아니지."

"어째서?"

"일 년 수입의 대부분을 여름휴가 시즌에 버는 사람들 입장에서는 여름 캠프 분위기를 조성해야 할 거 아냐."

"그 여자는 장난치는 것처럼 보이지 않던데. 솔직히 말하자면 조니, 나는 좀 섬뜩했어."

평소에는 서글서글하던 존 그레이엄의 표정이 점점 심각하고 딱딱해졌다. 그와 어울리지는 않았지만 억지로 꾸몄거나 가짜처럼 보이지도 않았다.

"나도 알아." 그는 포장지와 냅킨과 플라스틱 바구니를 주섬주섬 정리했다. "그 부분에 대해서 사과를 받아야겠어. 재미 삼아서 치는 장난은 기분 좋게 넘길 수 있지만 내 아내를 질겁하게 만드는 건 용납할 수 없으니까. 아, 나까지 살짝 섬뜩하더라니까? 다시 찾아갈 준비 됐어?"

"찾아갈 수 있겠어?"

그가 씩 웃자 당장 평소의 모습에 좀더 가까워졌다.

"내가 빵 부스러기를 뿌려놨지."

"우리 자기, 영리하기도 하지." 자리에서 일어난 그녀가 다시 미소를 짓자 존은 그녀의 미소를 볼 수 있어서 기뻤다. 그녀는 입고 있는 파란색 샴브레이 셔츠 앞섶을 크게 부풀려가며 숨을 깊이 들이마셨다가 내뱉었다. "습도가 떨어진 것 같다."

"응." 존은 왼손 후크 숏으로 쓰레기를 휴지통에 넣고 그녀를 향해 눈을 찡긋했다. "장마는 무슨 얼어 죽을."

하지만 헴스테드 로드로 진입한 순간 습도가 다시 어마어마하게 높아졌다. 존은 티셔츠가 축축한 거미줄로 변해서 가슴과 등에 들러붙는 듯한 기분을 느꼈다. 이제 달맞이꽃처럼 오묘한 빛깔로 물든 하늘은 여전히 맑았지만 빨대가 있다면 허공에 꽂아서 바로 물을 마실 수도 있을 것 같았다.

이 도로에 다른 집이라고는 헴스테드 플레이스가 꼭대기에 자리 잡은 기다란 언덕 입구의 한 채밖에 없었다. 그 집 앞을 지나가는데 창가에 꼼짝 않고 서서 그들을 내다보는 어떤 여자의 실루엣이 보였다.

"당신 친구 밀리의 고모할머니가 저기 계시네." 존이 말했다. "저분이 잡화점의 또라이들한테 전화해서 우리가 간다고 알렸을 거야. 우리가 거기서 좀더 뭉그적거렸다면 그들이 방귀 쿠션, 누르면 용수철이 튀어나오는 버튼, 움직이는 틀니까지 내놓았을지 몰라."

"개 몸속에 방귀 쿠션이 들어 있었잖아."

존은 웃으며 고개를 끄덕였다.

오 분 뒤에 그들은 집 앞 진입로로 들어섰다. 잡초와 난쟁이 덤불이 심하게 웃자라서 존은 여름이 너무 깊어지기 전에 그 사소한 문제를 처리할 작정이었다. 헴스테드 플레이스 자체는 후손들이 필요한 게 생길 때나 혹은 충동적으로 건물을 추가하는 바람에 얼기설기 뻗어나간 시골 농가였다. 뒤편에 외양간이 있었고 지그재그로 펼쳐진 세 채의 헛간을 통해 집과 연결됐다. 후끈 달아오른 초여름을 맞아 헛간 세 채 가운데 두 채가 향긋한 인동 더미에 거의 파묻히다시피 했다.

특히 이날처럼 맑은 저녁에는 여기서 내려다보이는 마을의 풍경이 장관이었다. 존은 습도가 이렇게 높은데 어떻게 이렇게 맑을 수 있는지 신기하다는 생각을 잠깐 했다. 엘리스도 차 앞쪽으로 다가왔고 그들은 서로의 허리를 감싸고 그 자리에 서서 오거스타 방향으로 완만하게 이어지는 언덕들이 저녁 그림자 속으로 잠기는 풍경을 감상했다.

"예쁘다." 그녀가 중얼거렸다.

"소리도 들어봐." 그가 얘기했다.

외양간 뒤편으로 오십 미터쯤 떨어진, 갈대와 키 큰 풀로 덮인 습지에서 개구리 합창단이 노래를 부르면서 조물주가 왜 녀석들의 목에 넣었는지 모를 고무줄을 때리고 잡아당겼다.

"흠, 개구리들이 전원 참석했네."

"하지만 두꺼비는 없어." 그는 이제 막 샛별이 서늘하게 이글거리는 눈을 뜬 맑은 하늘을 올려다보았다. "저기 있어, 엘리스! 저 위에! 두꺼비 구름이야!"

그녀는 키득거렸다.

"오늘밤 이 조그만 마을 윌로에서……." 그가 나지막이 읊조렸다. "두꺼비 한랭전선과 도룡뇽 온난전선이 만났다고 하는데요, 그 결과……."

그녀가 팔꿈치로 그를 찔렀다. "당신이 등장했지. 들어가자."

그들은 안으로 들어갔다. 모노폴리 게임에서처럼 출발 지점을 통과한다고 월급을 받지는 않았다.

그냥 침대로 직행했다.

엘리스는 한 시간 정도 나른하게 졸다가 지붕에서 들리는 쿵 소리에 놀라서 깼다. 그녀는 팔꿈치를 딛고 몸을 일으켰다.

"저게 뭘까, 조니?"

"우껍." 존은 중얼거리고 반대편으로 몸을 돌렸다.

두꺼비. 그녀는 생각하고 쿡쿡 웃었지만…… 불안한 웃음이었다. 그녀는 일어나서 창문 앞으로 다가가 뭐가 떨어졌는지 바닥을 살피기에 앞서 하늘을 올려다보았다.

여전히 구름 한 점 없는데다 이제는 수십억 개의 반짝이는 별들이 하늘을 수놓고 있었다. 그녀는 별을 쳐다보며 그 단순하고 고요한 아름다움에 잠깐 넋을 잃었다.

쿵.

그녀는 뒤로 움찔 물러나 천장을 올려다보았다. 뭔지 몰라도 바로 머리 위 지붕을 때렸다.

"존! 조니! 일어나봐!"

"응? 왜?" 그는 동그랗게 말려서 뭉친 머리를 하고 일어나 앉았다.

"시작됐어." 그녀는 얘기하고 카랑카랑한 목소리로 키득거렸다. "개구리 비."

"두꺼비." 그는 바로잡았다. "엘리스, 지금 대체 뭐라는……."

쿵-쿵.

그는 두리번거리다 침대 밖으로 내려섰다.

"어이가 없네." 그는 화난 목소리로 나지막이 중얼거렸다.

"그게 무슨……."

쿵…… 와장창! 1층 유리창 깨지는 소리가 들렸다.

"이런 젠장." 그는 침대에서 일어나 청바지를 홱 입었다. "못 참겠다. 쓰펄…… 더는…… 못 참겠어."

집의 옆면과 지붕을 뭔가가 나지막이 두드리는 소리가 연달아 이어졌다. 그녀는 이제 겁에 질려서 그를 붙잡고 몸을 움츠렸다.

"그게 무슨 소리야?"

"미친 여자랑 노인네랑 친구들이 밖에서 집에 대고 뭘 던지고 있는 거야. 당장 나가서 막아야겠어. 못 보던 사람들이 등장하면 시끌

벅적하게 장난을 치는 게 이 마을의 전통일지 몰라도……."

쿵! 와르르! 이번에는 부엌에서 나는 소리였다.

"야, 이 망할!" 존은 고함을 지르고 복도로 뛰쳐나갔다.

"나 혼자 두고 가지 마!" 엘리스는 비명을 지르며 따라 나갔다.

그는 먼저 복도 전등을 켜고 1층으로 내달렸다. 쿵, 탁 하고 뭔가가 집을 두드리는 소리가 점점 더 리드미컬하게 이어졌고 엘리스는 잠깐 이런 생각을 했다. 마을 사람들이 몇 명이나 와 있을까? 이런 짓을 저지르려면 몇 명이나 필요할까? 뭘 던지고 있을까? 베갯잇으로 싼 돌덩이?

존은 계단 발치까지 내려가서 거실로 들어갔다. 거실에는 좀 전에 그들이 보고 감탄했던 풍경이 고스란히 내다보이는 큼지막한 유리창이 달려 있었는데 그게 깨져 있었다. 유릿조각들이 러그 위에 흩뿌려져 있었다. 그는 총을 들고 오겠다며 고함을 지를 작정으로 유리창을 향해 걸음을 옮겼다. 그러다 유릿조각을 다시 한번 쳐다보고 자신이 맨발이라는 사실을 상기하며 걸음을 멈추었다. 어떻게 하면 좋을지 잠시 알 수가 없었다. 그때 깨진 유리 위에 놓여 있는 뭔지 모를 시커먼 것—병신 같은 잡것들이 유리창을 깨려고 던진 돌맹이가 아닐까 싶었다—과 피가 보였다. 그는 맨발이건 아니건 간에 창문으로 돌진했을지 모르지만 순간 돌맹이가 실룩거렸다.

돌맹이가 아니야. 그는 생각했다. 저건…….

"존?"

엘리스가 불렀다. 이제는 나지막이 쿵쿵거리는 그 소리들로 집이 울렸다. 큼지막하고 물컹물컹한 우박 폭격이 쏟아지는 듯했다.

"존, 그게 뭐야?"

"두꺼비."

그는 멍하니 중얼거렸다. 깨진 유릿조각 속에서 실룩거리는 그걸 쳐다보며, 대답을 했다기보다 혼잣말처럼 중얼거렸다.

그는 시선을 들어서 창밖을 내다보았다. 이내 믿기지 않는 광경을 목격하고 충격으로 말문이 막혔다. 언덕도 지평선도 더이상 보이지 않았다. 십 미터 떨어진 헛간조차 거의 보이지 않았다.

하늘에서 떨어지는 무언가로 허공이 빼곡하게 채워졌다.

깨진 유리창을 넘어서 세 마리가 더 들어왔다. 그중 한 마리는 실룩거리는 친구와 멀지 않은 바닥에 떨어졌다. 은빛으로 반짝이는 날카로운 유리창에 꽂히는 바람에 몸통에서 시커먼 액체가 두툼한 밧줄처럼 터져 나왔다.

엘리스가 비명을 질렀다.

나머지 두 마리가 커튼에 걸리자, 변덕스러운 바람이라도 부는 듯 커튼이 뒤틀리고 휙휙 움직였다. 그중 한 마리가 어찌어찌 커튼에서 벗어났다. 녀석은 바닥을 때리고 존을 향해 폴짝폴짝 달려왔다.

그는 자기 몸이 아닌 것처럼 느껴지는 손으로 벽을 더듬었다. 손가락이 전등 스위치에 닿자 올려서 불을 켰다.

유릿조각으로 뒤덮인 바닥을 폴짝폴짝 뛰어서 그를 향해 달려오는 것은 두꺼비가 맞았지만 그냥 두꺼비가 아니었다. 암녹색 몸뚱이가 너무 크고 울룩불룩했다. 까만색과 금색이 섞인 눈은 괴상망측한 알처럼 불룩 튀어나왔다. 입에서는 바늘처럼 뾰족하고 큼지막한 이빨이 턱을 위아래로 벌리며 꽃다발처럼 튀어나왔다.

녀석이 굵직하게 꽥꽥거리는 소리를 내며 발밑에 스프링이라도 달린 듯이 존을 향해 튀었다. 그 뒤에서 점점 더 많은 두꺼비들이 창문 안으로 쏟아져 들어왔다. 바닥과 부딪힌 녀석들은 즉사하거나 불구가 됐지만 대다수가, 너무 많은 대다수가 커튼을 안전망 삼아서 바닥으로 멀쩡하게 굴러떨어졌다.

"도망쳐!" 존은 아내에게 외치고 그를 향해 달려든—정신 나간 소리처럼 들리겠지만 진짜였다—두꺼비를 향해 발길질을 했다. 녀석은 움찔하며 물러서지 않고 입안 한가득 박힌 구부러진 바늘 같은 이빨로 그의 발가락을 물었다. 불에 덴 것 같은 느낌의 어마어마한 고통이 엄습했다. 그는 생각하고 말고 할 겨를도 없이 몸을 반쯤 돌려서 벽을 있는 힘껏 걷어찼다. 발가락이 부러지는 게 느껴졌지만 두꺼비도 몰딩 위로 부채꼴 모양의 시커먼 피를 흩뿌리며 터졌다. 그의 발가락은 동서남북을 동시에 가리키는 정신 나간 표지판이 되었다.

엘리스는 현관으로 나가는 문 앞에 얼어붙은 듯이 서 있었다. 이제는 집안 곳곳에서 유리창 깨지는 소리가 들렸다. 그녀는 사랑을 나눈 뒤에 존의 티셔츠를 걸쳤는데 지금 티셔츠의 목 부분을 양손으로 움켜쥐고 있었다. 꽥꽥거리는 끔찍한 소리가 온 사방을 가득채웠다.

"도망쳐, 엘리스!"

존은 피가 나는 발을 흔들며 몸을 돌렸다. 그를 문 두꺼비는 죽었지만 말도 안 되게 거대한 이빨이 뒤엉킨 낚싯바늘처럼 박혀 있었다. 그가 발리슛을 쏘는 것처럼 허공을 향해 발길질을 하자 두꺼비가 마침내 떨어져나갔다.

빛바랜 거실 카펫이 몸을 부풀리고 폴짝폴짝 뛰어오는 녀석들로 뒤덮였다. 녀석들이 일제히 그들을 향해 뛰어오고 있었다.

존은 문을 향해 달렸다. 한쪽 발이 두꺼비를 밟아서 터뜨렸다. 몸속에서 터져 나온 차가운 젤리 같은 액체를 딛고 미끄러지는 바람에 하마터면 넘어질 뻔했다. 엘리스는 죽어라 잡고 있던 티셔츠 목부분을 놓고 그를 붙잡았다. 그들은 휘청거리며 같이 문 밖으로 달려나갔고 존이 문을 세게 닫자 뛰어나오려던 두꺼비 한 마리가 그 사이에 껴서 두 동강 났다. 녀석은 이빨을 드러내며 시커먼 입을 벌렸다 오므리고, 까만색과 금색이 섞인 툭 튀어나온 눈으로 그들을 빤히 쳐다보며 몸뚱이 위쪽 절반을 바닥 위에서 실룩이고 요동쳤다.

엘리스는 두 손을 양뺨에 대고 히스테리 환자처럼 울부짖기 시작했다. 존이 그녀를 향해 손을 내밀었다. 그녀가 고개를 저으며 몸을 움츠리고 그에게서 뒷걸음치자 머리카락이 얼굴 위로 쏟아졌다.

두꺼비들이 지붕에 부딪히는 소리도 끔찍했지만 꽥꽥거리며 우는 소리는 집안에서…… 그것도 온 사방에서 들렸기 때문에 더 끔찍했다. 그는 잡화점 앞의 흔들의자에 앉아 있던 노인이 그들의 뒤에 대고 뭐라고 외쳤는지 생각이 났다. 그래도 덧문은 닫는 게 좋을 거요.

맙소사, 내가 왜 그의 말을 믿지 않았을까?

그리고 바로 뒤를 이어서 이런 생각이 들었다. 내가 무슨 수로 그의 말을 믿을 수 있었겠어? 내 평생 그런 말을 믿을 만한 일을 겪어본 적이 없는데.

두꺼비들이 집 밖 땅바닥으로 떨어지는 소리와 지붕에 부딪혀서 내장과 끈적끈적한 액체를 터뜨리는 소리 사이로 더 불길한 소리가 들렸다. 거실에서 두꺼비들이 문을 물어뜯고 쪼개는 소리였다. 달려드는 두꺼비의 숫자가 늘어날수록 문이 경첩 속으로 점점 단단히 파고드는 게 보였다.

고개를 돌려보니 두꺼비 수십 마리가 중앙의 계단을 폴짝폴짝 뛰어 내려오고 있었다.

"엘리스!"

그는 그녀를 붙잡았다. 그녀는 계속 비명을 지르며 그에게서 도망치려고 했다. 티셔츠 소매가 찢어졌다. 그는 손에 들린 너덜너덜한 천조각을 잠깐 멍하니 바라보다 바닥으로 던졌다.

"엘리스, 젠장!"

그녀는 비명을 지르며 다시 뒷걸음질쳤다.

맨 먼저 1층에 도착한 두꺼비가 그들을 향해 열심히 폴짝폴짝 달려왔다. 쨍그랑 하는 날카로운 소리와 함께 현관문 위에 달린 채광창이 박살났다. 그 사이로 쌩하니 날아온 두꺼비 한 마리가 카펫을 때리더니 얼룩덜룩한 분홍색 배를 위로 하고 누워서 물갈퀴가 달린 발을 허공에 실룩거렸다.

그는 아내를 붙잡고 흔들었다.

"지하실로 내려가야 해! 지하실은 안전할 거야!"

"싫어!"

엘리스가 그에게 외쳤다. 그녀의 두 눈은 둥둥 떠 있는 거대한 동그라미였다. 그는 그녀가 지하실로 내려가길 거부하는 게 아니라 모든 걸 거부하고 있다는 걸 알 수 있었다.

다정하게 어르고 달랠 시간이 없었다. 그는 그녀가 입고 있는 티셔츠 앞섶을 움켜쥐고 반항하는 범법자를 순찰차로 끌고 가는 경찰처럼 홱 잡아당겼다. 선봉으로 계단을 내려오던 두꺼비 한 마리가 어마어마한 거리를 점프해서 일 초 전까지 엘리스의 맨발이 있었던 곳을 빌어먹을 바늘이 달린 입으로 덥석 물었다.

복도를 반쯤 지났을 때 그녀도 정신을 차리고 자진해서 그와 함께 달리기 시작했다. 현관문 앞에 다다랐다. 존이 문손잡이를 돌리고 홱 잡아당겼지만 문은 꿈쩍하지 않았다.

"젠장!"

그는 외치며 다시 잡아당겼다. 소용없었다. 꿈쩍하지 않았다.

"존, 시간 없어!"

그녀가 어깨 너머를 돌아보니 두꺼비들이 서로의 등을 미친듯이 홀쩍 뛰어넘고, 서로의 위로 떨어지고, 덩굴장미 무늬의 빛바랜 벽지를 때리고 등으로 넘어져서 친구들에게 밟혀가며 파도처럼 그들을 향해 밀려왔다. 하나같이 이빨을 드러내고 금색과 까만색이 섞인 눈알을 뒤룩거리며 가죽 같은 몸뚱이를 부풀리고 있었다.

"존, 제발! 제⋯⋯."

그중 한 마리가 폴짝 뛰어서 그녀의 왼쪽 무릎 바로 위쪽을 물었다. 엘리스가 비명을 지르며 녀석을 붙잡자 손가락이 껍질을 뚫고 시커먼 액체로 가득찬 뱃속으로 들어갔다. 그녀가 녀석을 떼어내 들어올리자 그 끔찍한 녀석이 그녀의 눈 바로 앞에서 작지만 치명적인 공장 기계처럼 이를 갈았다. 그녀는 녀석을 있는 힘껏 내동댕이쳤다. 녀석은 허공을 가르며 재주를 넘다 부엌 문 바로 맞은편 벽을 철퍼덕 때렸다. 내장에서 나온 끈적끈적한 액체로 범벅이 돼서 벽에 금세 들러붙었다.

"존! 으악, 존!"

존 그레이엄은 퍼뜩 그가 어떤 실수를 저지르고 있었는지 깨달았다. 좀 전과 반대로 이번에는 문을 안으로 당기지 않고 밖으로 밀었다. 문이 홱 열리는 바람에 그는 하마터면 앞으로 엎어져서 계단을 구를 뻔했다. 이러다 죽는 게 아닌가 하는 생각이 언뜻 들었다. 그는 버둥거리며 난간을 붙잡았지만 엘리스가 밤하늘을 가르는 화재 경보처럼 비명을 지르며 그를 치고 쌩하니 계단으로 내달리는 바람에 하마터면 다시 넘어질 뻔했다.

아, 저러다 넘어질 텐데, 넘어질 수밖에 없을 텐데, 넘어져서 목이 부러질 텐데…….

웬일로 그녀는 넘어지지 않았다. 지하실의 흙바닥에 다다르자 주저앉아서 흐느끼며 찢어진 허벅지를 움켜잡았다.

두꺼비들이 열린 지하실 문 사이를 폴짝폴짝 넘어오고 있었다.

존은 균형을 잡고 몸을 돌려서 문을 세게 닫았다. 이미 이쪽으로 넘어온 두꺼비 몇 마리가 층계참에서 폴짝 뛰어내렸다가 계단에 부딪혀서 계단 사이 공간으로 떨어졌다. 다른 한 마리가 거의 수직으로 껑충 뛰어오르는 걸 보고 존은 갑자기 미친듯이 폭소를 터뜨렸다. 자동차가 아니라 스카이 콩콩을 탄 미스터 토드*의 이미지가 연

---

* 케네스 그레이엄의 소설 『버드나무에 부는 바람』의 주인공인 두꺼비.

상됐던 것이다. 그는 계속 웃으며 오른손으로 주먹을 쥐고, 중력과 자신에게서 표출된 에너지의 완벽한 균형 속에서 도약의 정점에 다다른 두꺼비의 축 늘어진 가슴 정중앙을 향해 주먹을 날렸다. 어둠 속으로 쌩하니 날아간 녀석이 보일러에 부딪히자 나지막이 툭! 하는 소리가 들렸다.

어둠 속에서 허우적거리며 벽을 더듬던 그의 손에 볼록한 꼭지가 닿았다. 구식 토글 스위치였다. 그가 스위치를 켠 순간 엘리스가 다시 비명을 지르기 시작했다. 두꺼비 한 마리가 그녀의 머리카락에 엉켰기 때문이었다. 거기서 꽥꽥대고 몸을 비틀고 돌리고 그녀를 향해 덥석거리며 거대하고 흉측한 롤러처럼 몸을 말고 있었다.

엘리스는 휘청거리며 일어나 커다랗게 원을 그리며 달렸다. 여기 저기 쌓여 있는 상자에 걸려서 고꾸라지지 않은 게 기적이었다. 그녀는 지하실 기둥에 부딪혀 팅겨져 나왔다가 몸을 돌려서 뒤통수를 거기에 대고 힘차게 부딪쳤다. 뭔가가 쏟아지는 걸쭉한 소리와 함께 까만 액체가 뿜어져 나왔고 머리칼에 매달려 있던 두꺼비가 그녀의 티셔츠 등판에 체액을 질질 흘려가며 굴러떨어졌다.

그녀의 비명에 섞인 광기를 듣고 존의 혈관이 얼어붙었다. 그는 지하실 계단을 구르다시피 달려 내려가 그녀를 두 팔로 감싸 안았다. 그녀는 처음에는 반항했지만 이내 항복했다. 비명이 흐느낌으로 조금씩 잦아들었다.

두꺼비들이 집과 바닥을 때리는 나지막한 소리 사이로, 이곳에 떨어진 두꺼비들이 꽥꽥거리는 소리가 들렸다. 그녀는 그에게서 벗어나 흰자위를 번뜩이며 눈동자를 좌우로 미친듯이 돌렸다.

"이 녀석들 어디 있어?" 그녀가 숨을 헐떡거리며 물었다. 비명을 어찌나 질렀던지 목이 쉬어서 거의 짖는 소리에 가까웠다. "이 녀석들 어디 있어, 존?"

하지만 두리번거릴 필요가 없었다. 두꺼비들이 이미 그들을 발견하고 열심히 폴짝폴짝 다가오고 있었다.

그레이엄 부부는 뒷걸음질을 쳤다. 벽에 기대고 세워져 있는 녹슨 삽이 존의 눈에 들어왔다. 그는 삽을 잡고 달려드는 두꺼비를 쳐서 죽였다. 딱 한 마리가 무사히 그를 통과했다. 그 녀석은 바닥에서 상자로 튀어 올랐다가 거기서 다시 엘리스에게로 뛰어내려 티셔츠를 이빨로 물고 다리를 버둥거리며 그녀의 가슴 사이에 대롱대롱 매달렸다.

"가만히 있어!"

존은 그녀에게 빽 소리를 질렀다. 그는 삽을 떨어뜨리고 두 발짝 앞으로 걸어가서 두꺼비를 잡고 티셔츠에서 떼어냈다. 티셔츠 조각이 딸려 나왔다. 녀석은 송곳니로 천을 물고 대롱대롱 늘어뜨린 채 존의 손 안에서 몸을 뒤틀고 팔딱거리고 꿈틀거렸다. 녀석의 껍질은 울퉁불퉁했고 축축하지는 않았지만 섬뜩하게 뜨끈하고 복잡했다. 그는 주먹을 쥐어서 두꺼비를 터뜨렸다. 피와 점액이 그의 손가락 사이로 뿜어져 나왔다.

지하실 안으로 들어온 미니 괴물들이 열 마리가 안 됐는데 금세 다 죽었다. 존과 엘리스는 서로 부둥켜안고 밖에서 비처럼 꾸준히 내리는 두꺼비 소리를 들었다.

존은 바닥 가까이 달린 지하실 창문을 쳐다보았다. 빽빽하니 어두컴컴했다. 꿈틀대고 돌진하고 폴짝거리는 두꺼비로 뒤덮인 이 집이 밖에서 어떤 식으로 보일지 퍼뜩 그려졌다.

"창문을 막아야 해." 그가 쉰 목소리로 말했다. "녀석들 무게 때문에 유리가 깨질 테고 그러면 녀석들이 쏟아져 들어올 거야."

"뭘로?" 엘리스는 쉰 목소리로 고함을 질렀다. "뭐가 있지?"

그가 주위를 둘러보니 오래돼서 까매진 베니어판 몇 장이 한쪽 벽에 세워져 있었다. 별것 아닐지 몰라도 없는 것보다는 나았다.

"저거. 잘게 쪼갤 수 있게 도와줘."

그들은 미친듯이 잽싸게 움직였다. 지하실에는 창문이 네 개뿐이었고 워낙 작아서 1층의 커다란 창문보다 오래 버틸 수 있었다. 그들이 마지막 창문의 작업을 막 마쳤을 때 베니어판 뒤에서 유리 깨지는 소리가 들렸지만…… 베니어판이 막아주었다.

그들은 다시 지하실 한복판으로 자리를 옮겼다. 존은 부러진 발가락을 딛고 절뚝거렸다.

계단 꼭대기에서 두꺼비들이 문을 씹는 소리가 들렸다.

"문을 뚫고 들어오면 어떻게 하지?"

엘리스가 속삭였다.

"그러게."

그가 대답한 순간…… 몇 년 동안 쓰지 않았지만 멀쩡했던 석탄 홈통에 달린 문이 두꺼비들의 무게를 못 이기고 벌컥 열리면서 수백 마리의 두꺼비들이 고압 펌프를 통과한 듯 쏟아졌다.

이번에 엘리스는 비명을 지르지 못했다. 성대가 심하게 찢어져서 그럴 수가 없었다.

　석탄 홈통에 달린 문이 열렸으니 그레이엄 부부에게 남은 시간은 얼마 되지 않았지만, 끝날 때까지 존 그레이엄이 두 사람 몫으로 충분히 비명을 질렀다.

　자정이 되자 윌로에 쏟아지는 두꺼비가 가볍게 꽥꽥거리는 가랑비 수준으로 잦아들었다.

　밤 1시 30분에 마지막 두꺼비가 별이 반짝이는 컴컴한 하늘에서 호숫가의 소나무 위로 떨어져 땅바닥으로 폴짝 뛰어내리더니 어둠 속으로 사라졌다. 앞으로 칠 년 동안 걱정 없었다.

　5시 15분쯤 하늘과 육지 위로 첫 햇살이 스며들기 시작했다. 윌로는 몸부림치고 폴짝폴짝 뛰어다니고 투덜대는 두꺼비의 카펫으로 뒤덮였다. 중심가의 건물에서는 모서리가 사라졌다. 모든 게 둥그스름하고 구부정하고 씰룩거렸다. "친절한 마을! 메인 주 윌로에 오신 것을 환영합니다"라고 적힌 고속도로 표지판은 엽총을 서른 발쯤 맞은 듯이 보였다. 물론 허공을 가른 두꺼비들 때문에 생긴 구멍이었다. "이탈리안 샌드위치·피자·식료품·입어·허가증"이라고 적힌 잡화점 간판은 쓰러졌다. 두꺼비들이 그 위와 주변을 뛰어다녔다. 도니스 수노코 주유소의 펌프 위에서 소규모 두꺼비 대회가 열렸다. 윌로 난로 가게 꼭대기에서 천천히 돌아가는 풍향계에 앉아 있는 두꺼비 두 마리는 놀이터 뺑뺑이를 타는 기형아처럼 보였다.

　호수에서는 일찍부터 띄워놓은 튜브(두꺼비가 있건 없건 윌로 호수에서는 7월 4일 이후에나 물놀이를 할 수 있었다) 위로 두꺼비들이 산

더미처럼 쌓였고 사정거리 안에 먹이가 너무 많다 보니 물고기들이 정신을 못 차렸다. 튜브 위에서 자리 다툼을 벌이던 두꺼비 두어 마리가 어쩌다 한 번씩 떨어져 배고픈 송어나 연어의 아침으로 전락할 때마다 퐁! 퐁! 소리가 났다. 마을 안팎의 도로—헨리 이든도 얘기했다시피 조그만 마을치고 도로가 많았다—는 두꺼비로 뒤덮였다. 전기는 잠깐 끊겼다. 자유 낙하한 두꺼비들 때문에 어디든 남아난 전봇대가 없었다. 마당도 대부분 엉망진창이 되었지만 어차피 윌로는 농사를 짓는 마을이 아니었다. 젖소를 제법 여러 마리 키우는 사람 몇 명은 밤 동안 소들을 안전한 곳으로 피신시켰다. 윌로의 낙농업자들은 장마를 익히 알고 있었기에 폴짝폴짝 뛰어다니는 육식 두꺼비들에게 젖소를 빼앗길 생각이 없었다. 보험회사에 뭐라고 설명할 수 있겠는가.

헴스테드 플레이스 위로 날이 밝자 지붕 위에서 죽은 두꺼비 더미와 두꺼비떼 폭격으로 깨져서 너덜거리는 낙수받이와 두꺼비들로 우글거리는 앞마당이 드러났다. 녀석들은 외양간을 들락거리고 굴뚝을 틀어막고 존 그레이엄의 포드 타이어 주변을 천연덕스럽게 뛰어다니고 예배가 시작되길 기다리는 교회 신도처럼 차 앞좌석에 한 줄로 앉아서 꽥꽥거렸다. 대부분 죽은 두꺼비들이 건물 주변에 무더기로 쌓여 있었다. 어떤 곳은 높이가 이 미터였다.

6시 5분에 태양이 지평선 위로 완전히 고개를 내밀었고 햇빛을 쪼인 두꺼비들이 녹아내리기 시작했다.

껍데기가 점점 하얗게 탈색이 되다 투명해졌다. 이내 살짝 퀴퀴하고 습한 냄새를 풍기는 수증기가 피어올랐고 거품이 부글거리는 가

느다란 물줄기가 몸뚱이를 타고 흘러내렸다. 햇빛이 몸에 닿았을 때 어떤 자세로 있었느냐에 따라 눈은 안으로 들어가기도 하고 밖으로 떨어지기도 했다. 껍데기가 펑 하는 소리와 함께 터졌고 약 십 분 동안 월로 전역에서 샴페인 마개를 따는 듯이 느껴졌다.

녀석들은 이후에 급속도로 분해돼 인간의 정액처럼 보이는 희부연 웅덩이로 녹았다. 이 액체가 조그만 개울처럼 헴스테드 플레이스의 지붕을 타고 처마를 거쳐 고름처럼 뚝뚝 떨어졌다.

살아 있던 두꺼비들은 죽었다. 죽어 있던 두꺼비들은 썩어서 하얀 액체가 되었다. 살짝 부글거리다 땅속으로 서서히 흡수됐다. 땅바닥에서 가느다란 연기가 피어올라 잠깐 동안 월로의 모든 벌판이 식어가는 화산처럼 보였다.

7시 15분쯤에는 모두 끝나서 복구만 남았고 이곳 주민들은 복구라면 이골이 났다.

메인 주의 거의 잊힌 두메산골에서 앞으로 칠 년 동안 조용히 잘 지내려면 치러야 하는 사소한 대가처럼 느껴졌다.

8시 5분에 로라 스탠턴이 고물 볼보 차를 몰고 잡화점 앞마당으로 들어섰다. 차에서 내린 그녀는 전보다 안색이 더 창백하고 아파 보였다. 사실 컨디션이 안 좋기는 했다. 지금도 한 손에 여섯 개들이 도슨스 에일을 들고 있었지만 전부 빈병이었다. 그녀는 지독한 숙취에 시달리고 있었다.

헨리 이든이 현관으로 나왔다. 개가 뒤따라 나왔다.

"똥개 안으로 집어넣어요. 안 그러면 차를 돌려서 집으로 갈 거예요.”

로라가 계단 발치에서 얘기했다.

“이 녀석도 방귀를 뀌고 싶어서 뀌는 게 아니야, 로라.”

“그렇다고 내가 옆에서 그걸 견디고 있어야 하는 건 아니잖아요. 진심이에요, 헨리. 머리가 깨질 듯이 아파서 개가 똥구멍으로 연주하는 〈컬럼비아 만세〉를 듣고 싶은 생각이 눈곱만큼도 없다고요.”

“들어가, 토비.”

헨리는 문을 열어서 붙잡았다.

토비는 ‘정말 들어가야 해요? 여기 분위기가 점점 재밌어지기 시작했는데’라고 얘기하는 듯 축축한 눈으로 그를 올려다보았다.

“들어가, 얼른.”

토비가 다시 안으로 들어가자 헨리는 문을 닫았다. 로라는 걸쇠 잠기는 소리가 들릴 때까지 기다렸다가 계단을 올라갔다.

“간판이 넘어졌네요.”

그녀는 빈병이 든 통을 그에게 건네며 말했다.

“내 눈에도 다 보인다네, 이 아줌마야.”

그도 오늘 아침에는 기분이 썩 좋지 못했다. 대부분의 윌로 주민들이 그럴 것이다. 두꺼비 비가 내리는 와중에 잠을 청하기란 보통 힘든 일이 아니었다. 칠 년에 한 번이기 망정이지 그렇지 않았다면 돌아버렸을 것이다.

“안으로 넣었어야죠.”

헨리가 뭐라고 중얼중얼 대꾸했지만 그녀는 알아듣지 못했다.

“뭐라고요?”

"우리가 좀더 노력했어야 했다고." 헨리는 시비조로 얘기했다. "젊고 착한 부부였는데. 우리가 좀더 노력했어야 했어."

그녀는 지끈거리는 머리에도 불구하고 노인에게 살짝 연민이 느껴졌다. 그의 팔에 손을 얹었다.

"그게 의례잖아요."

"흥, 가끔 의례 따위 엿이나 먹으라고 얘기하고 싶을 때도 있어!"

"헨리!"

그녀는 엉겁결에 화들짝 손을 거두었다. 그러다 그가 살날이 얼마 남지 않은 노인이라는 사실을 상기했다. 머리가 점점 녹슬어가고 있는 게 분명했다.

"뭐 어때서?" 그는 고집스럽게 말했다. "정말 착해 보였는데. 자네도 그렇게 얘기했잖아. 아니라고 하지 마."

"착해 보이긴 했어요. 하지만 어쩔 수 없잖아요, 헨리. 게다가 어제저녁에 당신도 그렇게 얘기했잖아요."

"나도 알아."

그는 한숨을 쉬었다.

"우리가 있으라고 붙잡는 것도 아니잖아요. 오히려 다른 데 있다가 오라고 경고하지. 그런데도 그들은 항상 우리말을 듣지 않죠. 결정하는 쪽은 그들이에요. 그것도 의례의 일부분이고요."

"나도 알아." 그는 같은 말을 반복하고는 숨을 크게 들이마셨다가 인상을 썼다. "끝나면 나는 이 냄새가 싫어. 온 마을이 상한 우유 냄새로 진동하거든."

"12시쯤 되면 없어질 거예요. 알잖아요."

"그렇지, 하지만 다음번에는 내가 이승에 없었으면 좋겠어, 로라. 아니면 장마 직전에 찾아온 사람을 맞이하는 역할을 다른 사람한테 넘기든지. 나도 그날이 닥쳤을 때 남들처럼 계산을 끝낼 수 있어서 좋지만 그래도 두꺼비라면 지긋지긋하거든. 아무리 칠 년에 한 번이라도 두꺼비들이 우라지게 지긋지긋할 수 있거든."

"그건 나도 마찬가지예요."

그녀는 부드럽게 얘기했다.

"흠." 그는 한숨을 쉬고 주변을 둘러보았다. "이제 이 빌어먹을 난장판을 정리하는 일만 남은 거겠지?"

"그렇죠. 그리고 헨리, 알다시피 우리는 의례를 만들지 않아요. 따르기만 할 뿐."

"나도 알아. 하지만⋯⋯."

"그리고 상황은 달라질 수 있어요. 아무도 시기나 이유는 모르지만 그럴 수 있어요. 이번이 마지막 장마일지 몰라요. 아니면 다음번에는 외지인이 찾아오지 않고⋯⋯."

"그런 소리 하지 마." 그가 겁에 질린 목소리로 말했다. "아무도 찾아오지 않으면 두꺼비들이 지금처럼 햇빛을 받고 없어지지 않을 수도 있잖아."

"그것 봐요. 결국에는 당신도 나랑 같은 생각이잖아요."

"흠, 긴 시간이야. 그렇지 않아? 칠 년이면 긴 시간이지."

"맞아요."

"그 두 사람, 젊고 착해 보였는데. 그렇지 않아?"

"맞아요."

그녀는 다시 한번 반복했다.

"그런 식으로 죽다니."

헨리 이든은 살짝 울컥하는 목소리로 얘기했고 이번에 그녀는 아무 소리도 하지 않았다. 잠시 후에 헨리가 간판을 다시 세우는 걸 도와줄 수 있느냐고 물었다. 로라는 머리가 지독하게 지끈거렸지만 알겠다고 했다. 헨리가 조류나 달의 변화처럼 어쩔 도리가 없는 일을 두고 우울해하는 걸 보고 싶지 않았다.

그는 간판을 다시 세웠을 즈음에는 기분이 좀 괜찮아진 듯했다.

"그렇지. 칠 년이면 우라지게 긴 세월이지."

맞아요, 그녀는 생각했다. 하지만 그 시간은 어김없이 흘러가고, 장마는 어김없이 다시 찾아오고, 그와 함께 항상 남녀 한 쌍으로 이루어진 외지인이 어김없이 등장하고, 우리는 어떤 일이 벌어질지 어김없이 얘기하고, 그들은 믿지 않고, 벌어질 일은…… 벌어지죠.

"가요, 늙다리 영감님. 내 머리가 쩍 벌어지기 전에 커피 한 잔 주세요."

그는 그녀에게 커피를 대접하고 그들이 커피를 다 마시기 전부터 망치를 두드리고 톱질을 하는 소리가 마을에서 시작된다. 창문 밖 중심가에서 웃고 떠들며 덧문을 다시 접는 사람들이 보인다.

공기는 따뜻하고 건조했고 머리 위 하늘은 엷고 희부연 파란색이었고 월로의 장마는 이렇게 끝이 났다.

내 귀염둥이 조랑말

★★★

시간에 관해 평생 기억에 남을 만한 가르침.

노인은 사과 향을 풍기는 헛간 입구의 흔들의자에 앉아서 담배를 피우고 싶은 마음이 없어졌으면 좋겠다는 생각을 하고 있었다. 의사한테 들은 말 때문이라기보다 심장이 시도 때도 없이 벌렁거리기 때문이었다. 그는 멍청한 후레자식 오스굿이 머리를 나무에 대고서 숫자를 세다가, 몸을 돌려 클라이비를 잡고는 깔깔 웃는 광경을 지켜보았다. 입을 하도 크게 벌리고 있어서 벌써 밑바닥까지 썩은 이가 보였고 아이의 입냄새가 어떨지 상상할 수 있었다. 축축한 지하실의 뒷구석 같을 것이었다. 나이가 많아봐야 열한 살일 텐데 그랬다.

　노인은 오스굿이 숨을 헐떡이고 당나귀 콧소리를 내가며 웃는 것을 지켜보았다. 아이는 너무 심하게 웃는 바람에 무릎을 짚으며 허리를 숙여야 했고, 숨어 있던 다른 아이들도 무슨 일인가 싶어 나왔다가 그걸 보고 덩달아 웃음을 터뜨렸다. 그들은 아침 햇살을 받으며 동그랗게 서서 그의 손자를 보며 깔깔댔고 노인은 담배 생각이 간절했다는 걸 잊었다. 그는 이제 클라이비가 우는지 확인하고 싶었다. 급속도로 다가오는 죽음을 비롯해 몇 달 동안 그의 관심을 사로잡았던 다른 모든 것을 제치고 그게 가장 궁금했다.

"잡혔네!" 다른 아이들이 웃으며 연달아 외쳤다. "잡혔네, 잡혔네, 잡혔네!"

클라이비는 바위처럼 묵묵히 들판에 서서 놀림이 끝나고 그를 술래 삼아 다시 놀이를 시작할 수 있길, 당황스러운 순간이 지나가길 기다렸다. 잠시 후에 놀이가 다시 시작됐다. 그러다 정오가 되자 다른 아이들은 집에 갔다. 노인은 클라이비가 점심을 얼마나 많이 먹는지 지켜보았다. 많이 먹지 않았다. 클라이비는 감자를 포크로 찌르기만 하고, 옥수수와 완두콩의 위치를 바꾸고, 고기 부스러기를 식탁 아래에서 기다리는 개에게 주었다. 노인은 이 모든 걸 흥미진진하게 지켜보았고, 누가 말을 걸면 대답했지만 그들이 하는 얘기나 자신이 하는 얘기를 귀담아듣지는 않았다. 그의 정신은 아이에게 쏠려 있었다.

파이까지 먹고 나서 그는 할 수 없는 것이 하고 싶어졌기에 낮잠을 자야겠다며 그 자리에서 빠져나왔고, 심장이 이제는 트럼프 카드가 낀 선풍기 같았기 때문에 계단을 중간쯤 올라가다 말고 멈춰서 고개를 숙이고 이번이 마지막인가 지켜보다가(그전에 두 번 경험한 적이 있었다) 아니라는 결론이 내려지자 2층으로 올라가서 속바지만 입고 빳빳하고 하얀 이불 위에 누웠다. 햇볕이 라벨 같은 직사각형 모양으로 그의 앙상한 가슴을 비추었다. 창살의 시커먼 그림자가 그 직사각형을 삼등분했다. 그는 두 손으로 머리를 받치고 졸다가 소리를 듣다가 했다. 잠시 후에 복도 저편의 아이 방에서 우는 소리가 들린 듯이 느껴지자 그는 생각했다. 손을 써야겠어.

한 시간 동안 자고 일어나보니 아내가 슬립만 입고 옆에서 잠을 자고 있었기에 그는 옷을 챙겨들고 밖으로 나와서 입고 1층으로 내려갔다.

클라이비는 집 앞 계단에 앉아서 개에게 나뭇가지를 던져주고 있었다. 던지는 아이에 비해 물어오는 개가 훨씬 열심이었다. 그 개는 (이름은 없고 그냥 개였다) 당황스러워하는 눈치였다.

노인은 아이를 불러서 과수원까지 같이 걷자고 했고 아이는 그가 하자는 대로 했다.

노인의 이름은 조지 배닝이었다. 그는 아이의 할아버지였고 클라이브 배닝은 그를 통해 귀염둥이 조랑말이 인생에서 차지하는 의미를 깨달았다. 말에 알레르기가 있더라도 귀염둥이 조랑말을 한 마리 키워야 방마다 시계를 여섯 개씩 놓고 양쪽 손목에 시계를 하도 많이 차서 팔을 들 수 없을 정도라도 시간 가는 줄 모를 수 있었다.

클라이브가 그 가르침(조지 배닝은 조언을 하지 않고 가르침만 전했다)을 들은 것은 술래잡기 놀이를 하다가 바보 같은 올던 오스굿에게 잡힌 날이었다. 그 무렵 클라이브의 할아버지는 조물주보다 더 나이들어 보였으니 아마 일흔두 살쯤 됐을 것이다. 배닝의 집은 뉴욕 주 트로이에 있었고 1961년에 그곳은 시골에서 벗어나는 법을 막 배워나가고 있었다.

가르침이 전수된 곳은 서쪽 과수원이었다.

그의 할아버지는 때늦은 눈보라가 아니라 일찌감치 피었다가 훈훈한 강풍에 흩날린 사과 꽃을 외투 없이 맞으며 서 있었다. 할아버지는 오버올 작업복을 입고 있었는데, 안에 받쳐 입은 칼라가 달린 셔츠는 원래 초록색이었지만 수십 번 아니면 수백 번 빠는 동안 희미한 올리브색으로 빛이 바랜 듯했고 그 아래에 받쳐 입은 라운드 칼라의 면으로 된 러닝셔츠(당연히 러닝셔츠였다. 당시에는 반팔 셔츠 같은 다른 스타일도 제작됐지만 할아버지는 죽을 때까지 러닝셔츠를 고수할 남자였다)는 깨끗했지만 원래의 하얀색이 아니라 아이보리색이었다. 말로 누누이 강조하는 걸로는 부족해서 거실의 자수 견본 작품에도 새겨놓은 할머니의 좌우명이 이것이었기 때문이다. 쓰고 또 쓰되 잃어버리지 말 것! 너덜너덜해질 때까지! 닳을 때까지! 잘 보관하지 않으면 없이 지내야 한다! 아직 반백인 할아버지의 긴 머리에 사과 꽃이 걸리자 아이는 나무 사이에 서 있는 할아버지의 모습이 아름답다는 생각을 했다.

아이는 그날 아침에 숨바꼭질을 하러 나갔을 때 할아버지가 자기들을 구경하는 것을 보았다. 그를 구경하는 것을 보았다. 할아버지는 헛간 입구의 흔들의자에 앉아 있었다. 할아버지가 의자를 흔들 때마다 널빤지가 하나씩 삐걱거렸고, 그는 무릎에 엎어놓은 책 위에 깍지 낀 손을 얹고 건초와 사과와 사과주의 달콤한 냄새가 희미하게 풍기는 그곳에 그렇게 앉아 있었다. 할아버지가 시간을 주제로 클라이브 배닝에게 가르침을 전수하는 이유가 숨바꼭질 때문이었다. 시간이 얼마나 종잡을 수 없는지, 어떤 식으로 거의 평생 동안 그걸 붙잡으려고 버둥거려야 하는지. 조랑말은 귀엽지만 성격이 못 됐다. 그 귀염둥이 조랑말한테서 한눈을 팔면 울타리를 뛰어넘어 시야에서 사라지기 때문에 밧줄로 만든 올가미를 들고 쫓아가야 하는데, 그러다보면 아무리 짧은 거리라도 뼛속까지 진이 빠졌다.

할아버지는 올던 오스굿이 속임수를 썼다는 말로 가르침의 전수를 시작했다. 그는 장작 패는 도마 옆의 죽은 느릅나무에 대고 꼬박 일 분 동안 눈을 감고서 60까지 세어야 했다. 그러면 클라이비(할아버지는 그를 항상 클라이비라고 불렀고 그도 상관없었지만 열두 살이 넘었는데 누가 그렇게 부르면 주먹을 날려야겠다고 생각했다)와 다른 친구들은 웬만큼 숨을 수 있었다. 클라이비가 아직 숨을 만한 곳을 찾고 있었을 때 올던 오스굿이 60까지 세고 고개를 돌렸고, 최후의 수단 삼아 압착실 옆에 아무렇게나 쌓아둔 사과 상자 뒤에 숨으려고 꼼지락거리던 그를 '잡았'다. 흠과를 압착해 사과주로 만드는 기계가 큼지막한 고문 기구처럼 자리잡고 있는 어두컴컴한 곳이 압착실이었다.

"그건 부당한 짓이었다." 할아버지가 얘기했다. "그래도 너는 계집애처럼 앙앙거리지 않았는데 그건 잘했다. 정상적인 남자라면 절대 앙앙거리지 말아야지. 사내라면, 지각이 있고 씩씩한 남자아이라면 계집애처럼 그러지 말아야지. 그래도 그건 부당한 짓이었어. 내가 지금 이렇게 얘기할 수 있는 것도 네가 그때 아무 소리도 하지 않았기 때문이다만."

사과 꽃이 노인의 머리칼 속으로 날아들었다. 울대뼈 아래로 움푹 들어간 곳에 걸린 사과 꽃은 그럴 운명을 타고났기 때문에 아름답지만 금세 사라지기 때문에 눈부신 보석 같았다. 몇 초 뒤면 그 꽃은 성마르게 바람에 날려 땅바닥으로 떨어질 테고 친구들 사이에서 완벽한 익명의 존재가 될 것이다.

그는 할아버지에게 올던이 규칙에 따라서 60까지 셌다고 얘기했지만 그를 그냥 찾은 게 아니라 '잡아'서 창피를 준 아이의 편을 드는 이유가 뭔지 모를 일이었다. 흥분하면 가끔 계집애처럼 찰싹 때리는 올던은 고개를 돌렸을 때 그가 보이자 죽은 나무에 대충 손을 대고 뜻을 알 수 없지만 의심의 여지가 없는 주문을 외고 그만이었다. "클라이브가 보인다, 딩-동-댕!"

그가 올던의 편을 든 이유는 할아버지와 함께 조금 더 거기 있고 싶었기 때문이었을 수도 있다. 할아버지의 희끗희끗한 머리칼이 꽃바람에 뒤로 날리는 모습을 바라보고, 할아버지의 목에 잠깐 들러붙은 보석을 보며 감탄하고 싶었기 때문이었을 수도 있다.

"그랬지." 할아버지는 얘기했다. "그 아이는 60까지 셌지. 하지만 이걸 봐라, 클라이비! 이걸 머릿속에 담아라!"

가슴받이에 달린 캥거루 주머니 같은 것까지 합하면 할아버지가 입은 오버올에는 주머니가 모두 다섯 개였는데, 뒷주머니 옆에는 주머니처럼 생긴 게 달려 있었다. 그 안으로 손을 넣어서 안에 입은 바지를 갈무리할 수 있도록 뚫어놓은 구멍이었다(그 당시에는 바지를 따로 챙겨 입지 않는다는 것이 해괴망측한 수준을 넘어서 살짝 맛이 간 사람이나 저지르는 어처구니없는 짓이었다). 할아버지도 오버올 안에 청바지를 입고 있었다. 할아버지는 그 바지를 문자 그대로 '유대인 바지'라고 불렀고 클라이브가 아는 다른 농부들도 전부 마찬가지였다. 리바이스가 곧 '유대인 바지'였다.

그는 오른쪽 구멍 안으로 손을 집어넣어서 그 안에 입은 청바지의 오른쪽 주머니를 뒤적이다가 녹이 슨 은색 주머니 시계를 꺼내, 아무 생각 없이 서 있던 아이의 손에 쥐여주었다. 시계의 무게가 워낙 갑작스럽고 금속 케이스 안에서 째깍거리는 느낌이 워낙 생생해서 아이는 하마터면 떨어뜨릴 뻔했다.

아이는 갈색 눈을 휘둥그레 뜨고 할아버지를 쳐다보았다.

"떨어뜨리지 마라." 할아버지가 얘기했다. "떨어뜨리더라도 죽지는 않겠지만. 예전에도 떨어뜨린 적이 있었고 유티카의 어느 맥줏집에서는 한번 밟은 적도 있지만 죽지 않았거든. 죽더라도 내가 아니라 너만 아깝지, 뭐. 이제는 네 것이니까."

"네?" 그는 무슨 소리냐고 묻고 싶었지만 무슨 소린지 알 것 같았기에 묻지 않았다.

"너한테 주려고." 할아버지가 얘기했다. "전부터 그럴 생각이었지만 유언장으로 작성할 수는 없고 해서. 그랬다가는 그 시계 값보다 빌어먹을 공증 비용이 더 들 테니까."

"할아버지…… 저는…… 하느님 맙소사!"

할아버지는 껄껄대고 웃다가 기침을 터뜨렸다. 몸을 반으로 접어서 얼굴이 벌게지도록 기침을 하다가 웃다가 했다. 클라이브는 놀라면서 좋아하다가 걱정스러워졌다. 그는 여기까지 걸어오는 동안 할아버지가 편찮으시니 피곤하게 하면 안 된다고 어머니가 다짐에 다짐을 거듭했던 걸 기억했다. 이틀 전에 어디가 편찮으시냐고 클라이브가 조심스럽게 물었을 때 조지 배닝은 뜻 모를 한 단어로 대답했다. 클라이브는 과수원에서 대화를 나눈 그날 밤에 주머니 시계를 손에 쥐고 잠이 들려던 찰나, 할아버지가 '째각이'라고 했던 게 무슨 위험한 독벌레가 아니라 심장을 두고 한 말이었음을 알아차렸다. 병원에서는 그에게 담배를 끊으라고 하면서 눈을 치우거나 텃밭에서 괭이질을 하는 등의 격렬한 일을 했다가는 하프를 뜯게 될 거라고 했다. 그는 그게 무슨 뜻인지 알고도 남았다.

"떨어뜨리지 마라. 떨어뜨리더라도 죽지는 않겠지만." 할아버지는 그렇게 얘기했지만 아이는 언젠가는 죽을 수밖에 없다는 걸, 사람이든 시계든 둘 다 언젠가는 죽을 수밖에 없다는 걸 알 만한 나이였다.

아이는 할아버지가 이대로 죽는 건 아닌가 싶어서 지켜보았다. 마침내 기침과 폭소가 가라앉자 할아버지는 허리를 펴고 왼손으로 흐르는 콧물을 닦아서 털었다.

"너는 참 재미있는 아이다, 클라이비. 내 손자 열여섯 명 중에서 나중에 방귀깨나 뀔 성싶은 녀석은 딱 두 명뿐이고 너는 해당 사항 없지만─차점자 명단에는 있다만─나를 불알이 아플 정도로 웃게 만들 수 있는 녀석은 너 하나뿐이야."

"할아버지 불알을 아프게 만들 생각은 없었어요." 클라이브의 대답에 할아버지는 또다시 웃음보를 터뜨렸지만 이번에는 기침이 터지기 전에 멈출 수 있었다.

"체인을 손마디에 한두 번 감고 그러면 안심이 되는지 봐라." 할아버지가 얘기했다. "마음이 편안해야 제대로 집중할 수 있으니까."

할아버지가 시키는 대로 했더니 과연 안심이 됐다. 그는 생동감 넘치게 느껴지는 기계 장치와 뚜껑에 새겨진 해님 불가사리와 나름의 조그만 동그라미 안에서 돌아가는 초침에 넋을 잃은 채 손바닥 위에 올려놓은 시계를 들여다보았다. 그래도 이건 할아버지의 주머니 시계였다. 그렇다고 딱 잘라서 얘기할 수 있었다. 그런 생각이 들었을 때 사과 꽃잎이 시계 뚜껑을 훑고 사라졌다. 일 초도 안 되는 순간 동안 벌어진 일이었지만 이로써 모든 게 달라졌다. 그 꽃잎이 지나간 이후로 현실이 되었다. 이건 그의 시계였다. 둘 중 하나가 작동을 멈추고 고칠 수 없는 상태에 이르러 폐기 처분될 때까지 그랬다.

"좋아." 할아버지가 얘기했다. "혼자 돌아가는 초침 보이지?"

"네."

"그래, 그걸 계속 보고 있어라. 초침이 꼭대기에 다다르면 나한테 '고!'라고 외쳐. 알았지?"

그는 고개를 끄덕였다.

"좋아. 초침이 거기 다다르면 시작이다."

클라이브는 중요한 방정식의 결론을 도출중인 수학자처럼 심각한 표정으로 인상을 쓰며 시계를 내려다보았다. 그는 할아버지가 뭘 보여주려고 하는지 이미 알고 있었고 증명은 형식적인 절차에 불과하지만…… 그래도 거쳐야 하는 절차라는 걸 알 만큼 영리했다. 주보에 적힌 찬송가를 모두 불렀고 설교까지 드디어 끝났어도 목사의 축도를 들은 다음에서야 교회를 나설 수 있는 것처럼 이것도 일종의 의례였다.

초침(이게 내 거야. 그는 경이로워했다. 이게 내 시계에 달린 내 초침이야)이 따로 분리된 문자반 안에서 정확히 12를 가리켰을 때 그가 있는 힘껏 "고!"라고 외치자 할아버지가 관중이 최면에서 깨어나 속았다는 걸 알아차리고 분통을 터뜨리기 전에 미심쩍은 물품을 팔아치우려는 경매인처럼 탐욕스럽게 숫자를 세기 시작했다.

"하나-둘-셋, 네-다-여섯, 일-여-아홉, 열-하나." 할아버지가 신나게 외치기 시작하자 두 뺨에 난 검버섯과 콧잔등의 굵은 자주색 혈관이 다시금 도드라졌다. 그는 쉰 목소리로 의기양양하게 마지막 숫자를 외쳤다. "오십구-육십!" 그가 이렇게 외쳤을 때 주머니 시계의 초침은 35초를 가리키는 일곱 번째 까만 선을 이제 막 지나고 있었다.

"몇 초 걸렸니?" 할아버지는 숨을 헐떡이고 손으로 가슴을 문지르며 물었다.

클라이브는 감탄하는 눈빛으로 할아버지를 쳐다보았다. "엄청 빨리 세시네요, 할아버지!"

할아버지는 가슴을 문지르던 손으로 저리 가라는 듯이 손사래를 쳤지만 미소를 지었다. "오스굿 녀석은 이보다 두 배 빨랐어." 그가 얘기했다. "그 자식이 이십칠이라고 하는 걸 방금 전에 들었는데 금세 사십일 언저리까지 갔지 뭐냐." 할아버지는 지중해 혈통이 섞인 클라이브의 갈색 눈과 전혀 다르게 짙은 가을 하늘을 닮은 파란 눈으로 그를 똑바로 쳐다보았다. 울퉁불퉁한 손을 클라이브의 어깨에 얹었다. 관절염 때문에 우둘투둘했지만 꺼진 기계의 전선처럼 그 안에 잠들어 있는 생생한 기운을 느낄 수 있었다. "한 가지만 기억하면 된다, 클라이비. 시간은 네가 숫자를 얼마나 빠르게 셀 수 있는지와 전혀 상관없다는 거."

클라이브는 천천히 고개를 끄덕였다. 무슨 말인지 완벽하게 이해할 수는 없었지만 풀밭 위를 천천히 지나가는 구름의 그림자와 같은 깨달음의 그림자를 느낄 수 있었다.

할아버지는 오버올 가슴받이에 달린 행낭처럼 생긴 주머니에서 필터 없는 쿨스 담뱃갑을 꺼냈다. 심장이 위태롭거나 말거나 담배를 끊지 않은 모양이었다. 그래도 담뱃갑이 이리저리 옮겨다니느라 너덜너덜해진 걸 보면 많이 줄인 것 같기는 했다. 원래는 아침 식사를 마친 뒤에 뜯은 새 담뱃갑을 3시면 꾸깃꾸깃 뭉쳐서 하수구에 버렸는데 말이다. 할아버지는 안을 뒤져서 담뱃갑처럼 구부정한 담배를 꺼냈다. 그걸 입가에 물고 담배는 다시 주머니에 넣고 성냥을 꺼내 나이를 먹어서 누렇고 두툼해진 엄지손톱에 대고 노련하게 그어서 불을 붙였다. 클라이브는 빈손에서 카드를 꺼내 부채꼴로 펼치는 마술을 구경하듯 넋을 잃고 바라보았다. 엄지손톱에 대고 성냥을 긋는 것도 볼 때마다 흥미진진했지만 놀라운 부분은 성냥불이 꺼지지 않는다는 거였다. 세찬 바람이 이 언덕 꼭대기를 꾸준히 훑고 지나가는데도 불구하고 할아버지는 느긋하다 싶을 만큼 자신 있게 조그만 불꽃을 손으로 감쌌다. 그렇게 해서 담배에 불을 붙인 다음 의지로 바람을 막고 있었던 듯이 성냥을 흔들었다. 클라이브는 담배를 유심히 들여다보았지만 빨간 불똥 뒤로 보이는 하얀 종이에 시커멓게 그은 자국이 없었다. 그렇다면 그가 잘못 본 게 아니었다. 할아버지는 문을 닫아놓은 방에서 촛불에 대고 불을 붙이듯 일직선으로 피어오른 불꽃에 대고 불을 붙였다. 그야말로 마법이었다.

할아버지가 담배를 빼고 엄지와 검지를 입안에 넣자 휘파람을 불어서 기르는 개나 택시를 부르려는 사람처럼 보였다. 하지만 그는 다시 꺼내서 침이 묻은 손가락으로 성냥 대가리를 눌렀다. 아이는 설명을 들을 필요가 없었다. 할아버지와 여기 이 시골에 사는 할아버지 친구들이 갑작스러운 한파보다 더 무서워하는 게 불이었다. 할아버지는 성냥개비를 바닥에 떨어뜨리고 신발로 짓밟았다. 그는 고개를 들고 자신을 쳐다보는 아이와 마주했을 때 아이가 넋을 잃은 표정을 짓고 있는 이유를 오해했다.

"나도 이러면 안 된다는 거 안다. 그리고 너한테 거짓말을 강요하거나 부탁할 생각도 없어. 할머니가 '그 양반이 저기서 담배를 피우던?' 하고 물어보거든 솔직하게 얘기해라. 나를 위한답시고 거짓말을 하는 손자는 필요 없어." 그는 정색하고 얘기했지만 꼬리가 위로 올라간 예리한 그의 눈 때문에 클라이브는 깜찍하고 아무 죄가 없는 공모에 가담하는 기분이 들었다. "하지만 네가 그 시계를 받았을 때 조물주의 이름을 허투루 입에 올렸느냐고 할머니가 나한테 물으면 나는 네 할머니의 눈을 똑바로 쳐다보면서 이렇게 대답할 거다. '무슨 소리. 고맙다고 더할 나위 없이 깍듯하게 인사하고 그뿐이었어.'"

이번에는 클라이브가 폭소를 터뜨렸고 노인은 몇 개 안 남은 이를 드러내며 씩 웃었다.

"물론 네 할머니는 너나 나한테 아무것도 묻지 않을 거야. 우리 쪽에서 자진해서 얘기할 필요도 없고……. 그렇지, 클라이비? 이러면 공평하겠니?"

"네." 클라이브는 대답했다. 그는 외모가 준수한 편이 아닌지라 여자들이 잘생겼다고 생각할 만한 남자로 자랄 일은 없겠지만 노인의 교묘한 수사를 완벽하게 이해하고 미소를 지었을 때는, 적어도 그 순간만큼은 인물이 훤했다. 할아버지는 그의 머리칼을 헝클어뜨렸다.

"너는 착한 아이야, 클라이비."

"고맙습니다, 할아버지."

할아버지는 유난히 빠른 속도로 타들어가는 담배를 들고(담배가 바짝 마른데다 그가 거의 빨지 않아도 언덕 꼭대기에 부는 탐욕스러운 바람이 쉴 새 없이 연기를 피워댔다) 생각에 잠긴 얼굴로 서 있었는데 클라이브는 할아버지가 할말을 모두 끝낸 줄 알았다. 그래서 아쉬웠다. 그는 할아버지의 얘기를 듣는 게 좋았다. 할아버지가 하는 얘기는 언제나 귀에 쏙쏙 들어왔기 때문에 들을 때마다 감탄사가 나왔다. 그의 어머니, 아버지, 할머니, 돈 삼촌은 무슨 말을 할 때마다 새겨들으라고 하지만 무슨 소린지 알아들을 수 있는 경우가 거의 없었다. 예를 들면 마음이 잘생겨야 잘생긴 사람이다, 이런 식인데 그게 도대체 무슨 뜻이란 말인가.

그에게는 그보다 여섯 살 많은 패티 누나가 있었다. 그녀가 하는 말은 알아들을 수 있었지만 대부분 헛소리라 신경쓸 필요가 없었다. 나머지 의사소통은 사납게 꼬집는 걸로 대신했다. 그중에서도 최악은 이른바 '거시기 꼬집기'였다. 그녀는 거시기 꼬집기에 대해서 아무한테라도 얘기를 했다가는 그날로 죽는 줄 알라고 했다. 패티는 항상 죽여버리고 싶은 사람들에 대해 말했다. 그녀의 살생부는 살인주식회사*에 견주어도 손색이 없었다. 보면 실소를 금할 수가 없었

---

* 1920년대에서 1940년대에 뉴욕 등지에서 활동한 초기 미국 마피아의 행동대 별명.

지만…… 그것도 길쭉하고 험상궂게 생긴 그녀의 얼굴을 찬찬히 들여다보기 전의 얘기였다. 거기 담긴 표정을 보면 웃고 싶은 마음이 사라졌다. 아무튼 클라이브는 그랬다. 그리고 그녀는 요주의 인물이었다. 하는 말을 들어보면 바보 같지만 사실은 전혀 아니었다.

"나는 데이트하고 싶지 않아요." 그녀는 얼마 전에 저녁을 먹는 자리에서 이렇게 선포했다. 때는 바야흐로 남자들이 컨트리클럽에서 열리는 스프링 댄스나 고등학교 댄스 파티에 여자를 초대하는 시기였다. "죽을 때까지 데이트를 못한 대도 상관없어요." 그러고는 김이 모락모락 나는 고기와 채소가 담긴 접시 위로 반항하듯 눈을 동그랗게 뜨고 그들을 쳐다보았다.

클라이브는 미동이 없고 어쩨 섬뜩한 누나의 얼굴을 수증기 사이로 바라보며, 아직 땅바닥에 눈이 남아 있었던 두 달 전의 일을 떠올렸다. 맨발로 2층 복도를 걸었기 때문에 누나는 그의 발소리를 듣지 못했을 테고 그가 화장실 안을 들여다본 이유는 문이 열려 있었기 때문이었다. 토 나오는 패티가 있을 줄은 꿈에도 몰랐다. 안을 보고 그는 그 자리에서 얼어붙었다. 그녀도 왼쪽으로 아주 조금만 고개를 돌렸더라면 그를 볼 수 있었을 것이다.

하지만 그녀는 고개를 돌리지 않았다. 자기 모습을 살피느라 여념이 없었다. 그녀는 목욕 수건을 발치에 떨어뜨리고, 능구렁이 브래니건의 하도 봐서 너덜너덜한 《모델 딜라이츠》에 실린 섹시한 아가씨처럼 실오라기 하나 걸치지 않은 몸으로 서 있었다. 하지만 그녀는 섹시한 아가씨가 아니었다. 클라이브는 그렇다는 걸 알았고 그녀도 표정을 보아 하니 아는 눈치였다. 여드름이 난 뺨 위로 눈물이 흘러내리고 있었다. 닭똥 같은 눈물이 펑펑 흘러내리기만 할 뿐 아무 소리도 나지 않았다. 마침내 자기 보호 본능을 되찾은 클라이브는 까치발로 살금살금 도망쳤고 그날의 일을 패티는 물론 어느 누구에게도 얘기하지 않았다. 자기 알몸을 남동생이 봤다고 난리를 부릴지 어쩔지는 알 수 없었지만 통곡하는 걸(흐느끼는 소리 하나 없는 희한한 통곡이었지만) 봤다고 하면 어떤 반응을 보일지 뻔했다. 그를 죽여버리겠다고 할 게 분명했다.

"남자애들은 바보 같고 대부분 맛이 간 코티지치즈 냄새를 풍기거든요." 그녀는 봄날 그 저녁에 이렇게 얘기했다. 그러고는 로스트비프를 포크로 집어서 입에 넣었다. "누가 나더러 데이트하자고 하면 웃어버릴 거예요."

"크면 생각이 바뀔 거다, 말랭아." 아빠가 접시 옆에 둔 책에 시선을 고정한 채 로스트비프를 씹으며 얘기했다. 엄마는 아빠가 식탁에서 책을 읽지 못하게 말리는 걸 포기했다.

"아뇨, 그럴 일 없어요." 패티는 말했고 클라이브는 그 말이 진짜라는 걸 알았다. 패티는 마음에 없는 소리를 하는 경우가 없었다. 그건 부모님은 모르지만 클라이브는 아는 그녀의 면모였다. 거시기 꼬집기에 대해 고자질하면 죽여버리겠다고 한 건 과연 진심일까 싶었지만 그는 모험을 감행할 생각이 없었다. 그를 죽이지는 않더라도 추적이 불가능한 어마어마한 방식으로 괴롭힐 게 분명했다. 게다가 거시기 꼬집기가 꼬집기라기보다 잡종인 푸들 브랜디를 쓰다듬는 것에 가까울 때도 있었다. 그녀가 거시기를 꼬집는 이유는 그가 못된 짓을 저질렀기 때문이겠지만 그는 그녀에게 절대 밝히지 않을 비밀이 있었다. 쓰다듬는 식으로 꼬집으면 사실 기분이 좋았다.

할아버지가 입을 열었을 때 클라이브는 '이제 집으로 가야겠다, 클라이브'라고 할 줄 알았지만 할아버지는 대신 이렇게 얘기했다. "네가 듣고 싶다고 하면 해주고 싶은 얘기가 있는데. 오래 걸리지는 않을 거야. 듣고 싶니, 클라이비?"

"네, 할아버지!"

"진심으로?" 할아버지는 어리둥절한 목소리로 물었다.

"네, 할아버지."

"가끔 너를 엄마, 아빠한테서 훔쳐다가 한참 데리고 있어야겠다는 생각이 들 때가 있어. 너를 곁에 두고 있으면 심장이 망가졌든 말든 평생 살 수 있을 것 같다는 생각이 들 때도 있고."

그는 입에 물고 있던 담배를 땅바닥으로 떨어뜨려서 부츠 뒷굽을 좌우로 움직여가며 밟아서 끄고, 만일의 경우에 대비해 뒷굽에 밟혀 헤쳐진 흙으로 꽁초를 덮었다. 그런 다음 다시 클라이브를 올려다보았을 때 그의 눈은 희미하게 반짝이고 있었다.

"나는 오래전에 조언을 그만두었어. 삼십 년쯤 전에. 바보들만 조언을 하고 바보들만 조언을 받아들인다는 걸 알아차렸을 때 그만두었지. 가르침은…… 가르침은 다른 거다. 똑똑한 남자가 어쩌다 한 번씩 하고 똑똑한 남자가, 아니면 똑똑한 남자아이가 어쩌다 한 번씩 듣는 게 가르침이지."

클라이브는 아무 말도 하지 않고 할아버지만 열심히 쳐다보았다.

"세상에는 세 종류의 시간이 있어." 할아버지가 얘기했다. "그리고 셋 다 진짜지만 진짜 진짜는 딱 하나야. 너는 이 셋을 모두 파악하고 항상 구분할 줄 알아야 해. 무슨 소린지 알겠니?"

"아뇨, 할아버지."

할아버지는 고개를 끄덕였다. "'네, 할아버지'라고 했다면 네 궁둥짝을 때리고 농장으로 다시 데려갔을 거다."

클라이브는 뿌듯한 마음에 화끈거리는 얼굴을 달래며 부츠 뒷굽으로 뭉개진 담배꽁초의 잔해를 바라보았다.

"너 같은 애송이 시절에는 시간이 길지. 예를 들어볼까? 네 느낌상 오월이 되면 학기가 절대 끝나지 않을 것 같고 유월 중순이 절대 오지 않을 것 같지? 그렇지 않니?"

클라이브는 졸리고 분필 냄새나는 학기중의 납덩이 같은 마지막 구간을 떠올리며 고개를 끄덕였다.

"그러다 마침내 유월 중순이 찾아오고 선생님이 주신 성적표와 함께 해방되면 학기가 절대 시작되지 않을 것 같고. 이번에도 그렇지 않니?"

클라이브는 고속도로와 같은 그날들을 떠올리며 목에서 소리가 날 정도로 열심히 고개를 끄덕였다. "아우, 그럼요! 당연하죠, 할아버지." 그날들. 유월과 칠월이라는 평원과 팔월이라는 상상조차 할 수 없는 지평선 너머로 길게 이어지는 그날들. 며칠이 지나야, 몇 번 날이 밝아야, 엄마가 끝도 없이 와인을 따라 마시며 거실에 조용히 앉아서 텔레비전 연속극을 보는 동안 그는 점심으로 머스터드와 잘게 다진 생양파를 넣은 볼로냐 샌드위치와 큼지막한 잔에 따른 우유를 몇 번 먹어야 그날들이 지나갈까. 짧게 친 머리칼 속에서 솟은 땀이 뺨을 타고 흐르는, 그 깊이를 알 수 없는 수많은 오후, 난쟁이 같았던 그림자가 소년으로 자란 게 느껴질 때마다 번번이 놀라워지는 오후, 술래잡기나 레드로버 놀이나 깃발 뺏기를 하는 동안 땀은 식어서 사라지지만 애프터셰이브처럼 뺨과 겨드랑이에 냄새가 남는 끝없는 황혼. 자전거 체인 소리, 구멍이 기름칠한 톱니와 딱 맞물리는 소리, 인동과 식어가는 아스팔트와 파릇파릇한 이파리와 베어놓은 풀 냄새, 어떤 아이의 집 앞길에서 야구 카드를 찰싹 내려놓는 소리, 양쪽 리그 선수들의 진지하고 불길한 맞교환, 칠월의 저녁이 천천히 어스레하게 기울어가는 가운데 끝없이 이어지는 회의. 그러다 "클라아아아이브! 저녁 먹어라아!" 하는 소리가 들리면 모든 게 끝이 난다. 이건 예상했던 순간인데도 난쟁이 같았던 정오의 그림자가 3~4시쯤 되면 그와 나란히 달리는 시커먼 소년으로 바뀌고, 5시쯤 되면 그의 발뒤꿈치에 붙박여 있던 소년이 유난히 호리호리한 남자로 변할 때 그렇듯이 번번이 놀랍게 느껴졌다. 텔레비전과 함께 매끄럽게 흘러가는 저녁 시간, 아버지가 가끔 책장을 넘기는 소리(그는 책에 싫증을 내는 법이 없었다. 글, 글, 글을 읽고 또 읽었다. 클라이브는 어떻게 그럴 수 있느냐고 물어보려던 적이 있었지만 용기가 없어서 포기했다), 어머니가 어쩌다 한 번씩 일어나서 부엌에 다녀오는 소리(누나는 걱정과 분노가 섞인 눈빛으로 쳐다보았지만 그는 호기심이 어린 눈빛으로 쳐다보고 그만이었다). 엄마가 오전 11시 이후에는 절대 비워두지 않는 잔을 채우느라 나지막이 쨍그랑거리는 소리(아버지는 책을 보다 말고 절대 고개를 들지 않았지만 클라이브가 느끼기에는 다 듣고 다 알고 있는 듯했다. 하지만 그는 겁 없이 패티 앞에서 그런 것 같지 않으냐고 얘기를 꺼냈다가 그녀가 한심한 거짓말쟁이라고 하며 거시기를 꼬집는 바람에 하루 종일 아파서 혼난 적이 있었다). 해가 진 다음에는 훨씬 더 커지는 듯이 느껴지는, 방충망 뒤에서 모기들이 왱왱거리는 소리. 너무나 부당하지만 절대 피할 도리가 없고 모든 반박이 시작되기도 전에 효력을 잃어버리는 잘 시간이 됐다는 선포. 아버지의 무뚝뚝하고 담배 냄새 풍기는 입맞춤, 좀더 부드럽고 와인 때문에 달짝지근하면서도 시큼한 어머니의 입맞춤. 아빠가 맥주 두어 잔 마시며 카운터 위에 달린 텔레비전으로 레슬링 중계를 보러 길모퉁이 술집에 가면 엄마더러 이제 그만 주무실 시간이라고 얘기하는 누나의 목소리. 엄마가 누나에게 말조심하라고 하는 소리. 내용은 심란하지만 예측 가능하다는 점에서 위안이 되는 그 둘의 옥신각신. 어둠 속에서 희미하게 반짝이는 개똥벌레. 잠이라는 길고 컴컴한 물길 속으로 빨려 들어가는 순간 멀리서 울리는 자동차 경적 소리. 그리고 똑같은 것 같지만 그렇지 않은 다음날. 여름. 그것이 여름이었다. 그리고 여름은 길게 느껴지는 게 아니었다. 실제로 길었다.

할아버지는 그를 유심히 들여다보며 아이의 갈색 눈을 통해 이 모든 걸 파악하는 듯했다. 아이가 말로 표현할 방법을 찾지 못했던 모든 것들, 입으로는 심장의 언어를 구사할 방법이 없었기에 그에게서 새어 나올 수 없었던 것들을 파악하는 듯했다. 잠시 후에 할아버지는 짐작이 맞는다는 듯 고개를 끄덕였고 클라이브는 할아버지가 말랑말랑하고 나긋하고 의미 없는 말을 함으로써 모든 걸 망치는 건 아닐지 덜컥 겁이 났다. 그렇지. 그는 이렇게 얘기할 것이었다. 나도 다 안다, 클라이비. 나도 한때는 어린아이였으니까.

하지만 그는 그러지 않았고 클라이브는 한순간이나마 그걸 두려워했던 자신이 얼마나 어리석었는지 깨달았다. 아니, 얼마나 믿음이 없었는지 깨달았다. 그는 할아버지였고, 할아버지는 다른 어른들처럼 의미 없는 헛소리를 절대 늘어놓지 않았다. 말랑말랑하고 나긋하게 얘기하기보다 중죄인에게 가혹한 형을 선고하는 판사처럼 무미건조하고 단호하게 얘기했다.

"그게 다 달라진단다."

클라이브는 그를 올려다보았다. 그 말에 살짝 불안해지기는 했지만 할아버지의 머리칼이 어지럽게 날리는 광경이 몹시 보기 좋았다. 그는 할아버지가 조물주의 실상을 단순히 미루어 짐작하는 게 아니라 실제로 아는 목사처럼 보인다는 생각이 들었다. "시간이 달라진다고요? 정말요?"

"응. 어떤 연령대—인류의 절반끼리 서로를 발견하는 실수를 주구장창 저지르는 열네 살 무렵이 아닐까 싶다만—에 다다르면 시간이 진짜 시간으로 변하기 시작하거든. 진짜 진짜 시간으로 말이다. 예전처럼 길지도 않고 나중처럼 짧지도 않아. 나중에는 그렇게 되거든. 하지만 일생의 대부분은 진짜 진짜 시간으로 이루어져 있지. 진짜 진짜 시간이 뭔지 아니, 클라이비?"

"아뇨, 할아버지."

"그럼 내 말 잘 들어라. 진짜 진짜 시간은 귀염둥이 망아지야. 따라해라. '내 귀염둥이 망아지.'"

클라이브는 할아버지가 장난을 치려는 건가 의아해하며(돈 삼촌이었다면 "성질을 건드리려고 그러는 거"라고 했을 것이다) 바보 같았지만 그가 시키는 대로 따라했다. 그는 할아버지가 웃음을 터뜨리며 "어이구, 제대로 걸려들었구나, 클라이비!"라고 할 줄 알았다. 하지만 할아버지는 진지하고 덤덤하게 고개를 끄덕이고 그만이었다.

"내 귀염둥이 망아지. 네가 내가 생각한 만큼 영리하다면 앞으로 이 세 단어를 절대 잊어버리지 않을 거다. 내 귀염둥이 망아지. 그게 시간의 실상이야."

할아버지는 너덜너덜한 담뱃갑을 주머니에서 꺼내 잠깐 쳐다보다가 다시 넣었다.

"열네 살부터 아마도 예순 살 정도까지는 대부분의 시간이 내 귀염둥이 망아지 시간이야. 어렸을 때처럼 다시 길게 느껴지는 순간도 있겠지만 예전처럼 즐거운 시간은 아니야. 짧은 시간은 고사하고 내 귀염둥이 망아지 시간이나마 누릴 수 있으면 영혼이라도 내줄 수 있을 듯이 느껴지거든. 내가 지금 하려는 얘기를 듣고 너희 할머니한테 일러바치면 너희 할머니는 나더러 신을 모독했다며 일주일 동안 뜨거운 물주머니를 가져다주지 않을 거다. 어쩌면 이 주일 동안 그럴 수도 있고."

할아버지는 말은 이렇게 하면서도 회개하지 않는 죄인처럼 삐딱한 미소를 지었다.

"마누라가 하늘처럼 떠받드는 채드밴드 목사한테 이런 얘기를 하면 그가 지금은 거울로 보는 것 같이 희미하다는 둥, 하느님은 신비한 방법으로 역사하신다는 둥 구태의연한 소리를 늘어놓겠지만 내 생각을 얘기해주마, 클라이비. 내가 생각하기에 하느님은 못돼 처먹은 개자식이야. 어른이 된 이후에는 갈비뼈가 으스러지거나 내장에 구멍이 생겼거나 뭐 그런 때만 시간이 길어지도록 만들었으니 말이다. 그런 조물주와 비교하면 파리에 핀을 꽂는 어린애가, 새들이 날아와서 둥지를 틀 정도로 훌륭했다는 그 무슨 성인처럼 보일 정도야. 뒤집힌 건초더미에 깔렸을 때 그 몇 주가 얼마나 길었는지 생각해보면 조물주가 애초에 살아 숨쉬고 생각하는 피조물을 만든 이유가 뭔지 궁금해진다니까? 엿 먹일 상대가 필요했다면 옻나무 덤불을 만들어서 거기가 대고 해결하면 됐을 텐데. 작년에 골암에 걸려서 아주 느릿느릿 죽어가던 그 가엾은 조니 브링크메이어를 봐도 그렇고 말이다."

클라이브는 그 마지막 말은 제대로 듣지 않았지만 나중에 차를 타고 도시로 돌아가던 길에, 어머니와 아버지가 쓰는 표현으로는 슈퍼마켓, 할아버지와 할머니가 쓰는 표현으로는 '잡화점' 주인이었던 조니 브링크메이어는 할아버지가 저녁 때 그 집으로 자주 놀러가던 유일한 친구였고…… 저녁 때 할아버지의 집으로 자주 놀러오던 유일한 친구이기도 했다는 사실을 떠올렸다. 집으로 한참을 가는 동안, 이마에 아주 커다란 사마귀가 났고 사타구니를 추켜올리며 걷는 습관이 있었던 걸로 희미하게 기억이 나는 조니 브링크메이어가 할아버지의 유일한 친구였겠다는 생각을 했다. 브링크메이어의 이름이 나올 때마다 할머니가 콧방귀를 뀌었고 고약한 냄새가 난다며 투덜거렸던 것도 그의 추측에 힘을 실었다.

하지만 지금은 그런 생각이 날 턱이 없었다. 클라이브는 할아버지가 하늘에서 내린 벼락을 맞고 쓰러지는 순간을 숨죽이며 기다리고 있었다. 신을 모독했으니 그럴 수밖에 없었다. 전능하신 주님을 못

돼 처먹은 개자식이라고 부르고, 우주를 창조한 조물주를 파리에 핀을 꽂으며 낄낄대는 못된 3학년짜리와 다를 바 없다고 한 사람이 무사할 수 없었다.

클라이브는 불안한 마음에 오버올 작업복을 입은 인물에게서 한 발짝 물러났다. 그는 이제 그의 할아버지가 아니라 인간 피뢰침이 되었다. 언제라도 파란 하늘에서 벼락이 떨어져 할아버지를 지글거리는 개똥으로 만들고 사과나무에 불을 질러 노인의 지옥행을 만민에게 알리는 횃불로 삼을 수 있었다. 지금 허공을 가르는 사과 꽃잎들은 아버지가 일요일 늦은 오후마다 일주일치 신문을 태우는 뒷마당의 소각로에서 피어오르는 잿가루 비슷하게 바뀔 것이었다.

그런데 아무 일도 벌어지지 않았다.

기다리는 동안 끔찍한 확신이 점점 사그라들었고 근처 어딘가에서 개똥지빠귀가 명랑하게 짹짹거리자(할아버지가 내 발에 입을 맞추라는 수준의 발언이라도 한 듯) 그는 벼락이 내릴 리 없다는 걸 깨달았다. 그걸 깨달은 순간 작지만 근본적인 변화가 클라이브 배닝의 삶 속에서 이루어졌다. 할아버지가 신을 모독하고도 처벌을 받지 않는 걸 보았다고 해서 그가 범죄자나 망나니는커녕 심지어 '문제아'(최근 들어 유행하기 시작한 단어였다)가 될 일은 없을 테지만 그래도 클라이브의 마음속에서 믿음의 나침반이 살짝 움직였고 할아버지의 말을 듣는 태도가 달라졌다. 지금까지는 할아버지의 말을 그냥 들었다면 이제는 집중해서 들었다.

"몸을 다치면 시간이 끝도 없이 늘어지는 듯이 느껴지지." 할아버지는 이렇게 얘기하고 있었다. "진짜야, 클라이비. 일주일 동안 아파

보면 어렸을 때 가장 신나게 보냈던 여름방학이 주말처럼 느껴진단다. 흥, 토요일 아침처럼 느껴지지! 그때…… 조니가 몸속에서 그 친구의 내장을 갉아먹는 그것과 싸우느라 칠 개월 동안 누워 있었던 그 때를 생각하면…… 아니다, 어린애한테 이런 소리를 하면 안 되지. 네 할머니 말이 맞다. 나는 닭대가리야."

할아버지는 잠깐 자기 신발을 내려다보았다. 그러다 고개를 들고 음울하다기보다 장난스럽게 일축하는 사람처럼 씩씩하게 고개를 저었다.

"그건 하나도 중요한 게 아니야. 너한테 가르침을 주겠다고 해놓고 청승맞게 짖고 있었네. 청승맞다는 게 어떤 건지 아니?"

아이는 고개를 저었다.

"신경쓰지 마라. 그건 나중에 알려줄 테니." 물론 나중은 없었다. 다음번에 만날 때면 할아버지는 관 속에 누워 있을 테고 클라이브는 할아버지가 그날 알려준 가르침의 중요한 부분이 그거였다고 생각할 것이다. 할아버지는 자기가 그 중요한 부분을 가르쳐주고 있는 줄 몰랐지만 그렇다고 그게 덜 중요해지는 건 아니었다. "노인들은 조차장에 세워진 오래된 열차와 같아, 클라이브. 선로가 너무 많아서 차고를 다섯 바퀴 돈 다음에서야 본궤도로 진입할 수 있다는 점에서 말이다."

"괜찮아요, 할아버지."

"무슨 말인가 하면 어떤 목적지로 가려고 할 때마다 다른 데로 샌단 말이다."

"알아요. 하지만 그 다른 데도 제법 재미있는걸요."

할아버지는 미소를 지었다. "너는 헛소리의 대가로구나, 클라이비. 그것도 우라지게 훌륭한."

클라이브도 마주 미소를 지었고 조니 브링크메이어에 얽힌 우울한 기억이 할아버지에게서 사라지는 듯했다. 다시 입을 열었을 때 그의 목소리는 좀더 사무적이었다.

"아무튼! 그 퇴물은 신경쓸 것 없다. 한참 동안 아파서 고생한 건 신이 추가로 내린 선물이지. 사람들이 어떤 식으로 롤리 쿠폰을 모아서 서재에 거는 놋쇠 기압계나 스테이크 나이프 세트하고 바꾸는지 알지, 클라이비?"

클라이브는 고개를 끄덕였다.

"고통의 시간은 그 비슷하다고 보면 돼…… 진짜 선물이라기보다 꼴찌한테 주는 상에 가깝다고 해야겠다만. 중요한 건 뭔가 하면 나이가 들면 정시가, 내 귀염둥이 포니가 짧은 시간으로 바뀐다는 거야. 어렸을 때하고 같아, 다만 반대일 뿐."

"거꾸로라는 말이죠."

"그렇지."

나이가 들면 시간이 빨라진다는 발상은 아이의 감수성으로 이해할 수 있는 범주를 넘어섰지만 클라이브는 그걸 받아들일 수 없을 만큼 아둔하지는 않았다. 그는 시소의 한쪽이 올라가면 다른 쪽은 내려갈 수밖에 없다는 걸 알았다. 할아버지가 하는 얘기도 그것과 같은 논리가 아닐까 싶었다. 균형과 맞균형. 그래, 그렇게 생각할 수도 있겠지. 클라이브가 아버지라면 이렇게 얘기했을지 모른다.

할아버지는 캥거루 주머니에서 다시 쿨 담뱃갑을 꺼냈고 이번에

는 조심스럽게 담배 한 개비를 꺼냈다. 담뱃갑에 남은 마지막 담배
는 아니었지만 아이는 이번을 마지막으로 그가 담배를 피우는 모습
을 보지 못할 것이다. 노인은 담뱃갑을 구겨서 원래 있던 자리에 다
시 넣었다. 마지막 담배에 좀 전처럼 전혀 수고롭지 않게 불을 붙였
다. 언덕 꼭대기에서 부는 바람을 무시하는 게 아니라 그걸 무색하
게 만드는 듯했다.

"언제 그런 현상이 나타나요, 할아버지?"

"그건 나도 정확히 모른다. 어느 날 갑자기 벌어지는 현상도 아니
고." 할아버지가 좀 전에도 그랬듯이 성냥에 침을 묻혀 끄며 얘기했
다. "다람쥐를 쫓는 고양이처럼 슬금슬금 다가오거든. 그러다 알아
차리는 시점에 다다르면 오스굿 그 녀석이 숫자를 센 속도는 뭣도
아니게 되지."

"그 시점이 되면 어떤 일이 벌어지는데요? 그걸 무슨 수로 알아차
려요?"

할아버지는 담배를 입에 문 채 재를 털었다. 테이블을 나지막이
두드리듯 엄지손가락으로 쳤다. 아이는 그때 들은 조그만 소리를 절
대 잊지 못할 것이었다.

"사람마다 제일 먼저 알아차리는 게 다를 거야." 노인이 얘기했다.
"내 경우에는 마흔 몇 살 때 시작됐지. 나이는 정확하게 기억이 안
나지만 장소는 기억해……. 데이비스 드러그스토어. 거기가 어딘지
아니?"

클라이브는 고개를 끄덕였다. 할아버지와 할머니 집에 놀러올 때
마다 아버지가 항상 그와 누나를 거기로 데리고 가서 아이스크림

소다를 사주었다. 셋이 늘 같은 걸 주문했기 때문에 아버지는 반죽 딸 세쌍둥이라고 불렀다. 항상 아버지는 바닐라, 패티는 초콜릿, 클라이브는 딸기였다. 두 남매가 시원하고 달콤한 디저트를 천천히 먹는 동안 아버지는 그들 사이에 앉아서 책을 읽었다. 아버지가 책을 읽는 동안에는 무슨 짓을 저질러도 그냥 넘어갈 수 있다는 패티의 밀이 대개는 맞았지만 아버지가 책을 치우고 돌아보았을 때 똑바로 앉아서 가장 단정한 모습을 보이지 않았다가는 한 대 맞을 수도 있었다.

"너희 할머니 관절염 약을 사러 거기 들어갔을 때였지." 할아버지는 나팔수처럼 생긴 구름이 봄 하늘을 가로질러서 빠르게 이동하는 것을 물끄러미 바라보며 이야기를 계속했다. "일주일 동안 비가 와서 할머니가 엄청난 통증에 시달리고 있었거든. 그런데 새로 생긴 진열대가 눈에 들어오더구나. 모를 수가 없었어. 통로 하나를 통째로 차지하고 있었거든. 가면, 검은 고양이와 빗자루에 탄 마녀 같은 장식품, 그런 게 진열돼 있었고 판지에 그려진 호박도 있었지. 안쪽에 고무줄이 달려 있고 봉지에 넣어서 파는 거 말이다. 아이가 판지에 그려진 호박을 오려서 색칠하고 뒷면의 게임을 하는 동안 엄마는 평화를 즐기라는 아이디어 상품이었지. 색칠이 끝나면 방문에 장식 삼아 걸어도 좋고, 집에 돈이 없어서 가게에서 파는 가면을 살 수 없거나 지능이 달려서 집에 있는 걸로 코스튬을 만들어주지 못하면 그 고무줄을 호박에 달아서 쓸 수도 있고. 핼러윈 저녁 때 종이봉투를 손에 들고 데이비스 드러그스토어에서 산 호박 가면을 쓰고 돌아다닌 아이들이 얼마나 많았는지 모른다, 클라이비! 그리고 두말하면 잔소리지만 사탕도 밖으로 꺼내놓았지. 원래 탄산음료 기계 바로 옆에 있었는데, 내가 뭘 말하는지 너도 알 테지만……."

클라이브는 미소를 지었다. 알고도 남았다.

"이번에는 달랐어. 싸구려들을 잔뜩 가져다 놓았지 뭐냐. 병 사탕, 캔디 콘, 루트비어 통 모양 사탕, 감초 쫀득이, 그런 자질구레한 것들을.

데이비스 영감─그 당시 주인 이름이 실제로 데이비스였어. 그의 아버지가 1910년쯤에 문을 연 가게였거든─이 나사가 빠졌나 하는 생각이 들었지. 맙소사, 여름이 끝나지도 않았는데 프랭크 데이비스가 핼러윈 용품을 내놓다니. 조제 카운터로 가서 얘기를 해야겠다고 생각한 순간, 내 머릿속 한구석에서 이런 목소리가 들렸어. 워워, 잠깐, 조지. 나사가 빠진 쪽은 너야. 그런데 그게 별로 틀린 말이 아니었단다, 클라이비. 왜냐하면 그때는 여름이 아니었고 나는 그걸 알고 있었거든. 그것만은 너도 알아주었으면 한다. 내가 그렇게 바보같지는 않았다는 거.

나는 사과를 몰래 따 가는 사람이 없는지 망을 보고 있었고 캐나다 접경지에 붙일 전단지 오백 장도 이미 주문해놓지 않았겠니? 스키넥터디에서 일자리를 찾으러온 팀 워버턴이라는 친구도 눈여겨보고 있었고. 요령이 있고 정직해 보여서 수확철에 작업반장을 맡기면 제격이겠더라고. 나는 바로 그날 그에게 물어볼 참이었고 그는 내가 물어볼 참이라는 걸 눈치채지 않았겠니? 왜냐하면 자기가 몇 시에 어디어디에서 머리를 자를 거라고 나한테 귀띔을 했거든. 나는 생각했지. 어이, 조지, 노망이 들기에는 조금 젊은 나이 아닐까?

프랭크 노인네가 핼러윈 사탕을 조금 일찍 꺼내놓긴 했지만 그래도 여름이라니! 여름이 지난 지가 언젠데, 이 한심한 양반아.

나는 그걸 알았지만 일 초 동안은 말이다, 클라이비, 아니 어쩌면 몇 초 동안은 여름인 것처럼 느껴졌거나 아니면 여름이어야 할 것처럼 느껴졌단다. 왜냐하면 그냥 여름이었거든. 무슨 소린지 알겠니? 금세 구월이 똑바로 내 머릿속에 각인됐지만 그전까지는…… 그전까지는…….” 그는 미간을 찡그리더니 거창하게 들릴 수 있기에 (오로지 상대방의 기준에서 보았을 때) 다른 농부와 대화할 때는 절대 쓰지 않을 단어를 머뭇머뭇 꺼냈다. “낭패감을 금할 수가 없었지. 그런 식으로 표현하는 수밖에 없겠다. 낭패감을 느꼈다고. 그리고 그게 맨 처음이었어.”

그는 아이를 쳐다보았고 아이는 워낙 몰입하는 바람에 고개를 끄덕이지도 않고 빤히 바라보기만 했다. 할아버지가 두 사람 몫으로 고개를 끄덕이고 엄지손가락 옆면으로 다시 담뱃재를 털었다. 아이가 보기에는 바람이 생각에 잠긴 할아버지를 대신해서 담배를 피우고 있는 듯했다.

“면도를 하려고 화장실 거울 앞에 섰는데 처음으로 흰머리를 발견했을 때하고 비슷했지. 어떤 기분인지 알겠니, 클라이비?”

“네.”

“좋아. 그 첫 번째 이후에는 기념일마다 그 현상이 벌어지기 시작했단다. 가게에서 너무 일찍부터 용품을 진열하는 게 아닌가 하는 생각이 들고 가끔 그 생각을 누군가에게 얘기하기도 하지만 가게 사장이 너무 욕심을 내는 거 아니냐는 식으로 말을 하지. 그러니까

내가 아니라 그들에게 문제가 있는 듯이 말이다. 무슨 말인지 알겠
니?"

"네."

"왜냐하면. 욕심 내는 사장은 아무라도 이해할 수 있거든. 나는 아
니지만 심지어 그런 사장들을 보고 감탄하는 사람들도 있고. '누구
누구는 참 꾀가 많단 말이지.' 이러면서 말이다. 정육점을 하는 래드
윅이라는 친구는 안 들키고 넘어갈 수 있겠다 싶으면 항상 엄지손
가락으로 저울을 눌렀는데 그런 식의 얌체 짓이 무슨 인생의 기가
막힌 노하우라도 되는 듯이. 나는 그렇게 생각한 적이 없지만 이해
는 된다. 하지만 머리가 헤까닥한 건 아닌지 의심을 살 만한 소리를
하는 건…… 차원이 다른 문제였지. 그래서 그냥 이런 식으로 얘기
하는 거야. '맙소사, 이러다 내년에는 건초를 헛간에 넣기도 전에 크
리스마스트리용 반짝이랑 반짝이 모루가 보이겠네.' 그러면 그 말을
들은 사람은 정말 그렇겠다고 하겠지만 사실은 정말 그런 게 아니
었어. 쭈그리고 앉아서 곰곰이 따져보면 가게에서 용품들을 해마다
비슷한 시기에 내놓는다는 걸 나도 알겠거든.

그러다 또 다른 현상이 벌어졌지. 그로부터 오 년 뒤인가 칠 년 뒤
인가 그랬을 거야. 나는 오십 언저리였고. 아무튼 내가 배심원으로
소집됐어. 귀찮기 짝이 없는 일이지만 그래도 갔지. 집행관이 선서
를 하라고 하더구나. 맡은 바 책임을 다할 테니 신의 가호를 내리소
서 어쩌고 하라고. 그래서 했지, 지금까지 맡은 바 책임을 다하며 신
의가호를 누린 사람답게. 그러고는 집행관이 펜을 꺼내면서 주소를
묻길래 딱 부러지게 대답을 했고. 그런 다음 그가 나이를 묻는데 하

마터면 서른일곱이라고 할 뻔했지 뭐냐."

할아버지는 고개를 뒤고 젖히고 나팔수처럼 생긴 구름을 보며 웃었다. 튀어나온 부분이 트롬본만큼 길어진 그 구름은 저쪽 지평선까지 벌써 반쯤 갔다.

"왜 그렇게 대답하려고 하셨어요, 할아버지?" 클라이브는 지금까지 제법 잘 따라왔다고 생각했는데 여기서 암초가 등장했다.

"맨 처음 떠오른 숫자가 그거였으니까! 하! 아무튼 그게 아니라는 걸 알아차리고 잠깐 머뭇거렸지. 집행관도 그렇고, 다들 자거나 조는 눈치였으니 법정의 어느 누구도 알아차리지 못했을 테고 방금 전에 똥구녕에 빗자루가 박힌 친구처럼 누가 번쩍 깨어 있었다 한들 내가 왜 그러는지 몰랐을 거다. 까다로운 공을 치려는 타자가 방망이를 휘두르기 전에 더블 펌프를 하는 그런 거였으니까. 하지만 젠장! 몇 살이냐는 질문이 마구는 아니잖니. 나는 바보가 된 기분이었다. 그 일 초 동안에는 내가 서른일곱 살이 아니면 몇 살인지 알수가 없었거든. 그 일 초 동안에는 일곱 살일 수도, 열일곱 살일 수도, 예순일곱 살일 수도 있게 느껴졌거든. 그러다 생각이 나자 마흔여덟인가 쉰하나라고 대답을 했지. 하지만 단 일 초뿐이긴 해도 나이를 잊어버리다니…… 훠이!"

할아버지는 담배를 땅바닥에 떨어뜨리고 먼저 뒷굽으로 밟아서 불을 끈 다음 흙으로 덮는 의식을 시작했다.

"하지만 그건 시작에 불과했단다, 클라이비, 내 아들아." 그는 말을 이었다. '내 아들아'는 가끔 튀어나오는 아일랜드식 말버릇에 불과했지만 아이는 자기가 할아버지의 아들이었으면 좋겠다는 생각을 했다. 아빠가 아니라 할아버지의 아들이었으면 좋겠다는 생각을 했다.

"얼마 후부터는 시간이 처음에는 고삐가 풀린 것처럼, 그다음에는 꽁지에서 불이 나는 것처럼, 그러다 어느덧 나도 모르는 새 전속력으로 피치를 올려서 쌩하니 달리기 시작하지. 요즘 고속도로를 보면 차들이 하도 빨리 달려서 가을에는 나뭇잎이 막 떨어지잖니? 그렇게 말이다."

"그게 무슨 말씀이세요?"

"계절이 바뀌는 게 최악이야." 노인은 아이가 한 말을 듣지 못한 듯 침울한 목소리로 얘기했다. "이제는 사계절이 사계절이 아니거든. 다락방에 넣어두었던 부츠랑 장갑이랑 목도리를 꺼내자마자 진창의 계절이 찾아오고, 진창의 계절이 지나면 소원이 없겠다 싶다가도—나는 늘 그랬어—맨 첫 번째 진흙탕에 빠진 트랙터를 꺼내기도 전에 진창이 없어져버린 것 같으면 또 그렇지도 않거든. 그러다 보면 올해 처음으로 열리는 밴드 콘서트를 보러 간다고 밀짚모자를 눌러쓴 게 엊그제 같은데 포플러들이 슈미즈를 드러내기 시작하고 말이다."

할아버지는 이유를 설명해달라는 듯이 얄궂게 한쪽 눈썹을 추켜세우고 아이를 바라보았지만 클라이브는 반색하며 미소를 지었다. 그는 슈미즈가 뭔지 알았다. 아버지가 가전제품과 주방용품과 보험을 팔러 나간 날이면 어머니가 오후 5시까지 슈미즈만 입고 있을 때도 있었기 때문이었다. 아버지가 외판에 나서면 어머니는 심하게 술을 마셨는데, 정도가 너무 심한 날이면 옷을 갈아입는 데 해가 지기 시작할 때까지 시간이 걸렸다. 그러다 아버지는 패티에게 맡기고 아폰 친구를 만나러 간다며 집을 나갔다. 한번은 그가 패티에게 이렇게 물은 적이 있었다. "엄마 친구들은 아빠가 일하러 나가는 날에만 탈이 나는 것 같지 않아?" 그러자 패티는 눈물이 줄줄 흐를 때까지 깔깔대고 웃으며 맞는다고, 그녀가 보기에도 분명 그렇다고 대답했다.

할아버지의 얘기를 듣자 그는 마침내 개학날이 점점 가까워지면 포플러가 달라졌던 게 기억이 났다. 바람이 불면 나무의 아랫면이 어머니의 가장 예쁜 슈미즈와 똑같은, 사랑스러운 동시에 놀랍도록 슬픈 은빛으로 변했다. 영원하리라 믿었던 것의 종말을 상징하는 빛깔이었다.

"그러고 나면 머릿속이 가물가물해지기 시작하지. 심하진 않아. 우리 동네의 헤이든 영감처럼 노망이 든 것 아니니까, 다행히. 그래도 가물가물해진다는 건 엿 같은 일이다. 깜빡깜빡하는 건 아니야. 그거하고는 다르지. 기억은 하는데 그게 뒤죽박죽 섞이는 거거든. 예를 들면 우리 아들 빌리가 1958년에 그 교통사고로 죽은 이후에 내 팔이 부러졌다고 확신했던 것처럼 말이다. 그것도 엿 같은 일이긴 하구나. 채드밴드 목사를 괴롭힐 만한 일. 빌리가 시속 삼십 킬로미터밖에 안 되는 속도로 자갈 트럭 꽁무니를 쫓아가고 있었을 때 내가 아까 너한테 준 그 시계 정도 되는 돌멩이가 떨어져서 도로에 맞고 튕겨 올라 우리 포드의 앞유리창을 박살냈거든. 유리가 빌리의 눈에 들어갔고 의사 말로는 목숨을 부지했다 한들 한쪽 아니면 양쪽 눈이 멀었을 거라고 하더라만 그 아이는 목숨을 부지하지 못했어. 도로에서 벗어나 전봇대를 들이받았거든. 전봇대가 차를 덮쳤고 빌리는 싱싱 형무소에서 전기의자에 앉은 미친개처럼 그대로 튕겨졌지. 사는 동안 저지른 제일 나쁜 짓이라고 해봐야 우리가 텃밭을 가꾸던 시절에 콩밭에서 괭이질하기 싫어서 꾀병을 부린 것밖에 없는 아이였는데.

아무튼 나는 내 빌어먹을 팔이 부러진 게 그 이후라고 장담할 수 있었어. 그 팔을 붕대에 걸고 그 아이의 장례식에 참석했다고 딱 잘라서 말할 수 있었단 말이지! 새라가 우리 가족이 쓰는 성경책을 보여준 다음 내 팔을 치료한 보험 서류를 보여준 다음에서야 나는 그녀의 기억이 맞는다고 인정할 수 있었단다. 두 달 전의 일이었고 빌리를 땅에 묻었을 무렵에는 붕대를 벗은 상태였다고 말이다. 그녀가 나더러 바보 같은 영감이라 하길래 화가 나 그녀의 옆통수를 한 대 때리고 싶었지만, 화가 났던 이유는 당황스러웠기 때문인데다 내가 그걸 모를 정도로 지각이 없는 사람은 아니었기에 손찌검을 하지 않았지. 그녀가 화가 났던 이유는 빌리 생각을 하고 싶지 않기 때문이었어. 눈에 넣어도 아프지 않을 만큼 예뻐한 아들이었거든."

"어휴!" 클라이브는 외쳤다.

"그 현상은 약해지지 않아. 뉴욕에 가면 작은 그릇이랑 비비탄을 들고 길거리에 앉아 있는 친구들이 있잖니. 그들은 어느 그릇 아래에 비비탄이 들어 있는지 모를 거라고 하고 너는 맞힐 수 있다고 장담하지만 하도 잽싸게 그릇을 섞는 바람에 번번이 가물가물해져버리잖니. 어쩔 도리가 없이 말이다."

그는 한숨을 쉬고, 거기가 정확히 어디인지 기억을 상기하려는 듯 주위를 두리번거렸다. 그가 잠깐 무기력한 표정을 짓자 아이는 역겨운 동시에 무서워졌다. 그러고 싶지 않았지만 어쩔 수 없었다. 할아

버지가 붕대를 당겨서 어떤 끔찍한 병으로 생긴 상처를 보여준 듯
했다. 나병이나 뭐 그런 거 말이다.

"봄이 지난주에 시작된 것 같은데." 할아버지가 얘기했다. "하지
만 바람이 계속 불면 내일쯤 꽃이 지게 생겼어. 아무래도 바람이 계
속 불 것 같구나. 그런 식으로 시간이 휙휙 지나가면 생각의 흐름을
놓칠 수밖에 없어. 워워, 야, 나 정신 좀 차리게 잠깐만 기다려! 이럴
수는 없잖니. 그걸 멈추게 할 수 있는 사람은 없어. 마부 없는 마차
에 탄 거나 다름없다고 하면 이해가 될지 모르겠다만. 내 얘기를 들
은 소감이 어떠냐, 클라이비?"

"흠." 아이가 말했다. "한 가지만큼은 분명해요, 할아버지. 그런 식
으로 만들어놓다니 할아버지 말마따나 바보 멍청이의 짓인 것 같다
는 거는요."

웃기려고 한 얘기가 아니었는데 할아버지는 다시 얼굴이 시뻘게
지도록 껄껄대며 웃었고 이번에는 허리를 숙여서 손으로 무릎을 짚
는 정도가 아니라 쓰러지지 않게 한쪽 팔을 아이의 목에 걸어야 했
다. 배꼽을 잡고 웃느라 자주색으로 퉁퉁 부은 얼굴이 터지면서 피
가 쏟아질 게 분명하다는 생각이 든 순간 할아버지의 기침과 쌕쌕
거리는 숨소리가 멎었기 망정이지 그렇지 않았더라면 아이도 같이
주저앉았을 것이다.

"너 작품이로구나!" 할아버지가 마침내 몸을 일으키며 외쳤다. "엄
청난 걸작이야!"

"할아버지? 괜찮으세요? 이제 그만……."

"젠장, 아니. 괜찮지 않다. 내가 지난 이 년 동안 심장마비를 두 번

일으켰는데 앞으로 이 년 뒤에도 살아 있으면 누구보다 내가 가장 놀라워할 거다. 하지만 이건 아무도 모르는 그런 이야기가 아니야. 오늘 내가 말하고 싶었던 건 나이가 많건 적건, 시간이 빠르게 흐르건 느리게 흐르건 그 조랑말만 기억하고 있으면 똑바로 걸어갈 수 있다는 거다. 숫자를 셀 때 매번 그사이에 '내 귀염둥이 조랑말'이라고 중얼거리면 시간은 그냥 시간일 수 있거든. 그러면 그 녀석을 마구간에 잡아둘 수 있어. 주야장천 숫자를 셀 수는 없지. 그건 조물주의 뜻이 아니니까. 얼굴에서 개기름이 흐르는 그 시답잖은 채드밴드의 생각에 거기까지는 동의한다. 하지만 네가 시간을 소유하는 게 아니라는 걸 기억해야 한다. 시간이 널 소유하지. 시간은 날마다, 매초마다 똑같은 속도로 너하고는 별개로 움직이고 있어. 너한테는 눈밭에 싸지른 오줌 구멍만큼도 관심이 없지. 그래도 네 수중에 귀염둥이 조랑말만 있으면 상관없다. 귀염둥이 조랑말만 잡고 있으면 말이다, 클라이비, 그 망할 녀석의 거시기만 꽉 잡고 있으면 이 세상의 모든 올든 오스굿은 절대 신경쓸 필요가 없지."

그는 클라이브 배닝을 향해 허리를 숙였다.

"무슨 소린지 알겠니?"

"아뇨, 할아버지."

"모를 줄 알았다. 그래도 기억은 하고 있어주겠니?"

"네, 할아버지."

할아버지가 하도 한참 동안 빤히 쳐다보는 바람에 불편해진 아이는 몸을 꼼지락거렸다. 마침내 그가 고개를 끄덕였다. "그래, 그럴 것 같구나. 아닌들 내가 뭘 어쩔 수도 없다만."

아이는 아무 말도 하지 않았다. 사실 할말이 아무것도 생각나지 않았다.

"너는 내 가르침을 받은 거다." 할아버지가 말했다.

"이해를 못 하면 가르침을 받은 것도 아니죠!" 클라이브는 좌절 어린 분노의 고함을 질렀다. 분노가 어찌나 생생하고 어찌나 완벽한 지 놀라울 정도였다. "그렇잖아요!"

"이해는 무슨 얼어죽을." 노인은 차분한 목소리로 얘기했다. 그는 다시 아이의 목에 팔을 둘러 끌어당겼다. 이렇게 끌어당긴 것을 끝 으로 그는 한 달 뒤, 침대에서 돌처럼 싸늘하게 굳은 모습으로 할머 니에게 발견될 것이다. 그녀가 눈을 떠보니 할아버지가 있고, 할아 버지의 망아지는 울타리를 쓰러뜨리고 언덕을 넘어 세상 밖으로 나 가버렸을 것이다.

사악한 심장이여, 사악한 심장이여. 귀엽지만 사악한 심장을 가 진 너.

"이해와 가르침은 먼 친척이란다." 할아버지는 그날 사과나무 사 이에서 그렇게 얘기했다.

"그럼 가르침은 뭔데요?"

"기억이지." 노인은 평온한 목소리로 얘기했다. "그 망아지를 기억 할 수 있겠니?"

"네, 할아버지."

"그 망아지의 이름은 뭐지?"

아이는 멈칫했다.

"시간…… 아니에요?"

"좋아, 그럼 색깔은?"

아이는 이번에는 한참을 더 고민했다. 어둠 속의 붓꽃처럼 머릿속을 활짝 열었다. "모르겠어요." 그는 결국 이렇게 대답했다.

"나도 모른다." 노인은 이렇게 얘기하며 그를 놓아주었다. "색깔이 있을 것 같지도 않고 중요한 문제도 아니라고 본다. 중요한 건 뭔가 하면, 보면 알아볼 수 있겠느냐는 거야."

"네, 할아버지." 아이는 당장 대답했다.

열에 들뜬 듯이 번들거리는 두 눈이 아이의 머리와 가슴을 움켜잡았다.

"무슨 수로?"

"귀여울 거잖아요." 클라이브 배닝은 딱 잘라서 말했다.

할아버지는 미소를 지었다. "그렇지! 클라이비는 가르침을 조금 얻었고 덕분에 전보다 현명해지고 나는 전보다 축복을 누리고…… 아니면 그 반대일 수도 있겠다만. 복숭아 파이 한 조각 먹으련?"

"네, 할아버지!"

"그럼 여기서 이러고 있으면 안 되지. 먹으러 가자!"

그들은 파이를 먹으러 갔다.

클라이브 배닝은 시간이라는 이름과 있지 않은 색깔과 추하지도 하고 아름답지도 않고…… 오로지 귀여운 생김새를 기억할 것이다. 못된 그 녀석의 천성도, 바람에 날려서 거의 산산이 흩어졌지만 내려오는 길에 할아버지가 한 얘기도 잊지 않을 것이다. 녀석의 심장이 어떤 변덕을 부리더라도 타고 다닐 망아지가 있는 편이 아예 없는 것보다는 낫다고 했던 것을 말이다.

죄송합니다, 맞는 번호입니다

★★★

시간을 거슬러서 과거 혹은 미래로 전화를 걸 수 있다면,
누구에게 무엇을 말하시겠습니까?

작가의 말 : 대본에 쓰이는 약자는 간단하기도 하지만 필자의 사견으로는 시나리오 작가들이 자기들끼리만 뭔가를 공유하는 기분을 느끼려고 동원하는 게 아닐까 싶다. 아무튼 CU는 클로즈업, ECU는 익스트림 클로즈업, INT.는 실내, EXT.는 실외, B.G는 배경이다. 물론 여러분도 알고 있겠지만.

1막

페이드인
케이티 위더먼의 입, ECU

그녀가 통화를 하고 있다. 입이 예쁘다. 잠시 후에 우리는 얼굴의 다른 부분도 예쁘다는 사실을 알게 될 것이다.

케이티 빌? 아, 그이는 몸이 좀 안 좋다고 하는데 원고를 쓰지 않는 동안에는 늘 그렇잖아. 잠을 못 자고, 머리가 아플 때마다 뇌종양의 전조 증상이라고 하고…… 새 작품에 들어가면 괜찮아질 거야.

사운드, B.G.: 텔레비전

카메라가 뒤로 빠진다. 케이티는 부엌 전화기 앞에 앉아서 카탈로그를 뒤적이며 여동생과 한바탕 수다를 떨고 있다. 그녀가 들고 있는 전화기의 특이한 부분에 주목해야 한다. 연결된 선이 두 개다. 불이 들어온 버튼을 보면 어느 쪽 선이 통화중인지 알 수 있다. 지금은 케이티의 선만 통화 중이다. 케이티가 통화를 계속하는 동안 카메라는 서서히 멀어져 부엌을 훑고 거실로 들어가는 아치 모양의 문을 통과한다.

케이티 (목소리가 점점 희미해진다) 아, 오늘 재니 찰턴 만났어. 웅! 몸집이 어마어마하더라…….

그녀의 목소리가 희미해진다. 텔레비전 소리가 점점 커진다. 아이가 셋이다. 제프는 여덟 살, 코니는 열 살, 데니스는 열세 살이다. 〈휠 오브 포츈〉이 방송되고 있지만 아이들은 보지 않는다. '이 다음에 볼 프로그램을 놓고 싸우기'라는 재밌는 게임을 벌이고 있다.

제프   뭐야아아! 아빠 첫 작품이었잖아!

코니   징글징글한 첫 작품이었지.

데니스   매주 그랬던 것처럼 이제 〈치어스〉랑 〈윙스〉 볼 거야, 제프.

데니스는 딱 잘라서 못을 박는다. 그것이 큰형의 특권이다. "토 달고 싶어? 내가 너의 그 뼈다귀만 남은 몸을 얼마나 괴롭힐 수 있는지 보여줄까, 제프?" 그는 표정으로 이렇게 얘기한다.

제프   녹화라도 하면 안 돼?

코니   엄마가 부탁한 CNN 녹화하고 있잖아. 로이스 이모랑 한참 통화할 것 같다고 해서.

제프   하느님 맙소사, 도대체 무슨 수로 CNN을 녹화할 수 있어? 하루 종일 나오는데!

데니스   엄마가 CNN을 좋아하는 이유가 그거야.

코니   그리고 하느님 맙소사라는 말 쓰지 마, 제피. 네 나이 때는 교회 말고 다른 데서는 하느님 어쩌고 하는 거 아니야.

제프   내 이름 제피 아니거든?

코니   제피, 제피, 제피.

제프는 일어나서 창가로 다가가 어둠 속을 내다본다. 진심으로 화가 난 거다. 데니스와 코니는 형과 누나답게 그걸 보고 좋아한다.

데니스   우리 제피 불쌍해서 어쩌냐.

코니   저러다 자살하는 거 아니야?

제프   (그들을 돌아보며) 아빠의 첫 작품이었다고! 형이랑 누나는 관심도 없어?

코니   그렇게 보고 싶으면 내일 비디오 스톱에서 빌려서 보든가.

제프   R등급 영화는 어린애들한테 빌려주지 않는다는 거 알잖아!

코니   (꿈을 꾸는 듯한 목소리로) 시끄러워, 바나 나온다! 내 사랑 바나!

제프   형…….

데니스   짜증나게 징징대지 말고 아빠한테 작업실에서 녹화해달라고 해.

제프는 거실을 가로지르며 바나 화이트를 향해 혀를 내민다. 카메라가 그를 따라서 부엌으로 이동한다.

케이티   ……그래서 그이가 폴리의 연쇄상 구균 검사가 양성으로 나왔느냐고 묻길래 내가 그 애는 지금 다른 지방에서 고등학교에 다니고 있다고 다시금 일깨워줬어. 아, 정말이지 우리 딸이 얼마나 보고 싶은지 몰라…….

제프는 부엌을 그대로 지나쳐서 계단으로 향한다.

케이티 너희들 제발 조용히 좀 해줄래?

제프 (침울한 목소리로) 이제 조용해질 거예요.

제프는 터덜터덜 계단을 올라간다. 케이티는 애정이 담긴 눈빛으로 걱정하며 막내아들의 뒷모습을 잠깐 바라본다.

케이티 애들이 또 싸우네. 예전에는 폴리가 애들을 단속했는데 학교에 가고 없으니…… 모르겠어…… 걔를 볼턴으로 보낸 게 잘한 건가 싶어. 가끔 집으로 전화했을 때 걔 목소리를 들어보면 너무 우울해하는 것 같아서…….

INT. 드라큘라로 분장한 벨라 루고시, CU

드라큘라가 트란실바니아의 자기 성문 앞에 서 있다. 누가 그의 입 앞에 말풍선을 붙여놨다. "이런! 내 어둠의 자식들이로군! 이렇게 아름다운 음악을 만들어내다니!" 문 위에 붙어 있는 포스터지만 제프가 그 문을 열고 아버지의 서재로 들어가는 걸 보고서야 그렇다는 걸 알 수 있다.

INT. 케이티 사진, CU

카메라가 가만히 있다가 살짝 오른쪽으로 패닝한다. 카메라가 다른 사진을 비추는데, 이번에는 다른 지방에서 학교에 다닌다는 딸 폴리의 사진이다. 열여섯 살 정도 되어 보이는 예쁘장한 아이다. 폴리 옆은 데니스…… 그다음은 코니…… 그다음은 제프다.

카메라가 계속 패닝하는 동시에 시야가 넓어지자 마흔네 살쯤 된 빌 위더먼이 보인다. 피곤한 기색이다. 책상 위에 놓인 워드프로세서를 들여다보고 있지만 화면에 아무것도 없는 걸 보면 머릿속의 수정 구슬이 하루 월차를 낸 모양이다. 벽에는 책 표지가 담긴 액자들이 걸려 있다. 하나같이 으스스하다. 그중 하나는 제목이 『유령의 키스』다.

제프는 살금살금 아빠의 뒤로 다가간다. 카펫이 발소리를 덮는다. 빌은 한숨을 쉬고 워드프로세서를 닫는다. 잠시 후에 제프가 아빠의 어깨를 붙잡는다.

제프   부가 부가!
빌   제프 왔니?

그는 의자를 돌려서 실망한 아들을 쳐다본다.

제프   어떻게 놀라지도 않아요?
빌   남을 놀라게 하는 게 내 직업이니까. 그래서 무뎌진 거지.
             무슨 문제 있니?

제프   아빠, 제가 〈유령의 키스〉 앞부분 한 시간만 보고 나머지는 아빠가 녹화해주면 안 돼요? 형이랑 누나가 자기들 보고 싶은 것만 봐요.

빌은 의자를 돌려서 책 표지를 물끄러미 바라본다.

빌   저걸 보겠다고? 상당히…….
제프   네!

INT. 케이티, 전화기 앞에 있다.

이 장면에서는 남편 서재로 올라가는 계단이 그녀의 등뒤로 선명하게 보인다.

케이티   아무리 생각해도 제프가 치아 교정을 받아야 할 것 같은데 너도 알다시피 빌이…….

다른 번호의 전화벨이 울린다. 다른 버튼이 깜빡인다.

케이티   다른 번호로 전화가 오네. 빌이 받……

하지만 빌과 제프가 그녀의 등뒤에서 계단을 내려오고 있다.

빌   여보, 공비디오테이프 어디 있어? 서재에 없어서…….

케이티   (빌을 향해) 잠깐만! (로이스에게) 로이스, 잠깐만 있어봐.

양쪽 버튼이 모두 깜빡거린다. 그녀는 새로 전화가 온 위쪽 버튼을
누른다.

케이티   여보세요, 위더먼 집입니다.

사운드: 격하게 흐느끼는 소리.

흐느끼는 소리   (필터 처리) 데려가……. 제발 데려가……. 데……
                    데…….

케이티   폴리니? 왜 그래? 무슨 일이야?

사운드: 흐느낌. 끔찍하고 처절하다.

흐느끼는 소리   (필터 처리) 제발……. 얼른…….

사운드: 흐느낌. 그리고…… 딸깍! 전화가 끊긴다.

케이티   폴리, 진정해! 무슨 일인지 모르겠지만…….

웅 하고 전화가 끊겼음을 알리는 소리.

제프는 공테이프를 찾을 수 있기 바라며 어슬렁어슬렁 거실로 향한다.

빌　　누구 전화야?

케이티는 남편을 쳐다보지도 그 말에 대꾸하지도 않고 아래쪽 버튼을 세게 누른다.

케이티　　로이스? 저기, 나중에 내가 다시 전화할게. 폴리인데 엄청 심란해하는 목소리라. 아니…… 그냥 전화를 끊어버렸어. 응. 알았어. 고마워.

그녀는 전화를 끊는다.

빌　　(걱정스러워하며) 폴리 전화였어?

케이티　　대성통곡하더라고. "제발 집으로 데려가주세요"라고 말하려는 것 같았는데…… 그 빌어먹을 학교 때문에 우리 딸이 애를 먹을 줄 알았다. 내가 왜 당신 설득에 넘어갔는지 모르겠네.

그녀는 조그만 전화기 테이블을 미친듯이 뒤진다. 카탈로그들이 스툴 주변의 바닥으로 스르르 떨어진다.

케이티   코니, 내 주소록 가져갔니?

코니   (목소리만) 아뇨, 엄마.

빌이 너덜너덜한 수첩을 뒷주머니에서 꺼내 뒤적인다.

빌   찾았다. 하지만……

케이티   나도 알아, 빌어먹을 기숙사 전화는 항상 통화중이라는
         거. 이리 줘.

빌   여보, 진정해.

케이티   통화하고 난 다음에 진정할게. 걔는 열여섯 살이야, 빌. 열
         여섯 살짜리 여학생들은 중간에 우울증에 걸리기 십상이
         라고. 그러다가 자…… 망할 전화번호나 얼른 알려줘!

빌   617-555-8641.

그녀가 번호를 누르는 동안 카메라가 CU로 바뀐다.

케이티   걸려라, 걸려라…… 통화중이 아니길…… 이번만큼
         은…….

사운드: 딸깍. 잠시 정적. 잠시 후에…… 신호가 가기 시작한다.

케이티   (눈을 감고) 하느님 감사합니다.

목소리   (필터 처리) 하트숀 홀, 프리다입니다. 섹스 퀸 크리스틴을 찾는 거라면 아직 샤워중이야, 아니.

케이티   폴리 좀 바꿔줄 수 있겠니? 폴리 위더먼. 나는 케이티 위더먼이야. 폴리 엄마.

목소리   (필터 처리) 꺅! 죄송해요. 저는…… 잠깐만 기다리세요, 위더먼 아주머니.

사운드: 수화기 내려놓는 소리.

목소리   (필터 처리 그리고 아주 희미하게) 폴리? 폴? ……전화 왔어! ……너희 엄마!

INT. 빌이 서 있는 전화기가 놓인 벽감 앞쪽을 좀더 와이드 앵글로.

빌   뭐래?

케이티   친구가 부르러 갔어. 부디 내 짐작이 맞길 바라지만.

제프가 테이프를 들고 다시 등장한다.

제프   찾았어요, 아빠. 형이 숨겨놓고 있었어요. 아니나 다를까.

빌   잠깐만, 제프. 가서 텔레비전 보고 있어.

제프   하지만…….

빌   잊어버리지 않을게. 자, 얼른 가라.

제프는 간다.

케이티   제발, 제발, 제발······.

빌   진정해, 케이티.

케이티   (쏘아붙인다) 당신도 개 목소리를 들었으면 나더러 진정하라고 하지 못했을 거야! 꼭······.

폴리   (필터 처리, 명랑한 목소리로) 엄마!

케이티   폴? 폴리? 잘 지내고 있는 거니?

폴리   (유쾌하고 발랄한 목소리로) 잘 지내고 있느냐고요? 생물 시험에서 일등 했고 프랑스 회화 리포트 B 받았고 로니 핸슨이 하비스트 축제에 같이 가자고 했는데요? 오늘 좋은 일이 하나만 더 추가되면 힌덴부르크*처럼 터져버릴지 몰라요.

케이티   좀 전에 대성통곡하면서 나한테 전화하지 않았니?

케이티의 표정을 보면 그녀는 이미 답을 알고 있다.

폴리   (필터 처리) 아뇨!

케이티   시험도 잘 보고 데이트도 한다니 다행이다. 다른 사람 전

---

* 독일의 비행선. 1937년에 미국에 착륙하는 도중에 갑작스러운 폭발로 소실됐다.

화였나 봐. 엄마가 나중에 다시 연락할게.

폴리   (필터 처리) 알았어요. 아빠한테 안부 전해주세요!

케이티   그래.

INT. 전화기가 놓인 벽감을 넓은 앵글로.

빌   별일 없대?

케이티   잘 지낸대. 분명히 폴리였는데…… 정작 애는 들뜬 목소리
네.

빌   장난 전화였네. 아니면 누가 너무 심하게 우느라 전화를
잘못 걸었든지…… 우리 베테랑 문인들의 표현을 빌자면
'눈물이 앞을 가리는' 바람에 말이지.

케이티   장난 전화도 아니고 잘못 건 전화도 아니었어! 분명 우리
가족이었어!

빌   여보, 그걸 어떻게 알아.

케이티   모른다고? 제피가 전화해서 울기만 하면 당신은 그 아인
지 모를 것 같아?

빌   (뜨끔한 얼굴로) 그러게. 알 것 같네.

그녀는 그의 말을 듣고 있지 않다. 번호를 빠르게 누른다.

빌   누구한테 전화해?

그녀는 대꾸하지 않는다.

사운드: 신호가 두 번 떨어지는 소리. 그러고 나서.

나이든 여자 목소리   (필터 처리) 여보세요?

케이티   엄마? 혹시…… (잠깐 말을 멈춘다) 좀 전에 전화했어요?

목소리   (필터 처리) 아니, 왜?

케이티   아, 우리집 전화가 그렇잖아요. 로이스랑 통화하느라 다른 전화를 못 받아서요.

목소리   (필터 처리) 응, 내 전화 아니었어. 오늘 라부티크에서 엄청 예쁜 원피스를 봤는데…….

케이티   나중에 얘기해요, 엄마. 알았죠?

목소리   (필터 처리) 케이티, 별일 없는 거지?

케이티   아……. 엄마, 나 아무래도 설사가 난 것 같아요. 이만 끊어야겠어요.

그녀는 전화를 끊는다. 빌은 그녀가 전화를 끊을 때까지 참았다가 당나귀 비슷한 소리를 내며 미친듯이 웃는다.

빌   맙소사, 설사라니. 다음번에 편집자가 전화하면 써먹어야 겠네…… 아, 케이티, 진짜 짱이었…….

케이티   (비명을 지르다시피) 이거 웃긴 얘기 아니야!

빌은 웃음을 멈춘다.

INT. 거실

제프와 데니스가 몸싸움을 벌이다 멈춘다. 세 아이 모두 부엌 쪽을 쳐다본다.

INT. 빌과 케이티가 서 있는 전화기가 놓인 벽감 앞

케이티　우리 가족 중 한 명이었고 꼭……. 아, 당신은 이해 못 해. 내가 아는 목소리였다고.

빌　하지만 폴리도 아무 일 없고 장모님도 아무 일 없다 면…….

케이티　(확신하며) 돈이다.

빌　왜 이래, 좀 전까지만 해도 분명 폴리였다고 하더니.

케이티　돈일 수밖에 없어. 로이스하고는 통화중이었고 엄마는 별 일 없다고 하니까 남은 사람이 돈밖에 없잖아. 우리집 막 내라…… 폴리하고 목소리가 비슷하게 들렸을 수도 있 고…… 애랑 단 둘이 시골집에서 지내고 있잖아!

빌　(놀란 얼굴로) 그게 무슨 말이야, 단 둘이라니?

케이티　제리가 벌링턴에 갔거든! 돈이네! 돈한테 무슨 일이 생긴 거야!

코니가 걱정하는 얼굴을 하고 부엌으로 들어온다.

코니   엄마? 돈 이모 괜찮아요?

빌   아직까지는 괜찮아. 걱정 마, 우리 딸. 확실하지도 않은데 사서 걱정할 필요 없잖니.

케이티는 번호를 누르고 귀를 기울인다.

사운드: 뚜-뚜-뚜 하는 통화중 대기음.

케이티는 전화를 끊는다. 빌은 눈썹을 추켜세우고 묻는 표정으로 그녀를 쳐다본다.

케이티   통화중이야.

빌   케이티, 돈이 아닐 수도…….

케이티   남은 사람이 걔 하나잖아. 돈일 거야. 빌, 무서워. 거기까지 태워다 줄 수 있어?

빌은 그녀의 손에서 수화기를 받아든다.

빌   번호가 어떻게 돼?

케이티   555-6169.

빌은 번호를 누른다. 계속 통화중이다. 전화를 끊고 0을 누른다.

교환수   (필터 처리) 교환입니다.

빌   처제한테 전화를 걸고 있는데 계속 통화중이네요. 무슨 문
         제가 있는 것 같아서요. 저쪽에다가 얘기를 전해주실 수
         있을까요?

INT. 거실 입구

세 아이가 걱정하는 얼굴로 아무 말 없이 서 있다.

INT. 빌과 케이티가 서 있는 전화기가 놓인 벽감 앞

교환수   (필터 처리) 성함이 어떻게 되시죠?

빌   윌리엄 위더먼이요. 전화번호는…….

교환수   (필터 처리) 설마 『죽음의 거미』를 쓰신 윌리엄 위더먼 씨
         는 아니죠?!

빌   네, 맞는데요. 혹시…….

교환수   (필터 처리) 세상에, 저 그 책 정말 좋아해요! 선생님이 쓰
         신 책은 전부 좋아해요. 저는…….

빌   듣던 중 반가운 소식이네요. 하지만 지금은 아내가 여동생
         걱정을 많이 하고 있어서요. 혹시 가능하면…….

교환수   (필터 처리) 네, 가능해요. 공식적으로 연락처를 남겨주세요,

위더면 씨. (키득거린다) 아무한테도 알려주지 않을게요.

빌   555-4408이에요.

교환수   (필터 처리) 상대분 전화번호는요?

빌   (케이티를 쳐다본다) 어······.

케이티   555-6169.

빌   555-6169요.

교환수   (필터 처리) 잠시만요, 위더면 씨······ 그나저나 『야수의
          밤』도 훌륭했어요. 기다리세요.

사운드: 전화기에서 찰칵하고 딸깍거리는 소리.

케이티   혹시······.

빌   응. 잠시만······.

마지막으로 딸깍하는 소리가 들린다.

교환수   (필터 처리) 죄송하지만 위더면 씨, 상대분이 통화중이 아
          니라 수화기를 잘못 내려놓았어요. 저기, 혹시 제가 집에
          가지고 있는 『죽음의 거미』를 보내면······.

빌은 전화를 끊는다.

케이티   왜 끊어?

빌　　얘기를 전할 수가 없대. 수화기를 잘못 내려놓아서.

그들은 암울한 눈빛으로 서로를 바라본다.

EXT. 차체가 낮은 스포츠카가 야간용 카메라 옆을 지나간다.

INT. 케이티와 빌이 앉아 있는 차 안

케이티는 겁에 질렸다. 운전대를 잡은 빌도 침착해 보이지는 않는다.

케이티　　빌……. 돈한테 아무 일 없을 거라고 얘기해줘.

빌　　아무 일 없을 거야.

케이티　　이제 실제로는 어떨 거라고 생각하는지 얘기해줘.

빌　　제프가 오늘 저녁에 내 뒤로 살금살금 다가와서 고릿적 부가 부가를 했거든. 내가 펄쩍 뛰지 않으니까 엄청 실망하더라고. 제프한테는 무뎌져서 그런 거라고 했는데. (말을 잠깐 멈춘다) 거짓말이었어.

케이티　　제리가 일 년 중에 절반은 집을 비우면서 왜 거기로 이사를 가자고 했을까? 돈이랑 꼬맹이, 둘이서만 살아야 하는데. 왜 그랬을까?

빌　　쉬잇, 케이티. 거의 다 왔어.

케이티　　좀더 밟아.

EXT. 자동차.

그는 속도를 낸다. 차에서 연기가 난다.

INT. 위더먼 집의 거실

텔레비전이 계속 켜져 있고 아이들도 거기 있지만 더이상 요란하게
옥신각신하지 않는다.

코니   오빠, 돈 이모한테 아무 일 없겠지?

데니스   (그녀가 정신병자에게 목이 잘려서 죽었을 거라고 생각하지만)
        그럼. 당연하지.

INT. 거실에서 본 전화기

어두컴컴한 벽감에 놓인 전화기가 당장이라도 달려들 준비를 하는
뱀처럼 보인다.

페이드아웃

2막

EXT. 주변에 아무것도 없는 시골집

기다란 진입로가 그 집까지 이어진다. 거실에 불이 하나 켜져 있다. 자동차 전조등이 진입로 위로 쏟아진다. 위더면 부부가 타고 온 차가 차고 바로 앞에서 멈추어 선다.

INT. 빌과 케이티를 태운 자동차

케이티   무서워.

빌은 허리를 숙이고 운전석 아래에서 권총을 꺼낸다.

빌   (심각한 표정으로) 부가 부가.
케이티   (화들짝 놀라며) 그게 언제부터 거기 있었어?
빌   작년부터. 무서워할까 봐 당신이랑 아이들한테는 얘기 안
       했어. 총기 소지 허가증도 있어. 가자.

EXT. 빌과 케이티

그들은 차에서 내린다. 케이티가 차 앞에 서 있는 동안 빌이 차고로 가서 안을 들여다본다.

빌   처제 차는 여기 있네.

카메라가 현관문까지 그들을 트래킹한다. 이제 요란하게 틀어놓은

텔레비전 소리가 들린다. 빌이 초인종을 누른다. 안에서 그 소리가 들린다. 그들은 기다린다. 이번에는 케이티가 누른다. 여전히 아무 응답이 없다. 그녀는 초인종을 누르는 손을 떼지 않는다. 빌이 아래를 쳐다본다.

EXT. 빌의 시점에서 바라본 잠금장치

심하게 긁힌 자국이 있다.

EXT. 빌과 케이티

빌   (나지막이) 누가 잠금장치에 손을 댔어.

케이티는 잠금장치를 보고 훌쩍인다. 빌이 문손잡이를 돌려본다. 문이 열린다. 텔레비전 소리가 더 크게 들린다.

빌   내 뒤에 있어. 무슨 일이 벌어지면 도망칠 준비하고. 맙소사, 당신이랑 같이 오는 게 아니었는데.

그는 안으로 걸음을 옮긴다. 케이티는 겁에 질려서 울 듯한 얼굴로 그를 따라 들어간다.

INT. 돈과 제리의 집 거실

이 각도에서는 거실의 일부분밖에 안 보인다. 텔레비전 소리가 더 시끄러워진다. 빌은 총을 들고 거실로 들어간다. 오른쪽을 돌아보는 순간…… 온몸에서 긴장이 풀린다. 그는 총을 내린다.

케이티　(그의 옆으로 다가가며) 빌…… 무슨…….

그가 가리킨다.

INT. 빌과 케이티의 시점에서 본 거실 와이드 샷

폭풍이 휩쓸고 지나간 듯이 보이지만…… 강도나 살인 사건 때문에 그렇게 된 건 아니다. 건강한 십팔 개월짜리의 소행이다. 아이는 거실을 난장판으로 만들며 힘든 하루를 보내느라 지쳤고 엄마도 지쳐서 둘이 소파에서 잠이 들었다. 아이가 돈의 무릎에 누워 있다. 그녀는 워크맨 이어폰을 꽂고 있다. 장난감들—대부분 튼튼한 플라스틱으로 만들어진 세서미 스트리트와 플레이스쿨이다—이 온 사방에 정신없이 흩뿌려져 있다. 아이가 책꽂이에 꽂힌 책들도 거의 전부 뽑아놓았다. 보아하니 그중 한 권은 우적우적 열심히 씹은 모양이다. 빌은 다가가서 책을 집어 든다. 『유령의 키스』다.

빌　사람들이 내 작품에 심취했다는 얘기는 들어봤지만 이 정도일 줄은 몰랐네.

그는 재미있어한다. 케이티는 아니다. 그녀는 폭발할 준비를 하고 동생에게 다가가지만…… 정말 피곤해 보이는 돈의 얼굴 앞에서 마음이 누그러진다.

INT. 돈과 아이, 케이티의 시점

라파엘이 그린 작품 속의 성모와 아기 예수처럼 쌔근쌔근 단잠을 자고 있다. 카메라가 아래로 패닝한다. 워크맨이다. 휴이 루이스 앤드 더 뉴스의 노래가 희미하게 들린다. 카메라가 좀더 이동해 의자 테이블에 놓인 프린세스 전화기를 비춘다. 수화기가 걸이에서 떨어졌다. 많이는 아니다. 먹통이 돼서 사람들을 혼비백산하게 만들기에 충분한 정도다.

INT. 케이티

그녀는 한숨을 쉬고 허리를 숙여서 수화기를 제대로 놓는다. 그런 다음 워크맨의 정지 버튼을 누른다.

INT. 돈, 빌 그리고 케이티

음악이 멈추자 돈이 깨어난다. 빌과 케이티를 보고 어리둥절한 표정을 짓는다.

돈   (몽롱한 얼굴이다) 어……. 왔어요?

그녀는 워크맨 헤드폰을 쓰고 있다는 사실을 깨닫고 벗는다.

빌   안녕, 처제.
돈   (여전히 비몽사몽한 상태로) 연락하고 오지 그랬어요. 집이
        엉망인데.

돈이 미소를 짓는다. 그녀는 미소를 지으면 얼굴이 환하게 빛난다.

케이티 연락했지. 빌이 교환수한테 연락했더니 수화기를 잘못 내
        려놓은 상태라고 그러잖아. 무슨 일이 생긴 줄 알았어. 음
        악 소리가 그렇게 시끄러운데 어떻게 잠이 들 수가 있니?
돈   들으면 마음이 차분해지거든. (빌이 들고 있는, 씹어서 너덜
        너덜해진 책을 본다.) 으악, 형부, 죄송해요! 저스틴이 요즘
        이가 나려고 해서…….
빌   씹으면서 놀 만한 책을 제대로 골랐다고 얘기할 평론가도
        있을 거야. 그런데 처제, 섬뜩한 얘기 하고 싶지 않지만 현관
        문에 달린 잠금장치를 누가 스크루드라이버 같은 걸로 건
        드렸더라. 누군지 몰라도 억지로 열고 들어오려고 했나 봐.
돈   아우, 아니에요! 제리가 지난주에 그랬어요. 제가 실수로
        문을 잠그고 나가버렸는데 그이는 열쇠를 들고 나가지 않

왔고 예비 열쇠는 원래 문 위에 있어야 하는데 없었지 뭐예요. 그이는 볼일이 정말 급했기 때문에 뚜껑이 열려서 스크루드라이버로 뜯어보려고 했어요. 그런데 소용없었죠……. 엄청 튼튼하거든요. (잠깐 말을 끊었다가) 제가 제 열쇠를 찾고 보니까 그이는 벌써 숲속으로 사라졌더라고요.

빌 누가 억지로 열고 들어오려고 한 적이 없다면 어떻게 내가 그냥 문을 열고 들어올 수 있었겠어?

돈 (죄인 같은 표정으로) 사실…… 제가 깜빡하고 문을 잠그지 않을 때가 있어요.

케이티 오늘 저녁에 나한테 전화한 적 없지, 돈?

돈 응! 아무한테도 전화한 적 없어! 저스틴 쫓아다니느라 정신이 없었거든! 자꾸 섬유 유연제를 먹으려고 하잖아. 그러다 애가 졸려 하길래 여기 앉아서 형부 영화가 시작될 때까지 음악이나 좀 듣고 있으려고 했는데 그러다 잠이 들었고…….

영화 얘기가 나오자 빌은 움찔하며 책을 쳐다본다. 그러고는 자기 손목시계를 확인한다.

빌 제프한테 녹화해주겠다고 약속했는데. 가자, 케이티. 지금 출발하면 늦지 않겠어.

케이티 잠깐만.

그녀는 수화기를 집어서 번호를 누른다.

돈   아니, 형부. 제프가 그런 영화를 봐도 되는 나이라고 생각
             하세요?

빌   공중파잖아. 피 칠갑하는 장면들은 편집할 거야.

돈   (당황하지만 싹싹하게) 아, 다행이네요.

INT. 케이티, CU

데니스   (필터 처리) 여보세요?

케이티   돈 이모네 집에 아무 일 없다고 알려주려고 전화했어.

데니스   (필터 처리) 아! 다행이네요. 고마워요, 엄마.

INT. 데니스와 다른 아이들이 서 있는 전화기가 놓인 벽감 앞

그는 어마어마하게 안도하는 표정이다.

데니스   돈 이모네 집에 아무 일 없대.

INT. 빌과 케이티를 태운 자동차

그들은 한동안 아무 말 없이 달린다.

케이티   내가 히스테릭한 바보 같지?

빌   (진심으로 놀라며) 아니! 나도 겁이 났어.

케이티   정말로 화 안 난 거 맞아?

빌   나도 안도의 한숨을 쉬고 있는데? (웃음을 터뜨린다) 처제가 덜렁거리기는 하지만 그래도 나는 처제가 좋더라.

케이티   (다가와서 그에게 입을 맞춘다) 나는 당신이 좋네. 당신 참 다정한 남자야.

빌   나는 도깨비다!

케이티   안 속아.

EXT. 자동차

카메라를 지나서 디졸브

INT. 침대에 누운 제프

방안이 어두컴컴하다. 그는 이불을 턱까지 끌어올렸다.

제프   뒷부분은 약속하신 대로 녹화해주시는 거죠?

카메라 앵글이 넓어지고 침대 가에 걸터앉은 빌이 보인다.

빌   약속.

제프　　죽은 사람이 펑크 로커의 머리를 뜯는 부분이 제일 좋았
　　　　어요.

빌　　　그게…… 원래는 피 칠갑하는 장면은 다 편집을 하는데 말
　　　　이다.

제프　　뭐라고요, 아빠?

빌　　　아니야. 사랑한다, 제피.

제프　　저도 사랑해요. 람보도 사랑한대요.

제프는 전혀 사납지 않게 생긴 용 인형을 들어 보인다. 빌은 인형과
제프에게 차례대로 입을 맞춘다.

빌　　　잘 자라.

제프　　안녕히 주무세요. (빌이 문 쪽으로 손을 내밀자) 돈 이모한테
　　　　아무 일 없어서 다행이에요.

빌　　　그러게.

그는 밖으로 나간다.

INT. 텔레비전, CU

영화 촬영 이 주 전쯤에 교통사고로 죽은 듯이 보이는(그리고 그 뒤
로 푹푹 찌는 날씨 때문에 고생한 듯이 보이는) 남자가 비틀비틀 지하
실에서 나온다. 카메라 앵글이 넓어지면서 비디오테이프 플레이어

의 일시 정지 버튼을 해제하는 빌이 보인다.

케이티 (목소리로) 부가 부가.

빌은 다정하게 뒤를 돌아본다. 카메라 앵글이 좀더 넓어지면서 섹시한 나이트가운을 입은 케이티가 보인다.

빌 나도 부가 부가. 광고 끝나고 나오는 앞부분을 사십 초 놓쳤어. 람보한테 뽀뽀를 해야 했거든.

케이티 나한테 화나지 않은 거 확실하지, 빌?

그는 그녀에게 다가가 입을 맞춘다.

빌 눈곱만큼도 안 났어.

케이티 우리하고 가까운 사람이었다고 장담할 수 있었거든. 무슨 말인지 알지? 우리하고 가까운 사람.

빌 응.

케이티 아직도 그 울음소리가 들려. 엄청 서럽고…… 엄청 가슴 아파하는 것 같았는데.

빌 케이티, 길을 가다가 아는 사람이 보이길래 불렀는데 고개를 돌린 걸 보면 전혀 모르는 사람이었던 적 있지 않아?

케이티 응, 한 번. 시애틀에서. 쇼핑몰에서 예전 룸메이트인 줄 알았거든. 그래서…… 아, 당신이 무슨 말을 하려는 건지 알겠다.

| 빌 | 응, 얼굴이 비슷한 사람들이 있는 것처럼 목소리가 비슷한 사람들도 있으니까. |
| 케이티 | 하지만…… 자기 가족은 헷갈릴 수 없지 않나? 오늘 저녁까지만 해도 그렇게 생각했는데. |

그녀는 심란한 표정으로 한쪽 뺨을 그의 어깨에 얹는다.

케이티	분명히 폴리 목소리라고 생각했는데…….
빌	새 학교에서 적응할 수 있을지 계속 걱정하느라 그랬을 거야…… 하지만 오늘 저녁에 한 얘기를 들어보니까 적응 면에서는 아무 문제없는 것 같던데, 안 그래?
케이티	응……. 그런 것 같아.
빌	이제 안심해, 여보.
케이티	(그의 앞에 얼굴을 바짝 들이대며) 당신 이렇게 피곤해 보이는 거 정말 싫다. 얼른 좋은 아이디어를 생각해봐.
빌	뭐, 노력중이야.
케이티	잘 거야?
빌	제프한테 약속한 이거 녹화 다 끝나면.
케이티	(신기해하며) 여보, 모든 경우의 수를 감안하는 일본 기술자들이 만든 기계야. 알아서 녹화 잘해줄 거야.
빌	응, 하지만 나도 이 작품 본 지 오래됐고 해서…….
케이티	알았어. 재밌게 봐. 나도 좀 있다가 잘 것 같아. (말을 잠깐

멈춘다) 나한테 좋은 아이디어가 몇 개 있는데.

빌   (웃으며) 그래?

케이티   응.

그녀는 다리를 훤히 드러내며 저쪽으로 걸어가다가 무슨 생각이 떠오르자 문 앞에서 그를 돌아본다.

케이티   그 펑크족 머리가 뜯기는 부분이 나오면…….

빌   (죄인 같은 표정으로) 내가 편집할게.

케이티   잘 자. 그리고 고마웠어. 이것저것.

그녀는 사라진다. 빌은 의자에 앉는다.

INT. 텔레비전, CU

어떤 커플이 차 안에서 애무를 하고 있다. 조수석 쪽 문짝이 죽은 남자의 손에 갑작스럽게 뜯기고 디졸브.

INT. 침대에 누운 케이티

어두컴컴하다. 그녀는 잠이 들었다가 비몽사몽 깨어난다.

케이티   (졸린 목소리로) 왔어, 우리 자기…….

그녀는 더듬더듬 그를 찾지만 그의 쪽 침대에 아무도 없고 커버도 씌워진 채 그대로다. 그녀는 일어나 앉는다. 시간을 확인한다.

INT. 케이티의 시점에서 바라본 곁탁자 위의 시계

2:03 A.M.이라고 되어 있다. 그러다 이내 2:04로 바뀐다.

INT. 케이티

이제 완전히 잠에서 깼다. 그리고 걱정이 된다. 그녀는 일어나서 가운을 걸치고 밖으로 나간다.

INT. 텔레비전 화면, CU

눈雪.

케이티   (목소리가 점점 다가온다) 빌? 여보? 무슨 일 있어? 빌?
         비…….

INT. 케이티, 빌의 서재

그녀는 충격으로 눈을 휘둥그레 뜨고 그 자리에 얼어붙는다.

INT. 의자에 앉아 있는 빌

눈을 감고 한 손을 셔츠 안에 넣은 채 옆으로 고꾸라져 있다. 돈은 자고 있었다. 빌은 아니다.

EXT. 입관되는 관

목사　(목소리) 윌리엄 위더먼의 영혼은 살아 있으리라 확신하며 세속적인 잔재를 이렇게 땅에 묻나이다. "신도들이여, 낙담하지 말지어니……"

EXT. 무덤가

위더먼 가족이 모두 여기 모여 있다. 케이티와 폴리는 똑같은 검정색 원피스를 입고 검정색 베일을 썼다. 코니는 검정색 치마와 흰색 블라우스를 입었다. 데니스와 제프는 검정색 양복을 입었다. 제프는 울고 있다. 그는 마음의 위안을 위해 용 인형 람보를 겨드랑이에 끼고 있다.

카메라가 케이티 쪽으로 움직인다. 그녀의 뺨을 타고 눈물이 천천히 흘러내린다. 그녀는 허리를 숙여서 흙을 한 줌 집는다. 무덤 위로 뿌린다.

케이티   사랑해, 우리 자기.

EXT. 제프

흐느낀다.

EXT. 위에서 내려다본 무덤

관 위로 흙이 뿌려진다. 디졸브.

EXT. 무덤

묘지 관리인이 마지막 뗏장을 얹고 토닥인다.

묘지 관리인   우리 아내가 두어 권 더 쓰고 심장마비를 일으키
지 그랬느냐고 아쉬워했어요, 작가 양반. (잠깐 말
을 멈춘다) 나는 개인적으로 서부극을 좋아하오만.

묘지 관리인이 휘파람을 불며 사라진다. 디졸브.

EXT. 교회, 낮
자막: 오 년 뒤

결혼행진곡이 흘러나온다. 어른이 된 폴리가 환하게 웃으며 쏟아지는 쌀을 맞는다. 그녀는 웨딩드레스를 입었고 옆에 새신랑이 있다.

축하객들이 통로 양옆에서 쌀을 뿌린다. 신부와 신랑 뒤에서 다른 사람들이 등장한다. 케이티, 데니스, 코니 그리고 제프가 보이는데…… 모두 다섯 살씩 나이를 먹었다. 케이티 옆에 다른 남자가 있다. 행크다. 그새 케이티도 재혼을 한 것이다.

뒤를 돌아본 폴리가 엄마를 발견한다.

폴리　　고마워요, 엄마.
케이티　(울면서) 딸, 별 소릴 다한다.

그들은 서로 포옹한다. 잠시 후에 폴리가 포옹을 풀고 행크를 쳐다본다. 잠시 긴장감이 감돌지만 폴리는 행크하고도 포옹한다.

폴리　　행크 아저씨도 고마워요. 그동안 못되게 굴어서 미안해요.
행크　　(서글서글하게) 못되게 군 적 없다, 폴. 딸한테 아빠는 한 명
　　　　　　뿐이지.
코니　　던져라! 던져라!

잠시 후에 폴리가 부케를 던진다.

EXT. 부케, CU, 슬로모션

허공에서 뱅글뱅글 돈다. 디졸브.

INT. 서재에 있는 케이티, 밤

워드프로세서가 없어진 자리에 설계도 더미를 비추는 널찍한 스탠드가 놓였다. 책 표지는 건물 사진으로 바뀌었다. 행크가 맨 처음에 설계한 건물인 듯하다.

케이티는 생각에 잠긴 듯 조금 서글픈 표정으로 책상을 바라보고 있다.

행크　　(목소리) 이제 잘 거야, 케이티?

그녀가 고개를 돌리자 카메라 앵글이 넓어지면서 행크가 보인다. 그는 잠옷 위에 가운을 입고 있다. 그녀가 다가가자 그는 웃으며 살짝 안아준다. 어쩌면 그녀의 희끗희끗한 머리칼이 우리 눈에도 보일지 모른다. 그녀의 귀염둥이 조랑말은 빌이 죽은 이후에 제대로 달렸다.

케이티　　좀 있다가. 큰딸의 결혼식이 날마다 있는 일은 아니잖아.
행크　　그렇지.

카메라가 서재라는 작업 공간에서 좀더 편안한 공간으로 이동하는 그들을 뒤쫓아간다. 커피 테이블, 전축, 텔레비전, 소파, 빌이 좋아했던 안락의자가 있는 이곳은 예전과 별로 다를 게 없다. 그녀는 안락의자를 쳐다본다.

행크   요즘도 보고 싶지?

케이티   유난히 그런 날이 있어. 당신은 몰랐고 폴리는 기억하지 못했지.

행크   (다정하게) 뭘?

케이티   폴리가 오 년 전에 빌이 세상을 떠난 날 결혼을 했거든.

행크   (그녀를 안아준다) 이제 그만 자러 들어가자, 응?

케이티   조금만 있다가.

행크   알았어. 아마 나도 좀 있다가 잘 거야.

케이티   아이디어가 생각났구나?

행크   어쩌면.

케이티   잘됐네.

그는 그녀에게 입을 맞추고 밖으로 나가서 등뒤로 문을 닫는다. 케이티는 빌이 좋아했던 안락의자에 앉는다. 바로 옆 커피 테이블에 텔레비전 리모컨과 보조 전화기가 있다. 케이티는 꺼진 텔레비전을 쳐다보고 카메라가 그녀의 얼굴을 비춘다. 한쪽 눈에 맺힌 눈물 한 방울이 사파이어처럼 반짝인다.

케이티   요즘도 당신이 보고 싶어, 우리 자기. 많이, 많이. 날마다. 그리고 그거 알아? 그래서 아프다는 거.

눈물이 떨어진다. 그녀는 텔레비전 리모컨을 집어서 켜짐 버튼을 누른다.

INT. 케이티의 시점에서 본 텔레비전

긴수 칼 광고가 끝나고 별 모양의 로고가 등장한다.

아나운서 (목소리) 이제 다시 63번 채널의 목요일 밤 스타 타임 영화…… 〈유령의 키스〉가 방영됩니다.

로고가 서서히 사라진다. 이 주 전쯤에 교통사고로 죽었고 그 뒤로 푹푹 찌는 날씨 때문에 고생한 듯이 보이는 남자가 등장한다. 그가 그 지하실에서 비틀비틀 걸어 나온다.

INT. 케이티

그녀는 화들짝 놀란다. 거의 경악에 가깝다. 그녀는 리모컨의 꺼짐 버튼을 누른다. 텔레비전이 깜빡이며 꺼진다.

케이티의 얼굴이 일그러지기 시작한다. 그녀는 들이닥치려는 감정의 폭풍에 저항하지만 영화라는 우연의 일치가 지금까지 살아오면서 감정적으로 가장 힘들었던 날에 결정타 역할을 한다. 댐이 무너지고 그녀는 흐느껴 운다. 비통하게 흐느껴 운다. 그녀는 리모컨을 올려놓으려고 커피 테이블로 손을 뻗었다가 전화기를 쳐서 바닥으로 떨어뜨린다.

사운드: 웅 하고 전화가 끊겼음을 알리는 소리

눈물로 얼룩진 채 전화기를 쳐다보던 그녀의 얼굴이 갑자기 딱딱하게 굳는다. 무언가가 그 얼굴을 채우기 시작하는데…… 어떤 아이디어일까? 직감일까? 잘 모르겠다. 그리고 어쩌면 상관없을지 모른다.

INT. 케이티의 시점에서 바라본 전화기

카메라가 계속 다가가…… 고리에서 이탈한 수화기에 뚫린 구멍이 깊은 골짜기처럼 느껴질 때까지 ECU한다.
전화가 끊겼음을 알리는 소리가 커진다.
우리는 그 암흑 속으로 들어가고…… 이런 소리를 듣는다.

빌   (목소리) 누구한테 전화하는 거야? 누구한테 전화하고 싶어? 아직 기회가 있다면 누구한테 전화할래?

INT. 케이티

이제 그녀는 최면에 걸린 듯한 묘한 표정을 짓고 있다. 그녀는 전화기를 집어서 번호를 누른다. 언뜻 보면 마구잡이로 누르는 것 같다.

사운드: 전화벨 울리는 소리

케이티는 계속 최면에 걸린 듯한 표정을 짓고 있다. 누군가가 전화를 받을 때까지…… 수화기 너머에서 그녀의 목소리가 들릴 때까지 그 표정은 없어지지 않는다.

케이티   (필터 처리) 여보세요, 위더먼 집입니다.

머리가 희끗희끗한 현재의 케이티는 계속 흐느껴 울지만 절박한 희망의 표정이 얼굴 위에서 만들어지려고 한다. 그녀는 상심이 너무 깊어서 전화선을 타고 일종의 시간 여행이 이루어졌다는 걸 어렴풋이 안다. 그녀는 얘기를 하려고, 말을 전하려고 한다.

케이티   (흐느끼며) 데려가……. 제발 데려가……. 데…… 데…….

INT. 전화기가 놓인 벽감 앞에 서 있는 케이티, 재현

오 년 전이다. 빌이 걱정하는 얼굴로 그녀의 옆에 서 있다. 제프는

다른 방으로 공테이프를 찾으러 간다.

케이티   폴리니? 왜 그래?

INT. 서재에 있는 케이티

케이티   (흐느끼며) 제발……. 얼른…….

사운드: 딸깍하고 전화가 끊기는 소리

케이티   (비명을 지른다) 그이를 병원에 데려가! 그이를 살리고 싶
              으면 병원에 데려가라고! 심장마비를 일으킬 거야! 심
              장…….

사운드: 웅 하고 전화가 끊겼음을 알리는 소리

케이티는 천천히, 아주 천천히 수화기를 내려놓는다. 그랬다가 잠시
후에 다시 집어 든다. 부끄러운 줄도 모르고 고래고래 소리를 지른
다. 어쩌면 자기가 무슨 짓을 하고 있는지도 모를 것이다.

케이티   번호를 잘못 눌렀어요. 번호를…….

장면 전환

INT. 케이티와 나란히 전화기가 놓인 벽감 앞에 서 있는 빌

방금 전에 케이티에게 전화기를 건네받고 교환수와 통화를 하는 중
이다.

교환수　웅얼웅얼 키득거린다) 아무한테도 알려주지 않을게요.
빌　　555…….

장면 전환
INT. 빌이 좋아했던 의자에 앉아 있는 케이티, CU

케이티　　(말문을 맺는다) 4408.

INT. 전화기, CU

케이티가 부들부들 떨리는 손으로 조심스럽게 번호를 누르자 번호
에 상응하는 발신음이 들린다. 554 - 4408이다.

INT. 빌이 좋아했던 의자에 앉아 있는 케이티, CU

전화벨이 울리기 시작하자 그녀는 눈을 감는다. 희망과 절망이 한데
뒤엉킨 고통스러운 표정이 그녀의 얼굴을 수놓는다. 이 중요한 메
시지를 전할 수 있는 기회가 한 번만 더 주어진다면…… 딱 한 번만

더 주어진다면.

케이티   (나지막이) 제발…… 제발…….

녹음된 음성   (필터 처리) 지금 거신 번호는 없는 번호입니다.
확인하고 다시 걸어주시기 바랍니다. 도움이 필
요하시면…….

케이티는 다시 전화를 끊는다. 눈물이 뺨을 타고 줄줄 흐른다. 카메
라가 뒤로 멀어지며 아래로 전화기를 비춘다.

INT. 전화기가 놓인 벽감 앞에 서 있는 케이티, 재현

빌   장난 전화였네. 아니면 누가 너무 심하게 우느라 전화를
잘못 걸었든지…… 우리 베테랑 문인들의 표현을 빌자면
'눈물이 앞을 가리는' 바람에 말이지.

케이티   장난 전화도 아니고 잘못 건 전화도 아니었어! 분명 우리
가족이었어!

INT. 빌의 서재에 있는 (현재의) 케이티

케이티   맞아. 우리 가족이었어. 아주 가까운 가족. (말을 잠깐 멈춘
다) 바로 나였어.

그녀는 느닷없이 전화기를 내동댕이친다. 그런 다음 두 손에 얼굴을 묻고 다시 흐느낀다. 카메라가 그녀의 얼굴 위에 잠깐 머물다 돌리로 움직여서

INT. 전화기

카펫 위로 내동댕이쳐진 전화기가 무미건조한 동시에 왠지 모르게 불길해 보인다. 카메라가 다시 ECU하자 수화기의 구멍이 또다시 시커멓고 거대한 골짜기처럼 느껴진다. 화면이 잠깐 홀드했다가

어두컴컴하게 페이드아웃된다.

10시의 사람들

★★★

흡연이 뇌에 미치는 영향에 관한 연구.

1

피어슨은 비명을 지르려고 했지만 충격으로 목소리가 나오지 않아서 잠결에 신음하는 사람처럼 나지막이 컥컥거리기만 했다. 그는 숨을 들이마시고 다시 한번 시도해보았다. 그러나 미처 비명을 지르기도 전에 누군가가 그의 왼쪽 팔꿈치 바로 위를 펜치처럼 단단히 잡고 눌렀다.

"얌전히 있는 게 좋아요." 손의 주인이 속삭임보다 반 단계 높은 수준으로 피어슨의 왼쪽 귀에 바짝 대고 얘기했다. "안 그러면 큰일 나요. 내 말 믿어요, 진짜예요."

피어슨은 두리번거렸다. 비명을 지르고 싶은 충동, 아니 그러고 싶은 욕구를 유발했던 요인이 놀랍게도 아무 제지 없이 은행 안으로 사라졌다. 비로소 그는 두리번거릴 수가 있었다. 크림색 양복을 입은 젊고 잘생긴 흑인 남자가 그를 붙잡고 있었다. 피어슨은 모르는 남자였지만 누군지는 알았다. 그는 '10시의 사람들'이라고 명명한 그 특이한 종족의 얼굴을 대부분 알았고…… 그들도 그의 얼굴을 알 것이다.

젊고 잘생긴 흑인 남자가 그를 조심스럽게 살피고 있었다.

"당신도 봤죠?"

피어슨이 물었다. 자신감 넘치던 평소 말투와 다르게 높고 날카롭고 귀에 거슬리는 우는 소리 비슷했다.

젊고 잘생긴 흑인 남자는 피어슨이 우악스러운 비명 공세로 보스턴 퍼스트머컨타일은행 앞 광장을 충격의 도가니로 몰고 가지 않겠다는 확신이 서자 팔을 놓아주었다. 피어슨은 손을 내밀어 젊은 흑인 남자의 손목을 덥석 잡았다. 누군가의 손길이 없으면 살아가지 못하는 사람처럼 그랬다. 젊고 잘생긴 흑인 남자는 떼어내려고 하지는 않고 손을 흘끗 내려다보았다가 다시 피어슨의 얼굴을 쳐다보았다.

"당신도 그거 봤죠? 분장이거나…… 누가 장난삼아서 쓴 가면이라도 해도 끔찍할 판국에……."

그건 분장도 아니었고 가면도 아니었다. 짙은 회색의 앙드레 시르 양복을 입고 오백 달러짜리 구두를 신은 그것은 몸이 서로 스칠 정도로(절대 안 될 일이지, 그의 이성은 혐오감에 속절없이 움찔했다) 바로 앞을 지나갔기에 피어스는 그것이 분장이나 가면이 아니라는 걸 알았다. 머리인가 싶은 거대한 돌출부에 달린 살이 거대 행성을 둘러싼 특이한 대기층이라도 되는 듯 사방으로 움직였다.

"저기요." 크림색 정장을 입은 젊고 잘생긴 흑인 남자가 말문을 열었다. "아무래도……."

"그게 뭐예요?" 피어슨은 말허리를 잘랐다. "내 평생 그런 건 본 적이 없는데! 뭐랄까, 서커스 공연이나 뭐…… 그런 데서나 볼 수 있는……."

그의 목소리는 평소와 다르게 머릿속이 아니라 저 위 어딘가에서 흘러나왔다. 함정이나 땅속의 구멍으로 떨어져서 누군가 저 위에서 높고 날카롭고 듣기 싫은 목소리로 그에게 얘기를 하는 듯이 느껴졌다.

"저기, 내 말 잘 들어……."

그게 다가 아니었다. 피어슨이 몇 분 전에 불을 붙이지 않은 말보로 담배를 손가락 사이에 들고 회전문 밖으로 나왔을 때는 날이 찌뿌드드했다. 사실 당장이라도 비가 내릴 듯했다. 그런데 지금은 모든 게 그냥 화창한 정도가 아니라 지나치게 화창했다. 십오 미터 정도 떨어진 건물 옆에 서 있는 금발의 미녀(담배를 피우며 책을 읽고 있었다)가 입은 빨간색 치마는 화재경보기처럼 허공에 대고 비명을 질렀다. 지나가는 배달부가 입은 노란색 셔츠는 말벌 침처럼 눈을 찔렀다. 사람들의 얼굴이 딸 제니가 사랑하는 팝업북 속의 얼굴처럼 도드라졌다.

그리고 그의 입술…… 입술이 느껴지지 않았다. 초강력 마취 주사를 맞은 것처럼 감각이 없었다.

피어슨은 크림색 정장을 입은 젊고 잘생긴 흑인 남자를 돌아보며 말했다.

"말도 안 되는 소리처럼 들리겠지만 내가 지금 기절할 것 같은데요."

"아니, 그렇지 않을 거예요." 남자가 어찌나 자신 있게 단정을 짓는지 피어슨은 잠깐 동안이나마 그의 말을 믿을 수 있었다. 남자가 팔꿈치 바로 위쪽을 다시 붙잡았다. 이번에는 좀 전보다 훨씬 살살 붙잡았다. "이쪽으로 와서 좀 앉지 그래요?"

은행 앞의 널찍한 광장 곳곳에 각양각색의 늦여름 또는 초가을 꽃을 심은 일 미터 높이의 동그란 대리석 안전지대가 설치되어 있었다. 10시의 사람들이 이 고급스러운 화단가에 걸터앉아서 누구는 책을 읽고 누구는 잡담을 나누고 누구는 커머셜 스트리트를 지나가는 행인들의 물결을 구경했지만 하나같이 10시의 사람들의 공통적인 행태를 보이고 있었다. 피어슨도 그걸 위해 1층을 지나 밖으로 나선 참이었다. 피어슨과 오늘 알게 된 지인과 가장 가까운 대리석 화단에는 과꽃이 심어져 있었는데, 감각이 고조된 피어슨의 눈에는 그 자주색이 놀랍도록 선명하게 느껴졌다. 동그란 화단 테두리가 비어 있는 이유는 이제 10시 10분을 향해 가는 시각이라 다들 설렁설렁 안으로 철수하기 시작했기 때문인 것 같았다.

"앉아요."

크림색 양복을 입은 남자가 말했다. 피어슨은 최선을 다했지만 앉았다기보다 쓰러진 것에 가까웠다. 좀 전까지만 해도 불그스름한 갈색의 대리석 화단 옆에 서 있었는데 누가 무릎에 달린 핀을 뽑기라도 한 듯 주저앉았다. 쿵 하고.

"이제 허리를 숙여요."

남자가 옆에 앉으며 얘기했다. 그의 표정은 처음부터 지금까지 계속 서글서글했지만 눈은 서글서글한 구석이 전혀 없었다. 광장을 계속 이리저리 잽싸게 훑었다.

"왜요?"

"머리에 피가 다시 돌게요. 하지만 저들한테 티를 내지는 마요. 꽃향기를 맡는 척해요."

"저들이 누군데요?"

"그냥 시키는 대로 합시다, 네?"

남자의 말투에 눈곱만큼 짜증이 섞였다.

피어슨은 고개를 숙이고 숨을 크게 들이마셨다. 알고 보니 꽃들이 보기보다 향이 별로였다. 잡초 냄새에다가 희미하게 개 오줌 냄새를 풍겼다. 그래도 머리가 조금이나마 맑아지지 않을까 싶었다.

"주 이름을 하나씩 읊어봐요."

남자가 명령을 내렸다. 그는 다리를 꼬고 주름이 지지 않도록 바짓단을 흔든 다음 안주머니에서 윈스턴 담뱃갑을 꺼냈다. 피어슨은 들고 나온 담배가 없어졌다는 걸 깨달았다. 비싼 양복을 입은 괴물 같은 것이 광장 서쪽을 건너오는 것을 보고 충격을 받은 순간에 떨어뜨린 모양이었다.

"주 이름."

그는 멍하니 대꾸했다.

남자는 고개를 끄덕이고 일견 그다지 비싸 보이지 않는 라이터를 꺼내 담배에 불을 붙였다. "여기 이 주부터 시작해서 서쪽으로 이동하면 어떨까요?" 그가 제안했다.

"매사추세츠…… 그다음은 아마도 뉴욕…… 거기 말고 북쪽에서
부터 먼저 꼽으면 버몬트…… 뉴저지…….” 그는 이제 허리를 살짝
펴고 좀더 자신감 있게 말을 하기 시작했다. “펜실베이니아, 웨스트
버지니아, 오하이오, 일리노이…….”

흑인은 눈썹을 추켜세웠다. “웨스트버지니아라고요? 확실해요?”

피어슨은 살짝 미소를 지었다. “네, 확실해요. 오하이오하고 일리
노이는 순서가 바뀌었을지 몰라도.”

흑인은 상관없다는 듯이 어깨를 으쓱하고 미소를 지었다. “이제
기절할 것 같아 보이지 않네요. 그게 중요한 거죠. 담배 한 대 줄까
요?”

“고마워요.” 피어슨은 진심으로 고마웠다. 지금은 단순히 담배를
피우고 싶은 시점이 아니라 담배가 필요한 시점이었다. “들고 나왔
는데 없어졌네요. 당신 이름이 뭐예요?”

흑인은 새로 꺼낸 윈스턴 담배를 피어슨의 입에 물리고 거기에
라이터를 갖다 댔다.

“더들리 라인먼. 그냥 듀크라고 부르면 돼요.”

피어슨은 담배를 깊게 한 모금 빨고, 퍼스트머컨타일은행의 어두
컴컴한 지하와 구름이 잔뜩 낀 고층으로 들어가려면 통과해야 하는
회전문 쪽을 쳐다보았다. “아까 그거, 내가 허깨비를 본 게 아니었
죠?” 그가 물었다. “내 눈에 보인 게…… 당신 눈에도 보였죠?”

라인먼은 고개를 끄덕였다.

“당신은 내가 보았다는 걸 그가 모르고 지나가주길 바랐죠.”

피어슨은 혼자 사태를 파악하려고 애를 쓰며 천천히 중얼거렸다.

그의 목소리가 다시 예전의 위치로 돌아갔고 그것만으로도 엄청난 위안이었다.

라인먼은 다시 고개를 끄덕였다.

"하지만 내가 어떻게 못 볼 수 있었겠어요? 그는 어떻게 그걸 모를 수 있고요?"

"아까 당신처럼 고래고래 소리를 지르려고 하는 사람이 있었는지 생각해봐요." 라인먼이 얘기했다. "아니면 표정이 당신처럼 변한 사람이 있었는지. 나만 해도 그렇고요."

피어슨은 천천히 고개를 저었다. 이제 그는 단순히 겁에 질린 게 아니라 영문을 알 수가 없었다.

"내가 최선을 다해서 당신하고 그 사이에 끼어들었어요. 그가 당신을 보지 못한 것 같지만 하마터면 들킬 뻔했죠. 당신이 먹으려고 했던 미트로프에서 쥐가 기어나오는 걸 본 사람 같은 표정을 짓고 있었거든요. 담보대출팀에서 근무하시죠?"

"맞아요……. 브랜던 피어슨이에요. 미안해요."

"나는 컴퓨터지원팀에서 근무해요. 그리고 괜찮아요. 박쥐 인간을 처음 보면 그런 반응이 나타날 수 있어요."

듀크 라인먼이 손을 내밀자 피어슨은 악수를 했지만 머릿속에서는 계속 한 문장이 맴돌았다. 박쥐 인간을 처음 보면 그런 반응이 나타날 수 있어요. 젊은 남자는 그렇게 얘기했고, 피어슨은 고담 시의 아르데코풍 첨탑을 누비는 영화 속 배트맨의 이미지를 폐기하자 박쥐 인간이라는 표현이 그럴듯하다는 걸 느낄 수 있었다. 또 한 가지 느낀 게 있었다. 무서운 무언가에 이름이 생기면 효과 만점이라는 것이다. 그런다고 무서움이 사라지지는 않았지만 감당할 수 있는 수준으로 조절이 가능했다.

이제 그는 자신이 목격한 광경을 일부러 재현하며 '박쥐 인간, 내가 맨 처음으로 본 박쥐 인간이었어'라고 생각했다.

그는 10시에 여기로 내려올 때마다 항상 생각하는 그것을 생각하며 회전문 밖으로 나섰다. 니코틴이 뇌를 강타하면 기분이 얼마나 짜릿할까. 그가 그 종족의 일원이 될 수 있는 이유도 그 때문이었다. 그것이 그의 부적 아니면 뺨에 한 문신이었다.

그는 8시 45분에 출근했을 때에 비해 더 어두컴컴해진 날씨를 보고 이런 생각을 했다. 오후쯤 되면 우리 일당이 쏟아지는 비를 맞으면서 발암물질을 빨게 생겼네. 두말하면 잔소리지만 보슬비 정도로는 그들을 막을 수 없었다. 10시의 사람들은 아주 집요했다.

그는 광장을 훑으며 잽싸게 출석 체크를 했다. 거의 무의식적인 수준이라 할 만한 속도였다. 빨간 치마를 입은 아가씨가 보였고(늘 그렇듯 그렇게 예쁜 여자랑 자면 느낌이 다를지 궁금해졌다) 모자를 거꾸로 돌려쓰고 화장실과 매점 바닥을 닦는 3층의 젊은 비밥 청소부, 얇은 머리칼은 하얗게 셌고 뺨에 보라색 반점이 있는 노인, 두툼한 안경을 쓰고 다니며 얼굴이 좁고 까만 생머리를 길게 늘어뜨린 젊은 여자가 보였다. 얼굴을 어렴풋이 기억하는 다른 사람들도 보였다. 두말하면 잔소리지만 그중 한 명이 크림색 정장을 입은 젊고 잘생긴 흑인 남자였다.

티미 플랜더스가 있었다면 그의 옆으로 갔겠지만, 없었기 때문에 피어슨은 어느 대리석 화단을 노리고(사실 지금 앉아 있는 이 화단이었다) 광장 한복판을 향해 걸음을 옮겼다. 거기 앉아 있으면 빨간 치마를 입은 아가씨의 길고 굴곡 있는 다리를 감상하기에 좋았다. 물론 저질스러운 취미였지만 찬밥, 더운밥 가릴 처지가 아니었다. 그는 사랑하는 아내와 딸이 있는 성실한 유부남이었고 바람을 피울 생각조차 한 적이 없었지만 사십 줄에 가까워지자 어떤 충동이 바다 괴물처럼 혈관 속에서 고개를 내밀었다. 게다가 남자라면 그런 빨간 치마를 보았을 때 안에 같은 색상의 속옷을 받쳐 입었을지 궁금해하지 않을 수 없었다.

그가 막 걸음을 옮기려던 찰나, 건물 모퉁이를 돌아 나온 새로운 인물이 광장 계단을 올라오기 시작했다. 피어슨은 곁눈으로 그 인물의 움직임을 포착했고 평소 같았으면 신경쓰지 않았을 것이다. 온 신경이 짧고 타이트하고 소방차처럼 새빨간 치마에 집중되어 있었다. 그런데도 쳐다본 이유는, 곁눈으로 본데다 머릿속에서는 딴생각을 하고 있었음에도 다가오는 인물의 얼굴과 머리가 어딘지 모르게 이상하다는 걸 알았기 때문이다. 그래서 그는 고개를 돌려서 쳐다보았고, 덕분에 그 뒤로 며칠 동안 밤잠을 설쳐야 했다.

신발은 아무 문제 없었다. 지하에 있는 은행 금고 문만큼이나 견고하고 믿음직해 보이는 앙드레 시르의 짙은 회색 양복은 그보다 더 훌륭했다. 빨간색 넥타이는 예측 가능한 범주 안에 있었지만 눈에 거슬리지는 않았다. 이 모든 게 최고위급 은행원(최고위급이 아닌 이상 어떻게 10시에 출근할 수 있겠는가)의 월요일 출근 복장으로 나무랄 데 없었다. 하지만 머리에 시선이 닿으면 자신의 머리가 이상해졌든지 『월드 북 백과사전』에 소개된 적 없는 무언가를 보고 있든지, 둘 중 하나라는 걸 알게 됐다.

왜 사람들이 도망치지 않았을까? 이제 비 한 방울이 그의 손등을, 또 한 방울이 반쯤 피운 담배의 새하얀 종이를 때리는 가운데 피어슨은 의아해했다. 1950년대 영화에서 거대한 벌레를 본 사람들처럼 비명을 지르면서 도망쳤어야 하는 거 아닌가? 그러다 그는 생각했다. 하긴······ 나도 도망치지 않았지.

그렇긴 하지만 이건 달랐다. 그가 도망치지 않은 건 그 자리에서 얼어붙었기 때문이다. 비명은 지르려고 했었다. 마비된 성대가 풀리지 않았을 때 오늘 알게 된 친구에게 저지당했을 뿐이다.

박쥐 인간. 내가 처음으로 본 박쥐 인간.

올해의 가장 탁월한 비즈니스 정장을 걸친 넓은 어깨와 빨간색의 설카 파워 넥타이 위에서 회색빛이 도는 갈색의 머리가 어른거렸는데, 둥그스름하지 않고 여름 내내 난타당한 야구공처럼 기형적이었다. 아마도 정맥이었을 시커먼 선이 무의미하게 구불구불 뻗은 지도 속 도로처럼 표면 바로 아래에서 펄떡거렸다. 위치상 얼굴일 수밖에 없었지만 얼굴이 아닌(인간의 기준으로는 그랬다) 곳은 일말의 지각을 갖춘 끔찍한 종기처럼 불룩 솟아서 흔들거리는 혹으로 뒤덮였다. 이목구비는 생기다 말았고 한데 뭉뚱그려졌다. 얼굴 한복판에서 탐욕스럽게 반짝이는, 완벽하게 동그랗고 납작하고 새까만 눈은 상어 아니면 불룩한 벌레 눈 같았다. 흉하게 일그러진 귀는 귓불도 귓바퀴도 없었다. 코라고 부를 만한 건 없고 엄니처럼 생긴 돌기 두 개가 눈 바로 아래에서 자란 뾰족하고 덥수룩한 털 사이로 삐죽 고개를 내밀고 있었다. 녀석의 얼굴은 대부분이 입이었다. 시커멓고 큼지막한 초승달을 삼각형 모양의 이빨이 에워싸고 있었다. 피어슨이 나중에 생각해보니 그런 입이 달린 녀석에게는 먹잇감을 통째로 삼키는 것이 일종의 성찬식과 같지 않을까 싶었다.

그가 깔끔하게 관리한 한쪽 손에 얇은 발리 서류 가방을 들고 있는 이 끔찍한 허깨비를 보았을 때 맨 처음에 든 생각은 '엘리펀트 맨*'이다, 였다. 이제 와 생각해보면 녀석은 기형적으로 생기기는 했지만 기본적으로 인간이었던 그 영화의 주인공과 전혀 달랐다. 듀크 라인먼의 말이 더 맞았다. 그 까만 눈과 양쪽 끝이 위로 올라간 입은 빽빽거리며 밤에는 파리를 잡아먹고 낮에는 어두컴컴한 곳에 거꾸로 매달려 지내는 그 털북숭이와 닮은 구석이 있었다.

하지만 이런 것 때문에 그가 비명을 지르려고 했던 건 아니다. 그가 비명을 질러야겠다는 필요성은 느낀 시점은 앙드레 시르 양복을 입은 그 녀석이 벌레처럼 반짝이는 눈을 회전문에 고정한 채 그의 옆을 지나갔을 때였다. 거리가 가장 가까워졌던 일이 초 동안 피어슨은 종기로 덮인 듯한 얼굴이 얼룩덜룩하고 뻣뻣한 털 아래에서 움직이는 것을 보았다. 어떻게 그럴 수가 있는지 알 수 없었지만 진짜였다. 그가 지켜보는 가운데 남자의 살이 울퉁불퉁한 혹 주변을 꿈틀거리고 두툼한 지팡이 손잡이처럼 생긴 턱을 따라 띠 모양으로 물결쳤다. 그 사이로 정체가 뭔지 생각하고 싶지도 않은 분홍색의

---

* 19세기 영국에서 태어나 신경섬유종증으로 변한 외모로 인해 고통받았던 조지프 메릭. 1980년에 그의 생애를 다룬 영화 〈엘리펀트 맨〉이 만들어졌다.

소름끼치는 뭔가가 보였는데…… 그게 한번 떠오르자 머릿속에서 자꾸만 어른거렸다.

빗방울이 손과 얼굴 위로 좀더 떨어졌다. 둥그스름한 대리석 입술 위에 그와 나란히 앉아 있던 라인먼이 담배를 마지막으로 한 모금 빨고 꽁초를 멀리 던지더니 자리에서 일어났다. "들어가죠." 그가 말했다. "비가 오네요."

피어슨은 눈을 휘둥그레 뜨고 그를 쳐다보다가 은행 쪽으로 고개를 돌렸다. 빨간 치마를 입은 금발 아가씨가 책을 겨드랑이에 끼고 안으로 들어가고 있었다. 얇은 백발을 덥수룩하게 기른 노인이 (예의 주시하며) 그녀의 뒤를 바짝 따라갔다.

피어슨은 라인먼에게로 다시 시선을 돌리고서 물었다.

"들어가자고요? 진심이에요? 그 녀석이 저 안에 있는데요?"

"알아요."

"진짜 황당한 얘기 하나 들려줄까요?"

피어슨은 꽁초를 던지며 물었다. 이제 어디로 가면 좋을지 알 수 없었지만, 아마도 집으로 가야겠지만, 절대 가지 않을 곳이 한 군데 있다면 보스턴 퍼스트머컨타일은행 안이었다.

"좋죠." 라인먼이 맞장구쳤다. "뭔데요?"

"아까 그 녀석이 존경하는 우리 은행장 더글러스 키퍼를 많이 닮았더라고요…… 머리만 빼면요. 양복이며 서류 가방이며 딱 그분 취향이에요."

"놀라워라."

듀크 라인먼이 말했다.

피어슨은 불안한 눈빛으로 그를 살폈다. "그게 무슨 소리예요?"

"당신도 이미 알고 있겠지만 오늘 힘든 아침을 보냈으니까 내가 대신 얘기해줄게요. 아까 그 녀석은 키퍼 맞아요."

피어슨은 머뭇머뭇 미소를 지었다. 라인먼은 덩달아 미소를 짓지 않았다. 자리에서 일어나 피어슨의 팔을 잡고 둘이 서로 이삼십 센티미터의 간격을 두고 마주볼 수 있도록 그를 잡아당겼다.

"당신은 방금 전에 내 덕분에 목숨을 구한 거예요. 그걸 믿어요, 피어슨 씨?"

피어슨은 고민 끝에 믿는다는 결론을 내렸다. 박쥐처럼 새까만 눈과 한데 뭉쳐진 이빨이 달린 외계인이 그의 머릿속에서 시커먼 불길처럼 어른거렸다. "네. 믿는 것 같아요."

"좋아요. 그럼 내가 세 가지를 얘기할 테니까 잘 들어줬으면 좋겠는데……. 그럴 수 있겠어요?"

"아……. 그럼요. 물론이죠."

"첫째, 아까 그 녀석은 보스턴 퍼스트머컨타일은행의 은행장이자 시장의 가까운 친구이자 어쩌다 보니 현재 보스턴 어린이 병원 모금 운동본부장을 맡고 있는 더글러스 키퍼였어요. 둘째, 은행에서 근무하는 박쥐가 적어도 세 마리 더 있는데 그중 한 마리는 당신이랑 같은 층에서 일해요. 셋째, 당신은 은행으로 돌아가야 해요. 목숨을 부지하고 싶다면 말이죠."

피어슨은 잠깐 동안 아무 대꾸도 하지 못한 채 입을 떡 벌리고 그를 쳐다보았다. 대꾸하려고 했다 한들 좀 전처럼 컥컥거리는 소리만

냈을 것이었다.

라인먼은 그의 팔꿈치를 잡고 회전문 쪽으로 끌고 갔다. "가요." 그의 목소리가 묘하게 다정했다. "비가 본격적으로 쏟아지려고 하잖아요. 그런데도 여기 계속 있으면 우리한테 이목이 집중될 테고 우리 같은 처지의 사람들은 그러면 안 돼요."

피어슨은 라인먼과 함께 걸어갔지만 그 녀석의 머리 위에서 펄떡거리던 까맣고 구불구불한 선들이 생각났다. 그 모습이 떠오르자 회전문 바로 앞에서 발걸음이 딱 멈추었다. 광장의 바닥이 비에 젖어서 또 한 명의 브랜든 피어슨이 비쳐보였다. 색상이 다른 박쥐처럼 그의 발뒤꿈치에 매달린 그림자가 어른거렸다. "나는…… 나는 못 들어가겠어요." 그는 머뭇거리며 비굴하게 애원했다.

"들어갈 수 있어요." 라인먼이 얘기했다. 그는 피어슨의 왼쪽 손을 흘끗 내려다보았다. "결혼하셨네요? 아이도 있어요?"

"하나요. 딸요."

피어슨은 은행 로비를 쳐다보고 있었다. 회전문에 달린 유리가 편광 유리라 그 너머의 널찍한 로비가 시커멓게 보였다. 꼭 동굴 같네. 그는 생각했다. 반쯤 눈이 먼 보균자들로 가득한 박쥐 동굴.

"목이 잘린 모모 씨의 시신이 보스턴 항에서 경찰에게 인양됐다는 기사를 내일 아침 신문에서 부인과 아이가 봤으면 좋겠어요?"

피어슨은 눈을 휘둥그레 뜨고 라인먼을 쳐다보았다. 빗방울이 그의 뺨과 이마에 맞고 튀겼다.

"저들은 마약중독자의 소행인 것처럼 꾸밀 거예요." 라인먼이 얘기했다. "그러면 먹힐 테고요. 늘 그래요. 저들은 영리하고 고위직에 친구들이 있거든요. 흥, 저들의 관심사란 고위직뿐이에요."

"지금 무슨 말을 하는 건지 모르겠어요. 그게 무슨 소린지 하나도 모르겠어요."

"알아요." 라인먼은 받아쳤다. "지금은 위험한 시점이니까 내가 시키는 대로 해요. 당신이 없어진 걸 누가 알아차리기 전에 자리로 돌아가서 웃는 얼굴로 오늘 하루를 마감해요. 그 미소를 끝까지 유지해야 해요……. 너무 느물거리는 듯이 느껴지더라도 참아야 해요." 그는 머뭇거리다가 이렇게 덧붙였다. "까딱 잘못하면 목숨을 잃을 수도 있어요."

젊은 남자의 까맣고 반질반질한 얼굴 위로 빗물이 환한 자국을 남겼고 피어슨은 충격 때문에 지금까지 미처 모르고 있던 사실을 알아차렸다. 이 남자도 공포로 떨고 있지만 피어슨이 끔찍한 함정 속으로 추락하는 사태를 막으려고 엄청난 위험부담을 감수하고 있다는 사실이었다.

"나는 이제 가봐야 해요." 라인먼이 말했다. "위험하거든요."

"알았어요." 피어슨은 평소와 다름없이 침착한 자신의 목소리를 듣고 조금 놀라워했다. "다시 자리로 돌아갑시다."

라인먼은 안심하는 눈치였다.

"잘 생각했어요. 오늘 하루 동안 뭐가 보이더라도 놀란 티를 내면 안 돼요. 알았죠?"

"알았어요."

피어슨은 대답했다. 뭐가 뭔지 이해가 안 되는 건 마찬가지였다.

"일찌감치 책상을 정리하고 3시쯤에 퇴근할 수 있어요?"

피어슨은 따져보고 고개를 끄덕였다. "네. 아마 가능할 거예요."

"좋아요. 그럼 밀크 스트리트 모퉁이에서 만나요."

"알았어요."

"잘하고 있어요." 라인먼이 얘기했다. "별일 없을 거예요. 3시에 만나요." 그는 회전문 안으로 들어가서 문을 앞으로 밀었다. 피어슨은 다음 칸으로 들어섰지만 정신을 광장에 두고 온 듯한 기분이 들었다. 벌써부터 담배를 또 한 대 피우고 싶은 생각만 머릿속에서 어른거렸다.

시간이 굼벵이처럼 흘러갔지만 팀 플랜더스와 점심을 먹고(담배를 두 대 피우고) 은행으로 돌아올 때까지 아무 일 없었다. 그런데 3층에서 엘리베이터를 내린 순간 또 한 명의 박쥐 인간이 피어슨을 맞았는데…… 이번에는 까만색 에나멜 구두와 까만색 스타킹을 신고 무시무시한 실크 트위드 정장을 입은 여자 박쥐였다. 완벽한 파워 슈트는 짐작건대 새뮤얼 블루의 제품인 듯했다. 하지만…… 변형된 해바라기처럼 생긴 머리가 그 위에서 까닥거리고 있었다.

"안녕."

듣기 좋은 저음의 목소리가 언청이처럼 갈라진 구멍 뒤편의 어딘가에서 흘러나왔다.

수전 홀딩이로군. 피어슨은 생각했다. 그럴 리 없는데, 아.

"안녕하세요."

그는 자신의 목소리를 들으며 생각했다. 저 여자가 옆으로 다가와서…… 내 몸에 손을 대려고 하면…… 비명이 나올 거야. 그 친구가 뭐라고 얘기했건 간에 어쩔 수 없을 거야.

"어디 아파, 브랜던? 얼굴이 하얘네."

"무슨 바이러스가 돌고 있는지 몰라도 살짝 걸렸나 봐요." 그는 얘기했고 자연스럽고 편안한 자신의 목소리에 다시금 놀랐다. "그래도 잘 버티고 있는 것 같아요."

"다행이네." 수전 홀딩이 박쥐 같은 얼굴과 이상하게 꿈틀거리는 살덩이 뒤에서 얘기했다. "그래도 다 나을 때까지 프렌치 키스는 하면 안 되겠다. 아니, 내 쪽으로 숨도 쉬지 마. 수요일에 일본 고객들이 오는데 앓아누우면 안 되거든."

걱정 마세요……. 절대 걱정 마세요. 믿어도 돼요.

"참아볼게요."

"고마워. 팀, 내 사무실로 가서 스프레드시트로 요약한 문건 좀 봐줄래?"

팀 플랜더스는 섹시하게 딱 떨어지는 새뮤얼 블루 정장의 허리춤을 한 팔로 감싸 안았고 피어슨이 두 눈 크게 뜨고 지켜보는 앞에서 종기와 털로 뒤덮인 그것의 옆얼굴에 살짝 입을 맞추었다. 티미 눈에는 저기가 뺨으로 보이는 모양이로군. 피어슨은 생각했고 순간 그의 이성이 윈치드럼에 감겨 있던 기름칠한 케이블처럼 스르르 풀리려고 하는 게 느껴졌다. 향수 냄새를 풍기는 보드라운 뺨……. 그의 눈에는 그렇게 보일 테고 거기에다가 입을 맞추는 줄 알겠지. 하느님 맙소사.

"자!" 티미는 외치고 그것을 향해 기사처럼 살짝 고개를 숙였다. "입을 맞추었으니 저는 당신의 충복입니다!"

그는 피어슨을 향해 윙크를 날리고 괴물을 그녀의 사무실 쪽으로 안내했다. 음수대 앞을 지나는 순간 그녀의 허리를 감싸 안았던 팔을 풀었다. 암수 공작새의 짧고 무의미한 구애의 춤—이 업계에서는 십 년 전부터 상사가 여자고 부하 직원이 남자인 경우 이런 의식을 치렀다—이 끝났으니 이제 그들은 평등한 남녀로 돌아가 피어슨에게서 멀어지며 딱딱한 숫자 얘기만 주고받았다.

놀라운 분석이야, 브랜던. 피어슨은 그들에게서 등을 돌리며 멍하니 생각했다. 사회학자가 될걸 그랬어. 사회학자가 될 수도 있었다. 대학교에서 그의 부전공이 사회학이었다.

그는 사무실로 들어섰을 때 온몸에서 끈적끈적한 땀이 천천히 흐르고 있다는 걸 알아차렸다. 그는 사회학을 잊고 다시금 3시가 되기만을 기다렸다.

2시 45분이 되자 그는 마음을 다잡고 수전 홀딩의 사무실로 고개를 들이밀었다. 그녀는 외계 소행성처럼 생긴 머리를 청회색 컴퓨터 화면 쪽으로 기울이고 있었지만 그가 "똑똑"이라고 하자 고개를 돌렸다. 희한하게 생긴 얼굴 위에서 살덩이가 쉴 새 없이 미끄러졌고 그를 쳐다보는 까만 눈은 수영하는 사람의 다리를 관찰하는 상어처럼 서늘한 탐욕으로 번뜩였다.

"기업 4번 서류, 버즈 카스테어한테 넘겼어요." 피어슨은 얘기했다. "개인 9번 서식 작업은 집에 가서 해도 될까요? 백업 디스크가 집에 있어서요."

"무단 조퇴를 그런 식으로 포장하겠다는 건가?"

수전이 물었다. 까만색 혈관이 그녀의 민머리 꼭대기에서 말로 표현할 수 없는 형태로 불뚝거렸다. 이목구비를 에워싼 혹들이 진동했고 이제 보니 그중 한 군데에서 피로 물든 세이빙 크림처럼 걸쭉한 분홍색 액체가 흘러내리고 있었다.

그는 애써 미소를 지었다. "들켰네요."

"흠." 수전이 말했다. "오늘 오후 4시에는 자네 없이 연회를 벌여야겠군."

"고맙습니다."

그는 몸을 돌렸다.

"브랜던?"

그는 두려움과 혐오감이 공포라는 감정으로 새하얗게 얼어붙으려는 걸 느끼며 다시 몸을 돌렸다. 문득 그 탐욕스러운 까만 눈이 그의 속을 꿰뚫어 보았고 수전 홀딩으로 변장한 그것이 이렇게 얘기할 게 분명하다는 생각이 들었다. 장난은 이쯤에서 접는 게 어떨까? 들어와서 문 닫아. 보이는 것만큼 맛있을지 궁금하네.

행선지가 어딘지 몰라도 라인먼은 잠깐 기다리다가 혼자 출발할 것이다. 어쩌면 무슨 일이 벌어졌는지 알아차릴지 몰라. 피어슨은 생각했다. 이미 경험한 일일지 몰라.

"네?"

그는 애써 미소를 지으며 물었다.

그녀는 아무 말 없이 평가하는 눈빛으로 한참 동안 그를 쳐다보았다. 섹시한 여성 중역의 몸 위에 그 섬뜩한 머리 토막이 우뚝 놓여 있었다. 이윽고 그녀가 말했다.

"지금은 아까보다 얼굴이 좀 괜찮네."

입은 여전히 떡 벌어져 있고 까만 눈은 아이의 침대 밑으로 내팽개쳐진 헝겊 인형 같은 눈빛으로 그를 쳐다보고 있었지만, 다른 사람들 눈에는 부하 직원을 향해 매력적으로 미소를 지어보이며 A형 성격에 딱 걸맞은 수준으로 걱정하는 수전 홀딩으로 보일 것이었다. 억척 어멈은 아니지만 배려와 관심을 기울일 줄 아는 상사로 보일 것이었다.

"잘됐네요." 그는 이렇게 대답했다가 기운 없는 대답처럼 들릴 수도 있겠다는 결론을 내렸다. "다행이에요!"

"이제 담배만 끊으면 되겠어."

"노력하고 있어요." 그는 힘없이 웃음을 터뜨렸다. 머릿속에서 윈치에 감겨 있는 기름칠한 케이블이 또다시 풀리려고 하고 있었다. 놓아줘. 그는 생각했다. 놓아줘, 이 소름 끼치는 년아. 내가 정신 나간 짓을 저지르기 전에 놓아달라고.

"그러면 보험 등급이 자동적으로 올라갈 텐데." 괴물이 말했다. 다른 종기 하나가 퍽! 하는 끔찍한 소리와 함께 터졌고 분홍색 액체가 흘러나오기 시작했다.

"네, 저도 알아요. 심각하게 고민해볼게요. 진짜로요."

"그래."

그녀는 환한 컴퓨터 화면 쪽으로 다시 휙 하니 고개를 돌렸다. 그는 그에게 찾아온 행운이 믿기지 않아서 잠깐 어안이 벙벙했다. 면담이 끝난 것이다.

피어슨이 건물을 나섰을 무렵에는 비가 쏟아지고 있었지만 10시의 사람들—이제는 3시의 사람들이었지만 기본적으로 거기서 거기였다—은 그래도 양떼처럼 옹기종기 모여서 할 일을 하고 있었다. 빨간 치마를 입은 아가씨와 모자를 거꾸로 돌려쓰는 걸 좋아하는 청소부는 흠뻑 젖은《보스턴 글로브》의 아래에서 비를 피하고 있었다. 둘 다 뻘쭘해 보였고 신문지 너머로는 비를 맞았지만 그래도 피어슨은 청소부가 부러웠다. 빨간 치마를 입은 아가씨는 조르지오 향수를 뿌렸다. 그는 엘리베이터에서 몇 번 그 향을 맡은 적이 있다. 그리고 두말하면 잔소리지만 그녀는 움직일 때마다 실크가 조용히 바스락거리는 소리를 냈다.

지금 도대체 무슨 생각을 하는 거야? 그는 자신을 준엄하게 꾸짖고 숨 돌릴 틈도 없이 대답했다. 정신 줄 놓지 않으려고 애쓰는 중이다. 됐냐?

듀크 라인먼은 어깨를 움츠리고 입가에 담배를 물고 모퉁이를 지나면 바로 나오면 꽃가게의 차양 아래에 서 있었다. 피어슨은 그의 옆으로 다가가서 손목시계를 흘끗 확인하고 좀더 참을 수 있겠다는 결론을 내렸다. 그래도 고개를 살짝 앞으로 내밀어서 라인먼이 피우는 톡 쏘는 담배 냄새를 맡았다. 무의식적으로 보인 행동이었다.

"우리 상사도 그중 한 명이에요." 그는 듀크에게 얘기했다. "물론 더글러스 키퍼가 여자 옷 입고 다니는 걸 좋아하는 괴물이라면 얘기가 달라지겠지만요."

라인먼은 표독스럽게 씩 웃기만 할 뿐 아무 말도 하지 않았다.

"세 명 더 있다고 했죠? 나머지 둘은 누군가요?"

"도널드 파인요. 당신은 아마 모르는 사람일 거예요. 증권팀 소속이거든요. 그리고 칼 그로스벡."

"칼이면…… 이사회 의장요? 맙소사!"

"얘기했잖아요. 그들의 관심사는 고위직뿐이라고. 택시!"

그는 차양 밖으로 달려나가서 적갈색과 흰색으로 된 택시를 향해 손을 들었다. 비 내리는 오후에 빈 택시를 발견하다니 기적 같은 일이다. 택시가 그들을 향해 방향을 틀자 고인 물에서 부채꼴 모양의 물보라가 튀었다. 라인먼은 날렵하게 피했지만 피어슨은 신발과 바짓단이 젖었다. 지금과 같은 상황에서는 별로 중요하지 않은 문제처럼 느껴졌다. 그가 문을 열어주자 라인먼이 올라타서 안쪽으로 얼른 들어갔다. 피어슨도 따라서 타고 문을 닫았다.

"갤러거스 펍요." 라인먼이 말했다. "거기가 어디냐면……."

"갤러거스 어딘지 알아요. 하지만 발암물질 버리기 전에는 출발하지 않아요." 그는 미터기에 달린 문구를 톡톡 두드렸다. "이 차량 안에서는 금연입니다"라고 적혀 있었다.

두 남자는 서로 흘끗 쳐다보았다. 라인먼은 당황스러워하며 뚱하니 어깨를 으쓱했다. 약 1990년 정도부터 10시의 사람들끼리 만나면 주로 주고받는 인사였다. 그는 군소리 없이 4분의 1쯤 피운 윈스턴을 쏟아지는 빗속으로 던졌다.

피어슨은 엘리베이터 문이 열리고 수전 홀딩의 본모습을 맨 처음 목격했을 때 얼마나 충격을 받았는지 얘기하려고 했지만 라인먼이 인상을 쓰고 고개를 저으며 엄지손가락으로 택시 기사를 가리켰다.

"나중에 얘기해요."

피어슨은 입을 다물고, 비를 맞으며 서 있는 보스턴의 고층 건물을 감상하는 걸로 만족했다. 이제 보니 그는 비로 얼룩진 차창 밖으로 이어지는 길거리의 풍경을 거의 속속들이 이해하고 있었다. 특히 모든 상업용 건물 앞에 옹기종기 모여 있는 10시의 사람들이 그의 호기심을 자극했다. 비를 피할 수 있는 곳마다 그들이 보였다. 비를 피할 수 없는 곳에서도 그들이 보였다. 그냥 옷깃을 세우고 손으로 비를 막으며 어떻게든 담배를 피웠다. 그와 라인먼이 근무하는 건물이 그렇듯 지금 지나가는 화려한 고층 건물의 구십 퍼센트가 금연 지역일 것이다.

문득 생각해보니(무슨 계시라도 되는 듯이 번쩍 떠오른 생각이었다) 10시의 사람들은 새롭게 등장한 종족이 아니라 오래전부터 존재했던 종족의 한심한 잔재였고, 악습을 미국인의 집밖으로 몰아내겠다고 나선 빗자루를 피해 다니는 반역자였다. 그들의 일관적인 특징이 있다면 자살행위를 중단할 의지 또는 능력이 결여되어 있다는 것이었다. 그들은 입지가 점점 좁아지는 노후 지구에 거주하는 중독자였다. 오래가지 못할 특이한 사회집단이었다. 2020년, 늦어도 2050년이면 10시의 사람들은 역사의 뒤안길로 사라지지 않을까 싶었다.

이런 망할, 잠깐만. 그는 생각했다. 우리는 그냥 가장 마지막까지 살아남은 골수 낙천주의자들일 뿐이야. 우리들은 대부분 안전벨트도 챙기지 않고 야구장에 가도 홈 플레이트 바로 뒤에 앉는 걸 좋아하지. 그 염병할 안전망이나 치워줬으면 좋겠는데.

"뭐가 그렇게 재미있어요, 피어슨 씨?"

라인먼이 묻자 피어슨은 자신이 함박웃음을 짓고 있었다는 걸 깨달았다.

"아무것도 아니에요. 별로 중요한 건 아니라고요."

"알았어요. 내가 기겁할 만한 일만 자제해주세요."

"그냥 브랜던이라고 불러달라고 하면 그것도 기겁할 만한 일이 될까요?"

"그건 아닌 것 같은데요." 라인먼은 이렇게 얘기하고 고민하는 눈치를 보였다. "나를 듀크라고 부르되 짜샤나 인마 같은 당황스러운 호칭만 쓰지 않으면 돼요."

"그 부분에 있어서는 안심해도 돼요. 내가 뭐 하나 알려줄까요?"

"뭔데요?"

"오늘이 내 인생을 통틀어서 가장 놀라운 날이었어요."

듀크 라인먼은 피어스의 미소에 화답하지 않고 고개만 끄덕였다.

"그리고 아직 끝나지 않았죠."

2

피어슨이 보기에 갤러거스는 탁월한 선택이었다. 누가 봐도 보스턴에서 이례적이었고 치어스보다 길리스에 가까웠고 두 은행원이 가장 가까운 주변 사람들에게 제정신인지 의심을 살 만한 문제들을 의논하기에 제격이었다. 피어슨이 영화 말고 실제로 본 중에서 가장 긴 바가 반짝거리는 정사각형의 댄스 플로어를 곡선으로 감쌌고, 마티 스튜어트와 트래비스 트릿이 화음을 맞춘 〈사랑이 널 아프게 할 거야This one's gonna hurt you)가 흐르는 가운데 댄스 플로어에서는 세 커플이 꿈을 꾸는 듯이 비비적거리고 있었다.

좀더 작은 술집이었다면 바가 복잡했겠지만 여기서는 마호가니가 깔린 이 기다란 트랙에 앉은 손님들 사이 간격이 널찍해서 프라이버시를 보장받을 수 있었다. 그래서 어두침침한 저쪽 구석의 칸막이 자리를 찾을 필요가 없었다. 피어슨으로서는 다행스러운 일이었다. 구석 칸막이 자리에 앉았다면 박쥐 인간이, 아니면 박쥐 커플이 바로 옆자리에 (어쩌면 둥지를 틀고) 앉아서 그들의 대화에 열심히 귀를 기울이고 있을지 모른다는 생각이 자꾸 들었을 것이다.

그게 바로 '벙커 심리'라는 거 아니겠나, 친구? 그는 생각했다. 그런 심리가 발동하기까지 오래 걸리지도 않았군그래.

그런 모양이었지만 상관없었다. 지금으로서는 대화를 나누는 동안…… 아니, 듀크의 얘기를 듣는 동안 사방을 주시할 수 있다는 데 감사할 따름이었다.

"바 괜찮죠?"

듀크가 물었고 피어슨은 고개를 끄덕였다.

피어슨이 듀크를 따라서 "흡연은 이 구역에서만 가능합니다"라고 적힌 팻말 아래를 걸어갔을 때는 바가 하나인 것처럼 보였지만 알고 보니…… 1950년대에 남부의 모든 간이식당이 그랬듯 두 개였다. 하나는 백인용, 또 하나는 흑인용이었던 그때처럼 지금도 차이점이 보였다. 금연 구역에는 크기가 거의 복합 영화관 화면만 한 소니 텔레비전이 천장 한복판에 달려 있었다. 니코틴 빈민 지구에는 구닥다리 제니스가 벽에 붙어 있었다(그 옆에 "부담 없이 외상을 요청하세요. 저희도 부담 없이 X까!라고 외쳐드릴게요"라고 적힌 팻말이 달려 있었다). 이쪽은 바 상판부터 지저분했다. 처음에 피어슨은 기분상 그렇게 느껴지는 거겠거니 했지만 다시 한번 쳐다보니 나무가 더 거무칙칙하고 맥주잔이 남긴 동그란 흔적 여러 개가 희미하게 겹쳐 져 있었다. 그리고 두말하면 잔소리지만 누르스름한 담배 냄새가 났 다. 오래된 영화관 의자에 앉으면 방구 소리가 팝콘처럼 터져 나오 듯이 그가 바 의자에 앉자 담배 냄새가 뿜어져 나왔다. 낡아빠진 텔 레비전은 연기 때문에 화면이 부예서 출연한 아나운서가 아연중독 으로 죽어가는 듯이 보였다. 건강한 손님들이 앉는 저쪽 구역의 화 면에서는 똑같은 사람인데도 사백 미터 달리기를 한 다음 금발의 미녀를 자기 몸무게만큼 들어올릴 수 있을 듯이 보였다.

여긴 실패자들의 영역이로군. 피어슨은 이런 생각을 하며, 부아가 섞인 호기심 어린 시선으로 같은 10시의 사람들을 쳐다보았다. 뭐, 그래도 투덜거리면 안 되지. 앞으로 십 년이 지나면 흡연자는 탑승 도 거부당할 텐데.

"담배 한 대 피우실래요?"

듀크는 초보 수준의 독심술을 과시하며 물었다.

피어슨은 손목시계를 확인한 다음 담배를 받아들고 이번에도 듀 크의 싸구려 라이터에 대고 불을 붙였다. 그는 깊게 한 모금 빨아들 이고 연기가 기도를 통과하는 느낌과 머리가 살짝 어지러운 느낌을 만끽했다. 두말하면 잔소리지만 이건 위험하고 어찌 보면 치명적인 습관이었다. 이런 식으로 정신을 몽롱하게 만드는데 어떻게 그러지 않을 수 있을까. 그게 세상의 이치였다.

"당신은요?"

그는 듀크가 담뱃갑을 다시 주머니에 넣자 이렇게 물었다.

"나는 좀더 참을 수 있어요." 듀크가 웃으며 말했다. "택시 타기 전에 몇 모금 피웠잖아요. 그리고 점심 먹으면서 한 대 더 피운 것도 만회해야 하고요."

"대수를 제한하는군요?"

"네. 보통은 점심 때 한 대만 허락하는데 오늘은 두 대를 피웠어요. 당신 때문에 심장이 철렁하는 바람에."

"나도 얼마나 심장이 철렁했는지 몰라요."

바텐더가 다가왔다. 피어슨은 그가 가느다란 리본처럼 피어오르는 담배 연기를 어떤 식으로 피하는지 보고 호기심을 느꼈다. 저 사람은 자기가 그러고 있는 줄도 모를 거야. 내가 얼굴에 대고 연기를 뿜으면 바를 넘어와서 내 면상을 날리겠지.

"뭘 드릴까요, 손님?"

듀크는 피어슨에게 묻지도 않고 새뮤얼 애덤스 맥주를 주문했다. 바텐더가 술을 가지러 가자 듀크가 그를 돌아보고 말했다.

"천천히 드세요. 지금 같은 때 술에 취하면 안 돼요. 알딸딸해져도 안 되고요."

피어슨은 고개를 끄덕였고 바텐더가 맥주를 들고 오자 카운터에 오 달러짜리 지폐를 내려놓았다. 그는 맥주를 크게 한 모금 마신 다음 담배를 길게 빨았다. 식후 담배가 최고라는 사람들도 있지만 피어슨의 생각은 달랐다. 그는 이브가 망한 게 사과 때문이 아니라 맥주와 담배 때문일 거라고 믿어 의심치 않았다.

"무슨 방법을 써봤어요?" 듀크가 그에게 물었다. "패치? 최면 요법? 미국인 특유의 의지? 보아하니 패치였던 것 같은데."

듀크는 장난스럽게 그의 허를 찌르려고 했던 거였을지 몰라도 작전 실패였다. 피어슨은 오늘 오후 내내 담배 생각을 자주 했다.

"맞아요, 패치. 딸아이가 태어난 직후부터 이 년 동안 붙이고 다녔어요. 신생아실 창문 너머로 딸을 본 순간 담배를 끊기로 결심하고서. 갓 태어난 인간을 십팔 년 동안 책임져야 하는데 하루에 계속 사십 개비에서 오십 개비씩 담배를 피워대는 게 정신 나간 짓처럼 느껴졌거든요."

"평생 보살펴야 하는 아내는 말할 나위도 없고요."

"아내는 말할 나위도 없죠."

피어슨은 맞장구쳤다.

"거기다 각종 형제, 자매, 채무 수금 대행업자, 지방세 납세자, 법정 조언자들이 추가되죠."

피어슨은 웃음을 터뜨리며 고개를 끄덕였다. "네, 그렇죠."

"말처럼 쉬운 일이 아니지 않나요? 새벽 4시에 잠이 오지 않으면 의지가 금세 약해지잖아요."

피어슨은 얼굴을 찡그렸다.

"아니면 위로 올라가서 그로스벡, 키퍼, 파인, 기타 등등 이사진 앞에서 재주넘기를 해야 할 때도요. 처음으로 담배를 생략하고 들어가서 재주를 넘었을 때 어휴……. 얼마나 힘들었는지 몰라요."

"그래도 잠깐 동안은 끊었잖아요."

피어슨은 그의 예지력에 조금 놀라워하며 듀크를 쳐다보고 고개를 끄덕였다.

"한 육 개월 정도요. 하지만 정신적으로는 끊은 적 없어요. 무슨 뜻인지 알죠?"

"당연히 알죠."

"결국에는 다시 깔짝거리기 시작했죠. 그게 1992년이었고 패치를 붙이고서 담배를 피우면 심장마비를 일으킬 수 있다는 기사가 보도된 직후였어요. 그 기사 기억해요?"

"그럼요." 듀크는 대답하고 이마를 톡톡 두드렸다. "흡연 관련 기사가 알파벳순으로 여기 완벽하게 정리돼 있어요. 흡연과 치매, 흡연과 혈압, 흡연과 백내장…… 이런 식으로요."

"그래서 선택의 기로에 섰죠." 피어슨은 얘기했다. 그는 언뜻 곤혹스러운 미소를 짓고 있었다. 멍텅구리처럼 굴었고 지금도 멍텅구리처럼 굴고 있는데 왜 그러는지 이유를 모르겠다는 미소였다. "담배를 끊을 것인가 아니면 패치를 끊을 것인가. 그래서……."

"패치를 끊었죠!"

그들이 동시에 외치고 폭소를 터뜨리자 금연 구역에 앉아 있던 이마에 주름 하나 없는 손님이 그들을 흘깃 쳐다보고 인상을 쓰더니 다시 텔레비전 속의 아나운서에게로 시선을 돌렸다.

"인생이라는 게 참 지랄맞은 고민의 연속이죠, 안 그래요?"

듀크는 계속 껄껄대며 이렇게 묻더니 크림색 재킷 주머니 안으로 손을 넣으려고 했다. 그러다가 담배 한 개비를 뽑아놓은 말보로 담뱃갑을 내민 피어슨을 보고 멈추었다. 듀크는 놀란 눈빛으로, 피어슨은 다 안다는 눈빛으로 그들은 서로 다시 한번 쳐다보고 또다시 폭소를 터뜨렸다. 이마에 주름 하나 없는 손님이 이쪽을 다시 흘끗 쳐다보는데, 이번에는 좀 전보다 더 인상을 쓰고 있었다. 두 사람은 알아차리지 못했다. 듀크는 피어슨이 내민 담배를 받아서 불을 붙였다. 그러기까지 걸린 시간이 십 초밖에 안 됐지만 두 사람이 친구가 되기에는 충분한 시간이었다.

"나는 열다섯 살 때부터 1991년에 결혼할 때까지 줄담배를 피웠어요." 듀크가 얘기했다. "어머니는 못마땅하게 여겼지만 내가 코카인을 하거나 판매하지 않는다는 데 고마워했죠. 우리 동네 록스베리에 사는 아이 절반이 그랬거든요. 그래서 어머니는 별 얘기 하지 않았어요.

웬디하고 내가 하와이로 일주일 동안 신혼여행을 갔다가 돌아온 날, 그녀가 선물을 주었어요." 듀크는 담배를 깊게 빨았다가 코로 두 줄기의 푸르스름한 회색 연기를 뿜어냈다. "샤퍼 이미지 아니면 다른 카탈로그에서 찾은 거였고 이름이 근사했는데 기억이 나지 않네요. 나는 그냥 파블로프의 고문기라고 불렀거든요. 그래도 나는 그녀를 미친듯이 사랑했기 때문에, 지금도 마찬가지지만요, 어떻게든 써보려고 했죠. 생각했던 것보다는 괜찮기도 했고요. 내가 무슨 기기를 얘기하는지 알죠?"

"당연하죠." 피어슨이 말했다. "삑삑이. 담배 한 대 피우려고 할 때마다 조금만 더 기다리라고 하는 거. 내 아내 리사베스도 제니를 임신했을 때 그걸 계속 가리켰어요. 비계에서 떨어진 시멘트 손수레만큼 은근하게."

162

듀크는 웃으며 고개를 끄덕였고 바텐더가 어슬렁어슬렁 다가오자 그들의 잔을 가리키며 한 잔 더 달라고 했다. 그러고는 다시 피어슨에게로 고개를 돌렸다.

"패치 대신 파블로프의 고문기를 썼다는 것 말고는 내 사연도 당신 사연이랑 똑같아요. 나는 그 고문기에서 조잡한 환희의 송가가 울려퍼지는 단계까지 갔다가도 다시 슬금슬금 예전으로 돌아갔어요. 심장이 두 개 달린 뱀보다 이 습관을 없애기가 더 어려우니 원."

바텐더가 새 맥주를 들고 왔다. 이번에는 듀크가 계산하고 맥주를 한 모금 마시더니 이렇게 얘기했다.

"전화 한 통 하고 올게요. 오 분쯤 걸릴 거예요."

"그래요." 피어슨은 말했다. 그는 주위를 두리번거리다 바텐더가 다시 비교적 안전한 흡연 구역으로 피신한 걸 보고(2005년이 되면 노조에서 바텐더를 두 명 쓰라고 하겠네. 그는 생각했다. 한 명은 흡연자용, 다른 한 명은 비흡연자용.) 다시 듀크 쪽으로 고개를 돌렸다. 이번에는 언성을 낮추고서 얘기했다. "박쥐 인간 얘기하려고 온 줄 알았는데요."

듀크는 짙은 갈색 눈으로 그를 잠깐 뜯어보더니 이렇게 얘기했다. "지금 얘기하고 있잖아요. 지금 이게 그 얘기잖아요."

피어슨이 뭐라고 대꾸할 겨를도 없이 듀크는 어디 있는지 모를 공중전화를 찾아서 갤러거스의 어두침침한(하지만 담배 연기는 거의 없는) 구석으로 사라졌다.

그는 오 분이 아니라 거의 십 분에 가깝게 돌아오지 않았고 피어슨이 가서 별일 없는지 확인해보아야 하나 고민하고 있었을 때 그의 시선이 텔레비전으로 향했다. 아나운서가 미국의 부통령에 의해 야기된 공분 사태를 다루고 있었다. 그가 미국 교육협회 연설에서 정부의 보조금을 지급받는 주간 탁아시설은 재평가를 거쳐 가능한 한 폐쇄해야 한다고 제안했다는 것이다.

몇 시간 전에 워싱턴의 어느 컨벤션 센터에서 촬영한 장면이 화면에 등장하는 순간 롱숏과 도입부의 내레이션에서 연단에 선 부통령의 클로즈업으로 바뀌자 피어슨은 양쪽 손가락이 살 속으로 파고들 정도로 바의 가장자리를 세게 부여잡았다. 듀크가 그날 아침에 광장에서 했던 얘기가 생각났다. 고위직에 친구들이 있거든요. 흥, 저들의 관심사란 고위직뿐이에요.

"미국의 워킹맘에게 악감정이 있는 건 아닙니다." 흉측한 박쥐 얼굴을 한 괴물이 파란색의 부통령 배지를 달고 연단 앞에 서서 이렇게 얘기하고 있었다. "도움을 받을 만한 자격이 있는 빈곤층에게 악감정이 있는 것도 아니고요. 하지만……."

누군가가 피어슨의 어깨에 손을 얹자 그는 터져 나오려는 비명을 참느라 입술을 깨물어야 했다. 고개를 돌려보니 듀크였다. 그는 좀 전과 다른 분위기를 풍겼다. 두 눈은 환하게 반짝였고 이마에 땀이 송글송글 맺혀 있었다. 피어슨은 그를 보며 방금 전에 퍼블리셔스 클리어링 하우스 경품에 당첨된 사람 같다는 생각을 했다.

"다시는 그러지 마요." 피어슨이 얘기하자 듀크는 의자 위로 다시 올라가서 앉으려다 말고 얼어붙었다. "심장이 튀어나오는 줄 알았네."

듀크는 놀란 표정을 지었다가 텔레비전을 흘끗 올려다보았다. 왜 그러는지 알겠다는 표정이 그의 얼굴 위로 번졌다. "아." 그가 얘기했다. "맙소사, 미안해요, 브랜든. 당신이 중간부터 이 영화에 출연했다는 걸 계속 잊어버려요."

"대통령은요?" 피어슨은 물었다. 그는 목소리를 떨지 않으려고 애를 썼고 거의 성공했다. "이 병신은 그러려니 하고 넘어갈 수 있겠지만 대통령은요? 그도……."

"아뇨." 듀크가 얘기했다. 그는 잠깐 머뭇거리다 이렇게 덧붙였다. "적어도 아직은요."

피어슨은 입술이 좀 전처럼 슬금슬금 마비되는 걸 느끼며 그에게로 몸을 기울였다. "그게 무슨 소리예요, 아직은요라니? 무슨 일이 벌어지고 있는 거예요, 듀크? 저들은 누구예요? 어디서 왔어요? 뭘 하는 거고 원하는 게 뭐예요?"

"내가 아는 대로 알려드릴게요." 듀크가 얘기했다. "하지만 먼저 오늘 저녁에 나랑 같이 회의에 갈 수 있는지 확인해야 해요. 6시쯤에요. 갈 수 있겠어요?"

"이 일하고 연관 있는 거예요?"

"당연하죠."

피어슨은 고민했다. "좋아요. 하지만 리사베스한테 전화를 해야 해요."

듀크는 불안한 표정을 지었다. "이 일에 대해서는 절대……."

"당연하죠. 무정한 미인이 그 소중한 스프레드시트를 일본 고객들에게 보여주기 전에 한 번 더 점검해보고 싶어 한다고 얘기할 거예요. 그러면 믿을 거예요. 환태평양에서 우리 친구들이 건너오는 날을 앞두고 홀딩이 얼마나 난리법석을 떨고 있는지 알거든요. 그럴듯하게 들리지 않아요?"

"그러네요."

"내가 듣기에도 그럴듯한데 좀 추잡한 인간이 된 것 같은 기분이 들긴 하네요."

"아내가 박쥐들과 최대한 거리를 유지할 수 있도록 배려하는 건데 추잡하긴 뭐가요. 내가 마사지 숍에 데려가려는 것도 아니잖아요."

"그렇겠죠. 그러니까 이제 얘기해봐요."

"알았어요. 그전에 당신의 흡연 습관부터 짚고 넘어가는 게 좋겠어요."

몇 분 동안 잠잠했던 주크박스에서 피곤하게 들리는 빌리 레이 사이러스의 흘러간 명곡 〈연약한 사랑Achy breaky heart〉가 흘러나오기 시작했다. 피어슨은 어리둥절한 눈빛으로 듀크 라인먼을 쳐다보며 그의 흡연 습관이 샌디에이고의 커피값과 무슨 상관이 있느냐고 물어보려고 입을 벌렸다. 하지만 소리가 나오지 않았다. 아무 소리도 나오지 않았다.

"당신은 담배를 끊었다가…… 다시 피우기 시작했지만…… 조심하지 않으면 한두 달 만에 원래 그 자리로 돌아가버린다는 걸 모를 만큼 어리석지는 않았잖아요." 듀크가 얘기했다. "그렇죠?"

"그렇죠. 하지만 영문을 모르겠는 게……."

"알게 될 거예요." 듀크는 손수건을 꺼내서 이마를 닦았다. 피어슨은 듀크가 전화를 하고 돌아왔을 때 흥분을 감추지 못하는 것처럼 느껴진다는 생각을 했었다. 지금도 그 생각에는 변함이 없었지만 이제 보니 그게 다가 아니었다. 그는 죽을 만큼 겁에 질린 상태이기도 했다. "아무 소리 말고 내 얘기를 들어줘요."

"알았어요."

"아무튼 당신은 습관과 타협을 하죠. 그러니까 뭐랄까, 협정을 맺는다고 할까요. 끊지는 못하지만 그런다고 세상이 끝나는 건 아니라는 걸 깨닫잖아요. 코카인을 끊지 못하는 약물중독자도 아니고 나이트 트레인을 비우지 않고는 못 배기는 알코올중독자도 아니니까요. 흡연이 나쁜 습관이긴 하지만 하루 두세 갑씩 피우는 것과 완전히 끊는 것 사이에 합의점이 있죠."

피어슨은 눈을 동그랗게 뜨고 그를 쳐다보았고 듀크는 미소를 지었다.

"내가 당신의 생각을 읽거나 그런 건 아니에요. 우리는 서로를 알기 때문에 하는 얘기지."

"그렇죠." 피어슨은 생각에 잠긴 목소리로 중얼거렸다. "우리 둘 다 10시의 사람들이라는 걸 잠깐 깜빡했네요."

"우리가 뭐라고요?"

피어슨은 10시의 사람들과 그 종족 특유의 제스처(금연 팻말과 맞닥뜨리면 샐쭉한 표정으로 흘끗거리고 그럴 만한 권한이 있는 사람이 담배를 꺼달라고 하면 잠자코 동의하며 샐쭉하니 어깨를 으쓱하는 것)와 그 종족 특유의 성체(껌, 사탕, 이쑤시개 그리고 분무식 구취 제거제)와 그 종족 특유의 구차한 변명(내년에 끊으려고 한다는 게 가장 흔한 변명이었다)에 대해 잠깐 설명했다.

듀크는 넋을 잃은 표정으로 귀담아들었고 피어슨의 설명이 끝나자 "맙소사, 브랜던! 이스라엘의 사라진 지파를 당신이 찾았네요! 조 카멜*을 따라서 어디에론가로 떠난 정신 나간 잡것들을요!" 하고 외쳤다.

피어슨이 폭소를 터뜨리자 금연 구역의 그 손님이 다시 짜증난 표정으로 곤혹스러워하며 그들 쪽을 흘긋거렸다.

"아무튼 다 맞아떨어지네요." 듀크가 얘기했다. "내가 다른 질문을 하나 할게요. 아이 앞에서 담배 피우나요?"

"맙소사, 절대요!"

"부인 앞에서는?"

"아뇨, 요즘은 안 피워요."

"식당에서 마지막으로 담배를 피워본 게 언제예요?"

피어슨은 곰곰이 생각해보다가 희한한 사실을 발견했다. 기억이 나지 않았다. 요즘은 혼자 식사를 할 때조차 금연석에 앉겠다고 했고 식사를 마치고 계산하고 밖으로 나갈 때까지 참았다. 식사 중간에 담배를 피던 시절은 오래전에 끝났다.

"10시의 사람들이라." 듀크는 감탄하는 투로 중얼거렸다. "와, 정말 마음에 드는데요. 우리한테 이름이 있다니. 정말로 무슨 종족의

---

* 1980~1990년대에 카멜 담배의 마스코트.

일원이 된 것 같아요. 꼭⋯⋯."

그는 갑자기 말을 멈추고 창밖을 내다보았다. 보스턴 시 경찰이 예쁘장한 아가씨와 얘기를 나누며 지나가고 있었다. 그녀는 바로 위에서 그가 까만 눈으로 뜯어보고 세모난 이빨을 번뜩거리고 있다는 걸 전혀 모른 채 성적 매력을 물씬 풍기는 사랑스럽고 감탄 어린 표정으로 그를 올려다보고 있었다.

"맙소사, 저것 좀 봐요."

피어슨은 나지막이 중얼거렸다.

"네. 점점 많아지고 있어요. 날마다." 듀크는 반 정도 비운 자기 맥주잔을 잠깐 아무 말 없이 들여다보았다. 그러다 몸을 흔들다시피 해서 몽상에서 깨어난 듯한 표정을 지었다. "우리 호칭이 뭐가 됐건." 그가 피어슨에게 얘기했다. "그들을 볼 수 있는 사람은 온 세상을 통틀어서 우리뿐이에요."

"에, 흡연자들만 볼 수 있다고요?"

피어슨은 믿기지 않는다는 듯이 물었다. 듀크가 어떤 의도에서 흡연 습관을 운운했는지 알 것 같았지만 그래도⋯⋯.

"아뇨." 듀크는 짜증을 내지 않고 얘기했다. "흡연자들 눈에 그들이 보이는 건 아니에요. 비흡연자들 눈에 그들이 보이는 것도 아니고요." 그는 눈빛으로 피어슨을 평가했다. "우리 같은 사람들 눈에만 그들이 보여요, 브랜던. 이도저도 아닌 애매한 사람들.

우리 같은 10시의 사람들 눈에만요."

그들이 십오 분 뒤에 갤러거스를 나섰을 무렵에는(피어슨은 먼저 집으로 전화해 미리 준비한 우는소리를 늘어놓고 10시까지 들어가겠다고 약속했다) 비가 가느다란 보슬비로 잦아들었고 듀크가 좀 걷자고 했다. 행선지인 케임브리지까지는 아니었지만 듀크가 나머지 배경 설명을 마칠 수 있을 만큼은 걸었다. 길거리에 행인이 거의 없다시피해서 뒤를 흘끗거리지 않고 대화를 마무리 지을 수 있었다.

"어떻게 보면 맨 처음 느낀 오르가슴하고 희한하게 비슷한 구석이 있어요." 엷은 안개를 뚫고 찰스 강 쪽으로 걸어가면서 듀크가 말했다. "한번 발동이 돼서 일상으로 자리잡으면 언제든 그 자리에 있잖아요. 이것도 마찬가지예요. 어느 날 머릿속 화학물질의 균형이 딱 맞아떨어지면 보이는 거거든요. 그걸 본 순간 공포로 급사한 사람이 몇이나 될지 궁금해요. 아마 엄청 많을 거예요."

피어슨은 보일스턴 스트리트의 시커멓게 번들거리는 인도에 핏빛으로 비친 신호등을 쳐다보며 맨 처음 마주쳤을 때 그가 느낀 충격을 떠올렸다.

"다들 너무 끔찍해요. 흉측스럽고. 머리에 달린 살이 이리저리 움직이는 것처럼 보이는 건…… 말로 표현할 방법이 없지 않나요?"

듀크는 고개를 끄덕였다.

"토 나오는 말종들이죠. 나는 레드라인선線을 타고 밀턴의 집으로 돌아가던 길에 맨 처음으로 봤어요. 파크 스트리트 역에서 도심으로 가는 승강장에 서 있었죠. 열차가 그의 바로 옆을 지나갔고요. 내가 열차를 타고 멀어질 수 있어서 다행이었어요. 비명을 질렀거든요."

"비명을 질렀더니 어떻게 됐어요?"

듀크의 미소가 일시적으로나마 당황스러운 찡그림으로 바뀌었다. "사람들이 나를 쳐다보았다가 얼른 고개를 돌리더라고요. 대도시는 어떤 식인지 알잖아요. 길모퉁이마다 예수가 타파웨어를 얼마나 사랑하는지 전도하는 또라이가 있으니."

피어슨은 고개를 끄덕였다. 그도 도시가 어떤 식인지 알았다. 적어도 어제까지는 그랬다.

"얼굴에 주근깨가 십억 개쯤 박힌 빨간 머리의 괴짜 껑다리가 내 옆에 앉아 있었는데 오늘 아침에 내가 당신을 잡았던 것처럼 내 팔꿈치를 잡았어요. 이름이 로비 델레이예요. 도장업자고요. 오늘 저녁에 케이츠에서 만날 수 있을 거예요."

"케이츠가 뭔데요?"

"케임브리지에 있는 서점요. 미스터리 전문 서점이에요. 우리는 거기서 일주일에 한두 번씩 만나요. 거기 좋아요. 사람들도 대부분 좋고요. 보면 알겠지만. 아무튼 로비가 내 팔꿈치를 잡고 얘기했어요. '당신 미친 거 아니에요. 나도 봤으니까. 진짜예요. 진짜 박쥐 인간이에요.' 그가 암페타민에 머리 꼭대기까지 취해서 아무 말이나 지껄인 것일 수도 있지만…… 나도 봤단 말이죠. 그리고 그 안도감이란……."

"맞아요." 피어슨은 그날 아침을 떠올렸다. 그들은 스터로 드라이브에서 잠깐 걸음을 멈추고 유조차가 지나길 기다렸다가 물이 고인 도로를 얼른 건넜다. 피어슨은 강을 마주보고 있는 공원 벤치 뒷면에 스프레이 페인트로 그려진 낙서에 잠깐 넋을 잃었다. "외계인들이 착륙했다. 우리가 리갈 시푸드에서 두 명을 먹었다."

"오늘 아침에 당신이 거기 있었던 게 다행이네요." 피어슨이 말했다. "내가 운이 좋았어요."

듀크는 고개를 끄덕였다.

"네, 맞아요. 박쥐들은 누굴 지목했다 하면 아주 걸레를 만들어놓거든요. 그들이 파티를 벌이고 난 뒤에 바구니에 담긴 토막 시체를 경찰이 발견하는 식이에요. 알겠어요?"

피어슨은 고개를 끄덕였다.

"피해자들에게 한 가지 공통점이 있다는 걸 아무도 몰라요. 전부 담배를 하루 다섯에서 열 개비로 줄였다는 걸요. 그런 공통점은 FBI라도 찾아내기 힘들 거예요."

"우리를 죽이는 이유가 뭐예요? 자기 상사가 화성인이라고 떠들고 다니는 사람이 있다고 주 방위군을 출동시키지는 않잖아요. 정신병원에 넣지!"

"왜 이러세요, 정신 차리세요. 이 귀염둥이들을 봤잖아요."

"그럼…… 그걸 즐기는 건가요?"

"네, 즐기죠. 하지만 그건 본말을 전도한 해석이에요. 그들은 늑대와 같아요, 브랜던. 보이지 않는 늑대들이 양떼 사이를 왔다갔다하고 있어요. 이제 생각해봐요……. 한 마리 죽일 때마다 기분이 짜릿해지는 것 말고 늑대들이 양한테 원하는 게 뭐가 있을지."

"그들이…… 설마." 피어슨은 속삭이는 수준으로 언성을 낮추었다. "설마 그들이 우리를 먹는다는 거예요?"

"그들은 우리 몸의 일부분을 먹어요. 나하고 만난 날 로비 델레이는 그렇게 믿고 있었어요. 우리들도 대부분 그렇게 믿고 있고요."

"우리가 누군데요?"

"내가 당신한테 소개하려는 사람들이요. 전원은 아니지만 이번 회의에 대부분 참석할 거예요. 무슨 일이 벌어지려고 하고 있어요. 뭔가 엄청난 일이."

"어떤 일요?"

듀크는 고개만 저으며 이렇게 물었다.

"이제 택시 탈까요? 너무 습하지 않아요?"

습하긴 했지만 피어슨은 아직 택시를 탈 생각이 없었다. 좀 걸었더니 기운이 났다. 그뿐만이 아니었다. 아직은 듀크에게 실토할 수 없었지만 이 사건에는 긍정적인 측면이…… 낭만적인 측면이 있었다. 그가 기괴하지만 짜릿한 어린이용 모험소설 속으로 빨려 들어간 느낌이었다. N.C. 와이어스의 삽화가 머릿속에서 그려질 듯했다. 그는 스토로 드라이브에 일렬로 늘어선 가로등을 감싸고 천천히 회전하는 하얀 빛 무리를 보고 살짝 미소를 지었다. 엄청난 일이 벌어졌다. 그는 생각했다. X-9 요원이 지하 기지에서 희소식을 들고 왔다. 우리가 찾고 있었던 박쥐 독의 위치를 파악했다는 것!

"흥분은 금세 가실 거예요."

듀크가 건조한 말투로 얘기했다.

피어슨은 놀라서 고개를 돌렸다.

"두 번째 친구가 머리가 반쯤 떨어져나간 시신으로 보스턴 항에서 발견되면 톰 스위프트*가 등장해 울타리에 페인트칠하는 걸 도와

---

* 어린이용 모험소설 시리즈에 등장하는 용감한 발명가.

줄 리 없다는 걸 깨닫게 되죠."

"톰 소여겠죠." 피어슨은 중얼거리고 눈가에 묻은 빗방울을 훔쳤다. 얼굴이 벌게지는 게 느껴졌다.

"로비는 그들이 우리 뇌에서 만들어내는 어떤 물질을 먹는다고 생각해요. 효소 아니면 전파 같은 걸요. 그 뭔가로 인해 우리가 몇 명이나마 그들을 볼 수 있는 건데 그들 입장에서는 우리가 농부의 텃밭에서 열리는 토마토와 같다고, 그들의 것이라서 익으면 언제든 마음 내킬 때 따먹을 수 있다고 하고요.

나는 침례교도로 자란 사람이라 간결하게 얘기하는 걸 좋아해요. 농부 어쩌고 하는 건 생략하고. 내가 생각하기에 그들은 영혼의 흡혈귀예요."

"정말요? 농담이 아니라 진심으로 그렇게 생각해요?"

듀크는 웃으며 어깨를 으쓱하는 동시에 도발적인 표정을 지었다.

"젠장, 나도 잘 모르겠어요. 내가 천국은 동화 속 얘기고 타인은 지옥은 결론이라는 내렸을 때 이 사건이 벌어졌거든요. 이제 또다시 머릿속이 엉망진창이 되어버렸는데 중요한 건 그게 아니에요. 중요한 건, 분명하게 이해하고 기억해야 하는 딱 한 가지가 있다면 그들에게는 우리를 죽일 이유가 많다는 거예요. 첫째, 우리가 지금처럼 한자리에 모여서 조직적으로 그들을 공격할 방법을 모색하지 않을지 불안할 테고……."

그는 말을 멈추고 곰곰이 생각해보더니 고개를 저었다. 이제 그는 자문자답하며, 수많은 밤 동안 잠 못 이루고 고민한 문제의 해답을 다시금 찾아 나선 사람처럼 보였다.

"불안해한다? 그건 아닌 것 같네요. 하지만 그들이 위험을 감수하지 않는 것만큼은 분명해요. 그리고 또 한 가지 분명한 게 있다면……. 몇몇 인간들의 눈에 그들이 보인다는 사실을 싫어한다는 거예요. 우라지게 싫어하죠. 예전에 한 놈을 잡은 적이 있는데 꼭 허리케인을 병에 담으려는 거하고 비슷했어요. 우리가……."

"한 놈을 잡았다고요?"

"네." 듀크는 대답하고 딱딱하게 억지웃음을 지었다. "뉴베리포트 인근의 95번 고속도로 휴게소에서 붙잡았어요. 내 친구 로비의 지휘 아래 대여섯 명이 출동했죠. 어느 농가로 놈을 끌고 갔고, 우리가 투입한 약물의 효과가 생각했던 것보다 훨씬 일찍 사라졌을 때 놈을 신문해서 당신도 좀 전에 나한테 한 질문의 해답을 알아내려고 했어요. 우리는 녀석한테 수갑과 족쇄를 채웠어요. 미라처럼 보일 만큼 나일론 밧줄로 동여맸고요. 그런데 내가 가장 또렷하게 기억하는 게 뭔지 알아요?"

피어슨은 고개를 저었다. 어린이용 모험소설 속으로 뛰어든 듯했던 기분이 사그라들었다.

"놈이 어떤 식으로 깨어났는가 하는 거요." 듀크가 얘기했다. "중간 단계가 없었어요. 방금 전까지만 해도 약에 취해서 해롱거렸는데 곧바로 정신을 번쩍 차리고 그 섬뜩한 눈으로 우리를 쳐다보지 뭐예요. 박쥐 눈으로 말이에요. 사람들은 잘 모르지만 박쥐들한테도 눈이 있어요. 그들이 앞을 보지 못한다는 소문은 솜씨 좋은 홍보 담당의 작품인 게 분명해요.

놈은 우리한테 아무 말도 하지 않았어요. 단 한 마디도요. 그 헛간에서 벗어날 길이 없다는 걸 알았을 텐데도 두려워하는 기미가 전혀 없었어요. 오로지 증오로 가득했죠. 맙소사, 그 증오의 눈빛이란!"

"그래서 어떻게 됐는데요?"

"수갑이 종이쪽이라도 되는 듯 놈이 체인을 끊었어요. 족쇄는 바닥에 못으로 고정하는 특수한 신발에 연결되어 있었기 때문에 그보다 힘들었지만 배에서 쓰는 나일론 밧줄은…… 놈이 어깨에서부터 이빨로 물어뜯기 시작하더라고요. 당신도 그 이빨을 보았겠지만 꼭 쥐가 노끈을 갉아먹는 걸 보는 느낌이었어요. 우리는 그 자리에 벽돌처럼 가만히 서 있었어요. 심지어 로비까지. 눈앞에 펼쳐지는 광경이 믿기지 않았거든요……. 어쩌면 놈이 우리한테 최면을 걸었을 수도 있고요. 그럴 수도 있지 않았을까 지금도 궁금해요. 레스터 올슨 덕분에 살았어요. 로비랑 모이라가 훔친 포드 이코노라인으로 이동했는데 레스터가 고속도로에서 그 차가 보일지 모른다고 편집증 환자처럼 굴면서 체크해본다고 나갔거든요. 돌아왔을 때 놈이 발만 빼고 거의 풀려난 걸 보고 머리를 세 방 쐈어요. 그냥 탕-탕-탕."

듀크는 감탄하며 고개를 저었다.

"죽였군요." 피어슨이 말했다. "그냥 탕-탕-탕."

그날 아침에 은행 앞 광장에서 그랬던 것처럼 그의 목소리가 머리를 뚫고 올라간 것처럼 들렸고 끔찍하지만 그럴듯한 생각이 퍼뜩 떠올랐다. 박쥐 인간이라는 게 없을지 모른다는 생각이었다.

페요테 마약에 취한 사람들이 집단으로 자위행위를 할 때 가끔 경험하는 집단 환각과 비슷한 것일 수 있었다. 이건 담배 양 조절에 실패한 10시의 사람들에게만 나타나는 현상이었다. 듀크가 그에게 소개하겠다는 친구들은 이런 황당한 착각에 빠져서 아무 죄 없는 사람을 최소 한 명 이상 살해했고 그 숫자가 앞으로 더 늘어날 수도 있었다. 시간적인 여유만 있으면 더 늘어날 게 분명했다. 이 정신 나간 젊은 은행원한테서 도망치지 않으면 그도 한통속으로 전락할 수 있었다. 그는 이미 박쥐 인간을 두 명 보았는데…… 아니다, 경찰까지 합하면 세 명이고 부통령까지 치면 네 명이었다. 그게 결정타였다. 설마 미국의 부통령이…….

듀크의 표정을 보아 하니 피어슨이 무슨 생각을 하고 있는지 최단 시간에 세 번째로 간파한 모양이었다.

"우리가 전부 실성한 건 아닌지 의심스러워지기 시작했죠? 내 말이 맞죠?"

"당연히 그럴 수밖에 없잖아요."

피어슨은 의도했던 것보다 더 날카로운 목소리로 대꾸했다.

"그들은 사라져요." 듀크는 덤덤히 얘기했다. "헛간으로 끌고 갔던 그놈이 사라지는 걸 똑똑히 봤어요."

"뭐라고요?"

"투명해지다가 연기로 변해서 사라져요. 얼마나 어이없는 소리처럼 들릴지 알지만 내가 무슨 말을 한들 그 자리에서 두 눈으로 그걸 직접 목격한다는 것 자체가 얼마나 어이없는 일인지 설명이 되지 않을 거예요.

처음에는 바로 내 눈앞에서 벌어지고 있는 일인데도 현실이 아닐 거라는 생각이 들어요. 꿈을 꾸고 있거나 그 옛날 〈스타워즈〉처럼 죽여주는 특수효과로 도배한 영화 속으로 들어온 거라고. 그런데 먼지랑 오줌이랑 매운 고추를 한데 섞어놓은 듯한 냄새가 나요. 그 냄새로 눈이 따끔거리고 구역질이 나죠. 레스터는 실제로 토악질을 했고 재닛은 그 뒤로 한 시간 동안 재채기를 했어요. 원래는 돼지풀이나 고양이 털에만 나타나는 반응이라는데. 아무튼 내가 놈이 앉아 있던 의자로 가봤거든요. 밧줄이랑 수갑이랑 옷이 그대로 남아 있었어요. 셔츠도 단추가 그대로 채워져 있었어요. 넥타이도 매듭이 그대로 묶여 있었고요.

그의 거시기가 날아와 내 코를 물어뜯기라도 할 듯이 조심스럽게 손을 뻗어서 바지 지퍼를 열었지만 보이는 거라고는 바지 안에 입었던 속옷밖에 없더군요. 그냥 평범한 하얀색의 타이트한 사각팬티였어요. 그게 전부였지만 그걸로 충분했죠. 왜냐하면 속옷 안에도 아무것도 없었거든요. 내가 뭐 하나 알려줄까요? 옷은 그렇게 차곡차곡 놓여 있는데 그 옷을 입었던 사람은 사라진 것 정도는 되어야 어디 가서 정말 해괴한 광경을 봤다고 할 수 있어요."

"연기로 변해서 사라졌다니. 맙소사."

"그러니까요. 막판에는 저거랑 비슷했어요."

그는 가로등을 감싸고 환하게 돌아가는 촉촉한 빛 무리를 가리켰다.

"그럼……." 피어슨은 어떤 식으로 물어보면 좋을지 알 수가 없어서 잠깐 말을 멈추었다. "그들은 실종 신고가 될까요? 그들은……." 이윽고 그가 정말로 알고 싶은 게 뭔지 알 수 있었다. "듀크, 진짜 더글러스 키퍼는 어디 있을까요? 진짜 수전 홀딩은요?"

듀크는 고개를 저었다.

"모르겠어요. 어떻게 보면 당신이 오늘 아침에 만난 사람이 진짜 키퍼이고 진짜 수전 홀딩일 수 있어요. 그들의 머리가 실제로 그렇게 생긴 게 아니라 우리 뇌에서 박쥐의 실체를, 그러니까 그들의 심장과 영혼을 그런 시각적인 이미지로 옮긴 게 아닐까 싶거든요."

"텔레파시란 얘긴가요?"

듀크는 씩 웃었다. "말로 표현하는 데 재주가 있으시네요. 그렇게 부르면 되겠다. 레스터하고 얘기를 나눠보세요. 박쥐 인간에 관한 한 시인에 가깝거든요."

분명 어디에선가 들어본 적 있는 이름이었고 피어슨은 잠깐 생각해본 끝에 이유를 알 것 같다는 결론을 내렸다.

"혹시 흰머리를 길게 기른 나이 많은 남자인가요? 연속극에 나오는 나이든 거물처럼 생긴?"

듀크는 폭소를 터뜨렸다. "맞아요, 그 사람이 바로 레스예요."

그들은 잠깐 동안 말없이 걸었다. 오른쪽으로 강물이 잔물결을 일으키며 신비롭게 흘러갔고 이제 그 건너편으로 케임브리지의 불빛들이 보였다. 피어슨은 이렇게 아름다운 보스턴은 지금까지 본 적이 없다는 생각이 들었다.

"박쥐 인간들은 호흡기를 통해 세균에 감염된 것에 불과할 수도 있지 않을까요……."

피어슨은 신중하게 다시 말문을 열었다.

"네, 세균 이론에 동조하는 사람들도 있지만 나는 아니에요. 곰곰이 생각해보세요. 청소부나 웨이트리스 중에 박쥐 인간 본 적 있어요? 그들은 권력을 좋아하고 권력의 중심으로 파고들고 있어요. 돈이 많은 사람들만 골라서 감염시키는 세균이 있다는 얘기 들어본 적 있어요, 브랜던?"

"아뇨."

"나도 마찬가지예요."

"우리가 만나려는 사람들은…… 혹시……." 피어슨은 다음 얘기를 선뜻 꺼내지 못하는 자기 자신이 조금 우습게 느껴졌다. 어린이용 모험소설로 완전히 회귀한 건 아니지만 가까워졌다. "레지스탕스인가요?"

듀크는 고민하더니 고개를 끄덕이며 어깨를 으쓱했다. 몸으로 긍정과 부정을 동시에 표현하는 근사한 제스처였다.

"아직은 아니에요. 하지만 오늘밤 이후에는 그렇게 될 수도 있어요."

피어슨이 그게 무슨 뜻이냐고 물어보지도 못했을 때 듀크가 스토로 드라이브 반대편을 달리는 빈 택시를 발견하고 하수구로 내려가서 손을 흔들었다. 택시는 그들을 태우기 위해 불법 유턴을 해서 연석 앞으로 휙 달려왔다.

그들은 택시 안에서는 사람 미치게 만드는 레드 삭스, 우울한 패트리어츠, 한물간 셀틱스를 운운하며 보스턴을 홈팀으로 하는 스포츠를 주제로 대화를 나눴지만, 케임브리지에서도 강변 쪽의 외딴 목조건물(등을 활처럼 구부리고 쉭쉭대는 검은 고양이가 그려진 간판에 케이츠 미스터리 서점이라고 적혀 있었다) 앞에서 택시에서 내렸을 때 피어슨은 듀크 라인먼의 팔을 잡고 말했다.

"궁금한 게 몇 가지 더 있어요."

듀크는 손목시계를 확인했다.

"시간이 없어요, 브랜던. 우리가 너무 오래 걸렸나 봐요."

"그럼 두 개만요."

"맙소사, 당신 꼭 텔레비전에 나오는 남자 같네요. 낡고 지저분한 레인코트 입고 다니는 남자. 게다가 내가 제대로 대답을 할 수 있을지도 모르겠어요. 나는 당신이 생각하는 것보다 아는 게 별로 없거든요."

"이게 맨 처음 시작된 게 언제예요?"

"봐요. 내가 그랬잖아요. 나도 몰라요. 우리가 붙잡은 그놈도 절대 아무 얘기도 하지 않았어요. 그 깜찍한 녀석은 자기 이름도 지위도 일련번호도 밝히지 않았어요. 아까 내가 얘기한 로비 델레이는 오 년 전에 보스턴 커먼 공원으로 라사압소 반려견을 데리고 나갔다가 처음 봤다는데, 그가 말하길 해마다 점점 늘어나고 있대요. 우리에 비하면 숫자가 많지 않지만 점점…… 기하급수적이라고 해야 하나? 내가 쓰고 싶은 단어가 이거 맞아요?"

"아니었으면 좋겠는데요." 피어슨이 얘기했다. "무서운 단어거든요."

"또 다른 질문은 뭔데요, 브랜던? 얼른 물어봐요."

"다른 도시는 어때요? 거기는 박쥐들이 더 많대요? 그리고 그들을 본 다른 사람들은요? 그 사람들 소식은 들은 거 없어요?"

"몰라요. 그들은 전 세계 곳곳에 있을지 몰라도 그들을 볼 수 있는 사람이 이 정도로 여럿인 나라는 미국뿐인 게 확실해요."

"어째서요?"

"담배에 집착하는 나라가 여기밖에 없으니까요. 그리고 사람들이 알맞은 음식을 먹고 알맞은 조합의 비타민을 섭취하고 알맞은 생각을 하고 알맞은 종류의 화장지로 궁둥이를 닦으면 영생을 누릴 수 있고 죽을 때까지 왕성한 성생활을 즐길 수 있다고 그야말로 철석같이 믿는 나라도 여기 한 군데뿐일걸요? 흡연에 관한 한 전선이 형성됐고 그 결과 이렇게 요상한 변종이 탄생됐어요. 그러니까 우리 같은 사람들 말이에요."

"10시의 사람들 말이죠." 피어슨이 웃으며 말했다.

"맞아요……. 10시의 사람들." 그는 피어슨의 어깨 너머를 바라보았다. "모이라! 어서 와요!"

피어슨은 조르지오 향수 냄새를 맡고 놀라지 않았다. 고개를 돌려보니 과연 빨간 치마를 입은 아가씨였다.

"이쪽은 모이라 리처드슨. 이쪽은 브랜던 피어슨."

"안녕하세요." 피어슨은 인사하고 그녀가 내민 손을 잡았다. "신용 지원팀에서 근무하시죠?"

"청소부를 환경 미화 전문가라고 부르는 것과 마찬가지 수법이죠." 그녀는 상큼하게 씩 웃으며 대답했다. 조심하지 않으면 한눈에 반해버릴 수 있는 미소였다. "내가 실제로 하는 일은 신용 조회예요. 포르셰를 사고 싶다는 사람이 있으면 정말로 포르셰에 걸맞은 사람인지 전적을 조회하는 일. 물론 재정적인 관점에서요."

"그렇겠죠." 피어슨은 대꾸하고 덩달아 씩 웃었다.

"캐머런!" 그녀가 외쳤다. "이쪽요!"

모자를 거꾸로 쓰고 화장실을 청소하는 그 청소부였다. 평상복으로 갈아입으니 IQ가 50은 더 높아 보였고 배우 아먼드 아산티와 놀라우리만치 닮았다. 그가 보기 좋게 잘록한 모이라 리처드슨의 허리를 한쪽 팔로 감싸 안고 보기 좋게 앙증맞은 입가에 가볍게 입을 맞추자 피어슨은 배가 살짝 아팠지만 놀라지는 않았다. 잠시 후에 그가 브랜던에게 손을 내밀었다.

"캐머런 스티븐스입니다."

"브랜던 피어슨입니다."

"여기서 만날 수 있어서 다행이에요." 스티븐스가 말했다. "오늘 아침에 당신을 보고 황천길로 떠날 줄 알았거든요."

"몇 명이나 나를 보고 있었어요?" 피어슨은 물었다. 그는 광장의 10시를 머릿속으로 재현해보려고 했지만 실패했다. 충격의 여파로 대부분 하얀 안개로 덮여버렸다.

"은행에서 일하는 멤버들은 대부분 보고 있었죠." 모이라가 조용히 말했다. "하지만 괜찮아요, 피어슨 씨……."

"브랜던이라고 불러주세요."

그녀는 고개를 끄덕였다. "우리는 브랜던, 당신을 응원하고 있었을 뿐이니까. 이제 들어가요, 캐머런."

그들은 조그만 목조건물 현관까지 계단을 바삐 올라가서 안으로 사라졌다. 피어슨이 어두침침한 불빛을 언뜻 보았을 때 문이 닫혔다. 그는 듀크를 다시 돌아보았다.

"이게 꿈은 아니죠?"

듀크는 동정하는 눈빛으로 그를 처다보았다. "안타깝게도 아니에요." 그는 말을 잠깐 멈추었다가 덧붙였다. "하지만 좋은 점도 한 가지 있어요."

"그래요? 그게 뭔데요?"

보슬비가 내리는 어두컴컴한 공간에서 듀크의 하얀 이가 반짝였다. "오 년 정도 만에 처음으로 담배를 피워도 되는 회의에 참석하게 됐다는 거요." 그가 말했다. "자……. 이제 들어갈까요?"

3

입구와 그 너머의 서점은 어두컴컴했다. 불빛과 웅얼거리는 소리가 왼쪽의 가파른 계단에서 흘러나왔다.

"자." 듀크가 말했다. "여기예요. 그레이트풀 데드의 가사를 인용하자면 길고 희한한 여행이었죠?"

"두말하면 입 아프게요?" 피어슨은 맞장구를 쳤다. "케이트도 10시의 사람들인가요?"

"서점 주인요? 아뇨. 딱 두 번 만났을 뿐이지만 담배는 아예 입에 대지도 않는 것 같았어요. 여기는 로비가 추천한 곳이에요. 그녀는 우리가 보스턴 하드보일드 살인청부협회인 줄 알고요."

피터슨은 눈썹을 추켜세웠다. "뭐라고요?"

"매주 만나서 레이먼드 챈들러, 대실 해밋, 로스 맥도널드 같은 작가들의 작품 품평회를 여는 열성 팬클럽인 줄 안다고요. 그들의 작품을 읽어본 적이 없다면 앞으로 읽어야 해요. 만전을 기해서 나쁠 것 없으니까요. 그렇게 어려운 일도 아니에요. 사실 몇몇 작품은 아주 훌륭해요."

계단이 좁아서 둘이 나란히 걸을 수 없었기에 그들은 듀크를 앞세우고 계단을 내려가서 아무것도 없는 입구를 지나 불빛이 환하고 천장이 낮은 지하로 들어갔다. 이 지하실이 서점으로 개조한 목조 주택의 전면을 받치고 있는 듯했다. 서른 개쯤 되는 접이의자가 설치됐고 파란색 천을 씌운 이젤이 그들 앞에 놓여 있었다. 이젤 너머에는 여러 출판사에서 보낸 포장용 상자가 쌓여 있었다. 피어슨은 왼쪽 벽에 "대실 해밋: 두려움을 모르는 우리의 지도자 만세"라고 적힌 팻말이 달린 액자가 걸려 있는 걸 보고 신기해했다.

"듀크?" 피어슨의 왼쪽에서 어떤 여자가 불렀다. "다행이다……. 당신한테 무슨 일이 생긴 줄 알았거든요."

피어슨도 얼굴을 아는 여자였다. 두툼한 안경을 쓰고 까만 생머리를 길게 기르고 심각한 표정을 짓고 다니는 젊은 여자였다. 오늘 저녁에는 물 빠진 타이트한 청바지에 누가 봐도 노브라로 조지타운 대학교 티셔츠를 입고 있어서 훨씬 덜 심각해 보였다. 그리고 이 여자가 자기 남편을 어떤 눈빛으로 쳐다보고 있는지 듀크의 아내가 보았다면 그의 귀를 잡고 서점의 지하실에서 당장 끌어내며 박쥐 인간에 대해서 신경 끄라고 했을 게 분명했다.

"아무 일 없었어요. 엉망진창 박쥐 교회로 새 신도를 또 한 명 데리고 왔을 뿐이지. 이쪽은 재닛 브라이트우드, 이쪽은 브랜던 피어슨."

브랜던은 그녀와 악수하며 생각했다. 계속 재채기를 했다는 사람이로군.

"만나서 정말 반가워요, 브랜던." 그녀가 인사하고 다시 듀크를 보며 미소를 짓자 듀크는 강렬한 그녀의 시선에 살짝 당황하는 기색을 보였다. "끝나고 같이 커피 한잔할래요?" 그녀가 그에게 물었다.

"글쎄요……. 이따 봐서요."

"알았어요." 그녀는 듀크가 원한다면 커피를 마시기 전까지 삼 년도 기다릴 수도 있다는 듯이 미소를 지었다.

내가 여기서 뭐하는 걸까? 피어슨은 문득 궁금해졌다. 이건 미친 짓이야……. 꼭 정신병원에서 열린 알코올중독자 모임 같잖아.

엉망진창 박쥐 교회 신도들은 책 상자 위에 무더기로 쌓여 있는 재떨이를 집어 들고 누가 봐도 희희낙락한 표정으로 담배에 불을 붙이며 자리에 앉았다. 피어슨이 추측건대 전부 자리에 앉으면 남는 의자가 없을 듯했다.

"거의 전원이 참석했네요." 듀크는 재닛 브라이트우드가 장악하고 있는 커피메이커와 멀찌감치 떨어진 맨 뒷줄의 두 자리로 그를 안내하며 얘기했다. 피어슨으로서는 그게 우연의 일치인지 아닌지 전혀 알 수가 없었다. "잘됐다……. 창문 막대 조심해요, 브랜던."

높은 지하실 창문을 열 때 쓸 수 있도록 끝에 갈고리가 달린 막대가 벽돌을 쌓고 하얗게 칠한 벽에 기대고 세워져 있었다. 피어슨이 자리에 앉으면서 무심코 그 막대를 발로 차는 걸 보고 그가 한 얘기였다. 떨어진 막대에 긁혀서 누가 상처라도 생기기 전에 듀크가 막대를 잡아서 눈곱만큼 더 안전한 곳으로 옮기고 옆쪽 통로로 슬그머니 걸어가서 재떨이를 하나 챙겨 왔다.

"독심술의 대가네요."

피어슨은 고마운 마음을 담아서 얘기하고 담배에 불을 붙였다. 이렇게 많은 사람들과 함께 담배를 피우다니 상당히 기분이 묘한 한편으로 좋았다.

듀크도 담배에 불을 붙이고 이젤 옆에 서 있는 비쩍 마르고 얼굴에 주근깨가 가득한 남자를 가리켰다. 주근깨는 뉴베리포트의 헛간에서 박쥐 인간을 탕-탕-탕 쏘아서 죽였다는 레스터 올슨과 심각하게 대화를 나누고 있었다.

"저 빨간 머리가 로비 델레이예요." 듀크가 경건하다 싶은 말투로 얘기했다. "미니시리즈 감독이 인류의 구세주로 캐스팅할 만한 인물은 아니죠? 하지만 알고 보면 인류의 구세주일지 몰라요."

델레이가 올슨을 향해 고개를 끄덕이고 그의 등을 한 대 때린 다음 뭐라고 하자 흰머리의 남자가 웃음을 터뜨렸다. 잠시 후에 올슨은 앞줄 정중앙인 자기 자리로 돌아갔고 델레이는 천으로 씌운 이젤 앞으로 걸어갔다.

이즈음에는 빈자리가 모두 채워졌고 심지어 몇 명은 뒤편의 커피 메이커 근처에 서 있기까지 했다. 긴장감이 맴도는 열띤 대화가 피어슨의 머릿속에서 힘찬 브레이크 샷 이후의 포켓볼 공처럼 쌩하니 굴러가고 튕겨져 나왔다. 푸르스름한 회색의 담배 연기가 벌써부터 천장 바로 밑에 두툼하게 깔렸다.

맙소사, 이 사람들은 또라이야. 완전 또라이야. 1940년 대공습 때 런던의 방공호가 이런 분위기였을 거야.

피어슨은 듀크를 돌아보았다.

"아까 누구한테 전화했어요? 오늘 저녁에 엄청난 일이 벌어질 거라고 한 사람이 누구예요?"

"재닛요."

듀크는 그를 쳐다보지 않고 대답했다. 표정이 많은 갈색눈으로 예전에 레드라인선에서 하마터면 실성할 뻔했던 그를 구한 로비 델레이만 쳐다보고 있었다. 피어슨은 듀크의 눈빛에서 존경심과 애정이 함께 느껴진다는 생각을 했다.

"듀크? 오늘 이게 정말 엄청난 회의 맞죠?"

"우리 입장에서는요. 이렇게 규모가 큰 회의는 처음이에요."

"그래서 긴장돼요? 당신 같은 사람들이 한자리에 이렇게 많이 모여 있어서?"

"아뇨." 듀크는 딱 잘라서 대답했다. "박쥐가 있으면 로비가 냄새를 맡을 수 있어요. 그가…… 쉬이잇, 시작이에요."

로비 델레이가 웃는 얼굴로 두 손을 들자 왁자지껄하던 소리가 당장 멎었다. 보아하니 듀크처럼 애정이 담긴 눈빛을 짓고 있는 사람이 한두 명이 아니었다. 다들 기본적으로 존경의 눈빛을 하고 있었다.

"와주셔서 감사합니다." 델레이가 조용히 얘기했다. "드디어 우리들 중 몇몇은 사 년 내지 오 년 동안 기다려왔던 순간을 맞이한 듯합니다."

그러자 여기저기서 자발적으로 박수갈채를 보냈다. 델레이는 잠깐 동안 박수갈채를 만끽하며 환한 얼굴로 이리저리 둘러보았다. 그러다 마침내 조용히 해달라는 뜻에서 손을 들었다. 피어슨은 박수

소리가 잦아드는 동안(그는 이 박수 대열에 동참하지 않았다) 당혹스러운 사실을 하나 발견했다. 그는 듀크의 친구 겸 멘토가 마음에 들지 않았다. 델레이는 앞에서 저 좋은 일을 하고 있었고 듀크 라인먼은 피어슨의 존재를 까맣게 잊었으니 약간의 질투심 때문일 수도 있겠지만 그게 전부는 아니었다. 조용히 해달라며 두 손을 들어 보이는 그의 몸짓에서 잘난 척 자축하는 분위기가 느껴졌다. 청중을 무의식적으로 얕잡아보는 번드르르한 정치인 같았다.

뭐야, 집어치워. 피어슨은 속으로 중얼거렸다. 잘난 척 자축하는 분위기가 어떤 건지 전혀 알지도 못하면서.

맞는 말이었기에 피어슨은 직감적으로 떠오른 느낌을 애써 떨쳐버리며 듀크를 생각해서라도 델레이에게 한 번 기회를 주기로 마음먹었다.

"시작하기에 앞서." 델레이는 말을 이었다. "새로운 멤버를 소개하려고 합니다. 저 머나먼 메드퍼드에서 온 브랜던 피어슨. 잠깐 일어나서 새로운 친구들에게 얼굴을 보여주겠어요, 브랜던?"

피어슨은 놀란 눈빛으로 듀크를 쳐다보았다. 듀크는 씩 웃으며 어깨를 으쓱했고 손바닥의 두툼한 부분으로 피어슨의 어깨를 떠밀었다. "일어나요. 해치지 않아요."

피어슨은 과연 그럴지 장담할 수 없었지만 화끈거리는 얼굴을 달래며 자리에서 일어났다. 그를 확인하느라 고개를 길게 빼고 있는 사람들을 의식하지 않을 수가 없었다. 그중에서도 레스터 올슨의 얼굴이 가장 확연하게 눈에 들어왔다. 머리칼만큼이나 얼굴도 너무 환해서 시선을 사로잡기에 충분했다.

그와 같은 10시의 사람들이 다시 박수갈채를 보냈다. 이번에는 그를 위한 박수였다. 브랜던 피어슨, 중산층 은행원이자 고집스러운 흡연가. 그는 정신병자들을 위한(그리고 정신병자에 의해 운영되는) 알코올중독자 모임에 참석한 건 아닌지 다시금 의아해졌다. 다시 자리에 앉았을 때 그의 뺨은 새빨간 색이었다.

"이렇게까지 하지 않았어도 됐는데 고맙네요." 그는 듀크에게 중얼거렸다.

"진정해요." 듀크는 여전히 함박웃음을 머금고서 얘기했다. "다들 똑같은 사람들이에요. 그리고 기분 좋지 않았어요? 완전 1990년대 분위기잖아요."

"1990년대 분위기이긴 한데 기분이 좋지는 않았어요."

피어슨은 말했다. 심장이 심하게 두근거렸고 화끈거리는 뺨이 가라앉을 줄 몰랐다. 오히려 점점 심해지는 듯했다. 왜 이러지? 그는 의아해했다. 안면홍조인가? 남자의 갱년기 증상? 뭐지?

로비 델레이는 허리를 숙여서 안경을 쓰고 올슨 옆자리에 앉은 검은 머리 여자에게 잠깐 뭐라고 얘기를 하더니 손목시계를 확인한 다음 천을 씌운 이젤 쪽으로 다시 돌아가 사람들을 마주보았다. 주근깨로 뒤덮인 구김살 없는 얼굴 때문에 다른 육 일 동안에는 여자아이의 블라우스 등에 개구리를 집어넣는다든지, 갓 태어난 남동생의 침대 시트를 반으로 접는다든지 하는 식으로 걸핏하면 악의 없는 장난을 일삼는 소년 성가대원처럼 보였다.

"고맙습니다, 여러분. 그리고 환영해요, 브랜던."

피어슨은 초대해줘서 고맙다고 중얼거렸지만 거짓말이었다. 10시의 사람들이 미쳐 날뛰는 뉴에이지 쓰레기들이면 어쩔 것인가. 〈오프라 쇼〉에 초대된 대부분의 손님들이나 〈PTL 클럽〉에서 찬송가가 울리자마자 벌떡 일어나는 번듯하게 차려입은 광신도를 보았을 때 느꼈던 감정을 이들에게서 느끼면 어쩔 것인가. 그러면 어쩔 것인가.

아, 그만해. 그는 속으로 중얼거렸다. 너는 듀크를 좋아하잖아, 안 그래?

그렇다. 그는 듀크를 좋아했고…… 섹시한 껍데기를 넘어서 내면의 인물과 가까워지면 모이라 리처드슨도 좋아하게 될 것 같았다. 그밖에도 여러 사람을 좋아하게 될 것 같았다. 그는 그렇게 까다로운 사람이 아니었다. 그리고 그는 모두 이 지하실에 모인 이유를 잠깐 잊고 있었다. 박쥐 인간. 그 위험 요소를 감안하면 몇몇 밥맛과 뉴에이지 신도는 참을 수 있지 않을까?

그럴 수 있을 것 같았다.

그래! 좋아! 그럼 이제 느긋하게 앉아서 퍼레이드를 감상하라고.

그는 의자에 등을 기대고 앉았지만 완전히 느긋해지지는 못했다. 신입이라 그런 것도 있었다. 이런 식의 강요된 사회 활동을 극도로 혐오하기 때문에 그런 것도 있었다. 그는 만나자마자 허락도 없이 그의 이름을 함부로 부르는 사람을 일종의 납치범으로 간주했다. 그리고 또 다른 이유가 있다면…….

아, 이러지 말자! 아직 모르겠니? 그 문제에 관한 한 너에게는 선택권이 없어!

기분 나쁘지만 반론의 여지가 없었다. 그는 오늘 아침에 아무 생각 없이 고개를 돌렸다가 더글러스 키퍼의 옷을 입고 다니는 그것의 실체를 목격했을 때 선을 넘어버렸다. 그도 거기까지는 알고 있었지만 그 선이 얼마나 결정적이었고 그가 반대편으로, 그러니까 안전한 쪽으로 다시 넘어갈 수 있는 확률이 얼마나 희박해졌는지는 지금에야 깨달았다.

그러니 그는 느긋해질 수 없었다. 아직은 그랬다.

"본론으로 들어가기에 앞서 갑작스러운 통보에도 이렇게 달려와주신 여러분에게 감사의 인사를 전하고 싶습니다." 로비 델레이가 말했다. "의심을 사지 않고 자리를 박차고 나오기가 얼마나 어렵고 또 때로는 얼마나 위험한지 잘 압니다. 우리는 산전수전을 숱하게 함께 겪었다고 해도 과언이 아닐 테고⋯⋯."

여기저기서 빙그레 웃으며 깍듯하게 웅얼거렸다. 대부분 델레이의 말을 한마디도 놓치지 않으려는 듯한 표정을 짓고 있었다.

"진실을 안다는 게 얼마나 힘든 일인지 나보다 더 잘 아는 사람도 없을 겁니다. 나는 오 년 전에 처음으로 박쥐를 본 이래⋯⋯."

피어슨은 벌써부터 몸을 들썩이고 있었다. 오늘 저녁에 이런 기분을 느끼게 될 줄은 몰랐는데 지루했다. 이상했던 오늘 하루가 서점 지하에서 많은 사람들과 함께 주근깨투성이 도장업자가 늘어놓는 한심한 로터리 클럽 연설을 듣는 것으로 마감이 될 줄이야⋯⋯.

그런데도 다른 사람들은 완전히 넋을 잃은 듯했다. 피어슨이 확인 차 주변을 다시 한번 훑어보니 과연 그랬다. 듀크는 아예 마음을 빼앗긴 사람처럼 눈을 반짝였다. 피어슨이 어렸을 때 기른 버디라는 반려견이 그가 싱크대 아래 찬장에서 밥그릇을 꺼내면 짓던 눈빛과 비슷했다. 캐머런 스티븐스와 모이라 리처드슨은 서로 팔을 두르고 앉아서 빨려 들어간 듯이 눈을 초롱초롱 빛내며 로비 델레이를 쳐다보고 있었다. 재닛 브라이트우드도 마찬가지였다. 커피메이커 주변에 서 있는 나머지 몇 명도 마찬가지였다.

모두 마찬가지야. 브랜던 피어슨만 빼고. 자, 이제 너도 집중해야지.

그런데 그는 집중할 수가 없었고 로비 델레이도 마찬가지인 듯했다. 피어슨이 다른 사람들을 훑어보다가 다시 시선을 돌렸을 때 마침 델레이가 손목시계를 다시 한번 흘끗 확인했다. 피어슨이 10시의 사람들이 된 이래 수없이 목격한 동작이었다. 또다시 담배를 피울 수 있을 때까지 카운트다운을 하는 걸까?

델레이가 횡설수설하는 동안 이탈자가 몇 명 더 생겼다. 입을 막고 기침을 하거나 발을 꼼지락거리는 소리가 들렸다. 그런데도 불구하고 델레이는 계속 떠들어댔다. 이탈자가 생긴 줄 모르는 눈치였다. 사랑받는 저항군 리더이건 뭐건 간에 구박덩어리로 전락할 위기에 처했다.

"……그래서 우리는 최선을 다했습니다." 그는 이렇게 얘기하고 있었다. "그리고 인명 손실을 대처하는 데에도 최선을 다했죠. 비밀전쟁을 치르는 사람들이 그래왔듯 눈물을 삼키며 언젠가는 비밀이 만천하에 공개되고……."

그는 고물 카시오 시계를 다시 한번 얼른 쳐다보았다.

"보아도 알아보지 못하는 저 모든 사람들과 우리가 아는 사실을 공유할 수 있을 거라는 믿음을 간직하고서 말입니다."

인류의 구세주라고? 피어슨은 생각했다. 왜 이러세요. 필리버스
터를 벌일 당시 제시 헬름스에 더 가깝구먼요.

그는 듀크를 흘끗 확인했고, 여전히 귀를 기울이고는 있지만 꼼지
락거리며 최면에서 깨어나려는 기미를 보이는 듀크의 모습에서 용
기를 얻었다.

얼굴을 만져보니 아직까지 뜨끈했다. 피어슨은 손끝을 경동맥으
로 옮겨서 맥을 짚었다. 여전히 빠르게 두근거렸다. 이제는 자리에
서 일어나 미스 아메리카 최종 후보처럼 사람들의 시선을 한몸에
누려야 한다는 당혹감에서 벗어났으니 그게 이유일 리 없었다. 사람
들은 일시적으로나마 그의 존재를 잊었다. 아니다, 다른 이유가 있
었다. 게다가 좋은 이유가 아니었다.

"……우리는 포기하지 않고 끝까지 밀고 나가서 음악이 우리 취
향에 맞지 않더라도 박자에 맞춰 발을 움직였고……"

전에도 느낀 적 있는 감정이야. 브랜던 피어슨은 속으로 중얼거
렸다. 치명적인 집단 환각에 빠진 사람들을 맞닥뜨렸을 때 느껴지는
공포.

"아니야, 그렇지 않아."

그는 중얼거렸다. 듀크가 눈썹을 추켜세우고 쳐다보자 피어슨은
고개를 저었다. 듀크는 다시 앞쪽으로 시선을 돌렸다.

그가 겁이 난 건 맞았지만 재미 삼아 사람을 죽이는 집단과 맞닥
뜨린 것 같아서 그런 건 아니었다. 이 안에 있는 사람들이 몇 명이나
마 누군가를 죽인 적이 있었고, 뉴베리포트의 헛간에서 막간에 그

런 일이 벌어진 적 있었을지 몰라도 오늘 저녁, 대실 해밋이 내려다보는 공간에 모인 여피족 사이에서는 그런 극단적인 행동에 필요한 에너지가 느껴지지 않았다. 다들 졸거나 자리를 박차고 나가지 않고 이런 지루한 연설을 듣고 있으려고 애를 쓰는 사람답게 반쯤 딴 데 정신을 팔고 멍하니 앉아 있을 따름이었다.

"로비, 본론으로 들어갑시다!" 뒤편에서 그와 비슷한 생각을 하고 있던 누군가가 외치자 여기저기서 어색하게 웃음을 터뜨렸다.

로비 델레이는 짜증이 섞인 눈빛으로 목소리가 들린 쪽을 흘끗 쳐다보더니 손목시계를 다시 한번 확인했다. "네, 좋습니다." 그가 얘기했다. "내가 횡설수설하고 있었죠? 인정합니다. 레스터, 나 좀 도와줄래요?"

레스터가 자리에서 일어났다. 두 남자가 쌓여 있는 상자 뒤편에서 끈을 잡고 큼지막한 가죽 트렁크를 끌고 왔다. 그걸 이젤 바로 오른편에 놓았다.

"고마워요, 레스터." 로비가 말했다.

레스터는 고개를 끄덕이고 다시 자리에 앉았다.

"트렁크 안에 뭐가 들어 있어요?" 피어슨은 듀크의 귀에 대고 속삭였다.

듀크는 고개를 저었다. 그는 어리둥절한 표정을 지었고 갑자기 살짝 불편한 기색을 보였지만…… 피어슨만큼 불편하지는 않았을 것이다.

"그래요, 맥이 정곡을 찔렀네요." 델레이가 말했다. "내가 딴 길로 샌 모양이지만 나에게는 역사적인 순간이거든요. 이걸 공개하게 됐으니 말입니다."

그는 극적인 효과를 위해 잠깐 멈추었다가 이젤을 덮고 있던 파란색 천을 획 걷었다. 얘기를 듣고 있던 사람들은 놀랄 준비를 하며 접이의자에 앉은 채 몸을 앞으로 숙였다가 다 같이 실망의 한숨을 내뱉으며 다시 의자에 기대고 앉았다. 버려진 창고처럼 보이는 건물의 흑백 사진이었다. 하역장에 널브러진 종이와 콘돔과 빈 와인병과 벽에 스프레이 페인트로 써놓은 낙서를 알아볼 수 있도록 확대해놓았다. 가장 큰 낙서가 '골수 페미가 짱이다'였다.

여기저기서 나지막이 웅성거렸다.

"오 주 전에." 델레이가 힘주어 얘기했다. "레스터, 켄드라 그리고 제가 리비어의 클라크 베이 지역에 있는 이 버려진 창고까지 박쥐인간 두 명을 추적한 적이 있습니다."

피어슨은 동그란 무테 안경을 쓰고 레스터 올슨의 옆에 앉아 있던 검은 머리의 여자가 거만하게 주위를 두리번거리다…… 자기 손목시계를 흘긋 내려다보았다고 장담할 수 있었다.

"그들은 여기서……" 델레이는 쓰레기로 뒤덮인 한 하역장을 손끝으로 두드렸다. "세 명의 박쥐 남자와 두 명의 박쥐 여자를 만나서 안으로 들어갔습니다. 그때부터 예닐곱 명이 돌아가며 이곳을 감시했습니다. 우리의 추측에 따르면……"

피어슨은 믿기지 않는 사실 앞에서 상처를 받은 표정을 짓고 있는 듀크를 흘긋 쳐다보았다. 그는 "왜 나는 선택받지 못했을까?"라고 이마에 써놓은 거나 다름없었다.

"이곳은 보스턴 일대에서 활동하는 박쥐들의 회합 장소인 듯했고······."

보스턴 배츠. 피어슨은 생각했다. 야구단 이름으로 딱인데? 그러고 났을 때 의구심이 다시 고개를 들었다. 내가 지금 여기 이렇게 앉아서 이런 헛소리를 듣고 있는 거 맞아? 꿈이 아니고?

이때 순간적인 의구심으로 인해 기어이 되살아났는지 델레이가 이 자리에 모인 용감한 박쥐 사냥꾼들에게 저 머나먼 메드퍼드에서 온 브랜던 피어슨이라고 신입을 소개했던 게 생각났다.

그는 듀크 쪽으로 고개를 돌려서 그의 귀에 대고 나지막이 속삭였다.

"갤러거스에서 재닛한테 전화했을 때 나를 데리고 온다고 얘기했죠?"

듀크는 상처를 받은 표정이 아주 살짝 남은 얼굴로 '나 지금 얘기 듣고 있는 거 안 보여요?'라고 묻는 듯이 짜증을 내며 대답했다.

"당연하죠."

"내가 메드퍼드 출신이라는 것도 얘기했어요?"

"아뇨. 당신이 메드퍼드 출신이라는 걸 내가 어떻게 알았겠어요? 나 얘기 좀 들읍시다!"

그는 다시 고개를 돌렸다.

"인적이 없는 이 버려진 창고를 드나든 차량이 서른다섯 대가 넘었고 대부분 고급 승용차와 리무진이었습니다." 델레이가 얘기했다. 그는 이 사실이 충분히 인식되도록 잠깐 뜸을 들이며 손목시계를 다시 한번 확인한 뒤에 얼른 말을 이었다. "우리 측에서 여럿이 열댓 번씩 그곳을 찾아갔습니다. 박쥐들은 그렇게 외진 곳을 회의실 또는 사교 클럽으로 발굴한 데 희희낙락하는 눈치였지만 내가 보기에는 궁지를 자초하는 선택이었다는 걸 깨닫게 될 공산이 큽니다. 왜냐하면…… 잠시만요, 여러분……."

그는 레스터 올슨과 나지막이 대화를 나누기 시작했다. 켄드라라는 여자도 대화에 합류해 탁구 경기장의 관람객처럼 이쪽저쪽을 번갈아 쳐다보았다. 의자에 앉아 있던 사람들은 어리둥절하고 당혹스러운 표정을 짓고서 3인의 귓속말 회담을 구경했다.

피어슨은 그들의 심정을 알 것 같았다. 듀크는 뭔가 엄청난 일이 벌어질 거라고 장담했고 들어올 때 분위기로 보았을 때 다들 같은 얘기를 들은 듯했다. 그런데 그 '엄청난 일'이 쓰레기와 버려진 속옷과 쓰고 내팽개친 콘돔들이 나뒹구는 창고를 찍은 흑백사진으로 밝혀졌다. 이 사진이 뭐가 어떻다는 걸까?

결정타는 트렁크 안에 들어 있는 모양이로군. 피어슨은 생각했다. 그나저나 주근깨 씨, 내가 메드퍼드 출신인 걸 어떻게 알았지? 연설이 끝난 뒤에 질의응답 시간에 쓰려고 아껴둔 카드인데.

얼굴이 벌게지고 심장이 두근거리고 무엇보다 담배를 한 대 더 피우고 싶은 생각이 간절한 느낌이 이렇게 심한 적이 없었다. 대학생 때 가끔 경험했던 불안 발작 비슷했다. 이유가 뭘까? 공포 때문이 아니라면 왜 이러는 걸까?

아, 공포 때문인 게 맞아. 이 정신병동에서 너 혼자만 정신이 멀쩡한 게 아닐까 하는 공포가 아니라 그렇지. 너는 박쥐들이 진짜라는 걸 알아. 너는 미치지 않았고 듀크도 모이라도 캐머런 스티븐스도 재닛 브라이트우드도 마찬가지야. 하지만 이 사진은 뭔가 이상한 구석이 있어……. 정말 이상한 구석이 있어. 아무리 생각해도 그가 원흉이야. 로비 델레이, 도장업자이자 인류의 구세주. 그는 내가 어디 출신인지 알았어. 브라이트우드가 그에게 연락해서 듀크가 퍼스트 머컨타일은행 직원을 데리고 온다는데 이름이 브랜던 피어슨이라고 하니까 로비가 내 뒷조사를 했어. 왜 그랬을까? 그리고 무슨 수로 그랬을까?

머릿속에서 갑자기 듀크 라인먼의 목소리가 들렸다. 저들은 영리하고 고위직에 친구들이 있거든요. 흥, 저들의 관심사가 고위직뿐이에요.

고위직에 친구가 있으면 어떤 사람의 뒷조사를 부리나케 할 수 있을 것이다. 그렇다. 고위직 사람들은 정확한 컴퓨터 암호와 정확한 기록과 인적 사항을 구성하는 정확한 숫자를 입수할 수 있을 테고…….

피어슨은 악몽을 꾸고 깨어난 사람처럼 의자에 앉은 채 움찔했다. 본의 아니게 튀어나간 발이 창문을 열 때 쓰는 막대를 때렸다. 막대가 옆으로 미끄러지기 시작했다. 그새 앞쪽에서 열린 회담은 참석자 전원이 고개를 끄덕이는 것으로 마무리 지어지고 있었다.

"레스?" 델레이가 물었다. "켄드라하고 같이 다시 나를 좀 도와줄래요?"

피어슨은 떨어져서 엄한 사람의 머리를 치기 전에 막대를 잡으려고 손을 뻗었다. 꼭대기에 달린 위험한 갈고리 때문에 두피가 찢어질 수도 있었다. 막대를 잡아서 다시 벽에 기대고 세우려고 했을 때 지하실 창문 너머로 안을 들여다보는 악귀처럼 생긴 얼굴이 그의

눈에 들어왔다. 침대 밑에 버려진 헝겊 인형 같은 까만 눈이 휘둥그
레 뜬 피어슨의 파란 눈과 만났다. 행성 천문학자들이 거대 가스 행
성이라고 부르는 행성 주변의 대기층처럼 살점이 회전했다. 울퉁불
퉁한 민머리 아래에서 뱀처럼 생긴 까만색 혈관이 벌떡거렸다. 벌린
입 속에서 이빨이 희미하게 반짝였다.

"이 망할 트렁크에 달린 버클을 풀게 도와줘요." 델레이가 은하계
의 저 끝에서 얘기하고 있었다. 그가 넉살 좋게 빙긋 웃었다. "이게
좀 힘들어서 말이죠."

브랜던 피어슨은 그날 아침으로 시간이 거꾸로 거슬러 올라간 거
나 다름없었다. 비명을 지르려고 했지만 이번에도 충격으로 목소리
가 나오지 않아서 잠결에 끙끙대는 사람처럼 나지막이 컥컥거리고
그만이었다.

두서없이 이어지던 연설.

아무 의미 없는 사진.

손목시계를 계속 훔쳐보던 시선.

그래서 긴장돼요? 당신 같은 사람들이 한자리에 이렇게 많이 모
여 있어서? 그가 이렇게 묻자 듀크는 웃으며 대답했다. 아뇨. 박쥐가
있으면 로비가 냄새를 맡을 수 있어요.

이번에는 아무도 그를 말리지 않았고 피어슨의 두 번째 시도는
대성공이었다.

"함정이에요!" 그는 비명을 지르며 벌떡 일어섰다. "함정이에요,
여기서 도망쳐야 해요!"

사람들이 놀란 표정으로 고개를 길게 빼고 그를 쳐다보았지

만…… 세 사람은 예외였다. 그 세 사람은 바로 델레이, 올슨 그리고 켄드라라는 검은 머리 여자였다. 그들은 방금 전에 버클을 풀고 트렁크를 연 참이었다. 그들의 얼굴은 충격과 죄책감으로 얼룩졌지만…… 놀란 표정은 아니었다. 놀라움이라는 감정은 보이지 않았다.

"자리에 앉아요!" 듀크가 나지막이 쏘아붙였다. "미쳤어……."

위에서 요란한 소리와 함께 문이 열렸다. 쿵쿵거리며 계단 쪽으로 다가오는 구둣발 소리가 들렸다.

"이게 무슨 일이에요?" 재닛 브라이트우드가 물었다. 듀크에게 묻는 거였다. 겁에 질린 눈을 동그랗게 뜨고 있었다. "저 사람이 지금 무슨 얘길 하는 거예요?"

"도망쳐요!" 피어슨은 고함을 질렀다. "얼른 도망쳐요! 저 사람이 거꾸로 얘기했어요! 덫에 갇힌 쪽은 우리예요!"

지하실로 내려오는 좁은 계단 꼭대기에 달린 문이 쾅 소리와 함께 열렸고 그 어둑어둑한 곳에서 피어슨이 지금까지 들어본 적 없는 오싹한 소리가 들렸다. 살아 있는 젖먹이를 사이에 두고 핏불테리어들이 으르렁거리는 듯한 소리였다.

"저거 뭐예요?" 재닛이 비명을 질렀다. "저 위에 저거 뭐예요?" 하지만 그녀는 묻는 표정이 아니었다. 완벽하게 아는 표정이었다. 저 위에 뭐가 있는지 완벽하게 아는 표정이었다.

"진정하세요!" 로비 델레이가 아직까지 접이의자에 앉은 채로 혼란스러워하는 사람들을 향해 외쳤다. "저들이 사면을 약속했어요! 알겠어요? 그게 무슨 말인지 알겠느냐고요? 저들이 나에게 엄숙하게……."

바로 그때 피어슨이 박쥐 인간의 얼굴을 처음으로 목격한 지하실 왼쪽 창문이 안쪽으로 깨지면서 벽 가까이 앉아 있던 사람들 위로 유릿조각이 쏟아졌다. 아르마니를 입은 한쪽 팔이 삐죽삐죽한 구멍 사이로 꿈틀꿈틀 삐져나와서 모이라 리처드슨의 머리채를 잡았다. 그녀는 비명을 지르며 자기를 붙잡은 손을 때렸지만…… 그것은 손이라기보다 끝에 갑각처럼 딱딱하고 기다란 발톱이 달린 앞발이었다.

피어슨은 생각하고 말고 할 겨를도 없이 창문을 여는 막대를 집고 돌진해 깨진 유리창 사이로 안을 들여다보는 박쥐처럼 생긴 얼굴을 향해 갈고리를 내질렀다. 갈고리는 녀석의 한쪽 눈에 꽂혔다. 진득진득하고 톡 쏘는 냄새가 나는 잉크가 위로 뻗은 피어슨의 팔 위로 후두둑 떨어졌다. 박쥐 인간이 짐승처럼 으르렁거리며—고통 어린 비명소리처럼 들리지는 않았지만 그런 비명소리이길 바랄 수는 있었다—뒤로 나가떨어지자 피어슨의 손에 들려 있던 막대도 보슬비가 내리는 밤공기 속으로 끌려 나갔다. 녀석이 완전히 사라지기 전에 혹으로 뒤덮인 살갗에서 하얀 안개가 피어올랐고 뭔가 불쾌한

(먼지랑 오줌이랑 매운 고추를 한데 섞어놓은 듯한)

냄새가 풍겼다.

캐머런 스티븐스가 모이라를 끌어안고 충격을 받은 한편으로 의심스러워하는 눈빛으로 피어슨을 쳐다보았다. 주변의 모든 사람들이 달려오는 트럭의 전조등 불빛 속에 놓인 사슴떼처럼 그대로 얼어붙은 채 멍한 표정을 짓고 있었다.

어째 내 눈에는 이들이 레지스탕스처럼 보이질 않네. 피어슨은 생각했다. 털 깎는 우리에 갇힌 양떼라면 모를까. 그리고 저자는 공모자와 함께 양떼를 전면으로 내몬 배신자 염소 새끼고.

짐승처럼 으르렁거리는 소리가 위에서 점점 더 가까이 다가왔지만 피어슨이 예상했던 것보다 속도가 더뎠다. 그러다 계단이 얼마나 좁았는지 기억이 나자—둘이 나란히 걸을 수 없는 정도였다—나지막이 감사의 기도를 드리며 사람들을 헤치고 나갔다. 그는 듀크의 넥타이를 잡고 일으켜 세웠다.

"정신 차려요. 얼른 뛰어야 해요. 여기 뒷문 있어요?"

"모…… 모르겠어요." 듀크는 머리가 깨질듯이 아픈 사람처럼 한쪽 관자놀이를 천천히, 세게 문지르고 있었다. "로비가 이런 짓을 벌였다고요? 로비가? 설마…… 설마?" 그는 측은하고 망연자실한 눈빛으로 피어슨을 쳐다보았다.

"아무래도 그런 것 같네요. 듀크, 얼른 갑시다."

그는 듀크의 넥타이를 잡은 채 통로 쪽으로 두 발짝 옮겼다가 걸음을 멈추었다. 델레이, 올슨, 켄드라가 트렁크에서 우스꽝스럽게 보이는 기다란 철제 개머리판이 장착된 권총 크기의 자동 화기를 꺼내 들었다. 피어슨은 영화나 텔레비전 말고는 우지 기관총을 본 적 없었지만 저게 그 총이지 않을까 싶었다. 우지이거나 그 비슷한 친척일 텐데 그러거나 말거나 염병할, 무슨 상관일까? 아무튼 총이었다.

"잠깐." 델레이가 말했다. 듀크와 피어슨에게 하는 말인 듯했다. 그는 애써 미소를 지으려고 했지만 사형 집행이 취소되지 않았다는 통보를 받은 사형수처럼 우거지상 비슷한 것이 지어졌다. "그 자리에서 움직이지 마."

듀크는 계속 걸어갔다. 그는 이제 통로에 다다랐고 피어슨이 바로 뒤에서 쫓아갔다. 다른 사람들도 자리에서 일어나 그들을 따라서 앞으로 이동하며 불안한 듯 어깨 너머로 계단 입구를 흘끗거렸다. 그들은 총도 싫지만 1층에서 들리는 으르렁거리는 소리는 더 싫은 눈빛이었다.

"왜 그랬어요?" 듀크가 물었고 피어슨은 그가 눈물을 흘리기 직전이라는 걸 알 수 있었다. "왜 우리를 배신했어요?"

"거기 서라, 듀크. 이건 경고다." 레스터 올슨이 스카치위스키처럼 부드러운 목소리로 말했다.

"다른 사람들도 꼼짝 마요!" 켄드라가 쏘아붙였다. 그녀의 목소리는 전혀 부드럽지 않았다. 지하실 전체를 한눈에 담느라 눈동자를 이리저리 굴렸다.

"우리는 가망이 없었어." 델레이가 듀크에게 말했다. 거의 애원조였다. "그들이 우리를 턱밑까지 쫓아와서 언제든 덮칠 수 있는 상황이었는데 그쪽에서 제안을 했어. 알겠나? 내가 배신한 게 아니야. 나는 절대 배신한 적이 없어. 그들 쪽에서 나를 찾아왔다고." 그는 그것이 중요한 차별점이라도 되는 듯이 열변을 토했지만 좌우로 흔들리는 눈은 다른 얘기를 하고 있었다. 마치 다른 로비 델레이, 번듯한 로비 델레이가 이 수치스러운 배신 행위로부터 자신을 분리하기 위해 미친듯이 애를 쓰는 듯했다.

"당신은 개 같은 거짓말쟁이야!"

듀크 라인먼은 쓰라린 배신감과 분노 섞인 깨달음으로 인해 갈라진 목소리로 고함쳤다. 그가 레드라인선 열차에서 그의 이성과 어쩌면 목숨까지 구해주었을지 모르는 남자에게 달려든 순간…… 모든 게 와락 그들을 덮쳤다.

피어슨은 그 모든 광경을 목격했을 리 없는데도 목격한 것처럼 느껴졌다. 로비 델레이가 망설이다가 듀크를 쏘는 게 아니라 총신으로 때리려는 듯이 무기를 옆으로 돌리는 것이 보였다. 뉴베리포트의 헛간에서는 박쥐 인간을 탕-탕-탕 쏘아서 죽였다더니 이제는 소심하게 협상이나 벌이는 레스터 올슨이 개머리판을 벨트 버클에 대고 방아쇠를 당겼다. 총신의 구멍에서 잠깐 파란 불꽃이 날름거리더니 픅! 픅! 픅! 픅! 하는 쉰 소리가 들렸다. 현실 세계에서는 자동 화기가 그런 소리를 내는 모양이었다. 보이지 않는 무언가가 그의 얼굴 바로 앞을 가르는 소리가 들렸다. 마치 유령이 휴 하고 숨을 내뱉는 소리 같았다. 그리고 잠시 후에 듀크가 뒤로 휘청거렸고 하얀 셔츠에서 뿜어져 나온 피가 크림색 정장에 튀었다. 듀크 바로 뒤에 서 있던 남자가 두 손으로 눈을 덮고 무릎을 꿇으며 비틀비틀 쓰러졌다. 그의 손마디 사이로 새빨간 피가 흘러나왔다.

회의가 시작되기 전에 누군가가―아마 재닛 브라이트우드였을 것이다―계단과 지하실을 연결하는 문을 닫아놓았다. 이제 문이 쾅 열리면서 보스턴 경찰 제복을 입은 박쥐 인간 둘이 꾸역꾸역 들어왔다. 가만히 있지 못하는 거대한 머리 밑에 이목구비가 한데 뭉뚱그려진 조그만 얼굴이 달렸고 그 얼굴이 험상궂게 그들을 쳐다보았다.

"사면!" 로비 델레이가 외쳤다. 이제는 주근깨가 낙인처럼 도드라졌다. 주근깨가 박힌 얼굴색은 잿빛이었다. "사면! 그 자리에 가만히 서서 손을 들면 저들이 사면한다고 약속했다니까!"

몇 명—커피메이커 주변에 옹기종기 모여 있던 사람들이었다—이 손을 들기는 했지만 제복을 입은 박쥐 인간들과 반대편으로 계속 뒷걸음질을 쳤다. 한 박쥐 인간이 나지막이 툴툴거리며 손을 뻗어 어떤 남자의 셔츠 앞섶을 움켜쥐고 홱 잡아당겼다. 무슨 일이 벌어졌는지 피어슨이 파악할 겨를도 없이 녀석이 남자의 눈알을 뜯어냈다. 괴상하고 흉측하게 생긴 손바닥 위에 물컹물컹한 눈알의 잔재를 올려놓고 잠깐 쳐다보더니 입안으로 던져 넣었다.

박쥐 두 마리가 더 들이닥쳐서 까맣고 조그만 눈을 번뜩이며 두리번거렸다. 다른 경찰 박쥐가 경찰용 리볼버를 꺼내 사람들을 향해 무작위로 세 방을 쏘았다.

"안 돼!" 피어슨은 델레이가 외치는 소리를 들었다. "안 돼, 약속했잖소!"

재닛 브라이트우드가 커피메이커를 머리 위로 들어올려서 새롭게 등장한 녀석에게 던졌다. 커피메이커는 뎅그렁하는 나지막한 쇳소리와 함께 녀석에게 가서 부딪혔고 뜨거운 커피를 녀석의 몸 위로 쏟아냈다. 이번에 들린 비명소리에서는 분명 아파하는 기미가 느껴졌다. 경찰 박쥐가 그녀를 향해 손을 뻗었다. 브라이트우드는 고개를 숙여서 피하고 달아나려고 했지만 발에 걸려서 넘어졌고…… 그 길로 지하실 앞쪽을 향해 우르르 몰려가는 사람들에 묻혀 사라졌다.

모든 유리창이 깨졌다. 피어슨은 점점 다가오는 사이렌 소리를 들었다. 두 그룹으로 나뉘어서 지하실 양옆으로 달려오는 박쥐들은 공포에 질린 10시의 사람들을 쓰러진 이젤 뒤편의 창고 공간으로 몰고 가려는 듯했다.

올슨은 무기를 내리고 켄드라의 손을 잡고 그쪽으로 돌진했다. 창문 사이로 꾸물꾸물 들어온 박쥐 팔이 연극배우 같은 그의 흰머리를 움켜잡고 위로 끌어올리자 그는 숨이 막혀서 컥컥댔다. 창문을 뚫고 들어온 다른 손이 팔 센티미터 길이의 엄지손톱으로 그의 목을 따서 선혈의 홍수를 터뜨렸다.

바닷가 헛간에서 박쥐 인간한테 총질을 하던 시절은 끝났네, 친구. 피어슨은 메스꺼운 속을 달래며 생각했다. 그는 다시 지하실 앞쪽으로 몸을 돌렸다. 델레이가 총을 쥔 손을 늘어뜨리고 충격으로 멍한 눈빛을 한 채 열어놓은 트렁크와 쓰러진 이젤 사이에 서 있었다. 피어슨이 그의 손에 쥐어진 개머리판을 잡아당겨도 저항하려는 기미조차 보이지 않았다.

"저들이 사면을 약속했는데." 그는 피어슨에게 말했다. "약속했는데."

"저렇게 생긴 녀석들을 믿을 수 있을 거라고 생각해요?"

피어슨은 묻고 개머리판으로 델레이의 얼굴 정중앙을 있는 힘껏 가격했다. 뭔가가 부러지는 소리가 들렸고―아마 델레이의 코였을 것이다―은행원의 영혼 안에 깃들어 있던 몰지각한 야만인이 깨어나 잔인하게 환호성을 질렀다.

그는 이미 그쪽으로 달려간 사람들이 지그재그로 넓혀놓은 상자 사이의 통로를 향해 가려다 건물 뒤편에서 총성이 들리자 걸음을 멈추었다. 총성…… 비명소리…… 승리의 함성이 들렸다.

피어슨이 홱 하니 몸을 돌려보니 캐머런 스티븐스와 모이라 리처드슨이 통로가 시작되는 접이의자 사이에 서 있었다. 똑같이 충격을 받은 표정으로 서로 손을 잡고 있었다. 피어슨은 그 와중에 이런 생각을 했다. 헨젤과 그레텔이 마침내 과자집에서 빠져나왔을 때 저런 표정을 지었겠지. 그는 허리를 숙이고 켄드라와 올슨의 무기를 집어서 그들에게 하나씩 건넸다.

뒷문으로 박쥐가 두 마리 더 들어왔다. 그들은 모든 게 계획대로 진행되는 듯이 태평스럽게 움직였고…… 피어슨이 보기에는 짐작이 맞는 듯했다. 이제는 교전 현장이 건물 뒤편으로 이동했다. 여기가 아니라 거기가 진짜 우리였다. 박쥐들은 그들의 털만 깎는 게 아니었다.

"정신 차려요." 그는 캐머런과 모이라에게 얘기했다. "이 잡것들을 처단해야죠."

지하실 뒤편의 박쥐들은 도주하던 인간 몇 명이 몸을 돌려서 싸우기로 결심했다는 걸 뒤늦게 알아차렸다. 그중 하나는 도망치려고 그랬는지 홱 하니 몸을 돌렸다가 새롭게 등장한 동료에게 부딪히면서 쏟아진 커피를 밟고 미끄러졌다. 양쪽 모두 그대로 넘어졌다. 피어슨은 넘어지지 않은 한 명을 향해 총탄을 발사했다. 경기관총에서 못미더운 퓩! 퓩! 퓩! 소리가 났고 박쥐는 뒤로 비틀거렸다. 외계인처럼 생긴 얼굴이 벌어지며 냄새가 고약한 안개구름이 피어오르자…… 피어슨은 꼭 허깨비 같다는 생각을 했다.

캐머런과 모이라도 그의 의도를 파악하고 남은 박쥐들을 향해 공격을 개시했다. 가망 없는 사정거리에 몰린 그들이 벽에 부딪혔다가 바닥으로 쓰러졌을 때 이미 옷 사이로 몇 가닥 되지 않는 안개가 피어올랐고 피어슨은 퍼스트머컨타일은행 앞의 대리석 화단에 심어져 있었던 과꽃과 냄새가 상당히 비슷하다는 생각을 했다.

"갑시다." 피어슨이 말했다. "지금 탈출하면 승산이 있을지 몰라요."

"하지만……." 캐머런이 말문을 열었다. 그는 주위를 두리번거리며 멍한 상태에서 깨어났다. 다행스러운 현상이었다. 정신을 바짝 차리고 있어야 여기서 빠져나갈 일말의 가능성이나마 생겼다.

"신경쓰지 마, 캐머런." 모이라가 얘기했다. 그녀 역시 주변을 둘러보았기 때문에 인간이 됐건 박쥐가 됐건 여기 남은 존재가 그들밖에 없다는 걸 알고 있었다. "얼른 가자. 우리가 들어온 그 문이 그나마 제일 승산이 있어."

"맞아요." 피어슨이 말했다. "하지만 그것도 잠시 후면 얘기가 달라질 거예요."

그는 믿기지 않는 사실 앞에서 상처를 받은 표정으로 바닥에 누워 있는 듀크를 마지막으로 한 번 쳐다보았다. 듀크의 눈을 감겨줄 여유가 있었으면 좋았겠지만 없었다.

"갑시다."

그가 말했다. 그렇게 그들은 출발했다.

케임브리지 애비뉴가 이어지는 현관문 앞에 다다랐을 때 건물 뒤편에서 들리던 총성이 잦아들기 시작했다. 몇 명이나 죽었을까? 피어슨은 궁금해했다가 전원이라는 대답이 떠오르자 끔찍하게 느껴졌다. 그러나 워낙 가능성이 충분했기에 부인할 수가 없었다. 빠져나간 사람이 한두 명 더 있을지 몰라도 그 이상은 없을 게 분명했다. 조용하고 깔끔하게 설치된 훌륭한 덫이었다. 로비 델레이는 쓸데없는 얘기를 늘어놓는 식으로 시간을 끌고 손목시계를 확인하며 어떤 신호를 기다렸을지 모르지만…… 피어슨에게 선수를 빼앗겼다.

내가 좀더 일찍 정신을 차렸다면 듀크는 아직 살아 있었을지 몰라. 그는 이런 생각을 하며 쓰라린 속을 달랬다. 맞는 말일지 모르지만 바란다고 해서 모든 게 이루어질 수 있는 건 아니었다. 지금은 자책할 때가 아니었다.

경찰 박쥐 하나가 현관에서 보초를 서고 있었지만 불청객이 등장하는지 살피느라 도로 쪽을 쳐다보고 있었다. 피어슨은 열린 문 너머로 녀석을 향해 몸을 기울이고 물었다.

"야, 이 못생긴 개똥구멍아, 담배 있냐?"

박쥐가 고개를 돌렸다.

피어슨은 녀석의 얼굴을 날려버렸다.

4

다음날 새벽 1시가 막 지났을 때 두 명의 남자와 찢어진 스타킹 위로 지저분해진 빨간 치마를 입은 한 명의 여자가 사우스 역 조차장을 출발한 화물열차를 따라 달렸다. 두 남자 중에서 젊은 쪽이 빈

유개화차의 정사각형 입구로 가볍게 올라타서 몸을 돌리고 여자에게 손을 내밀었다.

그녀는 발을 헛디디는 바람에 한쪽 구두굽이 부러지자 비명을 질렀다. 피어슨이 그녀의 허리를 한쪽 팔로 감싸안고 (땀과 공포라는 생생한 냄새 밑으로 가슴이 저리도록 희미한 조르지오 향수 냄새가 풍겼다) 같이 달리다가 점프하라고 고함을 질렀다. 그녀가 점프하자 그가 엉덩이를 받치고 손을 내민 캐머런 스티븐스 쪽으로 밀어 올렸다. 그녀가 손을 잡자 피어슨은 스티븐스가 그녀를 끌고 올릴 수 있도록 마지막으로 세게 떠밀었다.

그러느라 피어슨은 낙오됐고 조차장의 끝을 알리는 철책이 저만치 다가왔다. 화물열차는 철책에 뚫린 구멍을 지나갈 텐데, 화물열차와 피어슨이 동시에 통과할 수 있을 만큼 구멍이 넓지 않았다. 얼른 올라타지 않으면 그 혼자 조차장에 남겨질 것이다.

캐머런은 뻥 뚫린 유개화차 입구를 두리번거리다 점점 다가오는 철책을 보고 다시 손을 내밀었다.

"잡아요! 할 수 있어요!"

하루에 담배를 두 갑씩 피우던 예전 같으면 어림없는 소리였다. 하지만 지금은 다리와 폐에 약간 여유가 생겼다. 그는 쓰레기로 뒤덮여서 위험한 선로 옆길을 따라 달리며 일시적으로나마 느릿느릿 움직이는 열차를 다시 앞질렀고 철책이 점점 다가오는 가운데 캠이 뻗은 손을 잡으려고 손가락을 뻗었다. 이제 다이아몬드 모양의 철책에 엮인 잔인한 가시철조망이 보였다.

그 순간 마음의 눈이 번쩍 뜨이면서 울어서 부은 얼굴과 벌게진 눈을 하고 거실 의자에 앉아 있는 아내의 모습이 보였다. 제복을 입은 경관에게 남편이 실종됐다고 얘기하는 모습이 보였다. 심지어 그녀의 옆쪽으로 조그만 테이블에 쌓여 있는 제니의 팝업북까지 보였다. 그게 실제 상황이었을까? 그렇다. 어떤 면에서는 실제 상황이었다. 그리고 평생 담배라고는 한 대도 피워본 적 없는 리사베스의 눈에는 맞은편 소파에 앉아 있는 젊은 경찰관들의 얼굴 밑에 숨겨진 까만 눈과 송곳니가 보이지 않을 것이다. 물을 흘리는 혹과 민머리 아래에서 열십자로 교차하며 펄떡거리는 시커먼 선도 보이지 않을 것이다.

모를 것이다. 보지 못할 것이다.

보지 못하니 얼마나 다행이야. 피어슨은 생각했다. 제발 평생 그대로이길.

그는 서쪽으로 가는 콘레일 화물열차라는 시커먼 괴물을 향해, 천천히 돌아가는 쇠바퀴 밑에서 나선형으로 피어오는 주황색 불꽃을 향해 휘청거렸다.

"달려요!" 모이라가 비명을 지르며 화차 입구 밖으로 좀더 몸을 내밀고 애원하듯 손을 뻗었다. "제발요, 브랜던……. 조금만 더 힘을 내요!"

"빨리 뛰어요, 굼벵이!" 캐머런이 소리를 질렀다. "빌어먹을 철책 조심하고요!"

못 하겠어. 피어슨은 생각했다. 빨리 뛰지 못하겠어, 철책을 조심하지 못하겠어, 더이상 못 하겠어. 그냥 눕고 싶어. 그냥 잠자고 싶어.

그때 듀크가 떠오르자 그는 좀더 속력을 낼 수 있었다. 듀크는 사

212

람들이 소심해져서 변절할 때가 있다는 걸, 우상처럼 느껴졌던 사람들도 그럴 때가 있다는 알 만큼 나이를 먹지는 않았지만 브랜던 피어슨의 팔을 잡고 비명을 지르지 못하도록 막아서 목숨을 구할 수 있을 만큼은 됐다. 듀크가 살아 있었다면 그가 이 바보 같은 조차장에 남겨지길 바라지 않았을 것이다.

그는 자신을 향해 달려드는 듯이 느껴지는 철책을 곁눈으로 확인하며 두 사람의 내민 손을 향해 마지막으로 전력 질주했고 캐머런의 손가락을 붙잡았다. 한 그는 겨드랑이를 꽉 붙든 모이라의 손을 느끼며 꾸물꾸물 올라가서 오른발을 화물차 안으로 넣자마자 철책이 지나갔다. 하마터면 구두에 발목까지 모두 날릴 뻔했다.

"소년 탐험단 전원 탑승하다." 그는 숨을 헐떡이며 말했다. "삽화는 N.C. 와이어스!"

"뭐라고요?" 모이라가 물었다. "방금 뭐라 그랬어요?"

그는 몸을 뒤집어서 팔꿈치를 딛고 들러붙은 머리칼 사이로 그들을 올려다보며 숨을 헐떡였다.

"아무것도 아니에요. 담배 있어요? 한 대 피우고 싶어서 죽겠는데."

그들은 몇 초 동안 아무 말 없이 그를 빤히 쳐다보다가, 서로를 쳐다보다가, 동시에 요란한 폭소를 터뜨렸다. 피어슨은 그거야말로 둘이 서로 사랑한다는 증거인가 보다고 해석했다.

그들이 서로 끌어안고 깔깔대며 화물차 바닥을 구르고 또 구르는 동안 피어슨은 일어나 앉아서 흙투성이로 너덜너덜해진 재킷 안주머니를 뒤지기 시작했다.

"아아아." 두 번째 주머니에서 익숙한 형체가 느껴지자 그는 탄성을 내뱉었다. 그는 꾸깃꾸깃한 담뱃갑을 끄집어서 내보였다. "승리를 위하여!"

뻥 뚫린 입구 너머의 어두컴컴한 공간에서 세 개의 조그만 잉걸불이 빨간색으로 이글거리는 가운데 유개화차는 서쪽으로 느릿느릿 매사추세츠를 가로질렀다. 일주일 뒤에 그들은 오마하에 도착해 매일 아침마다 시내를 한가롭게 거닐며 비가 쏟아지는 와중에도 야외에서 커피를 마시는 사람들을 관찰하고, 10시의 사람들을 찾고, 조 카멜을 따라서 어디론가 떠나버린 사라진 지파의 잔재를 추적했다.

십일월이 되자 스무 명이 라비스타의 버려진 철물점 뒷방에서 회의를 열었다.

그들은 이듬해 초에 카운실 블러프스의 강을 건너 첫 번째 습격을 감행했고 화들짝 놀란 중서부의 박쥐 은행원과 박쥐 중역을 처단했다. 많은 숫자는 아니었지만 브랜던 피어슨은 박쥐를 처단하는 것과 담배를 줄이는 것에는 최소 한 가지 공통점이 있다는 사실을 깨달았다. 어딘가에서부터 시작을 해야 한다는 것 말이다.

크라우치엔드

....

★★★

한밤중 런던에서 길 잃은 자를 노리는 크툴루의 부름.

그 여자는 새벽 2시 반이 되었을 무렵에야 떠났다. 크라우치엔드 경찰서 앞 토트넘레인 강은 죽은 강물이었다. 런던은 잠이 들었지만…… 런던은 깊은 잠을 자는 법이 없었고 뒤숭숭한 꿈을 꾸었다.

베터 순경은 수첩을 덮었다. 미국 여자가 이상한 이야기를 미친듯이 쏟아내기 시작할 때 이미 거의 다 쓴 수첩이었다. 그는 타자기와 그 옆 책꽂이에 쌓인 빈 서식 용지를 쳐다보았다.

"날이 밝으면 지금 들은 얘기가 얼마나 희한하게 느껴질까?"

파넘 순경은 콜라를 마시고 있었다. 그는 한참 동안 말이 없었다. "미국인이었죠?" 마침내 그가 이렇게 물었다. 그 한 마디면 그녀가 한 얘기의 대부분 또는 전부가 설명이 되기라도 하는 듯한 말투였다.

"잡무 파일로 분류되겠지." 베터는 맞장구를 치고 담배를 찾느라 두리번거렸다. "하지만……."

파넘은 웃음을 터뜨렸다. "그 얘길 믿으시는 건 아니죠? 왜 이러세요. 말도 안 되는 얘기잖아요!"

"나는 그렇다고 생각하지 않아, 절대. 하지만 자네는 얼마 전에 여기로 왔으니까."

파넘은 자세를 바로잡았다. 그는 스물일곱 살이었고 북쪽의 머스웰힐에서 이곳으로 전근 온 게 그의 잘못은 아니었다. 나이는 그의 두 배에 가깝고 크라우치엔드라는 런던의 조용하고 후미진 곳에서 평생을 특별한 사건 없이 보낸 베터의 잘못도 아니었다.

"그렇지도 모르죠, 선배님. 하지만, 외람된 말씀입니다만, 새빨간 거짓말은 보면…… 아니, 들으면 알 수 있다고 생각하는데요."

"담배나 한 대 줘봐." 베터가 재미있어하는 표정으로 얘기했다. "그래! 고맙네." 그는 새빨간 성냥갑에 담긴 나무 성냥으로 담뱃불을 붙이고, 꺼진 성냥을 파넘의 재떨이에 던졌다. 그는 피어오르는 연기 사이로 젊은 동료를 빤히 쳐다보았다. 젊은 시절에 훈훈했던 그의 외모는 오래전에 자취를 감추었다. 얼굴에는 깊은 주름이 졌고 코는 군데군데 끊긴 핏줄의 지도였다. 베터 순경은 밤마다 하프 맥주를 여섯 캔씩 마시는 걸 좋아했다. "자네는 크라우치엔드가 조용한 곳이라고 생각하지?"

파넘은 어깨를 으쓱했다. 사실 그는 크라우치엔드를 엄청나게 하품 나는 근교라고 생각했다. 남동생이었다면 '빌어먹을 지겹이 마을'이라고 불렀을 것이다.

"그래." 베터가 말했다. "그래 보이네. 그리고 자네 생각이 맞아. 대개 11시면 자러 들어가지. 하지만 나는 크라우치엔드에서 희한한 일들을 한두 번 목격한 게 아니야. 자네도 내 절반만큼만 여기서 근무하면 만만치 않게 목격하겠지. 이 조용한 여섯 내지 여덟 블록에서는 런던의 그 어떤 곳보다 희한한 일들이 많이 벌어지거든. 시사하는 바가 크지? 나도 알아, 하지만 진짜야. 그래서 겁이 나. 그래서 맥주를 마시지. 그러면 겁이 좀 덜 나거든. 가끔 고든 경사가 보이면 마흔에 왜 머리칼이 하얗게 세었을지 생각해봐. 아니면 페티를 보라고 하고 싶지만 그건 안 되겠지? 페티는 1976년 여름에 자살했으니까. 뜨거웠던 여름에. 그해 여름에는……." 베터는 알맞은 표현을 고르는 듯한 눈치를 보였다. "그해 여름에는 상황이 상당히 안 좋았거든. 아주 안 좋았지. 그들이 뚫고 나오지 않을까 걱정한 사람이 한두 명이 아니었어."

"누가 어딜 뚫고 나올까 봐서요?"

파넘이 물었다. 그는 입가에 비웃음이 지어지려는 게 느껴졌고 현명한 반응이 못 된다는 걸 알았지만 어쩔 수가 없었다. 어떻게 보면 베터도 미국 여자처럼 어이없게 횡설수설하고 있었다. 그는 예전부터 좀 묘한 구석이 있었다. 술 때문이었을 것이다. 그런데 잠시 후에 보니 베터가 그를 보며 웃고 있었다.

"나를 정신 나간 바보 늙은이 취급하고 있군그래."

"아닙니다, 그럴 리가요." 파넘은 속으로 앓는 소리를 내며 억울해했다.

"자네는 훌륭한 청년이야. 내 나이까지 이런 경찰서에서 책상을 지키고 있진 않을 거야. 계속 경찰 일을 하고 있으면. 자네 생각은 어때? 남고 싶은 마음이 있나?"

"네." 파넘이 대답했다. 진심이었다. 그는 그러고 싶은 마음이 있었다. 실라는 그가 경찰 옷을 벗고 안전한 곳에서 일해주길 바랐다. 예를 들면 포드 생산 라인이랄까. 그는 포드의 재수 없는 새끼들 대열에 합류하는 상상만 해도 뱃속이 단단하게 뭉쳤다.

"그럴 줄 알았네." 베터가 담배를 비벼서 끄며 말했다. "자네 적성에 잘 맞거든. 자네는 크게 될 거야. 이 재미없는 크라우치엔드에 머무르지도 않을 테고. 그래도 자네가 모르는 게 있거든. 크라우치엔드는 이상한 곳이야. 나중에 잡무 파일을 가끔 들춰봐, 파넘. 아, 대개는 평범한 사건들이야…… 히피인지 펑크인지 요즘에는 자칭 뭐라고 부르는지 모르겠지만 아무튼 그런 게 되겠다며 가출한 아이들…… 사라진 남편들(부인을 보면 대개 이유를 알 수 있지)…… 해결되지 않은 방화 사건…… 날치기…… 기타 등등. 하지만 중간에 간담이 서늘해질 만한 이야기들도 충분히 있거든. 속이 울렁거리는 사건도 있고."

"진담이세요?"

베터는 고개를 끄덕였다. "방금 전에 그 가엾은 미국 여자가 들려준 것과 비슷한 얘기도 있어. 그녀는 남편을 두 번 다시 만나지 못할 거야. 내 말 믿어도 좋아." 그는 파넘을 보고 어깨를 으쓱했다. "믿거나 말거나. 아무래도 상관없어. 파일은 저기 있어. 우리가 그걸 미결 파일이라고 부르는 이유는 잡무 파일이나 빌어먹을 파일이라고 하는 것보다 고상하기 때문이지. 찬찬히 읽어보게, 파넘. 읽어봐."

파넘은 아무 말도 하지 않았지만 '찬찬히 읽어볼' 작정이었다. 미국 여자가 한 얘기와 비슷한 사건이 한두 건이 아닐지 모른다니…… 충격적이었다.

"가끔은 말이지." 베터는 파넘의 실크 컷츠 담배를 또 한 대 슬쩍하며 말했다. "차원이라는 게 뭔지 궁금할 때가 있어."

"차원이요?"

"그래, 차원. SF 작가들은 항상 차원을 운운하잖아. SF 소설 읽어본 적 있나, 파넘?"

"아뇨." 파넘은 이게 교묘한 농담 따먹기 시간인가 보다고 결론을 내린 참이었다.

"러브크래프트는? 그의 작품 읽어본 적 있나?"

"이름도 처음 듣는데요." 파넘이 최근에 재미 삼아 읽은 소설은 빅토리아시대 소설을 모방한 『실크 속바지를 입은 두 신사』였다.

"러브크래프트라는 이 친구는 글에서 항상 차원을 다루거든." 베터는 이렇게 얘기하며 성냥갑을 꺼냈다. "우리하고 가까운 차원. 한번 보는 순간 인간의 이성을 잃게 만드는, 죽지 않는 괴물들로 가득한 곳. 물론 섬뜩한 헛소리지. 그런데 그쪽 세상의 누군가가 이곳으로 건너올 때마다 그게 정말 헛소리일지 궁금해진단 말이야. 지금처럼 고요한 늦은 밤이면 우리 세상이, 우리가 훌륭하고 평범하고 정상적이라고 생각하는 모든 것이 바람이 가득 든 큼지막한 가죽 공이 아닐까 싶거든. 군데군데 쓸려서 가죽이 거의 남지 않은 공. 장벽이 여기저기 얇아진. 무슨 말인지 알겠나?"

"네." 파넘은 생각했다. 아무래도 나한테 뽀뽀를 해줘야겠는걸, 베터 씨. 나는 헛소리를 들으면 뽀뽀를 하고 싶어지거든.

"그리고 생각하지, 크라우치엔드가 그 얇아진 곳인가 보다고. 황당하다는 건 알지만 그런 생각이 들어. 너무 상상력이 풍부한 거겠지. 우리 어머니도 입버릇처럼 그렇게 얘기하셨거든."

"그러셨어요?"

"응. 내가 또 무슨 생각이 드는지 아나?"

"아뇨. 전혀 모르겠는데요."

"하이게이트는 대체로 괜찮다는 생각. 머스웰힐이랑 하이게이트는 다른 차원과의 장벽이 두툼하다는 생각. 그러면 이제 아치웨이랑 핀스베리파크가 궁금해지지. 그 두 곳은 크라우치엔드와 맞닿아 있으니까. 두 마을에 내 친구들이 사는데, 친구들은 내가 말도 안 되는 것처럼 보이는 얘기에 관심이 많다는 걸 알아. 황당한 얘기를 지어내봐야 아무 득이 될 게 없는 사람들이 늘어놓는 황당한 얘기 말이지.

파넘, 자네는 아까 그 여자가 그게 사실이 아니라면 우리한테 왜 그런 얘기를 했을지 궁금하지 않던가?"

"글쎄요······."

베터는 성냥을 긋고 그 너머로 파넘을 쳐다보았다. "스물여섯 살의 젊고 예쁜 여자, 두 아이는 호텔에 있고 남편은 밀워키인가 어딘가에서 잘나가는 젊은 변호사. 그녀는 여기로 찾아와서 해머 영화사에서 만든 작품에서나 볼 수 있음직한 얘기를 늘어놓음으로써 무얼 얻을 수 있었을까?"

"모르겠네요." 파넘은 딱딱하게 대답했다. "하지만 무슨 이유가······."

"그래서 나는 생각하지." 베터는 그의 말을 무시했다. "이 '얇아진 지점'이 아치웨이와 핀스베리파크에서 시작되지만······ 가장 얇은 곳이 여기 크라우치엔드라고. 그리고 또 생각하지. 우리와 공 안의 뭔지 모를 것들을 갈라놓는 가죽이…… 완전히 닳아 없어지는 날이 오지 않을까. 그 여자가 한 얘기의 절반이라도 사실로 밝혀지는 날이 오지 않을까."

파넘은 아무 말도 하지 않았다. 그는 베터 순경이 손금과 관상과 연금술을 믿는 모양이라고 결론을 내렸다.

"잡무 파일을 읽어봐." 베터는 자리에서 일어났다. 그가 허리춤에 손을 넣어서 벅벅 긁는 소리가 들렸다. "나는 나가서 바람이나 좀 쏘이고 올게."

그는 어슬렁어슬렁 걸어나갔다. 파넘은 호기심과 분노가 섞인 눈빛으로 그의 뒷모습을 처다보았다. 베터는 살짝 맛이 간 인간이었다. 그런가 하면 빌어먹을 담배 거지이기도 했다. 복지국가를 표방하는 이 멋진 신세계에서는 담배가 저렴하게 구할 수 있는 물건이 아니었다. 그는 베터의 수첩을 집어서 그 여자가 한 얘기를 다시 훑어보기 시작했다.

그런 다음 잡무 파일을 뒤질 예정이었다.

심심풀이 삼아서.

정치적으로 올바른 표현을 쓰자면 젊은 여자라고 해야겠지만(요즘 미국인들은 그런 걸 따지는 눈치였다) 아무튼 그 아가씨는 축축하게 가닥가닥 얼굴을 덮은 머리칼과 퉁퉁 부은 눈을 하고 전날 밤 10시 15분에 지서로 들이닥쳤다. 핸드백 끈을 잡고 질질 끌고 왔다.

"로니, 제발 로니를 찾아주세요."

"최선을 다해보겠습니다." 베터가 말했다. "하지만 그전에 로니가 누군지 알려주셔야 하겠는데요."

"그이는 죽었어요. 나는 알아요, 그이가 죽었다는 걸."

그녀는 울음을 터뜨렸다. 그러다 잠시 후에는 웃음을 터뜨렸다. 사실상 킬킬거렸다. 자기 앞으로 핸드백을 떨어뜨렸다. 히스테리 상태였다.

주중 그 시각이라 경찰서에는 사람이 거의 없다시피 했다. 레이먼드 경사는 힐필드 애비뉴에서 축구공 문신을 잔뜩 새겼고 파란 머리로 한껏 멋을 부린 놈에게 어떤 식으로 핸드백을 날치기당했는지 섬뜩하리만치 차분하게 설명하는 파키스탄 여자의 얘기를 듣고 있었다. 베터는 파넘이 대기실에 있던 옛날 포스터(환영받지 못하고 태어난 아이를 품을 마음의 여유가 있으십니까?)를 치우고 새 포스터(야간에 안전하게 자전거를 타려면 지켜야 할 여섯 가지 수칙)를 붙인 다음 들어오는 걸 보았다.

베터는 파넘을 손짓해서 부르고, 미국 여자의 히스테리 환자 같은 목소리를 듣고 주위를 두리번거리는 레이먼드 경사에게는 그냥 있으라고 손짓했다. 소매치기의 손가락을 막대기 빵처럼 부러뜨리는 걸 좋아하는 레이먼드(이 불법적인 대처에 대해 추궁당하면 "아, 왜 이러시나. 오천만 명의 외국놈들이 설쳐대는데 난들 어쩌라고"라고 했다)는 히스테리 발작을 일으킨 여자에게 걸맞지 않았다.

"로니!" 그녀는 비명을 질렀다. "어떡해요, 로니가 끌려갔어요!"

파키스탄 여자는 고개를 돌려서 젊은 미국 여자를 잠깐 동안 차분하게 쳐다보더니 다시 레이먼드 경사에게로 고개를 돌리고 어떤 식으로 핸드백을 날치기 당했는지 설명을 계속했다.

"저기……."

파넘 순경이 말문을 열었다.

"도대체 이게 무슨 일일까요?"

그녀가 속삭였다. 숨을 가쁘게 헐떡였다. 이제 보니 그녀의 왼쪽 뺨에 살짝 긁힌 자국이 있었다. 그녀는 가슴이 작지만 앙증맞게 예쁘고 적갈색 머리가 풍성한 미인이었다. 입은 옷은 적당히 고급스러웠다. 구두는 한쪽 굽이 떨어져나갔다.

"도대체 이게 무슨 일일까요?" 그녀는 했던 말을 반복했다. "괴물들이……."

파키스탄 여자가 다시 쳐다보고는…… 미소를 지었다. 썩은 이가 드러났다. 미소는 마술사가 부린 요술처럼 사라졌고 그녀는 레이먼드가 내민 분실 및 도난 신고서를 받아들었다.

"이분이 마실 커피를 따라서 3번 방으로 들고 와." 베터가 말했다. "부인, 커피 한잔 드실 수 있겠습니까?"

"로니." 그녀가 속삭였다. "나는 알아요, 그이가 죽었다는 걸."

"자, 이제 테드 베터를 따라오세요. 얼른 사건을 정리해봅시다." 그는 이렇게 말하고 그녀를 부축해서 일으켜 세웠다. 그가 한쪽 팔로 허리를 감싸 안고 저쪽으로 안내하는 동안에도 그녀는 나지막이 끙끙대는 목소리로 계속 중얼거렸다. 굽이 나간 구두 때문에 걸음걸이가 불안했다.

커피를 따른 파넘은 긁힌 자국으로 뒤덮인 테이블과 의자 네 개가 있고 한쪽 구석에 정수기가 놓인 3번 방으로 들고 갔다. 커피를 여자 앞에 내려놓았다.

"자요." 그가 말했다. "마시면 흥분이 좀 가라앉을 거예요. 혹시 설탕 필요하시면……."

"못 마시겠어요." 그녀가 말했다. "제 능력으로는……." 그러더니 온기가 필요한 사람처럼 누가 블랙풀 기념품으로 샀다가 깜빡하고 두고 간 사기잔을 두 손으로 움켜쥐었다. 손을 어찌나 심하게 떠는지 파넘은 그러다 커피를 엎질러서 화상을 입기 전에 내려놓으라고 얘기하고 싶어졌다.

"제 능력으로는……."

그녀는 했던 말을 반복하고, 수프 그릇을 잡은 아이처럼 잔을 계속 두 손으로 쥔 채 커피를 마셨다. 그러고 나서 그들을 쳐다보았을 때 그녀는 아이의 눈빛을 하고 있었다. 단순하고 기진맥진하고 애원하는 눈빛…… 궁지에 몰린 아이의 눈빛이었다. 무슨 일이 벌어졌는지 몰라도 충격 때문에 어려진 듯했다. 보이지 않는 손이 하늘에서 내려와 그녀에게서 스무 살을 덜어가고 크라우치엔드의 이 조그맣고 하얀 취조실에 미국 어른 옷을 입은 아이를 남겨놓은 듯했다.

"로니. 괴물들. 저 좀 도와주실래요? 제발 저 좀 도와주실래요? 어쩌면 그이는 죽지 않았을지 몰라요. 어쩌면 그이는……."

그러더니 그녀는 느닷없이 "나는 미국 시민이에요!"라고 외치더니 굴욕적이기 짝이 없는 말을 내뱉기라도 한 듯 흐느껴 울기 시작했다.

베터가 그녀의 어깨를 토닥였다. "진정하세요, 부인. 저희가 로니를 찾아드릴 수 있을 겁니다. 남편이시죠?"

그녀는 계속 흐느끼며 고개를 끄덕였다.

"대니하고 노마는…… 보모랑 같이…… 호텔에 있어요…… 자고 있을 거예요…… 우리가 들어가면 그이가 뽀뽀해주길 바라면서……."

"진정하시고 무슨 일이 있었는지 얘기해주시면……."

"그리고 어디에서 그런 일이 벌어졌는지도요."

파넘이 덧붙였다. 베터는 미간을 찌푸리고 그를 휙 올려다보았다.

"하지만 그게 다예요! 어디에서 벌어진 일인지 모르겠어요! 무슨 일이 벌어졌는지도 잘 모르겠어요. 끔-끔-끔찍했다는 거 말고는."

베터가 수첩을 꺼냈다. "성함이 어떻게 되십니까?"

"도리스 프리먼요. 남편은 레너드 프리먼이에요. 인터컨티넨탈 호텔에 묵고 있고요. 미국 시민이에요." 이번에는 국적을 밝히자 조금 진정된 기미를 보였다. 그녀는 커피를 한 모금 마시고 머그잔을 내려놓았다. 이제 보니 그녀의 손바닥이 빨겠다. 지금은 그런 줄 느끼지도 못하겠지. 파넘은 생각했다.

베터는 그녀가 하는 말을 수첩에 열심히 적고 있었다. 그러다가 파넘 순경을 티 나지 않게 슬쩍 쳐다보았다.

"휴가차 오셨나요?" 그가 물었다.

"네…… 여기서 이 주, 스페인에서 이 주요. 바르셀로나에서 일주일 동안 있을 예정이었는데…… 하지만 이런 건 로니를 찾는 데 아무 도움이 되지 않잖아요! 왜 자꾸 한심한 질문을 하세요?"

"기본 정보를 파악하려는 겁니다, 프리먼 부인." 파넘이 말했다. 그들은 작정한 것도 아닌데 나지막이 달래는 듯한 목소리로 얘기하고 있었다. "이제 무슨 일이 있었는지 얘기해보세요. 본 대로 말씀해

주세요."

"런던에서는 택시 잡기가 왜 이렇게 힘들어요?"

그녀가 느닷없이 물었다.

파넘은 뭐라고 대답하면 좋을지 알 수 없었지만 베터는 논의에 걸맞은 질문이라도 되는 듯한 반응을 보였다.

"글쎄요, 부인. 관광객들 때문일 수도 있겠죠. 왜요? 여기 이 크라우치엔드까지 오는 데 애를 먹으셨나요?"

"네. 3시에 호텔을 나와서 해처즈에 갔거든요. 거기가 어딘지 아세요?"

"그럼요." 베터가 말했다. "으리으리한 대형 서점이죠?"

"인터컨티넨탈에서는 택시를 잡는 데 아무 문제가 없었어요…… 앞에 줄지어 서 있으니까요. 그런데 해처즈에서 나와보니 택시가 한 대도 없더라고요. 한참 만에 한 대가 와서 섰는데 로니가 크라우치엔드로 가달라니까 기사가 웃으면서 고개를 젓지 뭐에요."

"아, 근교로 가달라고 하면 싸가지 없게 나오는 기사들도 있죠, 죄송한 말씀입니다만."

파넘이 말했다.

"일 파운드를 더 주겠다는데도 싫다고 했어요." 도리스 프리먼이 말했다. 미국인답게 몹시 당혹스러워하는 말투였다. "거의 삼십 분을 기다린 다음에서야 가겠다는 기사를 만났어요. 5시 30분 아니면 45분이었는데. 그때 로니가 주소를 적은 쪽지를 잃어버렸다는 걸 알아차리고……."

그녀는 다시 머그잔을 움켜쥐었다.

"누굴 만나려고 하셨는데요?"

베터가 물었다.

"남편 동료요. 존 스퀘일스라는 변호사요. 저희 남편은 그를 만난 적이 없지만 두 회사가⋯⋯."

그녀는 애매하게 손짓을 했다.

"제휴 관계요?"

"네, 아마도요. 우리가 휴가 때 런던에 온다고 하니까 스퀘일스 씨가 같이 저녁을 먹자며 자기집으로 초대를 했어요. 로니는 연락할 일이 있으면 당연히 그의 사무실로 했지만 쪽지에 집주소를 적어놨거든요. 그런데 택시를 탄 다음에야 그걸 잃어버렸다는 걸 안 거예요. 기억나는 건 크라우치엔드였다는 것밖에 없었고요."

그녀는 숙연한 눈빛으로 그들을 쳐다보았다.

"크라우치엔드라니⋯⋯. 이름이 이상해요."

베터가 물었다. "그래서 어떻게 하셨습니까?"

그녀는 이야기를 시작했다.

이야기가 끝났을 때, 첫 번째 커피 잔은 물론 두 번째 잔까지 바닥을 보였고 베터 순경은 땅딸막한 괴발개발 글씨로 수첩을 여러 장 채웠다.

레너드 '로니' 프리먼은 거구의 사나이였고 기사에게 얘기를 하느라 까만색 택시의 널찍한 뒷자리에서 앞으로 몸을 숙이고 있었다. 그 모습이 그녀의 눈에는 대학교 4학년 때 대학 간 농구 시합에서 처음 만났을 때처럼 근사해 보였다. 무릎을 귀 근처까지 끌어올리고 큼지막한 손목에 달린 두 손을 다리 사이로 대롱대롱 늘어뜨린 채 벤치에 앉았던 그때와 다른 게 있다면 그때는 반바지 농구복을 입고 수건을 목에 두르고 있었지만 지금은 양복에 넥타이를 매고 있다는 사실이었다. 그녀도 애틋하게 기억하다시피 그는 실력이 아주 훌륭하지는 못했기 때문에 몇 게임 뛰지 못했다. 그런 그가 주소를 잃어버렸다는 것이었다.

기사는 주소를 잃어버렸다는 얘기를 허허 웃으며 받아들였다. 그는 구부정한 뉴욕의 택시 기사들과는 정반대로 회색의 여름용 정장을 나무랄 데 없이 갖추어 입은 나이 지긋한 남자였다. 머리에 쓰고 있는 체크무늬 모직 모자 혼자 튀었지만 기분 좋은 부조화였다. 덕분에 살짝 한량 같은 분위기를 풍겼다. 창밖에서는 차량들이 헤이마켓을 끊임없이 지나갔다. 근처 극장에서는 〈오페라의 유령〉 무한 공연이 계속 이어지고 있다고 광고했다.

"그럼 이렇게 하죠, 손님." 기사가 말했다. "크라우치엔드까지 가서 공중전화 앞에 차를 세우고 그분의 주소를 확인한 다음 제가 집 앞까지 모셔다드리는 걸로요."

"그럼 완벽하겠네요."

도리스가 말했고 진심이었다. 그들은 런던에 온 지 이제 육 일이 지났지만 이보다 더 친절하거나 교양 있는 사람을 만난 기억이 없었다.

"감사합니다." 로니는 인사하고 의자에 기대고 앉았다. 그는 도리스를 팔로 감싸 안고 미소를 지었다. "들었지? 아무 문제 없겠어."

"당신한테는 고맙지 않네요."

그녀는 으르렁거리는 척하며 그의 복부를 가볍게 때렸다.

"자." 기사가 말했다. "크라우치엔드로 출발합니다."

팔월 말이었고 한결같이 불어오는 뜨거운 바람이 쓰레기를 도로 이쪽에서 저쪽으로 날리고 퇴근하는 남자와 여자들의 재킷과 치맛자락을 흔들었다. 해가 아직 지지 않았지만 건물 사이로 반짝이는 햇살이 불그스름한 저녁 빛을 띠기 시작했다. 기사는 콧노래를 불렀다. 도리스는 로니의 팔에 편하게 몸을 기댔다. 지난 몇 년보다 이번 육 일 동안 그에 대해 더 많은 걸 알게 됐고 새롭게 발견한 모습들이 마음에 들어서 매우 기뻤다. 그녀 역시 외국 여행이 처음이었기 때문에 믿기지가 않아서 여기는 영국이고 나중에 바르셀로나에 간다는 걸 계속 상기해야 했다.

잠시 후에 해가 빌딩 숲 너머로 사라지자 그녀는 거의 곧바로 방향 감각을 잃었다. 런던에서 택시를 타면 그런 현상이 벌어졌다. 도시 자체가 어쩌고저쩌고 도로와 아파트와 언덕과 골목길과 심지어 술집들로 얼기설기 이루어진 미로와도 같아서 무슨 수로 길을 헤매지 않고 찾아다닐 수 있는지 신기할 따름이었다. 그녀가 전날 로니에게 이 얘기를 꺼내자 그는 다들 조심조심 찾아다니고 있다고…… 택시마다 대시보드 아래에 《런던 스트리트파인더》를 넣고 다니는 걸 보지 못했느냐고 했다.

그들은 지금까지 이렇게 길게 택시를 탄 적이 없었다. (같은 자리를 맴돌고 있는 듯한 착각에도 불구하고) 런던의 으리으리한 지역이 뒤로 멀어졌다. 인적이 완전히 끊겼다고 볼 수도 있는(그녀는 하얀색의 조그만 방에서 생각해보니 아니었다고 베터와 파넘에게 바로잡았다.

연석에 앉아서 성냥을 긋는 조그만 남자아이가 한 명 있었다고 했다.) 한 덩어리의 거대한 주택단지를 지나자 조그맣고 살짝 허름해 보이는 가게와 과일 노점들로 이루어진 동네가 등장했고 그러다 다시 으리으리한 지역이 펼쳐지는 듯했다. 이러니 외지인들 입장에서는 런던에서 운전하기가 혼란스러울 수밖에 없었다.

"심지어 맥도날드도 있었어요."

그녀는 스핑크스나 바빌론의 공중정원을 거론할 때나 어울림직한 말투로 베터와 파넘에게 얘기했다.

"그래요?"

베터는 적당히 놀라워하며 정중하게 대꾸했다. 그녀가 일종의 완전 기억 능력을 발동한 마당에 무슨 일이 있었는지 낱낱이 밝히기 전에는 분위기를 깨고 싶지 않았다.

맥도날드가 주요 특징인 으리으리한 동네가 멀어졌다. 잠깐 뻥 뚫린 구간으로 진입하자 짙은 주황색 공 모양으로 지평선 위로 내려앉은 태양이 묘한 빛으로 길거리를 물들여 행인들이 조만간 활활 타오를 듯이 느껴졌다.

"그때부터 모든 게 달라지기 시작했어요." 그녀의 목소리가 조금 작아졌다. 손이 다시 떨렸다.

베터는 집중한 표정을 지으며 몸을 앞으로 숙였다. "달라졌다고요? 어떤 식으로요? 모든 게 어떤 식으로 달라졌다는 건가요, 프리먼 부인?"

그녀는 신문 파는 가게 앞을 지났는데 야외 게시판에 "지하에서 벌어진 끔찍한 사건으로 60명 실종"이라고 적혀 있었다고 얘기했다.

"로니, 저것 좀 봐!"

"뭔데?" 그는 고개를 길게 뺐지만 신문 파는 가게는 이미 멀어졌다.

"'지하에서 벌어진 끔찍한 사건으로 60명 실종'이라고 되어 있었어. 지하라니 지하철을 얘기하는 걸까? 여기서는 전철을 그렇게 부르나?"

"응. 충돌 사고였대?"

"모르겠어." 그녀는 몸을 앞으로 숙였다. "기사님, 그게 무슨 소린지 아세요? 전철 충돌 사고가 났나요?"

"충돌 사고요? 저는 금시초문인데요."

"라디오 있나요?"

"택시에는 없어요."

"로니?"

"으응?"

하지만 그녀는 로니가 관심을 잃었다는 걸 알 수 있었다. 그는 존 스퀘일스의 주소가 적힌 쪽지를 찾으려고 주머니를 다시 뒤지는 중이었다(스리피스 정장을 입고 있었기 때문에 뒤져야 하는 주머니가 많았다).

게시판에 적혀 있었던 문구가 그녀의 머릿속에서 계속 맴돌았다. '지하에서 벌어진 끔찍한 사건으로 60명 사망'이라고 되어 있었어야 했다. 그런데…… "지하에서 벌어진 끔찍한 사건으로 60명 실종"이라니 어색했다. 예전에 바다에 수장된 선원들을 표현할 때 그랬듯이 사망이라고 하지 않고 '실종'이라고 했다.

지하에서 벌어진 끔찍한 사건.

꺼림칙했다. 묘지, 하수구, 그리고 물컹물컹하고 시끄러운 것들이 우르르 전철에서 뛰쳐나와 승강장에 서 있던 불운한 회사원들을 팔(아마 촉수겠지만)로 감싸 안고 어둠 속으로 끌고 가는 장면이 연상됐다.

그들은 우회전을 했다. 가죽 재킷을 입은 남자 셋이 길모퉁이에 오토바이를 세워놓고 서 있었다. 그들이 잠깐 택시를 쳐다보았는데, 이 각도에서는 지는 해가 거의 정면으로 그녀의 얼굴을 비치고 있었고 바이커들의 머리가 인간의 것으로 보이지 않았다. 그 순간에는 매끈한 생쥐 머리가 까만 가죽 재킷 꼭대기에 얹혀 있고 생쥐들이 까만 눈으로 택시를 쳐다보았다고 장담할 수 있었다. 물론 잠시 후에 햇빛의 각도가 살짝 달라지자 그녀의 착각이었다는 걸 깨달았다. 그들은 영국식 구멍가게 앞에서 담배를 피우는 세 명의 젊은 남자였다.

"다 왔네."

주머니를 뒤지다 포기한 로니가 창밖을 가리키며 말했다. 그들은 '크라우치힐 로드'라고 적힌 표지판을 지나고 있었다. 잠에 겨운 노부인 같은 분위기의 오래된 벽돌집들이 눈앞에 등장해 아무것도 없는 창문 너머로 택시를 내려다보는 듯이 느껴졌다. 아이들 몇 명이 두발자전거나 세발자전거를 타고 지나갔다. 또 다른 두 명은 스케이트보드를 타보려고 했지만 별 소득이 없었다. 퇴근한 아빠들이 한자리에 앉아서 담배를 피우고 대화를 나누며 아이들을 지켜보고 있었다. 모든 게 안심해도 될 만큼 평범해 보였다.

택시가 허름해 보이는 식당 앞에서 멈추어 섰다. 창문에 달린 작은 물방울무늬 간판에는 자격증 완비라고 적혀 있었고 그보다 훨씬 큰 중앙의 간판에는 커리 포장이 된다고 적혀 있었다. 창문 안쪽 선반에서 거대한 회색 고양이가 잠을 자고 있었다. 이 식당 옆에 공중전화가 있었다.

"도착했습니다, 손님. 친구분 주소를 알아내면 제가 어딘지 수소문할게요."

"그러죠."

로니가 말하고 택시에서 내렸다.

도리스는 안에 잠깐 앉아 있다가 다리도 풀 겸해서 따라 내렸다. 뜨거운 바람이 쉴 새 없이 불고 있었다. 치맛자락이 무릎을 때렸고 아이스크림 포장지가 정강이에 들러붙었다. 그녀는 얼굴을 찡그리며 포장지를 떼어냈다. 그러고 나서 고개를 들었을 때 판유리를 사이에 두고 커다란 회색 고양이와 정면으로 마주했다. 녀석도 속을 알 수 없는 한쪽 눈으로 그녀를 마주보았다. 얼굴 절반이 오래전에 치른 전투로 뜯겨 나가고 없었다. 남은 건 불그스름하게 뒤틀린 흉터와 백내장에 걸려서 부연 눈과 털 몇 움큼뿐이었다.

녀석이 유리창 너머에서 소리 없이 울었다.

그녀는 치밀어오르는 혐오감을 달래며 공중전화부스로 가서 지저분한 유리 안을 들여다보았다. 로니가 엄지와 검지로 동그라미를 만들어 그녀를 향해 들어 보이며 윙크를 했다. 그런 다음 10펜스짜리 동전을 구멍에 넣고 누군가와 통화를 했다. 그가 유리 너머에서 소리 없이 웃음을 터뜨렸다. 좀 전의 고양이처럼 그랬다. 그녀가 고개를 돌려보니 창문 앞에 아무도 없었다. 어두침침한 그 너머에서 테이블 위로 올려놓은 의자와 빗질을 하는 노인이 보였다. 그녀가 다시 고개를 돌려보니 조니가 뭔가를 적고 있었다. 그는 펜을 내려놓고 그 위에 주소가 적힌 게 보이는 쪽지를 들고 한두 마디 더 하다가 전화를 끊고 밖으로 나왔다.

그는 주소가 적힌 쪽지를 의기양양하게 흔들었다. "됐어, 여기로 가면……." 그가 그녀의 어깨 너머로 시선을 향했다가 미간을 찌푸렸다. "바보 같은 택시가 어디 갔지?"

그녀는 몸을 돌렸다. 택시가 보이지 않았다. 택시가 서 있었던 자리에 이제는 연석과 하수구 위에서 나른하게 흩날리는 종이 몇 개만 남았다. 도로 맞은편에서 두 아이가 서로 끌어안고 낄낄거리고 있었다. 도리스는 한 아이의 손이 기형이라는 걸 알아차렸다. 손이라기보다 집게발에 가까웠다. 그녀는 국립 보건원에서 챙겨야 하는 문제가 아닌가 하는 생각을 했다. 아이들은 도로 맞은편으로 고개를 돌렸다가 그녀가 자기들을 쳐다보고 있는 걸 보더니 다시 끌어안고 낄낄거렸다.

"나도 모르겠어."

도리스가 말했다. 그녀는 혼란스럽고 살짝 바보가 된 기분이 들었다. 더위, 갑자기 거세지지도 않고 잔잔해지지도 않고 끊임없이 불어오는 바람, 거의 물감으로 칠한 듯이 느껴지는 햇빛…….

"그때가 몇 시였나요?"

파넘이 느닷없이 물었다.

"모르겠어요." 장황하게 설명하다가 화들짝 놀라서 깬 도리스 프리먼이 말했다. "6시쯤 됐을 거예요. 아니면 6시 20분이요."

"그렇군요. 계속하세요." 파넘은 이렇게 얘기했지만 팔월에는 아무리 일찍 잡아도 7시는 지나야 해가 지기 시작한다는 걸 알고 있었다.

"아니, 뭐하자는 짓이지?" 로니가 계속 두리번거리며 물었다. 짜증을 내면 택시가 펑 하고 다시 등장하기라도 할 듯이 그랬다. "그냥 태우고 왔다가 가버리다니."

"당신이 손을 들었을 때 말이야." 도리스는 손을 들고 로니가 공중전화부스 안에서 그랬듯이 엄지와 검지로 동그라미를 만들었다. "그걸 가라는 뜻으로 해석한 거 아닐까?"

"요금이 2파운드 50펜스가 나왔는데 그 정도로 손을 든 걸 보고 그냥 갈 리 없지." 로니는 툴툴거리며 연석 쪽으로 다가갔다. 크라우치힐 로드 맞은편에서 두 아이가 계속 키득대고 있었다. "어이!" 로니가 불렀다. "얘들아!"

"아저씨 미국 사람이죠?"

집게발이 달린 아이가 물었다.

"응." 로니는 웃는 얼굴로 대답했다. "여기 서 있던 택시 봤니? 그 택시가 어디로 가는지 봤니?"

두 아이는 생각해보는 듯했다. 남자아이의 친구는 대충 땋은 갈색 머리가 서로 반대 방향으로 뻗쳤고 다섯 살쯤 되어 보이는 여자아이였다. 아이가 한 걸음 다가와서 손을 확성기 모양으로 만들어 입에 대고 웃으며, 손으로 만든 메가폰에 대고 웃는 얼굴로 빽 소리를 질렀다.

"꺼져라, 이놈아!"

로니의 입이 떡 벌어졌다.

"경례! 경례! 경례!"

남자아이는 꽥꽥거리며 기형인 손으로 미친듯이 경례를 했다. 그러고는 모퉁이를 돌아서 도망치자 아이들은 사라지고 웃음소리만 메아리쳤다.

로니는 놀라서 아무 말도 못하고 도리스만 쳐다보았다.

"크라우치엔드에는 미국인에 열광하지 않는 아이들도 있나 봐."

그가 설득력 없는 목소리로 말했다.

그녀는 신경질적으로 주변을 두리번거렸다. 길거리에 이제 아무도 없는 듯했다.

그가 한쪽 팔로 그녀를 감싸 안았다. "흠, 아무래도 하이킹을 해야 할 모양이다."

"그래도 될까? 그 아이들이 가서 오빠나 형을 데려올 수도 있잖아." 그녀는 농담이라는 뜻에서 웃음을 터뜨렸지만 귀에 거슬리는 소리가 났다. 해가 지면서 비현실적인 분위기를 풍기는 것도 마음에 들지 않았다. 호텔에 있을 걸 그랬다는 생각이 들었다.

"달리 방법이 없잖아. 길거리에 택시가 넘쳐나는 것도 아니고."

"로니, 택시 기사가 왜 그런 식으로 우리를 버리고 갔을까? 엄청 친절해 보였는데."

"전혀 짐작도 못 하겠네. 하지만 존이 길을 자세하게 알려줬어. 브라스엔드라는 아주 조그만 막다른 골목길에 사는데《스트리트파인

238

더》에도 소개되지 않는 곳이래." 그는 이렇게 얘기하면서 커리를 포장해서 파는 식당과 이제 아무도 없는 연석 반대편으로 앞장섰다. 그들은 다시 크라우치힐 로드로 나섰다. "힐필드 애비뉴로 우회전한 다음 길 중간에서 좌회전, 그런 다음 첫 번째 네거리에서 우회전…… 아니, 좌회전이었나? 아무튼 페트리 스트리트로 가면 돼. 거기서 두 번째 네거리에서 좌회전을 하면 브라스엔드야."

"그걸 다 외웠단 말이야?"

"내가 주요 증인이잖아."

그가 의연하게 얘기하자 그녀는 웃음을 터뜨리는 수밖에 없었다. 로니는 분위기를 좋게 만드는 재주가 있었다.

경찰서 로비에는 《런던 스트리트파인더》에 실린 것보다 상당히 자세한 크라우치엔드 지도가 벽에 붙어 있었다. 파넘은 지도 앞으로 다가가 손을 주머니에 넣고 들여다보았다. 경찰서가 이제는 아주 고요했다. 베터는 뇌에 낀 이끼를 씻어내고 있는지 아직 밖에서 들어오지 않았고 레이먼드는 핸드백을 날치기 당한 여자의 조서 작성을 마친 이후로 한참 동안 감감무소식이었다.

파넘은 (여자의 진술이 사실이라는 가정 아래) 택시가 그들을 내려주었음직한 지점을 손가락으로 짚었다. 여기서 그들의 친구네 집까지 가는 길은 상당히 간단해 보였다. 크라우치힐 로드에서 힐필드 애비뉴로, 거기서 비커스 레인으로 좌회전을 한 다음 페트리 스트리트로 다시 좌회전. 누군가가 페트리 스트리트에 갖다 붙인 것처럼 생긴 브라스엔드는 집이 여섯 채 아니면 여덟 채 정도 들어갈 만한 길이밖에 안 됐다. 모두 합해서 1.5킬로미터쯤 됐다. 아무리 미국인이라도 헤매지 않고 찾아갈 수 있을 만한 거리였다.

"레이먼드 경사님! 아직 계시죠?"

레이먼드 경사가 들어왔다. 사복으로 갈아입고 가벼운 포플린 바람막이를 입고 있었다. "이제 막 퇴근하려던 참인데, 꽃미남."

"왜 이러세요."

파넘은 말은 이렇게 했지만 웃는 얼굴이었다. 레이먼드는 조금 위협적이었다. 좋은 사람과 악당을 나누는 경계선에 너무 바짝 다가서 있다는 것을 한눈에 알 수 있는 섬뜩한 인간이었다. 왼쪽 입가에서 거의 울대뼈까지 두툼한 끈처럼 생긴 하얀색 흉터가 구불구불 이어졌다. 그는 소매치기가 깨진 병을 휘두르는 바람에 하마터면 목이 잘릴 뻔한 적이 있었다고 했다. 그들의 손가락을 부러뜨리는 이유가 그 때문이라고 했다. 파넘이 보기에는 개소리였다. 레이먼드가 그들의 손가락을 부러뜨리는 이유는 관절이 꺾일 때 나는 소리를 좋아하기 때문이었다.

"담배 있어?" 레이먼드가 물었다.

파넘은 한숨을 쉬고 그에게 한 대 건넸다. 그는 불을 붙여주면서 물었다. "크라우치힐 로드에 커리를 파는 식당이 있나요?"

"내가 알기로는 없어, 사랑하는 귀염둥이 후배님."

"저도 그렇게 알고 있거든요."

"무슨 문제 있나?"

"아뇨."

파넘은 떡이 진 도리스 프리먼의 머리칼과 그를 응시하던 눈빛을 떠올리며 조금 날카롭다 싶은 목소리로 대답했다.

크라우치힐 로드의 끝에 다다랐을 때 도리스와 로니 프리먼은 힐 필드 애비뉴로 방향을 꺾었다. 양옆으로 으리으리하고 우아해 보이는 주택들이 이어졌지만 그녀는 껍데기만 그렇고 안은 아파트와 원룸으로 칼같이 나뉘어져 있을 거라고 생각했다.

"지금까지는 순조롭게 진행되고 있네." 로니가 말했다.

"응, 그러게……." 그녀가 말문을 열었을 때 나지막한 신음 소리가 들렸다.

두 사람은 걸음을 멈추었다. 높다란 산울타리가 조그만 마당을 에워싸고 있는 바로 오른편에서 나는 소리였다. 소리가 나는 쪽으로 로니가 걸음을 옮기자 그녀가 팔을 잡았다.

"로니, 안 돼!"

"안 된다니 그게 무슨 소리야? 다친 사람이 있나 본데."

그녀는 안절부절못하며 그를 따라갔다. 산울타리가 높았지만 얇았다. 그가 나무를 옆으로 헤치자 가장자리에 꽃이 심어진 사각형의 조그만 잔디밭이 드러났다. 잔디가 아주 파릇파릇했다. 정중앙에 연기가 모락모락 나는 시커먼 땅이 있었다. 그녀가 맨 처음에 받은 느낌으로는 그랬다. 로니의 키가 너무 커서 어깨 너머로는 볼 수가 없었기에 옆으로 다시 확인해보니 어렴풋이 인간의 형체를 띤 구멍이었다. 거기서 덩굴손 같은 연기가 피어오르고 있었다.

지하에서 벌어진 끔찍한 사건으로 60명 실종. 그녀는 퍼뜩 생각이 났다.

그 구멍에서 신음 소리가 나고 있었고 로니는 울타리를 헤치고 건너가려고 했다.

"로니. 부탁이야. 가지 마."

"다친 사람이 있잖아."

그가 좀 전에 했던 말을 반복하고 울타리 저편으로 건너가자 뭔가가 뻣뻣하게 찢기는 소리가 났다. 구멍 쪽으로 다가가는 그의 모습이 잠깐 보였지만 울타리가 탁 하는 소리와 함께 제자리로 돌아오자 움직이는 그의 형체가 어렴풋이 보이고 그뿐이었다. 그녀는 따라서 건너가려다 짧고 뻣뻣한 나뭇가지에 긁히고 말았다. 그녀는 민소매 블라우스를 입고 있었다.

"로니!" 그녀가 외쳤다. 덜컥 겁이 났다. "로니, 가지 마!"

"잠깐만, 여보!"

집이 산울타리 위에서 무심하게 그녀를 내려다보았다.

신음 소리가 계속 이어졌지만 이제는 목구멍 깊숙한 곳에서 나지막이 흘러나오는, 좋아하는 소리처럼 들렸다. 로니의 귀에는 그게 안 들리는 걸까?

"거기 누구 있어요?" 로니가 묻는 소리가 들렸다. "아무도…….어? 이봐요! 맙소사!" 그러고는 로니가 갑자기 비명을 질렀다. 그녀는 지금까지 로니가 비명을 지르는 걸 들어본 적이 없었기에 다리에서 힘이 풀렸다. 그녀는 울타리 사이로 난 구멍이나 길이 없는지 미친듯이 두리번거렸지만 보이지 않았다. 눈앞에서 여러 장면이 소용돌이쳤다. 잠깐 동안 생쥐로 보였던 바이커들, 얼굴이 물어뜯겨서 불그스름하게 변한 고양이, 손 대신 집게발이 달린 아이.

로니! 그녀는 비명을 지르려고 했지만 아무 소리도 나지 않았다.

이제 몸싸움을 벌이는 소리가 들렸다. 신음 소리는 멎었다. 울타리 저편에서 축축하고 질척질척한 소리가 들렸다. 그러다 누군가가 어마어마한 힘으로 떠밀기라도 한 듯 칙칙한 초록색의 뻣뻣한 울타리를 뚫고 로니가 돌아왔다. 양복 재킷 왼쪽 팔이 너덜너덜했고 잔디밭의 구덩이에서 그랬듯이 연기를 피워 올리는 까만색의 무언가가 줄줄 흐르고 있었다.

"도리스, 도망쳐!"

"로니, 이게 무슨……."

"도망쳐!" 그의 얼굴이 백지장처럼 창백해졌다.

도리스는 미친듯이 두리번거리며 경찰을 찾았다. 아무라도 찾았다. 하지만 힐필드 애비뉴는 버려진 도시처럼 어떤 생명체도 인기척도 찾아볼 수 없었다. 산울타리를 흘끗 돌아보자 그 뒤에서 움직이는 무언가가 그녀의 눈에 들어왔다. 그냥 시커먼 게 아니라 흑단 같았고 빛의 대척점 같았다.

그것이 철벅거리고 있었다.

잠시 후 짧고 뻣뻣한 가지들이 부스럭거리기 시작했다. 그녀는 최면에 걸린 사람처럼 멍하니 바라보았다. 로니가 그녀의 팔을 와락 붙잡고 고함을 지르지 않았다면—그렇다, 아이들 앞에서조차 언성 한 번 높인 적 없는 로니가 고함을 질렀다—그녀는 아직까지 그 자리에 서 있었을지 모른다(그녀가 베터와 파넘에게 얘기한 바로는 그랬다). 그 자리에 서 있든지 아니면…….

하지만 그들은 도망쳤다.

어디로요? 파넘이 물었지만 그녀는 알지 못했다. 로니가 공포와 충격으로 혼비백산했다는 것만 알 수 있을 따름이었다. 그가 수갑처럼 그녀의 손목을 움켜잡았다. 그들은 산울타리 너머로 우뚝 서 있는 집을 피해, 잔디밭에서 연기를 피우는 구멍을 피해 도망쳤다. 그것만큼은 확실했다. 나머지는 연속적으로 이어지는 희미한 잔상에 불과했다.

처음에는 달리기가 힘에 부쳤지만 내리막길로 접어들면서 쉬워졌다. 그들은 모퉁이를 돌고 또 돌았다. 현관은 높고 초록색 커튼은 닫힌 회색 집들이 앞을 보지 못하는 포로처럼 그들을 바라보는 듯이 느껴졌다. 그녀는 로니가 시커먼 끈끈이가 덕지덕지 묻은 재킷을 벗어서 내동댕이쳤던 걸 기억에 담았다. 마침내 좀더 넓은 도로가 등장했다.

"그만." 그녀는 숨을 헐떡였다. "그만, 더는 못 뛰겠어!" 그녀는 붙잡히지 않은 쪽 손을 옆구리에 대고 눌렀다. 시뻘겋게 달구어진 못이 박힌 듯했다.

그도 달리기를 멈추었다. 그들은 주택가에서 벗어나 크라우치 레인과 노리스 로드가 만나는 모퉁이에 서 있었다. 노리스 로드의 저편에 슬로터 토운까지 1.5킬로미터밖에 안 남았다는 표지판이 있었다.

슬로터 타운요? 베터가 물었다.

아니요. 도리스 프리먼이 말했다. 슬로터 토운요.

레이먼드는 파넘에게 얻어 피운 담배를 눌러서 껐다. "이제 퇴근한다." 그는 선언하고 파넘을 좀더 유심히 들여다보았다. "우리 귀염둥이, 몸 좀 잘 챙겨야겠어. 눈 밑에 다크서클이 장난 아니네. 거기에 맞춰서 손바닥에서도 털이 자라는 건 아니겠지?" 그는 껄껄대고 웃었다.

"크라우치 레인이라고 들어보셨어요?" 파넘이 물었다.

"크라우치힐 로드겠지."

"아뇨, 크라우치 레인요."

"못 들어봤는데."

"노리스 로드는요?"

"베이싱스토크의 번화가에서 갈라져 나온⋯⋯."

"아뇨, 여기서요."

"아니⋯⋯. 여기서는 못 들어봤어, 귀염둥이."

왠지 모르겠지만―그 여자의 잔상이 머릿속을 어지럽혔다―파넘은 집요하게 따지고 들었다. "슬로터 토운은요?"

"토운? 타운이 아니라?"

"네."

"못 들어봤어. 하지만 그런 표지판이 보인다면 멀찌감치 돌아가겠지."

"왜요?"

"왜냐하면 고대 드루이드 용어에서 토운은 제물을 바치던 곳이거든. 간과 허파를 적출했던 곳."

이 말을 끝으로 레이먼드는 바람막이 지퍼를 올리고 미끄러지듯 사라졌다.

파넘은 심란한 마음을 달래며 그의 뒷모습을 바라보았다. 마지막에 한 말은 그가 지어낸 말이겠지. 그는 속으로 중얼거렸다. 시드 레이먼드 같은 돌대가리가 드루이드에 대해 아는 게 있다 한들 못대가리에 새기고도 주기도문을 옆에 적을 수 있을 만한 수준일 거야.

그렇다. 그리고 그가 어디서 주워들은 그 정보가 맞다 하더라도 변함없는 사실이 있다면 그 여자가…….

"미쳐가고 있나 봐."

로니가 부들부들 떨며 웃음을 터뜨렸다.

도리스는 좀 전에 손목시계를 확인했고 8시 십오 분 전이나 됐다는 걸 알았다. 햇빛이 달라졌다. 선명한 주황색에서 짙고 탁한 붉은색으로 바뀌어서 노리스 로드의 가게 유리창에 눈이 부시게 반사됐고 도로 맞은편의 교회 뾰족탑에 엉긴 피를 발랐다. 태양은 납작하게 눌린 공 모양으로 지평선에 걸쳐졌다.

"거기서 무슨 일이 있었어? 그게 뭐였어, 로니?"

"재킷까지 잃어버렸네. 어떻게 이럴 수가 있지?"

"잃어버린 거 아니야. 벗어서 던졌지. 온통…….'

"바보 같은 소리 하지 마!" 그는 퉁명스럽게 쏘아붙였다. 하지만 눈빛은 퉁명스럽지 않았다. 부드러웠고 충격에 휩싸였고 이리저리 움직였다. "잃어버린 거야."

"로니, 울타리를 헤치고 들어갔을 때 무슨 일이 있었어?"

"아무 일도 없었어. 그 얘기는 하지 말자. 여기가 어디야?"

"로니…….'

"기억이 나지 않아." 그가 좀더 부드러운 목소리로 말했다. "온통

하얘. 우리가 거길 지나갔고…… 무슨 소리가 들렸고…… 그러다 정신을 차리고 보니 내가 달리고 있었어. 기억나는 게 그게 전부야." 그러고 나서 그는 겁에 질린 어린애 같은 투로 덧붙였다. "내가 왜 재킷을 버렸겠어? 내가 좋아하는 재킷이었는데. 바지랑 한 세트였고." 그는 고개를 뒤로 젖히고 겁에 질린 정신병자처럼 웃음을 터뜨렸다. 도리스는 그가 울타리 너머에서 뭘 봤는지 몰라도 그 때문에 부분적으로나마 정신이 이상해졌음을 알았다. 그녀도 그걸 보았다면…… 그렇게 되지 않았을 거라고 장담할 수 없었다. 상관없었다. 그들은 여기에서 탈출해야 했다. 아이들이 있는 호텔로 돌아가야 했다.

"택시 잡자. 집에 가고 싶어."

"하지만 존이……." 그가 말문을 열었다.

"존은 됐어! 이상해. 여기는 모든 게 이상해. 택시 타고 집에 가고 싶어!"

"그래, 알았어. 좋아." 로니는 떨리는 손으로 이마를 쓸었다. "나도 찬성이야. 그런데 한 가지 문제가 있다면 택시가 없다는 거지."

넓고 자갈이 깔린 노리스 로드에는 지나가는 차량이 한 대도 없었다. 도로의 정중앙에 오래된 전차 선로가 깔려 있었다. 전차 선로 저편의 꽃가게 앞에 바퀴 세 개짜리 구닥다리 장애인용 자동차가 주차되어 있었다. 그들 쪽의 저 끝에는 야마하 오토바이가 받침다리를 버팀목 삼아서 삐딱하게 세워져 있었다. 그게 전부였다. 차 소리가 들리기는 했지만 멀었고 분산돼 있었다.

"보수 공사하느라 도로를 폐쇄한 모양이지."

로니는 중얼거리고 평소에는 더할 나위 없이 느긋하고 자신감 넘치는 사람답지 않게 수상한 행동을 보였다. 누군가가 쫓아오고 있지는 않은지 겁이 난 사람처럼 어깨 너머를 돌아보았다.

"걸어가자." 그녀가 말했다.

"어디로?"

"아무데로든. 크라우치엔드에서 먼 곳으로. 여기서 빠져나가는 택시를 잡을 수 있을 거야." 문득 다른 건 몰라도 그것만큼은 확신할 수 있었다.

"알았어."

그는 그녀에게 전권을 위임하는 데 전혀 이의가 없는 눈치였다.

그들은 노리스 로드를 따라서 저물어가는 태양을 향해 걷기 시작했다. 멀리서 차 소리가 꾸준히 들렸다. 작아지지도 않고 커지지도 않았다. 꾸준히 불어오는 바람과 똑같았다. 텅 빈 거리가 그녀의 신경을 건드리기 시작했다. 그녀는 감시를 당하는 기분을 떨쳐버리려고 했지만 떨쳐버릴 수가 없었다. 그들의 발소리가

(지하에서 벌어진 끔찍한 사건으로 60명 실종)

메아리쳐서 되돌아왔다. 산울타리 너머에서 있었던 일로 머릿속이 점점 더 복잡해졌기에 결국 그녀는 다시 물어보는 수밖에 없었다.

"로니, 거기 뭐가 있었어?"

그는 "기억이 나지 않아. 그리고 기억하고 싶지도 않고" 이렇게 대답하고는 그만이었다.

그들은 문을 닫은 슈퍼마켓 앞을 지났다. 쪼그라든 뒤통수처럼 생긴 코코넛이 쇼윈도에 쌓여 있었다. 그들은 빨래방 앞을 지났다. 색

이 바란 분홍색 석고보드 벽에서 떼어낸 하얀색 세탁기들이 죽어가는 잇몸과 분리된 정사각형 치아처럼 보였다. 그들은 앞쪽에 가게 임대 푯말이 달려 있고 비눗물로 줄무늬가 생긴 쇼윈도 앞을 지났다. 비눗물 줄무늬 뒤에서 무언가가 움직였다. 불그스름한 전투의 흉터가 털북숭이 얼굴에 남은 고양이가 그 뒤에서 도리스를 빠히 쳐다보았다. 아까 그 회색 고양이었다.

그녀가 째깍째깍 돌아가는 머릿속을 들여다보니 공포가 서서히 쌓여갔다. 내장이 뱃속에서 느릿느릿 원을 그리고 또 그리는 느낌이었다. 독한 구강 청정제를 삼키기라도 한 듯 입에서 톡 쏘는 불쾌한 맛이 느껴졌다. 노리스 로드의 자갈길이 석양 속에서 또 피를 흘렸다.

그들은 굴다리를 향해 다가가고 있었다. 그 밑은 어두컴컴했다. 안 돼. 그녀의 머리가 사무적으로 통보했다. 저 밑으로 못 들어가. 거기 뭐가 있을지 모르잖아. 못 들어가니까 그렇게 알아.

머릿속 또 다른 한구석에서는 왔던 길을 되짚어서 떠돌이 고양이가 있는 텅 빈 가게와(그 고양이가 무슨 수로 식당에서 여기로 이동했을까? 궁금해하지도 말고 너무 깊게 고민하지도 말아야 하는 문제였다) 난장판이 된 입속을 닮은 기괴한 빨래방과 쪼그라든 머리들이 쌓여 있는 슈퍼마켓을 지나갈 수 있겠느냐고 물었다.

그들은 이제 굴다리에 가까워졌다. 골백색을 칠한 육 량짜리 열차가 신랑을 맞으러 미친듯이 달려가는 신부처럼 갑작스럽게 그 위를 질주했다. 바퀴에서 선명한 불똥이 튀었다. 두 사람 모두 자기도 모르게 뒤로 펄쩍 뛰었지만 비명을 지른 쪽은 로니였다. 그녀는 그를 쳐다보고 지난 한 시간 새 그가 지금까지 본 적 없는 사람, 지금까지 상상하지도 못했던 사람으로 달라졌음을 알아차렸다. 햇빛의 농간이라고 그녀의 능력이 허락하는 한도 내에서 최대한 단호하게 속으로 중얼거렸지만 어쩐된 영문인지 희끗희끗해진 머리칼이 판단의 근거였다. 로니는 돌아갈 수 있는 심리 상태가 아니었다. 그러니까 굴다리로 들어갈 수 있는 심리 상태가 아니었다.

"가자." 그녀는 얘기하고 그의 손을 잡았다. 그녀의 손도 떨리고 있다는 걸 그가 느끼지 못하게 무뚝뚝하게 잡았다. "매도 먼저 맞는 게 낫다잖아." 그녀가 전진하자 그도 고분고분 따라왔다.

굴다리를 거의 빠져나왔을 때―아주 짧은 굴다리였고 어이없게도 그녀는 안도감을 느꼈다―누군가가 그녀의 위팔을 덥석 잡았다.

그녀는 비명을 지르지 않았다. 폐가 종이봉투처럼 찌그러져버린 듯했다. 그녀의 이성은 몸을 두고 그냥…… 날아가버리고 싶어 했다. 로니의 손이 그녀의 손과 떨어졌다. 그는 모르는 눈치였다. 그는 그대로 굴다리 밖으로 걸어나갔다. 핏빛으로 이글거리는 석양을 배경으로 키가 크고 멀쑥한 그의 실루엣이 보이는가 싶더니 바로 다음 순간에 사라져버렸다.

그녀의 팔을 붙잡은 손은 유인원의 손처럼 털북숭이였다. 그 손이 거무스름한 콘크리트 벽에 기대고 웅크리고 있는 어떤 형체를 향해 그녀를 가차없이 돌려세웠다. 굴다리를 받치는 두 개의 콘크리트 기둥이 두 겹으로 그림자를 드리운 가운데 그녀의 눈에 보이는 것이라고는 어떤 형체뿐이었다. 어떤 형체와…… 야광처럼 번뜩이는 초록색 눈뿐이었다.

"담배 하나만 주시지."

허스키한 런던 토박이의 목소리가 들렸고, 날고기와 기름에 튀긴 프렌치프라이와 깡통 바닥에 남은 찌꺼기처럼 달짝지근하면서도 지독한 냄새가 났다.

초록색 눈은 고양이의 눈이었다. 그녀는 문득 웅크리고 있는 형체가 그림자 밖으로 나오면 백내장에 걸려서 부연 눈과 분홍색으로 길쭉하게 솟은 흉터와 촘촘하게 박힌 회색 털이 보일 게 분명하다는 생각이 들었다.

그녀가 팔을 떼어내고 뒷걸음질치자 무언가가 그녀의 옆을 미끄러져 지나는 게 느껴졌다. 손일까? 발톱일까? 침을 뱉고 쉭쉭거리는 소리가⋯⋯.

또 한 대의 열차가 머리 위에서 질주했다. 골이 흔들릴 정도로 요란했다. 검댕이 검은 눈처럼 떨어졌다. 그녀는 아득한 공포를 느끼며 그날 저녁 들어 두 번째로 어디를 향해 얼마만큼 가야하는지 모르는 채 도망쳤다.

로니가 보이지 않는다는 데 정신이 번쩍 들었다. 그녀는 지저분한 벽돌담에 주저앉다시피 해서 거친 숨을 몰아쉬었다. 여전히 모리스 로드였지만(그녀는 두 경찰관에게 그렇게 생각했다고 얘기했다. 넓은 도로에 여전히 자갈이 깔려 있었고 전차 선로가 여전히 정중앙을 가르고 있었다.) 버려진 채 무너져가던 상점들이 이제는 버려진 채 무너져가는 창고로 바뀌었다. 도글리시 앤드 선즈. 검댕을 뒤집어쓴 어느 간판에는 이렇게 적혀 있었다. 또 다른 간판에는 빛 바랜 벽돌 위에 초록색으로 알하자드*라는 이름이 선명하게 새겨져 있었다. 그 이름 아래에 꼬부랑 아랍어와 대시 기호가 잇따라 적혀 있었다.

"로니!"

그녀는 큰 소리로 외쳤다. 사방이 고요한데도 그 소리가 반향을 일으키지도 멀리까지 울려 퍼지지도 않았다(아니, 완벽한 정적은 아니었다고 그녀는 그들에게 얘기했다. 차 소리가 계속 들렸고 어쩌면 전보다 가까워졌을 수도 있었지만 많이 그렇지는 않았다). 그녀의 남편을 상징하는 단어가 그녀의 입에서 나오자마자 돌처럼 발치로 떨어지는 느낌이었다. 핏빛 석양이 서늘한 잿빛의 땅거미로 바뀌었다. 여기가 아직 크라우치엔드인지 모르겠지만 크라우치엔드에서 밤을 맞이해야 할지 모른다는 생각이 처음으로 떠오르자 다시금 공포가 엄습했다.

그녀는 베터와 파넘에게 공중전화부스 앞에 도착한 이후로 마지막 공포를 느끼기까지 알 수 없는 시간 동안 곰곰이 생각하거나 논리적으로 고민한 적이 없었다고 얘기했다. 겁에 질린 동물처럼 단순하게 반응만 했다. 게다가 이제는 혼자였다. 그녀는 로니를 되찾고 싶었다. 그것만큼은 확실했지만 그 이상은 거의 아무것도 알 수가 없었다. 그녀는 케임브리지 서커스에서 반경 팔 킬로미터 안에 있는 이 일대에 인기척이 없는 이유를 궁금해할 생각조차 하지 못했다.

도리스 프리먼은 남편의 이름을 부르며 걷기 시작했다. 목소리와 달리 발소리는 울려 퍼지는 듯했다. 그림자가 노리스 로드를 채우기

---

* 러브크래프트의 작품 속 등장인물. 공포로 미쳐버린 광인이다.

시작했다. 머리 위의 하늘이 이제는 자주색이었다. 땅거미의 왜곡 현상 때문인지 피곤해서 그런지 몰라도 창고들이 허기를 달래며 도로 위로 몸을 숙이는 것처럼 느껴졌다. 수십 년 아니면 수백 년의 먼지가 굳어서 들러붙은 창문들이 그녀를 빤히 쳐다보는 듯했다. 간판에 적힌 이름들이 점점 희한하고 어처구니없고 발음하기 불가능해졌다. 모음이 엉뚱한 데 있었고 자음이 이상하게 붙어 있어서 인간의 혀로는 읽을 수가 없었다. 어떤 간판에는 크툴루* 크라이온**이라는 이름과 함께 그 아래에 꼬불꼬불한 아랍어가 더 많이 적혀 있었다. 또 어떤 간판에는 요그소토스***라고, 또 다른 간판에는 르리에****라고 적혀 있었다. 그중에서도 그녀가 가장 선명하게 기억하는 이름은 은르테슨 니알라토텝*****이었다.

"그 황당한 이름들을 어떻게 다 기억하세요?" 파넘이 물었다.

도리스 프리먼은 피곤한 듯이 천천히 고개를 저었다.

"모르겠어요. 정말 모르겠어요. 눈을 뜨자마자 잊어버리고 싶은 악몽인데 다른 꿈과 달리 지워지질 않아요. 계속 계속 계속 남아 있어요."

---

* H.P. 러브크래프트가 창조한 크툴루 신화에 등장하는 가상의 신.
** 채널러를 통해 지구에 메시지를 전한다는 고차원의 영적인 존재.
*** 크툴루 신화에 등장하는 가상의 신.
**** 러브크래프트의 소설에 나오는 가상의 도시. 크툴루가 잠자고 있는 곳.
***** 크툴루 신화에 등장하는 가상의 신.

자갈이 깔려 있고 전차 선로에 의해 양쪽으로 나뉜 노리스 로드는 끝도 없이 이어지는 듯했다. 그녀는 계속 걸었지만—나중에는 달렸지만 그때는 달리지 못할 것 같아서 그냥 걸었다—더이상 로니의 이름을 부르지는 않았다. 그녀는 인간이 실성하거나 죽지 않고서 어떻게 감당할 수 있을까 싶을 정도로 끔찍하고 뼈에 사무치는 공포에 사로잡혀 있었다. 그녀가 느끼는 공포를 표현할 방법은 딱 한 가지뿐이었는데, 그조차도 머리와 가슴에 뚫린 심연에 이제 막 다리를 놓기 시작한 수준이었다. 그녀는 지구가 아니라 다른 행성, 인간의 이성으로는 이해하려는 시도조차 할 수 없을 만큼 낯선 곳으로 이동한 듯했다. 각도가 다른 듯했다. 색깔도 다른 듯했다. 그리고 또……. 하지만 모두 부질없는 짓이었다.

　그녀는 으스스한 건물 사이로 보이는 울퉁불퉁한 진자주색 하늘 아래를 걸으며 이것이 끝나기만을 바랄 따름이었다.

　그녀의 바람이 통한 걸까.

　저 앞 인도에 두 사람이 서 있었다. 그녀와 로니가 좀 전에 만났던 아이들이었다. 남자아이가 집게발 같은 손으로 추레하게 땋은 여자아이의 머리를 쓰다듬고 있었다.

　"아까 그 미국 여자다." 남자아이가 말했다.

　"길을 잃었네." 여자아이가 말했다.

　"남편도 잃고."

　"어두컴컴한 길을 찾았어."

　"깔때기로 가는 길."

　"희망을 잃었어."

"별에서 온 휘파람꾼을 찾았고……."

"차원의 잠식자……."

"눈먼 피리 부는 사나이……."

아이들의 말이 점점 더 빨라졌다. 숨 쉴 틈 없이 이어지는 호칭 기도이자 번쩍이는 베틀이었다. 그녀의 머리까지 덩달아 빙글빙글 돌았다. 건물들이 그녀를 향해 기울었다. 별이 떴지만 어렸을 때 그 밑에서 소원을 빌거나 사랑 고백을 받았던 그녀의 별이 아니라 미친 별자리의 실성한 별들이었다. 그녀는 손으로 귀를 막아도 소리가 들리자 결국 아이들을 향해 고함을 질렀다.

"내 남편 어디 있니? 로니 어디 있어? 그이한테 무슨 짓을 한 거야?"

정적이 흘렀다. 잠시 후에 여자아이가 말했다.

"그 아저씨는 아래로 갔어요."

남자아이가 말했다.

"천 마리의 새끼를 거느린 염소* 곁으로 갔지."

여자아이가 미소를 지었다. 사악한 순진함으로 가득한 표독한 미소였다.

"가지 않을 수가 없었을 거예요. 표적으로 찍혔으니까. 아줌마도 가게 될 거예요."

"로니! 그이한테 무슨 짓……."

---

* 크툴루 신화에 등장하는 슈브 니구라스 신의 별칭.

남자아이가 한 손을 들고 고음의 플루트 같은 언어로 계속 중얼거리기 시작했다. 그녀는 알아들을 수 없는 언어였지만 소리만 들어도 공포로 거의 미쳐버릴 것 같았다.

"그때 길거리가 움직이기 시작했어요." 그녀가 베터와 파넘에게 말했다. "자갈길이 카펫처럼 굽이치며 오르락내리락, 오르락내리락 했어요. 전차 선로가 풀려서 허공으로 날아올랐고―기억이 나요, 선로가 별빛을 받고 반짝였던 게 기억이 나요―그런 다음 자갈들도 처음에는 하나씩, 나중에는 뭉텅이로 흩어지기 시작했어요. 어둠 속으로 흩뿌려졌어요. 흩어질 때 찢어지는 소리가 났어요. 찌이익 하면서 찢어지는 소리…… 지진이 나면 아마 그런 소리가 날 거예요. 그러고 나서 뭔가가 어둠을 뚫고 나왔는데……."

"뭐였나요?" 베터가 물었다. 그는 몸을 앞으로 수그리고 그녀를 뚫어져라 바라보고 있었다. "보셨나요? 뭐였습니까?"

"촉수요." 그녀가 천천히, 머뭇거리며 말했다. "촉수였던 것 같아요. 천 개의 조그만 촉수로 이루어진 듯 늙은 반얀나무만큼 두꺼웠고…… 빨판처럼 생긴 분홍색이 여러 개 달려 있었는데…… 그게 어떨 때는 얼굴 같아 보였고…… 그중 하나는 로니의 얼굴 같아 보였고…… 다들 괴로워하고 있었어요. 그 아래, 도로 아래의 어둠 속, 지하의 어둠 속에 다른 뭔가가 있었어요. 눈 비슷한 게……."

이 시점에서 무너진 그녀는 한동안 말을 잇지 못했고 따져보니 더이상 할 얘기도 없었다. 그다음으로 선명하게 기억이 나는 게 있다면 문을 닫은 신문 가게 앞에 웅크리고 있었던 것이었다. 그녀는 앞에서 왔다 갔다 지나가는 차량과 포근한 아크 나트륨 가로등 불빛을 보지 못했더라면 지금도 거기에 그렇게 있었을지 모른다고 했다. 두 사람이 앞을 지나가자 도리스는 못된 두 아이일까 두려워하며 어둠 속으로 더욱 몸을 움츠렸다. 그 아이들이 아니었다. 십 대 커플이 손을 잡고 걸어가고 있었다. 남자아이가 마틴 스코세이지의 신작 영화에 대해 얘기하고 있었다.

그녀는 무슨 일이 생기면 당장 신문 가게 입구라는 간편한 도피처로 다시 들어갈 준비를 하며 조심스럽게 인도로 나섰지만 그럴 필요가 없었다. 오십 미터 앞에 비교적 번잡한 네거리가 있었고 자동차와 화물차가 신호등 앞에 서 있었다. 길 건너편은 쇼윈도에 불이 들어오는 큼지막한 시계가 진열된 보석 가게였다. 강철로 된 방범창살이 쳐져 있었지만 그래도 몇 시인지 확인할 수 있었다. 10시 오 분 전이었다.

그녀는 네거리 쪽으로 걸어갔다. 가로등과 위로가 되는 차 소리에도 불구하고 겁에 질린 눈빛으로 계속 어깨 너머를 흘끗거렸다. 온몸이 욱신거렸다. 한쪽 구두굽이 부러져서 절뚝거렸다. 배와 양쪽 다리가 결렸다. 속에서 삐끗했는지 특히 오른쪽 다리가 심했다.

네거리에 서자 힐필드 애비뉴와 토트넘 로드가 만나는 곳으로 찾아왔다는 걸 알 수 있었다. 묶은 걸레 밑으로 흰 머리가 삐져나온 예순 살쯤 되어 보이는 여자가 가로등 아래에서 비슷한 또래의 남자와 얘기를 나누고 있었다. 두 사람 다 섬뜩한 유령이라도 되는 듯 도리스를 쳐다보았다.

"경찰서." 도리스 프리먼은 꺽꺽거리며 말했다. "경찰서 어디 있어요? 저는 미국 시민인데…… 남편이 없어져서…… 경찰에 신고해야 해요."

"무슨 일이에요, 아가씨?" 여자가 다정하달 수 있는 투로 물었다. "꼭 탈수기 속에서 나온 사람 같네."

"교통사고를 당했나?" 동행이 물었다.

"아뇨. 아니에요……. 아니에요……. 이 근처에 경찰서가 있나요?"

"토트넘 로드에 바로 있어요." 남자가 주머니에서 플레이어스 담뱃갑을 꺼냈다. "한 대 피우려오? 담배가 한 대 필요한 것처럼 보이는데."

"고맙습니다."

그녀는 끊은 지 거의 사 년이 됐는데도 불구하고 담배를 한 대 꺼냈다. 남자는 춤을 추는 담배에 성냥으로 불을 붙여주느라 애를 먹었다.

그는 걸레로 머리를 묶은 여자를 흘끗 쳐다보았다.

"내가 데려다주고 올게, 에비. 가는 동안 별 일 없게."

"그럼 나도 따라가야 하지 않겠어?" 여자가 말하고 도리스의 어깨를 팔로 감쌌다. "이제 무슨 일인지 얘기해봐요. 강도당할 뻔했어요?"

"아뇨." 도리스가 말했다. "그게…… 제가…… 도로가…… 눈이 한쪽밖에 없는 고양이가 있었고…… 도로가 쩍 벌어졌고…… 제 눈으로 직접 봤어요…… 그리고 아이들이 눈먼 피리 부는 사나이 어쩌고 했고…… 로니를 찾아야 해요!"

그녀는 자기가 횡설수설하고 있다는 걸 알았지만 어쩔 도리가 없었다. 게다가 여자가 무슨 일이냐고 물었을 때 도리스가 흑사병에 걸렸다고 대답이라도 한 듯 그 둘이 그녀에게서 뒷걸음질친 걸 보면 그리 횡설수설했다고 볼 수도 없었다.

남자가 뭐라고 중얼거렸다. "또 시작이로군." 도리스가 듣기에는 그렇게 얘기한 것 같았다.

여자가 손가락으로 가리켰다. "경찰서는 바로 저기 있어요. 앞에 동그란 전등이 달려 있고. 보일 거예요." 두 사람은 잰걸음을 놀려서 그녀에게서 멀어졌다. 여자가 어깨 너머를 한번 흘끗 돌아보았다. 휘둥그레 뜬 눈을 반짝이고 있었다. 도리스 프리먼은 무슨 이유에선지 모르겠지만 그들을 향해 두 발짝을 옮겼다. "따라오지 마!" 여자가 날카롭게 외치고 두 손가락으로 악마의 눈을 만들어서 도리스를 향해 내밀었다. 그러는 동시에 남자 쪽으로 몸을 움츠리자 그가 한 팔로 여자를 감싸 안았다. "크라우치엔드 토운에 다녀왔으면 따라오지 마!"

그 말과 함께 그 둘은 밤 속으로 사라졌다.

이제 파넘 순경은 휴게실과 제1 서류 보관실 사이 입구에 서 있다. 하지만 베터가 얘기한 잡무 파일은 여기 보관돼 있지 않았다. 파넘은 차를 새로 한 잔 끓이고 마지막 한 대 남은 담배를 피우는 중이었다. 여자도 그의 담배를 몇 대 피웠다.

그녀는 베터가 호출한 간호사와 함께 호텔로 돌아갔다. 간호사가 오늘밤에 그녀의 곁을 지키고 날이 밝으면 병원에 갈 필요가 있을지 판단할 것이다. 아이들 때문에 입원은 힘들 테고 여자가 미국인이다 보니 우왕좌왕 난리도 아닐 것이다. 파넘은 무슨 얘기든 할 수가 있다고 가정했을 때 내일 아침에 아이들이 일어나면 그녀가 뭐

라고 설명할지 궁금해졌다. 아이들을 한자리에 모아놓고 크라우치 엔드 타운

(토운)

의 커다랗고 못된 괴물이 동화 속 거인처럼 아빠를 잡아먹었다고 할까?

파넘은 얼굴을 찡그리며 찻잔을 내려놓았다. 이건 그가 해결할 문제가 아니었다. 다행인지 불행인지 몰라도 프리먼 부인은 영국 경찰과 미국 대사관 사이에 껴서 왈츠를 추게 생겼다. 그가 상관할 일은 아니었다. 그는 모든 얘기를 잊고 싶은 순경에 불과했다. 조서도 베터에게 맡길 작정이었다. 그런 헛소리 대잔치에 그의 이름을 적을 수는 없었다. 베터는 볼장 다 본 늙은이였다. 그는 금시계와 연금과 공영 아파트를 지급받는 순간까지 야간 순경으로 근무하고 있을 것이다. 반면에 파넘은 조만간 경사로 승진하고 말겠다는 욕심이 있었으니 사소한 행동거지라도 조심해야 했다.

그나저나 베터 얘기가 나왔으니 말인데 어디 있는 걸까? 바람을 좀 쐬고 오겠다고 나간 지도 한참 됐는데.

파넘은 휴게실을 가로질러서 밖으로 나갔다. 두 개의 동그란 전등 사이에 서서 토트넘 로드를 내다보았다. 베터는 보이지 않았다. 새벽 3시가 지난 시각이라 정적이 장막처럼 짙게 깔렸다. 워즈워스가 뭐라고 그랬더라? '저 힘찬 심장도 소리 없이 누웠구나*', 이 비슷한

---

* 런던을 찬양한 「웨스트민스터 다리 위에서」의 마지막 구절이다.

소리를 했는데.

그는 계단을 내려가서 살짝 느껴지는 불안감을 달래며 인도에 섰다. 물론 한심한 반응이었고 그는 여자의 정신 나간 얘기에 이 정도로 신경쓰는 자기 자신에게 화가 났다. 어쩌면 그가 시드 레이먼드 같은 돌대가리를 무서워하는 것도 당연한 일일지 몰랐다.

파넘은 야간 순찰을 돌고 돌아오는 베터를 마중나가는 셈치고 천천히 길모퉁이 쪽으로 걸어갔다. 하지만 거기까지만이었다. 단 몇 분만이라도 지서를 비웠다가 들통나면 골치 아파질 것이다. 그는 모퉁이에 서서 좌우를 두리번거렸다. 신기하게도 이 주변은 아크 나트륨 등이 모두 나간 모양이었다. 가로등 불빛이 없으니 길거리가 다르게 보였다. 상부에 보고를 해야 할까? 베터는 어디 있을까?

그는 조금만 더 걸어가서 어찌된 영문인지 살펴보기로 마음을 먹었다. 하지만 멀리 가지는 않을 작정이었다. 지서를 한참 동안 비워놓을 수는 없었다.

그냥 조금만 더 걸어가볼 것이다.

베터는 파넘이 경찰서를 나선 지 오 분도 안 돼서 돌아왔다. 파넘이 반대 방향으로 갔기 때문인데, 베터가 일 분만 더 일찍 왔더라면 길모퉁이에 서서 머뭇거리다 그 너머로 영영 사라지는 젊은 순경의 모습을 볼 수 있었을 것이다.

"파넘?"

아무 응답이 없었고 벽시계 웅웅거리는 소리만 들렸다.

"파넘?"

그는 다시 한번 부른 다음 손바닥으로 입을 훔쳤다.

로니 프리먼은 실종 처리됐다. 결국 그의 아내(관자놀이 주변이 희끗희끗해지기 시작했다)는 아이들을 데리고 미국으로 돌아갔다. 콩코드를 타고 갔다. 한 달 뒤에 그녀는 자살을 시도했다. 구십 일 동안 요양원 생활을 하고 많이 호전된 상태로 퇴원했다. 가끔 그녀는 잠이 오지 않으면—태양이 빨간색과 주황색 공처럼 저문 날 밤에 가장 자주 나타나는 현상이었다—옷장 안으로 들어가 원피스 아래를 지나 맨 뒤편까지 기어가서 무른 연필로 "천 마리의 새끼를 거느린 염소를 조심할 것"이라고 쓰고 또 썼다. 그러면 왠지 모르게 진정이 됐다.

로버트 파넘 순경은 아내와 두 살짜리 쌍둥이 자매를 남겨두고 떠났다. 실리 파넘은 하원 의원에게 연거푸 항의 서한을 보내 무슨 일인가가 벌어지고 있다고, 무슨 일인가가 은폐되고 있다고, 그녀의 남편은 유인에 넘어가서 위험한 첩보 작전에 투입된 게 분명하다고 주장했다. 그는 무슨 수를 써서라도 경사로 진급하려고 했을 게 분명하다고 파넘 부인은 하원 의원에게 몇 번이고 강조했다. 결국 의원은 그녀의 편지에 더이상 답장을 쓰지 않았다. 그 무렵 도리스 프리먼은 거의 백발인 상태로 요양원에서 퇴원했고 파넘 부인은 부모님이 살고 있는 에식스로 이사했다. 결국 그녀는 좀더 안전한 일을 하는 남자와 재혼했다. 프랭크 홉스는 포드 생산 라인의 범퍼 점검원이었다. 재혼을 하자니 유기를 근거로 전남편과 이혼 수속을 밟아야 했지만 간단하게 끝났다.

베터는 도리스 프리먼이 토트넘 레인의 지서로 찾아온 지 넉 달이 지났을 때 조기 퇴직했다. 그는 과연 프림리의 가게 2층에 있는 공영 아파트로 이사했다. 그리고 여섯 달 뒤에 한 손에 하프 맥주 캔을 쥔 채 심장마비로 사망한 주검으로 발견됐다.

런던에서도 정말 조용한 근교 크라우치엔드에서는 아직도 가끔 희한한 일들이 벌어지고 사람들이 길을 잃는다고 한다. 그중 몇 명은 영영 돌아오지 못한다.

메이플 스트리트의 그 집

★★★

집안, 빛은커녕 눈길조차 닿지 않는 곳에서
수상한 것이 자라기 시작했다.

리사는 이제 겨우 다섯 살이었고 브래드버리 사 남매 중 막내였지만 눈이 밝았다. 그래서 브래드베리 가족이 영국에서 여름을 보내는 동안 메이플 스트리트의 그 집에 생긴 수상한 변화를 맨 처음 알아차린 사람이 그녀였던 것도 놀랄 일은 아니었다.

그녀는 브라이언 오빠를 찾아가 3층에 이상한 게 있다고 알렸다. 그녀는 뭐가 이상한지 보여주겠지만 아무한테도 얘기하지 않겠다고 약속해야 된다고 했다. 브라이언은 리사가 새아버지를 무서워한다는 걸 알았기에 약속했다. 대디 루는 브래드베리 사 남매가 '바보짓을 저지르는 것'(항상 그렇게 표현했다)을 싫어했고 리사를 그 분야의 으뜸으로 간주했다. 리사는 장님이 아니고 바보도 아니었기 때문에 루가 어떤 선입견을 가지고 있는지 알았고 그래서 몸을 사렸다. 사실 브래드베리 사 남매는 모두 어머니의 두 번째 남편 앞에서 몸을 사렸다.

아무튼 별일 아닌 걸로 밝혀지겠지만 브라이언은 집으로 돌아와서 기뻤기 때문에 잠깐 동안이나마 여동생(브라이언은 그녀보다 꼬박 두 살 더 많았다)과 놀아줄 마음의 준비가 되어 있었다. 그는 군소리 없이 그녀를 따라서 3층 복도를 걸어갔고 그가 '비상 정지'라고 부르는, 땋은 머리를 잡아당기는 장난도 딱 한 번밖에 치지 않았다.

이 집에서 유일하게 수리를 마친 루의 서재 앞을 지나갈 때는 까치발을 하고 걸었다. 루가 안에서 수첩과 종이를 꺼내며 신경질적으로 중얼거리고 있었기 때문이었다. 브라이언이 오늘 저녁 텔레비전 프로그램이 뭘까 하는 생각을 하고 있었을 때―삼 개월 동안 BBC와 ITV만 보고 났더니 미국 케이블을 질리도록 보고 싶었다―복도 끝에 다다랐다.

"이제 다시 맹세해!" 리사가 속삭였다. "대디 루가 됐건 누가 됐건 아무한테도 절대 얘기하지 않겠다고!"

"맹세할게." 브라이언은 그걸 빤히 쳐다보며 동의했고 그로부터 삼십 분 뒤에 자기 방에서 짐을 풀고 있었던 로리 누나를 찾아갔다. 로리는 열한 살답게 자기 방에 집착했기 때문에 브라이언이 노크도 없이 들어오자 옷을 다 입고 있었음에도 짜증을 부렸다.

"미안." 브라이언이 말했다. "하지만 보여줄 게 있어서. 진짜 이상한 게 있어."

"어디에?" 그녀는 관심 없는 듯이, 일곱 살짜리가 하는 모든 바보 같은 얘기에는 일말의 호기심도 없는 듯이 옷을 계속 서랍에 넣었지만 브라이언은 눈빛 해석에 관한 한 눈치가 없지 않았다. 그는 로리의 마음이 흔들리면 알아차릴 수 있었고 지금이 바로 그때였다.

"위층. 3층. 대디 루의 서재를 지나서 복도 끝에."

로리는 콧잔등을 찡그렸다. 그녀는 브라이언이나 리사가 새아버지를 그렇게 부르면 늘 콧잔등을 찡그렸다. 로리와 트렌트는 친아버지를 기억했고 그의 후임을 전혀 좋아하지 않았다. 그들은 꿋꿋하게 그냥 루라고 불렀다. 문제의 그 루이스 에번스가 이걸 마뜩잖게, 사실 조금 건방지다고 여기는 걸 보고 로리와 트렌트는 요즘 어머니와 동침하는(우웩!) 남자는 그렇게 불러야 마땅하다는 무언의 확신을 좀더 공고히 다졌다. 로리가 말했다.

"나는 거기 올라가고 싶지 않아. 돌아온 뒤로 루가 계속 저기압이잖아. 트렌트 오빠 말로는 학교가 개학하고 다시 일상으로 돌아갈 수 있을 때까지 그럴 거라고 하더라."

"방문 닫혀 있어. 조용히 가면 돼. 리사하고 나가 올라갔을 때도 그는 우리가 지나가는 줄도 몰랐어."

"리사하고 '내가'라고 해야지."

"그래, 우리. 아무튼 걱정 마. 방문은 닫혀 있고 그는 뭔가에 집중하면 늘 그렇듯이 혼잣말을 중얼거리고 있으니까."

"그러는 거 싫더라." 로리는 험상궂은 목소리로 말했다. "우리 아빠는 절대 혼잣말 같은 거 중얼거리지 않았고 방문을 걸어 잠그고 틀어박히지도 않았는데."

"뭐, 방문을 걸어 잠근 것 같지는 않아." 브라이언이 말했다. "하지만 혹시라도 그 사람이 나올까 봐 불안하면 빈 여행 가방 하나 들고 가자. 만에 하나 그 사람이 나오더라도 여행 가방을 벽장에 갖다 놓는 척하면 되잖아."

"그 놀랍다는 게 뭔데?"

로리는 주먹을 허리춤에 얹고 따져 물었다.

"보여줄게." 브라이언은 열띤 목소리로 말했다. "하지만 아무한테도 얘기하지 않겠다고, 얘기하면 손에 장을 지지겠다고 엄마의 이름을 걸고 맹세해야 해." 그는 잠깐 말을 멈추고 생각하다가 다시 덧붙였다. "특히 리사한테 얘기하면 안 돼. 내가 아무한테도 얘기하지 않겠다고 개한테 맹세했거든."

마침내 로리의 호기심이 동했다. 별거 아니겠지만 옷을 정리하다가 지겨워진 참이었다. 세 달 만에 쓰레기를 이 정도로 모을 수 있다니 놀라운 일이었다.

"알았어, 맹세할게."

그들은 빈 여행 가방을 하나씩 들고 갔지만 그렇게 몸을 사릴 필요는 없었다. 새아버지는 서재에서 한 발짝도 나오지 않았다. 차라리 잘된 일일 수 있었다. 소리를 들어보니 짜증이 머리끝까지 난 듯했다. 그가 중얼거리며 서랍을 열었다가 쾅 닫아가며 요란하게 왔다 갔다하는 소리가 들렸다. 익숙한 냄새가 문 밑으로 흘러나왔다. 로리가 느끼기에는 운동선수의 양말을 불에 태우는 냄새 비슷했다. 루가 파이프 담배를 피우는 냄새였다.

그녀는 방문 앞을 살금살금 지나가면서 혀를 내밀고 눈을 사팔로 뜨고 손으로 귀를 잡고 이리저리 비틀었다.

하지만 잠시 후에, 리사가 브라이언에게 보여준 곳을 이번에는 브라이언이 로리에게 보여주자 그녀는 브라이언이 그날 저녁 텔레비전에서 볼 수 있는 온갖 재미있는 프로그램을 잊어버렸듯이 루에 대한 생각을 완전히 잊었다.

"이게 뭐야?" 그녀는 브라이언에게 속삭였다. "맙소사, 이게 무슨 뜻일까?"

"나도 모르겠어. 하지만 엄마의 이름을 걸고 맹세했다는 거 잊지 마."

"알았어, 알았어, 하지만……."

"다시 한번 맹세해!" 브라이언은 그녀의 눈빛이 마음에 들지 않았다. 금방이라도 얘기를 할 것 같은 눈빛이라 살짝 다그칠 필요가 있었다.

"알았어, 알았어, 엄마의 이름을 걸고 맹세할게." 그녀는 건성으로 대꾸했다. "하지만 브라이언, 와 진짜……."

"얘기하면 손에 장을 지지겠다는 부분도 건너뛰면 안 되지."

"야, 브라이언, 너 완전 밥맛이다."

"상관없어. 얼른 손에 장을 지지겠다고 해."

"장을 지지겠다, 장을 지지겠다, 됐냐?" 로리는 말했다. "너 왜 그렇게 밥맛이야?"

"글쎄?" 그는 그녀가 질색하는 표정으로 능글맞게 웃었다. "행운을 타고 나서 그런 거 아닐까?"

그녀는 동생의 목을 조를 수도 있었지만…… 약속은 약속이었고 특히 하나밖에 없는 엄마의 이름을 걸고 한 약속이었으니 꼬박 한 시간을 기다린 다음에서야 트렌트를 찾아갔다. 그녀도 그에게 다짐을 받았는데, 그녀가 트렌트는 아무한테도 얘기하지 않겠다는 약속을 지킬 거라고 믿은 데에는 그럴 만한 이유가 있었다. 그는 거의 열네 살이었고 맏이였으니 얘기할 상대가…… 어른뿐이었다. 어머니는 편두통 때문에 자리에 누워서 상대라곤 루밖에 안 남았으니 그건 아무도 없는 거나 마찬가지였다.

브래드베리 사 남매 중 첫째와 둘째는 이번에는 위장용 빈 여행 가방을 들고 갈 필요가 없었다. 새아버지가 1층에서 비디오로 녹화해놓은 어떤 영국 사람의 노르만족과 색슨족 강의를 들으며(노르만족과 색슨족이 루의 전공이었다) 가장 좋아하는 오후 간식인 우유와 케첩 샌드위치를 먹고 있었다.

트렌드는 복도 끝에 서서 다른 남매들이 이미 본 걸 보았다. 그는 그 자리에서 한참 동안 꼼짝하지 않았다.

"이게 뭘까, 오빠?"

로리가 한참 만에 물었다. 그녀는 트렌트도 모를 수 있다는 생각은 한 적이 없었다. 트렌트는 모르는 게 없었다. 그래서 그가 천천히 고개를 젓자 그녀는 못 믿겠다는 듯이 멍하니 쳐다보았다.

"모르겠어." 그가 갈라진 틈새를 들여다보며 말했다. "무슨 금속 같은데. 손전등을 들고 올걸 그랬다." 그는 그 안으로 손을 넣어서 톡톡 두드렸다. 로리는 살짝 불안해졌고 트렌트가 손을 다시 빼자 안도의 한숨을 내쉬었다. "맞네, 금속이네."

"그게 저기 있는 거 맞아? 그러니까 원래 있었던 거야? 예전부터?"

"아니. 벽에 칠을 다시 했을 때를 기억하거든. 엄마가 그 사람이랑 결혼한 직후에 말이야. 그때는 저기에 윗가지밖에 없었어."

"그게 뭔데?"

"얇은 나뭇가지. 회반죽이랑 외벽 사이에 넣는 거야." 트렌트는 벽 사이 틈새로 손을 넣어서 칙칙한 흰색으로 보이는 금속을 다시 한 번 건드렸다. 틈새는 길이가 십 센티미터쯤 됐고 너비는 가장 넓은 곳이 일 센티미터쯤이었다. "단열재도 넣었는데." 그는 생각에 잠긴 표정으로 미간을 찌푸리더니 자주 빨아서 빛이 바랜 청바지 뒷주머니에 손을 넣었다. "기억나. 솜사탕처럼 보이는 분홍색의 폭신한 거였어."

"그게 어디 있어? 내 눈에는 분홍색이 전혀 안 보이는데."

"내 눈에도. 하지만 분명히 넣었거든. 기억나." 그는 십 센티미터짜리 틈새를 눈으로 훑었다. "벽 안의 저 금속은 새로 생긴 거야. 언제부터 저기 있었고 어디까지 뻗어 있는지 모르겠네. 여기 이 3층에만 있는 건지 아니면……."

"아니면 뭐?"

로리는 눈을 휘둥그레 뜨고 그를 쳐다보았다. 조금 무서워지기 시작했다.

"아니면 온 집을 덮고 있는 건지."

트렌트는 생각에 잠긴 목소리로 말문을 맺었다.

다음날 오후에 학교 수업이 끝난 뒤에 트렌트는 브래드베리 사 남매가 모두 참석하는 회의를 소집했다. 리사가 "엄숙한 맹세"를 깨뜨렸다고 브라이언을 비난하고 브라이언은 몹시 당황하며 트렌트한테 얘기하다니 어머니의 영혼을 심각한 위험에 빠뜨렸다고 로리를 비난하는 바람에 시작부터 삐걱거렸다. 그는 영혼이 뭔지 몰랐지만 (브래드베리 가족은 유니테리언교도였다) 로리 때문에 어머니가 지옥에 가게 생겼다고 확신하는 눈치였다.

로리가 말했다.

"야. 너도 일말의 책임이 있어, 브라이언. 엄마를 끌어들인 사람이 너였잖아. 루의 이름을 걸고 맹세하라고 했어야지. 그는 지옥에 가도 상관없으니까."

어리고 마음이 여려서 아무도 지옥에 가지 않길 바라는 리사는 대화를 듣고 너무 괴로워서 울음을 터뜨렸다.

"다들 조용히 해." 트렌트는 진정이 될 때까지 리사를 안아주었다. "지나간 일은 어쩔 수 없는 거고 생각해보니까 오히려 잘된 일인 것 같아."

"진짜?"

브라이언이 물었다. 트렌트가 그렇다고 하면 목숨을 걸고서라도 그의 생각을 옹호할 수 있었지만, 두말하면 입 아픈 일이었지만, 로리는 어머니의 이름을 걸고 맹세를 하지 않았던가.

"이 이상한 현상을 조사해봐야 하는데 약속을 어긴 잘잘못을 따지느라 시간을 허비하면 시작할 수가 없어."

트렌트는 회의가 소집된 그의 방 벽에 걸린 시계를 대놓고 흘끗 쳐다보았다. 3시 20분이었다. 그는 더이상 말할 필요가 없었다. 그들의 어머니는 오늘 아침에 일어나서 루이스에게 아침을 차려주었지만—삼 분 동안 삶은 달걀 두 개와 통밀 토스트와 마멀레이드가 그의 수많은 요구 사항 가운데 하나였다—곧바로 다시 침대에 누웠다. 그녀는 끔찍한 두통에 시달리고 있었다. 편두통이 어떨 때는

274

이틀 심지어 사흘 동안 아무 대책 없는 (그리고 종종 갈피를 잡지 못하는) 그녀의 머릿속에서 으르렁거리며 할퀴다가 한 달 정도 잠잠해지곤 했다.

그녀는 3층에 모여 있는 아이들을 보고 무슨 작당을 하고 있는지 궁금해한 상황이 아니었지만 '대디 루'는 얘기가 전혀 달랐다. 그의 서재가 수상한 틈새 바로 옆이었으니 그가 없는 동안 조사를 실시해야 괜한 호기심을 자극하는 사태를 피할 수 있었고 트렌트가 대놓고 시계를 쳐다본 이유가 그 때문이었다.

그들은 루의 강의가 시작되기 꼬박 열흘 전에 미국으로 돌아왔는데, 루는 대학교 반경 십오 킬로미터 안으로 들어서면 물고기가 물 밖에서 살 수 없듯이 학교를 들락거리지 않고는 못 배겼다. 그는 영국의 다양한 유적지에서 수집한 자료로 꽉 채운 서류 가방을 들고 정오가 되기 조금 전에 집을 나섰다. 자료를 정리할 거라고 했다. 트렌트가 생각하기에는 서류를 책상 서랍에 쑤셔넣고 교수실 문을 잠근 다음 역사학과 교직원 휴게실로 가겠다는 뜻인 것 같았다. 거기서 커피를 마시며 친구들과 잡담을 나눌 텐데…… 트렌트가 깨달은 바에 따르면 대학교수는 친구가 있으면 바보 취급을 당했다. 그들을 동료라고 불러야 했다. 아무튼 그가 집에 없는 건 다행스러운 일이었지만 지금으로부터 5시 사이에 언제든 돌아올 수 있다는 건 유감스러운 일이었다. 그래도 시간이 좀 있었다. 트렌트는 그 시간을 누가 누구한테 무슨 맹세를 했는지를 놓고 티격태격하면서 흘려보낼 생각이 없었다.

"너희들 내 말 잘 들어."

그는 조사한다는 말에 신이 나서 각자의 의견 차이와 질책은 잊고 그의 말에 열심히 귀를 기울이고 있는 동생들을 보고 흐뭇해했다. 그들은 리사가 발견한 것의 정체를 트렌트가 모른다는 데 혹한 것도 있었다. 세 명은 브라이언의 절대적인 믿음을 어느 정도 공유했다. 트렌트가 뭘 보고 곤혹스러워한다면, 뭔가를 보고 수상하고 어쩌면 놀랍다고 생각한다면 그들 모두 마찬가지였다.

로리가 그들의 심정을 대변했다.

"뭘 어쩌면 되는지 말만 해, 오빠. 뭐든 시키는 대로 할게."

"좋아." 트렌트가 말했다. "필요한 준비물이 있어." 그는 숨을 크게 들이마시고 준비물이 뭔지 설명하기 시작했다.

3층 복도 끝에 있는 틈새 주변에 다 같이 모이자 트렌트가 리사를 안아 올려서 조그만 손전등으로 그 사이를 비추게 했다. 그들이 몸이 안 좋다고 하면 어머니가 눈, 귀, 코를 검사할 때 쓰는 손전등이었다. 모두의 눈에 금속이 보였다. 불빛을 선명하게 반사할 정도로 반짝거리지는 않았지만 광택이 흘렀다. 트렌트가 생각하기에는 강철이었다. 강철 아니면 합금이었다.

"합금이 뭐야, 형?" 브라이언이 물었다.

트렌트는 고개를 저었다. 그도 정확하게는 몰랐다. 그는 로리를 돌아보고 드릴을 달라고 했다.

브라이언과 리사가 불안한 눈빛을 주고받는 가운데 로리가 드릴을 건넸다. 지하 작업실에서 들고 온 거였다. 지하실은 이 집에 남아 있는 친아빠의 공간이었다. 대디 루는 캐서린 브래드베리와 결혼한 이후에 거기로 내려간 적이 몇 번 없었다. 트렌트와 로리뿐 아니라 동생들도 그걸 알았다. 그들은 드릴을 썼다는 걸 대디 루한테 들킬까 봐 걱정하는 게 아니었다. 루의 서재 앞 벽에 구멍이 뚫리는 게 걱정이었다. 둘 다 아무 소리하지 않았지만 트렌트가 심란해하는 동생들의 표정을 보고 알아차렸다.

"잘 봐." 트렌트는 동생들이 볼 수 있도록 드릴을 내밀었다. "이건 니들 포인트 드릴비트라는 거야. 얼마나 작은지 보이지? 그리고 그림 뒤편에만 구멍을 뚫을 거니까 걱정할 필요 없어."

3층 복도에는 그림 액자가 열두어 개 걸려 있었는데, 그중 절반이 서재를 지나서 여행 가방을 넣어두는 복도 맨 끝 벽장으로 가는 길에 걸려 있었다. 대부분 브래드베리 가족이 사는 타이터스빌의 풍경을 담은 아주 오래된 (그리고 일반적으로 재미없는) 그림이었다.

"그는 뒤편은커녕 그림 자체를 쳐다보지도 않잖아." 로리가 맞장구쳤다.

브라이언은 손가락으로 드릴의 끝부분을 건드려보고 고개를 끄덕였다. 리사는 지켜보다가 따라서 건드리고 고개를 끄덕였다. 로리가 괜찮다고 하면 괜찮을 가능성이 컸다. 트렌트가 괜찮다고 하면 확실했다. 둘 다 괜찮다고 하면 의심할 여지가 없었다.

로리가 회반죽에 난 조그만 틈새와 가장 가까운 곳에 걸려 있던 그림을 내려서 브라이언에게 건넸다. 트렌트는 구멍을 뚫었다. 그들 셋은 아주 긴장되는 순간에 투수를 응원하는 내야수처럼 서로 몸을 딱 붙이고 동그랗게 서서 그를 지켜보았다.

드릴비트는 쉽사리 벽 속으로 들어갔고 트렌트가 장담한 대로 구멍이 조그맣게 뚫렸다. 로리가 그림을 치웠을 때 드러난 정사각형의 좀더 시커먼 벽지도 희망적이었다. 타이터스빌 공립도서관을 그린 선화를 오랫동안 아무도 벽에서 뗀 적이 없다는 뜻이었다.

트렌트는 드릴 손잡이를 열댓 번 돌리다가 멈추고 드릴을 꺼냈다.

"왜 멈췄어?" 브라이언이 물었다.

"단단한 데 부딪혀서."

"또 금속일까? 리사가 물었다.

"그런가 봐. 나무는 아니었어. 한번 보자." 그는 손전등을 비추고 고개를 이리 꼬고 저리 꼬다가 단호하게 도리질했다. "내 머리는 너무 커서 안 되겠다. 리사를 들어올려야겠어."

로리와 트렌트가 그녀를 들어올리고 브라이언이 펜라이트를 건넸다. 리사는 실눈을 뜨고 잠깐 쳐다보다가 말했다.

"내가 발견한 틈새 속이랑 똑같아."

"좋아." 트렌트가 말했다. "다음 그림."

두 번째 그림 뒤편에서도, 세 번째에서도 드릴이 금속에 부딪혔다. 루의 서재와 상당히 가까운 네 번째 그림 뒤편에서는 드릴이 끝까지 들어갔다. 이번에는 리사가 '분홍색 뭔가'가 보인다고 했다.

"그래, 내가 얘기한 그 단열재야." 트렌트가 로리에게 말했다. "이번에는 맞은편을 조사해보자."

복도 동쪽은 네 번째 그림 뒤편까지 뚫은 다음에서야 회반죽 뒤편의 윗가지와 단열재에 닿았고 그들이 마지막 그림을 다시 걸고 있었을 때 루의 구닥다리 포르셰가 불협화음으로 으르렁거리며 진입로로 들어서는 소리가 들렸다.

그림을 책임지고 있었던 브라이언이—까치발을 해야 고리에 간신히 손이 닿았다—그림을 떨어뜨렸다. 그림이 바닥과 충돌하기 전에 로리가 잡았다. 하지만 손이 너무 떨려서 트렌트에게 그림을 넘겨야 했다. 그렇지 않으면 떨어뜨릴 것 같았다.

"오빠가 걸어." 그녀는 겁에 질린 얼굴로 트렌트를 돌아보며 말했다. "내가 아무 생각 없이 손을 내밀었기 망정이지 안 그랬으면 떨어뜨렸을 거야. 진짜야."

트렌트는 시티 공원을 가로지르는 마차가 담긴 그림을 걸었다가 살짝 삐딱하다는 걸 알아차렸다. 다시 잘 걸려고 손을 내밀었다가 손가락이 액자에 닿기 직전에 거두었다. 동생들은 그를 신적인 존재로 여겼다. 트렌트는 자기도 아이에 불과하다는 걸 모를 정도로 어리석지는 않았다. 하지만 아무리 덜 떨어진 아이라도 이런 게 이상한 조짐을 보이기 시작하면 건드리지 말아야 한다는 걸 알았다. 트렌트는 여기서 한 번 더 손을 대면 그림이 떨어져서 바닥이 깨진 유릿조각으로 뒤덮일 게 분명하다는 걸 느꼈다.

"가!" 그가 속삭였다. "2층! 텔레비전 방으로!"

루가 들어오자 1층 뒷문이 쾅 소리를 내며 닫혔다.

"하지만 삐딱하잖아!" 리사가 반발했다. "오빠, 그림이……."

"신경쓰지 마!" 로리가 말했다. "오빠가 시키는 대로 해!"

트렌트와 로리는 눈을 휘둥그레 뜨고 서로 쳐다보았다. 만약 루가 저녁을 먹기 전까지 허기를 달랠 수 있게 뭘 만들어 먹으려고 부엌으로 들어간다면 가망이 있었다. 하지만 그렇지 않으면 계단에서 리사와 브라이언을 맞닥뜨릴 것이다. 그는 아이들을 보면 이상한 낌새를 한눈에 알아차릴 것이다. 브래드베리 사 남매 중 가장 어린 두 명은 입을 다물 수 있을 만한 나이였지만 표정까지 감추지는 못했다.

브라이언과 리사는 후닥닥 달려갔다.

트렌트와 로리는 뒤에서 귀를 쫑긋 세우고 천천히 따라갔다. 꼬맹이들이 계단을 내려가는 소리 말고는 아무 소리도 들리지 않고 감당할 수 없을 만한 긴장감이 흐른 것도 잠시, 루가 부엌에서 그들을 향해 고함을 질렀다.

"좀 조용히 다녀라! 너희 엄마가 낮잠을 자고 있잖아!"

그 소리에 엄마가 깨지 않으면 무슨 소리가 나더라도 깨지 않겠네. 로리는 생각했다.

그날 밤, 트렌트가 막 잠이 들려던 순간 로리가 방문을 열고 들어와 그의 침대 가에 앉았다.

"오빠가 그 사람을 싫어하긴 하지만 그게 전부는 아니지?"

"응? 그게 무슨 소리야?"

트렌트는 조심스럽게 한쪽 눈을 뜨면서 물었다.

"루 말이야." 그녀는 나지막이 말했다. "누구 얘기하는 건지 알잖아."

"응." 그는 결국 포기했다. "네 말 맞아. 나는 그 사람 좋아하지 않아."

"무서워하기도 하지?"

아주, 아주 한참 만에 트렌트가 대답했다. "응. 조금."

"그냥 조금?"

"조금보다는 조금 더일 수도 있겠다." 트렌트가 말했다. 그는 웃어 주길 바라며 윙크했지만 로리는 그를 빤히 쳐다보기만 할 따름이었다. 결국 트렌트는 포기했다. 그녀는 오늘밤만큼은 화제를 돌릴 생각이 없었다.

"왜? 그 사람이 우리를 해칠지 모른다고 생각해?"

루는 그들에게 소리를 많이 지르기는 했지만 손을 댄 적은 없었다. 아니다, 로리가 생각해보니 그건 아니었다. 브라이언이 노크 없이 그의 서재에 들어갔다가 엉덩이를 맞은 적이 있었다. 그것도 세게 맞았다. 브라이언은 울지 않으려고 했지만 결국 울음을 터뜨렸다. 엄마도 울었지만 루를 말리지는 않았다. 하지만 나중에 뭐라고 했는지 루가 엄마에게 고함을 지르는 소리가 들렸다.

하지만 그건 아동 학대가 아니라 그냥 때린 거였고 브라이언은 작정하면 아무도 못 말리는 꼴통이 될 수 있었다.

그날 밤에 브라이언이 작정을 했을까? 로리는 궁금해졌다. 아니면 어린애가 모르고 저지른 실수를 가지고 루가 그의 동생을 때려서 울음을 터뜨린 걸까? 알 수 없었지만 문득 불쾌한 깨달음이 그녀를 찾아왔다. 어른이 되고 싶어 하지 않은 피터팬의 심정을 이해할 수 있을 만한 깨달음이었다. 그녀는 진실을 알고 싶은지 자신이 없었다. 한 가지 분명하게 아는 사실이 있다면 이 집에서 누가 진짜 꼴통인가 하는 것이었다.

그녀는 트렌트가 대답을 하지 않았다는 걸 깨닫고 옆구리를 찔렀다. "꿀 먹었어?"

"생각중이야. 어려운 문제거든."

"응." 그녀는 침울한 목소리로 말했다. "나도 알아."

이번에는 그에게 생각할 시간을 허락했다.

"아니." 그는 마침내 대답하고 머리 뒤로 손깍지를 꼈다. "그건 아닌 것 같아, 꼬챙아." 그녀는 그 별명을 싫어했지만 오늘밤에는 그냥 참고 지나가기로 했다. 트렌트가 그녀에게 그 정도로 조심스럽고 심각하게 얘기한 적이 있었는지 기억이 나지 않았다. "우리를 해칠 것 같지는 않지만…… 그럴 능력은 된다고 봐." 그는 한쪽 팔꿈치를 딛고 일어나 좀더 심각한 눈빛으로 그녀를 쳐다보았다. "하지만 엄마를 괴롭히고 있고 날마다 조금씩 심해지는 것 같아."

"엄마 참 안됐지?" 로리는 문득 울고 싶어졌다. 왜 어른들은 가끔 아이들 눈에는 훤하게 보이는 걸 두고 바보처럼 굴까? 그럴 때면 발로 한 대 차주고 싶었다. "엄마는 애당초 영국에 가고 싶어 하지도 않았고…… 그가 엄마한테 소리를 지르는 것도 그렇고……."

"두통도 빼놓으면 안 되지." 트렌트는 딱 잘라 말했다. "그는 엄마가 두통을 자초한다고 얘기하잖아. 맞아, 엄마 안됐어."

"혹시 엄마가…… 만에 하나……."

"이혼할 수도 있겠느냐고?"

"응."

로리는 대답하고 안도의 한숨을 내쉬었다. 그녀의 입으로 그 단어를 내뱉을 수 있을지 자신이 없었는데, 그녀가 그런 점에서 얼마나 엄마를 닮았는지 깨달았다면 간단하게 정답을 알 수 있었을 것이다.

"아니. 엄마는 못 해."

"그럼 우리가 할 수 있는 일은 아무것도 없겠네."

로리는 한숨을 쉬었다.

트렌트는 들릴락 말락 하게 나지막이 중얼거렸다. "과연 그럴까?"

그후로 일주일 하고 반 동안 그들은 주변에 아무도 없을 때 집안 곳곳에 구멍을 뚫었다. 이 방, 저 방의 포스터 뒤편에, 식기실 냉장고 뒤편에(브라이언이 사이로 들어가서 드릴을 갖다 댔다), 1층 벽장에 구멍을 뚫었다. 심지어 트렌트는 일 년 내내 해가 비치지 않는 위쪽 모서리를 골라서 식당 벽에도 구멍을 뚫었다. 로리가 잡아준 사다리를 밟고 올라갔다.

다른 데에는 금속이 없었다. 전부 윗가지뿐이었다.

아이들은 잠시 잊고 지냈다.

한 달 정도 지난 어느 날, 루가 다시 학교로 복귀했을 때 브라이언이 트렌트를 찾아와서 3층 다른 곳의 회반죽에 틈이 생겼고 그 사이로 금속이 보인다고 알렸다. 트렌트와 리사는 당장 달려갔다. 로리는 밴드 연습을 하느라 아직 학교에서 오지 않았다.

맨 처음 틈이 발견됐을 때 그랬듯이 어머니는 두통으로 누워 있었다. 학교에 복귀하면서 (트렌트와 로리도 예견했다시피) 루의 성질이 조금 누그러졌지만 역사학과 교직원을 초대하는 문제로 간밤에 그들의 어머니와 불꽃 튀기는 설전을 벌였다. 전직 브래드베리 부인이 가장 싫어하고 무서워하는 게 있다면 교직원 파티를 주관하는 것이었다. 하지만 루가 계속 고집을 부리자 그녀는 굴복하고 말았다. 이제 그녀는 물에 적신 수건을 눈에 얹고 곁탁자에 피오리널

두통약 병을 올려놓고 어두컴컴한 방안에 누워 있었지만 루는 아마 교직원 휴게실에서 초대장을 돌리며 동료들의 등을 때리고 있을 것이었다.

새로 틈이 생긴 곳은 복도 서쪽, 서재 문과 계단통 사이였다.

"안에서 금속이 보인 거 확실해?" 트렌트가 물었다. "전에 우리가 이쪽도 체크했었잖아, 브라이언."

"직접 확인해봐."

브라이언의 말에 트렌트는 직접 확인해보았다. 손전등을 비출 필요도 없었다. 이번은 틈새가 좀더 넓었고 그 끝에 누가 봐도 금속이 있었다.

트렌트는 한참을 들여다보다가 두 동생에게 철물점에 다녀와야겠다고 했다.

"왜?" 리사가 물었다.

"회반죽이 필요해서. 그에게 틈새를 보이고 싶지 않거든." 그는 머뭇거리다가 다시 덧붙였다. "그 안에 있는 금속은 특히 보이고 싶지 않고."

리사는 그를 보며 눈살을 찌푸렸다. "왜, 오빠?"

하지만 트렌트는 정확한 이유를 알지 못했다. 적어도 아직은 그랬다.

그들은 다시 구멍을 뚫기 시작했고 이번에는 루의 서재를 비롯해 3층의 모든 벽에서 금속을 발견했다. 트렌트는 어느 날 오후, 루는 학교에 있고 어머니는 얼마 안 남은 교직원 파티에 대비해서 장을 보러 간 사이 드릴을 들고 몰래 서재로 들어갔다.

전직 브래드베리 부인은 요즘 들어 안색이 아주 창백하고 핼쑥해서 리사도 알아차릴 정도였지만, 아이들이 물으면 너무 환해서 걱정스러운 미소를 지으며 아무 일 없다고, 컨디션이 이보다 더 좋을 수 없다고, 구름 위를 걷는 기분이라고 했다. 직설적인 면이 있는 로리는 어머니에게 살이 너무 빠진 것 같다고 했다. 그녀의 어머니는 어머, 아니라고, 루는 그녀더러 영국에서 리치티 비스킷을 하도 먹어서 얼굴에 달이 떴다고 얘기한다고 대답했다. 다시 살을 빼려고 노력하는 중이라 그런 거라고 했다.

로리는 아니라는 걸 알았지만 아무리 직설적인 그녀라도 어머니의 면전에 대고 거짓말이라고 할 수는 없었다. 그들 네 명이 한꺼번에 어머니를 찾아갔다면, 그러니까 집단으로 공격했다면 자백을 받아낼 수 있었을지 모른다. 하지만 트렌트조차 그럴 생각을 하지 못했다.

루의 학위 증서가 담긴 액자가 책상 뒤편 벽에 걸려 있었다. 다른 동생들은 문 앞에 옹기종기 모여서 공포로 토악질이 나오려는 걸 참는 가운데 트렌트는 학위증을 떼서 책상에 내려놓고 그 액자가 걸렸던 자리의 정중앙에 아주 작게 구멍을 뚫었다. 오 센티미터쯤 들어갔을 때 드릴이 금속에 부딪혔다.

트렌트는 절대 삐딱하지 않도록 단단히 신경을 써가며 조심스럽게 학위증을 다시 걸고 밖으로 나갔다.

리사가 안도의 울음을 터뜨렸고 브라이언도 이내 울음바다에 합류했다. 혐오감을 느끼는 표정이었지만 어쩔 수가 없는 모양이었다.

메이플 스트리트의 그 집

로리도 눈물이 나오려는 걸 참느라 기를 써야 했다.

2층으로 내려가는 층계를 따라 어느 정도 간격을 두고 구멍을 뚫어보니 거기에도 벽 뒤에 금속이 있었다. 대략 2층 복도 중간까지 집의 전면을 향해 이어졌다. 브라이언의 방에도 벽 뒤에 금속이 있었지만 로리의 방은 한쪽 벽만 그랬다.

"여기서는 아직 덜 자란 거야." 로리가 음울한 목소리로 말했다.

트렌트는 놀란 얼굴로 그녀를 바라보았다. "응?"

그녀가 뭐라고 대꾸를 하기 전에 브라이언이 퍼뜩 묘안을 떠올렸다.

"바닥을 뚫어봐, 형! 거기에도 있는지 확인해봐."

트렌트는 곰곰이 생각해보다가 어깨를 으쓱하고 로리의 방바닥에 구멍을 뚫었다. 드릴이 아무 저항 없이 끝까지 들어갔지만 그의 침대 발치에 깔린 러그를 걷고 뚫었을 때는 이내 단단한 강철 아니면…… 단단한 무언가에 부딪혔다.

그런 다음 리사가 하자는 대로 걸상 위로 올라가서 얼굴 위로 쏟아지는 회반죽 부스러기 때문에 실눈을 떠가며 천장을 뚫었다.

"띠용." 잠시 후에 그가 말했다. "여기도 있네. 오늘은 여기까지 하자."

트렌트가 얼마나 심란한 표정을 짓고 있었는지 알아차린 사람은 로리밖에 없었다.

그날 밤에 불이 모두 꺼졌을 때 이번에는 트렌트가 로리의 방을 찾아갔다. 로리는 졸린 척조차 하지 않았다. 사실 둘 다 지난 몇 주 동안 제대로 잠을 자지 못했다.

"그게 무슨 소리였어?" 트렌트가 그녀의 옆에 앉으며 속삭였다.

"뭐가?" 로리는 한쪽 팔꿈치를 딛고 몸을 일으키며 말했다.

"네 방에서는 아직 덜 자란 거라고 했잖아. 그게 무슨 소리였느냐고."

"왜 이래……. 오빠 바보 아니잖아."

"그래, 아니지." 그는 덤덤하게 인정했다. "어쩌면 네 설명을 듣고 싶어서 그런 건지 몰라, 꼬챙이."

"그렇게 부르면 절대 들을 일 없을 거야."

"알았어. 로리, 로리, 로리. 됐니?"

"응. 그건 온 집을 뒤덮으며 자라고 있어." 그녀는 말을 멈추었다. "아니, 그건 아니다. 집 아래에서 자라고 있다고 해야지."

"그것도 아니야."

로리는 생각해보더니 한숨을 쉬었다.

"알았어. 집안에서 자라고 있지. 집을 야금야금 갉아먹어가며. 이제 됐나요, 잘난 척 대마왕 님?"

"집을 야금야금 갉아먹는다……." 트렌트는 그녀의 옆에 앉아서 크리시 하인드의 포스터를 보며 그녀가 쓴 표현을 음미하는 듯했다. 이윽고 그는 고개를 끄덕이며 그녀가 사랑해마지않는 미소를 지었다. "그래……. 제법인데?"

"뭐라고 부르건 간에 살아 있는 듯이 움직이고 있어."

트렌트는 고개를 끄덕였다. 그도 이미 예상한 부분이었다. 금속이 무슨 수로 살아 있는지 알 도리가 없었지만 지금으로서는 그녀가 내린 결론을 받아들이는 수밖에 없었다.

"제일 끔찍한 부분은 그게 아니야."

"그럼 뭔데?"

"살금살금 움직인다는 거." 그의 눈을 똑바로 쳐다보고 있는 그녀의 눈은 휘둥그렇고 겁에 질려 있었다. "나는 그게 정말 섬뜩해. 어떤 이유에서 이런 현상이 시작됐고 그게 뭘 의미하는지는 모르겠어. 관심도 없어. 하지만 그게 살금살금 움직이고 있어."

그녀는 진한 금발을 손으로 빗어서 관자놀이 뒤로 넘겼다. 트렌트는 조바심이 섞인 그 무의식적인 동작을 보고 머리색이 똑같았던 아빠가 생각나서 가슴이 아렸다.

"오빠, 무슨 일이 벌어질 것 같은데 무슨 일일지 모르겠고 깨어나지 못하는 악몽을 꾸고 있는 듯한 기분이야. 오빠도 가끔 그렇게 느껴진 적 있어?"

"응, 조금은. 하지만 나는 무슨 일이 벌어질 거라는 걸 알아. 어떤 일일지도 알겠고."

그녀는 벌떡 일어나 앉아서 그의 손을 잡았다. "안다고? 뭔데? 무슨 일인데?"

"아직 정확하지는 않아." 트렌트는 이렇게 얘기하며 일어났다. "아는 것 같은데 아직 얘기할 단계는 아니야. 좀더 살펴봐야 해."

"구멍을 더 뚫었다가는 집이 무너질지 몰라!"

"내가 언제 구멍을 뚫겠다고 했냐. 살펴보겠다고 했지."

"뭘 찾으려고?"

"아직 없는 거. 아직 자라지 않은 거. 하지만 자라기 시작하면 숨어 있지 못할 거야."

"뭔지 얘기해줘, 오빠!"

"아직은 안 돼." 그는 말하고 그녀의 뺨에 살짝 입을 맞추었다. "게다가…… 알면 꼬챙이가 다칠 수도 있거든."

"못됐어!"

그녀는 나지막이 외치고 털썩 드러누워서 이불을 뒤집어썼다. 하지만 트렌트와 얘기를 하고 났더니 홀가분해져서 지난 일주일을 모두 합친 것보다 더 단잠을 잘 수 있었다.

트렌트는 파티가 열리기 이틀 전에 찾던 걸 발견했다. 그는 만이답게 어머니가 걱정스러울 정도로 아파 보이고, 얼굴 가죽이 광대뼈 위로 당겨져서 번들거리며, 안색이 너무 창백해서 누렇게 떠 보일 정도라는 것을 알아차렸어야 했을지 모른다. 그녀가 툭하면 관자놀이를 문지르면서도 편두통이 아니라고, 일주일 넘게 편두통을 앓지 않았다고 기겁하다피 손사래를 친다는 것을 알아차렸어야 했을지 모른다.

하지만 그는 알아차리지 못했다. 집안을 살피고 다니느라 정신이 없었다.

로리와 밤에 이야기를 나누고 찾던 걸 발견하기 전까지 너댓새 동안 트렌트는 오래전에 지어진 그 큰 집의 모든 벽장을 최소 세 번씩 뒤졌다. 루의 서재 위편 좁은 공간은 대여섯 번, 널찍한 지하실은 예닐곱 번 뒤졌다.

마침내 그것을 발견한 곳은 지하실이었다.

다른 데가 멀쩡했다는 건 아니다. 다른 곳에도 대개 특이한 부분들이 있었다. 2층 벽장의 천장에는 스테인리스스틸로 된 문손잡이가 삐죽 튀어나와 있었다. 여행 가방을 보관하는 3층 벽장에는 곡선 모양의 금속 골조 비슷한 것이 옆면을 뚫고 나왔다. 원래는 희미하게 광이 나는 회색이었다. 하지만 그가 건드리자 탁한 장밋빛으로 붉어졌고 벽 속 깊은 곳에서 희미하지만 강렬하게 웅웅거리는 소리가 들렸다. 그는 뜨거운 것에 데기라도 한 듯 손을 얼른 거두었다(처음에 전기레인지 화구와 비슷한 색으로 변했을 때는 진짜로 뜨거웠다). 그가 손을 거두자 곡선 모양의 금속은 다시 회색으로 변했다. 웅웅거리던 소리도 당장 그쳤다.

그전날에는 다락방의 처마 아래 어두컴컴한 구석에서 얇은 전선이 거미줄처럼 서로 뒤엉킨 채 자라고 있는 것을 발견했다. 아무 소득 없이 땀을 흘리고 몸에 먼지만 묻혀가며 엉금엉금 기어다니다 문득 이 놀라운 사태를 목격했다. 그는 그 자리에 얼어붙은 채, 어딘지 모를 곳에서 나온 (그의 눈에는 그렇게 보였다) 전선이 만나서 한데 합쳐지기라도 하려는 듯 서로 단단히 얽혀서 계속 뻗어나가다가 바닥에 닿자 구멍을 뚫고 부옇게 톱밥 가루를 날려가며 닻을 내리는 것을, 떡이 져서 엉킨 머리칼 사이로 멀뚱멀뚱 쳐다보았다. 그것들은 수없이 난타당하고 혼쭐이 나더라도 집을 지탱할 수 있을 만큼 단단하고 유연한 버팀목 비슷한 것을 만들려는 듯했다.

그런데 난타당하다니?

혼쭐이 나다니?

이번에도 트렌트는 알 것 같았다. 믿기지 않았지만 알 것 같았다.

작업실과 보일러 너머 지하실의 북쪽 끝에 조그만 벽장이 있었다. 친아버지는 여길 '와인 창고'라고 불렀고 싸구리 와인(어머니는 이 단어를 들을 때마다 쿡쿡 웃었다) 스물댓 병이 고작이었지만 직접 만든 십자 무늬 랙에 조심스럽게 넣어두었다.

루는 작업실보다 여길 더 등한시했다. 그는 와인을 마시지 않았다. 그리고 어머니는 아버지와 함께 한두 잔씩 종종 마셨지만 이제는 더이상 마시지 않았다. 브라이언이 어머니에게 왜 이제는 벽난로 앞에서 싸구리 와인을 마시지 않느냐고 물었을 때 어머니가 얼마나 슬픈 표정을 지었는지 트렌트는 기억했다.

"루가 술 마시는 걸 싫어하거든." 어머니는 브라이언에게 말했다. "나약한 사람이나 그런 데 의지하는 거라고."

와인 창고 문에 달린 자물쇠는 보일러의 열기가 들어오지 않게 걸어놓은 것에 불과했다. 문 바로 옆에 열쇠가 매달려 있었지만 필요 없었다. 그가 지난번에 조사를 하러 왔을 때 자물쇠를 열어놓았는데 그 뒤로 자물쇠를 건드린 사람이 없었다. 그가 알기로 이제는 지하실 이 끝까지 들락거리는 사람이 없었다.

그는 문 앞으로 다가갔을 때 엎질러진 와인의 시큼한 냄새를 맡고 별로 놀라지 않았다. 그와 로리가 알고 있던 사실을 입증하는 또다른 증거일 뿐이었다. 온 집안이 조용히, 교묘하게 달라지고 있었다. 문을 연 그는 눈앞에 펼쳐진 광경을 보고 겁에 질리기는 했지만 별로 놀라지는 않았다.

금속 구조물이 와인 창고의 두 벽을 뚫고 나와서 다이아몬드 모양으로 이루어진 와인 랙을 박살내서 볼랭저와 몬다비와 바탈리아

와인 병을 깨뜨렸다.

좁은 다락방의 전선이 그랬듯 여기에서 형성되고 있는 뭔지 모를 것, 로리의 표현을 빌자면 자라고 있는 뭔지 모를 것도 아직 미완성이었다. 그것이 빙글빙글 돌며 번쩍거리자 트렌트는 눈이 아프고 속이 살짝 울렁거렸다.

하지만 여기에는 전선도, 곡선 골조도 없었다. 친아버지의 방치된 와인 창고에서 자라고 있는 것은 캐비닛과 콘솔과 계기판처럼 보였다. 그가 지켜보는 가운데 희미한 형체들이 흥분한 뱀처럼 고개를 들었고 점점 또렷해지면서 다이얼과 레버와 판독기로 바뀌었다. 여기저기서 불빛이 깜빡였다. 그가 지켜보는 가운데 새롭게 깜빡이기 시작한 곳도 있었다.

나지막이 한숨을 쉬는 소리가 이 탄생의 과정에 동반됐다.

트렌트는 조그만 와인 창고 안으로 조심스럽게 한 발짝 내디뎠다. 유난히 밝은 빨간색 불빛이 그의 시선을 사로잡았다. 그는 걸음을 옮기며 재채기를 했다. 기기와 콘솔이 오래된 콘크리트를 뚫고 나오면서 엄청난 먼지 구름을 일으켰다.

그의 시선을 사로잡은 불빛은 숫자였다. 빙글빙글 돌며 콘솔에서 뻗어져나오는 금속 구조물에 달린 유릿조각 밑에서 숫자들이 반짝였다. 이 새로운 구조물은 의자 비슷했지만 누구든 편하게 앉아 있을 만한 형태가 아니었다. 그 누군가가 인간이라면 그랬다. 이 생각이 들자 트렌트는 살짝 몸서리가 쳐졌다.

유릿조각은 뒤틀린 의자인지 뭔지 모를 것의 팔걸이에 달려 있었다. 그리고 숫자들이 그의 시선을 사로잡았던 이유는 달라지고 있어서였다.

    72:34:18

이었던 것이

    72:34:17

에서 다시

    72:34:16

으로 바뀌었다.

트렌트는 초침이 달린 그의 손목시계를 쳐다보았지만 그건 이미 짐작했던 사실을 확인하는 용도에 불과했다. 이 의자가 실제로는 의자일지 아닐지 몰라도 유릿조각 아래에서 반짝이는 숫자들은 디지털 시계였다. 시계가 거꾸로 돌아가고 있었다. 정확하게는 카운트다운을 하고 있었다. 숫자가 그날 오후로부터 약 삼 일 뒤에

    00:00:01

에서

    00:00:00

으로 바뀌면 어떻게 될까?

그는 정답을 안다고 자신할 수 있었다. 미국에서 사는 남자아이치고 거꾸로 가던 시계가 드디어 0을 가리켰을 때 어떤 일이 벌어지는지 모르는 아이는 없었다. 폭발하든지 공중으로 이륙하든지 둘 중 하나였다.

트렌트가 생각하기에 폭발한다고 보기에는 기기와 장비가 너무 많았다.

그들이 영국에 있는 동안 무언가가 집안으로 들어온 것 같았다.

우주를 십억 년 동안 떠다니던 포자 비슷한 것이 지구의 인력 안으로 들어와서 산들바람에 날리는 민들레 홀씨처럼 대기권을 뚫고 빙글빙글 추락하다가 인디애나 주 타이터스빌의 이 집 굴뚝으로 떨어진 것이었다.

인디애나 주 타이터스빌에 있는 브래드베리 가족의 집으로 말이다.

물론 완전히 잘못 짚은 것일 수도 있었지만 트렌트가 보기에는 포자설이 맞는 듯했다. 그가 브래드베리 사 남매의 맏이기는 했지만 밤 9시에 페페로니 피자를 먹어도 푹 잘 수 있고 자신의 통찰력과 직감을 온전하게 믿을 만큼 어린 나이였다. 그리고 어떻게 보면 그건 사실 중요한 문제가 아니었다. 중요한 건 이미 벌어진 현상이었다.

그리고 두말하면 잔소리지만 앞으로 무슨 일이 벌어질까였다.

이번에 트렌트는 와인 창고를 나서며 자물쇠만 채운 게 아니라 열쇠까지 들고 갔다.

루의 교직원 파티에서 끔찍한 사건이 벌어졌다. 사건이 벌어진 시점은 첫 번째 손님이 등장하고 사십오 분밖에 지나지 않은 9시 십오 분 전이었고 트렌트와 로리는 나중에 루가 그들의 어머니에게 일찌 감치 일을 저질러준 게 유일한 배려였다고 고함을 지르는 걸 들었다. 10시 정도까지 뜸을 들였다면 쉰여 명의 손님들이 거실과 식당과 부엌과 내실을 돌아다니고 있었을 거라면서.

"당신 도대체 왜 그래?" 트렌트와 로리는 루가 어머니에게 이렇게 소리지르는 걸 들었다. 트렌트는 로리의 손이 차가운 생쥐처럼 그의 손바닥 안으로 파고드는 게 느껴지자 꼭 잡았다. "사람들이 뭐라고 하겠어? 우리 학과 사람들이 뭐라고 수군대겠어? 정말이지 캐서린⋯⋯. 코미디 쇼의 한 장면 같았다고!"

어머니는 속수무책으로 나지막이 흐느낄 따름이었다. 순간 트렌트는 어머니를 향한 끔찍한 혐오감이 자기도 모르게 솟구쳤다. 어머니는 애초에 왜 이런 남자랑 결혼을 했을까? 어처구니없는 실수를 저질렀다고 이런 취급을 당해도 되는 걸까?

그는 부끄러운 마음에 이런 생각을 멀찌감치 떨치며 동생을 돌아보았다. 놀랍게도 눈물이 로리의 뺨을 타고 쏟아지고 있었고 무언의 슬픔이 담긴 눈빛이 단검처럼 그의 심장에 꽂혔다.

"엄청난 파티였어, 그치?" 그녀는 손바닥으로 뺨을 훔치며 속삭였다.

"맞아, 꼬챙아." 그는 말하고 그의 어깨에 기대고 소리가 나지 않게 울 수 있도록 그녀를 끌어안았다. "올 한 해를 통틀어 가장 재미있었던 일 톱텐에 들 수도 있겠어."

(다시 캐서린 브래드베리가 될 수 있길 그 무엇보다 간절히 바랐던) 캐서린 에번스는 모두를 속이고 있었다. 그녀는 이번에는 하루나 이틀이 아니라 이 주 동안 머리가 깨질 듯한 편두통에 시달리고 있었다. 그동안 거의 아무것도 먹지 못했고 살이 칠 킬로그램 빠졌다. 그녀가 역사학과장인 스티븐 크러치머와 그의 아내에게 카나페를 건네고 있었을 때 주변이 잿빛으로 변하면서 사방이 빙글빙글 멀어졌다.

그녀가 맥없이 앞으로 고꾸라지자 오늘 이 자리를 위해 거금을 주고 장만한 크러치머 부인의 노마 카말리 원피스 위로 중국식 돼지고기 롤이 쟁반째 쏟아졌다.

브라이언과 리사는 소란스러운 소리를 듣고 무슨 일인가 확인하려고 잠옷 바람으로 살금살금 계단을 내려왔는데 사실 그 둘은, 아니 사 남매 모두는 파티가 시작된 이후 1층 출입이 금지됐다. "교직원 파티에서 애들이 보이면 사람들이 싫어하거든." 루가 그날 오후에 퉁명스럽게 설명했다. "괜한 오해를 살 수도 있고."

동그랗게 모여서 무릎을 꿇고 걱정하는 교직원들(크러치머 부인은 거기 없었다. 그녀는 소스가 완전히 착색되기 전에 물로 씻어내려고 부엌으로 달려간 참이었다) 사이로 바닥에 쓰러진 어머니의 모습이 보이자 새아버지의 단호한 명령을 잊고 리사는 울면서, 브라이언은 놀라서 흥분한 목소리로 고함을 지르며 달려갔다. 그 와중에 리사는 아시아학과장의 왼쪽 콩팥을 발로 걷어찼다. 그녀보다 두 살 많고 몸무게가 십사 킬로그램 더 나가는 브라이언은 좀더 훌륭한 성과를 거두었다. 분홍색 원피스를 입고 앞코가 위로 들린 뒤축 없는 구두를 신고 있었던 통통한 가을학기 초빙 강사를 쳐서 벽난로 앞으로 날려버린 것이었다. 강사는 흑회색 재를 뒤집어쓴 폭신한 덩어리로 변신해 멍하니 그 자리에 주저앉았다.

"엄마! 엄마!" 브라이언은 전직 캐서린 브래드베리를 잡고 흔들며 울부짖었다. "엄마! 정신 차려요!"

에번스 부인은 꿈틀거리며 앓는 소리를 냈다.

"2층으로 올라가라." 루가 싸늘한 목소리로 말했다. "둘 다."

그들이 말을 들을 조짐을 보이지 않자 루는 리사의 어깨에 손을 얹고 아파서 비명을 지를 때까지 세게 붙잡았다. 두 뺨만 싸구려 연지를 바른 듯이 빨개졌을 뿐 시체처럼 새하얘진 그의 얼굴 위에서 두 눈이 그녀를 향해 이글거렸다.

"이건 내가 알아서 처리하마." 그는 말을 하는 와중에도 벌어지지 않을 정도로 이를 세게 다물고서 으르렁거렸다. "너랑 네 오빠는 지금 당장 올라가……."

"그 손 놓으시지, 이 나쁜 놈아." 트렌트가 또렷하게 얘기했다.

루와 일찍 와서 이 재미있는 여흥을 구경할 수 있었던 참석자들은 일제히 거실과 복도 사이의 아치 모양 입구로 고개를 돌렸다. 트렌트와 로리가 거기에 나란히 서 있었다. 트렌트는 새아버지처럼 얼굴이 새하얗게 질렸지만 차분하고 결연했다. 많지는 않아도 파티 참석자 가운데 몇 명은 캐서린 에번스의 첫 번째 남편과 알던 사이였는데, 그들이 나중에 증언한 바에 따르면 아버지와 아들의 닮은 정도가 어마어마했다. 빌 브래드베리가 살아 돌아와서 성질 나쁜 후임과 맞서 싸우는 듯했다.

"2층으로 올라가라." 루가 말했다. "넷 다. 너희들은 걱정할 것 없다. 너희들이 걱정할 문제는 전혀 없어."

크리치머 부인이 돌아왔다. 노마 카말리 원피스의 가슴 부분이 축축했지만 얼룩이 제법 지워졌다.

"리사한테서 손 떼요." 트렌트가 말했다.

"우리 엄마한테서 떨어지고요." 로리가 말했다.

에번스 부인이 머리에 손을 대고 일어나 앉아서 주위를 멍하니 두리번거렸다. 두통이 풍선처럼 터진 뒤라 정신이 없고 기운도 없었지만 지난 십사 일 동안 견뎌왔던 고통에서 마침내 해방될 수 있었다. 그녀는 루가 당황스러워할 만한, 어쩌면 그의 얼굴에 먹칠할 만한 끔찍한 실수를 저질렀다는 걸 알았지만 지금 당장은 고통이 사라진 데 감사할 따름이었다. 수치심은 나중에서야 느낄 수 있을 것이었다. 지금은 아주 천천히 2층으로 올라가서 눕고 싶은 마음뿐이었다.

"너희들 나중에 혼날 줄 알아라." 루는 충격으로 거의 완벽한 정적이 흐르는 거실에서 네 명의 의붓자식을 쳐다보며 이렇게 얘기했다. 넷을 한꺼번에 쳐다보지 않고 각자가 저지른 죄의 성격과 크기를 점수로 매기려는 듯 한 명씩 눈에 담았다. 그의 시선이 리사에게 닿자 그녀는 울음을 터뜨렸다. "아이들이 버릇없는 행실을 보여서 죄송합니다." 그는 누구에게랄 것도 없이 거실에 모인 사람들을 향해 말했다. "아내가 너무 오냐오냐 키우는 것 같네요. 이 아이들에게 필요한 건 영국 출신의 훌륭한 유모……."

"바보 같은 소리하지 마요, 루." 크루치머 부인이 말했다. 목소리가 아주 우렁찼지만 듣기 좋지는 않아서 당나귀 우는 소리를 내는 바보 같았다. 브라이언이 펄쩍 뛰며 동생을 붙잡았고 더는 참지 못하고 눈물을 보였다. "부인이 기절했잖아요. 아이들은 걱정이 돼서 그런 걸요."

"맞아요." 초빙 강사가 벽난로와 거구를 분리시키느라 끙끙대며 말했다. 분홍색 원피스 곳곳이 회색으로 얼룩덜룩했고 얼굴에는 검댕이 길게 묻었다. 앞코가 황당하지만 매력적으로 휜 구두만 그 신세를 모면했는데 그래도 그녀는 의연했다. "아이들은 당연히 엄마를 걱정해야죠. 그리고 남편은 부인을 걱정해야 하고요."

그녀는 이렇게 얘기하며 들으라는 듯이 루 에번스를 쳐다보았지만 루는 그녀의 눈빛을 알아차리지 못했다. 그는 트렌트와 로리가 어머니를 부축해서 계단을 어디까지 올라갔는지 확인하느라 여념이 없었다. 리사와 브라이언은 의장대처럼 그 뒤를 쫓아갔다.

파티는 계속 이어졌다. 좀 전에 있었던 일은 근사한 파티에서 불쾌한 사건이 벌어지면 대개 그렇듯 유야무야 넘어갔다. (남편이 파티를 열겠다고 선포한 뒤로 하루에 기껏해야 세 시간밖에 자지 못했던) 에번스 부인은 머리가 베개에 닿자마자 잠이 들었고 아이들은 루가 1층에서 아내 없이 사근사근하게 손님을 접대하는 소리를 들었다. 트렌트가 느끼기에는 그가 겁이 질린 생쥐처럼 종종거리는 아내를 신경쓰지 않아도 된다는 데 오히려 안도하는 듯했다.

그는 한 번도 올라와서 아내의 상태가 어떤지 살피지 않았다.

파티가 끝날 때까지 단 한 번도 그러지 않았다.

그는 마지막 손님까지 배웅하고 난 다음 터벅터벅 2층으로 올라가서 그녀를 깨웠고…… 그녀는 목사와 루 앞에서 순종하겠다고 맹세하는 실수를 저지른 이래 모든 일에서 그랬듯 고분고분 눈을 떴다.

루는 바로 옆방인 트렌트의 방에 고개를 들이밀고 눈으로 아이들을 살폈다.

"다 여기 있을 줄 알았다." 그는 만족스럽다는 듯이 고개를 살짝 끄덕였다. "여기 모여서 공모를 하고 있겠거니 했지. 다들 혼날 줄 알아라. 혼나야지. 내일. 오늘밤에는 침대에 누워서 반성해. 이제 각자 방으로 가라. 더는 살금살금 돌아다니지 말고."

리사와 브라이언은 '살금살금' 돌아다니지 않았다. 둘 다 너무 피곤했고 감정적인 소모가 심해서 침대에 눕자마자 곯아떨어졌다. 하지만 로리는 '대디 루'의 경고에도 불구하고 트렌트의 방으로 다시 찾아갔고 두 아이는 말없이 환멸을 달래며, 새아버지가 그의 파티에서 감히 기절했다고 어머니를 호되게 닦아세우는 소리와…… 어머니가 아무 반박도 심지어 항변도 없이 울기만 하는 소리를 들었다.

"오빠, 이제 어떻게 하면 좋아?" 로리가 그의 어깨에 입을 대고 숨죽인 목소리로 물었다.

트렌트의 얼굴은 몹시 창백하고 고요했다. "어떻게 하느냐고?" 그가 되물었다. "글쎄, 아무것도 하지 않을 거야, 꼬챙아."

"뭐라도 해야지! 뭐라도 해야지, 오빠! 엄마를 도와야지!"

"아니, 하지 않을 거야." 트렌트는 희미하고 섬뜩한 미소를 입가에 머금고 있었다. "이 집이 우리를 대신해서 해결해줄 테니까." 그는 시계를 보고 시간을 계산했다. "내일 오후 3시 34분쯤에 이 집이 전부 해결해줄 거야."

오전에는 아무 벌도 내려지지 않았다. 루 에번스는 노르만 정복의 결과를 주제로 8시에 열기로 한 세미나 준비에 여념이 없었다. 트렌트와 로리는 그걸 보고 별로 놀라지 않았지만 뛸 듯이 기뻐하기는 했다. 그는 그들에게 그날 저녁 서재로 한 명씩 불러서 "각자에게 몇 번의 매질을 할애하겠다"고 했다. 그는 이렇듯 알쏭달쏭한 인용문으로 협박을 날린 뒤 머리를 꼿꼿하게 들고 오른손으로 서류 가방을 단단히 들고 씩씩하게 집을 나섰다. 그의 포르셰가 으르렁거리며 도로를 질주했을 때 그들의 어머니는 계속 잠을 자고 있었다.

두 동생은 그림 형제의 동화 속 삽화처럼 서로 끌어안고 부엌 앞에 서서 로리를 쳐다보고 있었다. 리사는 울고 있었다. 브라이언은 아직까지 입술을 꾹 다물고 있었지만 얼굴이 창백했고 눈 밑에 자주색 주머니가 달렸다. "우리를 때릴 거야." 브라이언이 트렌트에게 말했다. "아주 세게 때릴 거야."

"아니야." 트렌트가 말했다. 그들은 기대하는 한편 미심쩍어하는 눈빛으로 그를 쳐다보았다. 루는 체벌을 하겠다고 약속했다. 심지어 트렌트도 이 고통스러운 굴욕을 면제받지 못했다.

"하지만 오빠……." 리사가 말문을 열었다.

"내 말 들어." 트렌트는 식탁에서 의자를 꺼내고 거꾸로 돌려서 두 동생을 마주보고 앉았다. "내 말 잘 들어, 한마디도 놓치지 말고. 중요한 일이라서 아무도 망치면 안 되니까."

그들은 초록빛이 도는 파란색 눈을 크게 뜨고 말없이 그를 바라보았다.

"학교가 끝나자마자 곧바로 집으로 오되…… 집 앞 모퉁이까지만 와. 메이플이랑 월넛이 만나는 모퉁이까지만. 알았지?"

"으응." 리사가 머뭇거리며 대답했다. "하지만 왜, 오빠?"

"이유는 몰라도 돼." 트렌트가 말했다. 똑같이 초록빛이 도는 파란색인 그의 눈이 반짝였고 로리는 그걸 보며 장난기로 반짝이는 게 아니라는 생각을 했다. 왠지 모르게 위험하게 느껴진다는 생각을 했다. "그냥 거기로 와. 우편함 옆에 서 있어. 3시, 늦어도 3시 15분까지는 와야 해. 알겠지?"

"응." 브라이언이 동생의 대답까지 대신했다. "알았어."

"로리하고 나는 미리 와 있거나 아니면 너희가 도착하자마자 우리도 도착할 거야."

"무슨 수로, 오빠?" 로리가 물었다. "학교 수업이 3시는 돼야 끝날테고 나는 밴드 연습이 있고 버스를 타면……."

"우리는 오늘 학교에 가지 않을 거야." 트렌트가 말했다.

"응?" 로리는 당황스러워했다.

리사는 경악했다. "오빠!" 그녀가 외쳤다. "그러면 안 되지! 그건…… 그건…… 땡땡이잖아!"

"진작 그랬어야 했어." 트렌트는 엄숙하게 얘기했다. "이제 너희둘은 학교 갈 준비해. 잊지 마, 메이플이랑 월넛이 만나는 길모퉁이, 3시, 아무리 늦어도 3시 15분. 그리고 무슨 일이 있더라도 집까지 오지는 말 것." 그가 매서운 눈빛으로 쳐다보자 브라이언과 리사는 겁에 질려서 움츠러든 눈빛으로 그를 마주보며 다시 한번 서로 끌어안았다. 심지어 로리마저 겁에 질렸다. "우리를 기다려, 절대 이 집으로 들어오지는 말고. 무슨 일이 있어도 그러면 안 돼."

동생들이 떠나자 로리는 그의 셔츠를 붙잡고 무슨 일인지 알아야겠다고 다그쳤다.

"이 집에서 자라는 그것이랑 연관이 있겠지. 나도 알아. 하지만 내가 학교를 땡땡이치면서 오빠를 돕길 바란다면 왜 그러는지 얘기를 하는 게 좋을 거야, 트렌트 브래드베리!"

"진정해, 얘기할 테니까." 트렌트가 말했다. 그는 단단히 쥐고 있던 로리의 손에서 셔츠를 조심스럽게 빼냈다. "그리고 조용히 해. 너때문에 엄마가 깨면 우리를 학교로 보낼 테고 그러면 안 되니까."

"알았어, 뭔데? 얘기해!"

"지하실로 가자." 트렌트가 말했다. "보여줄 게 있어."

그는 지하실의 와인 창고로 앞장섰다.

트렌트는 그가 생각하기에도 끔찍하고 좀 극단적인 조치라 로리가 그의 계획에 찬성할지 백 퍼센트 자신할 수 없었는데…… 그녀는 찬성했다. '대디 루'의 체벌만 견디면 되는 거였다면 찬성하지 않았을 테지만, 어머니가 정신을 잃고 거실 바닥에 쓰러져 있는데 매몰차게 대응하는 새아버지를 보고 로리도 트렌트처럼 엄청나게 충격을 받았다.

"응." 로리가 으스스한 목소리로 말했다. "그렇게 해야 한다고 생각해." 그녀는 의자의 팔걸이 위에서 깜빡이는 숫자를 쳐다보고 있었다. 숫자가 이제는

    07:49:21

이었다. 와인 창고가 이제는 와인 창고가 아니었다. 와인 냄새가 코를 찔렀고 깨진 초록색 유릿조각과 아버지가 만든 와인 랙의 잔해가 바닥에 나뒹굴었지만 이제는 미치광이가 엔터프라이즈 우주선의 조종실을 재현한 공간처럼 보였다. 여기저기서 다이얼이 돌아갔다. 디지털 판독기들이 깜빡거리다가 숫자가 바뀌었고 다시 깜빡거렸다. 불빛들이 명멸하고 번쩍였다.

"응. 나도 그렇게 생각해. 그 나쁜 놈이 우리 엄마한테 그렇게 소리를 지르다니!"

"오빠, 그러지 마."

"그 인간은 등신이야! 개자식이야! 병신 새끼야!"

하지만 이건 겁에 질린 속마음을 욕으로 감추려는 것에 불과했고 둘 다 그렇다는 걸 알았다. 트렌트는 온갖 기기와 제어장치로 이루어진 이상한 덩어리를 보고 있으면 못 미덥고 불안해서 구역질이 날 것 같았다. 어렸을 때 아버지가 읽어주었던 책이 생각났다. 우표를 먹는 트롤러스크라는 녀석이 어떤 여자아이를 봉투에 넣어서 관계자에게 보낸다는 내용의 머서 메이어 작품이었다. 그가 그들에게 제안하는 루 에번스를 처리하는 방식도 그것과 거의 같다고 볼 수 있지 않을까?

"우리가 가만히 있으면 그 사람 손에 엄마가 죽을 거야."

로리가 나지막이 말했다.

"뭐?"

토렌트는 목이 아플 정도로 휙 하니 고개를 돌렸지만 로리는 그를 쳐다보고 있지 않았다. 카운트다운을 뜻하는 빨간 숫자를 보고 있었다. 그녀가 학교 가는 날에만 쓰는 안경의 렌즈에 숫자들이 반사됐다. 그녀는 최면에 걸려서 트렌트가 자기를 쳐다보고 있는 줄도, 어쩌면 그가 옆에 있는 줄도 모르는 듯했다.

"일부러는 아니고." 그녀가 말했다. "슬퍼할 수도 있어. 잠깐 동안은. 왜냐하면 내가 보기에 그 사람은 나름대로 엄마를 사랑하고 엄마도 그 사람을 사랑하는 것 같거든. 나름대로 말이야. 하지만 그 사람 때문에 엄마가 점점 심각해질 거야. 계속 병에 시달리다가 결국…… 어느 날…….”

그녀는 말끝을 흐리며 그를 쳐다보았다. 로리의 표정을 보았을 때 트렌트는 살금살금 바뀌어가는 집안의 그 어떤 것을 대했을 때보다 더 큰 공포를 느꼈다.

“얘기해봐, 오빠.” 그의 팔을 잡은 그녀의 손이 몹시 차가웠다. “어떻게 하면 되는지 얘기해봐.”

그들은 같이 루의 서재로 올라갔다. 트렌트는 샅샅이 뒤집어엎을 마음의 준비를 하고 있었지만 열쇠는 루가 작고 깔끔하고 어떻게 보면 치질에 걸린 듯한 글씨체로 서재라고 적어놓은 봉투에 담겨서 맨 위 서랍에 들어 있었다. 트렌트는 열쇠를 주머니에 넣었다. 그들은 2층에서 엄마가 일어났음을 의미하는 샤워 소리가 들렸을 때 밖으로 나갔다.

그들은 공원에서 시간을 때웠다. 둘 다 말은 하지 않았지만 지금까지 이렇게 긴 하루를 보낸 적이 없었다. 순찰을 도는 경찰관이 두 번 보이자 사라질 때까지 공중화장실에 숨어 있었다. 지금은 무단결석생으로 붙잡혀서 학교로 실려갈 때가 아니었다.

2시 30분이 되자 트렌트는 로리에게 이십오 센트짜리 동전을 주고 공원의 동쪽에 있는 공중전화 부스까지 같이 걸어갔다.

“꼭 이래야 해?” 그녀가 물었다. “간밤에 그런 일이 있은 마당에 엄마한테 겁을 주기는 싫은데.”

“뭔지 모를 일이 벌어질 때 엄마가 집안에 있으면 좋겠어?”

트렌트가 물었다. 로리는 더이상 군소리 없이 동전을 전화기에 넣었다.

신호가 몇 번이고 울리자 그녀는 어머니가 외출을 했는가 보다고 생각했다. 다행스러운 일일 수도 있지만 유감스러운 일일 수도 있었다. 걱정스러운 상황이기는 했다. 외출을 했다면 그전에 돌아올 수도……

"오빠, 아무래도 엄마가 집에 없……."

"여보세요?"

에번스 부인이 졸린 목소리로 전화를 받았다.

"아, 엄마. 집에 안 계신 줄 알았어요."

"다시 누웠어." 그녀는 당황스러워하며 살짝 웃음을 터뜨렸다. "갑자기 자도 자도 계속 졸리네. 잠이 들면 간밤에 내가 얼마나 추태를 보였는지 잊어버릴 수 있다고……."

"엄마, 추태 아니었어요. 누가 기절하고 싶어서 하는 것도 아니고……."

"로리, 웬일로 전화했어? 무슨 문제가 생긴 건 아니지?"

"그럼요, 엄마…… 저기 그게……."

트렌트가 그녀의 갈비뼈를 찔렀다. 세게 찔렀다.

로리는 허리를 수그리고 있다가(키가 점점 작아지는 듯한 느낌이었다) 벌떡 일어났다. "체육 시간에 다쳤어요. 그냥…… 조금요. 심하지는 않아요."

"어쩌다? 맙소사, 병원에서 전화하는 건 아니지?"

"에이, 아니에요." 로리는 얼른 대답했다. "그냥 발목을 좀 접질렸

어요. 키트 선생님이 엄마한테 연락해서 일찍 데리러 오실 수 있는
지 물어보라고 하셔서요. 제대로 걸을 수 있을지 모르겠거든요. 아
파서요."

"당장 갈게. 최대한 가만히 있어. 인대가 찢어졌을 수도 있으니까.
양호 선생님 옆에 계시니?"

"지금은 안 계세요. 걱정 마세요, 엄마. 조심할게요."

"양호실에 있을래?"

"네." 로리가 말했다. 얼굴이 브라이언의 라디오 플라이어 왜건처
럼 새빨개졌다.

"당장 갈게."

"고마워요, 엄마. 끊을게요."

그녀는 수화기를 내려놓고 트렌트를 쳐다보았다. 숨을 크게 들이
마셨다가 부르르 떨며 길게 내뱉었다.

"재밌네." 그녀는 울음을 터뜨릴 듯한 목소리로 말했다.

그는 그녀를 꼭 끌어안았다. "잘했어." 그가 말했다. "나는 너처럼
못했을 거야, 꼬챙……. 로리. 엄마가 내 말을 믿어주지도 않았을 것
같고."

"앞으로 엄마가 나를 절대 못 믿는 거 아닐까?" 로리는 씁쓸한 투
로 물었다.

"믿어주실 거야." 트렌트가 말했다. "가자."

그들은 월넛 스트리트를 지켜볼 수 있는 공원의 서쪽으로 건너갔
다. 날이 춥고 어두침침해졌다. 머리 위에서 소나기구름이 점점 커
져갔고 쌀쌀한 바람이 불었다. 오 분이라는 끝없이 긴 시간이 지났

을 때 어머니의 스바루가 그들 앞을 지나서 트렌트와 로리가 다니는 그린다운 중학교를 향해 내달렸다. 땡땡이를 치지 않았다면 우리가 지금 거기 있었겠지, 로리는 생각했다.

"정말 쌩하니 달리시네." 트렌트가 말했다. "저러다 사고가 나거나 그러지는 말아야 할 텐데."

"그런 걱정하기에는 이미 늦었어. 가자." 로리는 트렌트의 손을 잡고 다시 공중전화부스 쪽으로 끌고 갔다. "이번에는 오빠가 루한테 전화할 차례잖아. 참 운이 좋으시기도 하지."

트렌트는 동전을 넣고 지갑에서 꺼낸 명함을 보며 역사학과 사무실 번호를 눌렀다. 간밤에 한숨도 자지 못했지만 일단 작전에 발동이 걸리자 냉정하고 침착해지는 걸 느낄 수 있었다. 어찌나 냉정해졌던지 몸에서 냉기가 흐를 정도였다. 그는 손목시계를 흘끗 확인했다. 3시 십오 분 전이었다. 한 시간도 안 남았다. 서쪽에서 희미하게 천둥소리가 들렸다.

"역사학과 사무실입니다." 어떤 여자가 전화를 받았다.

"안녕하세요, 저는 트렌트 브래드베리인데요. 새아버지 루이스 에번스하고 통화할 수 있을까요?"

"에번스 교수님은 지금 수업중이신데요. 수업이……."

"알아요, 현대영국사 수업이 3시 반에 끝난다는 거. 그래도 좀 불러주세요. 긴급 상황이에요. 부인에 관한 문제예요." 그는 고도의 계산 아래 의도적으로 말을 멈추었다가 덧붙였다. "그러니까 우리 엄마요."

한참 동안 정적이 흘렀고 트렌트는 잠깐 희미한 공포를 느꼈다.

그녀가 긴급 상황이건 뭐건 그의 요청을 거부하거나 묵살하려나 보다 싶었는데, 그건 계획의 범주 안에 없는 일이었다.

"교수님은 바로 옆 오글소프 강의실에 계세요." 이윽고 그녀가 말했다. "내가 가서 모셔올게요. 곧바로 집으로 전화하시라고……."

"아니에요, 기다릴게요." 트렌트가 말했다.

"하지만……."

"저기요, 이럴 시간 없는데 얼른 가서 모셔오면 안 될까요?" 그는 괴롭고 지친 목소리를 냈다. 어렵지 않았다.

"알았어요." 비서가 말했다. 그녀의 말투가 기분 상한 쪽에 가까운지, 걱정하는 쪽에 가까운지 알 수가 없었다. "혹시 어떤 일인지 얘기해주면……."

"안 돼요."

수화기 너머에서 불만 섞인 콧방귀 소리가 들렸고 그는 통화중 대기 상태가 되었다.

"뭐래?" 로리가 물었다. 그녀는 화장실에 가고 싶은 사람처럼 동동거렸다.

"기다리는 중이야. 그 사람을 부르러 갔어."

"그 사람이 안 오면 어떡해?"

트렌트는 어깨를 으쓱했다. "그럼 망하는 거지. 하지만 올 거야. 두고 보면 알아." 그는 말투와 달리 그 정도로 자신만만하지는 않았지만 그래도 이게 성공을 거둘 거라고 믿었다. 성공을 거두어야 했다.

"우리가 엄청 늦게까지 시간을 끌었지."

트렌트는 고개를 끄덕였다. 그들은 엄청 늦게까지 시간을 끌었고 로리는 왜 그랬는지 이유를 알았다. 서재 문은 오크 나무라 상당히 단단했지만 자물쇠는 어떨지 전혀 알 수가 없었다. 트렌트는 루가 그걸 시험하는 시간이 얼마 되지 않길 바랐다.

"그 사람이 집으로 오는 길에 모퉁이에 서 있는 브라이언이랑 리사를 보면 어떡하지?"

"아마 화가 머리끝까지 났을 텐데 그런 상황에서는 걔네들이 형광색 바보 모자를 쓰고 죽마를 타고 있대도 못 알아볼 거야."

트렌트가 말했다.

"왜 짜증나게 전화를 안 받는 거야?"

로리가 자기 손목시계를 보며 물었다.

"여보세요?"

"트렌트예요, 루. 엄마가 아저씨 서재에 있어요. 두통이 다시 도졌는지 기절하셨어요. 아무리 깨워도 안 일어나요. 지금 바로 와주시는 게 좋겠어요."

트렌트는 새아버지가 제일 먼저 무슨 걱정을 하는지 듣고서 놀라지 않았지만―사실상 그게 계획의 핵심이었다―그래도 머리끝까지 화가 나서 전화기를 쥔 손마디가 하얘졌다.

"서재? 내 서재 말이냐? 거긴 도대체 뭐하러 들어갔대?"

화가 났는데도 불구하고 트렌트의 말투는 침착했다. "청소하러 가셨겠죠." 그러고는 아내보다 일을 훨씬 더 걱정하는 남자에게 마지막 미끼를 던졌다. "바닥에 종이들이 막 흩어져 있어요."

"당장 달려가마." 루는 내뱉듯이 얘기하고 이렇게 덧붙였다. "창문 열어놓은 거 있으면 닫아라. 폭풍이 온다더라." 그는 작별 인사도 없이 전화를 끊었다.

"뭐래?"

트렌트가 전화를 끊자 로리가 물었다.

"오겠대." 트렌트는 말하고 섬뜩하게 웃었다. "그 새끼, 완전 흥분해서 나더러 학교 안 가고 왜 집에 있느냐고 묻지도 않더라. 가자."

그들은 메이플과 월넛이 만나는 네거리로 달려갔다. 하늘이 이제는 많이 어두컴컴해졌고 천둥소리가 거의 끊임없이 들렸다. 그들이 모퉁이의 우체통에 다다랐을 때 그들이 있는 자리에서부터 언덕을 향해 메이플 스트리트의 가로등에 두 개씩 불이 들어왔다.

리사와 브라이언은 아직 오지 않았다.

"나도 같이 가고 싶어, 오빠."

리사는 이렇게 얘기했지만 얼굴을 보면 거짓말이라는 걸 알 수 있었다. 안색이 아주 창백했고 접시만 한 두 눈에는 흘리지 않은 눈물이 그렁그렁 맺혀 있었다.

"절대 안 돼." 트렌트가 말했다. "너는 여기서 브라이언하고 리사를 기다려."

그들의 이름이 나오자 로리는 고개를 돌리고 월넛 스트리트 쪽을 보았다. 도시락을 손에 들고 종종걸음으로 다가오는 동생들이 보였다. 너무 멀어서 얼굴을 확인할 수 없었지만 동생들이라고 장담할 수 있었다. 그녀는 트렌트에게 동생들이 온다고 얘기했다.

"좋아. 너희 셋은 레드랜드 부인의 산울타리 뒤에 숨어서 루가 지나갈 때까지 기다려. 그런 다음 길거리로 다시 나오되 집안에 들어가거나 동생들을 들여보내면 안 돼. 밖에서 나를 기다려."

"무서워, 오빠."

눈물이 로리의 뺨을 타고 흐르기 시작했다.

"나도 마찬가지야, 꼬챙아." 그는 로리의 이마에 얼른 입을 맞추었다. "하지만 금방 끝날 거야."

그녀가 다른 얘기를 할 겨를도 없이 트렌트는 메이플 스트리트에 있는 브래드베리 가족의 집으로 달려갔다. 달려가면서 손목시계를 흘끗 확인했다. 3시 12분이었다.

집안의 답답하고 뜨거운 공기에 그는 섬뜩해졌다. 구석마다 화약이 흩뿌려져 있고 보이지 않는 사람들이 보이지 않는 도화선에 불을 붙이려고 서 있는 듯한 느낌이었다. 그는 가차 없이 째깍거리며 이제는

    00:19:06

을 가리키고 있을 와인 창고의 시계를 상상했다.

루가 늦으면 어쩐다?

지금은 그걸 걱정할 시간이 없었다.

트렌트는 금방이라도 불이 날 것처럼 답답한 공기를 헤치고 3층으로 달려 올라갔다. 카운트다운이 막바지에 다다르자 집이 살아나서 꿈틀거리는 게 느껴지는 듯했다. 그는 상상일 뿐이라고 속으로 중얼거렸지만 머릿속 한구석에서는 아니라는 걸 알았다.

그는 루의 서재로 들어가서 서류 캐비닛과 책상 서랍을 두세 개 닥치는 대로 열고, 들어 있는 종이를 바닥에 뿌렸다. 몇 분밖에 안

걸렸지만 막 끝냈을 때 포르셰가 달려오는 소리가 들렸다. 오늘은 엔진이 으르렁거리지 않았다. 루가 비명을 지르는 수준으로 밟고 있었다.

트렌트는 밖으로 나와서 3층 복도의 어두컴컴한 곳에 숨었다. 맨 처음 구멍을 뚫었던 곳이었다. 그때로부터 백 년은 지난 것 같았다. 열쇠를 찾으려고 주머니에 손을 넣었지만 잡히는 거라고는 오래돼서 쭈글쭈글한 점심 식권뿐이었다.

달려오다가 잃어버렸나 봐. 주머니에서 밖으로 튕겨져 나왔나 봐.

그가 진땀을 흘리며 그 자리에 얼어붙어 있는 동안 포르셰가 끼이익 하는 소리와 함께 진입로로 들어섰다. 운전석 문이 열렸다가 쾅 닫혔다. 뒷문을 향해 달려오는 루의 발소리가 들렸다. 천둥이 포탄 비슷한 소리를 냈고 환한 빛이 어두컴컴한 하늘을 번쩍 갈랐고 집안 깊숙한 곳에서 강력한 모터가 나지막이 짖는 소리를 내며 돌아가기 시작하더니 이내 웅웅거렸다.

맙소사, 오 하느님 맙소사, 어떻게 하지? 무슨 방법이 있긴 할까? 그가 나보다 덩치도 큰데! 내가 그의 머리를 때리려고 해봐야 그가……

왼손을 다른 주머니에 넣었을 때 구식 열쇠의 요철이 손끝에 닿자 생각의 흐름이 멈추었다. 공원에서 긴 오후를 보내던 중간에 자기도 모르는 새 다른 주머니로 옮긴 모양이었다.

심장이 가슴뿐 아니라 배와 목젖까지 때리는 가운데 트렌트는 숨을 헐떡이며 여행 가방을 넣어두는 벽장으로 들어가 아코디언 주름처럼 생긴 문을 조금만 남겨두고 닫았다.

루가 아내의 이름을 고래고래 부르며 계단을 요란하게 올라왔다. 트렌트의 눈앞에 그가 등장했다. 머리는 꼬챙이처럼 위로 솟았고(운전을 하면서 손으로 쓸어 넘긴 게 분명했다) 넥타이는 삐뚜름했고 넓고 지적인 이마에 큼지막한 땀방울이 맺혔고 화가 나서 실눈을 뜨고 있었다.

"캐서린!"

그는 고함을 지르며 복도를 달려서 서재로 들어갔다.

그가 다 들어가기도 전에 트렌트는 여행 가방을 넣어두는 벽장에서 나와 소리 없이 복도를 되짚어 달려갔다. 그에게 주어진 기회는 단 한 번뿐이었다. 열쇠 구멍을 놓치면…… 열쇠를 돌렸는데 한 번에 문이 잠기지 않으면…….

그런 사태가 벌어지면 싸울 거야, 그는 용케 이런 생각을 했다. 저 사람을 혼자 보내지 못하면 내가 끌고서라도 갈 거야.

트렌트가 문을 잡고 어찌나 요란하게 닫았던지 경첩 사이 갈라진 틈에서 먼지가 얇은 막처럼 쏟아졌다. 깜짝 놀란 루의 얼굴이 언뜻 보였다. 열쇠가 구멍에 꽂혔다. 그가 열쇠를 돌리자 루가 문 앞에 다다르기도 전에 곧바로 빗장이 질러졌다.

"야!" 루가 고함을 질렀다. "야, 이 망나니 녀석아, 뭐하는 거냐? 캐서린은 어디 있어? 문 열어!"

문손잡이가 좌우로 비틀렸지만 헛수고였다. 잠시 후에 루는 손잡이를 놓고 문을 빗발치듯 두드렸다.

"네 평생 경험해본 적 없을 만큼 디지게 맞기 싫으면 당장 이 문 열어라, 트렌트 브래드베리!"

트렌트는 복도를 천천히 뒷걸음질쳤다. 저쪽 벽에 어깨가 부딪히자 그는 헉하고 숨을 내뱉었다. 무의식적으로 구멍에서 꺼낸 서재 열쇠가 손에서 빠져나와 빛바랜 복도 깔개 위로 떨어졌다. 해야 할 일을 해치우자 반응 기제가 발동됐다. 물속에 있는 것처럼 세상이 흔들리기 시작해서 기절하지 않으려고 기를 써야 했다. 루는 가두고 어머니는 엉뚱한 곳으로 멀리 보내고 동생들은 레드랜드 부인의 웃자란 주목 산울타리 뒤로 안신하게 피신시키고 난 다음에서야 그는 이 작전이 성공할 줄 몰랐다는 사실을 깨달았다. '대디 루'가 서재에 갇히는 바람에 놀랐다면 트렌트 브래드베리는 어안이 벙벙했다.

서재 문손잡이가 날카로운 반원을 그리며 좌우로 뒤틀렸다.

"문 열어라, 이 망할 놈아!"

"4시 십오 분 전에 꺼내줄게요, 루." 트렌트는 떨리는 목소리로 이렇게 얘기하고 조그맣게 키득거렸다. "4시 십오 분 전까지 거기 있다면 말이죠."

그때 아래층에서 무슨 소리가 들렸다.

"오빠? 오빠, 별일 없어?"

맙소사, 로리였다.

"응, 오빠?"

리사까지!

"어이, 형! 괜찮아?"

거기다 브라이언까지.

트렌트는 손목시계를 확인하고 3:31에서 3:32로 넘어가는 걸 보고 경악했다. 그의 시계가 느리게 가고 있다면 어쩔 것인가!

"나가!" 그는 그들을 향해 외치며 계단을 향해 복도를 달렸다. "이 집에서 나가!"

3층 복도가 그의 앞에서 엿가락처럼 늘어진 듯했다. 빨리 달리면 달릴수록 점점 더 늘어나는 것처럼 느껴졌다. 루는 문을 미친듯이 두드리며 허공에 대고 욕을 퍼부었다. 쾅 하고 천둥소리가 났다. 집 안 깊은 곳에서 기계가 깨어나는, 그 어떤 것보다 긴박한 소리가 들렸다.

그가 마침내 계단에 다다라 달려 내려가기 시작했을 때에 윗몸이 다리보다 훨씬 먼저 뛰쳐나오는 바람에 하마터면 넘어질 뻔했다. 그는 기둥을 돌아서 위를 올려다보며 기다리고 있는 동생들을 향해 1층과 2층 사이 계단을 질주했다.

"나가!" 그는 동생들을 붙잡고 열린 문과 폭풍이 오려고 시커메진 밖을 향해 떠밀었다. "얼른!"

"형, 왜 이래?" 브라이언이 물었다. "집 왜 이래? 흔들리고 있어!"

과연 그랬다. 마루를 뚫고 올라온 깊은 진동이 트렌트의 눈알을 흔들었다. 회반죽 가루가 머리칼 사이로 떨어지기 시작했다.

"시간 없어! 나가! 얼른! 로리, 나 좀 도와줘!"

트렌드는 브라이언을 들어서 안았다. 로리는 리사의 원피스 겨드랑이를 잡고 그녀와 함께 비틀비틀 문밖으로 나갔다.

쾅 하고 천둥이 쳤다. 번개가 하늘 위에서 꿈틀거렸다. 좀 전까지만 해도 숨을 헐떡이던 바람이 용처럼 포효하기 시작했다.

트렌트는 집 아래에서 지진이 일어나는 소리를 들었다. 그가 브라이언을 데리고 문 밖으로 뛰쳐나갔을 때 거의 한 시간 동안 잔상이 남을 정도로 눈부신 새파란 빛이(그는 나중에 이때를 회상하며 눈이 멀지 않은 게 다행이라는 생각을 했다) 좁은 지하실 창문을 뚫고 나왔다. 고체에 가까워 보이는 광선이 잔디밭을 갈랐다. 유리창이 깨지는 소리가 들렸다. 현관문을 막 통과한 순간 그는 발밑에서 집이 솟는 걸 느꼈다.

그는 현관 앞 계단을 껑충껑충 내려가서 로리의 팔을 잡았다. 그들은 휘청거리고 비틀거려가며 밤처럼 새까매진 길거리를 향해 진입로를 달렸다.

그러고 나서 고개를 돌렸고 그 광경을 보았다.

메이플 스트리트의 집이 안으로 오므라드는 듯했다. 이제는 집이 똑바르지도 견고하지도 않았다. 스카이 콩콩을 탄 만화 주인공처럼 가만히 있지 못했다. 집에서 시작된 거대한 금이 시멘트 진입로를 너머 주변의 흙까지 뻗어져 나왔다. 잔디밭이 큼지막한 파이 모양의 덩어리로 갈라졌다. 잔디 아래의 거무스름한 뿌리들이 위로 솟구쳤고 앞마당 전체가 지금까지 오랜 세월 동안 맞대고 있었던 집을 막으려고 애를 쓰는 듯이 거품 모양으로 변했다.

트렌트는 루의 서재에 불이 켜져 있는 3층을 올려다보았다. 트렌트는 거기서 유리 깨지는 소리가 들렸고 지금도 계속 들리고 있다고 생각하다가 환청으로 치부했다. 그 난리통에 무슨 소리를 들을 수 있었을까. 그로부터 일 년이 지난 다음에서야 로리는 새아버지가 거기서 비명을 지르는 소리를 분명히 들었다고 했다.

집의 기반이 먼저 바스라지다가 금이 갔고 꺽꺽거리며 모르타르가 폭발하는 소리와 함께 갈라졌다. 차갑고 환한 파란색 불덩이가 그 사이를 뚫고 뿜어져 나왔다. 아이들은 눈을 가리고 비틀비틀 뒷걸음질쳤다. 엔진들이 비명을 질렀다. 땅이 마지막으로 고통스럽게 막아보려고 애를 쓰며 위로 불룩해지고 또 불룩해지다…… 마침내 포기했다. 갑자기 집이 밝은 파란색 불덩이 위에 얹혀서 허공으로 삼십 센티미터 떠올랐다.

완벽한 이륙이었다.

지붕 맨 꼭대기에서 풍향계가 미친듯이 돌아갔다.

집이 처음에는 천천히 솟아오르다 속도를 내기 시작했다. 집이 파란색 불덩이 위에 얹힌 채 우레와 같은 소리를 내며 위로 솟구치자 현관문이 좌우로 미친듯이 덜커덩거렸다.

"내 장난감!"

브라이언이 우엥 하고 울음을 터뜨리자 트렌트는 껄껄대고 웃었다.

그 집은 고도 이십칠 미터에 다다르자 대약진을 하려는 듯 균형을 잡았다가 빠른 속도로 밀려오는, 밤처럼 시커먼 구름 사이로 발사됐다.

그러고는 사라졌다.

지붕널 두 장이 큼지막하고 까만 낙엽처럼 둥실둥실 내려왔다.

"조심해, 오빠!"

일이 초 뒤에 로리가 외치며 그를 세게 떠밀어서 쓰러뜨렸다. '환영합니다'라고 적힌 고무 매트가 철썩 하는 소리와 함께 그가 서 있었던 자리에 떨어졌다.

트렌트는 로리를 쳐다보았다. 로리도 마주보았다.

"저거에 머리를 맞았으면 어마무지하게 아팠을 거야. 그러니까 앞으로는 나를 꼬챙이라고 부르지 마, 오빠."

그는 근엄한 표정으로 몇 초 동안 그녀를 쳐다보다가 낄낄거리며 웃음을 터뜨렸다. 로리도 따라서 웃었다. 다른 동생들도 마찬가지였다. 브라이언이 트렌트의 한쪽 손을 잡았다. 리사가 나머지 한쪽 손을 잡았다. 그들이 그를 일으켜 세웠고 네 남매는 한 자리에 서서 산산조각이 난 잔디밭 한복판에서 연기를 피우고 있는 지하실 구덩이를 바라보았다. 다른 집에 있던 사람들이 하나둘씩 밖으로 나오기 시작했지만 브래드베리 사 남매는 무시했다. 그들이 나온 줄도 몰랐다고 하는 편이 더 정확할 수 있었다.

"와우." 브라이언이 감탄하는 목소리로 말했다. "우리집이 이륙했어, 형."

"그러게." 트렌트가 말했다.

"어디로 갈지 모르겠지만 노르만족이랑 섹시족에 대해서 궁금해하는 사람들이 있을 거야." 리사가 말했다.

트렌트와 로라는 서로 끌어안고 웃음과 충격이 섞인 비명을 질렀고…… 바로 그때 비가 퍼붓기 시작했다.

맞은편에 사는 슬래터리 씨가 그들 옆으로 다가왔다. 그는 머리숱이 별로 없었고 그마저도 군데군데 뭉쳐서 번들거리는 두피에 들러붙었다.

"무슨 일이냐?" 그가 이제 그칠 줄 모르고 이어지는 천둥소리 너머로 외쳤다. "이게 무슨 일이야?"

트렌트는 여동생을 끌어안았던 팔을 풀고 슬래터리 씨를 쳐다보왔다. "진짜 우주 여행이 시작됐어요." 그가 엄숙한 목소리로 선포하자 아이들의 웃음보가 다시 터졌다.

슬래터리 씨는 의심과 경악이 섞인 눈빛으로 텅 빈 지하실 구덩이를 흘끗 쳐다보았다가 신중할 줄 아는 게 진정한 용기라는 결론을 내리고 자기집 쪽으로 건너갔다. 비가 양동이째 들이붓고 있는데도 그는 브래드베리 사 남매에게 자기집으로 들어오라고 하지 않았다. 아이들도 그럴 생각이 없었다. 그들은 트렌트와 로리를 중심으로 브라이언과 리사를 양옆에 두고 연석에 걸터앉았다.

로리가 트렌트 쪽으로 몸을 기울여서 귓가에 대고 속삭였다.

"우리는 이제 해방이다."

"어디 그뿐이냐?" 트렌트가 말했다. "엄마가 해방됐잖아."

그는 양팔로 동생들을 감싸 안았고―팔을 쭉 늘려야 간신히 그럴 수 있었다―그들은 연석에 앉아 쏟아지는 비를 맞으며 어머니가 돌아오길 기다렸다.

다섯 번째 4분의 1

★★★

레이먼드 챈들러가 『네 개의 서명』을 쓴다면?

나는 키넌의 집 근처 길모퉁이에 고물 차를 주차했다. 어둠 속에 잠시 앉아 있다가 시동을 끄고 차에서 내렸다. 문을 쾅 닫자 로커 패널에서 녹 가루가 길바닥으로 떨어지는 소리가 들렸다. 그것마저 조만간 다 떨어지고 없게 생겼다.

탄띠에 꽂힌 총이 주먹처럼 갈비뼈를 눌렀다. 바니의 45구경이었고 그게 있어서 좋았다. 덕분에 이 어처구니없는 계획에 약간의 아이러니가 존재하는 듯 느껴졌다. 심지어 정당성마저 느껴졌다.

키넌의 집은 300평에 달하는 흉물이었고 철책 뒤로 비스듬한 경사와 가파른 지붕이 이어졌다. 그는 내가 바라던 대로 문을 잠그지 않았다. 나는 좀 전에 그가 거실에서 누군가와 통화하는 것을 보았고 재거 아니면 병장일 듯한 강렬한 예감을 느꼈다. 아마 병장이었을 것이다. 기다림은 끝났다. 오늘밤은 나의 시간이었다.

나는 관목에 바짝 붙어서 진입로로 걸어가며 매서운 일월의 바람

소리 너머로 수상한 소리가 들리는지 귀를 기울였다. 아무 소리도 들리지 않았다. 지금은 금요일 밤이었고 키넌의 입주 가정부는 어느 집에서 열린 터퍼웨어 파티에 참석해 재밌는 시간을 보내고 있을 것이다. 개자식 키넌 혼자 집을 지키고 있었다. 집에서 병장을 기다리고 있었다. 나를 기다리고 있었다. 그는 아직 그런 줄 모를 따름이었다.

차고가 열려 있길래 그 안으로 슬그머니 들어갔다. 시커먼 그림자로 뒤덮인 키넌의 임팔라가 우뚝 서 있었다. 뒷문을 열어보았다. 차 문도 열려 있었다. 생각해보니 키넌은 악당의 자질이 없었다. 사람을 너무 잘 믿었다. 나는 차에 올라타서 기다렸다.

이제 바람에 실려 오는 희미한 재즈 소리가 들렸다. 아주 고요하고 아주 훌륭했다. 마일스 데이비스인 것 같았다. 깔끔하게 손질한 손으로 진피즈 칵테일을 들고 마일스 데이비스를 듣는 키넌. 근사했다.

긴 기다림이었다. 내 손목시계의 시침과 분침이 8시 30분에서 9시를 거쳐 10시로 넘어갔다. 생각할 시간이 많았다. 나는 대부분 바니 생각을 했다. 선택하고 말고 할 문제가 아니었다. 그가 조그만 배와 함께 발견됐을 때 어떤 식으로 나를 빤히 올려다보며 알 수 없는 소리를 꺽꺽거렸는지 생각했다. 그는 이틀 동안 표류하느라 삶은 바닷가재처럼 변했다. 총을 맞은 복부에 시커먼 피딱지가 들러붙었다.

그가 오두막집을 향해 열심히 배를 젓기는 했지만 그보다는 운이 좋았다. 요행히 거기 도착했고 요행히 그 뒤로 얼마 동안 말을 할 수 있었다. 나는 그가 아무 말도 하지 못할 경우에 대비해 수면제를 한 움큼 준비했다. 그가 고통스러워하는 건, 이유 없이 그러는 건 싫었다. 그런데 알고 보니 고통을 참아야 하는 이유가 있었다. 그에게는 할 얘기가 있었고 그것도 어마어마한 얘기였다. 그는 그 얘기를 거의 끝낼 수 있었다.

그가 죽었을 때 나는 배로 돌아가서 그의 45구경을 수거했다. 방수 주머니로 싸서 고물의 조그만 선실에 숨겨놓은 총이었다. 그런 다음 배를 끌고 나가서 깊은 바다에 가라앉혔다. 그의 무덤에 묘비를 세울 수 있었다면 일 분마다 만만한 봉이 태어난다고 적었을 것이다. 그들은 대부분 바니처럼 매우 착할 것이다. 나는 묘비 대신 그를 쏜 녀석들을 찾아 나섰다. 키넌을 찾아내고 병장도 그의 주변에서 얼쩡거리고 있다는 걸 확인하기까지 육 개월이 걸렸지만 나는 집요한 새끼였다. 그래서 지금 이 자리에 있을 수 있었다.

10시 20분에 전조등 불빛이 구불구불한 진입로 위로 쏟아지자 나는 임팔라 바닥에 누웠다. 새롭게 등장한 인물은 차를 몰고 차고로 들어와서 키넌의 차 옆에 바짝 세웠다. 소리를 들어보니 구형 폭스바겐 같았다. 시동이 꺼졌고 병장이 조그만 차에서 내리느라 나지막이 끙끙대는 소리가 들렸다. 현관 불이 켜졌고 문이 철컥하고 열리는 소리가 들렸다.

키넌: "병장! 늦었네? 들어와서 술 한잔해."

병장: "스카치로 줘."

나는 차창을 미리 내려놓았다. 바니의 45구경을 그 사이에 넣고 두 손으로 개머리판을 잡았다.

"꼼짝 마."

병장은 현관 앞 계단을 반쯤 올라간 참이었다. 집주인으로서 완벽한 매너를 자랑하는 키넌은 밖으로 나와서 그를 내려다보며, 그를 먼저 들이고 뒤따라 들어가려고 기다리고 있었다. 안에서 쏟아지는 불빛을 등지고 선 그 둘의 완벽한 실루엣이 보였다. 나는 어둠 속에 숨어 있어서 그들 눈에 제대로 보이지 않았을 테지만 총은 보였을 것이었다. 큼지막한 총이었다.

　"누구냐?"

　키넌이 물었다.

　"제리 타카니언이다." 내가 말했다. "조금이라면 움직이면 텔레비전을 볼 수 있을 만큼 큼지막한 구멍을 뚫어주마."

　"듣자하니 애송이 같은데."

　병장이 말했다. 말은 그렇게 해도 꼼짝하지 않았다.

　"아무튼 꼼짝하지 마. 그것만 신경쓰면 된다."

　나는 임팔라의 뒷문을 열고 조심스럽게 내렸다. 병장이 어깨 너머로 나를 빤히 쳐다보며 눈을 번뜩이는 것이 눈에 들어왔다. 한 손이 1943년 형 더블 브레스트 양복의 옷깃 쪽으로 슬금슬금 올라가고 있었다.

　"아, 왜 이러시나." 내가 말했다. "손들어라, 병신아."

　병장이 손을 들었다. 키넌은 아까부터 들고 있었다.

　"계단 맨 아래로 내려와. 둘 다."

　그들이 내려왔다. 눈을 찌르던 불빛에서 벗어나자 나는 그들의 얼굴을 볼 수 있었다. 키넌은 겁에 질린 표정이었지만 병장은 참선과 오토바이 관리법을 주제로 강연이라도 듣는 듯했다. 아마 그가 바니를 처리했을 것이다.

"벽을 마주보고 거기 기대. 둘 다."

키넌: "돈이 목적이라면……."

나는 웃었다.

"터퍼웨어를 할인해주겠다고 밑밥을 던지고 거기서 큰 걸로 발전시키려고 했더니 들통났네. 돈이 목적인 거 맞아. 정확히 말하면 사십팔만 달러. 바 하버에서 조금 떨어진 카먼스 폴리라는 조그만 섬에 묻혀 있지."

키먼은 총에 맞은 듯이 움찔했지만 콘크리트에 담갔다가 꺼낸 듯한 병장의 얼굴은 씰룩거림조차 없었다. 그는 몸을 돌려서 벽에 손을 얹고 체중을 실었다. 키넌도 쭈뼛쭈뼛 따라했다. 나는 그의 몸을 먼저 수색해 7.5센티미터짜리 총신이 달린 바보 같은 32구경을 압수했다. 그런 총은 상대방의 머리에 대고 방아쇠를 당기더라도 빗나갈 수 있었다. 총을 어깨 너머로 던지자 차에 맞고 튕기는 소리가 들렸다. 병장은 깨끗했다. 나는 그에게서 떨어져나오며 안도의 한숨을 쉬었다.

"이제 집안으로 들어갈 거다. 키넌, 네가 앞장서고 그다음은 병장, 그다음은 나, 이 순서로. 얌전히 들어가자, 알겠냐?"

우리는 일렬로 계단을 올라가서 부엌으로 들어갔다. 부엌은 하나같이 미스터 굿렌치*처럼 생겼고 체리 블렌드 담배 냄새를 풍기는

---

* GM의 자동차 정비소 광고 모델.

사람 좋은 감리교 밥맛들의 손을 거쳐 중서부의 어느 대량 생산 공장에서 통째로 뱉어낸 듯이 보이는 무균의 크롬과 타일로 뒤덮였다. 청소와 같은 천박한 조치도 필요 없어 보였다. 아마 키넌이 일주일에 한 번씩 문을 닫고 어디 숨겨진 스프링클러를 돌릴 것이다.

나는 그들을 한 줄로 앞세우고 거실로 들어갔다. 이곳 역시 장관이었다. 어니스트 헤밍웨이를 향한 연정을 극복하지 못한 게이가 인테리어를 맡은 게 분명했다. 한쪽에 거의 엘리베이터만 한 판석 벽난로가 있었고, 무스 머리가 놓인 티크 뷔페 테이블이 있었고, 고가의 화기로 가득찬 총기 선반 아래에 음료 카트가 놓여 있었다.

나는 소파를 향해 총을 흔들었다.

"양쪽 끝에 한 명씩 앉아."

키넌이 오른쪽, 병장이 왼쪽에 앉았다. 소파에 앉자 병장은 덩치가 더 커 보였다. 바짝 깎았다가 살짝 자란 머리칼 사이로 움푹 들어간 보기 싫은 흉터가 구불구불 이어졌다. 나는 그의 체중이 100킬로그램 정도 되겠다고 생각하며 그 정도 몸집에 마이크 타이슨에 버금가는 위압감을 자랑하는 사람이 왜 폭스바겐을 타고 다니는지 궁금했다.

안락의자를 집어서 둘의 중간 앞쪽까지 모래색 러그 위로 끌고 갔다. 의자에 앉고 45구경은 허벅지 위에 내려놓았다. 키넌은 뱀을 빤히 쳐다보는 새처럼 총을 빤히 쳐다보았다. 반면에 병장은 그가 뱀이고 내가 새인 양 나를 쳐다보았다. "이제 어쩔 생각이냐?" 그가 물었다.

"지도하고 돈 얘기를 해볼까 하는데."

"무슨 소린지 모르겠네. 내가 아는 거라고는 꼬맹이들은 총을 가지고 장난치면 안 된다는 것뿐이라."

"캐피 맥팔랜드는 요즘 어떻게 지내?"

나는 지나가는 말처럼 물었다.

병장은 아무 반응을 보이지 않았지만 키넌은 발끈했다. "알고서 온 거야. 알고서 온 거라고!" 그가 따발총처럼 외쳤다.

"입다물어!" 병장이 그에게 말했다. "그 빌어먹을 아가리 닥치라고!"

키넌은 살짝 앓는 소리를 냈다. 이건 그가 추호도 상상하지 못했던 시나리오였다. 나는 미소를 지었다.

"그의 말이 맞아, 병장. 나는 알아. 거의 다."

"너 누구냐?"

"네가 모르는 사람. 바니의 친구."

"바니라니?" 병장은 심드렁하게 물었다. "눈이 불룩 불룩 불룩 튀어나온 바니 왕눈깔?"

"그 친구가 죽지 않았거든, 병장. 목숨이 붙어 있었지."

병장은 천천히 고개를 돌려서 살기등등한 눈빛으로 키넌을 노려보았다. 키넌은 몸을 부들부들 떨며 입을 열었다. "아무 말도 하지 마." 병장이 그에게 말했다. "한마디도 하지 마. 입을 벙긋하는 순간 닭 잡듯이 목을 꺾어버릴 테니까."

키넌은 잽싸게 입을 다물었다.

병장은 나를 다시 쳐다보았다.

"거의 다 안다는 게 무슨 뜻이지?"

"세세한 부분만 빼고 전부 안다는 거야. 현금 수송차. 섬. 캐피 맥 팔랜드. 너랑 키넌이랑 재거라는 개자식이 어떤 식으로 바니를 죽였는지. 그리고 지도. 여기까지 안다고."

"그 녀석 말은 믿지 마." 병장이 말했다. "녀석이 우리 일에 재를 뿌리려고 했다고."

"그 친구는 물도 뿌리지 못할 성격이었어. 운전을 할 줄 아는 만만한 봉이었겠지."

그는 어깨를 으쓱했다. 대단치 않은 지진을 대하듯 했다.

"그래. 생긴 대로 딸빵하게 나오시는구면."

"나는 지난 삼월부터 바니한테서 수상한 낌새를 느꼈어. 이유를 몰랐을 뿐. 그러더니 어느 날 저녁에 총이 생겼더군. 이 총 말이야. 그 친구하고 어떤 경로로 접촉했나, 병장?"

"서로 아는 친구를 통해서. 그와 한 교도소에 있었던 친구야. 메인 동부하고 바 하버 일대를 잘 아는 운전기사가 필요했거든. 키넌과 내가 찾아가서 그 녀석한테 제안을 했더니 좋아하더군."

"나는 그 친구하고 생크에 같이 있었어." 내가 말했다. "그 친구를 좋아했지. 누구든 그를 좋아할 수밖에 없었어. 멍청하지만 착했거든. 그에게 필요한 사람은 파트너가 아니라 보호자였어."

"조지와 레니로군*." 그는 빈정거렸다.

"교도소에서 보낸 시간을 소위 지적 능력을 키우는 데 할애한 모

---

* 존 스타인벡이 쓴 『생쥐와 인간』의 두 주인공. 느리고 덜 떨어진 거한 레니와 왜소하지만 빈틈없는 조지. 이렇게 서로 백팔십도 다른 친구의 우정을 다룬 작품이다.

양이네? 잘했어." 내가 말했다. "우리는 루이스턴의 은행을 털 생각이었지. 내가 완벽한 계획을 구상하는 동안 그가 기다리지 못하는 바람에 땅속에 묻히는 신세가 되었지만."

"아이고, 눈물 없이는 들을 수 없는 이야기기네. 억장이 다 무너지려고 하잖아."

내가 총을 집어서 그에게 총구를 보여주자 잠깐 동안 그가 새, 총구가 뱀이 되었다.

"그렇게 계속 잘난 척 나불거리면 배에다 총알을 박아줄게. 못 믿겠거든 시험해보든지."

그의 혀가 번개 같은 속도로 튀어나와서 아랫입술을 핥고 다시 입속으로 들어갔다. 그는 고개를 끄덕였다. 키넌은 얼어붙었다. 토악질을 하고 싶은데 차마 하지 못하고 참는 듯한 표정이었다.

"그가 그러더군, 엄청난 액수가 걸린 엄청난 건이라고." 나는 하던 이야기를 계속했다. "내가 얻을 수 있는 정보는 그게 다였어. 그는 4월 3일에 갑자기 사라졌지. 그로부터 이틀 뒤에 너희 넷이 카멜 바로 외곽에서 포틀랜드-뱅고어 연방 트럭을 덮쳤고. 세 명의 보안 요원은 모두 죽었지. 신문에서는 범인들이 고성능으로 튜닝한 1978년형 플리머스를 타고 바리케이드 두 개를 뚫고 지나갔다고 했어. 바니한테는 스피드 카로 개조하려고 분해해놓은 1978년형 플리머스가 있었어. 키넌이 좀더 근사하고 훨씬 빠른 차로 개조할 수 있게 착수금을 주었겠지."

나는 그를 쳐다보았다. 키넌은 얼굴색이 누렜다.

"5월 6일에 나는 바 하버의 소인이 찍힌 엽서를 받았지만 아무 의미 없는 엽서였지. 바 하버를 통해 우편물을 주고받는 작은 섬이 수십 군데니까. 우편선이 섬들을 한 바퀴 돌면서 우편물을 수거하잖아. 엽서에는 이렇게 적혀 있었어. '엄마랑 가족들 잘 지내고 가게도 잘돼. 7월에 만나.' 바니의 가운데 이름으로 서명이 되어 있었고. 나는 바닷가의 오두막집을 빌려놓았어. 바니하고 그러기로 말을 맞춰놓았거든. 칠월이 왔다가 갔지만 바니는 돌아오지 않았어."

"그쯤 되니까 꼴려서 못 견딜 지경이 됐겠네, 응?" 병장이 말했다. 쫄지 않았다는 걸 그런 식으로 과시하고 싶은 듯했다.

나는 냉랭한 눈빛으로 그를 쳐다보았다. "그는 팔월 초에 돌아왔어. 네 친구 키넌 덕분에. 배에 달린 자동 빌지 펌프를 깜빡했더라고. 파도 때문에 배가 금세 가라앉을 줄 알았지, 키넌? 그가 죽은 줄 알고 그랬겠지만. 나는 날마다 프렌치맨스 포인트에 노란색 담요를 펼쳐놨어. 멀리서도 볼 수 있게. 쉽게 눈에 띄는 색으로. 그래도 운이 좋아서 된 거긴 하지만."

"너무 좋았지." 병장이 내뱉듯이 말했다.

"내가 궁금한 건 뭔가 하면, 일련번호가 모두 기록이 된 신권이라는 걸 그가 사전에 알았을까 하는 점이야. 그래서 바하마의 달러상한테도 삼사 년 동안 팔 수 없다는 걸 말이야."

"알았어." 병장이 일갈했고 뜻밖에도 나는 그의 말을 믿었다. "그리고 아무도 그걸 처분할 생각이 없다는 것도 알았고. 급한 대로 쓸돈은 네가 얘기한 그 루이스턴 일거리로 조달하면 된다고 생각했던 것 같아. 어떻게 생각했건 간에 사정을 이해했고 받아들이겠다고 했어. 젠장, 받아들이지 않을 이유가 없었잖아? 십 년을 기다려야 그

돈을 처분해서 각자 나누어 가질 수 있다 치자고. 십 년이 바니 같은 어린애한테 무슨 의미겠어? 그래봐야 겨우 서른다섯 살일 텐데. 나는 예순한 살일 테고."

"캐피 맥팔랜드는? 바니가 그자에 대해서도 알았나?"

"응. 캐피가 합의안을 제시했거든. 좋은 친구야. 프로고. 작년에 암에 걸렸어. 수술이 불가능한. 그리고 나한테 진 빚이 있었거든."

"그래서 너희 넷은 캐피의 섬으로 갔지. 카먼스 폴리라는 조그만 무인도에. 캐피가 돈을 묻고 지도를 만들었어."

"그건 재거의 아이디어였어. 검은 돈을 나누고 싶지는 않았거든. 유혹이 너무 엄청날 테니까. 하지만 한 사람의 손에 맡길 수도 없었어. 그래서 캐피 맥팔랜드가 완벽한 해결책이었지."

"지도 얘기를 들어볼까?"

"본론은 그거일 줄 알았다." 병장이 싸늘한 미소를 지으며 말했다.

"얘기하지 마!" 키넌이 쉰 목소리로 외쳤다.

병장은 그에게로 고개를 돌리고 쇳덩이도 녹일 듯한 눈빛으로 바라보았다. "입다물어. 네 덕분에 거짓말도 못하고 비협조적인 태도로 나갈 수도 없게 됐으니까. 내가 바라는 게 뭔지 알아, 키넌? 네가 다음 세기를 맞이하겠다는 희망을 버리는 거야."

"네 이름을 편지에 적었어." 키넌이 미친듯이 외쳤다. "나한테 무슨 일이 생길 경우에 대비해서 네 이름을 편지에 적었다고!"

"캐피가 지도를 아주 잘 만들었어." 병장은 키넌을 없는 사람 취급하며 이렇게 얘기했다. "졸리에트에서 제도사 수업을 받았거든. 그는 지도를 사등분했지. 각자 하나씩 가질 수 있게. 우리는 오 년 뒤 7

월 4일에 다시 만나기로 했어. 만나서 의논하기로. 다시 오 년을 기다릴지 아니면 그 자리에서 지도를 맞춰볼지. 하지만 문제가 생겼지."

"그래." 내가 말했다. "그런 식으로 표현할 수도 있겠네."

"이 말을 들으면 좀 홀가분해질지 모르겠지만 전부 키넌이 계획한 거야. 바니는 그걸 알았는지 어쨌는지 모르겠지만 아무튼 그랬어. 나랑 재거가 캐피의 배에서 내렸을 때는 바니가 멀쩡했다고."

"야, 이 염병할 거짓말쟁이야!" 키넌이 꽥 소리를 질렀다.

"벽에 달린 금고에 지도 두 장을 넣어놓은 사람이 누군데?" 병장이 물었다. "너 아니야?"

그는 다시 나를 쳐다보았다.

"그래도 괜찮아. 지도 반쪽으로는 부족했으니까. 그리고 내가 이 자리에서 너한테 사실 지도를 셋이서 나눠 갖는 것보다 넷이서 나눠 갖길 원했다고 얘기할 것 같아? 설령 그게 사실이라 한들 네가 믿지도 않을 텐데? 그랬더니 이게 웬일이래? 키넌이 전화를 하네? 둘이서 얘기를 좀 하자고. 나는 그런 연락을 받을 줄 예상하고 있었지. 보아하니 너도 예상한 모양이지만."

나는 고개를 끄덕였다. 키넌이 병장보다 더 찾기 쉬웠다. 그의 행방이 더 뚜렷했다. 나는 마음만 먹었다면 병장도 추적할 수 있었을 테지만 그럴 필요가 없다는 결론을 내렸다. 도둑들은 끼리끼리 모인다지만…… 키넌 같은 콘도르가 끼면 뿔뿔이 흩어지기 마련이다.

"물론……." 병장은 하던 얘기를 계속했다. "이 친구는 나더러 끔찍한 생각은 하지 말라고 했지. 보험 차원에서 변호사에게 자기가 죽거든 개봉해보라는 편지에 내 이름을 적었다며. 네 장으로 나눈 지도의 세 조각을 합하면 캐피가 어디에 돈을 묻었는지 우리 둘이서 알아낼 수 있지 않겠느냐는 게 그의 발상이었어."

"그런 다음 돈을 50대 50으로 나누자고."

내가 말했다.

병장은 고개를 끄덕였다. 키넌의 얼굴은 공포의 성층권 높은 곳 어딘가를 떠다니는 달 같았다.

"금고가 어디 있지?" 나는 그에게 물었다.

키넌은 아무 대꾸도 하지 않았다.

나는 45구경을 가지고 연습을 좀 해놓았다. 훌륭한 총이었다. 마음에 들었다. 총을 양손으로 잡고 키넌의 팔꿈치 바로 아래를 쏘았다. 병장은 눈 하나 깜빡하지 않았다. 키넌은 소파에서 굴러떨어져서 자기 팔을 잡고 몸을 공처럼 웅크리고 울부짖었다.

"금고."

키넌은 계속 울부짖었다.

"이번에는 네 무릎을 쏠 거야. 직접 경험해본 적이 없어서 모르겠다만 죽도록 아프다고 하던데."

"복제판." 그가 숨을 헐떡였다. "반 고흐. 더는 쏘지 마, 응?"

나는 병장을 향해 총을 까딱였다.

"벽을 보고 서."

병장은 소파에서 일어나 팔을 힘없이 늘어뜨리고 벽을 보고 섰다.

"가자." 나는 키넌에게 말했다. "가서 금고 열어야지."

"피를 너무 많이 흘려서 죽게 생겼는데." 키넌은 끙끙거렸다.

나는 그에게 다가가 45구경 개머리로 그의 뺨을 긁어서 살갗을 벗겼다. "이제 피가 나네." 나는 그에게 말했다. "가서 금고 열어. 더 피나기 싫으면."

키넌은 팔을 잡고 흐느끼며 일어났다. 그가 멀쩡한 손으로 고리에 걸린 그림을 떼어내자 벽에 달린 회색 금고가 드러났다. 그는 겁에 질린 눈빛으로 나를 흘끗 쳐다보고 다이얼을 돌리기 시작했다. 두 번이나 잘못 돌리는 바람에 처음부터 다시 시작해야 했다. 세 번째가 되어서야 금고 문을 열 수 있었다. 그는 손을 안으로 넣어서 더듬더니 한쪽 면이 칠 센티미터쯤 되어 보이는 정사각형의 종이 두 장을 꺼냈다.

맹세코 나는 그를 죽일 생각이 없었다. 꽁꽁 묶어놓고 갈 생각이었다. 그는 해가 될 게 없는 인물이었다. 조그만 닷지 콜트를 몰고 란제리 파티인지 뭔지에 갔던 가정부가 돌아와서 그를 발견할 테고 키넌은 일주일 동안 집 밖으로 코빼기도 내밀지 못할 것이었다. 그런데 병장이 얘기한 대로 그가 지도를 두 장 들고 있었다. 그중 한 장에 피가 묻어 있었다.

나는 그를 향해 다시 한번 방아쇠를 당겼고 이번에는 팔이 아니었다. 그는 빈 빨랫자루처럼 쓰러졌다.

병장은 눈 하나 깜빡하지 않았다.

"거짓말 아니야. 키넌이 네 친구를 속였어. 둘 다 아마추어였거든. 아마추어들은 멍청하지."

나는 아무 대꾸도 하지 않았다. 정사각형의 지도를 살피고 주머니에 챙겼다. 어느 지도에도 X 자 표시가 없었다.

"이제 어쩔 생각이냐?" 병장이 물었다.

"너희 집에 가야지."

"어째서 내 지도가 거기 있을 거라고 생각해?"

"몰라. 텔레파시 때문인가? 그리고 거기 없으면 다른 데로 찾아가면 되지. 나는 한가하거든."

"모든 정답을 알고 있다 이건가?"

"가자고."

우리는 차고로 다시 나갔다. 나는 폭스바겐 뒷좌석 중에서도 조수석 뒤편에 앉았다. 그의 덩치와 차의 크기 때문에 기습 공격을 걱정할 필요가 없어졌다. 그가 뒤로 몸을 돌리는 데만 오 분은 걸릴 것이다. 이 분 뒤에 우리는 차도로 나섰다.

눈이 펑펑 내리기 시작해서 질척한 눈송이가 앞유리창에 들러붙었고 도로에 닿자마자 곧바로 녹아 길이 진창으로 변했다. 길이 미끄러웠지만 차량이 많지 않았다.

10번 도로를 타고 삼십 분을 달렸을 때 그가 2차 간선도로로 빠졌다. 십오 분 뒤에 우리는 눈을 뒤집어쓴 소나무들이 양쪽에서 쳐다보는 울퉁불퉁한 흙길로 접어들었다. 거기서 삼 킬로미터를 달리자 쓰레기가 나뒹구는 짧은 진입로가 나왔다.

폭스바겐의 전조등이 비추는 경계선 안에 땜질한 지붕과 뒤틀린 텔레비전 안테나가 달린 시골집이 금방이라도 무너질 듯이 서 있었다. 왼쪽으로 보이는 도랑에는 눈으로 뒤덮인 낡은 포드가 세워져 있었다. 뒤편에는 별채가 있었고 중고 타이어가 쌓여 있었다. 어두컴컴하고 외딴 집이었다.

"벨리스 이스트에 오신 것을 환영합니다."

병장이 이렇게 얘기하며 시동을 껐다.

"이게 헛수작이면 내 손에 죽는다."

이 조그만 자동차의 앞좌석 3분의 1이 그의 몸으로 채워진 듯했다. "나도 알아." 그가 말했다.

"내려."

병장이 현관문까지 앞장섰다. "열어." 내가 말했다. "그런 다음 가만히 서 있어."

그는 문을 열고 가만히 서 있었다. 나도 가만히 서 있었다. 약 삼분 동안 그렇게 서 있었지만 아무 일도 없었다. 움직이는 것이라고는 설치류의 언어로 우리에게 욕을 하려고 마당 한복판으로 대담하게 나선 뚱뚱한 회색 다람쥐 한 마리뿐이었다.

"좋아. 들어가볼까?"

놀랍게도 그곳은 쓰레기장이었다. 60와트짜리 전구 하나가 온 공간을 지저분하게 비추며 구석마다 굶주린 박쥐 같은 그림자를 남겼다. 신문이 여기저기 흩뿌려져 있었다. 축 늘어진 빨랫줄에 옷이 걸려 있었다. 한쪽 구석에는 구닥다리 제니스 텔레비전이 있었다. 그 반대편 구석에 흔들거리는 세면대와 갈고리 모양의 발이 달린 황량하고 녹이 슨 욕조가 놓여 있었다. 엽총이 그 옆에 세워져 있었다. 발 냄새, 방귀 냄새, 칠리 냄새가 진동했다.

"아무것도 없이 사는 것보다는 낫잖아."

나는 생각이 달랐지만 반론을 제기하지 않았다.

"네가 받은 지도는 어디 있지?"

"방에."

"가지러 가볼까?"

"아직은 안 돼." 그는 콘크리트에 담갔다가 꺼낸 듯한 얼굴을 천천히 돌렸다. "지도를 입수하면 나를 죽이지 않겠다고 약속해줘."

"내가 그 약속을 지킬 거라고 무슨 수로 장담하는데?"

"젠장, 나도 모르지. 네가 돌아버린 게 돈 때문만은 아니길 바라는 수밖에. 바니 때문이기도 하다면, 바니의 원수를 갚고 싶었던 거라면 깨끗하게 갚았잖아. 키넌이 그를 쏘았는데 이제 키넌이 죽었으니까. 돈 뭉치를 원한다면 그것도 좋아. 4분의 3으로도 충분할지 모르고 네 짐작이 맞았어. 내 지도에 큼지막한 X 자가 그려져 있거든. 하지만 나도 그 대가로 받는 게 있어야지. 내 목숨을."

"네가 날 추적하지 않을 거라고 장담할 수가 없잖아."

"당연히 추적을 하겠지."

나는 웃음을 터뜨렸다.

"좋아. 재거가 어디 사는지 알려주면 살려주겠다고 약속할게. 약속도 지키고."

병장은 천천히 고개를 저었다.

"재거는 건드리지 않는 게 좋아. 산 채로 잡아먹힐 테니까."

나는 살짝 떨어뜨려놓고 있던 45구경을 다시 들었다.

"알았어. 매사추세츠 주 콜먼에 있어. 스키 산장에. 그 정도면 충분할까?"

"음. 이제 네 지도를 가지러 가지, 병장."

병장은 나를 다시 한번 유심히 들여다보았다. 그런 다음 고개를 끄덕였다. 우리는 방으로 들어갔다.

　여기에서도 콜로니얼 양식의 매력이 물씬 풍겼다. 바닥에 놓인 얼룩투성이 매트리스는 포르노 잡지로 뒤덮였고 벽에는 얇게 바른 웨슨 오일 말고는 아무것도 걸치지 않은 여자들 사진으로 도배가 되어 있었다. 닥터 루스*는 이 방을 한번 쳐다보는 순간 폭발할 것이다.

　병장은 망설임이 없었다. 침대 옆 탁자에 놓인 전등을 들어서 바닥을 떼어냈다. 그가 받은 4분의 1쪽짜리 지도가 돌돌 말려서 그 안에 들어 있었다. 그는 아무 말 없이 지도를 내밀었다.

　"던져."

　병장은 희미하게 미소를 지었다.

　"철두철미하군그래."

　"몸을 사리면 보람이 있더라고. 포기해, 병장."

　그는 지도를 내 쪽으로 던졌다.

　"쉽게 얻은 건 쉽게 잃기 마련이지."

　"약속 지킬게. 운 좋은 줄 알아. 이제 밖으로 나가."

　그의 눈이 차갑게 번뜩였다.

　"어쩌려고?"

　"당분간 한 군데 처박혀 있게 하려고. 나가."

　우리는 깔끔하게 2인 종대로 나갔다. 병장은 나를 등지고 어깨를 구부리고 조만간 총신이 날아와 그의 머리에 홈을 낼 거라고 생각

* 미국의 성 상담가.

하며 알전구 아래에 섰다. 내가 그를 치려고 총을 들었을 때 전구가 깜빡거리더니 나갔다.

판잣집이 칠흑 같은 어둠으로 덮였다.

나는 오른쪽으로 몸을 날렸다. 병장은 이미 한줄기 바람처럼 사라졌다. 그가 납작하게 바닥으로 엎드리자 신문 더미가 쓰러지는 소리가 들렸다. 그 뒤로 정적이 이어졌다. 완벽한 정적이었다.

나는 눈이 어둠에 적응할 때까지 기다렸지만 그래봐야 아무 소용 없었다. 이곳은 천 개의 비석이 어른거리는 무덤이었다. 그리고 병장은 모르는 비석이 없었다.

나는 병장이 어떤 사람인지 알았다. 그에 대한 자료는 수집하기가 어렵지 않았다. 그는 특전대원으로 베트남에 참전했고 이제는 아무도 그의 본명이 뭔지 궁금해하지 않았다. 그는 그냥 덩치 크고 잔인하고 포악한 병장이었다.

어둠 속의 어딘가에서 그가 나를 향해 움직이고 있었다. 바닥이 삐걱거리거나 발이 쓸리는 소리 하나 들리지 않는 걸 보면 그는 이곳을 손바닥 보듯 훤하게 알고 있었다. 하지만 나는 그가 왼쪽 아니면 오른쪽에서, 그것도 아니면 잔꾀를 부려서 정면에서 점점 다가오는 것을 느낄 수 있었다.

총을 잡은 손이 땀으로 흥건했고 나는 닥치는 대로 총을 난사하고 싶은 충동을 참아야 했다. 내 주머니에 파이의 4분의 3이 들어 있었다. 나는 불이 나간 이유를 궁금해하지 않았다. 잠시 후 창문을 뚫고 들어온 눈부신 손전등 불빛이 바닥을 마구잡이로 미친듯이 비추다 내 왼쪽 이 미터 옆에서 반쯤 쭈그리고 앉은 채 얼어붙은 병장을 포착했다. 외뿔 모양의 눈부신 불빛이 비추자 그의 눈이 고양이 눈처럼 초록색으로 반짝였다.

그는 오른손에 반짝이는 면도날을 들고 있었고 나는 그가 키넌의 차고에서 외투 깃을 어떤 식으로 더듬었는지 문득 기억이 났다.

병장이 손전등 불빛에 대고 한마디를 던졌다.

"재거?"

누가 먼저 그를 맞혔는지 모르겠다. 손전등 불빛 뒤에서 대구경 권총이 한 번 발사됐고 나는 바니의 45구경의 방아쇠를 두 번 당겼다. 순전히 반사 작용이었다. 병장은 뒤로 내동댕이쳐졌고 한쪽 부츠가 벗겨질 정도로 세게 벽에 부딪혔다.

손전등이 꺼졌다.

나는 창문을 향해 총을 한 방 쐈지만 유리창만 깨뜨렸다. 나는 어둠 속에 옆으로 누워서 키넌의 탐욕이 고개를 들길 기다린 사람이 나 말고 또 있었다는 사실을 깨달았다. 재거도 그 순간을 기다리고 있었던 것이다. 그리고 내 차에는 12개들이 탄약이 있었지만 총에 남은 실탄은 한 개뿐이었다.

재거는 건드리지 않는 게 좋아, 병장이 얘기했었다. 산 채로 잡아먹힐 테니까.

이제 거실의 구조를 제법 정확하게 파악했다. 나는 엉거주춤하게 일어나서 대자로 뻗은 병장의 다리를 넘어 구석으로 달려갔다. 욕조 안으로 들어가 고개만 밖으로 내밀었다. 아무 소리도 들리지 않았다. 가장자리에서 떨어져 나온 조각들 때문에 욕조 바닥이 까끌까끌했다. 나는 기다렸다.

오 분 정도 지났다. 다섯 시간처럼 느껴지는 오 분이었다.

잠시 후에 손전등이 이번에는 침실 창문 너머에서 안을 비췄다. 불빛이 입구를 넘어오자 나는 고개를 숙였다. 손전등은 잠깐 이리저리 살피다 꺼졌다.

다시 정적이 흘렀다. 길고 요란한 정적이었다. 나는 병장의 지저분한 사기 욕조 표면에서 모든 것을 보았다. 될 대로 되라는 듯이 씩 웃었던 키넌. 배꼽에서 정동쪽에 피떡이 진 구멍이 뚫렸던 바니. 손전등 불빛이 비추자 프로처럼 엄지와 검지 사이에 면도날을 든 채 그대로 얼어붙었던 병장. 재거, 얼굴 없는 검은 그림자. 그리고 나. 다섯 번째 4분의 1.

문득 문 바로 바깥쪽에서 사람 목소리가 들렸다. 나지막하고 세련되고 여성스러웠지만 힘이 없지는 않았다. 극도로 섬뜩하고 유능하게 들렸다.

"안녕, 예쁜이."

나는 잠자코 있었다. 그에게 만만하게 굴 생각은 없었다.

목소리가 이번에는 창가에서 들렸다.

"내가 널 죽일 거야, 예쁜이. 그 녀석들을 죽이러 왔는데 너를 죽이면 되겠어."

그가 다시 한번 위치를 바꾸느라 정적이 흘렀다. 잠시 후 이번에는 내 머리 바로 위, 그러니까 욕조 바로 위에 달린 창문 밖에서 그 목소리가 들렸다. 창자가 목젖으로 스멀스멀 치밀어 올랐다. 그가 지금 손전등을 비춘다면······.

"사족은 필요 없거든." 재거가 말했다. "미안하지만."

그가 다음 위치로 건너가는 소리가 거의 들리지도 않았다. 이번에는 다시 문 앞이었다.

"내가 나머지 4분의 1을 들고 왔는데. 와서 받아가지 않을래?"

나는 기침을 하고 싶었지만 참았다.

"와서 받아가, 예쁜이." 그는 비웃는 말투였다. "파이를 완성해야지. 와서 가져가."

하지만 나는 그걸 받을 필요가 없었고 그도 그렇다는 걸 알았을 것이다. 칼자루를 쥔 쪽은 나였다. 나는 이제 돈을 찾을 수 있었다. 4분의 1밖에 없는 재거는 가망이 없었다.

이번에는 정적이 정말 길게 이어졌다. 삼십 분, 한 시간, 기약이 없었다. 영원의 제곱이었다. 몸이 뻣뻣해지기 시작했다. 밖에서는 바람이 어찌나 기승을 부리는지 눈이 덜거덕거리며 벽을 때리는 소리 말고는 아무 소리도 들을 수가 없었다. 너무 추웠다. 손끝에서 감각이 사라졌다.

그러다 1시 30분쯤 됐을 때 쥐들이 어둠 속을 기어다니는 듯이 부스럭거리는 소리가 환청처럼 들렸다. 나는 숨을 참았다. 재거가 어찌어찌 안으로 들어온 것이다. 그가 거실 한복판에 있었다…….

그러다 나는 깨달았다. 추위 때문에 사후경직이 앞당겨지면서 병장의 자세가 마지막으로 바뀐 것일 따름이었다. 나는 긴장을 살짝 풀었다.

바로 그때 문이 쾅 열리면서 재거가 돌진해 들어왔다. 새하얀 눈을 뒤집어쓴 키 큰 유령처럼 덜렁덜렁 어색하게 움직였다. 내가 방아쇠를 당기자 그의 머리 옆쪽에 구멍이 뚫렸다. 잠깐 총구에서 불을 뽑았을 때 보니 구멍이 뚫린 상대는 농부가 입다 버린 바지와 셔츠를 걸친 얼굴 없는 허수아비였다. 포대로 만든 머리가 빗자루에서 떨어져 바닥을 때렸다. 잠시 후에 재거가 나를 향해 총알을 날렸다.

그는 반자동 권총을 썼고 욕조 안쪽은 속이 빈 거대한 심벌즈 같았다. 튀어오른 사기 파편들이 벽에 맞고 튕겨져 나와서 얼굴을 때렸다. 나무 조각과 뜨거운 탄피 하나가 내 위로 쏟아졌다.

이윽고 그가 그 기세 그대로 나를 향해 돌진했다. 욕조 안에 숨은 나를 통에 담긴 물고기처럼 쏘려는 작정이었다. 나는 심지어 고개를 들 수조차 없었다.

나를 살린 사람은 병장이었다. 재거가 시신의 큼지막한 한쪽 발에 걸려서 비틀거리는 바람에 내 머리 위가 아니라 바닥에 대고 총을 난사한 것이다. 나는 무릎을 꿇고 앉았다. 로저 클레멘스* 흉내를 냈다. 그의 머리를 향해 바니의 큼지막한 45구경을 던졌다.

총이 명중했지만 그는 멈추지 않았다. 나는 그를 쓰러뜨리려고 욕조에서 나오다 가장자리에 발이 걸렸고 재거는 비틀거리며 내 왼쪽으로 총알 두 발을 날렸다.

희미한 실루엣이 총에 맞은 귀를 한 손으로 잡고 뒤로 물러나서 나를 조준했다. 그의 총알이 내 손목을 관통했고 두 번째 총알은 목을 스치고 지나갔다. 그때 그가 기적적으로 병장의 발에 다시 걸려서 뒤로 넘어졌다. 그는 다시 총을 들어서 지붕을 향해 쏘았다. 그게

* 미국 메이저리그에서 최고의 투수에게 주는 사이 영상을 일곱 차례 수상한 미국의 투수.

그에게 주어진 마지막 기회였다. 나는 그의 손에 들린 총을 발로 차서 날렸다. 젖은 나무처럼 뼈가 부러지는 소리가 났다. 내가 사타구니를 걷어차자 그의 몸이 반으로 접혔다. 이번에는 그의 뒤통수를 걷어차자 그의 발이 빠르게 덜거덕거리며 바닥에 무의식선상의 문신을 새겼다. 그는 그때 이미 죽은 거나 다름없었지만 나는 곤죽과 딸기잼밖에 남지 않을 때까지 치아로도, 그 무엇으로도 그의 신원을 식별할 수 없을 때까지 차고 또 찼다. 내 다리가 움직이지 않을 때까지, 발가락이 꿈쩍하지 않을 때까지 차고 또 찼다.

문득 정신을 차리고 보니 내가 비명을 지르고 있었는데 그 소리를 듣는 사람이 시신밖에 없었다.

나는 입을 훔치고 재거의 시신 옆에 무릎을 꿇었다.

알고 보니 자기 지도를 들고 왔다고 했던 그의 말은 거짓말이었다. 나는 별로 놀라지 않았다. 아니, 그 말은 취소다. 나는 전혀 놀라지 않았다.

내 고물 차는 주차한 그대로 키넌의 집 근처 길모퉁이에 서 있었지만 이제는 유령처럼 눈을 뒤집어썼다. 병장의 폭스바겐은 1.5킬로미터 멀리 두고 왔다. 내 차의 히터가 고장나지 않았기만을 바랄 따름이었다. 온몸에 감각이 없었다. 나는 문을 열고 안으로 들어가서 앉으며 살짝 움찔했다. 목에 파인 홈은 지혈이 됐지만 손목이 미치도록 아팠다.

스타터가 한참 동안 돌아가다 마침내 시동이 걸렸다. 히터는 작동이 됐고 한쪽 와이퍼가 운전석 쪽에 쌓인 눈을 거의 치웠다. 재거는 자기 지도를 놓고 거짓말을 했고 그가 타고 온, 아무 특징 없는(아마도 훔쳤을) 혼다 시빅에도 없었다. 하지만 그의 지갑에 집주소가 있었기에 그의 지도가 필요하다면 찾을 수 있을 확률이 높았다. 하지만 필요할 것 같지는 않았다. 특히 병장의 지도에 X 자가 그려져 있으니 세 조각이면 충분할 것이다.

나는 조심스럽게 출발했다. 한참 동안 몸을 사릴 것이다. 병장이 한 말 중에 하나는 맞았다. 바니는 바보였다. 그가 내 친구였다는 사실은 더이상 중요하지 않았다. 빚을 갚았으니까.

당분간 나는 조심해야 할 게 많았다.

의사가 해결한 사건

★★★

셜록 홈스와 존 왓슨의 사이가 딱 한 번 뒤집힌 사건.

내가 조금 유명한 친구 셜록 홈스 앞에서 실질적으로 사건을 해결한 것은 내가 알기로 딱 한 번뿐이었다. '내가 알기로'라고 말하는 이유는 내 나이가 아흔 줄로 접어들면서 기억이 가물가물해지기 시작했기 때문이다. 백 살을 눈앞에 둔 지금은 머릿속이 그저 안개로 자욱하다. 어쩌면 한 번 더 있었을지 모르지만 그렇다 한들 나는 기억하지 못한다.

내 머릿속과 기억력이 아무리 흐릿해지더라도 이 사건은 절대 잊지 못할 테니 하늘이 내 펜 뚜껑을 영원히 닫기 전에 기록해놓는 것이 좋지 않을까 싶다. 이제 와서 홈스의 얼굴에 먹칠할 일도 없다. 그가 세상을 떠난 지 사십 년이 지났다. 세간에 공개하지 않고 그 정도 묵혔으면 충분하다고 생각한다. 심지어 가끔 홈스를 이용했지만 그를 별로 좋아하지는 않았던 레스트레이드마저 헐 경의 사건에 있어서만큼은 절대 입도 벙긋하지 않았다. 전후 상황을 감안했을 때

쉽지 않은 일이었을 텐데, 어떤 상황이었건 간에 그의 선택은 마찬가지가 아니었을까 싶다. 그와 홈스는 서로 부아를 돋우었고 홈스는 그를 속으로는 싫어했을 수 있지만(그런 저급한 정서를 인정하는 일은 없었을 테지만) 레스트레이드는 묘하게도 내 친구를 존경했다.

때는 비가 내리고 을씨년스러운 오후였다. 1시 30분을 알리는 시계 종소리가 막 울린 참이었다. 홈스는 바이올린을 연주하지는 않고 든 채로 창가에 앉아서 아무 말 없이 빗속을 내다보고 있었다. 특히 코카인을 끊은 뒤에 홈스는 가끔 하늘이 일주일이나 그 이상 잿빛을 고집하면 심술이 난 것처럼 보일 정도로 침울해했는데, 그날은 전날 밤부터 기온이 올라서 아무리 늦어도 그날 오전 10시면 맑은 하늘을 볼 수 있을 거라고 자신 있게 예견했기 때문에 두 배로 실망했다. 내가 일어났을 때 허공을 덮고 있던 안개가 짙어지면서 비가 죽죽 내렸고 오랫동안 비가 내리는 것보다 홈스를 더 우울하게 만드는 것이 있다면 틀리는 것이었다.

문득 그가 허리를 펴고 바이올린 현을 손톱으로 뜯더니 냉소적인 미소를 지었다.

"왓슨! 저것 좀 보게! 저렇게 푹 젖은 블러드하운드 본 적 있나?"

과연 레스트레이드가 가운데로 몰린 얼굴과 험상궂게 따지는 듯한 눈으로 비를 맞으며 지붕 없는 마차 뒤편에 앉아 있었다. 마차가 멈추어 서자마자 그는 마부에게 동전을 던지며 내렸고 베이커 스트리트 221B번지를 향해 성큼성큼 걸어왔다. 속도가 어찌나 빠른지 저러다 공성 망치처럼 문을 들이받지 않을까 싶을 정도였다.

허드슨 부인이 누가 봐도 축축한 그의 몸 상태와 그것이 1층과

2층, 양쪽의 깔개에 미칠 영향을 두고 투덜거리는 소리가 들렸고, 내키면 언제든 레스트레이드를 거북처럼 보이게 만들 수 있는 홈스가 벌떡 일어나 문 앞으로 다가가 아래층에 대고 외쳤다.

"올려 보내세요, 허드슨 부인. 형사님이 오래 있을 것 같으면 신발 아래에다 신문지를 깔게요. 하지만 내가 생각하기에는, 그래요, 내가 생각하기에는⋯⋯."

레스트레이드는 훈계를 늘어놓는 허드슨 부인을 1층에 남겨두고 계단을 뛰어 올라왔다. 얼굴은 벌겠고 두 눈은 이글거렸고 담배 때문에 누런 이를 드러내고 늑대처럼 웃었다.

"레스트레이드 형사님!" 홈스가 명랑하게 외쳤다. "이런 날씨에 어인 일로⋯⋯."

그의 인사는 여기서 끝났다. 레스트레이드가 계단을 올라오느라 가쁜 숨을 헐떡이며 이렇게 말했다. "집시들이 말하길 악마한테 빌면 소원을 들어준다고 하지요? 나는 이제 그 말을 믿습니다. 시험해 보고 싶거든 지금 당장 같이 가시죠, 홈스 씨. 시신은 아직 따뜻하고 용의자들은 잇달아 등장하고 있습니다."

"그렇게 열정적으로 나오시니 겁이 납니다, 형사님!" 홈스는 외쳤지만 냉소적으로 눈썹을 살짝 꿈틀거렸다.

"내 앞에서는 괜히 뺄 것 없습니다. 당신 소원이라고 당당하게 밝히는 걸 내 귀로만 백 번은 넘게 들었던 수수께끼를 들고 왔어요. 완벽한 밀실 사건이란 말입니다!"

홈스는 구석으로 걸음을 옮기던 참이었다. 그 무렵에 애용하던, 손잡이에 금을 씌운 흉측한 지팡이를 가지러 가던 길이었을 텐데,

그 말에 눈을 휘둥그레 뜨고 비에 젖은 손님을 향해 몸을 홱 돌렸다.

"형사님! 그게 사실입니까?"

"사실이 아니라면 내가 폐병에 걸릴 위험을 무릅써가며 지붕 없는 마차를 타고 여기까지 왔겠습니까?"

그러자 홈스가 나를 돌아보며, 여기저기서 그가 원작자라고 하지만 나로서는 그때 처음이자 마지막으로 들은 말을 했다.

"서두르게, 왓슨! 게임이 시작됐어!"

가는 길에 레스트레이드는 홈스가 악마처럼 운도 좋다고 뚱한 목소리로 짚고 넘어갔다. 레스트레이드가 마부에게 기다리라고 얘기해놓았지만 우리가 하숙집에서 나서자마자 전세 마차가 말발굽 소리도 요란하게 달려왔던 것이다. 폭우가 쏟아지는 날에 빈 마차라니 귀하디귀한 보물이었다. 우리는 마차에 올라탔고 당장 출발했다. 늘 그렇듯 홈스는 왼편에 앉아서 두 눈을 이리저리 쉴 새 없이 움직이며 온갖 정보를 정리했다. 나 같은 사람의 눈에는 그날 특별히 주목할 게 없었지만 홈스가 보기에는 아무도 없는 길모퉁이와 비에 씻긴 쇼윈도마다 암시하는 바가 많았을 것이다.

레스트레이드는 마부에게 새빌 로의 어느 주소지를 불러주고 홈스에게 헐 경을 아느냐고 물었다.

"알기는 하지요. 하지만 직접 만난 적은 없습니다. 이제 보니 그런 행운은 영영 누리지 못할 모양입니다만. 선박업계에 있지요?"

"선박업계에 있지요." 레스트레이드는 맞장구를 쳤다. "하지만 만난 적 없는 게 행운입니다. 헐 경은 누가 봐도(가장 가깝고 가장—에

헴!—친밀한 사람들이 보기에도) 아주 형편없는 인간이었고 어린애들이 보는 팝업북의 그림 퍼즐처럼 희한했거든요. 하지만 이제는 형편없는 짓도, 희한한 짓도 영영 하지 못하게 됐습니다. 오늘 오전 11시경을 기준으로." 그는 구닥다리 회중시계를 꺼내 시간을 확인했다. "지금으로부터 두 시간 사십 분 전에 서재에 앉아 압지에 유언장을 올려놓고 있던 그의 등을 누가 칼로 찔렀거든요."

"그렇다면……." 홈스는 파이프 담배에 불을 붙이며 생각에 잠긴 투로 중얼거렸다. "이 헐 경이라는 불쾌한 인물의 서재가 내가 꿈에 그리던 완벽한 밀실이라고 생각하시는 겁니까?" 그는 서까래처럼 피어오르는 푸른 연기 사이로 미심쩍다는 듯이 눈을 반짝였다.

"음." 레스트레이드가 조용히 말했다. "그렇습니다."

"왓슨하고 나는 전에도 비슷한 구멍을 파본 적이 있지만 물을 만난 적은 없습니다." 홈스는 이렇게 얘기하고 나를 흘끗 쳐다본 뒤 다시 지나는 길거리의 온갖 정보를 끊임없이 정리하기 시작했다. "「얼룩 띠」 기억하지, 왓슨?"

대답할 필요도 없었다. 그 사건에는 밀실이 등장하지만 환기통과 독사와 독사를 환기통에 넣을 정도로 사악한 범인도 등장했다. 잔인하도록 영리한 자의 소행이었지만 홈스는 사건을 접하자마자 진상을 파악했다.

"정황이 어찌됩니까, 형사님?"

홈스가 물었다.

레스트레이드는 잔뼈가 굵은 경찰답게 딱 부러지는 말투로 정황을 설명했다. 앨버트 헐 경은 회사에서는 독재자였고 집에서는 폭군이었다. 아내는 예전부터 그를 무서워했고 그럴 만한 이유가 있었다. 그에게 아들을 셋이나 낳아주었지만 전반적인 가정사, 그중에서도 특히 그녀를 대하는 난폭한 태도를 누그러뜨리는 데에는 아무소용이 없었던 것이다. 레이디 헐은 이 점에 대해 언급을 피했지만 아들들은 전혀 거리낌이 없었다. 그들의 증언에 따르면 그들의 아버지는 기회만 있으면 아들들이 보는 앞에서 빈정거리고 지적하고 그녀를 놀렸다. 단둘이 있을 때는 그녀를 없는 사람 취급했다. 레스트레이드가 덧붙인 바에 따르면 그녀에게 손찌검을 하고 싶은 생각이 들 때만 예외였다. 그건 어쩌다 한 번씩 있는 일이 아니었다.

"맏아들인 윌리엄이 말하길 그녀는 눈이 붓거나 뺨에 멍이 든 채 아침 식탁에 앉을 때마다 똑같은 핑계를 댔다고 합니다. 안경을 깜빡하는 바람에 문에 부딪혔다고. '어머니는 매주 한두 번씩 문에 부딪혔어요'. 윌리엄은 그러더군요. '우리집에 문이 그렇게 많은 줄도 몰랐는데'."

"흠." 홈스는 말했다. "재미있는 친구로군요! 아들들이 아버지를 말린 적은 없습니까?"

"그녀가 용납하지 않았다더군요."

레스트레이드가 말했다.

"미쳤군요."

내가 받아쳤다. 아내를 때리는 남자는 혐오스러운 인간이었다. 그걸 용납하는 여자는 혐오스럽고 당혹스러운 인간이었다.

"그녀의 한심한 반응에는 체계가 있었지요." 레스트레이드가 말했다. "체계와 소위 말하는 '학습된 인내'가. 이러니저러니 해도 그녀는 남편보다 스무 살이 어렸거든요. 게다가 헐은 술꾼에다 대식가였어요. 오 년 전인 일흔 살 때 통풍과 협심증이 생겼고요."

"폭풍이 끝날 때까지 기다렸다가 햇살을 즐길 생각이었군요."

홈스가 말했다.

"그렇죠." 레스트레이드가 말했다. "하지만 그런 생각을 하다가 악마의 문을 건너가는 사람이 한두 명이 아니잖습니까. 헐은 자신의 자산 규모와 유언장의 조항을 가족들에게 누누이 강조했습니다. 그들은 노예와 다를 바가 거의 없었어요."

"유언장이 고용 계약서였겠군요."

홈스는 중얼거렸다.

"바로 그겁니다. 사망 당시 헐의 자산은 삼십만 파운드였습니다. 그는 가족들이 자신의 말을 믿거나 말거나 신경쓰지 않았습니다. 경리부장을 분기마다 집으로 불러서 헐 선박 회사의 결산 내역을 자세히 듣긴 했어도 돈줄을 단단히 틀어쥐고 워낙 빡빡하게 굴었지요."

"지독했군요!"

나는 이렇게 외쳤다. 춤을 추는 걸 보겠답시고 굶주린 개에게 먹을거리를 내밀어놓고 배고픈 동물이 지켜보는 앞에서 게걸스럽게 먹어치우는, 이스트칩이나 피카딜리에서 가끔 보이는 잔인한 남자아이들이 생각났다. 나는 조만간 그것이 얼마나 적절한 비유였는지 알게 될 터였다.

"그의 사망으로 레이디 헐은 십오만 파운드를 받게 됩니다. 맏아들인 윌리엄은 오만, 둘째인 조리는 사만, 막내인 스티븐은 삼만을 받게 되고요."

"나머지 삼만 파운드는요?" 내가 물었다.

"여기저기 조금씩 분배했습니다. 웨일스에서 사는 사촌, 브르타뉴에 사는 숙모(하지만 레이디 헐의 가족에게는 땡전 한푼 남기지 않았죠), 하인들에게 전부 합쳐서 오천. 아, 그리고 당신이 들으면 반색할 얘기지만 헴필 부인의 유기묘 보호소에 만 파운드를 남겼지 뭡니까."

"설마요!" 내가 외쳤다. 레스트레이드가 이와 비슷한 반응을 홈스에게서 기대했다면 실망할 수밖에 없었다. 홈스는 파이프 담배에 다시 불을 붙이고 예상했던 일이라는 듯 고개를 끄덕이고 그만이었다. "이스트엔드에서는 젖먹이들이 기근으로 죽어가고 공장에서는 열두 살짜리 아이들이 일주일에 오십 시간씩 일을 하는데 이자는…… 고양이를 돌보는 호텔에 만 파운드를 남겼다고요?"

"그렇다니까요." 레스트레이드가 명랑한 목소리로 말했다. "뿐만 아니라 범인이 누군지 모르겠지만 오늘 아침에 벌어진 일이 아니었다면 그보다 스물일곱 배 많은 돈이 헴필 부인의 유기묘 보호소 차지가 될 뻔했지요."

나는 이 말에 입을 떡 벌리고 열심히 암산을 했다. 내가 헐 경이 아내와 아이들의 상속권을 박탈하고 유산을 고양이 보호소에게 넘길 작정이었다는 결론을 내렸을 때 홈스는 뚱한 표정으로 레스트레이드를 쳐다보며 전혀 엉뚱한 소리를 했다.

"내가 앞으로 재채기를 하게 되겠군요?"

레스트레이드는 미소를 지었다. 천상의 미소였다.

"그렇습니다, 친애하는 홈스 씨! 그것도 아주, 심하게 하게 될 겁

358

니다."

홈스는 이제 알맞게 불이 붙은 파이프 담배를 (좌석에 살짝 기대고 앉은 걸 보면 그렇다는 걸 알 수 있었다) 입에서 빼내 잠시 쳐다보더니 비가 내리는 밖으로 내밀었다. 나는 그가 비에 젖어서 연기를 피우는 담배를 털어내는 것을 아연하게 바라보았다.

"몇 마리나 됩니까?"

홈스가 물었다.

"열 마리요."

레스트레이드는 사악하게 씩 웃었다.

"이렇게 비가 오는 날 지붕도 없는 마차를 타고 나를 찾아오다니 단순히 그 유명한 밀실 때문만은 아닐 거라고 직감했죠."

홈스는 뚱한 목소리로 말했다.

"마음대로 생각하십시오." 레스트레이드는 명랑하게 말했다. "나는 사건 현장으로 가보아야 하지만―그게 내 의무 아닙니까―원하면 당신과 의사 선생님은 여기서 내려줄 수 있습니다."

"내가 지금까지 만난 사람들 중에서……." 홈스가 말했다. "궂은 날씨에 두뇌 회전이 더 빨라지는 사람은 형사님밖에 없습니다. 형사님의 성격하고도 연관이 있는 거겠죠? 하지만 됐습니다. 그건 따로 날을 잡아서 해야 할 얘기일 테니까요. 하나만 묻겠습니다, 형사님. 헐 경은 언제 자기가 죽을 날이 얼마 남지 않았다는 확신이 생긴 겁니까?"

"죽을 날이 얼마 남지 않았다고?" 내가 말했다. "홈스, 도대체 무슨 이유로 그가……."

"뻔하잖아, 왓슨." 홈스가 말했다. "내가 아무리 못해도 천 번은 얘기했을 텐데. C.I.B. 성격을 인증하는 행동. 그는 유언장으로 그들을 꼼짝 못하게 붙잡아놓으면서 재밌어했지……." 그는 레스트레이드를 곁눈질했다. "신탁 조치는 취하지 않았지요? 한사 상속도 전혀 없었고요?"

레스트레이드는 고개를 끄덕였다.

"전혀 없었습니다."

"놀랍군요!" 내가 말했다.

"그렇지 않아, 왓슨. 성격을 인증하는 행동이라니까. 그는 자신이 죽음이라는 은혜를 베풀면 전 재산이 그들의 차지가 될 거라는 믿음 하나로 버티도록 그들을 부추겼지만 사실은 그럴 생각이 전혀 없었어. 그런 배려는 그의 성격과 정면으로 배치되거든. 그렇게 생각하지 않으십니까, 형사님?"

"음, 그렇지요."

레스트레이드가 대답했다.

"그러면 이런 결론에 다다르지, 왓슨, 안 그런가? 모든 게 명백하잖아. 헐 경은 자기에게 살날이 얼마 남지 않았다는 걸 알게 돼. 기다리다가…… 이번에는 허위 경보가 아니라 진짜라는 확신이 서자 사랑하는 가족을 한자리에 불러모으지. 언제? 오늘 아침에. 맞죠, 형사님?"

레스트레이드는 맞는다는 뜻에서 끙끙거렸다.

홈스는 양손 끝을 마주대고 턱을 받쳤다.

"그는 온 가족을 불러 모으고 그들의 상속권을 박탈하는 새로운 유언장을 작성했다고 알리지. 하인들과 몇 안 되는 먼 친척과 두말하면 잔소리지만 고양이들은 예외고…….”

나는 입을 벌렸지만 너무 화가 나서 아무 말도 할 수가 없었다. 그 못된 남자아이들이 돼지고기 조각이나 미트파이 부스러기를 들고 이스트엔드의 배고픈 똥개들에게 점프 훈련을 시키는 광경이 계속 떠올랐다. 이 자리에서 밝히건대 그런 유언장에 법적으로 이의를 제기할 수 없느냐고 물을 생각은 하지 못했다. 요즘엔 가까운 피붙이를 내치고 고양이 호텔을 선택했다가는 고초를 겪겠지만 1899년에는 유언장이 작성하는 사람의 마음이었고 단순한 기행이 아니라 실질적인 정신이상의 사례를 여러 건 입증하지 못하는 한 일단 작성하면 그것으로 끝이었다.

“새로운 유언장은 제대로 증인의 서명을 받았습니까?”

홈스가 물었다.

“음…….” 레스트레이드가 대답했다. “어제 헐 경의 변호사와 보조 한 명이 집으로 찾아와서 헐의 서재로 들어갔습니다. 거기서 약 십오 분 정도 있다가 갔고요. 스티븐 헐의 말로는 변호사가 큰 소리로 뭔가에 반대했다가—뭔지는 알 수 없었다지만—헐에게 제지당한 적이 있었다고 하더군요. 그때 둘째인 조리는 2층에서 그림을 그리고 있었고 레이디 헐은 친구와 통화중이었고요. 하지만 스티븐과 윌리엄 헐은 변호사들이 왔다가 잠시 후에 가는 걸 보았답니다. 윌리엄의 말로는 그들이 나갈 때 고개를 숙이고 있었다고요. 그가 반스 변호사에게 괜찮으냐며 비가 계속 오는 걸 두고 뭐라고 한마디 했지만 반스는 아무 대꾸도 없었고 보조는 움찔하는 것 같았다고 하더군요. 볼 낯이 없어 하는 사람들 같았답니다."

그 구멍으로 빠져나갈 생각은 집어치워야겠군, 나는 생각했다.

"말이 나온 김에 아들들 얘기를 들어볼까요?"

"음, 두말하면 잔소리지만 아들들이 아버지를 아무리 싫어했어도, 아버지가 아들들을 한없이 경멸한 것에 비하면 아무것도 아니었습니다. 어떻게 스티븐까지 홀대할 수 있었는지 모르겠지만…… 아니, 차근차근 제대로 설명을 하는 게 좋겠지요."

"네, 그래주시면 감사하겠습니다."

홈스가 건조한 말투로 얘기했다.

"윌리엄은 서른여섯 살입니다. 아버지에게 용돈 같은 걸 제대로 받았다면 망나니로 자랐을 성격이고요. 그런데 거의 또는 전혀 받지 못했으니 낮에는 여러 체육관에서 이른바 '신체 단련'에 매진했고―상당한 근육질로 보이더군요―밤에는 싸구려 다방을 전전했습니다. 어쩌다 수중에 돈이 조금이라도 생기면 도박판에 가서 금세 잃곤 했습니다. 별로 바람직한 인간이 못 되지요, 홈스 씨. 목적도 기술도 취미도 없고 (아버지보다 오래 살겠다는 것 말고는) 야심도 없으니 어떻게 바람직한 인간이 될 수 있겠습니까. 그와 얘기를 나누는데 인간이 아니라 헐 경의 얼굴이 살짝 찍힌 빈 꽃병을 추궁하는 듯한 묘한 기분이 들더군요."

"돈으로 채워지길 기다리는 꽃병이겠군요."

"조리는 얘기가 다릅니다." 레스트레이드는 하던 얘기를 계속했다. "헐 경은 아들이 아주 어렸을 때부터 생선 대가리, 오다리, 개구리 배, 이런 깜찍한 애칭으로 불러가며 가장 심하게 구박을 했습니다. 안타깝게도 왜 그랬는지 이해하기가 어렵지 않아요. 조리 헐은 키가 150센티미터밖에 되지 않는데다 안짱다리고 얼굴이 아주 못생겼거든요. 그 시인을 좀 닮았습니다. 그 호모요."

"오스카 와일드 말입니까?"

내가 물었다.

홈스는 재미있어하는 눈빛으로 나를 흘끗 쳐다보았다.

"형사님은 앨저넌 스윈번을 두고 한 말 같은데. 내가 알기로 그는 왓슨, 자네만큼이나 호모하고는 거리가 멀지만."

"조리 헐은 원래 사산아였습니다." 레스트레이드가 말했다. "새파란 상태로 꼬박 일 분 동안 꼼짝하지 않자 의사가 사산을 선언하고 기형인 몸을 수건으로 덮었죠. 그러자 레이디 헐이 여전사처럼 일어나 수건을 치우고 출산에 쓰려고 준비해놓은 뜨거운 물에 아이의 다리를 담갔답니다. 그러자 아이가 꿈틀거리며 악을 썼다더군요."

레스트레이드는 씩 웃으며 얇은 담배에 요란하게 불을 붙였다.

"헐은 물에 담그는 바람에 아이의 다리가 그렇게 됐다고 주장하면서 술이 좀 들어가면 그걸 가지고 아내를 들들 볶았습니다. 그냥 내버려두지 그랬느냐고요. 어떨 때는 지금처럼 게 다리에 대구 대가리를 달고 종종거리며 사느니 차라리 죽는 게 나았다고 했다더군요."

홈스는 이런 엄청난 (의사인 내 입장에서는 진위가 다소 의심스러운) 얘기를 듣고도 레스트레이드에게 짧은 시간에 무슨 수로 그렇게 방대한 정보를 수집했느냐고 묻고는 그만이었다.

"이 사건에 있는 흥미로운 부분 덕분이었지요." 마차가 흙탕물을 튀기고 휘저어가며 로튼 로로 진입하는 순간 레스트레이드가 말했다. "그들에게 진술을 강요할 필요가 없었습니다. 오히려 입을 다물라고 강요하면 모를까. 그들은 너무 오랫동안 잠자코 지내야 했던 겁니다. 그리고 또 한 가지, 새로 작성한 유언장이 없어졌거든요. 이제 보니 사람이 긴장이 풀리면 혀까지 대책 없이 풀리더군요."

"없어졌다고요!"

나는 외쳤지만 홈스는 관심을 보이지 않았다. 그의 머릿속은 아직도 기형으로 태어난 차남 조리 생각뿐이었다.

"그럼 그가 못생겼다는 말씀입니까?"

홈스가 레스트레이드에게 물었다.

"잘생기지는 않았지만 내가 본 몇몇 경우처럼 흉측하지는 않습니다." 레스트레이드는 술술 대답했다. "아버지가 그의 머리를 계속 혹평했던 이유는……."

"아버지의 돈이 없어도 살아가는 데 아무 문제 없는 유일한 아들이었기 때문이죠."

홈스가 그를 대신해 말문을 맺었다.

레스트레이드는 흠칫 놀랐다.

"아니! 그걸 어찌 알았습니까?"

"헐 경이 조리의 육체적인 부분만 트집을 잡았으니까요. 다른 면에서는 방어가 철저한 잠재적인 표적을 맞닥뜨렸으니 그 악마 같은 늙은이가 얼마나 짜증이 났을까요! 남학생이나 술 취한 망나니들은 남의 외모나 자세를 가지고 놀리는 정도로 충분할지 몰라도 헐 경 같은 악당은 분명 그보다 더 심한 장난에 이골이 났을 텐데 말이죠.

그가 안짱다리로 태어난 둘째 아들을 무서워했을 수도 있다고 봅니다. 감옥 문을 열 수 있는 조리의 열쇠는 뭐였습니까?"

"아까 얘기하지 않았습니까? 그림을 그리거든요."

"아!"

헐 하우스의 1층 복도를 장식한 캔버스들이 나중에 입증했다시피 조리 헐은 아주 훌륭한 화가였다. 위대한 화가는 아니었다. 나도 그 정도라고 생각하지는 않는다. 하지만 그가 그린 어머니와 형제들이 어찌나 사실적이었던지 몇 년 뒤에 컬러 사진을 난생처음 접했을 때 나는 당장 1899년 11월의 그 비오는 날 오후가 생각났다. 아버지를 그린 어느 작품은 걸작이라고 할 수도 있었다. 묘지에서 새어 나온 한줄기 눅눅한 숨결처럼 캔버스 안에서 풍기는 사악한 기운이 보는 사람을 화들짝 놀라게 했다(거의 위협하는 수준이었다). 조리는 앨저넌 스윈번을 닮았을지 몰라도 둘째 아들의 눈과 손으로 구현된 아버지를 보았을 때 연상되는 인물은 오스카 와일드의 작품 속 주인공이었다. 불멸이나 다름없는 난봉꾼 도리언 그레이 말이다.

유화 작업은 길고 더뎠지만 그는 날렵한 스케치에도 재주가 있어서 토요일 오후에 하이드 공원에 나가면 이십 파운드씩 벌어 올 수도 있었다.

"아버지가 그걸 퍽이나 좋아했겠습니다." 홈스가 말했다. 그는 무의식적으로 담뱃대를 향해 손을 뻗었다가 거두었다. "프랑스의 보헤미안처럼 돈 많은 미국 관광객과 그들의 연인을 스케치하는 귀족 가문의 아들이라니."

레스트레이드는 껄껄 웃었다.

"상상이 되겠지만 노발대발했지요. 하지만 조리는 하이드 공원의 좌판을 끝까지 고집하다가…… 매주 삼십오 파운드의 용돈을 받기로 하고 접었습니다. 경은 그걸 저질스러운 협박으로 간주했고요."

"눈물 없이는 들을 수 없는 이야기로군요."

내가 말했다.

"그러게 말일세, 왓슨." 홈스가 말했다. "이제 얼른 막내아들이요, 형사님. 집에 거의 도착한 게 아닌가 싶습니다만."

레스트레이드가 넌지시 얘기했다시피 스티븐 헐은 아버지를 증오할 만한 가장 큰 이유가 있었다. 통풍이 심해지고 총기가 흐려지자 헐 경은 회사 일을 사망 당시 스물여덟 살밖에 되지 않은 스티븐에게 떠넘기다시피 했다. 많은 책임을 스티븐이 짊어졌고 그의 판단이 잘못된 것으로 밝혀지면 비난 역시 그가 짊어졌다. 하지만 올바른 판단 덕분에 아버지의 사업이 번창하더라도 그에게 경제적인 이득이 주어지지는 않았다.

헐 경은 스티븐에게 호감을 보였어야 마땅했다. 삼형제 중에서 그가 일군 사업에 유일하게 관심과 적성을 보인 아들이 스티븐이었다. 스티븐은 성서에서 얘기하는 '착한 아들'의 완벽한 전형이었다. 그런데도 불구하고 헐 경은 애정을 표현하고 고마워하기는커녕 성공을 거둔 아들의 노력을 무시하고 의심하고 질투했다. 지난 이 년 동안에는 스티븐을 상대로 "죽은 사람의 옷도 벗겨 갈 놈"이라는 매력적인 의견을 한두 번 피력한 게 아니었다.

"이런 나쁜 XX!" 나는 참지 못하고 외쳤다.

"새 유언장은 잠깐 차치하고……." 홈스가 손끝을 다시 맞대며 말했다. "예전 유언장으로 돌아갑시다. 경이 미미하게나마 인심을 썼던 그 유언장에서조차 스티븐 헐은 분개할 이유가 있었죠. 그의 노력으로 가족의 재산을 지킨 정도가 아니라 불렸음에도 그에게는 막내아들에 준하는 몫이 할당됐으니 말입니다. 그나저나 야옹이 유언장이라고 불러도 됨직한 그 유언장에 선박 회사는 어떤 식으로 처분하겠다고 되어 있었습니까?"

나는 홈스의 표정을 열심히 살폈지만 늘 그렇듯 그가 웃자고 한 얘긴지 아닌지 알 수가 없었다. 오랜 세월 동안 온갖 모험을 함께 한 나에게조차 셜록 홈스의 유머 감각은 미지의 영역이었다.

"스티븐에게 주어지는 몫은 전혀 없이 이사회로 넘겨질 예정이었습니다." 레스트레이드는 이렇게 얘기했고, 마차가 내리는 비를 맞으며 갈색 잔디밭 한가운데 우뚝 서 있는 흉측한 저택의 곡선 진입로로 들어서자 창밖으로 담배를 던졌다. "하지만 아버지는 죽고 새 유언장은 감쪽같이 사라졌으니 스티븐 헐이 이른바 '주도권'을 쥐게 되었습니다. 그는 상무 이사로 취임할 겁니다. 원래부터 그랬어야 하는 거지만 이제야 스티븐 헐의 입맛대로 조건을 제시할 수 있게 됐지요."

"그렇군요. 주도권. 훌륭한 단어죠." 홈스는 빗속으로 몸을 내밀었다. "마부, 멈춰요! 얘기가 아직 안 끝났소!"

"알겠습니다, 손님. 하지만 여기는 비가 엄청 들이치는데요."

"겉이 젖은 만큼 안도 촉촉이 적실 수 있도록 두둑이 챙겨주겠소." 홈스가 말했다. 마부는 그의 제안이 마음에 들었는지 대저택의 현관 삼십 미터 앞에서 마차를 세웠다. 내가 마차 양쪽 옆을 때리는 빗

소리를 듣는 동안 홈스는 곰곰이 생각을 하다가 말문을 열었다. "예전 유언장, 그가 가족들을 놀리는 데 쓴 그 유언장은 없어지지 않았죠?"

"음, 책상 위, 그의 시신 근처에 놓여 있었지요."

"네 명의 훌륭한 용의자! 하인들은 고려하지 않아도 되겠어요…… 지금 당장으로서는. 얼른 마저 듣읍시다, 형사님. 마지막 정황과 밀실요."

레스트레이드는 가끔 수첩을 참고해가며 순순히 그의 요구에 응했다. 한 달 전에 헐 경은 오른쪽 무릎 바로 뒤편에 까만색의 조그만 점이 생긴 것을 발견했다. 주치의가 소환됐다. 통풍과 혈액순환장애의 다른 증상인 괴저로 밝혀졌다. 의사가 말하길 감염된 지점의 훨씬 위쪽을 절단해야 된다고 했다.

헐 경은 눈물이 날 때까지 웃었다. 이런 반응을 전혀 예상하지 못했던 의사는 할말을 잃었다. "의사 양반, 나는 두 다리 멀쩡한 채로 관 속에 누울 테니 그리 알아요." 헐이 말했다.

의사는 다리를 살리고 싶은 헐 경의 심정은 이해하지만 절단하지 않으면 육 개월 안으로 사망할 테고 그마저도 마지막 이 개월 동안은 극심한 고통에 시달릴 거라고 했다. 헐 경은 수술을 받으면 생존할 확률이 얼마나 되느냐고 물었다. 지금까지 살면서 그보다 더 재밌는 농담은 들어본 적 없는 사람처럼 계속 껄껄대고 웃으며 말이다. 의사는 우물쭈물하다가 반반이라고 대답했다.

"거짓말."

내가 말했다.

"헐 경도 그렇게 대꾸했죠." 레스트레이드가 말했다. "응접실이 아니라 여인숙에서 더 자주 쓰이는 단어를 썼을 뿐."

헐은 의사에게 자신은 확률이 기껏해야 5분의 1밖에 안 될 거라고 본다고 얘기했다.

"그리고 통증이라면 걱정할 필요가 없을 거요. 아편 팅크와 그걸 저을 숟가락만 있으면."

다음날에 헐은 드디어 유언장을 변경할 생각이라고 폭탄선언을 했다. 어떤 식으로 변경할 작정인지는 그 자리에서 밝히지 않았다.

"아하." 홈스는 많은 걸 파악하는 냉정한 회색 눈으로 레스트레이드를 쳐다보았다. "그 소식을 듣고 놀라워한 사람이 있었을까요?"

"아무도 놀라지 않았을 겁니다. 하지만 인간의 천성을 알잖습니까, 홈스 씨. 인간이 얼마나 요행을 바라는지요."

"그리고 참사에 대비해 계획을 세우기도 하지요."

홈스는 생각에 잠긴 듯한 목소리로 중얼거렸다.

그날 아침에 헐 경은 온 가족을 응접실로 소집해 극소수에게만 허락되는 행위를 거행했다. 대개는 당사자가 영원한 침묵의 세계로 떠난 뒤에 변호사가 나불나불 공개하기 마련인데 그는 헴필 부인의 불량 고양이들에게 남은 재산을 유증하겠다고 직접 선포한 것이다. 정적이 이어지는 가운데 헐 경은 약간 끙끙대며 일어나 가족 모두에게 해골 같은 미소를 지었다. 그러고는 지팡이 위로 허리를 숙인 채, 마차에서 레스트레이드에게 얘기를 들었을 때도 그랬지만 지금 생각해도 비열하기 그지없는 선언을 했다.

"자! 다 좋게 끝났지? 그래, 아주 좋게 끝났지! 너희는 사십 년 동안 충직하게 나를 섬겼지. 그렇기에 이제 나는 가장 맑고 평온한 이성의 판단 아래 너희를 내쫓으려고 한다. 하지만 명심해! 이보다 더 끔찍할 수도 있었다는 걸! 예전에 파라오들은 죽기 전에 아끼던 애완동물을, 주로 고양이였다만, 먼저 죽였거든. 사후 세계로 먼저 건너가 그들을 맞이하고 주인의 뜻에 따라 영원히…… 영원히…… 영원히 발길질을 당하거나 사랑을 받을 수 있게 말이다."

그러고 나서 그는 그들을 향해 웃음을 터뜨렸다. 한 손에 새 유언장을 들고―그들 모두 확인했다시피 증인들이 제대로 서명한 유언장이었다―지팡이 위로 허리를 숙이고 시체처럼 허연 얼굴로 껄껄대고 웃었다.

윌리엄이 일어나서 얘기했다. "아버지는 제 아버지이자 저를 낳으신 분일지 모르지만 에덴의 동산에서 뱀이 이브를 유혹한 이래 이 땅을 기어 다닌 생물 중에서 아버지보다 더 비열한 존재는 없었을 겁니다."

"그럴 리가!" 늙은 괴물은 계속 웃으며 맞받아쳤다. "나보다 더 비열한 존재가 넷이나 있는걸. 이제 실례를 해야겠구나. 금고에 보관해야 하는 중요한 서류와…… 난로에 넣어서 태워버려야 하는 쓸모없는 서류가 있거든."

"예전 유언장을 처분하지 않은 상태에서 그들을 불러모은 겁니까?"

홈스는 놀랐다기보다 흥미롭게 여기는 눈치였다.

"그렇습니다."

"새 유언장에 증인의 서명을 받자마자 태워버렸을 수도 있었을 텐데요." 홈스는 곰곰이 생각했다. "그전날 오후나 저녁에 시간이 없었던 것도 아닐 텐데 그러질 않았단 말이죠. 왜 그랬을까요? 형사님은 이유가 뭐라고 생각하십니까?"

"그러면 놀리는 재미가 부족하다고 생각한 것 아닐까요? 그래서 그들에게 거부할 수밖에 없는 기회를, 유혹을 제시한 거죠."

"그중 한 명은 거부하지 않을 거라고 믿었을 수도 있고요. 언뜻 그런 생각이 든 적 없습니까?" 홈스는 고개를 돌려서 명민하고 조금은 등골이 오싹한 눈빛으로 내 얼굴을 살폈다. "두 사람 모두 없습니까? 그 정도로 속이 시커먼 인간이라면 가족 중 아무라도 미끼를 물면―형사님의 얘기를 들어보니 스티븐이 가장 가능성이 높겠습니다만―그는 고통에서 해방되고 범인은 잡혀서…… 존속살인으로 교수형을 당할지 모른다는 계산 아래 그런 유혹을 제시했을 수도 있지 않을까요?"

나는 경악한 표정으로 아무 말 없이 홈스를 빤히 쳐다보았다.

"됐습니다. 계속하시죠, 형사님. 이제 밀실이 등장할 차례가 아닌가 싶습니다만."

노인이 서재로 긴 복도를 천천히 걸어가는 동안 네 사람은 아무 말도 하지 못하고 멍하니 앉아 있었다. 그의 지팡이가 바닥을 때리는 소리, 그가 꾸르륵거리며 힘겹게 숨을 쉬는 소리, 부엌에서 고양이가 애처롭게 야옹 우는 소리 그리고 응접실 시계추가 일정하게 움직이는 소리만 들렸다. 이윽고 헐이 서재 문을 열고 안으로 들어가자 경첩이 끼익거리는 소리가 들렸다.

"잠깐만요!" 홈스가 내앉으며 날카롭게 외쳤다. "그가 안으로 들어가는 걸 실제로 본 사람은 없는 거죠?"

"그렇지가 않습니다." 레스트레이드가 대답했다. "헐 경의 종자인 올리버 스탠리 씨가 경이 복도를 걸어오는 소리를 듣고, 경의 옷방에 나와 2층 난간에서 아래에 대고 어디 불편한 데 없느냐고 물었다더군요. 경은 그를 올려다보며 모든 게 이보다 좋을 수 없다고 했고 이때 스탠리는 경을 똑똑히 보았습니다, 내가 지금 당신을 보듯이요. 이윽고 경은 뒤통수를 주무르며 안으로 들어가서 문을 잠갔지요.

아버지가 방문 앞에 다다랐을 무렵에(복도가 워낙 길어서 혼자 거기까지 가는 데 족히 이 분은 걸렸을 겁니다) 스티븐은 멍한 상태에서 깨어나 응접실 문까지 걸어갔습니다. 그리고 아버지와 하인이 대화를 나누는 것을 보았지요. 물론 헐 경이 그를 등지고 있었지만 스티븐은 아버지의 목소리를 들었고 특유의 제스처를 보았다고 했습니다. 뒤통수를 주물렀다고 말입니다."

"스티븐 헐과 스탠리라는 자가 경찰이 도착하기 전에 서로 얘기를 나누었을 수도 있지 않습니까?"

내가 물었다. 내가 생각하기에는 예리한 질문이었다.

"물론입니다." 레스트레이드는 지친 목소리로 대답했다. "아마 그랬을 테고요. 하지만 공모는 없었습니다."

"확신하십니까?"

홈스는 물었지만 관심 없는 말투였다.

"음, 내가 보기에 스티븐 헐은 거짓말을 잘할지 몰라도 스탠리는 형편없을 것 같거든요. 전문가로서 내 의견을 받아들일지 여부는 홈스, 당신 마음이지만요."

"받아들이겠습니다."

이렇게 해서 헐 경은 서재, 그러니까 그 유명한 밀실로 들어갔다. 이어 그가 열쇠를 돌리는 소리가 들렸다. 그 사실의 열쇠는 그것 하나뿐이었다. 그러고 나서 평소와 다르게 빗장을 지르는 소리가 들렸다.

이후로는 정적이 이어졌다.

조만간 귀족 출신의 극빈자로 전락하게 될 레이디 헐과 아들들은 그 비슷한 정적 속에서 서로를 쳐다보았다. 부엌에서 고양이가 우는 소리가 다시 한번 들리자 레이디 헐은 가정부가 하지 않으면 자기라도 고양이에게 우유를 주어야겠다고 멍하니 중얼거렸다. 그 소리를 계속 듣고 있다가는 미쳐버릴 것 같다고 했다. 그녀가 응접실을 나섰다. 몇 분 뒤에 세 아들도 아무 말 없이 뒤따라 나왔다. 윌리엄은 2층의 자기 방으로, 스티븐은 음악실로 갔고 조리는 계단 아래의 벤치로 가서 앉았다. 레스트레이드에게도 얘기했다시피 그는 아주 어렸을 때부터 슬프거나 고민할 문제가 생기면 그 벤치를 찾았다.

오 분도 안 됐을 때 서재에서 비명 소리가 들렸다. 스티븐은 음악실에서 피아노 건반을 한 음씩 뚱땅거리다가 튀어나왔다. 조리는 서재 문 앞에서 그와 만났다. 계단을 벌써 반쯤 내려온 윌리엄이 서재로 들어가려는 그들을 보았을 때 시종 스탠리가 헐 경의 옷방에서 나와 다시 한번 2층 난간으로 다가갔다. 스탠리는 스티븐 헐이 서재 안으로 달려 들어가는 것과 윌리엄이 계단 바닥에 다다라 하마터면 대리석 위로 넘어질 뻔한 것과 레이디 헐이 우유가 담긴 병을 한 손에 들고 식당에서 나오는 것을 보았다고 했다. 몇 분 뒤에 다른 하인들도 몰려들었다.

"헐 경은 책상 위로 고꾸라졌고 삼형제가 그 옆에 서 있었답니다. 그는 눈을 뜨고 있었고 눈빛은…… 아마도 놀란 눈빛이었겠지요. 이번에도 내 의견을 받아들일지 거부할지는 당신이 선택하기 나름이지만 내가 보기에는 놀란 눈빛에 가까웠습니다. 그가 두 손으로 움켜쥐고 있었던 유언장은…… 예전에 작성한 유언장이었어요. 새 유언장은 온데간데 없었고, 그의 등에는 단검이 꽂혀 있었습니다."

이 말을 끝으로 레스트레이드는 출발하라는 뜻에서 마차를 두드렸다.

우리는 버킹엄 궁전의 보초병처럼 아무 표정이 없는 두 순경을 지나 집안으로 들어갔다. 여기에서부터 체스판처럼 흑백의 대리석 타일이 깔린 긴 복도가 이어졌다. 그 끝의 열린 문 앞에서 다시 순경 두 명이 보초를 서고 있었다. 악명 높은 서재 입구였다. 그 왼쪽으로는 계단이, 오른쪽으로는 방문이 두 개 있었다. 응접실과 음악실 문인 듯했다.

"가족들은 응접실에 모여 있습니다."

레스트레이드가 말했다.

"좋습니다." 홈스가 명랑하게 얘기했다. "하지만 왓슨과 내가 먼저 범죄 현장을 둘러봐도 되겠죠?"

"나도 같이 들어갈까요?"

"괜찮습니다." 홈스가 말했다. "시신을 치웠나요?"

"내가 당신을 부르러 출발했을 때는 그대로 있었지만 지금쯤은 치워졌을 가능성이 크죠."

"알겠습니다."

홈스는 걸음을 옮겼다. 나도 그를 따라갔다. 레스트레이드가 외쳤다.

"홈스 씨!"

홈스는 눈썹을 추켜세우고 고개를 돌렸다.

"비밀 벽널도 비밀 문도 없습니다. 세 번째인 이번 역시 내 말을 믿건 말건 홈스 씨 마음이지만요."

"그건 조금 있다가⋯⋯." 홈스는 말문을 열었다가 숨을 헉하고 들이마셨다. 그는 주머니를 허둥지둥 뒤지더니 전날 우리가 저녁을 먹은 식당에서 무심결에 들고 나왔을 냅킨을 꺼내 거기에다 대고 요란하게 재채기를 했다. 아래를 내려다보니 내가 여기로 오는 길에 떠올렸던 부랑아만큼이나 이 웅장한 복도에 어울리지 않는, 흉터가 있는 큼지막한 수고양이가 홈스의 다리를 휘감고 있었다. 한쪽 귀는 흉터가 있는 머리 위로 눕혀져 있었다. 다른 쪽 귀는 오래전에 골목길에서 싸움을 벌이다 뜯긴 듯했다.

홈스는 계속 재채기를 하며 고양이 쪽으로 발길질을 했다. 녀석은 노병답지 않게 분노의 쇳소리를 내기보다 나무라는 눈빛으로 뒤를 흘끗거리며 저쪽으로 걸어갔다. 홈스는 눈물이 고인 눈으로 원망하는 눈빛을 지으며 냅킨 너머로 레스트레이드를 쳐다보았다. 레스트레이드는 전혀 당황하는 기색 없이 고개를 앞으로 내밀고 원숭이처럼 씩 웃었다. "열 마리입니다, 홈스 씨. 열 마리. 이 집은 고양이투성이에요. 헐이 고양이를 끔찍이 아꼈거든요." 그 말과 함께 레스트레이드는 사라졌다.

"언제부터 이런 증상을 앓고 있었나?"

나로서는 조금 놀라운 상황이었다.

"오래전부터."

그는 다시 재채기를 했다. 당시에는 알레르기라는 단어를 아는 사람이 거의 없었는데 그의 문제가 바로 그것이었다.

"나갈까?"

나는 이런 증상으로 질식 직전에 이른 환자를 본 적이 있었다. 그때는 원인이 양이었지만 그것만 빼면 모든 면에서 비슷했다.

"누구 좋으라고."

홈스가 물었다. 묻지 않아도 누굴 두고 하는 얘기인지 알 수 있었다. 홈스는 다시 한번 재채기를 했고(평소 창백했던 그의 이마가 큼지막하고 불그스름하게 부풀었다) 우리는 두 순경 사이를 지나 안으로 들어갔다. 홈스가 등뒤로 문을 닫았다.

방은 길고 비교적 좁았다. 본채가 현관 앞 복도의 대략 3분의 2 지점에서 둘로 나뉘었고 한쪽 끝이 이 방이었다. 양쪽에 창문이 달려서 그런지 비가 내리는 칙칙한 날씨인데도 불구하고 충분히 환했다. 벽에는 근사한 티크 액자에 담긴 다채로운 해도가 군데군데 걸려 있었고 그 사이에 마찬가지로 근사한 기상 예측 장비들이 황동으로 테를 두른 유리 케이스에 담겨 있었다. 그 안에 풍속계 한 개(힐이 지붕 꼭대기에 돌아가는 조그만 접시들을 달아놓았을 것이었다), 온도계 두 개(하나는 바깥 온도를, 또 하나는 서재 온도를 가리켰다), 조만간 날이 좋아질 거라고 홈스를 속인 것과 비슷하게 생긴 기압계 한 개가 들어 있었다. 나는 기압계의 바늘이 계속 올라가는 것을 보고 밖을 내다보았다. 바늘이 올라가건 말건 비가 그 어느 때보다 세차게 퍼붓고 있었다. 우리 인간들은 온갖 기기들의 도움으로 아는 게 많아졌다고 생각하지만 나는 그 당시 우리가 아는 게 생각하는 것의 절반밖에 안 된다는 걸 알 만한 나이였고, 지금은 절반씩이나 될 리 없다는 걸 알 만한 나이다.

홈스와 나는 문을 돌아보았다. 뜯어진 빗장은 예상대로 안쪽으로 구부러져 있었다. 열쇠는 문 안쪽 열쇠구멍에 아직까지 들어 있었고 돌려진 상태였다.

홈스는 눈물이 맺힌 눈을 이리저리 돌리며 정보를 파악하고 분류하고 저장했다.

"좀 괜찮아졌군그래."

"음." 그는 냅킨을 치워서 무심하게 외투 주머니에 다시 쑤셔 넣으며 말했다. "그가 고양이들을 끔찍이 아꼈을지 몰라도 이 안으로 들이지는 않은 모양이야. 적어도 상시적으로는 말이지. 자네가 보기에는 어떤가, 왓슨?"

눈이 그보다 무디기는 하지만 나도 주위를 두리번거리고 있었다. 이중창에는 모두 회전식 잠금장치와 놋쇠로 된 빗장이 채워져 있었다. 깨진 유리창은 없었다. 해도가 든 대부분의 액자와 기상 예측 장비들이 담긴 상자가 창문과 창문 사이에 있었다. 나머지 두 벽은 책들로 가득했다. 조그만 석탄 난로는 있었지만 벽난로는 없었다. 범인이 난로 연통으로 드나들 수 있을 만큼 몸이 가늘었다 한들 난로가 아직 따뜻한 걸 보면 석면으로 된 옷을 입지 않은 이상 산타클로스처럼 굴뚝으로 내려오지는 않았다는 뜻이었다.

이 길고 좁고 환한 방의 한쪽 끝에 책상이 있었다. 등받이가 높은 의자 두 개와 그 사이에 커피 테이블이 놓인 그 반대편은 도서실이라기보다 쾌적하게 책을 읽을 수 있는 공간이었다. 테이블 위에 이런저런 책들이 쌓여 있었다. 바닥에는 터키 카펫이 깔려 있었다. 범인이 바닥에 뚫린 뚜껑문을 열고 들어왔다면 카펫을 흐트러뜨리지 않고서는 도망칠 방법이 없었을 텐데…… 카펫에 전혀 흐트러진 구석이 없었다. 그 위로 드리워진 커피 테이블의 다리 그림자도 일그러진 기미조차 없었다.

"그걸 믿었나, 왓슨?"

홈스의 말이 거의 최면 상태에 빠져 있던 나를 깨웠다. 뭔지 모르겠지만…… 뭔지 모르겠지만 저 커피 테이블이…….

"뭘 말인가, 홈스?"

"그 네 명이 살인 사건이 벌어지기 사 분 전에 응접실에서 그냥 나와서 네 군데로 뿔뿔이 흩어졌다는 거 말일세."

"글쎄."

나는 희미하게 대답했다.

"나는 믿지 않는다네. 단 일 초도……." 그는 말을 하다 말고 멈추었다. "왓슨! 자네 괜찮나?"

"아니." 내 목소리가 내 귀에조차 거의 들리지 않았다. 나는 의자에 주저앉았다. 심장이 너무 빠르게 뛰고 있었다. 숨이 찼다. 머리가 쿵쾅거렸다. 눈이 갑자기 튀어나올 듯이 느껴졌다. 그 눈을 카펫 위로 드리워진 커피 테이블 다리 그림자에서 뗄 수가 없었다. "절대…… 괜찮지가…… 않아."

바로 그때 레스트레이드가 서재 문 앞에 등장했다. "다 둘러봤았
으면 홈……." 그가 말을 하다 말고 멈추었다. "왓슨 선생이 왜 저러
십니까?"

"아무래도……." 홈스가 차분하고 신중한 목소리로 대답했다. "왓
슨이 사건을 해결한 모양입니다. 그렇지, 왓슨?"

나는 고개를 끄덕였다. 완벽하게는 아닐지 몰라도 대부분은 해결
했다고 볼 수 있었다. 나는 범인이 누군지 알았다. 어떤 식으로 범행
을 저질렀는지 알았다.

"자네도 이런 느낌인가, 홈스? 진상을…… 파악했을 때 말일세."

"음. 나는 대개 쓰러지지는 않지만."

"왓슨 선생이 사건을 해결했다고요?" 레스트레이드가 짜증이 섞
인 투로 되물었다. "하! 홈스 씨, 당신도 잘 알다시피 왓슨 선생은 이
전에도 수백 건의 사건에 수천 가지 해법을 제시했고 하나같이 헛
다리를 짚었지 않습니까. 그것이 그의 지긋지긋한 습관이죠. 왜, 지
난여름만 해도……."

"왓슨이야 형사님보다 내가 훨씬 잘 알죠." 홈스가 말했다. "이번
에는 제대로 짚었습니다. 표정을 보면 알아요." 그는 다시 재채기를
했다. 한쪽 귀가 없는 고양이가 레스트레이드가 열어놓은 문을 지나
서재 안으로 들어온 것이었다. 녀석은 못생긴 얼굴로 애정인가 싶은
표정을 지으며 홈스를 향해 움직였다.

"자네도 이런 느낌이라면, 다시는 자네를 부러워하지 않겠네, 홈
스. 심장이 터지는 줄 알았지 뭔가."

"하다 보면 통찰력에도 익숙해지지." 홈스는 전혀 빼기는 기미가

없는 목소리로 이렇게 얘기했다. "이제 얘기해보게…… 아니면 탐정 소설의 마지막 장처럼 용의자들을 여기로 부를까?"

"안 돼!" 나는 경악하며 외쳤다. 나는 그들을 아직 만나지 못했다. 만나고 싶은 생각도 없었다. "다만 범행이 어떤 식으로 저질러졌는지 자네한테 보여주어야겠다고 생각하는데. 자네와 레스트레이드 형사님이 잠깐 밖으로 나가주면……."

홈스 앞에 다다른 고양이는 더이상 만족스러울 수 없는 동물처럼 가르랑거리며 그의 무릎으로 뛰어올라갔다.

홈스가 완벽한 일제 사격 모드로 재채기를 터뜨렸다. 희미해지기 시작했던 얼굴 위의 붉은 반점들이 다시금 폭발했다. 그는 고양이를 밀치고 일어섰다.

"얼른 끝내주게, 왓슨. 그래야 이 망할 곳에서 탈출할 수 있겠으니."

그는 웅얼웅얼 얘기하고는 그답지 않게 어깨를 늘어뜨리고 고개를 숙이고 뒤를 한 번 돌아보는 법 없이 밖으로 나갔다. 그 모습이 조금 안쓰럽게 느껴졌다.

레스트레이드는 젖은 외투에서 살짝 김을 뿜으며 문에 기대고 선 채 입술을 벌려서 혐오스러운 미소를 지었다.

"홈스의 새로운 추종자도 데리고 나가는 게 좋을까요, 왓슨 선생?"

"그냥 두세요. 나가서 문을 닫아주시고요."

"시간 낭비라는 데 오 파운드를 걸지요."

레스트레이드는 이렇게 얘기했지만 눈빛은 다른 얘기를 하고 있

었다. 내가 내기를 하자고 했다면 그는 핑계를 대고 빠져나갔을 것
이다.

"문 닫으세요." 나는 다시 한번 얘기했다. "금방 끝날 겁니다."

그는 문을 닫았다. 나는 헐의 서재에 혼자 남겨졌지만…… 물론
꼬리를 발 주변으로 깔끔하게 말고 카펫 한가운데에 앉아서 초록색
눈으로 나를 쳐다보는 고양이는 예외였다.

주머니를 더듬어보니 어제 식당에서 챙긴 기념품이 있었다. 남자
들 자체가 대체로 깔끔하지 못한 종족이기는 하지만 내가 주머니에
빵을 챙긴 데에는 다른 이유가 있었다. 나는 레스트레이드가 찾아왔
을 때 홈스가 앉아 있었던 그 창문으로 비둘기들에게 먹이를 주는
것을 좋아했기 때문에 항상 주머니에 빵 조각을 넣고 다녔다.

"야옹아." 나는 녀석을 부르며 커피 테이블 아래에 빵을 놓았다.
헐은 한심한 예전 유언장과 그보다 더 한심한 새 유언장을 들고 책
상 앞에 앉았을 때 커피 테이블을 등지고 있었을 것이었다. "야옹아,
야옹아, 야옹아."

고양이는 일어나서 빵 조각을 살피러 느릿느릿 테이블 아래로 걸
어갔다.

나는 달려가서 문을 열었다.

"홈스! 형사님! 얼른!"

그들이 들어왔다.

"이쪽으로요."

나는 커피 테이블 쪽으로 걸어갔다.

레스트레이드는 주위를 두리번거리다가 아무것도 보이지 않자

눈살을 찌푸렸다. 홈스는 당연히 다시 재채기를 하기 시작했다. "그 빌어먹을 녀석을 밖으로 내보내면 안 되겠나?" 그가 이제는 상당히 축축해진 냅킨 뒤에서 어렵사리 물었다.

"좋지." 내가 말했다. "하지만 그 빌어먹을 녀석이 어디 있나, 홈스?"

눈물이 고인 두 눈이 놀란 표정으로 바뀌었다. 레스트레이드는 몸을 돌려서 헐의 책상으로 걸어가 그 뒤를 들여다보았다. 홈스는 고양이가 서재의 저쪽 끝에 있다면 그에게서 그렇게 격렬한 반응이 나타나지 않을 거라는 걸 알았다. 그는 허리를 숙이고 커피 테이블 아래를 들여다보았다가 카펫과 맞은편에 있는 책꽂이 두 개의 가장 아랫칸만 보이는 것을 확인하고 다시 허리를 폈다. 분수처럼 눈물을 쏟아내지 않았다면 그도 알아차렸을 것이었다. 그가 바로 위에 서 있었다. 하지만 인정할 것은 인정해야 하는 것이, 착시 효과가 워낙 기가 막혔다. 아버지의 커피 테이블 아래 빈 공간이 조리 헐의 걸작이었다.

"나는……."

홈스가 말문을 열었지만 퀴퀴한 빵 조각보다 내 친구를 더 마음에 들어 한 고양이가 커피 테이블 아래에서 걸어 나와 무아지경으로 그의 발목을 다시 감싸기 시작했다. 그 자리로 돌아온 레스트레이드가 눈을 어찌나 휘둥그레 뜨는지 저러다 튀어나오는 게 아닐까 싶을 정도였다. 나는 수법을 파악한 난 뒤에도 놀라움을 금할 수가 없었다. 흉터가 있는 수고양이가 머리, 몸통, 끝이 하얀 꼬리 순으로 허공에서 등장한 것처럼 보였다.

녀석이 홈스의 다리에 대고 몸을 부비며 가르랑거리자 그는 재채기를 했다.

"이제 됐다." 나는 말했다. "네 몫을 다했으니 이제 나가도 좋아."

나는 녀석을 집어서 문 쪽으로 들고 가(그 와중에 아플 정도로 긁혔다) 복도로 휙 던졌다. 그런 다음 문을 닫았다.

홈스는 의자에 앉았다. "맙소사." 그가 코맹맹이 소리로 중얼거렸다. 레스트레이드는 아무 말도 하지 못했다. 그의 시선은 테이블과 그 아래에 깔린 빛바랜 터키 카펫을 떠날 줄 몰랐다. 고양이를 낳은 빈 공간을 떠날 줄 몰랐다.

"내가 알아차렸어야 하는 건데." 홈스가 중얼거렸다. "그래…… 그런데 자네…… 무슨 수로 그렇게 금방 알아차렸나?" 그의 말투에서 자존심에 상처를 입고 언짢아하는 기미가 느껴졌지만 나는 그 자리에서 용서했다.

"저것 때문이었지."

나는 말하며 카펫을 가리켰다.

"그렇지!" 홈스는 신음 소리를 내며 부풀어 오른 이마를 손바닥으로 쳤다. "바보! 나는 완벽한 바보였어!"

"말도 안 되는 소리." 나는 톡 쏘아붙였다. "집안이 고양이 천지고 그중 한 마리는 자네를 특별한 친구 삼기로 결정한 눈치였으니 자네가 뭐든 10분의 1이라도 제대로 볼 수 있었겠나?"

"카펫이 어떻다는 겁니까?" 레스트레이드가 조급하게 물었다. "아주 좋아 보이고 비싼 거겠지만……."

"카펫 말고요." 내가 말했다. "그림자를 보세요."

"보여드리게, 왓슨."

홈스가 지친 목소리로 얘기하고 냅킨을 무릎으로 치웠다.

나는 허리를 숙여서 바닥에 깔린 카펫 가운데 한 개를 집어들었다.

레스트레이드는 뜻밖의 일격을 맞은 사람처럼 다른 의자에 털썩 주저앉았다.

"내가 계속 그걸 쳐다보고 있었거든요." 나는 사과 조가 될 수밖에 없는 말투로 이렇게 얘기했다. 모든 게 잘못된 듯이 느껴졌다. 수사 막판에 범인과 범행 수법을 설명하는 것은 홈스의 역할이었다. 그도 이제는 모든 걸 파악한 눈치였지만 이번 사건에 있어서만큼은 발언을 거부할 게 분명했다. 나도 이런 기회가 두 번 다시 없을지 모른다는 걸 알기에 설명을 해보고 싶은 욕심이 있었다. 게다가 고양이라니 다소 근사한 설정이었다. 마술사라도 토끼와 실크해트로 이보다 더 멋진 공연을 펼칠 수 없었을 것이다.

"뭔가가 이상하다는 건 알았지만 그게 뭔지 파악하는 데 시간이 좀 걸렸지요. 이 방은 무척 환한데 오늘은 비가 퍼붓고 있잖습니까. 둘러보면 이 방에 그림자를 드리운 물건이 없다는 걸 아실 수 있을 겁니다…… 테이블 다리만 예외고요."

레스트레이드는 욕설을 내뱉었다.

"거의 일주일 동안 비가 내렸죠. 하지만 홈스의 기압계도 그렇고 고인이 된 헐 경의 기압계도 그렇고……." 나는 기압계를 가리켰다. "오늘은 해가 뜰 거라고 예보합니다. 확실하다 싶을 정도죠. 그래서 그는 막판에 그림자를 추가했습니다."

"그라니?"

"조리 헐요."홈스가 좀 전처럼 지친 목소리로 얘기했다. "아니면 누구겠습니까?"

나는 허리를 숙여서 커피 테이블의 오른쪽 모서리 아래로 손을 뻗었다. 고양이가 거기에서 등장했을 때처럼 이번에는 내 손이 허공으로 사라졌다. 레스트레이드는 놀라서 다시 욕설을 내뱉었다. 나는 커피 테이블의 앞쪽 다리 사이에 팽팽하게 설치된 캔버스의 뒷면을 손으로 톡톡 두드렸다. 책과 카펫 위로 울퉁불퉁하게 물결이 일었고 거의 완벽에 가까웠던 착시 현상이 금세 사라졌다.

조리 헐은 아버지의 커피 테이블 아래에 허공을 그려놓고 그 뒤에 웅크리고 숨어 있다가, 아버지가 방안으로 들어와 문을 잠그고 두 개의 유언장을 들고 책상에 앉자 단검을 들고 뛰쳐나갔다.

"그 정도로 남다른 수준의 현실감을 구현할 수 있는 사람은 그밖에 없겠죠."

내가 이번에는 손으로 캔버스 표면을 쓸어내리며 말했다. 캔버스가 늙은 고양이처럼 나지막이 쇳소리를 냈다.

"이걸 구현할 수 있었던 사람, 그 뒤에 숨어 있을 수 있었던 사람은 키가 150센티미터밖에 안 되고 안짱다리고 어깨가 굽은 조리 헐밖에 없겠죠.

홈스가 얘기했다시피 새로운 유언장은 전혀 놀라운 소식이 아니었습니다. 노인이 유언장에서 가족을 배제하려는 속셈을 비밀에 부쳤다하더라도 바보가 아닌 이상 변호사와 그보다 더 중요하게는 보조의 등장이 무얼 의미하는지 알았을 텐데, 헐은 그걸 비밀에 부치지도 않았으니 말입니다. 증인이 두 명이라야 유언장이 법원에서 효력을 발휘할 수 있잖습니까. 세상에는 재난에 대비하는 사람들이 있다는 홈스의 말도 그보다 정확할 수 없었습니다. 이 정도로 완벽한 그림은 하룻밤 만에 또는 한 달 만에 뚝딱 만들 수 있는 게 아니에요. 아마 그는 필요한 경우에 대비해 일 년 전부터 미리 준비해놓았을 테고……."

"아니면 오 년 전일 수도 있지."

홈스가 말참견을 했다.

"맞아. 아무튼 헐이 아침에 응접실로 가족들을 불러 모으자 조리는 때가 됐음을 직감했을 겁니다. 그래서 밤에 아버지가 잠자리에 들었을 때 여기로 내려와서 캔버스를 설치했죠. 그때 가짜 그림자를 그렸을 텐데 내가 만약 조리라면 오늘 아침에 응접실로 다 같이 모이기 전에 이 안으로 몰래 들어와서 기압계의 숫자가 계속 올라가고 있는지 확인했을 겁니다. 문이 잠겨 있었다면 아버지의 주머니에서 열쇠를 슬쩍한 다음 다시 넣었을 테고요."

"잠겨 있지 않았습니다." 레스트레이드가 간결하게 얘기했다. "그는 평소에 고양이들이 들어오지 못하도록 문을 닫아놓기는 했지만 잠그지는 않았거든요."

"그림자 같은 경우에는 보시다시피 단순한 펠트 조각이에요. 그는 눈썰미가 좋았어요. 그림자를 보면 오늘 오전 11시에 그림자가 생겼음직한 위치에 있거든요. 기압계의 일기예보가 맞았다면 말입니다."

"해가 비칠 것으로 예상했으면서 그림자를 만든 이유가 뭐였는지 모르겠군요." 레스트레이드는 툴툴거렸다. "해가 뜨면 어차피 당연 지사로 그림자가 지는데."

이 지점에서 나는 말문이 막혔다. 나는 홈스를 쳐다보았다. 그는 답변을 조금이나마 거들 수 있다는 데 고마워하는 눈치였다.

"모르겠습니까? 그게 가장 큰 아이러니인데요! 기압계가 예측한 대로 해가 비쳤다면 캔버스 때문에 그림자들이 가려졌을 것 아닙니까. 그림으로 그린 테이블 다리는 그림자를 드리우지 않을 테고요. 그는 아버지의 기압계가 이 방의 곳곳에 그림자가 드리워질 거라고 예측한 날 여기만 그림자가 없어서 들통날까 걱정하다가 이 방의 어느 곳에도 그림자가 드리워지지 않은 날 여기만 그림자가 보이는 바람에 들통이 난 겁니다."

"조리가 헐 경 모르게 무슨 수로 이 방에 들어왔는지 그 부분이 아직 수수께끼인데요."

레스트레이드가 말했다.

"저도 그게 궁금합니다." 홈스가 말했다. 아아, 홈스! 과연 그가 몰랐을지 의심스럽지만 아무튼 그는 그렇게 얘기했다. "왓슨?"

"헐 경이 아내와 아들들을 만난 응접실에는 음악실과 연결된 문이 있지 않습니까?"

"그렇죠." 레스트레이드가 말했다. "그리고 음악실에는 그 바로 옆 방인 레이디 헐의 거실과 연결된 문이 있고요. 하지만 거실에서 나갈 수 있는 곳은 복도뿐입니다, 왓슨 선생. 헐의 서재에 문이 두 개 달려 있었다면 내가 그런 식으로 황급히 홈스 씨를 찾아가지도 않았겠지요."

그는 마지막 부분에서 희미하게 자기 합리화를 하는 듯한 분위기를 풍겼다.

"아, 조리는 복도로 나간 게 맞습니다." 내가 얘기했다. "하지만 아버지가 그를 보지 못했죠."

"설마!"

"제가 보여드리죠." 나는 죽은 사람이 쓰던 지팡이가 아직까지 기대어져 있는 책상 앞으로 갔다. 지팡이를 쥐고 그들을 향해 몸을 돌렸다. "헐 경이 응접실에서 나오자마자 조리는 일어나서 달리기 시작했죠."

레스트레이드가 놀란 눈빛으로 홈스를 흘끗 쳐다보았다. 홈스는 얄궂은 눈빛으로 냉담하게 그를 마주보았다. 나는 솔직히 그게 무슨 눈빛인지 알지 못했고 별로 관심도 없었다. 내가 그리고 있는 그림의 좀더 넓은 의미를 아직 잘 몰랐던 것이다. 아마도 범죄를 재현하는데 너무 정신이 팔렸던 모양이다.

"그는 첫 번째 문을 열고 음악실을 지나 레이디 헐의 거실로 들어갔습니다. 그런 다음 복도로 나가는 문을 열고 밖을 흘끗 내다보았죠. 헐 경의 통풍이 괴저가 생길 정도로 심해졌다면 그때쯤 아무리 많이 잡아도 복도를 4분의 1밖에 못 갔을 겁니다. 이제 제 말 잘 들으세요, 형사님, 평생 기름진 음식과 독한 술을 먹고 마시면 어떤 대가가 따르는지 알려드릴 테니. 제 얘기를 듣고도 의구심이 남아 있다면 통풍 환자 열댓 명을 데려다 형사님 앞에서 행진을 시키겠습니다. 그들 모두 지금 저처럼 걸을 테니까요. 제 시선이 어디에 어떤 식으로 고정되는지, 거기에 1차적으로 주목해주십시오."

나는 그 말을 끝으로 지팡이의 둥근 부분을 두 손으로 움켜쥐고 서재를 천천히 가로질렀다. 한쪽 발을 높이 들어서 내리고 잠깐 멈추었다가 다른 쪽 다리를 끌고 왔다. 그러는 동안 절대 올려다보지 않았다. 내 시선은 지팡이와 먼저 내디딘 쪽 발 사이만 오갔다.

"그렇습니다." 홈스가 나지막이 얘기했다. "의사 선생의 진단이 정확합니다, 레스트레이드 형사님. 통풍에 걸리면 제일 먼저 균형 감각을 상실하고 그다음에는 (환자가 그때까지 살아 있다는 전제 아래) 항상 바닥만 쳐다보는 특유의 구부정한 자세로 걷게 되죠."

"조리는 아버지가 걸어다닐 때 시선을 어디에 고정하는지 알았을 겁니다." 내가 말했다. "그러니까 오늘 아침에 벌어진 일을 정리하자면 어처구니없을 정도로 간단합니다. 조리는 거실에 들어가서 문 밖을 내다보았고 아버지가 늘 그렇듯 발과 지팡이 꼭대기만 쳐다보는 걸 보고 안심해도 된다는 걸 알았죠. 그는 앞을 보지 않는 아버지 바로 앞으로 나와서 슬그머니 서재로 들어갔습니다. 형사님도 말씀하셨다시피 문은 열려 있고 위험해봐야 어느 정도 수준이었을까요? 그들이 복도에 같이 있었던 시간은 길어야 삼 초, 어쩌면 그보다 더 짧았을 테니 말입니다." 나는 말을 잠깐 멈추었다. "복도 바닥이 대리석이죠? 그는 분명 신발을 벗었을 겁니다."

"그는 슬리퍼를 신고 있었어요."

레스트레이드는 묘하게 차분한 목소리로 얘기했고 두 번째로 홈스와 시선을 맞추었다.

"아. 그렇군요. 조리는 아버지보다 훨씬 먼저 서재로 들어가 그가 만든 정교한 배경 뒤편에 숨었습니다. 그런 다음 단검을 꺼내들고 기다렸죠. 아버지가 복도의 끝에 다다랐습니다. 스탠리가 아버지를 부르고 아버지가 괜찮다고 대답하는 소리가 들렸습니다. 그런 다음 헐 경은 생애 마지막으로 서재로 들어섰고…… 문을 닫고…… 잠갔죠."

두 사람 모두 나를 골똘히 쳐다보고 있었고 나는 홈스가 지금처럼 자기만 아는 사실을 남들에게 설명하는 순간에 어떤 식으로 신이 된 듯한 기분을 느낄지 이해할 수 있었다. 하지만 다시 한번 강조하건대 그런 기분을 느끼려고 자꾸 욕심을 내서는 안 됐다. 내 친구 셜록 홈스만큼 의지가 강하지 못한 인간들이 그렇게 욕심을 냈다가는 타락할 수 있었다.

"오다리는 아버지가 문을 잠그기 전에 몸을 최대한 조그맣게 웅크렸을 겁니다. 아버지가 열쇠를 돌리고 빗장을 지르기 전에 방안을 한번 둘러보리라는 것을 알았거든요(어쩌면 짐작하는 수준이었을 수도 있지만요). 아버지가 통풍이 생기고 조금 물렁해졌을지 몰라도 장님은 아니었으니까요."

"스탠리가 말하길 시력은 아주 훌륭했다고 하더군요." 레스트레이드가 말했다. "내가 맨 먼저 물어본 질문 중에 하나였거든요."

"역시나 그는 방안을 한번 둘러보았죠." 이렇게 얘기하는 순간, 문득 내 앞에 당시 광경이 펼쳐졌다. 홈스도 이렇게 사실과 추론을 바탕으로 이루어졌지만 절반은 환영이라 할 수 있는 사건의 재현을 경험하지 않았을까 싶다. "걱정할 만한 부분은 아무것도 없었습니다. 서재에는 자기 말고 아무도 없었고 평소와 다를 게 없었죠. 여긴 상당히 뻥 뚫린 공간이잖습니까. 벽장도 없고 양쪽에 창문이 달려서 오늘 같은 날에도 어두컴컴한 구석이 없죠.

그는 자기 혼자라는 데 만족스러워하며 문을 닫고 열쇠를 돌리고 빗장을 질렀습니다. 조리는 그가 터벅터벅 책상 앞으로 걸어가는 소리를 들었을 겁니다. 그가 의자에 쿵 하고 주저앉으며 쿠션에서 바람 빠지는 소리가 들리자―통풍이 그 정도로 진행이 된 환자의 경우 자리에 앉는다기보다 폭신한 곳을 골라서 엉덩이부터 내리꽂는 것에 가깝거든요―조리는 드디어 용기를 내서 내다보았을 겁니다."

나는 홈스를 흘끗 쳐다보았다.

"계속하게." 그가 따뜻한 목소리로 얘기했다. "아주 잘하고 있어. 최고야." 나는 그 말이 진심이라는 걸 알 수 있었다. 수많은 사람들이 그에게 냉정하다고 하고 그게 틀린 말은 아니었지만 그는 마음이 넓은 사람이기도 했다. 남들보다 그걸 잘 감추고 있을 따름이었다.

"고맙네. 조리는 아버지가 지팡이를 옆으로 치우고 서류를, 두 묶음의 서류를 압지 위에 놓는 것을 보았을 겁니다. 그는 아버지를 당장 죽일 수도 있었지만 그러지 않았습니다. 그래서 이 사건이 소름 끼치도록 안타깝고 제가 천 파운드를 준다 한들 가족들이 기다리는 저 응접실로 들어가지 않겠다는 겁니다. 형사님과 형사님의 부하들에게 끌려 들어가지 않는 한 제 발로 그곳에 들어가는 일은 없을 겁니다."

"그가 곧바로 범행을 저지르지 않았다는 걸 어떻게 압니까?" 레스트레이드가 물었다.

"문을 잠그고 빗장을 지르고 몇 분 뒤에 비명 소리가 들렸다면서요. 형사님도 그렇게 얘기하셨고 여러 사람의 증언이 그걸 반론의 여지 없이 뒷받침할 거라고 봅니다. 그런데 문에서 책상까지는 열몇 걸음밖에 안 되지 않습니까. 헐 경 같은 통풍 환자라도 삼십 초, 길어도 사십 초면 의자로 가서 앉을 수 있는 거리죠. 거기다 지팡이를 책상에 기대놓고 유언장을 압지에 올리는 시간으로 십오 초를 추가하면 될 테고요.

그때 무슨 일이 벌어졌을까요? 마지막 일 분 동안, 아주 짧지만 조리 헐에게는 거의 영원처럼 느껴졌을 그 시간 동안. 헐 경은 그냥 의자에 앉아서 유언장을 번갈아 쳐다보았을 겁니다. 조리는 두 유언장의 차이를 한눈에 알아차릴 수 있었을 겁니다. 종이색이 달랐으니까요.

그는 아버지가 둘 중 하나를 난로에 던지려고 한다는 걸 알았습니다. 그래서 둘 중 어느 쪽인지 판가름이 날 때까지 기다렸을 겁니다. 늙은 악마가 가족들을 상대로 못된 장난을 치려는 것이었을 수도 있으니까요. 그가 새 유언장을 태우고 예전 유언장을 금고에 넣을 수도 있으니까요. 그러면 그가 나중에 새 유언장이 안전하게 처리됐다고 얘기할 수도 있으니까요. 그나저나 그게 어디 있는지 아십니까, 형사님? 금고 말입니다."

"저 책들 중에서 다섯 권이 앞으로 돌릴 수 있게 되어 있습니다."

레스트레이드가 책꽂이를 가리키며 간단하게 설명했다.

"그러면 가족과 그의 아버지, 양쪽 모두 만족스러운 결말을 맞을 수 있었습니다. 가족들은 유산 걱정을 하지 않아도 된다는 걸 알 테고 아버지는 어마어마하게 못된 장난을 저질렀다는 뿌듯함을 안고 서 눈을 감되…… 조리 헐이 아니라 하느님이나 자기 자신의 손에 목숨을 잃은 주검으로 땅속에 묻힐 수 있을 테니까요."

홈스와 레스트레이드는 호기심과 혐오감이 반씩 섞인 그 묘한 눈 빛을 세 번째로 주고받았다.

"저는 그가 저녁 식후에 마실 음료를 상상하거나 오랜 기간 동안 금식을 한 뒤에 먹을 간식을 상상하듯 그 순간을 음미한 것에 불과했을 거라고 생각합니다. 아무튼 그 순간이 지나가고 헐 경이 자리에서 일어났는데…… 좀더 짙은 색 종이를 들고 금고가 아니라 난로 쪽으로 몸을 돌렸죠. 그가 무슨 생각으로 그랬는지 알 수 없지만 그 순간이 닥치자 조리의 입장에서는 더이상 망설일 겨를이 없었습니다. 그는 뛰쳐나가 커피 테이블과 책상 사이를 단박에 건너가서 아직 완전히 몸을 일으키지 못한 아버지의 등에 칼을 꽂았죠.

검시를 해보면 칼이 우심실을 뚫고 허파에 꽂혔다는 결론이 내려질 겁니다. 그래야 책상 위로 쏟아진 피의 양의 설명이 되거든요. 그것으로써 헐 경이 죽기 전에 비명을 지를 수 있었던 이유도 설명이 되는데, 조리 헐로서는 치명타였죠."

"어째서요?"

레스트레이드가 물었다.

"밀실은 살인을 자살로 위장하려는 게 아닌 이상 불리한 설정이거든요." 나는 이렇게 얘기하며 홈스를 쳐다보았다. 그는 자신이 남긴 명언에 웃으며 고개를 끄덕였다. "사태는 조리가 가장 피하고 싶었던 방향으로 흘러가고 말았습니다. 잠긴 방문, 잠긴 창문, 절대 자살일 수 없는 위치에 칼이 꽂힌 남자. 그는 아버지가 죽기 전에 그렇게 악을 쓸 거라고 절대 예상하지 못했던 듯합니다. 아버지를 칼로 찌르고 새 유언장을 태우고 책상을 어지럽히고 창문 한 개를 열고 거기로 도망칠 생각이었던 거죠. 그런 다음 다른 문으로 집안으로 들어가 계단 아래에 앉아 있으면 된다고, 그러면 시신이 발견됐을 때 강도의 소행으로 보일 거라고요."

"헐의 변호사는 생각이 달랐을 텐데요."

레스트레이드가 말했다.

"그는 입을 다물었을지도 모릅니다." 홈스가 생각에 잠긴 목소리로 이렇게 중얼거리더니 명랑하게 덧붙였다. "우리 화가 친구는 미끼를 몇 개 추가할 생각이었을 테고요. 범죄자들 중에서도 똑똑한 친구들은 항상 엉뚱한 방향으로 유도하는 수수께끼 같은 장치를 몇 개 마련해놓더군요." 그는 웃음소리라기보다 짖는 소리에 더 가까운 밋밋한 탄성을 한 번 지르고 책상에서 가장 가까운 데 있는 창문을 바라보다가 레스트레이드와 내 쪽으로 고개를 돌렸다. "전후 상황을 감안했을 때 의심스러울 정도로 딱 맞아떨어지는 살인 사건처럼 보였을 테고 변호사가 유언장 얘기를 꺼내더라도 아무것도 입증할 방법이 없었겠죠."

"그런데 헐 경이 비명을 지르는 바람에 모든 게 망가져버렸죠." 내가 말했다. "평생 뭔가를 망가뜨리며 살아온 사람다운 반응이었다고 할까요. 그 소리를 듣고 온 집안이 깨어났습니다. 조리는 눈부신 불빛 안에 놓인 사슴처럼 겁에 질려서 그 자리에서 얼어붙었을 겁니다. 사태를 해결한 사람은…… 적어도 아버지가 살해당했을 때 조리는 계단 아래 벤치에 앉아 있었다고 알리바이를 제공한 사람은 스티븐 헐이었죠. 스티븐은 음악실에 있다가 복도를 달려와서 문을 부쉈고 조리에게 당장 자기와 함께 책상으로 달려가자고, 그래야 둘이 힘을 합쳐서 문을 부순 것처럼 보일 수 있다고……."

나는 벼락을 맞은 듯한 충격으로 말을 뚝 끊었다. 마침내 홈스와 레스트레이드가 주고받은 눈빛의 의미를 알 수 있었다. 내가 그들에게 착시 현상을 이용한 은신처를 보여주었을 때 그들이 어떤 사실을 간파했는지 알 수 있었다. 단독 범행일 수 없다는 것. 살인은 가능할지 몰라도 그 나머지는…….

"스티븐은 조리와 서재 문 앞에서 만났다고 했죠." 나는 천천히 얘기했다. "둘이 문을 부수고 같이 들어가서 같이 시신을 발견했다고요. 거짓말을 한 거예요. 형을 보호하기 위해서 한 거짓말이었겠지만 실상을 모르는 사람이 한 거짓말이라고 하기에는…… 그렇다고 하기에는……."

"너무 완벽하지." 홈스가 말했다. "자네가 찾는 단어가 그것일 걸세, 왓슨."

"그렇다면 조리와 스티븐이 공범이었군. 함께 계획을 세웠으니…… 법적으로는 둘 다 아버지의 살인범이야! 맙소사!"

"둘 다가 아닐세, 왓슨." 홈스가 기이하게 다정한 목소리로 얘기했다. "그들 모두지."

나는 입을 떡 벌리는 수밖에 없었다.

그는 고개를 끄덕였다. "자네는 오늘 아침에 놀라운 통찰력을 보여주었어, 왓슨. 사실 두 번 다시 경험하지 못할 추리력을 발휘했지.

자네에게 경의를 표하는 바일세. 아무리 잠깐이라도 자신의 평소 상태를 뛰어넘을 줄 아는 사람은 존경을 받아 마땅하지 않겠나. 하지만 어떤 면에서는 과거의 그 사랑스러운 친구의 모습 그대로였어. 자네는 사람들이 얼마나 착할 수 있는지는 알지만 얼마나 사악해질 수 있는지는 전혀 모르거든."

나는 말없이, 겸허하게 그를 쳐다보았다.

"우리가 헐 경에 대해서 들은 이야기 중에 진실은 절반밖에 되지 않는다 하더라도 그들을 사악한 자로 몰 수는 없겠지만." 홈스가 말했다. 그는 자리에서 일어나 방안을 초조하게 걷기 시작했다. "문을 부쉈을 때 조리가 스티븐과 함께 있었다고 누가 증언을 할까? 조리는 당연지사고. 스티븐도 당연지사고. 하지만 이 가족의 초상화에는 두 명이 추가로 등장한다네. 한 명은 제3의 형제 윌리엄. 동의하십니까, 형사님."

"음." 레스트레이드가 말했다. "이게 사건의 진상이라면 윌리엄도 공범일 수밖에 없겠지요. 계단을 반쯤 내려왔을 때 조리를 앞세우고 둘이 같이 들어가는 걸 보았다고 했으니까."

"신기하군요!" 홈스는 눈을 번뜩이며 외쳤다. "스티븐이 문을 부쉈으니—동생이고 더 힘이 셌을 테니 당연한 거죠—그 반동으로 먼저 방안에 들어갔을 텐데. 그런데 윌리엄은 계단을 반쯤 내려왔을 때 조리가 먼저 들어가는 걸 보았다고 했단 말이죠. 왜 그랬을까, 왓슨?"

나는 멍하니 고개만 저을 따름이었다.

"여기서 누구의 증언을, 누구의 증언만을 믿을 수 있겠는지 자문해보게. 가족이 아닌 사람이 정답이지. 헐 경의 종복, 올리버 스탠리. 그는 2층 난간에 다다랐을 때 스티븐이 방안으로 들어가는 걸 보았다고 했고 그럴 수밖에 없었지. 스티븐 혼자 문을 부수고 들어갔으니까. 계단에 있었기 때문에 더 잘 볼 수 있었던 윌리엄은 조리가 스티븐보다 먼저 방안에 들어갔다고 했어. 스탠리를 보았기 때문에 뭐라고 증언을 해야 하는지 알아차렸거든. 한마디로 요약하자면 이걸세, 왓슨. 우리는 조리가 이 방 안에 있었다는 걸 알아. 그런데 두 형제는 그가 밖에 있었다고 증언을 했으니 서로 입을 맞췄다고 볼 수 있어. 하지만 자네도 얘기했다시피 다들 손발이 척척 맞았던 걸 보면 단순히 입을 맞춘 게 아닐 수 있지 않을까?"

"공모를 했군."

"그렇다네. 내가 이렇게 물었던 거 기억하나, 왓슨? 그 네 명이 살인 사건이 벌어지기 사 분 전에 응접실에서 그냥 나와서 네 군데로 뿔뿔이 흩어졌다는 게 믿기냐고."

"응. 듣고 보니 기억이 나는군."

"네 명." 홈스가 레스트레이드를 잠깐 쳐다보자 그는 고개를 끄덕였다. 홈스는 다시 내 쪽으로 시선을 돌렸다. "우리도 알다시피 노인이 응접실에서 나갔을 때 조리는 그보다 먼저 서재에 도착해야 계획을 실행에 옮길 수 있기 때문에 벌떡 일어나서 달려나갈 수밖에 없었을 텐데, 레이디 헐을 비롯해서 남은 네 명의 가족은 모두 헐 경이 서재 문을 잠갔을 때 응접실에 있었다고 하지 않았나. 헐 경의 살인 사건은 온 가족이 꾸민 계획에 가까웠다네, 왓슨."

나는 너무 놀라서 아무 말도 할 수가 없었다. 나는 레스트레이드를 쳐다보았다. 그는 내가 그전에도 그후에도 본 적이 없는 표정을 짓고 있었다. 피곤하고 신물이 난 한편으로 심각한 표정이었다.

"그들은 어떻게 될까요?"

홈스가 거의 상냥하달 수 있는 목소리로 물었다.

"조리는 보나마나 교수형을 당하겠지요." 레스트레이드가 말했다. "스티븐은 종신형을 받을 테고. 윌리엄은 무기징역을 받을 수도 있지만 웜우드 스크럽스에서 이십 년 형을 선고받을 공산이 더 큽니다. 차라리 죽느니만 못한데요."

홈스는 허리를 숙여서 커피 테이블의 다리 사이에 팽팽하게 설치된 캔버스를 어루만졌다.

"레이디 헐은⋯⋯." 레스트레이드는 말을 이었다. "수감자들 사이에서는 쓰레기 궁전이라고 불리는 비치우드 매너에서 오 년 형을 선고받게 될 겁니다. 하지만 그녀를 만나본 내가 짐작건대 다른 탈출구를 찾지 않을까 싶군요. 아마도 남편의 아편 팅크가 되겠지요."

"조리 헐이 깔끔하게 해치우지 못하는 바람에 이렇게 됐군요." 홈스는 한숨을 쉬었다. "노인이 조용히 죽어주는 예의만 갖추었어도 모든 게 잘 끝났을 텐데 말입니다. 조리는 당연히 캔버스와⋯⋯ 한심한 그림자를 들고 왓슨이 얘기한 대로 창밖으로 빠져나갔을 테고요. 그런데 집안을 들쑤시고 말았어요. 하인들이 전부 들이닥쳐서 죽은 주인을 보고 고함을 질렀으니. 덕분에 이 가족은 당황스러워졌지 뭡니까. 어쩌면 이렇게 재수가 없을 수가 있을까요, 형사님? 스탠리가 부르러 갔을 때 경찰이 얼마나 가까이에 있었습니까?"

"지근거리에 있었지요." 레스트레이드가 말했다. "사실 진입로를 달려오고 있었습니다. 순찰을 돌다가 비명 소리를 들었거든요. 재수가 없는 가족이었어요."

"홈스." 나는 예전의 역할로 돌아갔기 때문에 좀더 편안해졌다. "경찰이 가까이에 있었다는 걸 어찌 알았나?"

"간단하지 않은가. 그렇지 않았다면 가족들이 진작 하인들을 내치고 캔버스와 '그림자'를 치웠을 테니까."

"그리고 한 군데 이상 창문 빗장을 풀어놓았을 테죠."

레스트레이드가 평소답지 않게 조용한 목소리로 거들었다.

"그들은 캔버스와 그림자를 치울 수도 있었어."

나는 불현듯 얘기했다.

홈스는 나를 돌아보았다.

"그렇지."

레스트레이드는 눈썹을 추켜세웠다.

"결국 선택의 문제였으니까요." 나는 그에게 설명했다. "새 유언장을 태우든지 조잡한 장치를 없애든지 둘 중 하나를 할 수 있는 시간이 있었잖습니까…… 스티븐이 문을 부수고 들어오고 그와 조리, 단 둘밖에 없었을 때 말입니다. 그들은, 아니 형사님이 그들의 성격을 제대로 파악했다면 스티븐이라고 해야겠습니다만, 유언장을 태우고 무사히 빠져나갈 수 있길 바랐죠. 아마 그걸 난로 안으로 던질 시간밖에 없었을 테니까요."

레스트레이드는 고개를 돌려서 난로를 쳐다보고 다시 고개를 돌렸다.

"헐 정도로 사악한 사람이라야 막판에 비명을 지를 만한 기운이 남아 있겠지요.”

“헐 정도로 사악한 사람이라야 아들의 손에 죽임을 당할 수 있겠
고요.”

홈스가 응수했다.

그와 레스트레이드는 서로 쳐다보았고 무언가가 다시 그들 사이
를 오갔다. 나는 배제된 침묵의 커뮤니케이션이 둘 사이에서 이루어
졌다.

“예전에도 그런 적이 있습니까?”

홈스가 하다 끊긴 대화를 잇기라도 하는 듯이 물었다.

레스트레이드는 고개를 저었다. “한 번 그 직전까지 간 적은 있습
니다.” 그가 말했다. “어떤 아가씨가 연루됐고 그 아가씨의 잘못이라
고 볼 수 없었던 사건이었죠. 그 직전까지 갔었지만…… 그때 딱 한
번뿐이었습니다.”

“이번에는 네 명입니다.” 홈스는 그가 무슨 말을 하는 건지 완벽하
게 이해하고 응수했다. “그 네 명은 어쨌거나 육 개월 안으로 세상을
떠났을 악당에게 학대를 당했고요.”

나는 드디어 그들이 무슨 고민을 하는 중인지 알아차렸다.

홈스가 회색 눈으로 나를 바라보았다.

“어떻습니까, 형사님? 어떤 여파를 미칠지는 몰랐을지언정 이 사
건을 해결한 사람은 왓슨이잖습니까. 왓슨에게 결정을 맡길까요?”

“찬성입니다.” 레스트레이드는 무뚝뚝하게 대답했다. “그저 얼른
결정을 내려주시면 좋겠군요. 여기서 나가고 싶은 생각뿐이니.”

나는 대답하는 대신 허리를 숙여서 펠트 그림자를 집었고 돌돌

말아서 내 외투 주머니에 넣었다. 기분이 묘했다. 인도에서 열병으로 거의 죽을 뻔했을 때 느낀 기분과 비슷했다.

"멋진 친구로군, 왓슨! 처음으로 사건을 해결하고 살인 방조자가 되다니! 그것도 티타임이 되기도 전에! 그리고 이건 내 기념품, 조리헐의 원작일세. 서명은 없겠지만 궂은 날에는 이런 것 저런 것 따지지 말아야겠지?" 그는 캔버스를 커피 테이블 다리에 붙이는 데 쓰인 목공용 풀을 주머니칼로 뜯었다. 동작이 재빨랐다. 일 분도 안 돼서 좁은 원통형으로 만 캔버스를 큼지막한 외투 안주머니에 넣었다.

"이건 추잡한 짓이에요."

레스트레이드는 이렇게 말했지만 어느 창문 앞으로 다가가 잠깐 망설이다가 걸쇠를 풀고 창문을 일 센티미터 정도 열었다.

"실패로 돌아간 추잡한 짓이라고 하죠." 홈스는 열에 들뜬 듯이 명랑한 목소리로 말했다. "이제 갈까요, 여러분?"

우리는 문 앞으로 다가갔다. 레스트레이드가 문을 열었다. 순경 하나가 수사에 진전이 있느냐고 물었다.

다른 때 같았으면 레스트레이드는 그를 닦아세웠을지 모른다. 하지만 이번에는 짤막하게 대답하고 그만이었다.

"강도가 들어왔다가 일을 그르친 모양이야. 물론 나야 한눈에 알아차렸지. 잠시 후에 홈스가 알아차렸고."

"안타까운 사건이로군요!"

다른 순경이 외쳤다.

"음." 레스트레이드가 말했다. "그래도 경이 비명을 지른 덕분에 도둑이 아무것도 훔치지 못하고 달아났어. 이쪽으로."

우리는 걸음을 옮겼다. 응접실 문이 열려 있었지만 나는 그 앞을 지날 때 고개를 숙였다. 홈스는 당연히 안을 들여다보았다. 그로서는 들여다보지 않을 도리가 없었을 것이다. 그는 그렇게 태어난 위인이었다. 나는 가족들 중 어느 누구의 얼굴도 보지 않았다. 절대 보고 싶지 않았다.

홈스가 다시 재채기를 했다. 그의 친구가 그의 다리를 감싸고 행복에 겨워서 야옹거리고 있었다. "얼른 도망쳐야겠군." 그는 말하고 쏜살같이 달아났다.

한 시간 뒤에 우리는 베이커 스트리트 221B번지로 돌아가서 레스트레이드가 찾아왔을 때와 비슷한 자리에 앉았다. 홈스는 창가에, 나는 소파에.

"흠, 왓슨." 홈스가 이내 말문을 열었다. "오늘밤에 잠을 잘 수 있겠나?"

"단잠을 잘 수 있겠는데. 자네는?"

"나도 마찬가지일세. 그 빌어먹을 고양이들과 떨어질 수 있어서 얼마나 다행인지 모르겠네."

"레스트레이드도 잠을 잘 수 있을 거라고 생각하나?"

홈스는 나를 보고 미소를 지었다.

"오늘밤에는 잠을 설치겠지. 어쩌면 일주일 동안 잠을 설치겠지. 하지만 괜찮아질 걸세. 레스트레이드는 다른 재주도 많지만 창의적으로 기억을 지우는 데 천부적인 소질이 있거든."

그 말을 듣고 나는 폭소가 터졌다.

"어이, 왓슨! 저것 좀 보게나!"

나는 자리에서 일어나 창가로 걸어가며 이번에도 마차를 타고 달려오는 레스트레이드겠거니 했다. 하지만 이번에 나를 맞이한 것은 구름 사이를 뚫고 늦은 오후의 햇살로 찬란하게 런던을 물들인 태양이었다.

"결국에는 해가 떴군그래." 홈스가 말했다. "경이롭지 않은가, 왓슨? 살아 있음에 행복해진단 말이지!" 그는 바이올린을 집어들고 얼굴 위로 내리쬐는 햇살을 맞으며 연주를 시작했다.

나는 그의 기압계를 보았다. 바늘이 내려가고 있었다. 그걸 보고 요란한 폭소가 터지는 바람에 자리에 주저앉아야 했다. 홈스가 조금 짜증이 난 목소리로 왜 그러느냐고 물었지만 나는 고개만 저었다. 내가 설명했다 한들 그는 이해하지 못했을 것이다. 그의 머리는 그런 식으로 돌아가게 만들어지지 않았다.

클라이드 엄니의 마지막 사건

★★★

하드보일드 탐정에게 워드프로세서를 든 조물주가 찾아오다.
"자네 이야기를 새로 시작해야겠어."

비가 그쳤다. 언덕은 여전히 파릇파릇하고 할리우드 언덕 저편의 골짜기에서는 우뚝한 산 위로 쌓인 눈이 보인다. 모피 가게에서는 정기 세일이라고 광고를 한다. 열여섯 살짜리 처녀 전문인 콜걸 업소들은 떼돈을 벌고 있다. 그리고 베벌리힐스에서는 자카란다 나무들이 꽃을 피우기 시작한다. ─레이먼드 챈들러,『리틀 시스터』

I. 피오리아가 전한 소식

어딘가에 국가 인증 마크가 조그맣게 찍혀 있지 않을까 싶을 정도로 완벽하게 로스앤젤레스다운 봄날 아침이었다. 선셋 불러바드를 지나는 차량들의 배기가스에서 희미하게 협죽도 냄새가 났고, 협죽도에는 배기가스 냄새가 살짝 배었고, 하늘은 근본주의 침례교도의 양심처럼 티끌 한 점 없었다. 앞을 보지 못하는 신문팔이소년 피오리아 스미스는 선셋과 로렌이 만나는 평소 그 자리에 서 있었다. 그것이 하늘에는 하느님이 계시고 이 세상은 모든 면에서 훌륭하다는 증거가 아니라면 뭐가 그런 증거일 수 있는지 나로서는 알 수가 없었다.

하지만 내가 그날 아침 7시 30분이라는 익숙지 않은 시각에 침대에서 일어난 순간부터 왠지 모르게 이상한 것 같았다. 모서리가 조금 부연 느낌이었다. 나는 면도를 할 때가 되어서야—또는 그 성가시고 뻣뻣한 수염들에게 면도날을 보여주며 항복하라고 협박할 때가 되어서야—이유를 일부 깨달았다. 간밤에 책을 읽느라 최소 2시까지 깨어 있었는데 코가 비뚤어지도록 마신 데믹 부부가 결혼 생활의 근간인 게 분명한 짧은 우스갯소리를 주고받으며 들어오는 소리를 듣지 못했던 것이다.

버스터 소리도 듣지 못했다. 그게 더 이상한 일이었다. 데믹 부부가 키우는 웰시코기인 버스터는 유릿조각처럼 머리를 관통하는 카랑카랑한 고음으로 시도 때도 없이 짖었다. 게다가 샘이 많았다. 녀석은 조지와 글로리아가 부둥켜안을 때마다 악을 쓰며 날카롭게 짖어댔는데, 조지와 글로리아는 만담 코미디언 커플처럼 서로 주거니 받거니 하지 않으면 대개 부둥켜안고 있었다. 나는 두 사람이 키득대는 와중에 똥개가 왁왁왁거리며 그들의 발치를 뛰어다니는 소리를 들으면서 잠을 청할 때마다 피아노 줄로 근육질 중형견의 목을 졸라서 죽이려면 얼마나 힘들지 궁금해하곤 했다. 하지만 간밤에는 데믹 부부의 아파트가 무덤처럼 고요했다. 이 정도면 상당히 이상한 일이었지만 지축을 뒤흔들 정도는 아니었다. 데믹 부부는 정신을 바짝 차렸을 때조차 시간표에 딱딱 맞춰서 사는 커플이 아니었다.

하지만 피오리아 스미스는 아무 문제 없었다. 늘 그렇듯 명랑했고 내가 평소보다 아무리 못해도 한 시간은 일찍 나타났는데도 걸음소리를 듣고 나인 줄 알아차렸다. 그는 허벅지까지 내려오는 헐렁한 캘리포니아 공과 대학 스웨트 셔츠와 딱지로 덮인 무릎이 드러나 보이는 코듀로이 반바지를 입고 있었다. 그가 질색하는 하얀색 지팡이가 가판대로 쓰이는 카드 테이블 옆에 무심하게 기대 세워져 있었다.

"안녕하세요, 엄니 씨! 별일 없으시죠?"

피오리아의 까만 안경이 아침 햇살에 반짝였다. 그가 나를 위한 《로스앤젤레스 타임스》를 내밀고 내 발소리가 들리는 쪽으로 고개를 돌리자 누군가가 그의 얼굴에 큼지막하고 시커먼 구멍을 뚫어놓은 것 같다는 심란한 생각이 머리를 언뜻 스치고 지나갔다. 나는 생각을 떨쳐버리며 잠자기 전에 마시는 호밀 위스키의 양을 줄일 때가 됐다는 생각을 했다.

요즘 툭하면 그렇듯 히틀러가 《로스앤젤레스 타임스》 1면을 장식하고 있었다. 이번에는 오스트리아 어쩌고였다. 내가 그 허연 얼굴과 축 늘어진 앞머리가 그의 고국 우체국 게시판에서는 어떻게 보일지 궁금해진 건 이번이 처음이 아니었다.

"별일 없지, 피오리아. 사실 야외 변소에 새로 칠한 페인트만큼 멀끔해."

나는 피오리아가 신문 더미 위에 얹어놓은 코로나 상자에 10센트짜리 동전을 넣었다. 《로스앤젤레스 타임스》는 3센트고 그것도 비싼 거지만 나는 피오리아의 거스름돈 상자에 옛날 옛적부터 10센트 짜리 동전을 넣었다. 그는 착한 아이고 학교 성적도 좋다. 작년에 웰드 사건과 관련해서 그에게 도움을 받았을 때 내가 직접 알아보았다. 만약 피오리아가 그때 해리스 브루너의 하우스보트에 등장하지 않았다면 나는 기름통에 발이 박힌 채 아직까지 말리부 인근 어딘가에서 헤엄치고 있었을 것이다. 그에게 신세를 많이 졌다는 말로는 한참 부족하다.

나는 무슨 일이 있어도 그걸 입 밖으로 내지 않겠지만 (해리스 브루너와 메이비스 웰드가 아니라 피오리아 스미스에 대해) 조사하는 동안 아이의 본명도 알아냈다. 피오리아의 아버지는 블랙 프라이데이 때 9층 사무실 창밖으로 영원한 휴가를 떠났고 그의 어머니는 라푼타의 한심한 중국 세탁소에서 일하는 유일한 백인 여자고 아이는 앞을 보지 못한다. 이런 상황에서 그가 반항도 하지 못할 만큼 어린 나이였을 때 부모에게 프랜시스라는 이름을 부여받았다고 온 세상에 알릴 필요가 있을까? 나의 변론은 여기까지다.

전날 밤에 정말로 흥미진진한 사건이 벌어졌다면 항상《타임스》 1면의 왼쪽, 반으로 접는 부분 바로 아래에 실린다. 신문을 넘겨보니 쿠바 출신의 밴드 리더가 버뱅크의 캐러셀에서 자기네 밴드의 여성 보컬리스트와 춤을 추다 심장마비를 일으켰다고 한다. 그는 한시간 뒤에 로스앤젤레스 종합병원에서 죽었다. 나는 미망인에게는 일말의 연민을 느꼈지만 마에스트로 당사자에게는 연민을 전혀 느끼지 못했다. 버뱅크에 춤을 추러 가는 사람들은 어떤 일을 당하건 자업자득이라는 게 내 생각이다.

나는 전날 브루클린과 카디널스의 더블헤더 결과를 확인하려고 스포츠면을 펼쳤다. "너는, 피오리아? 너희 집에서도 다들 별일 없지? 어디 무너진 데도 없고."

"그럼요, 엄니 씨! 하하!"

그의 목소리에서 뭔가 수상한 기미가 느껴지자 나는 신문을 내리고 그를 유심히 들여다보았다. 나 같은 일류 탐정이 그걸 한눈에 알아차리지 못했다니. 그는 좋아서 거의 날아오르기 직전이었다.

"월드 시리즈 1차전 티켓을 여섯 장 선물받은 사람처럼 보이는구나. 왜 그렇게 신이 났니, 피오리아?"

"엄마가 티후아나에서 복권에 당첨됐거든요! 사만 달러짜리예요! 우리 이제 부자예요! 부자!"

그가 보지는 못할 테지만 나는 씩 웃으며 그의 머리칼을 헝클어뜨렸다. 덕분에 그의 머리가 하늘로 삐쭉 솟았지만 무슨 상관인가. "와우, 가만있자. 네가 지금 몇 살이지, 피오리아?"

"오월이면 열두 살이 되죠. 아시잖아요, 엄니 씨. 선물로 폴로셔츠를 주셨으면서. 하지만 나이가 이거랑 무슨 상관인지……."

"열두 살이면 사람들이 가끔 꿈과 현실을 혼동할 때도 있다는 걸 알 만한 나이가 아닌가 싶어서. 그냥 그뿐이다."

"상상에 대해서 말씀하시는 거라면 맞아요. 저는 상상이 어떤 건지 알아요." 피오리아는 솟은 머리를 다시 눕히려고 뒤통수를 쓰다듬으며 말했다. "하지만 이건 상상이 아니에요, 엄니 씨. 진짜예요! 프레드 삼촌이 어제 오후에 가서 돈을 받아왔어요. 비니 안장주머니에 넣어가지고 들고 왔어요! 저는 냄새를 맡았어요! 아니, 그 위에서 뒹굴었어요! 엄마의 침대 위에 흩뿌려져 있었거든요! 이렇게 부자가 된 느낌은 처음이에요. 아우 씨, 사만 달러라니!"

"열두 살이면 상상과 현실을 구분할 줄 아는 나이지만 그런 단어를 써도 되는 나이는 아니다." 예의범절협회에서도 이천 퍼센트 괜찮다고 할 게 분명할 정도로 문제없는 단어였지만 내 입이 자동으로 움직였고 스스로 뭐라고 했는지 제대로 듣지도 못했다. 그에게서 방금 전에 들은 정보를 처리하느라 정신이 없었다. 그가 착각을 했다는 것만큼은 절대적으로 확실했다. 그는 착각을 한 게 분명했다. 그게 사실이라면 피오리아는 지금 여기 이렇게 서서 풀와이더 빌딩으로 출근하는 나와 만날 일이 없었다. 그건 있을 수 없는 일이었다.

데믹 부부가 인류 역사상 처음으로 잠자리에 들기 직전까지 빅밴드 음반을 최고 볼륨으로 틀어놓지 않은 것과, 버스터가 인류 역사상 처음으로 조지가 구멍에 열쇠를 넣고 돌리자마자 일제사격을 퍼붓듯 짖지 않은 게 다시금 생각났다. 어딘가 이상한 기분이 좀 전보다 더 강하게, 다시금 느껴졌다.

한편 피오리아는 속내를 감추지 못하는 솔직한 얼굴로 내가 한 번도 상상하지 못했던 표정을 짓고 있었다. 샐쭉하니 짜증을 내는 한편 어이없어했다. 재미없는 얘기를 서너 번 반복하는 수다쟁이 삼촌을 대하는 어린애가 지음직한 표정이었다.

"무슨 말인지 모르시겠어요, 엄니 씨? 우리 부자라고요! 엄마는 이제 그 망할 리 호에서 셔츠를 다리지 않아도 되고, 나는 겨울에 비가 오면 벌벌 떨고 빌더스에서 일하는 그 정신 나간 할머니들한테 알랑거리면서 길모퉁이에서 신문을 팔지 않아도 돼요. 저 잘난 맛에 사는 인간이 5센트짜리 팁을 줄 때마다 죽어서 천당에 간 척하지 않아도 되고요."

나는 그 소리를 듣고 살짝 움찔했지만…… 나는 5센트짜리 인간이 아니었다. 나는 날이면 날마다 피오리아에게 7센트를 주었다. 너무 쪼들려서 형편이 안 되는 날은 예외이기는 했다. 이 직종에 종사하다 보면 팍팍한 시기가 어쩌다 한 번씩 일상적으로 찾아온다.

"아무래도 블론디스에 가서 같이 커피를 한잔 마셔야겠네. 커피 마시면서 이게 무슨 일인지 얘기도 하고."

"안 돼요. 거기 문 닫았어요."

"블론디스가? 설마!"

하지만 피오리아는 바로 옆 커피숍 같은 시시한 일에는 관심이 없었다. "하이라이트가 아직 남았어요, 엄니 씨! 프레드 삼촌이 프리스코에 있는 어느 의사를 아는데, 전문가이고 내 눈을 고칠 수 있다고 생각한대요." 그는 내 쪽으로 얼굴을 돌렸다. 색안경과 너무 얇은 코 아래에서 입술이 떨리고 있었다. "시신경의 문제가 아닐 수 있다고, 그렇다면 수술을 받을 수 있다고…… 전문용어는 하나도 모르겠지만 아무튼 제가 다시 앞을 볼 수 있대요, 엄니 씨!" 그는 무턱대고 내 쪽으로 손을 내밀었는데…… 뭐, 당연한 일이었다. 시각장애인이 달리 어떤 식으로 손을 내밀 수 있겠는가? "제가 다시 앞을 볼 수 있대요!"

그가 나를 와락 붙잡았다. 나는 그의 손을 잡고 잠깐 꾹 눌렀다가 조심스럽게 놓았다. 그의 손가락에 잉크가 묻어 있었고 나는 일어났을 때 기분이 좋았기 때문에 새로 산 새하얀 소모사 정장을 꺼내 입었다. 여름치고 두꺼운 옷이었지만 요즘은 온 도시에 냉난방 시설이 갖추어져 있는데다 나는 자연 냉방이 되는 느낌이었다.

그런데 지금은 그렇지가 않았다. 피오리아가 좁고 일견 완벽한 신문팔이 소년의 얼굴을 일그러뜨린 채 나를 올려다보고 있었다. 협죽도와 배기가스 냄새가 나는 산들바람이 위로 솟은 그의 머리칼을 헝클어뜨렸고 나는 그가 트위드 모자를 쓰지 않아 머리칼이 보인다는 것을 이제야 깨달았다. 트위드 모자가 없으니 그가 어쩐지 벌거벗은 듯이 느껴졌다. 구두닦이들은 죄다 비니를 뒤로 젖혀서 써야 하듯 신문팔이들은 죄다 트위드 모자를 써야 했다.

"왜 그러세요, 엄니 씨? 기뻐하실 줄 알았는데. 오늘 저는 이 지긋지긋한 길모퉁이로 출근할 필요도 없었지만 출근했어요. 심지어 엄니 씨가 일찍 지나갈 것 같은 예감이 들어서 저도 일찍 나왔어요. 엄마가 복권에 당첨됐고 저는 수술을 받을 수 있을지 모른다고 해서 기뻐하실 줄 알았는데 아니네요." 그의 목소리가 분노로 떨렸다. "아니네요!"

"당연히 기쁘지."

나는 이렇게 얘기했고 기뻐하고 싶은 마음도 있었지만 문제는 그의 말이 맞는다는 거였다. 그가 한 얘기가 사실이라면 상황이 달라진다는 뜻이 되는데 상황은 달라지면 안 됐다. 피오리아 스미스는 해마다 그 완벽한 모자를 더운 날에는 뒤로 젖혀서 쓰고 비가 내리는 날에는 챙을 타고 빗물이 흘러내릴 수 있도록 앞으로 푹 눌러써가며 이 자리를 지켜야 했다. 늘 웃는 얼굴이라야 했고 '망할'이나 '아우 씨' 같은 단어를 쓰지 말아야 했고 무엇보다 앞을 보지 못해야 했다.

"아니잖아요!"

놀랍게도 피오리아가 카드 테이블을 밀쳤다. 테이블이 길 위로 넘어지자 신문들이 온 사방으로 펄럭이며 날렸다. 그의 하얀색 지팡이가 시궁창 안으로 데굴데굴 굴러갔다. 피오리아는 그 소리를 듣고 지팡이를 주우려고 허리를 숙였다. 까만 안경 아래로 나온 눈물이 창백하고 좁은 뺨을 타고 흘러내리는 게 보였다. 그는 지팡이를 찾으려고 더듬거리기 시작했지만 지팡이는 내 근처로 굴러왔고 그는 엉뚱한 방향으로 가고 있었다. 나는 문득 몸을 돌려서 앞 못 보는 신문팔이의 엉덩이를 걷어차고 싶은 충동을 느꼈다.

하지만 허리를 숙여서 그의 지팡이를 잡았다. 그걸로 그의 엉덩이를 살짝 두드렸다.

피오리아는 뱀처럼 잽싸게 몸을 돌려서 지팡이를 낚아챘다. 히틀러와 죽은 지 얼마 되지 않는 쿠바 출신 밴드 리더의 사진들이 펄럭이며 날아가 선셋 불러바드를 덮는 게 곁눈으로 보였다. 반네스로 가던 버스가 그 위를 지나는 순간 살짝 미끄러지면서 코를 찌르는 디젤 매연을 뒤로 분출했다. 나는 신문들이 여기저기서 펄럭이는 게 싫었다. 지저분해 보였다. 그보다 더 심각하게는 이상해 보였다. 완전히, 전적으로 이상해 보였다. 나는 피오리아를 붙잡고서 흔들고 싶은 충동이 좀 전만큼 강하게 느껴졌지만 꾹 참았다. 오전 내내 저 신문을 치우라고, 마지막 한 장까지 치우기 전에는 집에 가지 못할 줄 알라고 얘기하고 싶은 것도 꾹 참았다.

불과 십 분 전만 해도 완벽한 로스앤젤레스의 아침이라고, 너무 완벽해서 국가 인증 마크를 찍어도 되겠다고 생각했던 게 기억이 났다. 정말 그랬었다, 젠장. 그런데 어디부터 잘못됐을까? 어쩌다 순식간에 이렇게 됐을까?

정답은 떠오르지 않았지만 머릿속에서 비논리적이기는 해도 힘찬 목소리가 들렸다. 그 목소리가 아이의 어머니는 복권에 당첨됐을 리 없다고, 아이는 계속 신문을 팔러 나와야 한다고, 그리고 무엇보다 앞을 볼 수 없다고 했다. 피오리아 스미스는 평생 시각장애인으로 살아야 된다고 했다.

실험 삼아 해보는 거겠지. 나는 생각했다. 프리스코의 의사는 아마 돌팔이일 테고 돌팔이가 아니라 하더라도 수술은 실패할 수밖에 없어.

이런 생각이 들자 희한하게도 마음이 진정됐다.

"저기 있잖니." 내가 말했다. "오늘 아침에는 우리가 첫 단추를 잘못 꿰었나 보다. 내가 만회할 방법을 찾아볼게. 블론디스에서 아침을 사주마. 어떠니, 피오리아? 베이컨과 달걀을 배불리 먹으면서 이게 무슨 소린지……."

"엿 먹어라!" 그가 소리를 지르자 나는 발끝까지 충격에 휩싸였다. "네가 타고 다니는 그 말은 엿이나 먹으라고 해, 이 싸구려 탐정 같으니라고! 장님한테는 새빨간 거짓말을 해도 모를 거라고 생각하는 모양이지? 엿 먹어라! 앞으로는 나한테 집적거리지 마! 이 변태야!"

그게 결정타였다. 아무리 앞 못 보는 소년이라도 나를 변태라고 욕하고 무사할 수는 없었다. 나는 메이비스 웰드 사건 때 피오리아가 어떤 식으로 나를 살렸는지 까맣게 잊었다. 나는 그의 지팡이를 향해 손을 뻗었다. 그걸 빼앗아 엉덩이를 몇 대 때려줄 작정이었다. 버릇을 가르칠 작정이었다.

하지만 내 손이 닿기 전에 그가 지팡이 끝으로 내 하복부를 찔렀다. 아주 하복부를 말이다. 나는 고통스러워하며 몸을 반으로 접었다. 울부짖지 않으려고 애를 쓰는 동안에 좋은 쪽으로 생각했다. 오센티미터만 더 아래를 맞았더라면 염탐꾼 일을 접고 두칼레 궁전에 소프라노로 취직할 뻔하지 않았느냐고 말이다.

내가 그를 붙잡으려고 반사적으로 잽싸게 움직이자 그는 지팡이로 내 뒷덜미를 내리쳤다. 아주 세게 내리쳤다. 지팡이가 부러지지는 않았지만 금이 가는 소리가 들렸다. 나는 그를 잡아서 지팡이로 그의 오른쪽 귀를 세게 한 대 때리면 상황을 종료시킬 수 있을 거라고 생각했다. 변태가 누군지 보여줄 참이었다.

그는 내 생각을 읽었는지 뒷걸음질을 쳐서 길바닥으로 지팡이를 내던졌다.

"피오리아." 나는 말했다. 어쩌면 지금이라도 이성의 꼬리를 붙잡을 수 있을지 몰랐다. "피오리아, 도대체 왜 그러는지……."

"나를 그렇게 부르지도 마! 내 이름은 프랜시스야! 프랭크라고! 네가 나를 피오리아라고 부르기 시작했지! 네가 그러니까 다들 그렇게 부르잖아! 그게 얼마나 싫은지 알아?"

내 눈에 눈물이 고이는 바람에 몸을 돌려서 손을 앞으로 내밀고 무작정(다행히 지나가는 차가 한 대도 없었다) 차도를 건너는 그의 모습이 둘로 보였다. 나는 그가 반대편 연석에 발이 걸려서 넘어질 줄 알았고, 사실은 그러길 바랐는데, 앞이 안 보이는 사람들은 머릿속에 상당히 훌륭한 지형도를 담고 다니는 모양이었다. 그는 염소처럼 가뿐하게 인도로 뛰어올라가 검은 안경을 내 쪽으로 돌렸다. 눈물로 얼룩진 그의 얼굴은 정신병자처럼 의기양양한 표정을 짓고 있었고 시커먼 안경알이 그 어느 때보다 구멍처럼 느껴졌다. 대구경 엽총에 두 방 맞기라도 한 듯 큼지막했다.

"블론디스는 문 닫았다니까! 엄마가 그랬어, 사장이 지난달에 뽑은 걸레 같은 빨간 머리랑 느닷없이 도망쳤다고! 운 좋은 줄 알아라, 이 못난이 꼴통아!"

몸을 돌린 그가 손을 펼쳐서 앞으로 내민 특유의 희한한 자세로 선셋 불러바드를 달려갔다. 양쪽 길거리에 삼삼오오 서 있던 사람들이 그와 길바닥에서 펄럭이는 신문과 나를 쳐다보았다.

대부분 나를 쳐다보는 듯했다.

피오리아, 아니 프랜시스가 데린저스 바까지 가서 마지막 일격을 날렸다.

"엿 먹어라, 엄니!"

그는 외치고 다시 달렸다.

II. 버넌의 기침

나는 간신히 허리를 펴고 길을 건넜다. 피오리아, 즉 프랜시스 스미스는 이미 사라지고 보이지 않았지만 나 역시 흩날리는 신문들을 뒤로하고 싶었다. 그걸 보고 있으면 사타구니의 통증보다 더 심한 두통이 느껴졌다.

나는 길을 건너가서 쇼윈도 안의 파커 볼펜만큼(아니면 인조가죽으로 된 그 섹시한 다이어리만큼) 환상적인 물건은 본 적 없는 사람처럼 펠츠 스테이셔너리를 뚫어져라 들여다보았다. 그렇게 오 분을 보내고 났더니—먼지 덮인 쇼윈도 안의 모든 상품을 기억에 담고도 남을 시간이었다—좌측으로 심하게 몸을 기울이지 않고 다시 선셋 불러바드를 걸을 수 있게 됐다.

모기약을 깜빡하고 산페드로의 자동차 극장으로 들어가면 모기 떼가 머리 주변을 맴돌듯, 물음표들이 머릿속을 맴돌았다. 대부분 무시할 수 있었지만 두어 개가 고개를 내밀었다. 첫째, 피오리아는 도대체 뭘 잘못 먹었을까? 둘째, 나는 도대체 뭘 잘못 먹었을까? 나는 이 불편한 질문을 계속 때려서 밀치며 선셋과 트래버니아가 만나는 모퉁이에 있는 '블론디스 시티 잇츠, 24시간 오픈, 베이글 전문점'으로 걸어갔고 그 앞에 다다랐을 무렵에는 주먹을 크게 한 방 휘둘러서 질문들을 멀찌감치 날려버릴 수 있었다. 기억이 닿는 먼 옛날부터 길모퉁이를 지킨 블론디스는 불량배와 동성애자와 약쟁이는 물론이고 노름꾼과 사기꾼과 비트족과 마약 장수들이 쉴 새 없이 드나드는 식당이었다. 유명한 무성영화계의 스타가 블론디스에서 나오다가 살인죄로 체포된 적도 있었고, 나도 얼마 전에 할리우드 약물 파티가 끝난 뒤 마약중독자 세 명을 살해한 더닝거라는 패션의 선두 주자를 거기서 쏜 적이 있었다. 내가 보라색 눈을 한 은발의 아디스 맥길에게 작별을 고한 곳도 거기였다. 나는 그날 밤새도록 웬일로 로스앤젤레스를 덮은 안개 속을 걸어다녔는데, 어쩌면 그 안개는 내 눈앞만을 가리고 있다가…… 해가 뜨자 뺨을 타고 흘러내렸을지 모른다.

블론디스가 문을 닫았다고? 블론디스가 없어졌다고? 그럴 리 없다. 자유의 여신상이 뉴욕 항의 황량한 돌덩이 위에서 사라지는 쪽이 더 가능성 있는 얘기였다.

그런데 진짜였다. 입에 침 고이게 하는 파이와 케이크들이 놓였던 쇼윈도에 비누칠이 되어 있었지만, 대충 한 거라 그 사이로 아무것도 없다시피 한 식당이 보였다. 리놀륨 바닥이 지저분하고 횡뎅그렁해 보였다. 시커멓게 기름때가 앉은 천장의 선풍기는 추락한 비행기의 프로펠러처럼 죽 늘어졌다. 남은 테이블이 몇 개 있었고 빨간색 커버를 씌운 눈에 익은 의자들이 다리를 위로 하고 포개어져 있었지만…… 한쪽 구석에서 나뒹구는 빈 설탕 통 두어 개 말고는 남은 건 그게 전부였다.

나는 그 자리에 서서 이 사실을 머릿속에 담으려고 애를 썼지만 큼지막한 소파를 들고 좁은 계단을 올라가려는 것과 비슷했다. 그 모든 활기와 흥분, 그 모든 한밤의 혼잡과 놀라움이 어떻게 끝날 수 있을까? 이건 실수가 아니라 신성모독 같았다. 기본적으로 나에게 블론디스는 시커멓고 애정이 메마른 로스앤젤레스의 심장을 감싸는 모든 반짝이는 모순들을 하나로 요약하는 곳이었다. 십오 년인가 이십 년 전부터 알아온 블론디스가 로스앤젤레스의 축소판이라는 생각이 들 때도 있었다. 여기가 아니면 어디서 밤 9시에 조직폭력배가 사제와 함께 아침을 먹고, 다이아몬드를 걸친 미녀가 근무를 마친 기념으로 뜨거운 커피를 마시는 정비사와 카운터 앞에 나란히 앉아 있는 광경을 볼 수 있겠는가? 문득 심장마비로 죽은 쿠바 출신의 밴드 리더가 다시금 생각났고 이번에는 전보다 훨씬 깊은 연민이 느껴졌다.

어이, 그 별처럼 반짝이던, 로스앤젤레스가 아니라 로스트 에인절스의 일상…… 그걸 어디서 볼 수 있겠는가 말이다. 지금 이게 어떤 사탠지 알겠어?

문에 "보수 공사로 휴업, 조만간 영업 재개 예정"이라고 적힌 푯말이 걸려 있었지만 나는 믿지 않았다. 경험으로 미루어 판단하건대 구석에서 나뒹구는 빈 설탕 통은 보수 공사의 가능성을 시사한다고 볼 수 없었다. 피오리아의 말이 맞았다. 블론디스는 역사 속으로 사라졌다. 나는 몸을 돌려서 길을 걸어갔지만 걷는 속도가 느려졌고 고개를 숙이지 않으려고 의식적으로 노력해야 했다. 생각하고 싶지도 않은 기간 동안 내 출근지가 되어온 풀와이더 빌딩이 눈앞에 등장하자 묘한 확신이 나를 사로잡았다. 큼지막한 쌍여닫이문 손잡이에 두툼한 쇠사슬이 감기고 맹꽁이자물쇠가 달렸을 게 분명했다. 그리고 "보수 공사로 휴업, 조만간 영업 재개 예정"이라고 적힌 푯말이 걸려 있을 것이었다.

건물 앞에 도착했을 무렵에는 이 황당한 발상이 강박 수준으로 내 머릿속을 지배하고 있었기 때문에 3층에서 일하는 괴짜 공인회계사 빌 터글이 안으로 들어가는 걸 보아도 떨쳐버릴 수가 없었다. 하지만 보는 것이 믿는 것이라는 말도 있다시피 2221번지에 다다라보니 쇠사슬도 푯말도 보이지 않았고 유리창에 비누칠이 되어 있지도 않았다. 여느 때와 다름없는 풀와이더 빌딩이었다. 로비로 들어서자 익숙한 냄새가 나를 맞았다. 요즘 남자 화장실의 소변기에 설치하는 분홍색 고형 탈취제를 연상시키는 냄새였다. 나는 전과 다름없이 빛바랜 빨간색 타일 바닥 위로 드리워진 추레한 야자수 나무를 흘끗 둘러보았다.

빌이 2번 엘리베이터 안에서 버넌 클라인의 옆에 서 있었다. 버넌은 지구상에서 가장 나이가 많은 엘리베이터 안내원이었고, 올이 해어진 빨간색 양복을 입고 오래된 필박스 모자를 쓰고 있어서 필립 모리스의 벨보이와 공업용 스팀 세척기에 빠진 붉은털원숭이를 혼합 교배한 결과처럼 보였다. 그는 입 한가운데에 물고 있는 카멜 담배 때문에 눈물이 고이고 바셋하운드처럼 애절하게 생긴 눈으로 나를 쳐다보았다. 그의 눈은 진작부터 담배 연기에 이골이 났을 것이었다. 나는 그 위치에 카멜 담배를 매달고 있지 않은 그의 모습을 본 기억이 없었다.

빌이 옆으로 살짝 움직였지만 충분하지가 않았다. 엘리베이터 안에 그만한 공간이 없었다. 델라웨어라면 모를까, 로드아일랜드에도 그가 충분히 움직일 공간은 없을 것이었다. 그는 싸구려 버번에 일년 정도 담가놓은 볼로냐소시지 냄새를 풍겼다. 게다가 내가 정말 최악이라고 생각한 순간 그가 트림을 했다.

"미안, 클라이드."

"괜찮다고 대답을 못하겠네." 내가 얼굴 앞에 손부채질을 하는 동안 버넌이 엘리베이터 문을 닫고 우리를 달…… 아니면 7층까지 데려다줄 준비를 했다. "어제 어느 하수구에서 하룻밤을 보낸 거야, 빌?"

하지만 그 냄새에는 나를 안심시키는 구석이 있었다. 아니라고 하면 거짓말이었다. 익숙한 냄새이기 때문이다. 그는 숙취에 시달리며 악취를 풍기고, 누군가가 그의 팬티 가랑이를 치킨 샐러드로 채운 걸 방금 알아차린 듯 무릎을 살짝 구부리고 서 있는 빌 터글에 불과했다. 유쾌한 상황이 아니었고 그날 아침에 타고 올라간 엘리베이터에서 유쾌한 구석이라고는 아무것도 없었지만 적어도 내가 아는 상황이었다.

엘리베이터가 딜컹거리며 움직이기 시작하자 빌은 나를 보며 메스꺼운 미소를 지었다. 말은 한마디도 하지 않았다.

너무 구워진 회계사에게서 풍기는 냄새를 피하려고 버넌 쪽으로 고개를 돌린 순간 내가 나누려던 잡담은 목구멍 안에서 소멸되어버렸다. 태곳적부터 버넌의 의자 위에 걸려 있던 작품 두 개ㅡ하나는 배를 타고 가던 제자들이 갈릴리바다 위를 걷는 예수를 입 떡 벌리고 쳐다보는 그림이었고 또 하나는 사슴 가죽 술이 달린 〈스위트하트 오브 더 로데오〉* 표지 모델 옷을 입고 20세기 초반의 헤어스타일을 한 그의 아내 사진이었다ㅡ가 모두 사라지고 보이지 않았다. 그 대신 걸린 작품은 버넌의 나이를 감안했을 때 충격적이라고 볼 수 없었지만 나에게는 한 배 가득 실린 벽돌을 얻어맞은 듯한 충격으로 다가왔다.

그냥 엽서였다. 해가 지는 호숫가에서 낚시를 하는 남자의 실루엣이 담긴 평범한 엽서였다. 내가 어안이 벙벙해진 이유는 카누 아래에 적힌 문구 때문이었다. "행복한 퇴직 생활!"

---

* 버즈라는 밴드가 1968년에 발표한 최초의 컨트리록 앨범이다.

다시 앞을 볼 수 있을지 모른다는 피오리나의 얘기를 들었을 때 내가 느낀 충격에 곱하기 2를 해도 부족할 것이었다. 추억들이 리버 보트의 노름꾼이 카드를 섞는 속도로 머릿속을 스치고 지나갔다. 또 라이 애그니스 스템우드가 먼저 벽에 달린 전화기를 떼어내고 배수관 청소제라고 주장한 액체를 마셨을 때 버넌이 옆 사무실로 잠입해 구급차를 부른 적이 있었다. '배수관 청소제'는 알고 보니 비정제 설탕이었고 버넌이 잠입한 사무실은 고위층을 대상으로 마권을 판매하는 사설 매장이었다. 내가 알기로 그 사무실을 임대해 매켄지 수입상 간판을 달았던 남자는 아직도 샌퀜틴 교도소에서 매해 발간되는 시어스 카탈로그를 받고 있다. 버넌이 내 내장을 환기시키려던 남자의 머리를 의자로 쳐서 기절시킨 적도 있었다. 다시 메이비스 웰드 사건이지만. 그런가 하면 그가 지저분한 사진을 파는 남자와 엮인 자기 딸을 내게 데려온 적도 있었다. 얼마나 귀여운 아가씨였던가!

그랬던 버넌이 은퇴를 한다고?

있을 수 없는 일이었다. 절대 있을 수 없는 일이었다.

"버넌." 내가 불렀다. "이거 장난이죠?"

"장난 아니에요, 엄니 씨." 그가 말했고 엘리베이터를 3층에서 세우며 그를 알고 지낸 그 많은 세월 동안 한 번도 들은 적 없는 심한 기침을 쏟아내기 시작했다. 대리석으로 만든 볼링공이 돌길 위를 굴러가는 듯한 소리가 났다. 그가 입에 물었던 카멜 담배를 꺼냈다. 나는 그 끝이 분홍색인 걸 보고 경악했다. 립스틱 때문에 그런 색이 된 건 아니었다. 그는 담배를 잠깐 쳐다보더니 얼굴을 찡그렸다가 다시 입에 물고 안전망을 열었다. "사 - 암 층입니다, 터글 씨."

"고마워요, 버넌."

빌이 말했다.

"금요일에 파티 있는 거 잊지 마요." 버넌이 말했다. 웅얼거리는 목소리였다. 그는 갈색 얼룩이 묻은 손수건을 뒷주머니에서 꺼내 입을 닦았다. "엄니 씨도 와주시면 영광이겠는데요." 그가 눈곱이 낀 눈으로 나를 흘끗 쳐다보았고 그 눈빛에 나는 화들짝 놀랐다. 무언가가 다음 번 모퉁이에서 버넌 클라인을 기다리고 있는데 버넌도 거기에 대해 전부 아는 듯한 눈빛이었다. "엄니 씨도요. 우리 둘이서 많은 일을 함께 겪었으니까 즐겁게 건배할 수 있을 거예요."

"잠깐!" 나는 고함을 지르고 엘리베이터에서 내리려는 빌을 붙잡았다. "둘 다 잠깐 기다려봐요! 파티라뇨? 이게 무슨 소리에요?"

"퇴직 파티." 빌이 말했다. "자네는 너무 바빠서 알아차리지 못했나 본데, 머리가 하얗게 세면 그후 어느 시점에 대개 퇴직을 하거든. 버넌의 파티는 금요일 오후에 여기 지하에서 열릴 거야. 이 건물에서 근무하는 사람들이 전부 참석할 테고 내가 전 세계적으로 유명한 다이너마이트 펀치를 만들 거야. 왜 그래, 클라이드? 버넌이 5월 13일에 그만둔다는 걸 한 달 전부터 알았으면서."

피오리아에게 변태라고 불렸을 때 느꼈던 분노가 다시금 고개를 들었다. 나는 심이 들어간 더블 재킷의 어깨를 붙잡고 빌을 흔들었다.

"그게 무슨 개소리야!"

그는 살짝 짜증 섞인 미소를 지었다.

"뭐가 개소리라는 거야, 클라이드. 오기 싫으면, 좋아. 오지 않으면 돼. 어차피 육 개월 전부터 상태가 메롱이잖아."

나는 그를 잡고 다시 흔들었다.

"그게 무슨 소리야, 상태가 메롱이라니?"

"제정신이 아니다, 나사가 빠졌다, 맛이 갔다, 정신이 가출했다, 어디 한 군데가 모자라다. 뭔가 느껴지는 거 없어? 그리고 대답하기 전에 내가 한 가지 일러두겠는데 나를 한 번만 더 흔들면, 아주 살짝이라도 흔들면 내 위장이 가슴을 뚫고 폭발할 테고 그러면 드라이클리닝을 해도 난리가 난 양복을 구하지 못할 거야."

그는 이 말을 마치자마자 평소처럼 바지 엉덩이가 무릎 근처까지 처진 차림으로 복도를 걸어가기 시작했다. 내가 그를 다시 한번 흔들고 싶었다고 한들 그럴 겨를도 없었다. 그는 딱 한 번 뒤를 흘끗 돌아보았고 버넌은 놋쇠 문을 닫았다.

"좀 쉬는 게 좋겠어요, 클라이드. 지난주부터 그러네."

"왜 이래요?" 나는 그에게 고함을 질렀다. "다들 왜 이래요?" 하지만 그때쯤에는 안쪽 문이 닫혔고 엘리베이터가 다시 위로 올라가기 시작했다. 이번에는 내 몫의 천국 한 조각이 있는 7층을 향해서였다. 버넌은 구석에 있는 모래 양동이에 담배꽁초를 던지고 곧장 새 담배를 입에 물었다. 오른쪽 엄지손톱으로 성냥을 켜서 담배에 불을 붙이고 다시 기침을 하기 시작했다. 이제는 그의 벌어진 입술 사이로 피가 물보라처럼 뿜어져 나왔다. 섬뜩한 광경이었다. 그는 시선을 떨어뜨렸다. 멍하니 저쪽 구석을 응시하며 아무것도 보지 않고 아무것도 바라지 않았다. 빌 터글의 체취가 지나간 폭음의 유령처럼 우리 둘 사이에 남았다.

"좋아요, 버넌. 이 증상은 뭐고 어떻게 되는 거예요?"

버넌은 절대 변죽을 치는 법이 없었는데, 그것 하나만큼은 달라지지 않았다. "암이에요. 토요일에 애리조나로 가요. 여동생이랑 같이 살 거예요. 하지만 꼴 보기 싫어질 때까지 신세를 지지는 않을 거예요. 여동생이 침대 시트를 두 번만 갈면 될지 몰라요." 그는 엘리베이터를 세우고 덜컹거리며 문을 다시 열었다. "7층입니다, 엄니 씨. 당신 몫의 천국 한 조각이 있는 곳." 그는 이렇게 얘기하며 평소처럼 미소를 지었지만 망자의 날에 멕시코의 티후아나에 가면 볼 수 있는 해골 사탕의 미소 같았다.

엘리베이터 문이 열리자 내 몫의 천국 한 조각에서 무슨 냄새가 나는데, 하도 어울리지 않는 냄새라 정체를 파악하기까지 시간이 걸렸다. 새로 칠한 페인트 냄새였다. 정체 파악이 끝나자 나는 파일에 넣었다. 다른 중요한 문제가 생긴 것이다.

"이건 아니죠. 이건 아니라는 걸 당신도 알잖아요, 버넌."

그는 섬뜩하도록 멍한 눈을 내 쪽으로 돌렸다. 빛바랜 파란색의 눈동자 바로 너머에서 시커먼 사신이 퍼덕이며 손짓하고 있었다.

"뭐가 아니라는 거예요, 엄니 씨?"

"당신은 여기 있어야 하잖아요, 젠장! 바로 여기에! 예수님과 부인 사진을 머리 위에 붙여놓고 의자에 앉아 있어야 하잖아요. 이게 아니라!" 나는 손을 뻗어 호숫가에서 낚시를 하는 남자의 사진을 떼어내 둘로 찢은 다음 겹쳐서 넷으로 찢고 버렸다. 찢긴 사진은 빛바랜 빨간색 카펫이 깔린 엘리베이터 바닥으로 색종이 조각처럼 나풀

나풀 떨어졌다.

"바로 여기에 있어야 한다."

그는 그 섬뜩한 눈으로 내 눈을 계속 똑바로 쳐다보며 내가 했던 말을 반복했다. 저쪽에서 페인트가 튄 작업복을 입은 두 남자가 우리를 돌아보았다.

"맞아요."

"얼마 동안요, 엄니 씨? 엄니 씨는 다른 모든 걸 알고 있으니 그것도 알려줄 수 있겠죠? 내가 이 빌어먹을 엘리베이터를 언제까지 운전해야 합니까?"

"음……. 영원히요." 그 단어가 담배 연기 자욱한 엘리베이터 안에서 또 다른 유령처럼 우리 둘 사이를 맴돌았다. 유령 선택권이 주어진다면 빌 터글의 체취를 선택하겠지만…… 내게 선택권은 주어지지 않았다. 오히려 나는 같은 말을 반복했다. "영원히요, 버넌."

그는 카멜 담배를 한 모금 빨고 연기와 고운 물보라 같은 피를 기침으로 뿜어내며 나를 계속 쳐다보았다.

"입주자들에게 충고를 하는 건 주제 넘는 짓이지만 엄니 씨한테는 몇 마디 해야겠네요. 내가 출근하는 마지막 주고 하니까. 병원에 한번 가봐요. 잉크 얼룩을 보여주면서 뭐 같으냐고 묻는 그런 병원 말이에요."

"퇴직하면 안 돼요, 버넌." 내 심장이 어느 때보다 세게 두근거리고 있었지만 목소리는 차분하게 유지할 수 있었다. "그러면 안 돼요."

"안 된다고요?" 그는 물고 있던 담배를 뺀 다음—피가 벌써 끝부분을 적시고 있었다—나를 다시 쳐다보았다. 유령 같은 미소를 지었다. "내가 보기에는 선택의 여지가 없는 것 같은데요, 엄니 씨."

III. 칠장이와 페소

새로 칠한 페인트 냄새가 버넌의 담배 냄새와 빌 터글의 겨드랑이 냄새를 압도하며 내 콧구멍을 지졌다. 작업복을 입은 남자들이 내 사무실에서 멀지 않은 곳을 점유하고 있었다. 천을 깔고 그 위에다 페인트 통, 붓, 테레빈유와 같은 공구를 펼쳐놓았다. 여기에 사다리 두 개가 뼈만 앙상한 북엔드처럼 칠장이들의 옆을 받쳤다. 나는 복도를 달려가며 칠을 마친 벽을 발로 차고 싶었다. 그들이 무슨 권리로 이 오래된 시커먼 벽을 저렇게 눈 아프고 신성모독적인 하얀색으로 칠한단 말인가?

하지만 나는 두 자리 숫자로 아이큐를 표시할 수 있을 것처럼 생긴 칠장이에게 다가가 지금 둘이서 뭐하는 거냐고 깍듯하게 물었다. 그는 나를 흘끗 훑어보았다.

"뭐하는 것처럼 보여요? 나는 미스 아메리카한테 손가락으로 해주고 있고 저기 칙은 베티 그레이블의 쭈쭈 젖꼭지에 볼연지를 칠하고 있는 것 같아요?"

진절머리가 났다. 그들과 이 모든 것에 진절머리가 났다. 나는 퀴즈를 좋아하는 청년의 겨드랑이 쪽으로 손을 뻗어서 유난히 예민한 신경이 숨어 있는 곳을 손끝으로 집었다. 그는 비명을 지르며 붓을 떨어뜨렸다. 흰색 페인트가 그의 신발에 튀었다. 동료는 겁에 질린 사슴 같은 눈빛으로 나를 쳐다보며 뒤로 한걸음 물러났다.

"내 얘기가 끝나지도 않았는데 도망치려고 하면……." 나는 으르 렁거렸다. "네 후장에다 붓을 꽂아줄 테다, 갈고리 장대를 동원해야 털끝에 닿을 수 있을 만큼 깊숙이. 내 말이 거짓말인지 한번 시험해 볼래?"

그는 걸음을 멈추고 천 가장자리에 서서 눈을 좌우로 휙휙 굴리 며 지원군을 찾았다. 지원군은 없었다. 캔디가 내 사무실 문을 열고 왜 이렇게 소란스러운지 내다보는 건 아닐까 싶은 생각이 들기도 했지만 그 문은 굳게 닫혀 있었다. 나는 붙잡고 있던 퀴즈를 좋아하 는 청년에게로 다시 시선을 돌렸다.

"어이, 내 질문은 간단했잖아. 여기서 뭐하는 거냐니까? 그 질문에 대답할 수 있겠나 아니면 짜릿한 경험을 다시 한번 선물해줄까?"

내가 그의 겨드랑이를 잡고 딱 기억을 되살릴 수 있을 만큼만 비 틀자 그가 다시 비명을 질렀다.

"복도에 페인트칠을 하고 있었어요! 젠장, 보면 몰라요?"

내 눈에도 보였고 눈이 멀었더라도 냄새로 알 수 있었다. 나는 시 각과 후각이 전달중인 정보가 싫었다. 복도는 페인트칠을 새로 하지 말았어야 했다. 특히 이 불빛을 반사하는 밝은 흰색은 안 될 말씀이 었다. 이 복도는 어슴푸레하고 침침해야 했다. 먼지와 묵은 추억 냄 새를 풍겨야 했다. 데믹 부부의 낯선 침묵에서부터 시작된 뭔지 모 를 사태가 점점 심각해져가고 있었다. 이 재수 없는 친구도 느꼈겠 지만 나는 미치도록 화가 났다. 또 한편으로는 겁도 났지만 권총이 담긴 가죽 케이스를 차고 다녀야 하는 직업의 소유자는 그 감정을 감추는 데 도사가 된다.

"누가 너희 둘을 여기로 보냈지?"

"사장님요." 그는 미친 사람을 대하는 눈빛으로 나를 쳐다보았다. "우리는 반누이스에 있는 샐리 커스텀 페인터스 직원이에요. 사장님 이름은 햅 코리건이고요. 누가 우리 회사에 연락했는지 알고 싶으면⋯⋯."

"주인한테 물어보세요." 다른 칠장이가 나지막이 말했다. "이 건물 주인요. 이름이 새뮤얼 랜드리예요."

나는 기억을 헤집으며 풀와이더 빌딩에 대해 아는 사실을 새뮤얼 랜드리라는 이름과 연결시켜보려고 했지만 실패했다. 사실 새뮤얼 랜드리라는 이름을 그 무엇과도 연결시킬 수 없었지만⋯⋯ 안개가 낀 날 아침에 몇 킬로미터 멀리에서 들리는 교회 종소리처럼 머릿속에서 희미하게 종소리가 들리는 것 같기도 했다.

"거짓말."

나는 이렇게 얘기했지만 기세등등하지는 않았다. 그냥 무슨 말이라도 해야겠기에 한 말이었다.

"우리 사장님한테 전화해보세요."

다른 칠장이가 말했다. 겉과 속은 다를 수 있다. 그가 둘 중에서 좀더 똑똑한 편이었다. 그는 페인트 자국으로 지저분하게 뒤덮인 작업복 안으로 손을 넣어서 조그만 명함을 꺼냈다.

나는 손사래를 쳤다. 문득 피곤해졌다.

"도대체 여기에다가 페인트칠을 하겠다는 이유가 뭐야?"

그들에게 한 질문이 아니었는데도 내게 명함을 내민 칠장이가 대답했다. "글쎄요, 페인트칠을 하면 밝아 보이잖아요." 그가 조심스럽게 말했다. "그건 인정하셔야 하지 않을까요?"

"이봐." 나는 그에게 한 발짝 다가가며 물었다. "자네 어머니한테는 제대로 된 자식이 한 명이라도 있나? 아니면 자네처럼 덜 떨어진 자식만 있나?"

"진정하세요, 진정하세요." 그가 뒤로 한 걸음 물러나며 말했다. 그의 걱정 어린 시선을 따라가보니 내가 주먹을 쥐고 있었다. 나는 주먹을 억지로 폈다. 그는 별로 안심하지 않는 눈치였고 사실 그럴 만도 했다. "선생님은 마음에 안 드시는 모양이고, 그 부분은 저도 분명히 알겠습니다. 하지만 저는 사장님이 시키는 대로 해야 하지 않겠습니까? 아니, 미국에서는 그래야 하잖아요."

그는 동료를 흘끗 쳐다보았다가 내 쪽으로 다시 시선을 돌렸다. 사실상 눈동자를 휙 움직인 것에 불과했지만 나 같은 직종에서 일을 하다 보면 자주 접하는 눈빛이자 그냥 흘려보내면 안 되는 눈빛이었다. 이 남자 건드리지 마. 거기에 담긴 뜻은 이랬다. 부딪히지도 말고 흔들지도 마. 폭탄이야.

"저는 먹여 살려야 하는 아내도 있고 어린애도 있으니까요." 그는 하던 얘기를 계속 했다. "바깥세상에서는 불황이 계속되고 있고요."

나를 덮친 혼란이 폭우가 산불을 잠재우듯 분노를 잠재웠다. 바깥세상에서는 불황이 계속되고 있다고? 정녕?

"나도 알지." 나는 아무것도 모르면서 이렇게 대꾸했다. "우리, 오늘 일은 그냥 잊어버리기로 하지. 어때?"

"좋죠." 칠장이들은 남성 사중창단원이라도 되는 듯 열띤 목소리로 대답했다. 내가 반푼이로 오해했던 칠장이는 왼손을 오른손 겨드랑이 깊숙이 묻고 그 일대의 신경을 잠재우려고 애썼다. 나는 최소 한 시간은 기다려야 할 거라고 알려줄 수도 있었지만 더이상 누군가와 대화를 나누거나 만나고 싶지 않았다. 심지어 촉촉한 눈빛과 매끈한 아열대지방의 육감적인 몸매로 닳고 닳은 길거리의 싸움꾼들마저 무릎에 힘이 풀리게 만든다는, 매력 넘치는 캔디 케인마저 그랬다. 외부 사무실을 지나 나만의 내실로 들어가고 싶은 마음뿐이었다. 왼쪽 맨 아래 서랍에 들어 있는 로브스 라이 위스키를 지금 당장 한 잔 마시고 싶은 생각이 굴뚝같았다.

나는 더치 보이 오이스터 화이트 페인트 통을 발로 차서 복도 끝에 달린 창문을 지나 비상 사다리로 날려버릴 수 있는지 확인하고 싶은 충동을 참아가며 클라이드 엄니 탐정 사무소라고 적힌 젖빛 유리문을 향해 걸어갔다. 문손잡이를 향해 손을 뻗었을 때 어떤 생각 하나가 떠오르자 나는 칠장이들 쪽을 향해 천천히…… 무슨 발작을 일으킨 것처럼 보이지 않게 천천히 고개를 돌렸다. 게다가 너무 홱 하니 고개를 돌리면 그 둘이 서로를 향해 씩 웃으며 옆통수에 대고 손가락을 돌리는 광경을 맞닥뜨릴 것 같은 예감이 들기도 했다. 학창 시절에 너나 할 것 없이 배운, 미친 사람을 가리키는 제스처가 아닌가.

그들은 손가락을 돌리고 있지 않았지만 나에게서 시선을 떼지도 않았다. 반쯤은 계단이라고 적힌 문까지 거리가 얼마나 되는지 가늠하는 눈치였다. 나는 문득 그들에게 알고 보면 나도 그렇게 나쁜 사람은 아니라고 얘기해주고 싶었다. 사실 몇 명의 고객과 최소 한 명의 전부인은 나를 영웅 비슷하게 생각한다고 얘기해주고 싶었다.

하지만 이런 멍청이들 앞에서 내 입으로 할 얘기는 아니었다.

"긴장 풀어. 달려들지 않을 테니까. 그냥 뭐 하나만 더 물어보고 싶어서."

그들은 살짝 긴장을 풀었다. 아주 살짝 풀었다.

"물어보세요."

2번 칠장이가 말했다.

"티후아나에서 복권 사본 적 있나?"

"로테리아요?"

1번 칠장이가 물었다.

"스페인어를 그렇게 잘 알 줄이야. 맞아. 로테리아."

1번이 고개를 저었다.

"바보들이나 멕시코 복권을 사고 멕시코 콜걸을 부르죠."

내가 물어본 이유가 뭐겠어? 나는 그 말을 입 밖으로 내지는 않았다.

"게다가." 그는 하던 얘기를 계속했다. "만이나 이만 페소짜리에 당첨됐다 쳐요. 그게 얼마겠어요? 오십 달러? 팔십 달러?"

엄마가 티후아나에서 복권에 당첨됐거든요. 피오리아가 이렇게 얘기했을 때부터 나는 이상한 낌새를 느꼈다. 사만 달러짜리에요……. 프레드 삼촌이 어제 오후에 가서 돈을 받아왔어요. 비니 안장주머니에 넣어가지고 들고 왔어요!

"맞아. 그 비슷할 거야. 그리고 거기서는 항상 그 돈으로 당첨금을 주지? 페소로?"

그는 다시 한번 미친 사람을 대하는 듯한 눈빛으로 나를 쳐다보다가 내가 미친 사람이 맞는다는 사실을 기억해내고는 표정을 고쳤다.

"뭐, 네. 멕시코 복권이니까요. 달러로는 몇 푼 주지도 못할 거에요."

"지당하신 말씀."

머릿속에서 피오리아의 좁고 열띤 얼굴이 보였고 그의 목소리가 들렸다. 엄마의 침대 위에 흩뿌려져 있었거든요! 아우 씨, 사만 달러라니!

하지만 앞 못 보는 아이가 무슨 수로 정확한 금액을 알 수 있었을 것이며…… 그가 정말 돈다발 위에서 뒹굴었을까? 정답은 간단했다. '아니오'였다. 하지만 아무리 앞 못 보는 신문팔이라도 로테리아는 달러가 아니라 페소로 당첨금이 지급되며 사만 달러에 해당하는 멕시코 배춧잎을 빈센트 오토바이 안장주머니에 넣어가지고 올 수는 없다는 걸 알았을 것이다. 그 정도 금액을 운반하려면 로스앤젤레스 시의 덤프트럭이 필요했을 것이었다.

혼란스럽고 혼란스러웠다. 혼란의 검은 구름 말고는 아무것도 없었다.

"고맙네."

나는 사무실로 들어갔다.

그때 우리 세 사람 모두 분명 안도의 한숨을 내쉬었을 것이다.

IV. 엄니의 마지막 고객

"캔디, 나 아무도 만나고 싶지 않고 전화도 받……."

나는 말을 하다 말고 멈추었다. 외부 사무실에 아무도 없었다. 한쪽 구석에 놓인 캔디의 책상이 비정상적으로 휑뎅그렁했고 나는 잠시 후에 이유를 알아차렸다. 결재 서류를 넣어두는 트레이는 쓰레기통에 처박혔고 에롤 플린과 윌리엄 파월의 사진이 없어졌다. 그녀의 필코 라디오도 마찬가지였다. 캔디가 늘씬한 다리를 뽐내며 앉아 있었던 파란색의 조그만 속기사 의자에 아무도 없었다.

나는 침몰한 배의 이물처럼 쓰레기통 밖으로 고개를 내민 결재 서류 트레이로 시선을 돌리다가 심장이 철렁했다. 누군가가 들어와서 사무실을 헤집어놓고 캔디를 납치한 것일 수 있었다. 그러니까 사건이 벌어진 것일 수 있었다. 나는 바로 그때 강도가 캔디를 묶어서…… 탄탄하고 봉긋한 젖가슴 위로 유난히 조심스럽게 밧줄을 조절하고 있는 중이라 할지라도 사건이 벌어진 거라면 쌍수 들고 환영하고 싶은 심정이었다. 내 주변을 에워싸고 있는 듯한 거미줄에서 벗어날 수만 있다면 뭐든 좋았다.

문제가 있다면 사무실이 헤집어지지 않았다는 거였다. 결재 서류 트레이가 쓰레기통에 처박히긴 했지만 그게 몸싸움이 벌어졌다는 증거는 아니었다. 사실 그렇다기보다는 오히려…….

책상 위에 남은 건 압지 정중앙에 반듯하게 놓인 물건밖에 없었다. 흰색 봉투였다. 한눈에 안 좋은 예감이 느껴졌다. 그래도 내 다리가 나를 그쪽으로 데려갔고 나는 봉투를 집었다. 넓적하고 동글동글한 캔디의 글씨체로 봉투 앞면에 적힌 내 이름을 보고도 놀라지 않았다. 이 길고 불쾌한 오전 시간의 또 다른 불쾌한 부분에 불과했다.

봉투를 뜯자 편지지 한 장이 내 손안으로 떨어졌다.

사장님께

손으로 더듬고 비웃는 거 지금까지 참을 만큼 참았고 제 이름을 가
지고 어린애처럼 유치한 말장난을 늘어놓는 것도 이제 지긋지긋해
요. 이 짧은 인생을 사는 동안 입냄새가 지독하고 손버릇이 나쁜 중
년의 이혼 탐정에게 계속 시달리며 지낼 수는 없잖아요. 사장님에게
장점도 있지만 단점에 파묻혀서 보이질 않네요. 특히 술을 입에 달고
살기 시작한 이후로는요.

그렇게 살지 말고 정신 좀 차리세요.

알린 케인

추신. 어머니가 있는 아이다호로 돌아갈 생각이에요. 연락하지 마
세요.

나는 편지를 들고 믿기지 않는 눈빛으로 일이 초 쳐다보다가 떨
어뜨렸다. 이미 꽉 찬 쓰레기통을 향해 천천히 나풀나풀 떨어지는
편지지를 바라보는 동안 한 구절이 머릿속을 계속 맴돌았다. 제 이
름을 가지고 어린애처럼 유치한 말장난을 늘어놓는 것도 이제 지긋
지긋해요. 하지만 내가 아는 그녀의 이름이 캔디 케인* 말고 또 있었
나? 편지지가 앞뒤로 한들거리며 느릿느릿 끝도 없이 떨어지는 동

---

* 크리스마스 장식으로 많이 쓰이는 지팡이 모양의 사탕.

안 기억을 더듬었지만 솔직하고 힘차게 없다고 대답할 수 있었다.
그녀의 이름은 예전부터 캔디 케인이었고 우리는 그걸 가지고 숱하
게 웃었고 둘이 사무실에서 좀 주물럭거렸기로서니 그게 뭐? 그녀
는 그걸 좋아했다. 우리 둘 다 좋아했다.

그녀가 좋아했다고? 내 안 깊은 곳에서 이렇게 묻는 목소리가 들
렸다. 그녀가 정말로 좋아했을까 아니면 네가 그 오랜 세월 동안 거
짓말로 너를 세뇌한 걸까?

나는 목소리를 차단하려고 했고 잠시 후에는 성공했지만 그보다
더 끔찍한 목소리로 대체됐다. 다름 아닌 피오리아 스미스의 목소리
였다. 저 잘난 맛에 사는 인간이 오 센트짜리 팁을 줄 때마다 죽어서
천당에 간 척하지 않아도 되고요. 그가 말했다. 이 말 듣고 뭐 생각
나는 거 없나, 엄니 씨?

"입 다물어, 꼬맹이." 나는 아무도 없는 사무실에 대고 말했다. "네
가 무슨 뉴스쟁이도 아니고." 나는 캔디의 책상에서 몸을 돌렸다. 지
옥에서 온 미친 악단처럼 얼굴들이 내 눈앞을 지나갔다. 조지와 글
로리아 데믹 부부, 피오리아 스미스, 빌 터글, 버넌 클라인, 알린 케
인이라는 시시한 이름으로 불리는 백만 달러짜리 금발…… 심지어
밖에서 만난 두 명의 칠장이.

혼란, 혼란, 혼란 말고는 아무것도 없었다.

나는 고개를 숙이고 터벅터벅 내 사무실로 들어가 등뒤로 문을
닫고 책상에 앉았다. 선셋 불러바드를 지나는 자동차 소리가 닫힌
창문을 뚫고 희미하게 들렸다. 어떤 사람에게는 지금이 어딘가에 국
가 인증 마크가 찍혀 있지 않을까 싶을 정도로 완벽하게 로스앤젤

레스다운 봄날 아침이겠지만 나에게는 안팎으로 모든 빛이 사라진 아침이라는 생각이 들었다. 맨 아래 서랍에 든 술을 떠올렸지만 문득 허리를 숙여서 그걸 꺼내는 일조차 너무 버겁게 느껴졌다. 테니스화를 신고 에베레스트 산을 오르는 것과 비슷하게 느껴졌다.

새로 칠한 페인트 냄새가 사무실 안까지 뚫고 들어왔다. 평소에는 그 냄새를 좋아했지만 그때는 아니었다. 데믹 부부가 고무공처럼 서로 농담을 주고받으며 할리우드의 방갈로식 주택으로 들어와 노래를 최고 볼륨으로 틀고 끊임없이 애무하고 사랑을 속삭여, 기르는 강아지에게 발작적인 분노를 일으키지 않은 순간부터 모든 냄새가 이상해졌다. 의사가 풀와이어 빌딩의 엘리베이터 안내원의 암덩이를 잘라내면 흰색일 게 분명하다는 생각이 명확하고 단순하게—진실을 깨달으면 이런 느낌이지 않을까 싶었다—내 머리를 갈랐다. 분명 오이스터 화이트 색일 것이다. 그리고 더치 보이 페인트 냄새일 것이다.

이런 생각이 들자 너무 피곤해져서 관자놀이를 누른 손바닥 위에 머리를 내려놓고 떨어져나가지 않게…… 아니면 안에 든 게 폭발해서 벽 위로 튀지 않게 붙잡았다. 나는 문이 가만히 열리고 안으로 들어오는 발소리가 들려도 고개를 들지 않았다. 그 순간에는 고개를 드는 것이 내 능력 밖의 일처럼 느껴졌다.

게다가 누구인지 아는 듯한 묘한 기분이 들었다. 왜 그런지는 알 수 없지만 걸음걸이가 어째 귀에 익었다. 향수도 마찬가지였지만 누가 내 머리에 총을 갖다 댄들 이름을 댈 수 없을 것이다. 그도 그럴 것이 난생처음 맡은 향기였다. 난생처음 맡은 향기를 무슨 수로 알아차릴 수 있느냐고? 대답할 방법은 없지만 그랬다.

그게 다가 아니었다. 그보다 더 심각한 사실은 내가 겁에 질려서 넋을 잃을 지경이었다는 것이었다. 나는 성난 남자들이 난사하는 총을 마주한 적이 있었다. 섬뜩한 경험이었다. 성난 여자들이 쥔 단검도 마주한 적이 있었다. 그건 천 배는 더 섬뜩한 경험이었다. 한번은 화물 트럭들이 분주하게 오가는 길에 주차된 패커드 자동차 바퀴에 묶인 적도 있었고 3층 창밖으로 내던져진 적도 있었다. 다사다난한 인생이었지만 어떤 경우에도 향수 냄새를 맡고 조심스러운 발소리를 들었을 때보다 무서웠던 적은 없었다.

내 머리가 아무리 못해도 270킬로그램은 됨직했다.

"클라이드."

누군가가 나를 불렀다. 들어본 적 없는데도 불구하고 내 목소리만큼 잘 아는 목소리였다. 그 한 마디만으로 내 머리의 무게가 1톤으로 늘어났다.

"누군지 모르겠지만 나가." 나는 고개를 들지 않고 말했다. "여기 문 닫았어." 그러고 나서 왠지 모르게 이렇게 덧붙였다. "보수 공사 때문에."

"일진이 안 좋았나 보네, 클라이드?"

그 목소리에서 동정의 기미가 느껴졌을까? 그런 것 같았고 그래서 더 불길했다. 이놈이 누군지 몰라도 동정은 사양하고 싶었다. 그의 동정이 증오보다 더 위험할 것 같은 예감이 들었다.

"별로 안 좋지 않았어." 나는 손바닥으로 지끈거리는 무거운 머리를 받치고 전력을 다해서 책상 위의 압지를 내려다보았다. 오른쪽

위 모서리에 메이비스 웰드의 전화번호가 적혀 있었다. 나는 눈으로 그 번호를 훑고 또 훑었다. BEverley 6-4214. 압지에 시선을 고정하는 것은 좋은 생각인 듯했다. 손님이 누군지 몰라도 그를 보고 싶지 않았다. 당시 내가 알 수 있는 것이라고는 그게 전부였다.

"내가 보기에는 자네가 조금 뭐랄까…… 허심탄회하지 않게 느껴지는데."

그 목소리가 말했고 동정하는 게 맞았다. 뱃속이 산성 액체에 듬뿍 적셔져서 부들부들 떠는 주먹처럼 오그라들었다. 그가 손님용 의자에 앉자 삐걱거리는 소리가 들렸다.

"허심탄회하다는 게 무슨 뜻인지 모르겠지만 좋아, 그렇다고 치지." 나는 동의했다. "이제 의견의 일치도 보았고 하니 일어나서 나가주지 않겠나, 모긴스. 오늘 병가를 낼까 하거든. 사실 나는 아무 문제 없이 그럴 수 있어, 내가 여기 사장이니까. 가끔 이렇게 일이 깔끔하게 처리될 때도 있다니까, 안 그래?"

"그러게. 나를 봐, 클라이드."

심장이 더듬거렸지만 나는 고개를 숙이고 BEverley 6-4214를 계속 눈으로 훑었다. 지옥 불이 메이비스 웰드에게 충분히 뜨거운지 궁금하다는 생각이 들었다. 입을 열었을 때 내 목소리는 차분했다. 놀랍지만 다행스러운 일이었다. "사실 일 년을 통째로 쉴까 해. 어쩌면 카멜에서.《아메리칸 머큐리》를 무릎에 얹어놓고 테라스에 앉아서 하와이에서 건너온 거물들을 구경하면서 말이지."

"나를 봐."

나는 그를 보고 싶지 않았지만 고개가 절로 올라갔다. 그는 메이비스와 아디스 맥길과 빅 톰 햇필드가 예전에 앉았던 손님용 의자에 앉아 있었다. 심지어 버넌 클라인도 아편에 취한 미소 말고는 실오라기 하나 걸치지 않은 알몸의 딸 사진을 입수했을 때 거기 앉은 적이 있었다. 그때처럼 캘리포니아의 태양이 그의 얼굴을 비스듬히 비추는 가운데 거기 앉아 있는 사람은 확실히 내가 본 적 있는 얼굴이었다. 내가 그 얼굴을 마지막으로 본 것은 한 시간 전, 내 화장실 거울을 통해서였다. 질레트 블루 블레이드로 그 얼굴을 긁었을 때였다.

그의 눈―나의 눈―에 깃든 동정의 눈빛이 내가 지금까지 본 중에서 가장 소름 끼치는 광경이었고 그가 그의 손―나의 손―을 내밀자 문득 회전의자를 돌려서 자리에서 일어나 7층 창밖으로 곧장 뛰어내리고 싶은 충동이 느껴졌다. 그렇게 당황스럽지 않았다면, 뭐가 뭔지 모르지 않았다면 나는 뛰어내렸을지 모른다. 펄프 픽션 작가와 감상적인 글을 좋아하는 기자들이 애용하는 무기력하다는 단어를 지금까지 숱하게 접했지만 그게 어떤 느낌인지 실감한 건 처음이었다.

갑자기 사무실 안이 어두워졌다. 장담컨대 날이 지극히 맑았는데 방금 구름이 한 점 다가온 모양이었다. 책상 맞은편에 앉은 남자는 나보다 못해도 열 살, 어쩌면 열다섯 살은 많아 보였고 내 머리는 아직 까만 반면 그의 머리는 거의 백발이 되었지만 그렇다고 해서 단순한 사실이 달라지지는 않았다. 자칭 뭐라고 하건 몇 살로 보이건 그는 나였다. 그의 목소리가 귀에 익었다고? 그럴 수밖에 없었다. 녹음한 내 목소리를 들으면 내가 아는 목소리와 다르긴 해도 친숙하지 않은가.

그는 힘없이 책상 위에 놓인 내 손을 집어서 잇속이 밝은 부동산 업자처럼 씩씩하게 악수한 다음 다시 내려놓았다. 내 손은 압지 위로 툭 떨어져 메이비스 웰드의 전화번호를 가렸다. 손가락을 들어보니 메이비스의 전화번호가 사라지고 보이지 않았다. 사실 내가 지난 몇 년 동안 압지 위에 끼적여놓은 번호들이 모두 사라지고 보이지 않았다. 마치…… 마치 근본주의 침례교도의 양심처럼 깨끗했다.

"맙소사." 나는 쉰 목소리로 꺽꺽거렸다. "오, 하느님."

"하느님이라니 당치 않은 소리." 책상 맞은편의 손님용 의자에 앉은 미래의 내가 말했다. "랜드리. 나는 새뮤얼 D. 랜드리일세."

V. 조물주와의 면담

내가 정신이 없는 와중에도 순식간에 그 이름의 정체를 파악한 것은 방금 전에 들었기 때문일 것이다. 2번 칠장이에 따르면 새뮤얼 랜드리 때문에 내 사무실 앞의 길고 어두컴컴했던 복도가 회색이 도는 흰색으로 변하게 된 거라고 했다. 랜드리는 풀와이더 빌딩의 건물주였다.

어이없는 생각이 문득 떠올랐고 누가 봐도 말도 안 되는 생각이었지만 그와 더불어 희망의 불길이 타올랐다. 사람들이 말하길—그 사람들이 누군지는 알 수 없었지만—이 지구상의 모든 이에게는 분신이 있다고 했다. 어쩌면 내 분신은 랜드리일지 몰랐다. 어쩌면 우리는 일란성 쌍둥이거나 십 년 내지는 십오 년의 간격을 두고 다른 부모 밑에서 태어난, 피 한 방울 섞이지 않은 분신일지 몰랐다.

그게 사실이라 한들 너무나 기이했던 그날을 설명할 수는 없었지만 나는 젠장, 지푸라기라도 붙잡고 싶은 심정이었다.

"제가 무엇을 도와드릴까요, 랜드리 씨?" 나는 물었다. 죽어라고 애를 썼지만 이제는 목소리가 차분하지 않았다. "월세 때문이라면 하루나 이틀 정도 말미를 주세요. 비서가 아이다호의 암펏에 있는 고향집에 급한 일이 생긴 모양이라서요."

랜드리는 화제를 바꾸려는 내 어설픈 시도에 눈 하나 꿈쩍하지 않았다. "그래." 그가 생각에 잠긴 목소리로 중얼거렸다. "최고로 일 진이 안 좋은 날이었을 테고…… 그건 내 잘못일세. 미안하네, 클라이드. 진심으로. 자네를 직접 만나게 될 줄은…… 나도 몰랐어. 전혀. 무엇보다도 내가 생각했던 것보다 훨씬 자네를 좋아하게 됐거든. 하지만 이제는 돌이킬 방법이 없네." 그는 깊은 한숨을 내뱉었다. 나는 그 소리가 정말이지 마음에 들지 않았다.

"그게 무슨 말씀이죠?"

목소리가 그 어느 때보다 떨렸고 희망의 불길이 점점 사그라들었다. 한때 내 머리였던 함몰 현장에서 산소가 부족해진 게 원인인 듯 했다.

그는 곧바로 대답하지 않았다. 앞으로 몸을 숙여서 손님용 의자의 앞쪽 다리에 기대어 세워놓은 얇은 가죽 가방의 손잡이를 잡았다. 거기에 찍힌 이니셜은 S.D.L.이었고 나는 그걸 보고 기묘한 이 손님이 들고 온 가방인가 보다고 미루어 짐작했다. 내가 1934년과 1935년에 올해의 사립 탐정상을 괜히 받은 게 아니었다.

내 평생 그런 가방은 본 적이 없었다. 서류 가방이라고 하기에는 너무 작고 얇았고 버클과 끈이 아니라 지퍼로 여닫는 방식이었다. 생각해보니 그렇게 생긴 지퍼도 본 적이 없었다. 톱니가 아주 작았고 금속으로 만들어진 것처럼 보이지 않았다.

랜드리의 가방은 시작일 뿐이었다. 묘하게 내 형처럼 생긴 그의 얼굴은 둘째치더라도 랜드리는 지금까지 내가 만난 사업가와 전혀 달랐다. 풀와이더 빌딩을 소유할 수 있을 만큼 잘나가는 사업가는 절대 아니었다. 리츠는 아니었지만 그래도 로스앤젤레스의 도심에 있는 건물인데 나를 찾아온 의뢰인(의뢰인인지 아닌지 알 수 없었지만)은 목욕을 하고 수염을 깎은 날품팔이 농사꾼 같았다.

우선 첫째로 청바지를 입었고 운동화를 신었는데…… 내가 지금까지 본 여느 운동화와 달랐다. 아주 큼지막하고 투박했다. 보리스 칼로프가 프랑켄슈타인으로 분장했을 때 신었음직한 신발처럼 보였고 소재가 캔버스 천이라면 나는 가장 아끼는 손가락에 장을 지질 용의가 있었다. 옆면에 빨간색으로 적힌 단어는 테이크아웃 전문 중국음식점의 메뉴 같았다. REEBOK.

나는 전화번호로 뒤덮여 있었던 압지를 내려다보다가 문득 메이비스 웰드의 전화번호를 이제는 기억하지 못한다는 사실을 깨달았다. 수억 번 전화한 게 불과 지난겨울이었는데. 끔찍한 기분이 좀더 심해졌다.

"선생님. 용건을 말씀하시고 그만 나가주셨으면 좋겠는데요. 아니, 그럴 게 아니라 용건은 건너뛰고 그냥 나가주시면 어떨까요?"

그는 미소를 지었고…… 내가 보기에는 지친 미소였다. 그게 또 다른 이유였다. 민무늬 오픈 칼라 셔츠 위로 보이는 얼굴이 지독하게 피곤한 표정을 짓고 있었다. 그리고 지독하게 슬픈 표정을 짓고 있었다. 자기는 상상조차 하지 못한 일들을 겪은 사람이라는 걸 시사하는 표정이었다. 나는 방문객에게 일말의 연민을 느꼈지만 가장 크게 느낀 감정은 공포였다. 그리고 분노였다. 그건 내 얼굴이기도 한데 그 자식이 못 쓰게 만들어놓았기 때문이었다.

"미안하네, 클라이드. 그건 안 되겠어."

랜드리가 그 조그맣고 정교한 지퍼에 한손을 올려놓자 문득 그가 그 가방을 여는 것이 내가 이 세상에서 가장 원치 않는 일이 되었다. 그를 막으려고 내가 말했다.

"세입자를 찾아갈 때 항상 양배추를 따러 다니는 농사꾼 같은 옷을 입으시나요? 뭐예요, 괴짜 백만장자예요?"

"내가 괴짜이긴 하지. 그리고 그런 식으로 질질 끌려고 해봐야 좋을 것 하나 없어, 클라이드."

"무슨 근거로 제가 그런다고 생각하시는지……."

그는 내가 두려워하던 얘기를 꺼냄으로써 마지막 남아 있던 희망의 불씨를 꺼뜨렸다.

"나는 자네가 무슨 생각을 하는지 전부 알아, 클라이드. 결국에는 내가 자네니까."

나는 입술을 핥으며 말을 꺼내보려고 했다. 그가 그 지퍼를 열지 못하게 무슨 말이든 꺼내보려고 했다. 목소리가 허스키하기는 했지만 안 나오지는 않았다.

"네, 저도 닮았다는 걸 알아차렸어요. 하지만 그 향수는 익숙하지가 않네요. 저로 말할 것 같으면 올드 스파이스 맨이거든요."

그는 엄지와 검지로 지퍼를 집었지만 그걸 잡아당기지는 않았다. 아직은 그랬다.

"자네는 이 향수를 좋아하잖아." 그는 딱 잘라 말했다. "길모퉁이 렉솔에서 살 수 있었다면 이 향수를 썼을 테고, 아닌가? 하지만 안타깝게도 그럴 수가 없지. 아라미스라는 향수인데 앞으로 사십 년 정도 지나야 출시될 테니까." 그는 희한하고 못생긴 자기 농구화를 흘긋 내려다보았다. "운동화도 그렇지만."

"설마요."

"설마가 사람 잡는다는 말도 있지." 랜드리는 정색한 얼굴로 이렇게 얘기했다.

"당신은 어디서 왔나요?"

"자네도 알 거라고 보네만." 랜드리가 지퍼를 열자 매끈한 플라스틱으로 만들어진 정사각형의 기계가 보였다. 해가 질 때쯤 7층 복도가 변신할 색과 같은 색이었다. 내가 한 번도 본 적 없는 장치였다. 브랜드 이름은 없고 시리얼 넘버만 적혀 있었다. T-1000. 랜드리가 그걸 가방에서 꺼내 양쪽의 걸쇠를 엄지손가락으로 눌러서 뚜껑을 들어올리자 벅 로저스 영화에 나오는 텔레스크린 비슷한 게 나왔다. "나는 미래에서 왔다네. 삼류 잡지에 실리는 단편소설 비슷한 얘기지만."

"차라리 서니랜드 요양원에서 왔다고 하는 편이 낫겠는데요."

나는 쉰 목소리로 말했다.

"하지만 삼류 SF 소설하고 똑같은 건 아니야." 그는 내 말을 무시하고 하던 얘기를 계속했다. "음, 똑같지는 않지." 그가 플라스틱 케이스 옆면에 달린 버튼을 눌렀다. 기계 안에서 희미하게 끽끽거리는 소리에 이어 짤막한 호루라기 소리가 들렸다. 그의 무릎에 놓인 물건은 희한하게 생긴 속기용 타자기 같았는데…… 내가 영판 헛다리를 짚은 건 아니라는 예감이 들었다.

그가 나를 보고 물었다.

"자네 아버지 성함이 뭔가, 클라이드?"

나는 다시 입술을 핥고 싶은 충동을 참으며 잠깐 동안 그를 쳐다보았다. 사무실은 아직 어두웠고 태양은 내가 건물 안으로 들어오기 전까지만 해도 보이지도 않았던 구름에 가려져 있었다. 랜드리의 얼굴은 오래돼서 쭈글쭈글해진 풍선처럼 어둠 속에 둥둥 떠 있는 듯이 보였다.

"그게 몬로비아의 오이 값하고 무슨 상관이죠?"

"모르지, 응?"

"당연히 알다마다요."

나는 대답했고 정말로 알았다. BAyshore인가 뭔가였던 메이비스 웰드의 전화번호처럼 입속에서 맴돌기만 하고 생각이 나지 않을 따름이었다.

"어머니 성함은?"

"장난은 그만치시죠!"

"그럼 쉬운 문제. 자네 어느 고등학교를 나왔나? 혈기왕성한 미국 남자라면 누구나 자기가 어느 학교 출신인지 기억하잖아, 응? 아니면 처음으로 갈 데까지 간 상대. 아니면 나고 자란 고향. 자네 고향이 샌루이스오비스포였나?"

나는 입을 열었지만 아무 말도 나오지 않았다.

"카멜이었나?"

맞는 것 같았지만…… 아닌 듯했다. 머릿속이 어지러웠다.

"아니면 뉴멕시코 주 더스티보텀이었을 수도 있지."

"헛소리 집어치워요!"

나는 고함을 질렀다.

"아나? 아느냐고."

"그럼요! 내 고향은…….'"

그는 몸을 앞으로 기울였다. 희한하게 생긴 속기용 타자기의 자판을 두드렸다.

"샌디에이고! 거기서 나고 자랐어요!"

그는 기계를 내 책상에 내려놓고 자판 위 화면에 뜬 글자를 읽을 수 있게 내 쪽으로 돌렸다.

"샌디에이고! 거기서 나고 자랐어요!"

나는 화면을 쳐다보다 화면을 감싸고 있는 플라스틱 테두리에 적힌 단어로 시선을 떨어뜨렸다.

"도시바가 뭐예요?" 내가 물었다. "리복 저녁을 주문하면 같이 딸려 오는 건가요?"

"일본 전자 회사야."

나는 건조하게 웃었다.

"선생님, 장난하십니까? 태엽 감는 장난감 스프링도 거꾸로 달아놓는 게 일본이라는 나라인데요."

"이제는 아니야. 그리고 말이 나왔으니 말인데 클라이드, 지금이 언젠가? 몇 년도야?"

"1938년이지요." 나는 대답하고 반쯤 감각이 사라진 손을 들어서 입술을 문질렀다. "아니, 1939년요."

"아니면 1940년일 수도 있지. 그렇지?"

나는 아무 말도 하지 않았지만 얼굴이 화끈거리는 걸 느낄 수 있었다.

"상심할 것 없네, 클라이드. 자네가 모르는 건 내가 모르기 때문이야. 내가 항상 애매모호하게 남겨놓았거든. 나는 시대를 규정하기보다 분위기에 신경썼지…… 원한다면 챈들러 미국 시간대라고 불러도 좋아. 이런 수법이 대부분의 독자들에게 매우 효과적이었고 교열의 관점에서도 작업이 더 간단해졌지. 시간의 흐름을 정확히 파악할 수 없으니까. 자네가 '기억하지도 못할 만큼 오랜 세월' 아니면 '생각하고 싶지도 않을 만큼 오래전' 아니면 '헥토르가 어린애였던 시절부터' 이런 표현을 얼마나 자주 쓰는지 못 느꼈나?"

"네, 잘 모르겠는데요."

듣고 보니 과연 그랬다. 그러자 《로스앤젤레스 타임스》가 생각났다. 나는 그 신문을 매일 읽었지만 며칠자였을까? 신문만 보고서는 알 수 없는 것이, 발행인란에는 날짜가 적히는 법이 없었다. "미국에서 가장 정직한 도시의 가장 정직한 신문"이라는 슬로건만 있었다.

"자네가 그런 식으로 얘기하는 이유는 이 세상에서는 시간이 흐르지 않기 때문이야. 그게……." 그는 말을 잠깐 멈추고 미소를 지었다. 동경과 묘한 탐욕으로 가득한 미소라 보고 있기 끔찍했다. "그게 이 세상의 수많은 매력 중 하나지." 그가 말문을 맺었다.

겁이 났지만 나는 원래 필요하다 싶으면 이를 악물고 참을 수 있는 성격이었고 지금이 그래야 하는 때였다.

"이게 도대체 무슨 영문인지 얘기해주시죠."

"좋아……. 하지만 자네는 이미 무슨 영문인지 알아차리기 시작했어, 클라이드. 안 그런가?"

"그럴지도요. 내가 아버지 성함이나 어머니 성함이나 처음으로 같이 잔 여자 이름을 모르는 이유는 당신이 모르기 때문이죠. 아닌가요?"

그는 논리의 비약을 통해 모두의 예상을 뒤집고 정답을 알아낸 학생을 대하는 교사처럼 고개를 끄덕였다. 하지만 그의 눈은 여전히 그 끔찍한 연민으로 가득했다.

"당신이 그 기계에 샌디에이고라고 적었을 때 그 단어가 동시에 내 머릿속에 떠올랐고……."

그는 계속해보라는 듯이 고개를 끄덕였다.

"당신은 풀와이더 빌딩만 가지고 있는 게 아니죠?" 나는 아무 데도 갈 생각 없이 목구멍을 꽉 막고 있는 큼지막한 덩어리를 없애려고 침을 꿀꺽 삼켰다. "모든 게 당신 것이죠?"

하지만 랜드리는 고개를 저었다. "모두는 아니야. 로스앤젤레스와 그 주변의 몇 군데만이지. 어쩌다 한 번씩 대본에 오류가 생기거나 즉석에서 추가가 되는 이 버전의 로스앤젤레스 말이야."

"거짓말."

나는 말했지만 속삭이는 목소리였다.

"문 왼쪽 벽에 걸린 그림을 보겠나, 클라이드?"

나는 그 그림을 흘끗 쳐다보았지만 사실 그럴 필요가 없었다. 델라웨어 강을 건너는 워싱턴이었고 그러니까…… 헥토르가 어린애였던 시절부터 거기 걸려 있던 그림이었다.

랜드리는 플라스틱 벅 로저스 속기용 타자기를 다시 무릎에 올려놓고 그 위로 몸을 숙였다.

"그러지 마요!"

나는 소리를 지르며 그를 향해 손을 뻗으려고 했다. 그런데 그럴 수가 없었다. 팔에 힘이 하나도 없었고 의지를 동원할 수도 없었다. 피를 이미 1.5리터는 흘렸고 지금도 계속 흘리고 있는 듯이 무기력하고 기운이 없었다.

그가 다시 자판을 두드렸다. 화면에 뭐라고 적혔는지 읽을 수 있게 내 쪽으로 돌려주었다.

캔디랜드로 나가는 문 왼쪽 벽에는 우리의 존경하는 지도자가…… 항상 삐딱하게 걸려 있다. 그를 제대로 파악하기 위해 채택한 나만의 방식이다.

나는 그림을 다시 쳐다보았다. 조지 워싱턴이 사라지고 프랭클린 루스벨트의 사진으로 대체됐다. 함박웃음을 짓는 루스벨트가 그의 지지자들은 의기양양하다고 해석했고 그를 비방했던 사람들은 거만하다고 폄하했던 각도로 담배 파이프를 치켜들고 있었다.

"노트북이 없어도 할 수는 있어." 그가 말했다. 내가 그를 몰아붙이기라도 한 듯 조금 당황스러워하는 것처럼 느껴지는 목소리였다. "압지에 적힌 번호들이 사라지는 걸 자네도 보았다시피 집중하기만 해도 가능한데 노트북이 있으면 도움이 되지. 아무래도 내가 전부 기록하는 데 인이 박여서 그런 모양이야. 그런 다음 교정을 보는데, 어떻게 보면 교정과 퇴고는 이 직업의 꽃이라고 할 수 있지. 대개 사소하지만 결정적인 마지막 변화가 이루어지고 그림이 본격적으로 선명해지는 단계거든."

나는 다시 랜드리를 쳐다보았고 힘없는 목소리로 물었다.

"나도 당신이 만든 거죠?"

그는 비열한 짓을 저지른 사람처럼 묘하게 수치스러워하는 표정으로 고개를 끄덕였다.

"언제요?" 나는 쉰 목소리로 살짝 희한한 웃음을 터뜨렸다. "이게 알맞은 질문이긴 한가요?"

"알맞은지 아닌지는 나도 알 수가 없어. 그리고 어느 작가라도 똑같이 대답할 테지만 하루아침에 이루어진 일은 아니라는 것만은 분명해. 지속적인 과정이지. 자네가 맨 처음 등장한 작품은 『스칼렛 타운』이었지만 내가 그 원고를 쓴 건 1977년이었고 그 이후로 자네는 많이 달라졌어."

1977년이라. 나는 생각했다. 분명 벅 로저스의 해였다. 나는 이게 현실이 아니라고, 모두 꿈이라고 믿고 싶었다. 그런데 이상하게도 그의 향수 냄새 때문에, 내 평생 맡아본 적 없는 익숙한 향기 때문에 그렇게 믿을 수가 없었다. 어떻게 그럴 수가 있을까? 내게는 도시바만큼이나 낯선 아르미스라는 향수였는데.

그는 하던 얘기를 계속했다.

"훨씬 복잡하고 재미있어졌지. 처음에는 상당히 1차원적이었는데 말이야."

그는 헛기침을 하고 잠깐 자기 손을 내려다보며 미소를 지었다.

"엄청 어이없네요."

그는 내 목소리에서 느껴지는 분노에 살짝 움찔했지만 다시 고개를 들었다. "자네가 등장한 마지막 작품은 『추락한 천사처럼』이었어. 나는 그 원고를 1990년에 쓰기 시작했지만 1993년에서야 끝낼 수 있었지. 그 중간에 문제가 좀 생겼거든. 내 인생이…… 재미있어졌다고 할까." 그는 그 단어를 심술궂고 씁쓸하게 뒤틀었다. "재미있는 시기에는 작가들이 걸작을 쓰지 못하는 법이거든. 내 말 믿어도 돼."

나는 헐렁한 그의 날품팔이 일꾼 복장을 흘끗 쳐다보며 일리 있는 소리일지 모른다는 결론을 내렸다.

"그래서 이번 작품을 이렇게 쫄딱 망쳐놓은 걸 수도 있겠네요. 복권이랑 사만 달러 어쩌고 한 거는 진짜 황당했어요. 국경 남쪽에서는 페소로 당첨금을 지불하는데."

"그건 나도 알았어." 그가 부드러운 목소리로 말했다. "실수 같은 건 저지르지 않는다는 뜻은 아니야. 내가 이 세계에서는 조물주 비슷할지 몰라도 내 세계에서는 철두철미하게 인간이니까. 하지만 내가 실수를 저지르면 클라이드 자네와 다른 등장인물들은 절대 알아차리지 못해. 왜냐하면 내 실수와 대본상의 오류가 자네에게는 진실의 일부분이니까. 아니, 피오리아는 거짓말을 하고 있었어. 나는 그렇다는 걸 알았고 자네도 알아주길 바랐지."

"왜요?"

그는 어깨를 으쓱하더니 다시 껄끄럽고 조금 수치스러워하는 표정을 지었다.

"자네가 나의 등장에 조금은 마음의 준비를 해주길 바라서였을 거야. 데믹 부부에서부터 시작된 그 모든 사건의 목적이 그거야. 나는 자네를 필요 이상으로 겁주고 싶지 않았어."

밥값을 제대로 하는 사립 탐정이라면 의뢰인이 거짓말을 하는지 진실을 얘기하는지 제법 잘 알아차린다. 진실을 얘기하되 일부러 구멍을 남기는 의뢰인을 간파하는 능력은 그보다 더 귀한 능력이고 아무리 천재라도 그걸 백발백중 알아맞히는 탐정이 있을지 나로서는 의심스럽다. 내가 지금 그걸 알아차린 이유는 나와 랜드리의 뇌파가 발을 맞춰서 행진하고 있었기 때문이었을 텐데, 아무튼 나는 알아차렸다. 그가 얘기하지 않고 숨기는 부분이 있었다. 문제는 그걸 따지고 들지 말지 여부였다.

내가 입을 다문 이유는 유령의 집 벽에서 고개를 내민 유령처럼 어딘가에서 갑작스럽게 튀어나온 끔찍한 깨달음 때문이었다. 데믹 부부와 연관이 있는 깨달음이었다. 간밤에 그들이 그렇게 잠잠했던 이유는 죽은 사람들은 부부 싸움을 벌이지 않기 때문이었다. 똥은 아래로 구르기 마련인 것처럼 그것 역시 좋을 때나 궂을 때나 변함없는 원칙이었다. 나는 처음 만난 순간부터 조지의 세련된 껍데기 아래에 난폭한 기질이 숨어 있다는 것과 글로리아 데믹의 예쁘장한 얼굴과 맹한 행동 뒤에 손톱을 세운 사나운 여자가 웅크리고 있을지 모른다는 것을 감지했다. 그들은 진짜라고 하기에는 너무 콜 포터* 같았다. 그게 무슨 뜻인지 여러분은 이해할지 모르겠지만. 이제 나는 조지가 마침내 폭발해 아내와…… 어쩌면 노상 짖어대던 웰시 코기까지 살해했을 거라고 장담하기에 이르렀다. 글로리아는 지금 시커먼 얼굴과 오래돼서 칙칙해진 구슬처럼 튀어나온 눈을 하고 파란 입술 사이로 혀를 내민 채 화장실 구석의 샤워기와 변기 사이에 앉아 있을 것이었다. 개는 옷걸이를 목에 감은 채 고개를 그녀의 무릎에 얹고 누워 있고 이로써 귀청을 찢던 짖는 소리는 영영 잠재워졌다. 조지는? 시신으로 침대에 누워 있고 보조 탁자에는 텅 빈 글로리아의 베로날** 약통이 놓여 있을 것이다. 이제는 파티를 즐길 일도, 알 아리프에서 춤을 출 일도, 팜 데저트나 베벌리 글렌에서 실속 없는 상류층 살인 사건이 벌어질 일도 없었다. 그들은 파리를 꾀며 차갑게 식어갔고 요즘 유행에 맞게 야외 수영장에서 태운 피부는 점점 창백해졌다.

조지와 글로리아 데믹은 이 남자의 기계 속에서 죽었다. 이 남자의 머리 속에서 죽었다.

"나한테 겁을 주고 싶지 않았다더니 완전히 실패했네요."

나는 이렇게 얘기하자마자 실패하지 않을 방법이 있을지 궁금해

---

* 〈키스 미 케이트〉와 같은 여러 유명한 뮤지컬의 원작자.
** 수면제, 진정제.

했다. 생각해보라. 어떻게 인간에게 조물주를 만날 준비를 시킬 수 있겠는가. 심지어 모세도 덤불에 불이 붙었을 때 조금 흥분했을 것 같은데 나는 경비 불포함 일당 사십 달러를 받고 일하는 사립 탐정에 불과하다.

"『추락하는 천사처럼』은 메이비스 웰드 이야기였어. 메이비스 웰드는 『리틀 시스터』에 나왔던 이름이고. 레이먼드 챈들러의 작품." 그는 죄책감이 묻어나는 불안하고 심란해하는 눈빛으로 나를 쳐다보았다. "그에게 바치는 오마주Hommage였지." 그는 맨 앞에 달린 H를 '로마'의 'ㄹ'처럼 발음했다.

"그래서 뭐요? 나는 그 사람 이름을 전혀 들은 기억이 없는데."

"당연히 그렇겠지. 자네 세계에서는, 내가 창조한 로스앤젤레스에서는 챈들러가 존재하지 않으니까. 하지만 그의 작품에 등장한 인물들의 이름을 내 작품에서 여럿 차용했지. 풀와이더 빌딩은 챈들러의 주인공 필립 말로 형사의 사무실이 있었던 건물이야. 버넌 클라인…… 피오리아 스미스…… 그리고 물론 클라이드 엄니도. 그건 『플레이백』에서 변호사 이름이었어."

"그리고 이런 걸 오마주라고 한다?"

"그렇지."

"뭐 그렇게 주장하신다면 어쩔 수 없지만 내가 보기에는 표절을 그럴듯하게 포장하는 단어 같은데요."

내가 상상한 적 없는 세상에 사는, 누군지도 모르는 남자가 내 이름을 지었다니 기분이 묘했다.

랜드리는 양심적으로 얼굴을 붉혔지만 시선을 떨어뜨리지는 않왔다.

"그래, 내가 살짝 좀도둑질을 했을 수도 있어. 챈들러의 문체를 차용한 건 맞으니까. 하지만 내가 맨 처음도 아니야. 로스 맥도널드는 1950년대와 1960년대에 그랬어. 로버트 파커는 1970년대와 1980년대에 그랬는데, 그랬다고 평론가들에게 월계관을 받았지. 게다가 챈들러는 해밋과 헤밍웨이에게 배웠고 다른 펄프 픽션 작가들, 예를 들면……."

나는 손을 들었다. "문학 수업은 건너뛰고 본론으로 들어가죠. 이건 정신 나간 얘기지만……." 내 시선은 루스벨트 사진에서, 섬뜩한 백지로 변한 압지에서, 다시 책상 건너편에 앉아 있는 초췌한 인물의 얼굴에게로 옮아갔다. "그래도 내가 믿는다고 칩시다. 당신이 여기에 온 목적이 뭐예요? 뭐하러 왔어요?"

나는 이미 알고 있었다. 나는 직업이 탐정이지만 여기에 대한 대답은 내 머리가 아니라 가슴에서 나왔다.

"자네를 만나러 왔지."

"나를요."

"미안하지만 음, 자네는 이제 자네의 인생을 새로운 관점에서 바라보아야 할 것 같아, 클라이드. 그러니까…… 음…… 신발의 관점이라고 할까? 자네는 나오고 내가 들어가는 거야. 그러면 나는 신발 끈을 묶자마자 사라질 작정일세."

그러시겠지. 당연히 그러시겠지. 문득 내가 뭘 해야 하는지…… 내가 할 수 있는 딱 한 가지가 뭔지 알 수 있었다.

그를 제거하는 것이다.

나는 함박웃음이 온 얼굴로 번지도록 했다. 좀더 자세히 설명해달라고 청하는 미소였다. 그와 동시에 다리를 감고 책상 너머로 그를 공격할 준비를 했다. 우리 둘 중에서 한 명만 이 사무실에서 걸어나갈 수 있었다. 그것만큼은 분명했다. 나는 그 한 명이 될 작정이었다.

"아, 그래요? 놀랍네요. 그럼 나는 어떻게 됩니까? 신발을 잃어버린 사립 탐정은요? 이 클라이드……."

"엄니는요"가 허락 없이 내 사무실로 침입한 도둑이 눈을 감기 전에 마지막으로 듣는 단어가 될 것이다. 나는 그 단어가 내 입에서 나오는 순간 그를 덮칠 작정이었다. 그런데 문제는 뭔가 하면 텔레파시가 양방향으로 작용하는 듯해 보인다는 것이었다. 그는 놀란 눈빛을 짓더니 눈을 감고 입술을 굳게 다물고 정신을 집중하기 시작했다. 벅 로저스 기계를 만지작거리지도 않았다. 그럴 시간이 없다는 걸 알았기에 그랬을 것이다.

"'그의 폭로가 기운 빼는 약처럼 나를 덮쳤다.'" 그가 단순히 말을 한다기보다 낭독에 가까운 또렷한 목소리로 나지막이 웅얼거렸다. "온몸에서 힘이 빠졌고 내 다리는 알덴테로 삶은 스파게티 가락처럼 느껴졌다. 나는 의자에 털썩 주저앉아서 그를 쳐다보는 것 말고는 아무것도 할 수가 없었다.'"

나는 의자에 털썩 주저앉아서 다리를 풀고 그를 쳐다보는 것 말고는 아무것도 할 수가 없었다.

"별로 좋은 문장은 못 되지." 그가 사과하는 투로 말했다. "예전부터 속도는 내 장점이 되지 못했거든."

"이 나쁜 놈아." 나는 쉰 목소리로 힘없이 말했다. "이 개자식아."

"그래." 그는 동의했다. "자네 말이 맞아."

"왜 이러는 거야? 내 인생을 훔치려는 이유가 뭐야?"

그 말에 그의 눈이 분노로 번뜩였다.

"자네 인생이라고? 인정하고 싶지는 않겠지만 아니라는 걸 알 텐데, 클라이드. 이건 절대 자네 인생이 아니야. 1977년 1월의 어느 비오는 날에 시작해서 현재에 이르기까지 내가 자네를 만들었어. 내가 자네에게 생명을 부여했으니 거두어가는 것도 내 마음이지."

"아주 고결하시군." 나는 비웃었다. "하지만 조물주가 지금 이 자리로 내려와서 잘못 뜬 목도리를 풀듯 네 인생을 잡아당기기 시작하면 너도 내 심정을 조금 쉽게 이해할 수 있을 거다."

"그래. 자네 말에도 일리가 있다고 봐. 하지만 왈가왈부할 이유가 뭐가 있겠나? 자기 자신하고 싸우는 건 혼자서 두는 체스 게임하고 같아. 엎치락뒤치락하다가 매번 수가 막혀버린다고. 그냥 내가 그럴 수 있으니까 그러는 거라고 해두지."

갑자기 마음이 조금 차분해졌다. 나는 전에도 이 비슷한 경험을 한 적이 있었다. 상대에게 기선을 제압당하면 계속 얘기를 하도록 유도해야 했다. 메이비스 웰드 때 효과가 있었으니 이번에도 효과가 있을 것이다. 그들은 대개 이런 소리를 했다. 뭐, 이제는 너한테 알려줘도 괜찮겠지. 또는 얘기하면 안 될 이유가 뭐가 있겠어.

메이비스의 대사는 아주 그냥 우아했다. 네가 알아줬으면 좋겠다, 엄니. 네가 진실을 지옥까지 들고 갔으면 좋겠다. 케이크와 커피를 앞에 두고 악마에게 그 진실을 공개할 수 있게. 무슨 얘기건 상관없었다. 그들은 얘기를 하고 있는 한 총을 쏘지 않았다.

계속 얘기를 하도록 유도하는 것, 그게 관건이었다. 계속 얘기를 하도록 유도하면서 어디에선가 구원병이 등장하길 바라야 했다.

"내가 궁금한 건, 당신이 원하는 게 뭐냐는 거야." 내가 물었다. "평범한 건 아니겠지? 아니, 당신 같은 작가들은 대개 수표로 원고료를 받으면 그걸 현금으로 바꾸고 자기 할 일을 하는 데 만족하지 않나?"

"나한테 계속 얘기를 시키려는 속셈이로군, 클라이드. 안 그래?"

복부에 불의의 일격을 당한 느낌이었지만 최후의 수단까지 동원하는 수밖에 없었다. 나는 씩 웃으며 어깨를 으쓱했다. "그럴지도 모르지. 아닐 수도 있고. 아무튼 진심으로 궁금해서 묻는 거야." 이건 거짓말이 아니었다.

그는 잠깐 미심쩍어하는 표정을 짓더니 허리를 숙여서 그 이상한 플라스틱 상자에 든 자판을 건드리다가(그가 자판을 쓰다듬는 동안 내 다리와 배와 가슴에 경련이 일었다) 다시 허리를 폈다.

"이제는 자네한테 알려줘도 괜찮겠지." 마침내 그가 말했다. "얘기하면 안 될 이유가 뭐가 있겠어?"

"그렇지."

"클라이드, 자네는 똑똑한 친구야. 그리고 네 말이 맞아. 작가들은 자기가 만든 세계 속으로 뛰어드는 경우가 거의 없고 뛰어든다 하더라도 몸은 정신병원에서 식물인간처럼 지내는 동안 오로지 상상만으로 그러지. 우리들은 대부분 우리가 만든 나라를 관광객으로 찾는 데 만족해. 나는 분명 그런 부류였어. 나는 좀 전에도 얘기했다시피 문장 만들기가 항상 고문 같아서 글을 빨리 쓰는 편이 아니지만 십 년 동안 다섯 편의 클라이드 엄니를 출간했고 매번 전편보다 좋은 반응을 얻었지. 1983년에는 지역 관리자로 근무하던 대형 보험 회사를 그만두고 전업 작가로 나섰고. 나에게는 사랑하는 아내와 아들이 있었고, 매일 아침마다 아들이 일어나면 태양이 환하게 밝고 잠이 들면 태양이 지는 듯한 기분이었고, 사는 게 그보다 더 행복할 수 없다는 생각이 들었지."

그가 솜을 너무 많이 넣은 손님용 의자에서 자세를 바꾸며 손을 움직이자 솜을 너무 많이 넣은 팔걸이에 아디스 맥길이 남긴 담배 자국이 없어진 게 내 눈에 들어왔다. 그는 쓸쓸하게 차가운 웃음을 터뜨렸다.

"그리고 내 생각이 맞았어. 그보다 더 행복할 수는 없었지만 그보다 훨씬 불행해질 수는 있었거든. 실제로 그렇게 됐지. 내가 『추락한 천사처럼』을 시작하고 삼 개월쯤 지났을 때 우리 아들 대니얼이 공원에서 그네를 타다가 떨어져서 머리를 세게 부딪혔어. 자네 업계에서 쓰는 표현을 빌자면 떡실신을 했다고 할까."

웃음소리만큼이나 차갑고 쓸쓸한 미소가 언뜻 그의 얼굴을 스치고 지나갔다. 상심의 속도로 왔다가 사라졌다.

"자네도 지금까지 머리 부상을 많이 봤을 테니 어떤 식인지 알 거야. 아이는 피를 많이 흘렸고 린다는 혼비백산했지만 의사들의 실력이 좋았어. 실제로 뇌진탕에 불과했던 걸로 밝혀졌지. 병원에서는 아이에게 진정제를 투여하고 흘린 피를 보충하느라 수혈을 했어. 어쩌면 수혈을 할 필요가 없었을 수도 있는데―그 생각이 아직까지 나를 괴롭혀―했단 말이지. 진짜 심각한 문제는 아이의 머리가 아니라 수혈된 피였어. 에이즈에 감염된 혈액이었거든."

"뭐에 감염됐다고?"

"그 병이 뭔지 모른다는 것도 하늘에 감사해야 하는 일 중 하나지." 랜드리가 말했다. "자네 시대에는 존재하지 않거든. 1970년대 중반이 돼서야 등장하지. 아라미스 향수처럼."

"그게 어떤 병인데?"

"근사한 이륜 마차처럼 와르르 무너질 때까지 면역 체계를 갉아먹는 병이지. 그러고 나면 암에서부터 수두에 이르기까지 온갖 병균들이 온몸을 돌아다니며 신나게 파티를 벌이는 거야."

"하느님 맙소사!"

그의 미소가 경련처럼 왔다가 사라졌다.

"나는 하느님을 찾고 싶지 않네만. 에이즈는 원래 성병인데 아주 가끔 수혈로 감염이 되기도 한다네. 우리 아들은 로테리아에서 안 좋은 쪽으로 대박을 터뜨린 거지."

"위로의 말을 전하고 싶군."

나는 지친 얼굴을 하고 있는 이 야윈 남자가 죽도록 두려웠지만 진심이었다. 그런 사고로 아이를 잃다니…… 그보다 더 끔찍한 일이 어디 있을까? 물론 그런 일은 항상 있기 마련이니 있기야 하겠지만 자리에 앉아서 곰곰이 생각을 해봐야 떠오를 것이다.

"고맙네." 그가 말했다. "고맙네, 클라이드. 적어도 우리 아이의 경우에는 빠르게 진행됐어. 아이가 그네에서 떨어진 게 오월이었는데 구월 생일에 딱 맞춰서 처음으로 자주색 반점이 보이기 시작했거든. 카포시 육종이었지. 아이는 1991년 3월 8일에 죽었어. 그보다 더 고생한 사람들도 있겠지만 우리 아이도 얼마나 고생했는지 몰라. 그럼, 지독하게 고생을 했고말고."

나는 카포시 육종이 뭔지도 전혀 알 수 없었지만 묻고 싶지 않았다. 이미 필요 이상으로 많은 걸 알고 있었다.

"자네 작품을 쓰는 속도가 왜 더뎌질 수밖에 없었는지 이제는 자네도 이해하겠지?" 그가 말했다. "그렇지 않은가, 클라이드?"

나는 고개를 끄덕였다.

"그래도 작품 활동을 포기하지는 않았어. 환상에는 엄청난 치유의 힘이 있다고 생각하거든. 어쩌면 그렇게 믿어야 하는 걸 수도 있지. 다른 일상생활도 잘 유지해보려고 했지만 계속 어긋나기만 하더군. 『추락하는 천사처럼』이 나를 욥으로 바꾸는 불운의 부적이라도 된 것 같았어. 대니얼이 죽고 나서 아내는 심한 우울증이 생겼고 나는 그녀에게 온 신경을 기울이느라 내 다리와 배와 가슴에 생기기 시작한 붉은 반점을 알아차리지 못했지. 그리고 가려운 증상도. 에이즈가 아니라는 건 알았고 처음에 내 관심사는 그거 하나였어. 하지만 시간이 지날수록 점점 심해졌고……. 자네, 대상포진에 걸려본 적 있나?"

그러더니 그는 웃음을 터뜨리며 '이런 멍청한 질문을 하다니'라고 말하는 듯 손바닥의 두툼한 부분으로 이마를 눌렀다. 나는 고개를 저을 겨를도 없었다.

"당연히 안 걸려봤겠지. 자네는 기껏해야 숙취가 전부였으니까. 우리 탐정 친구, 대상포진은 이름은 우습게 느껴질지 몰라도 끔찍한 만성질환이라네. 내가 살던 로스앤젤레스에서는 증상 완화에 도움이 되는 제법 괜찮은 약이 있었지만 내게는 별 도움이 되지 않았어. 1991년이 끝나갈 무렵에 나는 극심한 고통에 시달렸지. 물론 대니얼의 죽음으로 인해 전반적으로 우울해진 탓도 있었지만 가장 큰 이유는 통증과 가려움이었어. 고문에 시달리는 작가가 등장하는 재미있는 책 제목 같지 않나?『통증과 가려움 혹은 토머스 하디 사춘기를 맞이하다』." 그는 거칠고 심란한 웃음을 터뜨렸다.

"당신이 그렇게 생각한다면야."

"지옥에서 보낸 한철이었어. 물론 지금은 대수롭지 않은 듯이 얘기할 수 있지만 그해 추수감사절 무렵에는 장난이 아니었지. 잠은 기껏해야 하루 세 시간이 고작이었고 낮에는 피부가 몸에서 떨어져 나와서 진저브레드맨처럼 도망치려는 듯한 느낌을 견뎌야 했거든. 그래서 린다의 상태가 얼마나 심각해졌는지 몰랐을 거야."

나는 무슨 소린지 알지 못했고 알 수도 없었지만…… 알았다.

"자살했군."

그는 고개를 끄덕였다.

"1992년 3월, 대니얼이 죽은 날에. 이제 이 년이 조금 넘게 지났지."

너무 일찍 쭈글쭈글해진 그의 뺨을 타고 눈물이 한 줄기 흘러내렸고 나는 그가 엄청나게 빠른 속도로 늙어버렸다는 것을 알 수 있었다. 내가 이렇게 급 떨어지는 조물주의 작품이라니 끔찍했지만 주로 내 단점과 관련해서 이해가 되는 부분들이 많아졌다.

"이제 그만." 그는 눈물과 분노로 뭉개진 목소리로 말했다. "자네는 본론으로 들어가라고 얘기하고 싶겠지. 내 시대에는 요점만 간단히 하라는 표현을 쓰지만 뜻은 마찬가지야. 나는 원고를 완성했어. 시신으로 침대에 누워 있는 린다를 발견한 날—오늘 경찰도 글로리아 데믹을 똑같은 상태로 발견하게 될 거라네, 클라이드—에는 원고를 190쪽까지 쓴 상태였지. 자네가 타호 호에서 메이비스의 남동생의 시신을 꺼낸 부분까지. 나는 삼 일 뒤에 장례식을 마치고 집으로 돌아갔을 때 워드프로세서를 켜서 191쪽부터 당장 시작했다네. 충격적인가?"

"아니."

내가 말했다. 나는 워드프로세서가 뭐냐고 물어볼까 하다가 그럴 필요 없다는 결론을 내렸다. 두말하면 잔소리지만 그의 무릎에 놓인 그것이 워드프로세서였다. 그럴 수밖에 없었다.

"자네는 극소수에 해당하는군." 랜드리가 말했다. "몇 명 남지 않았던 내 친구들은 충격을 받았거든, 그것도 엄청나게. 린다의 친척들은 나를 멧돼지처럼 무심한 인간이라고 생각했고. 나는 살아보려고 그러는 거라고 설명할 기운이 없었어. 피오리아였다면 그들 따위 염병하라는 표현을 썼겠지만. 나는 물에 빠진 사람이 튜브를 잡듯내 책을 잡고 매달렸지. 클라이드, 자네를 잡고 매달렸어. 대상포진이 여전히 낫질 않아서 작업 속도가 더뎠지만—덕분에 내가 차단된 측면도 있어, 그렇지 않았다면 여길 좀더 일찍 찾아왔을 텐데—멈추지 않았지. 하지만 원고를 마쳤을 때 우울증 비슷한 것에 걸렸어. 멍하니 저자 교정을 보았지. 후회와…… 상실감이 너무 엄청나서……." 그는 나를 똑바로 쳐다보며 물었다. "내 말이 이해가 되나?"

"이해가 돼."

나는 대답했다. 진짜로 이해가 됐다. 좀 희한한 방식으로.

"집에 남은 약이 많았어." 그가 말했다. "린다하고 나는 여러모로 데믹 부부와 비슷했거든, 클라이드. 우리는 약을 먹으면 좀 괜찮아질 거라고 진심으로 믿었고 나는 두세 움큼씩 먹는 지경에 이른 적이 두어 번 있었지. 항상 자살하고 싶다는 생각이 든 건 아니었지만 린다와 대니얼의 곁으로 가고 싶다는 생각은 들었어. 아직 그럴 만한 여유가 있을 때 그 둘의 곁으로 가고 싶다고."

나는 고개를 끄덕였다. 블론디스에서 헤어지고 삼 일 뒤에 아디스 맥길이 답답한 다락방에서 이마 한복판에 파랗고 조그만 구멍이 뚫린 채 발견됐을 때 나도 그런 생각을 했었다. 그런데 그녀를 죽인 사람은, 고무총탄을 그녀의 머리에 박은 사람은 새뮤얼 랜드리였다. 내 세계에서는 날품팔이 일꾼의 옷을 입은 이 지쳐 보이는 남자가 모든 일의 책임자였다. 이런 발상은 황당하게 느껴져야 했고 사실 그랬지만…… 시간이 지날수록 점점 그럴듯해졌다.

나는 간신히 의자를 돌려서 창밖을 내다볼 수 있을 만큼의 기운이 남아 있었다. 눈앞에 펼쳐진 광경을 보고 전혀 놀라지 않았다. 선셋 불러바드와 주변의 모든 게 단단하게 굳었다. 자동차, 버스, 행인들이 모두 길을 가다 말고 멈추어 섰다. 카메라로 찍은 스냅샷 같았고 그럴 수밖에 없었다. 창조주가 지금 거기에 생기를 불어넣을 생각이 없었다. 그는 고통과 상심의 소용돌이 속에서 여전히 허우적거리고 있었다. 내가 지금 숨을 쉬고 있는 게 용할 지경이었다.

"그래서 무슨 일이 있었던 건가? 어쩌다 이 안으로 들어오게 된 거야, 샘? 샘이라고 불러도 될까? 괜찮을지 모르겠는데."

"음, 좋아. 하지만 자네 질문에 제대로 대답은 할 수가 없어, 나도 잘 모르거든. 내가 아는 건 약을 먹으려는 생각이 들 때마다 자네가 생각났다는 것뿐이야. 특히 이런 식으로. '클라이드 엄니라면 절대 이런 짓을 하지 않을 테고 이런 선택을 한 사람이 있으면 비웃을 거야. 겁쟁이들의 해결책이라고 할 거야.'"

나는 곰곰이 생각해보고 맞는 소리라는 결론이 내려지자 고개를 끄덕였다. 암에 걸린 버넌이나 엉뚱한 악몽으로 목숨을 잃은 이 남자의 아들처럼 끔찍한 병에 걸린 경우라면 예외로 간주할 수 있을지 몰라도 단지 우울하다는 이유로 자살을 한다? 호모들이나 하는 짓이었다.

"그러다 이런 생각이 들었어. '하지만 그건 클라이드 엄니의 생각이고 클라이드는 가공의 인물이잖아…… 네 상상의 소산에 불과하잖아.' 하지만 그 생각은 금세 사라졌지. 정치인 아니면 변호사 같은 얼간이들이나 상상력을 비웃고, 피우거나 쓰다듬거나 느끼거나 따먹을 수 있는 것들만 진짜로 간주하는 것 아니겠나. 상상력이 없고 상상력의 힘이 얼마나 어마어마한지 모르니 그런 식으로 생각하는 거지. 나는 그런 바보가 아니었어. 그럴 수밖에. 지난 십 년 동안 상상력 덕분에 먹고살 수 있었는걸.

그와 동시에 내가 '현실 세계'라고 생각했던, 우리 모두 '유일한 세계'로 간주하는 그곳에서는 더이상 살 수 없겠다는 걸 알았지. 그때 깨달았어, 내가 가서 환영받을 수 있는 곳이 딱 한 군데뿐이고 거기 갔을 때 될 수 있는 사람이 딱 한 명뿐이라는 것을. 그곳이 여기 이 1930년대 로스앤젤레스였지. 그 사람은 자네였고."

그의 기계 안에서 다시 희미하게 윙윙거리는 소리가 들렸지만 나는 돌아보지 않았다.

겁이 났기 때문이다.

그리고 고개를 돌릴 수 있을지 자신이 없었기 때문이다.

VI. 클라이드 엄니의 마지막 사건

7층 아래의 길거리에서 어떤 남자가 길모퉁이에서 시내로 가는 850번 버스 계단을 오르는 여자 쪽으로 반쯤 고개를 돌린 채 그대로 얼어붙어 있었다. 여자는 미끈한 다리를 잠깐 드러냈고 남자가 쳐다보고 있었던 게 그거였다. 조금 옆에서는 어떤 남자아이가 머리 바로 위 허공에서 멈추어 선 공을 잡으려고 너덜너덜한 야구 글러브를 내밀고 있었다. 그리고 길바닥 위 1.8미터 지점에는 피오리아 스미스가 뒤엎은 카드 테이블에서 날아온 신문이 한 장 떠 있는데, 삼류 종교 지도자가 카니발 교령회에서 소환한 혼령처럼 보였다. 놀랍게도 신문에 실린 사진 두 장이 여기에서 보였다. 접는 부분 바로 위편에 실린 히틀러와 그 아래편에 실린, 최근에 사망했다는 쿠바 출신의 밴드 리더 사진이었다.

랜드리의 목소리가 머나먼 곳에서 들리는 듯했다.

"처음에는 자네가 됐다고 상상을 하면서 죽을 때까지 어느 정신병원에서 지내야 하는 줄 알았지만 그래도 괜찮았어. 그 또라이 농장에 갇혀 있는 건 내 육신뿐일 테니까. 그러다 점점 욕심을 부려도 될지 모른다는 생각이 들더군……. 실제로…… 그 안으로 들어갈 수 있을지 모른다는. 열쇠가 뭐였는지 아나?"

"알지."

나는 뒤를 돌아보지 않고 말했다. 그의 기계 안에서 뭔가가 돌아가며 다시 윙 소리가 들렸고 허공에서 얼어붙었던 신문이 갑자기 펄럭이며 얼어붙은 선셋 불러바드 위로 떨어졌다. 잠시 후에 낡은 데소토가 덜커덩거리며 선셋과 퍼낸도가 만나는 네거리를 지나왔다. 차가 야구 글러브를 끼고 있는 소년을 치자 소년과 데소토 양쪽 모두 사라졌다. 하지만 야구공은 아니었다. 길바닥으로 떨어져 하수구 쪽으로 반쯤 굴러가다가 다시 얼어붙었다.

"안다고?"

그는 놀란 목소리였다.

"음, 피오리아가 열쇠였지."

"맞아." 그는 웃음을 터뜨리더니 헛기침을 했다. 둘 다 초조하게 들렸다. "자네가 나라는 걸 자꾸 깜빡하는군."

나는 누리지 못하는 호사였다.

"새 작품을 시작했지만 진도가 나가지 않았어. 1장을 일요일까지 여섯 가지 방법으로 써보다가 아주 흥미진진한 사실을 깨달았지. 피오리아 스미스가 자네를 좋아하지 않는다는 걸."

그 말을 듣고 나는 황급히 몸을 돌렸다.

"말도 안 되는 소리!"

"나도 자네가 안 믿을 줄 알았지만 진짜야. 그리고 나는 처음부터 알고 있었어. 또다시 문학 수업을 소환하고 싶지는 않지만 내 직업과 관련해서 한 가지 알려주자면, 1인칭 시점으로 소설을 쓰는 건 희한하고 까다로운 작업이야. 머나먼 전장에서 편지나 전보가 잇달아 날아오듯 작가가 아는 모든 게 주인공한테서 비롯되는 것처럼 느껴지거든. 작가가 비밀을 간직하는 경우는 거의 없지만 이번의 나는 예외였지. 자네가 머무는 선셋 불러바드 일대가 에덴의 정원이고……."

"여기가 그런 식으로 불린다는 얘기는 들어본 적이 없는데."

나는 받아쳤다.

"거기에 내 눈에는 보이지만 자네는 보지 못하는 뱀이 한 마리 살고 있다고 할까. 그 뱀의 이름이 피오리아 스미스였어."

하늘에 구름 한 점 없는데도 불구하고 그가 나의 에덴의 정원이라고 부른 얼어붙은 바깥세상은 계속 어두컴컴한 상태를 유지했다. 소문에 따르면 럭키 루치아노가 사장이라는 레드 도어 나이트클럽이 사라졌다. 그곳이 있던 자리에 잠깐 구멍만 남았다가 새로운 건물이 그 구멍을 채웠다. 양치식물이 창문을 뒤덮은 프티 데죄네라는 식당이었다. 길거리를 흘끗 쳐다보니 다른 곳도 달라지고 있었다. 새로운 건물들이 조용히, 섬뜩한 속도로 예전의 건물들을 대체하고 있었다. 내 입장에서는 시간이 부족하다는 뜻이었다. 나도 알고 있었다. 안타깝게도 나는 다른 사실도 알고 있었다. 이 시간의 꾸러미 안에는 구멍이 없을지 몰랐다. 조물주가 내 사무실로 찾아와서 자기 인생보다 내 인생이 더 마음에 든다고 하면 남은 선택지가 뭐가 있을까.

"두 달 전에 아내가 죽었을 때 시작한 여러 가지 원고 초안을 모두 버렸어." 랜드리가 말했다. "쉽더군. 원고들이 어쩌나 가엽게 쭈글쭈글해졌는지 몰라. 그리고 나서 새로운 작품을 쓰기 시작했는데.

제목을 뭐라고 지었는지…… 알아맞힐 수 있겠나, 클라이드?"

"당연하지." 나는 말하고 등을 돌렸다. 그러느라 갖은 힘을 써야 했지만 그는 내 '동기'를 긍정적으로 평가할 것이다. 선셋 불러바드는 샹젤리제나 하이드파크는 아니지만 내 세계였다. 그가 그걸 해체해 자기가 원하는 방식으로 재구성하는 걸 구경하고 싶은 마음은 없었다. "『클라이드 엄니의 마지막 사건』이라고 했겠지."

그는 살짝 놀란 표정을 지었다.

"맞았어."

나는 손사래를 쳤다. 힘이 들었지만 그래도 해냈다.

"내가 1934년과 1935년에 올해의 사립 탐정상을 괜히 받은 게 아니야."

그는 그 말에 미소를 지었다.

"그래, 나는 예전부터 그 대사를 좋아했지."

문득 나는 그가 혐오스러워졌다. 미치도록 혐오스러워졌다. 내게 그럴 만한 기운이 남아 있었다면 책상 너머로 달려들어서 그를 목 졸라 죽였을 것이다. 그도 그걸 알았다. 그의 얼굴에서 미소가 사라졌다.

"포기해, 클라이드. 가망이 없을 테니까."

"여기서 나가주지 그래?" 나는 그를 자극했다. "일하는 직원 괜히 건드리지 말고 그냥 나가주면 안 될까?"

"나갈 수가 없어. 나가고 싶어도 나갈 수가 없고…… 나가고 싶지가 않아." 그는 분노와 애원이 묘하게 섞인 눈빛으로 나를 쳐다보았다. "내 입장에서 생각하려고 노력해봐, 클라이드……."

"내가 뭘 어쩔 수 있지? 나한테 선택권이라는 게 있나?"

그는 못 들은 척했다.

"여기 있으면 나는 절대 나이를 먹지 않을 거야. 1차세계대전이 시작되기 약 십팔 개월 전, 신문은 항상 삼 센트이고 달걀과 붉은 살코기를 마음껏 먹어도 콜레스테롤 수치를 걱정할 필요 없는 해에서 모든 시계가 멈추어져 있으니까."

"지금 무슨 소리를 하는 건지 모르겠네."

그는 진지한 표정으로 몸을 앞으로 내밀었다.

"그래. 모르겠지! 그게 바로 포인트야, 클라이드! 여기에서 나는 어렸을 때 꿈꾸었던 일을 할 수가 있다는 거. 사립 탐정이 될 수 있다는 거. 나는 새벽 2시에 요란하게 스포츠카를 몰고 다니면서 깡패들과 총격전을 벌일 수도 있고—그들은 죽을지 몰라도 나는 그럴 일이 없을 테니—그로부터 여덟 시간 뒤에 나무 위에서는 새들이 지저귀고 창문을 뚫고 햇살이 쏟아지는 내 방에서 아리따운 가수와 함께 눈을 뜰 수도 있지. 선명하고 아름다운 캘리포니아의 햇살을 맞으면서 말이야."

"내 방은 창문이 서쪽으로 나 있는데."

"이제는 아니야." 그가 침착하게 얘기하자 내 손이 의자 팔걸이 위에서 힘없이 주먹 쥐어졌다. "여기가 얼마나 근사한지 모르겠나? 얼마나 완벽한지? 이 세계에서는 사람들이 대상포진이라는 바보 같고 채신머리없는 병 때문에 가려워서 미칠 일이 없어. 이 세계에서는 머리가 벗어지기는커녕 흰머리가 생길 일도 없어."

그는 차분한 눈빛으로 나를 바라보았고 그 안에서 나는 아무 희망을 찾지 못했다. 나는 가망이 없었다.

"이 세계에서는 사랑하는 아들이 에이즈로 죽지도 않고 사랑하는 아내가 수면제를 과다 복용하지도 않아. 게다가 자네는 여기서 항상 아웃사이더였지, 그게 어떤 기분으로 느껴졌는지 모르겠지만. 이건 내 상상력으로 만들어졌고 내 노력과 의욕으로 유지되는 내 세계야. 자네한테 잠깐 빌려주었다가…… 되찾으려는 것일 뿐이야."

"무슨 수로 들어왔는지 마저 얘기해주면 안 되겠나? 진심으로 궁금한데."

"간단했어. 해체하기만 하면 됐거든. 먼저 닉과 노라 찰스*의 허접한 흉내내기에 불과했던 데믹 부부부터 내 그림에 맞게 재구성했지. 사랑하는 조연들은 모두 없앴고 이제 예전의 랜드마크를 모두 없애는 중이야. 그러니까 자네의 입지를 점점 좁혀가고 있다는 뜻인데, 자랑스러워할 일은 못 되지만 그러느라 계속 유지하고 있는 집중력은 자랑스럽다네."

"당신 세계에 있는 당신은 어떻게 됐지?"

나는 그에게 계속 말을 걸고 있었지만 늙은 젖소가 눈 오는 날 아침에 외양간으로 돌아가듯 이제는 습관적인 행동에 불과했다.

그는 어깨를 으쓱했다.

"죽었겠지. 아니면 정신병원에 긴장증 환자처럼 앉아 있는 육신을, 껍데기를 두고 왔을 수도 있고. 하지만 둘 다 아닐 것 같아. 지금

* 하드보일드 탐정소설의 대가 대실 해밋의 작품 속 주인공.

474

이 순간이 너무 생생하게 느껴지거든. 아니, 내 생각에는 완전히 건너온 것 같아, 클라이드. 내가 살던 곳에서는 사라진 작가를 찾고 있을 거야…… 그가 자기 워드프로세서의 저장 공간 속으로 사라진 줄은 상상도 못 하고서. 그리고 사실 나는 어떻게 됐건 관심 없어."

"나는? 나는 어떻게 되는데?"

"클라이드." 그가 말했다. "나는 거기에도 관심 없어."

그는 다시 기계 위로 허리를 숙였다.

"안 돼!"

내가 날카롭게 외쳤다.

그가 고개를 들었다.

"나는……." 목소리가 떨리는 게 느껴지자 자제하려고 했지만 되지 않았다. "작가 선생, 나는 무서워. 제발 나를 그냥 내버려두면 안 되겠나? 저 바깥이 이제는 내 세계가 아니라는 것도 알고 여기도 마찬가지지만 내가 안다고 말할 수 있는 곳은 여기뿐이야. 남은 거라도 내게 주면 안 될까? 부탁이야."

"너무 늦었어, 클라이드." 그의 목소리에서 또다시 가차없는 후회가 느껴졌다. "눈을 감아. 최대한 빨리 끝낼 테니까."

나는 그에게 달려들려고 했다. 온 힘을 동원했다. 하지만 0.0001센티미터도 움직일 수 없었다. 그리고 눈을 감는 거라면 그럴 필요가 없었다. 모든 빛이 사라졌고 사무실은 석탄 포대 안에서 맞이하는 자정처럼 어두컴컴해졌다.

나는 그가 책상을 지나 내 쪽으로 몸을 기울이는 것을, 보았다기보다 느꼈다. 뒤로 물러나려고 했지만 그마저도 할 수가 없었다. 건조하고 바스락거리는 뭔가가 손을 건드리자 나는 비명을 질렀다.

"긴장 풀어, 클라이드." 어둠 속에서 그의 목소리가 들렸다. 내 바로 앞뿐 아니라 사방에서 들렸다. 당연히 그렇겠지. 나는 생각했다. 결국 나는 그의 상상의 소산이니까. "수표야."

"수……표?"

"음, 오천 달러짜리. 자네가 나한테 사업장을 넘긴 대금. 칠장이들이 오늘 저녁에 퇴근하기 전에 문에 적힌 자네 이름을 지우고 내 이름을 적을 거야." 그는 꿈을 꾸는 듯한 목소리였다. "새뮤얼 D. 랜드리, 사립 탐정. 어때, 근사하지 않아?"

나는 애원하려고 했지만 할 수가 없었다. 이제는 목소리조차 나오지 않았다.

"준비해. 어떤 일이 벌어질지 나도 잘은 모르겠지만 점점 다가오고 있거든. 아프지는 않을 거야."

아프다고 한들 나는 관심 없지만. 이게 생략된 부분이었다.

어둠 속에서 희미하게 윙윙거리는 소리가 들렸다. 내 아래에서 의자가 점점 없어지는 게 느껴졌다. 나는 느닷없이 아래로 추락했다. 멋들어진 미래의 속기사용 타자기를 두드리며 『클라이드 엄니의 마지막 사건』이라는 작품의 마지막 두 문장을 낭송하는 랜드리의 목소리가 나를 따라왔다.

"이렇게 해서 나는 그 도시를 떠났고 그러다 결국 어디에 정착했는지는……. 흠, 그건 내가 알아서 할 일 아닐까?"

눈부신 초록색 빛이 아래에 있었다. 나는 그걸 향해 추락하는 중이었다. 이내 그것이 나를 삼킬 테고 내게 남은 감정은 안도감뿐이었다.

"'끝'." 랜드리의 목소리가 우렁차게 울렸고 잠시 후에 내가 초록색 빛 속으로 떨어지자 그 빛이 나를 뚫고 내 안에서 비추었다. 클라이드 엄니는 더이상 존재하지 않았다.

안녕, 사립 탐정.

VII. 빛의 저편

그게 육 개월 전의 일이었다.

나는 윙윙거리는 귀를 달래며 어두컴컴한 방바닥에서 눈을 떴고, 무릎을 딛고 일어나 앉아서 고개를 저어 정신을 차리고 거울을 들여다보는 앨리스처럼 내가 뚫고 지나온 눈부신 초록색 빛을 올려다보았다. 랜드리가 내 사무실로 들고 왔던 벅 로저스 기계의 큰형님이 보였다. 초록색 글자가 그 위에서 반짝였다. 나는 무슨 글자인지 읽고 싶어서 멍하니 손톱으로 양쪽 팔을 쓰다듬으며 몸을 일으켜 세웠다.

이렇게 해서 나는 그 도시를 떠났고 그러다 결국 어디에 정착했는지는······. 흠, 그건 내가 알아서 할 일 아닐까?

그 아래에 다른 서체로 한 단어가 정중앙에 적혀 있었다.

끝

나는 다시 한번 읽으며 이번에는 배를 손끝으로 쓰다듬었다. 피부에 무슨 문제가 생겼는지 아프지는 않지만 신경을 건드렸기 때문이다. 증상이 의식의 전면으로 대두되자 나는 이 괴상한 느낌이 온몸에서 벌어지는 현상이라는 걸 알 수 있었다. 목덜미, 허벅지 뒤, 사타구니까지.

대상포진. 문득 생각이 났다. 내가 랜드리의 대상포진에 걸린 거야. 지금 이건 가려움증이고 내가 단박에 알아차리지 못했던 이유는······.

"지금까지 한 번도 가려움증으로 고생해본 적이 없었기 때문이지."

내가 말하자 나머지 퍼즐들이 딸깍 제자리를 찾았다. 어찌나 갑작스럽게 쿵 들어맞는지 몸이 실제로 휘청거릴 정도였다. 나는 이상하게 근질거리는 몸을 긁지 않으려고 애쓰며 벽에 걸린 거울 앞으로 천천히 다가갔다. 하지만 얼굴은 다리지 않은 오래된 옷처럼 쭈글쭈글하고 그 위에 푸석푸석한 백발이 얹힌 나이든 내 모습이 보일 거라는 걸 알았다.

이제 나는 작가들이 자기가 탄생시킨 등장인물의 자리를 꿰차면 어떤 일이 벌어지는지 알 수 있었다. 엄밀히 말하면 이건 훔치는 게 아니었다.

맞바꾸는 것에 가까웠다.

나는 랜드리의 얼굴—십오 년의 힘든 세월을 보낸 내 얼굴이었다—을 물끄러미 바라보며 따끔거리고 웅웅거리는 피부를 느꼈다. 대상포진이 괜찮아지고 있다고 하지 않았나? 이게 괜찮아진 거면 심했을 때는 어떻게 맨정신으로 견뎠을까?

두말하면 잔소리지만 여기는 이제 내 집이 된 랜드리의 집이었고 서재 옆 화장실에 대상포진 약이 있었다. 나는 윙윙거리는 기계가 놓인 책상 아래 바닥에서 정신을 차린 지 한 시간도 안 돼서 처음으로 약을 먹는데, 약이 아니라 그의 인생을 삼키는 듯한 심정이었다.

그의 인생을 통째로 삼키는 듯한 심정이었다.

삼 일이 지나자 대상포진은 다행스럽게도 과거지사가 되었다. 좋아질 때가 돼서 좋아진 거였겠지만 나는 클라이드 엄니의 정신력이 영향을 미친 거라고 생각하고 싶다. 클라이드는 평생 단 하루도 아파본 적이 없었고 부실한 새뮤얼 랜드리의 몸으로 지내느라 노상 코를 훌쩍이는 느낌이지만 나는 절대 항복하지 않을 것이다. 게다가 언제부터 긍정적인 사고방식이 인생의 걸림돌이 되었나? 정답은 '그런 적이 한 번도 없었다'이다.

하지만 상당히 궂은 날도 있고 1994년이라는 믿기지 않는 해로 이동한 지 스물네 시간도 안 됐을 때 처음으로 그런 날이 찾아왔다. 먹을거리를 찾느라 랜드리의 냉장고를 뒤지고 있었을 때(간밤에 그의 블랙 호스 에일을 진탕 마셨기 때문에 뭐라도 좀 먹어야 숙취 해소에 도움이 될 것 같았다) 갑작스러운 통증이 내 배를 갈랐다. 나는 이제 죽는구나 싶었다. 점점 더 심해지기에 정말로 죽는구나 생각했다. 나는 부엌 바닥으로 쓰러졌고 비명을 지르지 않으려고 참았다. 잠시 후에 무슨 일이 벌어졌고 통증이 가라앉았다.

나는 거의 평생 동안 "똥 싸는 소리 하고 앉아 있네"라는 표현을 입에 달고 살았다. 그날 아침부터 달라졌다. 나는 몸을 씻은 다음 계단을 올라갔지만 방에서 뭐가 기다리고 있을지 알았다. 랜드리의 침대를 덮은 젖은 시트가 기다리고 있을 것이었다.

랜드리의 세계에서 보낸 첫 주는 대부분 배변 훈련에 할애됐다. 두말하면 잔소리지만 내 세계에서는 화장실을 들락거리는 사람이 없었다. 치과도 마찬가지라 랜드리의 롤로덱스 명함철에 적힌 곳으로 찾아갔다가 얘기는커녕 떠올리고 싶지도 않은 경험을 했다.

하지만 이 가시밭 안에서 가끔 장미가 고개를 내밀 때도 있다. 일례로 나는 혼란스럽고 정신없이 돌아가는 랜드리의 세계에서 일자리를 찾아다닐 필요가 없다. 그의 책이 계속 잘 팔리는 모양이고 나는 우편으로 배달되는 수표를 현금으로 바꾸는 데 아무 문제가 없다. 그의 서명과 내 서명이 당연히 똑같기 때문이다. 양심의 가책을 느끼지 않느냐고 누가 묻는다면 나는 폭소로 대답을 대신하겠다. 그 수표는 내 이야기를 팔아서 받는 거다. 랜드리는 그걸 쓰기만 했고 그 안에서 살아낸 사람은 나였다. 젠장, 메이비스 웰드의 발톱이 할퀼 수 있는 사정거리 안으로 접근한 것만으로도 나는 오만 달러를 받고 광견병 주사를 맞을 자격이 있었다.

랜드리의 이른바 친구들과는 문제가 생길 줄 알았더니 나처럼 산전수전 겪은 탐정이 그런 착각을 하면 안 되는 거였다. 진정한 친구가 있는 사람이 자기 상상력으로 만들어낸 세상 속으로 사라지고 싶다는 생각을 할 수 있을까? 그럴 리 없었다. 아들과 아내가 랜드리의 친구였는데 그들은 저세상 사람이었다. 지인과 이웃 주민들이 있었지만 그들은 나를 그로 여기는 눈치다. 맞은편 집에 사는 여자는 가끔 당혹스러운 눈빛으로 나를 쳐다보고 그 집의 어린 딸아이는 내가 가끔 봐주었다는데도(그 여자에게 들은 얘기였는데 그녀가 거짓말을 할 이유가 없지 않은가) 내가 다가가면 울음을 터뜨리지만 그건 중요한 문제가 아니다.

나는 심지어 뉴욕에 사는 베릴이라는 랜드리의 에이전트하고도 대화를 나눈다. 그는 언제 새 작품을 시작할 생각이냐고 묻는다.

조만간이라고 나는 대답한다. 조만간이라고.

나는 되도록 외출을 삼간다. 랜드리에게 떠밀려서 발을 들인 그의 세상을 탐험하고 싶은 생각이 전혀 없다. 일주일에 한 번씩 은행과 식료품 가게에 다녀오는 길에 구경하는 걸로 충분하고 그의 텔레비전은 조작법을 알아내느라 두 시간 동안 끙끙대다가 북엔드를 집어던져버렸다. 랜드리가 질병과 의미 없는 폭력으로 신음하는 이 세계를 탈출하고 싶을 만도 했겠다는 생각이 든다. 나이트클럽 쇼윈도에서 여자들이 알몸으로 춤을 추는데 그들과 성관계를 맺으면 목숨을 잃을 수도 있다니.

그래서 나는 되도록 집안에 틀어박혀 지낸다. 그의 작품을 모두 다시 읽는 중인데 사랑을 많이 받은 스크랩북을 넘기는 듯한 느낌이다. 그리고 두말하면 잔소리지만 그의 워드프로세서 사용법을 익혔다. 이건 텔레비전과 다르다. 화면은 비슷하게 생겼지만 워드프로세서로는 내가 원하는 그림을 만들 수가 있다. 내 머릿속에서 나오기 때문에 가능한 얘기다.

그래서 좋다.

나는 준비를 하는 중이다. 지그소 퍼즐을 맞추듯 문장을 써보았다가 버리고 있다. 오늘 아침에 쓴 몇 개는 괜찮아 보인다. 아니⋯⋯

거의 괜찮아 보인다. 궁금하다고? 좋다, 공개하겠다.

　문 쪽으로 고개를 돌려보니 정신을 차린 피오리아 스미스가 풀죽은 얼굴로 서 있었다. "지난번에 만났을 때 제가 정말 막 나갔던 것 같아요, 엄니 씨." 그가 말했다. "그래서 사과하려고 왔어요." 그 뒤로 육 개월이 지났지만 그는 달라진 게 전혀 없었다. 정말 하나도 없었다.

　"안경을 계속 끼고 있구나."

　내가 말했다.

　"네. 수술을 받았지만 소용이 없었어요." 그는 한숨을 쉬었다가 씩 웃으며 어깨를 으쓱했다. 그러자 그 순간, 내가 아는 피오리아로 돌아왔다. "상관없어요, 엄니 씨. 장님 생활도 그리 나쁘지 않거든요."

　완벽하지는 않다. 나도 안다. 나는 원래 작가가 아니라 탐정이었다. 하지만 나는 간절하면 뭐든 할 수 있는 법이라고 생각한다. 따지고 보면 이것 역시 열쇠 구멍으로 몰래 들여다보는 일종의 감시 행위다. 워드프로세서의 열쇠 구멍은 크기와 모양이 조금 다르지만 그래도 남들의 일상을 들여다보고 의뢰인에게 무엇을 보았는지 보고한다는 점에서는 같다.

　내가 이걸 연습하는 이유는 아주 단순하다. 여기 있고 싶지 않기 때문이다. 원한다면 여길 1994년의 로스앤젤레스라고 불러도 좋지만 나는 지옥이라고 하겠다. 맛도 없는 냉동식품을 '전자레인지'라고 불리는 상자에 데워 먹고, 운동화는 프랑켄슈타인이나 신음직하게 생겼고, 라디오에서 흘러나오는 노래는 압력솥에서 산 채로 삶아지고 있는 까마귀 울음소리 같고…….

뭐, 모든 게 그렇다.

나는 내 삶으로 돌아가고 싶고 모든 걸 원래대로 되돌려놓고 싶은데, 어떻게 하면 그럴 수 있을지 방법을 알 것 같다.

샘―지금도 그렇게 불러도 되겠지?―너는 애처롭고 못된 도둑놈이야. 나는 그런 너를 딱하게 생각한다. 하지만 너를 딱하게 여기는 마음은 딱 거기까지야. 여기서 방점이 찍히는 단어는 도둑놈이거든. 이 문제를 둘러싼 내 생각에는 변함이 없어. 창작의 능력이 가로챌 수 있는 권리를 보장한다고 생각하지는 않거든.

도둑놈아, 너는 지금 뭐하고 있니? 네가 만든 프티 데죄네에서 저녁을 먹고 있니? 조금도 처지지 않은 젖가슴을 하고 살인의 전적을 잠옷 소매에 감춘 미녀 옆에 누워 있니? 근심 걱정 하나 없이 말리부로 달리고 있니? 아니면 고통도 없고 냄새도 없고 똥 범벅도 없는 인생을 만끽하며 사무실 책상 앞에서 그냥 쉬고 있니? 뭐하고 있니?

나는 글 쓰는 법을 연습하고 있어. 계속 연습을 하다 보니 이제 방법을 찾은 듯하고 금세 좋아질 것 같아. 벌써부터 네가 거의 보이거든.

내일 아침에는 클라이드와 피오리아가 영업을 재개한 블론디스에 갈 거야. 이번에는 피오리아가 아침을 사주겠다는 클라이드의 제안을 받아들일 거야. 그게 2단계가 될 거야.

그래, 네가 거의 보인다, 샘. 조만간 너를 볼 수 있을 거야. 하지만 너는 나를 보지 못하겠지. 내가 너의 사무실 문을 열고 들어가 네 숨통을 조이기 전에는.

이번에는 아무도 집에 가지 못할 거다.

고개를 숙여

....

★ ★ ★

운동선수로서 아직 완성되지 않은 아이들의 몸과 마음은
경기를 더욱 극적으로 만들고
승리도 패배도 아름답게 만든다.

작가의 말: 내가 이렇게 불쑥 들어온 이유는 이 작품이 소설이 아니라 수필, 그것도 일기에 가깝다는 얘기를 전하기 위해서다. 원래는 1990년 봄에 《뉴요커》에 소개됐던 작품이다. ― S.K.

"고개 숙여! 고개를 계속 숙이고 있어!"

이것이 스포츠에서 가장 거두기 어려운 위업은 아니지만 시도해본 사람이라면 누구나 동의하다시피 퍽 힘든 일이기는 하다. 동그란 방망이로 동그란 공을 정통으로 맞히는 것 말이다. 워낙 힘든 일이기에 그걸 제대로 할 줄 아는 몇 안 되는 남자들은 떼돈을 벌고 유명해지며 우상으로 떠받들어진다. 호세 칸세코, 마이크 그린웰, 케빈 미첼 같은 남자들은 말이다. 수천 명의 소년들이 (그리고 적지 않은 소녀들이) 애지중지하는 건 액슬 로즈나 바비 브라운의 얼굴이 아니라 그들의 얼굴이다. 그들의 포스터가 방 벽과 사물함 문 위의 상석을 장식한다. 오늘 론 세인트피어는 그런 아이들, 그러니까 뱅고어 웨스트사이드를 대표해 3지구 유소년 리그 토너먼트에 참가할 아이들에게 동그란 방망이를 동그란 공에 갖다 대는 방법을 가르치고 있다. 지금은 내 아들 오언이 바로 옆에 서서 유심히 지켜보는 와중에 프레드 무어라는 아이를 가르치는 중이다. 내 아들이 다음 차례다. 오언은 제 아비를 닮아서 어깨가 넓고 체구가 크다. 그에 비하면 밝은 초록색 유니폼은 입은 프레드는 보기 안쓰러울 정도로 야리야리하다. 그리고 공도 제대로 못 맞히고 있다.

"고개를 숙여, 프레드!" 세인트피어가 외친다. 그는 뱅고어의 코크스 공장 뒤편에 있는 두 군데 유소년 리그 야구장 가운데 한 곳의 마운드와 홈 플레이트 중간에 서 있다. 프레드는 뒷그물 거의 앞까지 물러났다. 더운 날이라 프레드도 세인트피어도 짜증이 났을지 몰라도 티를 내지 않는다. 훈련에 여념이 없다.

"계속 숙이고 있어!" 세인트피어가 다시 외치고 한가운데로 느린 공을 던진다.

프레드는 공의 아래 부분을 깎아 친다. 알루미늄이 소가죽을 때리는 특유의 깡 하는 소리가 난다. 숟가락으로 양철컵을 때리는 소리다. 공은 뒷그물을 때리고 튀어서 하마터면 그의 헬멧에 부딪힐 뻔한다. 두 사람은 폭소를 터뜨리고 잠시 후에 세인트피어는 옆에 놓인 빨간색 플라스틱 양동이에서 공을 다시 하나 꺼낸다.

"간다, 프레디!" 그가 고함을 지른다. "고개를 숙여!"

메인의 3지구는 워낙 넓어서 둘로 나뉜다. 리그 절반이 페노브스

콧 카운티의 팀들이다. 아루스투크와 워싱턴 카운티의 팀들이 나머지 절반이다. 올스타는 모든 유소년 리그 소속 팀에서 실력으로 선발한다. 3지구의 열두 개 팀은 일제히 토너먼트를 치른다. 칠월 말이 가까워지면 세 팀 중에서 가장 성적이 좋은 두 팀이 결승전을 치러 지구 우승자를 가린다. 우승팀이 3지구를 대표해 메인 주 선수권대회에 참가하는데, 뱅고어 팀이 그 대회에 마지막으로 진출한 것은 무려 십팔 년 전의 일이다.

올해에는 메인 주 선수권대회가 카누를 만드는 올드타운에서 열린다. 거기에 참가하는 다섯 팀 중에서 네 팀이 집으로 돌아가게 될 것이다. 남은 한 팀이 메인을 대표해 올해에는 코네티컷 주 브리스틀에서 열리는 동부 지역 선수권대회에 참가할 것이다. 물론 그걸 통과하면 유소년 리그 월드 시리즈가 열리는 펜실베이니아 주 윌리엄스포트다. 뱅고어 웨스트 선수들은 그 정도로 아찔한 단계를 거의 생각하지 않는 눈치다. 그들은 페놉스콧 카운티 경기에서 첫 상대인 밀리노켓만 이겨도 기뻐할 것이다. 하지만 코치들은 꿈을 꿀 수 있다. 아니, 사실 그들에게는 꿈을 꾸어야 하는 의무가 있다.

팀에서 웃음 담당인 프레드가 이번에는 고개를 숙인다. 1루 베이스 라인 저편으로 힘없는 땅볼을 날린다. 약 이 미터 간격으로 파울이다.

"잘 봐." 세인트피어가 말하며 공을 다시 하나 꺼낸다. 그가 공을 들어 보인다. 흠집투성이고 지저분하며 풀물이 들었다. 그래도 야구공이고 프레드는 공손하게 그걸 쳐다본다. "내가 묘기 하나 보여줄

게. 공이 어디 있니?"

"코치님 손에요." 프레드가 대답한다.

이 팀의 수석 코치인 데이브 맨스필드에게 세인트라 불리는 그는 공을 자기 글러브 안으로 떨어뜨린다. "지금은?"

"코치님 글러브 안에요."

세인트피어는 옆으로 몸을 돌린다. 공 던지는 손을 슬금슬금 글러브 안으로 넣는다. "지금은?"

"코치님 손이요. 아마도요."

"맞았어. 그러니까 내 손을 잘 봐라. 내 손을 잘 보면서 공이 거기서 나올 때까지 기다려, 프레드 무어. 공만 봐. 다른 건 말고. 그냥 공만. 나는 흐릿하게 보여야 해. 나를 봐서 뭐하겠니? 내가 웃고 있는지 궁금하니? 아니잖아. 내가 어떤 식으로 던질지, 사이드암일지 스리쿼터일지 오버더톱일지 기다리는 거지. 기다리고 있니?"

프레드는 고개를 끄덕인다.

"잘 보고 있니?"

프레드는 다시 고개를 끄덕인다.

"좋아." 세인트피어는 말하고 다시 타격 연습용으로 팔을 쭉 뻗지 않고 공을 던진다.

이번에는 프레드가 공을 제대로 맞혀서 우익수 쪽으로 세게 날아가는 직선타를 만들어낸다.

"잘했어!" 세인트피어가 외친다. "잘했다, 프레드 무어!" 그는 이마에서 땀을 훔친다. "다음 타자!"

수염을 기른 거구의 데이브 맨스필드는 조종사 선글라스를 쓰고 맨 위 단추를 푼 대학 월드 시리즈 셔츠(행운의 부적이다)를 입고 야구장으로 출근하는데, 뱅고어 웨스트와 밀리노켓의 경기에 종이 봉투를 들고 온다. 그 안에는 여러 가지 색상의 페넌트 깃발이 열여섯 개 들어 있다. 각 페넌트마다 "뱅고어"라고 적혔고 뱅고어라는 단어의 이쪽에는 가재, 저쪽에는 소나무가 그려져 있다. 철조망으로 된 뒷그물에 매단 확성기로 뱅고어 웨스트의 선수들이 한 명씩 소개되면 그는 데이브가 내민 봉투에서 페넌트를 하나 꺼내 내야를 가로질러 가서 포지션이 같은 상대팀 선수에게 준다.

데이브는 야구와 아이들을 이 정도로 사랑하게 된, 시끄럽고 가만히 있지 못하는 남자다. 그는 올스타 유소년 리그에는 두 가지 목적이 있다고 생각한다. 재미있게 즐기는 것과 승리하는 것. 그의 말로는 둘 다 중요하지만 가장 중요한 건 그 둘의 순서를 올바르게 유지하는 거라고 한다. 페넌트는 기선을 제압하기 위한 교활한 수법이 아니라 재미있게 즐기자는 뜻이다. 데이브는 양 팀 선수들이 이 경기를 기억하리라는 것을 알기에 밀리노켓 아이들에게 기념품을 챙겨주고 싶은 것이다. 그렇게 단순하다.

밀리노켓 선수들은 이런 제스처에 놀란 눈치고 페넌트를 어찌하면 좋을지 몰라서 우왕좌왕하는데, 카세트 플레이어에서 애니타 브라이언트가 부르는 미국 국가가 흘러나온다. 장비에 거의 묻히다시피 한 밀리노켓 포수가 독특한 방식으로 문제를 해결한다. 뱅고어 페넌트를 잡은 손을 가슴에 갖다 댄다.

뱅고어 웨스트는 성의도 보였고 하니 상대를 후련하게 통타한다.

최종 점수는 뱅고어 웨스트 18점, 밀리노켓 7점이다. 하지만 졌다고 기념품의 가치가 떨어지지는 않는다. 밀리노켓 선수들이 팀 버스를 타고 떠났을 때 원정팀 더그아웃 구역에 남은 건 일회용 컵과 사탕 막대 몇 개뿐이다. 페넌트는 단 한 개도 남김없이 들고 갔다.

"커트해!" 뱅고어 웨스트의 수비 코치 닐 워터먼이 고함을 지른다. "커트해, 커트!"

밀리노켓과의 시합 다음날이다. 여전히 모든 팀원이 연습에 참석하지만 지금은 초반이라 그렇다. 조만간 누수 현상이 나타날 것이다. 그럴 수밖에 없다. 모든 부모들이 오뉴월 정규 시즌이 끝난 뒤에도 아이들이 유소년 리그에 참여할 수 있도록 여름휴가를 포기하는 건 아니고 계속되는 고된 연습에 나가떨어지는 아이들도 생긴다. 그냥 자전거를 타거나 스케이트보드로 행텐* 연습을 하거나 동네 수영장을 들락거리며 여자아이들이나 살피고 싶을 수 있다.

"커트해!" 워터먼이 외친다. 그는 카키색 반바지를 입고 전형적인 코치답게 머리를 짧게 깎은, 키가 작고 탄탄한 남자다. 원래는 교사 겸 대학 농구팀 코치지만 올여름에는 이 아이들에게 야구와 체스는 믿기지 않을 만큼 공통점이 많다는 걸 가르쳐주려고 한다. 생각을 하면서 플레이를 해야 한다고 그는 몇 번이고 강조한다. 자기가 누굴 백업하고 있는지 알아야 된다고 한다. 가장 중요하게는 커트맨이

---

* 발가락을 전부 구부려 보드 가장자리에 걸치는 기술.

492

누군지 파악해서 그의 앞으로 송구할 수 있어야 된다고 한다. 그는 야구의 중심에 숨겨져 있는 진실을 알려주려고 진득하니 노력한다. 몸보다 마음가짐이 더 중요한 스포츠라는 것을 말이다.

뱅고어 웨스트의 중견수 라이언 이애로비노가 2루수 케이시 키니에게 총알같이 송구한다. 케이시는 몸을 돌려서 보이지 않는 주자를 태그한 다음 홈으로 다시 총알 같은 공을 던지고 J.J. 피들러는 공을 받아서 다시 워터먼에게 던진다.

"더블플레이!" 워터먼이 외치고 매트 키니(케이시와 혈연관계는 아니다) 쪽으로 공을 쳐서 보낸다. 오늘은 매트가 유격수를 보고 있다. 공이 이상하게 튀어서 왼쪽 중앙으로 날아가는 듯이 보인다. 매트는 공을 막아서 떨어뜨린 다음 주워서 2루수 케이시에게 넘긴다. 케이시는 몸을 돌려서 1루수 마이크 아널드에게 공을 던진다. 마이크는 공을 다시 홈을 지키는 J.J.에게 넘긴다.

"좋아!" 워터먼이 외친다. "잘했다, 매트 키니! 잘했어! 이번에는 1-2-1! 마이크 펠키, 네가 베이스 커버를 들어간다!" 이름과 성. 헷갈리지 않게 항상 이름과 성을 같이 부른다. 팀에 매트, 마이크, 키니가 워낙 많기 때문이다.

송구가 완벽하다. 뱅고어 웨스트의 2선발인 마이크 펠키는 먼저 베이스 커버를 들어가서 정확하게 자리를 잡는다. 어떻게 하면 되는지 잊어버릴 때도 있는데 이번에는 제대로 한다. 그는 씩 웃으며 총총히 마운드로 돌아가고 닐 워터먼은 다음 조합을 준비한다.

"올해 우리 유소년 리그 올스타 팀이 지난 몇 년을 통틀어 가장 홀륭해요." 뱅고어 웨스트가 밀리노켓을 완파하고 며칠 지났을 때 데이브 맨스필드가 얘기한다. 그는 해바라기씨를 한 움큼 입에 넣고 씹기 시작한다. 얘기를 하면서 아무렇지 않게 껍질을 뱉는다. "최소한 이 지구에서는 대적할 팀이 없을 거예요."

그는 말을 멈추고 홈 플레이트 쪽으로 돌진한 마이크 아널드가 연습 번트 타구를 잡아서 1루를 향해 몸을 돌리는 것을 지켜본다. 그는 팔을 뒤로 젖히지만 공을 던지지 않는다. 마이크 펠키가 계속 마운드를 지키고 있다. 이번에는 그가 베이스 커버를 깜빡하는 바람에 1루가 비어 있다. 그는 찔리는 눈빛으로 데이브를 흘끗 쳐다본다. 그러더니 환하게 씩 웃으며 다시 연습할 준비를 한다. 다음번에는 제대로 하겠지만 시합에서도 잊어버리지 않고 잘할 수 있을까?

"물론 우리 자신이 가장 큰 적이죠. 대개 그렇지 않습니까?" 이어 데이브는 언성을 높여서 우렁차게 고함을 지른다. "뭐하는 거냐, 마이크 펠키? 먼저 베이스 커버를 들어가야지!"

마이크는 고개를 끄덕이고 얼른 달려간다. 아예 안 하는 것보다는 늦게라도 하는 게 낫다.

"브루어." 데이브는 고개를 젓는다. "브루어하고 원정 경기. 그 경기가 힘들 거예요. 브루어는 항상 힘든 상대니까요."

뱅고어 웨스트는 브루어를 완파하지는 못하지만 별다른 어려움 없이 첫 번째 원정 경기를 승리로 장식한다. 팀의 1선발 매트 키니의 컨디션이 좋다. 압도적이지는 않지만 패스트볼이 뱀처럼 까다롭게 살짝 뜨는데다 그에게는 별로 대단하지는 않지만 효과적인 변화구가 있다. 론 세인트피어가 입버릇처럼 하는 얘기에 따르면 미국의 모든 유소년 리그 투수들은 자기가 죽여주는 커브볼을 구사할 줄 안다고 생각한다. "걔네들이 커브라고 생각하는 게 대개는 큼지막한 막대사탕 같은 체인지업이에요." 그는 설명한다. "조금만 참을 줄 아는 타자면 바로 아작낼 수 있죠."

하지만 매트 키니의 커브는 진짜 커브고 오늘 저녁에는 그가 완투하며 삼진을 여덟 개나 잡는다. 그보다 더 중요하게는 사사구를 네 개밖에 주지 않는다. 유소년 리그 코치에게는 사사구가 눈엣가시다. "사사구를 주면 기가 꺾이거든요." 닐 워터먼이 말한다. "사사구를 주면 번번이 기가 꺾여요. 단 한 번의 예외도 없이. 유소년 리그 게임에서는 걸어나간 주자의 육십 퍼센트가 득점으로 연결돼요." 이번 경기에서는 아니다. 키니가 사사구로 내보낸 주자 두 명은 2루에서 포스아웃된다. 나머지 두 명은 발이 묶인다. 브루어에서 안타를 기록한 타자는 한 명뿐이다. 중견수 데니즈 휴스가 5회 원아웃에서 안타를 치지만 2루에서 포스아웃된다.

승리가 확실시되자 섬뜩할 정도로 진지하고 침착한 매트 키니가 깔끔한 교정기를 드러내 보이며 데이브를 향해 좀처럼 볼 수 없는 미소를 선사한다. "그래도 안타를 하나 맞았네요!" 그가 존경스럽다는 듯이 얘기한다.

"햄든을 만날 때까지 방심하지 마." 데이브는 건조하게 얘기한다. "그 팀 선수들은 다 잘 치거든."

7월 17일에 코크스 공장 뒤편의 뱅고어 웨스트 야구장으로 찾아온 햄든 팀은 데이브의 말이 맞았다는 것을 순식간에 증명한다. 마이크 펠키는 구질이 좋고 밀리노켓을 상대했을 때보다 컨트롤이 더 훌륭하지만 햄든 선수들은 쩔쩔매지 않는다. 체구가 탄탄하고 방망이 속도가 어마어마하게 빠른 마이크 타디프라는 선수가 1회에 펠키의 3구를 받아쳐 왼쪽 담장을 넘기는 육십 미터짜리 홈런을 기록한다. 햄든은 2회에 2득점을 보태 3 대 0으로 뱅고어 웨스트를 리드한다.

하지만 3회에 뱅고어 웨스트가 폭주한다. 햄든은 마운드가 좋고 타격이 끝내주지만 수비, 특히 내야 수비가 아쉽다. 뱅고어 웨스트는 3안타에 5실책과 2사사구를 묶어서 7점을 낸다. 유소년 리드는 대개 이런 식으로 진행되고 7점이면 충분해야 하는데 그렇지가 않다. 상대팀이 고집스럽게 야금야금 쫓아와서 3회에 2점, 5회에 다시 2점을 득점한다. 지고 있던 햄든이 6회 말 공격에 나섰을 때는 10 대 7, 점수 차가 고작 삼 점이다.

오늘 저녁에 햄든의 선발투수로 출전했다가 5회부터 포수 마스크를 쓴 카일 킹이 6회 말에 선두 타자로 나서 2루타로 출루한다. 그 뒤에 마이크 펠키가 마이크 타디프를 삼진으로 잡는다. 햄든의 교체 투수 마이크 웬트워스가 유격수 깊숙한 안타를 기록한다. 킹과 웬트워스는 패스트볼로 진루하지만 제프 카슨이 투수 앞 땅볼을 치는 바람에 발이 묶인다. 이렇게 해서 주자 2명, 투아웃 상황에서 햄든의 홈런 타자 5인방 가운데 한 명인 조시 제이미슨의 차례가 돌아온다. 햄든으로서는 동점의 기회다. 마이크는 지친 기색이 역력하지만 남은 기운을 쥐어짜 1-2에서 그를 삼진으로 잡는다. 경기가 종료된다.

아이들은 일렬로 서서 습관적으로 서로 하이파이브를 하지만 마이크 혼자 경기를 치르느라 기진맥진한 게 아니다. 하나같이 어깨를 수그리고 고개를 숙이고 있어서 경기에 진 것처럼 보인다. 뱅고어 웨스트는 이제 지구전에서 3승 무패지만 오늘의 승리는 행운이다. 관중, 코치, 선수들 모두 손에 땀을 쥐게 하는 경기였다. 원래는 수비에서 안정적인 모습을 보이는 뱅고어 웨스트가 오늘 저녁에는 실책을 아홉 개나 저질렀다.

"밤새 잠을 설쳤어요." 데이브가 다음날 연습 시간에 중얼거린다. "상대팀이 우리보다 잘했는데. 우리가 졌어야 하는 경기였어요."

이틀 뒤에 그에게 또 한 가지 우울한 일이 생긴다. 그는 론 세인트피어와 함께 십 킬로미터 거리의 햄든으로 가서 카일 킹과 친구들이 브루어를 상대로 어떤 경기를 펼치는지 관전한다. 정찰을 하러 간 건 아니다. 뱅고어는 양쪽 야구단과 모두 경기를 치렀고 두 사람이 적은 기록이 산더미다. 데이브도 실토했다시피 브루어에 승운이 따라서 햄든이 탈락하길 바라는 마음으로 간 거다. 그런 일은 벌어지지 않는다. 그들이 본 것은 야구 경기가 아니라 포격 연습이다.

결정적인 순간에 마이크 펠키에게 삼진을 당했던 조시 제이미슨이 햄턴 연습장에서는 홈런으로 모든 걸 만회한다. 제이미슨뿐만이 아니다. 카슨이 솔로, 웬트워스도 솔로, 타디프는 투런을 작렬한다. 최종 점수는 햄든 21점, 브루어 9점이다.

뱅고어로 돌아오는 길에 데이브 맨스필드는 해바라기씨만 잔뜩 씹을 뿐 아무 말도 하지 않는다. 오래된 초록색 쉐보레를 몰고 코크스 공장 옆의 울퉁불퉁한 흙바닥 주차장으로 들어선 다음에야 비로소 정신을 차린다. "우리가 화요일 저녁에는 운이 좋았고 저들도 그랬다는 걸 알아. 목요일에 우리가 찾아가면 저들이 기다리고 있을 거야."

3지구의 모든 팀이 6회짜리 드라마를 펼치는 그라운드는 어딘가가 삼십 센티미터쯤 짧거나 길고 저기에 외야 출입구가 달려 있거나 그럴지 몰라도 규격이 모두 같다. 코치들은 뒷주머니에 규정집을 넣고 다니며 수시로 참고한다. 데이브가 입버릇처럼 얘기하듯 확실하게 해서 나쁠 것 없다. 내야는 각 면이 십팔 미터고 홈 플레이트를 딛고 서 있는 정사각형 모양이다. 규정집에 따르면 뒷그물은 패스트볼이 나왔을 때 포수와 3루 주자가 공정한 승부를 펼칠 수 있도록 홈 플레이트와의 거리가 최소 육 미터 이상이라야 한다. 펜스와 홈 플레이트의 거리는 대개 육십 미터다. 뱅고어 웨스트 야구장은 홈 플레이트 정중앙까지 약 육십오 미터다. 그리고 타디프와 제이미슨 같은 강타자를 보유한 햄든은 오십오 미터에 가깝다.

가장 융통성 없는 치수가 가장 중요한 치수이기도 하다. 투수판에서 홈 플레이트 정중앙까지의 거리 말이다. 이건 십사 미터보다 길어도 안 되고 짧아도 안 된다. 이 치수에 관한 한 어느 누구도 "대충 비슷하면 됐지 뭘" 이러지 않는다. 이 두 지점 사이 십사 미터 안에서 벌어지는 일에 대부분의 유소년 리그 팀이 목숨을 건다.

다른 부분에서는 3지구의 야구장들이 저마다 상당히 다르고 대개는 야구장을 보면 해당 도시가 야구라는 스포츠를 어떻게 생각하는지 한눈에 알 수 있다. 뱅고어 웨스트 야구장은 관리가 엉망이다. 시에서 보수 예산을 으레 생략하는 천덕꾸러기다. 지반이 푸석푸석한 흙이라 비가 오면 진창이 되고 올여름처럼 날이 건조하면 콘크리트가 된다. 물을 뿌려서 외야는 대부분 제법 파릇파릇하지만 내야는 가망이 없다. 지저분한 잡초가 라인을 따라 자라지만 투수판과 홈 플레이트 사이는 민둥민둥하다. 뒷그물에는 녹이 슬었고 패스트볼이나 폭투가 나오면 지면과 철조망 사이에 뚫린 커다란 구멍 안으로 들어가기 다반사다. 유격수 오른쪽과 센터 필드 사이에는 넓고 야트막한 둔덕이 두 개 있다. 이 둔덕은 사실상 홈 어드밴티지다. 레드 삭스의 좌익수들이 그린 몬스터*에 맞고 튀어나오는 공을 처리하는 데 이골이 났듯 뱅고어 웨스트 선수들도 거기에 맞고 튀어나오는 공을 처리하는 데 이골이 났다. 반면에 원정팀 외야수들은 실수하는 바람에 펜스까지 공을 쫓아가는 경우가 많다.

IGA 식료품 가게와 마든스 디스카운트 스토어 뒤편에 구겨넣어져 있는 브루어의 구장은 뉴잉글랜드를 통틀어 가장 오래됐고 가장 녹이 많이 슨 놀이터와 자리다툼을 벌여야 한다. 거기서는 동생들이 그네에 거꾸로 매달려 경기를 관람한다.

올해 뱅고어 웨스트가 원정 경기를 치러야 하는 곳 중에서 최악은 돌 때문에 내야가 곰보처럼 얽은 마키아스의 밥 빌 야구장일 것이다. 최고는 아마 깨끗하게 손질된 외야와 깔끔하게 구성된 내야

---

* 초록색으로 도색된 외야 좌측 펜스의 애칭이다.

를 갖춘 햄든일 것이다. 중앙 펜스 너머에 피크닉 공간이 있고 화장
실이 딸린 매점을 갖춘 햄든 야구장은 해외 전쟁 참전 용사 회관 뒤
편에 자리 잡은 부잣집 아이들의 구장 같다. 하지만 겉과 속은 다를
수 있다. 이 팀은 뉴버그와 햄든의 조합으로 이루어졌는데, 뉴버그
는 소규모 농장과 목장으로 이루어진 마을이다. 아이들은 대부분 전
조등 주변에 프라이머 페인트를 발랐고 육각형 모양의 철조망으로
머플러를 묶은 고물차를 타고 경기장에 온다. 컨트리클럽 수영장에
서 태운 게 아니라 집안일을 거드느라 새까맣게 탄 얼굴을 하고 다
닌다. 도시 아이들과 시골 아이들. 유니폼을 입으면 누가 어느 쪽인
지 별로 중요하지 않다.

데이브의 말이 맞아떨어진다. 햄든과 뉴버그의 팬들이 기다리고
있다. 뱅고어 웨스트는 1971년에 마지막으로 3지구 유소년 리그 우
승을 차지했다. 햄든은 우승한 적이 한 번도 없기에 뱅고어 웨스트
에게 일찌감치 한 번 지기는 했지만 수많은 팬들이 올해가 우승 원
년이 되길 바란다. 뱅고어 팀은 처음으로 원정 경기라는 걸 실감한
다. 거대한 홈팀 응원석이 그들을 맞이한다.
　매트 키니가 선발로 나선다. 햄든은 카일 킹으로 맞받아치고 경기
는 유소년 리그에서는 보기 드물게 흥미진진한, 진정한 투수전의 양
상을 띤다. 3회가 끝났을 때 득점 현황이 햄든 0점, 뱅고어 웨스트 0
점이다.
　4회 말에 햄든의 내야가 또다시 집중력을 잃자 뱅고어는 그 틈에
2득점을 올린다. 원아웃, 누상에 주자가 둘인 상황에서 뱅고어 웨스

트의 1루수 오언 킹이 타석에 오른다. 햄든 팀의 카일 킹과 뱅고어 웨스트 팀의 오언 킹은 서로 혈연관계가 아니다. 굳이 설명하지 않아도 된다. 한번 흘끗 쳐다보기만 해도 알 수 있다. 카일리 킹은 키가 약 160센티미터 정도 된다. 오언 킹은 188센티미터라 그를 한참 위에서 내려다본다. 유소년 리그에서는 체격의 차이가 워낙 심해서 쉽게 착시 현상의 노예가 될 수 있다. 뱅고어의 킹은 유격수 쪽으로 땅볼을 날린다. 자로 잰 듯한 더블플레이 코스인데, 햄든의 유격수가 공을 깔끔하게 처리하지 못하고 킹은 구십 킬로그램쯤 되는 몸을 이끌고 전속력으로 달려 공보다 먼저 1루에 도착한다. 그사이 마이크 펠키와 마이크 아널드가 잽싸게 홈으로 들어온다.

그러고 나서 5회 초로 넘어갔을 때 호투중이던 매트 키니가 햄든의 8번 타자 크리스 위트콤을 공으로 맞힌다. 9번 타자 브렛 존슨은 뱅고어 웨스트의 2루수 케이시 키니 앞으로 총알 같은 타구를 날린다. 이것 역시 자로 잰 듯한 더블플레이 코스지만 케이시가 기회를 놓친다. 지금까지 자연스럽게 낙하하던 그의 손이 지면 위 십 센티미터쯤에서 얼어붙고 케이시는 불규칙 바운드에 고개를 돌린다. 이것이 유소년 리그를 통틀어 가장 흔하고 가장 쉽게 이해가 가는 내야진의 실책이다. 노골적인 자기 보호 본능의 발현이다. 공이 중견수 쪽으로 굴러가는 동안 케이시가 데이브와 닐을 보며 지은 괴로워하는 표정이 이 공연의 대미를 장식한다.

"괜찮아, 케이시! 다음번에 잘하면 돼!" 데이브가 걸걸하고 자신만만한 양키 목소리로 우렁차게 외친다.

"다음 타자 준비해!" 닐이 케이시의 표정을 깡그리 무시하고서 외친다. "다음 타자! 생각을 하면서 플레이해! 아직 우리가 이기고 있어! 아웃 카운트 하나 잡자! 아웃 카운트 하나 잡는 데 집중해!"

케이시는 긴장을 풀고 다시 경기에 집중하고 잠시 후 외야 관중석에서 햄든 경적단이 연주를 시작한다. 도요타와 혼다 그리고 범퍼에 "미국은 중앙아메리카에서 철수하라" 아니면 "원자가 아니라 장작을 쪼개라" 이런 스티커를 붙인 조그맣고 산뜻한 닷지 콜트 등 최신 모델도 있다. 하지만 대부분 고물차 아니면 픽업 트럭이다. 트럭들은 대다수가 문에 녹이 슬었고 계기판 아래에 FM 컨버터를 철사로 매달았고 짐칸 위에 리어 캠핑용 지붕을 씌워놓았다. 어떤 사람들이 이 안에서 경적을 누르고 있을까? 정확하게는 아무도 모르는 눈치다. 햄든 선수들의 부모나 친척은 아니다. 부모와 친척들은(아이스크림 범벅이 된 다수의 동생들과 함께) 외야석을 메우고 햄든 더그아웃이 있는 3루 측 펜스 앞에 줄줄이 서 있다. 그들은 이제 막 퇴근한 주민들일 수도 있다. 바로 옆 해외 전쟁 참전 용사 회관에서 맥주를 몇 잔 마시기 전에 경기를 조금 보려고 들른 것일지 모른다. 아니면 한참 동안 거부당한 메인 주 선수권대회 우승 깃발에 굶주린 햄든 유소년 리그의 유령일 수도 있다. 가능성 있는 얘기다. 햄든 경적단에는 섬뜩하고 불가피한 느낌이 있다. 높은 음, 낮은 음, 죽어가는 배터리의 동력을 끌어다 쓰는 뱃고동이 경적의 불협화음을 연출한다. 뱅고어 웨스트의 선수 몇 명이 불안한 표정으로 소리가 들리는 쪽을 돌아본다.

뒷그물 너머에서는 이 지역 텔레비전 방송국에서 11시 뉴스의 스포츠 코너에 내보낼 마지막 기사를 녹화할 준비를 하고 있다. 그러자 일부 관중들이 흥분하지만 햄든 벤치의 선수들은 거의 모르는 눈치다. 매트 키니는 확실히 모른다. 그는 워스 알루미늄 방망이로 한쪽 야구화를 툭툭 치고 타석으로 들어선 햄든의 다음 타자, 매트 네이드에게 백 퍼센트 집중한다.

햄든 경적단이 잠잠해진다. 매트 키니가 와인드업을 한다. 케이시 키니는 2루 베이스에서 살짝 동쪽인 원래 위치로 돌아가 글러브를 내린다. 이번에는 공이 또 날아오더라도 절대 얼굴을 돌리지 않겠다는 표정을 짓고 있다. 햄든의 주자들은 기대하는 표정으로 1루와 2루 베이스에 서 있다. (유소년 리그에서는 주자들이 리드하지 않는다.) 다이아몬드 양쪽의 관중들이 가슴을 졸이며 지켜본다. 대화가 끊긴다. 가장 재미있는 야구 경기는(사실 돈을 내고 봐도 될 만큼 아주 훌륭한 스포츠다) 짧고 날카로운 들숨으로 간간이 끊기는 평화로운 일시 정지다. 팬들은 이제 그 날숨의 순간이 도래했다는 걸 감지한다.

네이드가 1구를 때려 2루수 키를 넘기는 안타를 치고 점수는 2대 1이 된다. 타석으로 들어선 햄든의 투수 카일리 킹이 똑바로 마운드를 향해 낮고 빠른 직선타를 날린다. 공이 매트 키니의 오른쪽 정강이를 맞힌다. 그는 이미 각도를 틀어서 3루수와 유격수 사이의 공간으로 날아간 공을 본능적으로 잡아서 던지려고 하다가 진짜 아프다는 걸 뒤늦게 깨닫고 주저앉는다. 이제 만루지만 그 순간에는 아무도 거기에 관심이 없다. 주심이 손을 들어서 타임아웃을 선포하자 뱅고어 웨스트의 모든 선수들이 매트 키니 주변으로 모인다. 센터필드 너머에서 햄든 경적단이 의기양양하게 경적을 울린다.

키니는 새하얗게 질린 얼굴로 아파한다. 매점의 구급상자에서 아이스 팩이 조달되고 몇 분 뒤에 일어날 수 있게 된 그는 데이브와 닐의 부축을 받아가며 절뚝절뚝 걸어나온다. 관중들은 요란하게 동정의 박수를 친다.

지금까지 1루수를 보던 오언 킹이 뱅고어 웨스트의 교체 투수로 등판하는데, 그가 상대해야 하는 첫 번째 타자가 마이크 타디프다. 타디프가 타석에 들어서자 햄든 경적단이 기대한다는 듯이 짧게 한 번 경적을 울린다. 킹의 3구가 엉뚱하게 뒷그물을 향해 날아간다. 브렛 존슨이 홈으로 질주한다. 킹은 배운 대로 마운드에서 홈 플레이트로 달린다. 뱅고어 웨스트 더그아웃에서 닐 워터먼이 매트 키니와 어깨동무를 한 채로 구호를 외친다. "커버! 커버! 커버!"

뱅고어 웨스트의 선발 포수인 조 윌콕스는 키가 킹보다 삼십 센티미터 작지만 아주 빠르다. 올스타 시즌 초반에는 포수를 맡기 싫어했고 지금도 좋아하지는 않지만 받아들이는 법과 오래도록 견디는 선수가 거의 없는 포지션에서 억척같이 버티는 법을 배웠다. 심지어 유소년 리그에서조차 포수들은 대부분 토비 맥주잔*을 닮았다. 그는 좀 전에 파울볼 한 손 캐치를 시도한 적이 있다. 지금은 뒷그물 쪽으로 달려가 맨손인 쪽으로 마스크를 벗어던지는 동시에 리바운드돼서 나온 폭투를 잡는다. 그가 홈 플레이트 쪽으로 몸을 돌려서 킹에게 공을 토스할 때 햄든 경적단은 승리의 소음을 내뱉지만 시기상조였던 것으로 밝혀진다.

---

* 삼각 모자를 쓴 뚱뚱한 노인 모양의 맥주잔.

존슨의 속도가 느려졌다. 그는 케이시 키니가 존슨이 강타한 땅볼을 뒤로 흘렸을 때 지었던 것과 비슷한 표정을 짓고 있다. 극도의 불안과 공포로 얼룩진 표정, 쥐구멍에라도 숨고 싶어 하는 아이의 표정이다. 뭐에라도 숨고 싶어 하는 아이의 표정이다. 교체 투수가 홈 플레이트를 막고 있다.

존슨은 건성으로 슬라이딩을 시도한다. 킹은 윌콕스가 토스한 공을 받아 놀라우리만치 애교 있고 우아하게 몸을 돌려서 운이 따라주지 않은 존슨을 가볍게 태그한다. 그는 마운드로 돌아가 이마에서 땀을 닦고 다시 타디프를 상대할 준비를 한다. 그의 뒤에서 햄든 경적단이 다시 잠잠해진다.

타디프가 친 공이 포물선을 그리며 3루 쪽으로 날아간다. 뱅고어의 3루수 케빈 로치포트가 이에 대응해 뒤로 한 걸음 물러난다. 쉽게 처리할 수 있는 공이지만 그는 엄청나게 당황한 표정이다. 그가 손쉬운 플라이 볼을 앞에 두고 얼어붙은 순간, 매트가 입은 부상으로 선수 전원이 얼마나 흔들렸는지 티가 나기 시작한다. 공은 로치포트의 글러브 안으로 들어가지만 프레디 무어에서부터 시작해 이제는 팀원 전체가 로치 클립*이라고 부르는 로치포트가 힘을 줘서 제대로 잡지 못하는 바람에 튀어나온다. 킹과 윌콕스가 존슨을 처리하는 동안 3루로 진루한 네이드는 이미 홈 플레이트를 향해 출발했다. 로치포트가 공을 잡았다면 네이드를 쉽게 더블플레이로 잡을 수

* 대마초 꽁초를 피울 때 쓰는 클립.

있었겠지만 메이저리그 경기에서도 그렇듯 야구는 몇 센티미터가 중요한 가정의 경기다. 로치포트는 공을 잡지 못한다. 그 대신 1루로 폭투를 던진다. 마이크 아널드가 1루를 지키고 있고 그는 팀 안에서 손꼽히는 야수지만 죽마를 타고 있지 않은 이상 그 공은 잡을 도리가 없다. 그사이 타디프는 2루로 쇄도한다. 팽팽한 투수전이 전형적인 유소년 리그전으로 둔갑했고 이제 햄든 경적단은 환희의 불협화음을 연출한다. 홈팀의 파죽지세가 시작되고 최종 점수는 햄든 9점, 뱅고어 웨스트 2점이다.

마지막 아웃 카운트를 기록한 뱅고어 웨스트 선수들은 터벅터벅 더그아웃으로 들어가 벤치에 앉는다. 첫 번째 패배인데 대부분 의연하게 받아들이지 못한다. 몇 명은 넌더리 난다는 듯이 지저분한 운동화 사이로 글러브를 던진다. 몇 명은 울고 또 몇 명은 울기 직전이고 아무도 말을 하지 않는다. 심지어 뱅고어의 웃음 담당인 프레디조차 햄든에서 맞이한 이 후텁지근한 목요일 저녁에는 할말이 없다. 센터필드 너머에서 햄든 경적단 몇 명이 행복에 겨워 계속 빵빵거리고 있다.

닐 워터먼이 제일 먼저 말문을 연다. 아이들에게 고개를 들고 자기를 쳐다보라고 한다. 세 명이 이미 그러고 있었다. 오언 킹, 라이언 이애로비노 그리고 매트 키니다. 이제 팀원 절반이 그가 시키는 대로 한다. 하지만 마지막 아웃 카운트를 기록한 조시 스티븐스를 비롯해 몇 명은 계속 신발에 엄청난 관심을 기울인다.

"고개들 들어라." 워터먼이 다시 얘기한다. 이번에는 그의 목소리가 좀 전보다 커졌지만 퉁명스럽지는 않다. 마침내 전원이 그를 쳐다본다. "너희는 제법 잘해주었다." 그가 부드럽게 얘기한다. "너희는 살짝 흔들렸고 상대팀이 이기긴 했지만. 그럴 때도 있다. 하지만 그렇다고 해서 저들의 실력이 우리보다 나은 건 아니야. 그건 토요일에 결판이 날 거다. 오늘 저녁에 너희가 잃은 건 야구 한 판뿐이야. 그래도 내일은 내일의 태양이 떠오를 거다." 그들이 벤치 위에서 조금 꿈틀거리기 시작한다. 이 오래된 명언에 아직 위로의 힘이 남아 있는 모양이다. "너희는 오늘 저녁에 최선을 다했고 그거면 된 거다. 나는 너희가 자랑스럽고 너희도 자부심을 느껴도 된다. 고개 떨굴 필요 없어."

그가 옆으로 비켜서자 데이브 맨스필드가 팀원들을 눈으로 훑는다. 평소에는 목소리가 우렁찼던 그가 워터먼보다 더 조용히 말문을 연다. "그들이 이길 수밖에 없다는 걸 우리도 알면서 왔잖니. 안 그래?" 그가 묻는다. 혼잣말을 하는 듯 생각에 잠긴 목소리다. "이기지 못하면 그들은 탈락이니까. 토요일에는 그들이 우리 구장으로 온다. 그때는 우리가 이겨야 해. 이기고 싶니?"

그들은 이제 전부 고개를 들고 있다.

"다들 감독님이 하신 얘기를 기억해주기 바란다." 데이브는 훈련 시간에 고래고래 소리를 지르는 사람답지 않게 계속 생각에 잠긴 투로 얘기한다. "너희는 한 팀이야. 그 말은 곧 서로 사랑하는 사이라는 뜻이다. 너희는 한 팀이니까 지든 이기든 서로를 사랑하지."

경기를 하는 동안에는 서로 사랑해야 한다는 얘기를 맨 처음 들었을 때 아이들은 어색해하며 웃음을 터뜨렸다. 하지만 지금은 웃지 않는다. 함께 햄든 경적단을 겪고 나자 조금은 이해를 하게 된 모양이다.

데이브는 그들을 다시 한번 눈으로 훑고 고개를 끄덕인다.

"좋아. 장비 챙겨라."

그들은 방망이, 헬멧, 캐치볼 용품, 기타 등등을 캔버스 천으로 된 더플백에 넣는다. 그걸 데이브의 오래된 초록색 픽업 트럭에 실었을 때 몇몇 아이들은 다시 웃고 있다.

데이브도 같이 웃지만 집까지 가는 동안에는 웃지 않는다. 오늘 저녁에는 집으로 가는 길이 멀게 느껴진다. "토요일에 그들한테 이길 수 있을지 모르겠네." 그는 얘기한다. 좀 전처럼 생각에 잠긴 말투다. "나는 이기고 싶고 그들도 이기고 싶을 테지만 잘 모르겠어. 이제 햄든 쪽으로 기세가 기울었거든."

기세. 한 경기뿐 아니라 시즌 전체를 결정짓는 정체 모를 기운이다. 야구 선수들은 어떤 경기에서든 별스럽게 굴고 미신을 따르는데, 뱅고어 웨스트 선수들은 어떤 이유에서인지 몰라도 어린 팬의 인형이 신었던 조그만 플라스틱 샌들을 마스코트로 삼았다. 이 황당한 부적에 기세라는 이름을 붙였다. 그걸 매 경기마다 더그아웃 철조망에 꽂고 타자들은 종종 그걸 슬쩍 건드린 다음 대기석으로 나간다. 뱅고어 웨스트에서 주로 좌익수로 출전하는 닉 트라스코스가 평소에는 그걸 맡고 있다. 오늘 저녁에는 그가 처음으로 깜빡하고 부적을 들고 오지 않았다.

"닉이 토요일에는 기세를 깜빡하지 말아야 할 텐데." 데이브가 엄숙하게 얘기한다. "하지만 깜빡하지 않는다 해도……." 그는 고개를 젓는다. "잘 모르겠네."

유소년 리그 경기에는 입장료가 없다. 공식적으로 금지되어 있다. 그 대신 4회 동안 선수 하나가 모자를 들고 다니며 걷은 성금으로 장비 구입과 경기장 관리 비용을 충당한다. 토요일, 뱅고어에서 열리는 올해의 페놉스콧 카운티 유소년 리그 결승전에서 뱅고어 웨스트와 햄든이 맞붙었을 때 야구단이 거둔 수입을 비교해보면 관심이 어느 정도로 증폭됐는지 알 수 있다. 뱅고어 대 밀리노켓 경기에서는 성금 액수가 15달러 45센트였다. 토요일 오후에 열린 햄든전에서는 5회에 이르러서야 드디어 돌아온 모자가 잔돈과 쭈글쭈글한 1달러짜리 지폐로 넘칠 지경이다. 총 수입이 94달러 25센트다. 외야석이 만석이다. 펜스를 따라 관중들이 줄지어 서 있다. 주차장에는 빈 자리가 없다. 유소년 리그는 미국의 거의 모든 스포츠 및 사업체와 공통점이 하나 있다. 성공은 또 다른 성공을 부른다는 것이다.

뱅고어는 순조롭게 출발하지만—3회 말에 7 대 3으로 앞서고 있다—이윽고 모든 게 무너진다. 4회에 햄든이 6점을 내는데 대부분 실책에 의한 득점이 아니다. 뱅고어 웨스트는 햄든에서 열린 경기에서 매트 키니가 공에 맞았을 때처럼 주저앉지 않는다. 닐 워터먼의 표현을 빌리자면 고개를 떨구지 않는다. 하지만 6회 말에 공격할 차례가 되었을 때 그들은 14 대 12로 지고 있다. 탈락이 눈앞으로 다가왔고 매우 실감이 난다. 기세가 평소 그 자리를 지키고 있지만 이번 시즌이 끝나기 전까지 뱅고어 웨스트에게는 세 개의 아웃 카운트가 남았다.

뱅고어 웨스트가 9 대 2로 졌을 때 고개를 들라는 얘기를 들을 필요 없었던 아이가 라이언 이애로비노였다. 그는 그 경기에서 3타수 2안타를 기록했고 실력을 유감없이 발휘했고 그라운드에서 철수했을 때 자기가 실력을 유감없이 발휘했다는 걸 알고 있었다. 그는 키가 크고 말이 없고 어깨가 넓고 눈에 확 띄는 밤색 머리다. 뱅고어 웨스트 팀에서 운동에 선천적으로 소질이 있는 두 선수 중 한 명이다. 다른 한 명은 매트 키니다. 키니는 호리호리하고 아직 상당히 키가 작다. 이애로비노는 키가 크고 근육질이라 서로 신체적으로는 정반대지만 그 나이 또래의 남자아이답지 않은 공통점이 있다. 그 둘은 자기 몸을 믿는다. 반면에 뱅고어 웨스트 팀의 다른 선수들은 재능의 유무에 관계없이 자기 팔, 다리, 손을 스파이이자 잠재적인 배신자로 간주한다.

이애로비노는 대회용 복장을 입었을 때 좀더 존재감이 느껴지는 아이다. 양 팀을 통틀어 타자용 헬멧을 장착했을 때 어머니의 스튜 냄비를 뒤집어쓴 얼간이처럼 보이지 않는 몇 안 되는 선수 중 한 명이다. 매트 키니는 마운드 위에서 야구공을 던질 때 적시에 적소에 있는 듯이 느껴진다. 라이언 이애로비노는 우타자석으로 들어가 방망이 끝으로 투수를 잠깐 겨눈 다음 방망이를 오른쪽 어깨 앞에서 곧추세울 때 적소에 정확히 있는 듯이 느껴진다. 그는 1구를 상대할 준비를 갖추기 전부터 엄청 집중하고 있는 것처럼 보인다. 어깨와 골반과 발목의 볼록한 부분이 완벽하게 일자다. 매트 키니는 야구공을 던지기에 알맞은 몸이다. 라이언 이애로비노는 야구공을 때리기에 알맞은 몸이다.

뱅고어 웨스트의 마지막 기회. 4회에 결정적인 홈런을 날렸고 마이크 웬트워스 다음으로 햄든의 마운드를 책임졌던 제프 카슨이 마이크 타디프로 교체된다. 그는 맨 먼저 오언 킹을 상대한다. 킹은 3−2에서(한번은 원 바운드 공에 홈런을 날릴 기세로 미친듯이 방망이를 휘두르지만) 잘 참고 포볼로 걸어나간다. 그의 뒤를 이어서 타석에 들어선 로저 피셔는 붙임성 좋은 프레드 무어의 대타다. 로저는 체구가 작고 인디언처럼 눈과 머리가 새까맣다. 쉬운 상대 같지만 겉과 속이 다를 수 있다. 로저는 힘이 좋다. 하지만 오늘은 벅찬 상대를 만나서 삼진 아웃을 당한다.

필드에서 햄든 선수들이 자세를 바꾸며 서로 쳐다본다. 승리가 눈앞으로 다가왔음을 아는 것이다. 여기는 주차장이 멀어서 햄든 경적단이 승부를 좌우하지 못한다. 그들의 응원단은 그냥 응원의 함성을 지르는 것으로 만족한다. 자주색 햄든 모자를 쓴 여자 둘이 더그아웃 뒤에 서 있다가 좋아하며 서로 끌어안는다. 다른 몇 명의 팬들은 출발 총성을 기다리는 달리기 선수 같다. 아이들이 뱅고어 웨스트를 영원히 떨쳐버리는 순간 필드로 달려나가려는 기색이 역력하다.

포수가 되고 싶지 않았지만 결국에는 포수가 된 조 윌콕스가 원 아웃에서 좌중간으로 안타를 친다. 킹은 2루에서 멈춘다. 전 세계를 통틀어 가장 오래된 하이탑 운동화를 신고 다니며 그날 무안타였던 뱅고어의 좌익수 아서 도어가 타석에 들어섰다. 이번에는 그가 공을 힘차게 날리지만 햄든의 유격수가 자기 자리에서 움직일 필요조차 거의 없을 만큼 정면으로 날아간다. 유격수는 킹이 베이스에서 발이 떨어졌길 바라며 2루로 공을 뿌리지만 그런 행운은 따라주지 않는다. 그래도 투아웃이다.

햄든의 응원단은 좀더 응원의 함성을 지른다. 더그아웃 뒤편의 두 여자는 깡충깡충 뛰고 있다. 몇몇 햄든 응원단이 천천히 경기장을 빠져나가려고 하지만 이마를 훔치고 공으로 글러브를 치는 마이크 타디프의 표정을 보면 알 수 있다시피 조금 섣부른 판단이다.

라이언 이애로비노가 우타자석으로 들어선다. 그는 빠르고 거의 천부적으로 완벽한 스윙을 자랑한다. 심지어 론 세인트피어조차 그 부분에서는 결점을 찾을 수 없을 것이다.

라이언은 그날 들어 가장 힘차게 던진 타디프의 1구를 향해 방망이를 휘두른다. 공이 카일 킹의 글러브에 꽂히자 산탄총 소리가 난다. 다음에는 타디프가 바깥쪽으로 공을 하나 뺀다. 킹이 공을 다시 넘긴다. 타디프는 잠깐 고민하다가 낮은 패스트볼을 던진다. 라이언은 그 공을 그냥 보내고 주심은 투 스트라이크를 선언한다. 바깥쪽 코너에 꽂힌 걸까. 아무튼 주심이 그렇다고 하니 그걸로 끝이다.

이제 양쪽 응원단이 잠잠해지고 코치들도 마찬가지다. 그들은 모두 소외됐다. 이제는 오로지 타디프와 이애로비노의 승부다. 두 팀이 치르는 마지막 경기의 마지막 아웃 카운트를 잡는 마지막 스트라이크에 달렸다. 두 얼굴 사이 십사 미터의 거리에 달렸다. 하지만 이애로비노는 타디프의 얼굴이 아니라 타디프의 글러브를 쳐다보고 있다. 론 세인트피어가 프레드에게 하는 얘기가 내 귓가에 들리는 듯하다. 내가 어떤 식으로 던질지, 사이드암일지 스리쿼터일지 오버더톱일지 기다리는 거지.

이애로비노는 타디프가 어떤 식으로 나올지 기다리고 있다. 타디프가 세트 포지션을 취하자 근처 테니스장에서 퍽퍽, 퍽퍽 하고 테니스공 튀기는 소리가 들리지만 이곳은 정적과 검은색 판지를 모양대로 오린 듯이 흙 위에 펼쳐져 있는 또렷하고 까만 선수들의 그림자뿐이고 이애로비노는 타디프가 어떤 식으로 나올지 기다리고 있다.

그는 오버더톱으로 던진다. 그리고 이애로비노가 무릎과 왼쪽 어깨를 살짝 낮추면서 갑자기 움직이자 알루미늄 방망이가 햇빛 아래에서 흐릿해진다. 알루미늄이 소가죽을 때리는 소리, 숟가락으로 양철컵을 때리는 그 깡 소리가 이번에는 다르다. 많이 다르다. 깡이 아니라 쩍 소리와 함께 잠시 후에 공이 하늘 위로 날아가 좌익수 쪽으로 포물선을 그린다. 여름 오후 속으로 높고 넓고 근사하게, 멀리멀리 사라진다. 그 공은 나중에 홈 플레이트에서 약 팔십 미터 멀리 주차된 어느 차량 밑에서 수거될 것이다.

열두 살짜리 마이크 타디프는 벼락을 맞은 듯이 멍하니 믿기지 않는 표정을 짓는다. 공이 아직 거기 들어 있길 바라는 듯이, 이애로비노가 투 스트라이크, 투 아웃 이후에 날린 극적인 홈런이 찰나의 섬뜩한 악몽이길 바라는 듯이 자기 글러브를 흘끗 쳐다본다. 뒷그물 뒤에 서 있던 두 여자는 놀라서 서로 쳐다본다. 처음에는 어느 누구도 아무 소리도 내지 않는다. 모두들 괴성을 지르고 뱅고어 웨스트 선수들은 기다리고 있다가 라이언이 도착하면 덮치려고 홈 플레이트로 달려나가기 전 바로 그 순간, 이게 꿈이 아니라고 확신하는 사람은 딱 두 명뿐이다. 한 명은 라이언 자신이다. 그는 1루를 돌면서 양손을 어깨 높이까지 들고 잠깐, 하지만 단호하게 승리의 제스처를 보인다. 그리고 오언 킹이 홈 플레이트를 밟음으로써 햄든의 올스타 시즌에 종지부를 찍는 3점의 첫 번째 1점을 기록할 때 마이크 타디 프가 깨닫는다. 그는 유소년 리그 소속으로서 마지막으로 투수판에 서서 울음을 터뜨린다.

"그 아이들은 겨우 열두 살밖에 안 됐다는 걸 잊지 말아야지." 세 코치 중 한 명이 짚고 넘어갈 때마다 맨스필드, 워터먼, 세인트피어, 이 셋 중에서 듣는 쪽은 다시 한번 상기한다.

"너희가 필드에 나가면 우리는 너희를 사랑하고 너희는 서로를 사랑해야 한다." 워터먼은 아이들에게 몇 번이고 거듭 얘기하는데, 뱅고어가 결국 15 대 14로 햄든을 이겼을 때 아이들은 진심으로 서로를 사랑했기에 이 말을 듣고 더는 웃지 않는다. 그는 말을 잇는다. "앞으로는 내가 너희들한테 엄하게 대할 거다. 아주 엄하게. 경기를 하는 동안에는 내가 무조건적인 사랑을 보일 거다. 하지만 우리 야구장에서 연습을 할 때는 내 목청이 얼마나 큰지 알게 될 거야. 농땡이를 부리면 벤치에 앉아 있어야 한다. 내가 하라는 걸 하지 않았을 때도 벤치에 앉아 있어야 하고. 이제 휴식 시간은 끝났다. 다들 정신 단단히 차려라. 이제부터 힘든 과정이 시작되니까."

며칠 저녁이 지났을 때 수비 연습 시간에 워터먼이 오른쪽으로 총알 같은 타구를 날린다. 이 과정에서 하마터면 아서 도어의 코가 날아갈 뻔한다. 아서는 지퍼를 잠갔는지 확인하느라 바빴다. 아니면 케즈 운동화 끈을 살피느라 바빴다. 아니면 뭔지 모를 우라질 일로 바빴다.

"아서!" 닐 워터먼이 고함을 지르자 아서는 야구공이 바로 앞을 지나갔을 때보다 그 소리를 듣고 더 심하게 움찔한다. "들어와! 벤치에 앉아라! 당장!"

"하지만……." 아서가 말문을 연다.

"들어와!" 닐은 고함으로 맞받아친다. "벤치에 앉으라고!"

아서는 고개를 숙인 채 뚱한 얼굴로 터벅터벅 들어오고 J. J. 피들러가 그의 자리를 메운다. 며칠 뒤에는 닉 트라스코스가 다섯 번인가를 시도했는데도 번트를 두 번 대는 데 실패하자 타격 연습할 기회를 잃는다. 그는 화끈거리는 얼굴을 달래며 벤치에 혼자 앉아 있는다.

아르스쿠트 카운티/워싱턴 카운티의 우승자인 마키아스가 다음 상대다. 3전 2승제이고 우승팀이 3지구 챔피언이 된다. 1차전은 코크스 공장 뒤편에 있는 뱅고어 구장에서, 2차전은 마키아스의 밥 빌 구장에서 열린다. 만약 3차전까지 가면 두 마을의 중간 지점에서 경기가 열릴 것이다.

닐 워터먼이 약속했다시피 국가가 연주되고 첫 번째 경기가 시작되자마자 코치진은 열렬한 응원 모드로 바뀐다.

"괜찮아, 별일 아니야!" 아서 도어가 오른쪽으로 날아오는 장타를 잘못 판단하는 바람에 공이 그의 뒤로 넘어가자 데이브 맨스필드가 외친다. "아웃 카운트 하나 잡자! 벨리 플레이! 아웃 카운트만 하나 잡자!" 다들 '벨리 플레이'가 뭔지 잘 모르는 눈치지만 이기자는 소리인 것 같기에 열심히 시키는 대로 한다.

3차전까지 갈 필요도 없다. 뱅고어 웨스트는 1차전에서 매트 키니의 탄탄한 투구를 앞세워 17 대 5로 승리를 거둔다. 2차전에서 좀 더 힘들게 승리를 거둔 이유는 오로지 날씨가 협조를 하지 않았기 때문이다. 처음으로 원정에 나선 날 거센 여름 폭우가 쏟아지는 바람에 뱅고어 웨스트는 지구 우승을 거머쥐기 위해 마키아스까지 왕복 270킬로미터의 거리를 두 번 왔다갔다해야 한다. 마침내 7월 29일로 경기 일정이 잡힌다. 마이크 펠키의 가족이 뱅고어 웨스트의 2선발을 데리고 올랜도의 디즈니 월드로 떠나는 바람에 이로써 세 명의 선수가 경기에 불참하지만 오언 킹이 조용히 대타로 나서 5안타, 8탈삼진을 기록하고 체력 고갈로 6회에 마이크 아널드에게 마운드를 넘긴다. 뱅고어 웨스트가 12 대 2로 승리를 거두고 3지구 유소년 리그 챔피언에 등극한다.

이런 순간에 프로 야구 선수들은 에어컨이 달린 라커룸으로 들어가서 서로의 머리에 샴페인을 뿌린다. 뱅고어 웨스트 팀은 마키아스에서 가장 훌륭한 (그리고 어쩌면 딱 하나뿐인) 헬렌스라는 식당에 가서 핫도그, 햄버거, 콜라, 산더미 같은 프렌치프라이로 자축한다. 서로 웃고 놀리고 냅킨으로 총알을 만들어서 빨대로 날리는 아이들을 보고 있으면 저러다 금세 좀더 요란하게 승리를 자축하는 방법을 발견하겠구나 하는 생각을 하지 않을 수가 없다.
하지만 지금은 이 정도로 완벽하게 충분하다. 사실상 훌륭하다. 그들은 그들이 거둔 성과에 압도당하지 않고 어마어마하게 기뻐하고 어마어마하게 만족스러워하며 전적으로 이 순간을 즐긴다. 올해 여름에 운이 좋았던 거라 한들 알지 못하고 어느 누구도 운이 좋았던 건지 모른다고 얘기할 만큼 야박하지 않다. 그들은 헬렌스의 간단한 튀김 요리를 허락받았고 지금은 그걸로 족하다. 그들은 지구 우승을 차지했다. 메인 주 선수권대회에서는 좀더 인구가 많은 남쪽 지역의 좀더 규모가 있고 막강한 팀들에게 박살이 날지 몰라도 아직 일주일 뒤의 얘기다.

라이언 이애로비노는 민소매 티셔츠로 갈아입었다. 아서 도어는 뺨에 난봉꾼처럼 케첩을 묻히고 있다. 그리고 볼카운트 0-2에서 강력한 사이드암 패스트볼로 마키아스 타자들의 가슴에 공포를 심어주었던 오언 킹은 콜라 잔에 대고 즐겁게 거품을 내고 있다. 일이 뜻대로 되지 않으면 그 어느 누구보다 표정이 뚱해지는 닉 트라스코스는 오늘 저녁에 지극히 행복해 보인다. 왜 아니겠는가. 그들은 열두 살이고 오늘 저녁의 승자다.

그들은 가끔 나이를 상기시키는 행동을 보이기도 한다. 우천 취소된 첫 번째 원정 경기 때 J.J. 피들러가 타고 있던 차량의 뒷자리에서 꿈틀거리기 시작한다. "화장실 가야겠어." 그가 얘기한다. 그는 배를 움켜쥐고 불길하게 덧붙인다. "진짜로 화장실 가야겠어. 완전 급해."

"J.J.가 쌀 것 같대요!" 조 윌콕스가 신이 나서 외친다. "조심하세요! J.J. 때문에 차에 홍수 나게 생겼어요!"

"입 닥쳐, 조이." J.J.는 얘기하고 다시금 꿈틀거리기 시작한다.

그가 중대 발표한 타이밍이 이보다 더 나쁠 수가 없다. 마키아스와 뱅고어를 오가는 135킬로미터는 대체로 비움의 장이라고 보면 된다. 이 길가에는 J.J.가 잠깐 몸을 숨길 나무들조차 없다. 몇 킬로 미터 연속으로 뻥 뚫린 풀밭이 이어지고 그 사이로 1A 도로가 구불 구불 나 있다.

J.J.의 방광이 데프콘 1단계로 진입하려는 찰나, 하느님이 보우하사 주유소가 등장한다. J.J.가 화장실로 뛰어가는 동안 보조 코치가 차를 돌려서 기름을 가득채운다. "우와!" 그는 눈앞으로 흘러내린 머리칼을 빗어넘기며 차가 있는 곳으로 달려와서 외친다. "하마터면 쌀 뻔했어!"

"바지에 좀 묻었어, J.J." 조 윌콕스가 심드렁하게 내뱉은 말에 J.J.가 바지를 확인하자 모두들 배꼽을 잡고 웃는다.

다음날 마시아스로 다시 가는 길에 매트 키니는 유소년 리그 선수 또래의 아이들이 《피플》 잡지에서 뭘 가장 흥미진진하게 여기는지 보여준다. "이쯤에 분명 있을 텐데." 그가 뒷자리에서 발견한 잡지를 천천히 넘기며 얘기한다. "거의 항상 그렇던데."

"뭐가? 뭘 찾는 거야?" 매트가 이번 주 유명 인사들의 동향을 거의 보지도 않고 넘기는 것을 그의 어깨 너머로 들여다보며 3루수 케빈 로치포트가 묻는다.

"유방암 검사 광고." 매트가 설명한다. "완전히 다 보이지는 않지만 제법 많이 보이거든. 여기 있다!" 그가 의기양양하게 잡지를 위로 들어 보인다.

빨간색 뱅고어 웨스트 모자를 쓴 다른 네 명이 당장 잡지 주변으로 몰려든다. 최소 몇 분 동안 야구는 이 아이들의 머릿속에서 저 멀리 잊힌다.

1989년의 메인 주 유소년 리그 선수권대회는 올스타 경기가 시작되고 막 사 주가 지난 8월 3일에 열린다. 메인 주는 다섯 개 지구로 나뉘는데, 그 다섯 개 지구에서 올해 토너먼트가 열리는 올드타운으로 전부 팀을 보낸다. 참가 팀은 야머스, 벨파스트, 루이스턴, 요크 그리고 뱅고어 웨스트다. 벨파스트를 제외한 나머지 팀은 모두 뱅고어 웨스트 올스타보다 규모가 크고 벨파스트에는 비밀 병기가 있다. 그 팀의 1선발 투수가 올해 토너먼트의 귀재다.

　토너먼트의 천재를 선발하는 것은 연례행사이자 온갖 노력에도 불구하고 제거되지 않는 조그만 종양이다. 본인의 의사와 상관없이 야구 영재로 지목이 된 아이는 그 이후로 예상치 못한 스포트라이트를 받는다. 그를 둘러싸고 논의와 추측과 두말하면 잔소리지만 내기가 벌어진다. 그러다 보니 그는 선수권대회 이전의 온갖 요란한 홍보에 부응해야 하는, 어느 누구도 부러워하지 않을 처지에 놓인다. 어떤 아이라도 유소년 리그 대회에서는 부담을 느낄 수밖에 없는데, 대회장에 도착하고 보니 자기가 순식간에 전설의 반열에 올라 있다면 대개는 제대로 감당하지 못한다.

　올해에 논의의 중심이 된 전설은 벨파스트의 왼손잡이 투수 스탠리 스터지스다. 그는 두 번 출전해 첫 경기에서는 열네 번, 두 번째 경기에서는 열여섯 번, 이렇게 도합 서른 개의 삼진을 잡았다. 두 게임에서 30삼진이라니 어느 리그에서도 인상적인 기록이지만 유소년 리그 경기는 고작 6이닝밖에 안 된다는 점을 감안하면 스터지스의 업적이 얼마나 뛰어난지 알 수 있다. 그러니까 출전한 벨파스트 경기에서 아웃카운트의 팔십 퍼센트를 삼진으로 잡은 것이다.

그런가 하면 요크 팀도 있다. 대회 참가차 올드 타운의 나이츠 오 브 콜럼버스 구장을 찾은 모든 팀의 기록이 훌륭하지만 무패로 진출한 요크가 동부 지역 대회에 진출할 가능성이 가장 높다. 선수들 중에 거인은 없지만 여럿이 177센티미터가 넘고 1선발인 필립 타박스가 가끔 시속 122킬로미터가 넘는 패스트볼을 던지는데, 유소년 리그 기준으로 대단한 구속이다. 야머스와 벨파스트처럼 요크의 선수들도 특별히 제작한 올스타 유니폼을 입고 잔디화를 신고 나와서 프로처럼 보인다.

뱅고어 웨스트와 루이스턴만 멀티, 그러니까 정규 시즌 스폰서 이름이 적힌 알록달록한 셔츠를 입고 있다. 오언 킹은 엘크스 클럽의 상징인 주황색을, 라이언 이애로비노와 닉 트라스코스는 뱅고어 수력발전소의 상징인 빨간색을, 로저 피셔와 프레드 무어는 라이온스 클럽의 상징인 초록색을 입고 있는 식이다. 루이스턴 팀도 비슷하지만 그래도 그들은 서로 한 세트인 운동화와 양말을 신고 있다. 루이스턴과 비교하면 헐렁한 회색의 트레이닝 바지를 입고 평범한 일반 운동화를 신은 뱅고어 팀이 튀어 보인다. 하지만 다른 팀 옆에 서면 완전히 누더기를 걸친 듯이 보인다. 뱅고어 웨스트 코치와 선수들 자신 말고는 아무도 그들을 경계 대상으로 여기지 않는다. 대회를 다룬 이 지역 신문사의 첫 기사에서는 뱅고어 웨스트 팀 전체를 합한 것보다 벨파스트의 스터지스에게 할애된 지면이 더 많다.

데이브, 닐 그리고 세인트피어. 팀을 여기까지 끌고 온 특이하지만 놀랍도록 효율적인 고문단은 내야를 차지하고 타격 연습을 하는 벨파스트 팀을 별말 없이 지켜본다. 자주색과 흰색이 어우러진 새 유니폼을 입은 벨파스트 아이들은 휘황찬란하다. 유니폼에 아직까지 내야의 먼지 한 톨 묻지 않았다. 마침내 데이브가 말문을 연다. "뭐, 드디어 다시 여기까지 왔네. 우리가 그 정도 성과는 거두었잖아. 그건 아무도 빼앗아갈 수 없지."

뱅고어 웨스트는 올해에 대회를 주관하는 지구 소속이기에 다섯 팀 중에서 두 팀이 탈락될 때까지 경기를 치르지 않는다. 이걸 1차전 부전승이라고 하는데 지금 당장으로서는 이것이 이 팀이 누리는 가장 큰 또는 유일한 어드밴티지다. 소속 지구에서는 그들이 챔피언처럼 보였지만(햄든을 상대로 치른 형편없었던 한 번의 경기는 예외였지만) 데이브, 닐 그리고 세인트피어는 이 바닥에서 몸담은 세월이 있기에 그들이 전혀 다른 차원의 야구를 보고 있다는 걸 안다. 펜스 앞에 서서 벨파스트가 몸을 푸는 것을 지켜보는 동안 그들 사이에서 흐른 정적이 그 사실을 유창하게 대변한다.

반면에 요크는 이미 4지구를 상징하는 핀을 주문해놓았다. 핀을 교환하는 것이 지역 대회의 전통인데, 요크가 그걸 벌써 사놓았다는 것은 흥미진진한 대목이다. 브리스틀에서 동부 지역 최강의 팀과 겨루겠다는 뜻인 것이다. 야머스나 천재 좌완 투수를 갖춘 벨파스트나 첫 게임을 15 대 12로 진 뒤 패자부활전을 통해 2지구 우승을 거머쥔 루이스턴이나 유니폼도 제대로 갖추어 입지 못한 뱅고어 웨스트의 보잘 것 없는 것들은 그들을 막을 수 없다는 뜻이다.

"그래도 경기할 기회는 주어지잖아." 데이브가 말한다. "우리가 여기 참가했다는 걸 그들이 기억할 수 있도록 노력해야겠지."

하지만 먼저 벨파스트와 루이스턴이 경기를 치를 차례라 보스턴 팝스 오케스트라가 녹음한 애국가가 흘러나오고 이 지역 출신의 유명한 작가가 의무적으로 시구를 한 다음(뒷그물까지 날아간다) 경기가 시작된다.

이 일대의 스포츠 기자들은 스탠리 스터지스라는 주제를 다루는 데 많은 잉크를 쏟아부었지만 일단 경기가 시작되자 기자들은 필드 밖으로 쫓겨난다(일부 기자들은 규정을 만드는 과정에서 생긴 착오라고 생각하는 눈치다). 주심이 플레이볼을 선언하자 스터지스는 혼자가 된다. 필자, 전문가, 벨파스트의 야구팬들은 이제 모두 펜스 저편에 있다.

야구는 팀 스포츠지만 각 다이아몬드의 한복판에는 공을 쥔 단한 명의 선수가 서고 다이아몬드의 맨 아래 지점에는 방망이를 쥔단 한 명의 선수가 선다. 방망이를 쥔 선수는 계속 바뀌지만 투수는 계속 그대로다. 그가 막을 수 있을 때까지는 그렇다. 오늘은 스탠리 스터지스가 토너먼트의 냉혹한 진실을 깨닫는 날이 될 것이다. 모든 천재는 조만간 호적수를 만날 수밖에 없다는 사실을 말이다.

스터지스는 지난 두 경기에서 서른 명을 삼진으로 돌려세웠지만 그건 2지구에서의 얘기였다. 오늘 벨파스트의 상대는 루이스턴의 엘리엇 애비뉴 리드의 터프한 싸움꾼들이라 태생이 다르다. 그들은 요크 팀 선수들처럼 체구가 크지 않고 야머스 팀 선수들처럼 수비가 매끄럽지는 않지만 성가시고 집요하다. 첫 타자 칼턴 가농이 신경을 긁고 할퀴는 이 팀의 기본 태도를 제대로 구현한다. 그는 중전 안타로 진루한 뒤에 도루로 2루를 훔치고 희생타로 3루까지 진출한

다음 벤치에서 스틸 사인을 보내자 홈으로 질주한다. 3회 1 대 0 상황에서 가농이 이번에는 야수 선택으로 다시 진루한다. 다음 타자인 랜드 저베이스는 삼진 아웃 당하지만 가농은 패스트볼이 나왔을 때 2루로 갔고 3루까지 도루를 한다. 3루수 빌 패러디스가 투아웃에서 안타를 치자 그가 득점한다.

벨파스트는 4회에 홈런으로 응수하며 반짝 분위기를 타지만 루이스턴이 반격에 나서고 영영 감은 잡지 못한 스탠리 스터지스는 5회에 2점, 6회에 다시 4점을 실점한다. 최종 기록은 9 대 1이다. 스터지스가 삼진 열한 개를 잡았지만 안타도 일곱 개를 내준 반면 루이스턴의 투수 칼턴 가농은 삼진을 여덟 개 잡았고 안타는 세 개밖에 허용하지 않았다. 경기가 끝나고 그라운드를 나설 때 스터지스는 우울한 표정과 마음의 짐을 던 표정을 동시에 짓고 있다. 이제 그를 둘러싼 요란한 홍보와 야단법석이 끝난 것이다. 그는 신문 관련기사에서 벗어나 다시 어린아이로 돌아갈 수 있다. 그의 표정을 보면 거기에 따르는 장점이 뭔지 아는 눈치다.

나중에 열린 거인 대 거인의 경기에서는 유력 우승 후보 요크가 야머스를 간단히 물리친다. 그러자 모두들 집으로 돌아간다(원정 온 선수들의 경우에는 모텔 아니면 민박집으로 돌아간다). 다음날인 금요일은 뱅고어 웨스트가 경기에 나설 차례고 요크는 이 경기의 승자와 결승전에서 맞붙는다.

금요일은 덥고 안개와 구름이 잔뜩 낀 날씨다. 동이 틀 때부터 비가 내릴 조짐이 보이더니 뱅고어 웨스트와 루이스턴의 경기를 한 시간 정도 앞두고 비가 내린다. 그것도 폭우다. 마키아스에서는 날씨가 이랬을 때 경기가 금세 취소됐다. 여기에서는 아니다. 이곳은 내야에 흙이 아니라 잔디가 깔린 구장이고 변수는 그뿐만이 아니다. 가장 큰 변수가 텔레비전이다. 올해 최초로 두 개 방송국에서 손을 잡고 토요일 오후에 열리는 대회 결승전을 전 주에 중계하기로 합의했다. 뱅고어와 루이스턴 간의 준결승이 연기되면 스케줄에 차질이 생기고 아무리 메인 주라도, 아무리 아마추어 스포츠 중에서 가장 아마추어인 경기라도 건드리지 말아야 할 게 있다면 언론의 스케줄이다.

그래서 뱅고어 웨스트와 루이스턴 팀은 경기장으로 갔을 때 해산하라는 통보를 받지 않는다. 차 안에서 아니면 중앙 매점에 처진 흰색과 분홍색 줄무늬 천막 아래에 삼삼오오 모여서 기다린다. 날이 개길 기다린다. 기다린다. 또 기다린다. 당연히 가만히 있지 못한다. 많은 아이들이 이보다 더 큰 경기에 출전해보고 운동을 접겠지만 아직은 이보다 더 큰 경기에 출전해본 적이 없다. 그래서 흥분이 극에 달했다.

결국 누군가가 좋은 수를 생각해낸다. 몇 군데 잽싸게 전화를 돌린 끝에 올드타운의 스쿨버스 두 대가 폭우를 맞고 밝은 노란색으로 반짝이며 등장해 근처 엘크스 클럽에 주차하자 선수들은 이 버스를 타고 올드타운 카누 컴퍼니 공장과 제임스 리버 제지 공장을 견학한다(제임스 리버가 다음 날 열리는 결승전 중계의 주요 광고주다). 선수들은 버스에 오르면서 어느 누구도 별로 좋아하지 않고 다시 돌아왔을 때도 그 못지않게 표정이 심드렁하다. 선수들마다 우람

한 엘크가 쓰기에 알맞은 조그만 카누 패들을 들고 있다. 카누 회사에서 무료로 제공한 선물이다. 어느 누구도 그걸 가지고 뭘 하면 좋을지 모르는 눈치지만 내가 나중에 확인해보니 뱅고어가 밀리노켓과의 첫 경기 때 나누어준 페넌트처럼 두고 간 패들이 한 개도 없다. 공짜 선물은 좋은 거다.

결국에는 경기가 열릴 모양이다. 중간에, 아마도 유소년 리그 선수들이 제임스 리버에서 나무가 화장지로 바뀌는 걸 보고 있었을 때 비가 그쳤다. 필드에서는 물이 잘 빠졌고 투수 마운드와 타자석에는 퀵 드라이가 뿌려졌고 오후 3시가 막 지난 지금은 축축한 태양이 구름 사이로 처음으로 고개를 내밀고 있다.

뱅고어 웨스트 팀원들은 맥없이 무기력하게 견학에서 돌아왔다. 지금까지 어느 누구도 공을 던지거나 방망이를 휘두르거나 베이스를 향해 달린 적이 없는데 다들 벌써부터 지쳐 보인다. 선수들은 서로 쳐다보지도 않은 채 연습용 필드로 걸어간다. 팔 끝에 글러브가 대롱대롱 매달려 있다. 그들은 경기에 진 것처럼 걷고 경기에 진 것처럼 얘기한다.

데이브는 훈계를 늘어놓기보다 그들을 일렬로 세워놓고 수비 연습을 하기 시작한다. 뱅고어 선수들은 이내 서로 놀리고, 야유하고, 서커스 캐치를 시도하고, 데이브가 실수를 지적하며 누군가를 줄 맨 끝으로 보내면 앓는 소리를 내고 욕을 한다. 잠시 후, 데이브가 연습 종료를 외치고 타격 연습을 위해 그들을 닐과 세인트에게 넘기려는데 그 직전에 로저 피셔가 줄 밖으로 걸어나오더니 글러브를 배에 대고 허리를 숙인다. 미소를 짓고 있던 데이브는 걱정하는 표정을 지으며 당장 그에게 달려간다. 그는 로저에게 괜찮으냐고 묻는다. "네." 로저가 대답한다. "이걸 줍고 싶어서요." 그는 허리를 좀더 숙여서 까만 눈으로 집중하며 풀밭에서 뭔가를 뽑아서 데이브에게 건넨다. 네잎클로버다.

유소년 리그 토너먼트 경기에서는 동전을 던져서 홈팀을 결정한다. 데이브는 이 방면에서 승률이 아주 높지만 오늘은 운이 따라주지 않아서 뱅고어 웨스트가 원정팀으로 지정된다. 하지만 어떨 때는 전화위복이 되기도 하는데 오늘이 그런 날이다. 닉 트라스코스 덕분이다.

육 주의 시즌을 보내는 동안 모든 선수들의 기량이 발전했지만 태도까지 발전한 선수도 있다. 닉은 수비수로서 능력을 입증했고 타자로도 잠재력이 있었지만 처음에는 벤치 신세를 면치 못했다. 실패에 대한 두려움 때문에 경기에 임할 준비가 되지 않았다. "닉은 드디어 공을 떨어뜨리거나 삼진을 당하더라도 다른 선수들한테 괴롭힘을 당할 일이 없다는 걸 깨달았어요." 세인트피어가 얘기한다. "닉 같은 아이로서는 엄청난 변화죠."

오늘 닉은 3구째를 때려서 센터필드 깊숙이 날린다. 공은 직선으로 힘차게 점점 솟구쳐 중견수가 달려가서 잡기는커녕 고개를 돌려서 쳐다볼 겨를도 없이 펜스 너머로 사라진다. 2루를 돈 닉 트라스코스가 이 아이들이 텔레비전을 통해 익히 접한 홈런용 속보로 속도를 늦추고, 뒷그물 뒤편의 관중들은 이때 귀한 광경을 목격한다. 닉이 씩 웃고 있다. 그가 홈 플레이트를 밟았을 때 놀란 팀원들이 기뼈하며 달려들자 그는 웃음을 터뜨린다. 그가 더그아웃으로 들어가자 닐은 등을 때리고 데이브 맨스필드는 잠깐 힘껏 끌어안는다.

닉을 통해 데이브가 수비 연습을 시작할 당시 분위기가 완전히 해소된다. 아이들은 이제 완전히 깨어났고 제대로 일을 벌일 준비가 되어 있다. 스탠리 스터지스를 무너뜨리는 선봉장 역할을 했던 선두 타자 칼턴 가뇽에게 매트 키니가 안타를 맞는다. 가뇽은 라이언 스트레턴의 희생타로 2루를, 폭투로 3루를 밟고, 또다시 폭투가 나왔을 때 득점한다. 그가 벨파스트를 상대로 선두타자로 나섰을 때와 묘하게 비슷하다. 오늘은 키니의 제구력이 신통치 않지만 초반에 루이스턴에서 안타를 친 선수는 가뇽뿐이다. 2회 초에 뱅고어의 방망이가 불을 뿜었으니 그들로서는 안타까운 노릇이다.

선두로 나선 오언 킹이 깊숙한 안타를 때린다. 아서 도어가 연달아 안타를 친다. 루이스턴의 투수 제이슨 오거가 마이크 아널드의 번트를 잡지만 1루로 폭투하는 바람에 아널드가 먼저 베이스를 밟는다. 킹이 실책을 놓치지 않고 득점해 뱅고어 웨스트가 다시 2 대 1로 앞서나간다. 뱅고어의 포수 조 윌콕스가 내야안타를 쳐서 만루가 된다. 닉 트라스코스가 두 번째 타석에서는 삼진을 당하자 라이언 이애로비노가 타석에 설 차례가 된다. 그는 첫 타석에서 삼진을 당했지만 이번에는 아니다. 그는 매트 노이스의 초구를 강타해 만루 홈런을 기록하고 2회 원아웃 만에 점수가 뱅고어 웨스트 6점, 루이스턴 1점이 된다.

뱅고어 웨스트의 입장에서는 6회까지 명실상부한 네잎클로버의 날이다. 뱅고어 응원단으로서는 마지막 회가 되길 바라는 6회, 9 대

1로 지는 상황에서 루이스턴의 공격이 시작된다. 성가신 칼턴 가뇽이 선두타자로 나서 실책으로 진루한다. 다음 타자 라이언 스트레턴도 실책으로 진루한다. 미친듯이 환호하던 뱅고어 응원단이 조금씩 불안한 기색을 보이기 시작한다. 8점 앞서는 상황에서 지기는 힘들지만 아예 불가능한 일은 아니다. 이 뉴잉글랜드 주민들은 레드 삭스의 팬이다. 그들은 그런 경우를 너무 자주 보아왔다.

빌 패러디스가 중견수 쪽으로 날카로운 안타를 날리자 초조함이 배가된다. 가뇽과 스트레턴이 둘 다 홈으로 들어온다. 이제는 점수는 9 대 3, 노아웃에 주자는 1루다. 뱅고어 응원단은 발을 이리저리 움직이며 불안한 얼굴로 서로를 바라본다. 이렇게 막판에 승리를 놓칠 수도 있나? 그들의 표정은 이렇게 묻고 있다. 대답은 '물론 그럴 수 있지'다. 유소년 리그에서는 뭐든 가능하고 뭐든 종종 벌어진다.

하지만 이번에는 아니다. 루이스턴이 1점을 더 득점하지만 그것으로 끝이다. 스터지스를 상대로 세 번 헛스윙을 했던 노이스가 오늘 들어 세 번째 헛스윙을 함으로써 원아웃을 기록한다. 루이스턴의 포수 오거가 1구를 강타해 유격수 로저 피셔 쪽으로 날린다. 로저는 좀 전에 칼턴 가뇽의 공을 놓쳐서 추격의 빌미를 제공했지만 이번에는 여유롭게 잡아서 마이크 아널드에게 토스하고 아널드는 다시 1루수 오언 킹에게 공을 던진다. 오거는 걸음이 느리고 킹은 팔이 길다. 그 결과 6-4-3 더블플레이로 경기가 종료된다. 규모가 작은 유소년 리그에서는 베이스 간의 거리가 십팔 미터밖에 안 되기 때문에 이런 더블플레이가 자주 나오지 않지만 로저가 오늘 네잎클로버를 발견했다. 승리의 원동력을 찾자면 그 덕분일지 모른다. 원동력이 뭐가 됐건 뱅고어의 아이들이 다시 한 경기를 9 대 4로 이겼다.

내일 상대는 요크의 거인들이다.

때는 1989년 8월 5일이고 메인 주에서 겨우 스물아홉 명이 선수들이 아직까지 유소년 리그를 소화하고 있다. 열네 명은 뱅고어 웨스트 소속이고 열다섯 명은 요크 팀이다. 그날은 전날과 거의 판박이다. 덥고 안개가 자욱하며 금방이라도 비가 내릴 듯하다. 경기는 정확히 12시 30분으로 예정되어 있지만 또 다시 하늘의 문이 열리고 11시가 되자 경기를 취소하는 수밖에 없을 것처럼 보인다. 양동이로 쏟아붓는 듯이 비가 퍼붓는다.

하지만 데이브, 닐 그리고 세인트피어는 요행을 바라지 않는다. 그들은 아이들이 전날 즉흥적으로 견학을 다녀왔을 때의 축 처진 분위기가 마음에 들지 않았기에 그걸 반복할 생각이 없다. 오늘도 수비 연습이나 네잎클로버에 기댈 수는 없다. 경기가 열린다면─날이 아무리 흐리더라도 텔레비전이 막강한 변수다─모든 걸 걸어야 할 것이다. 이긴 팀은 브리스틀에 간다. 진 팀은 집으로 돌아간다.

그래서 코치와 학부모들이 타고 온 밴과 스테이션왜건 대열이 코크스 공장 뒤편의 운동장으로 임시 소집되고 팀원들은 십육 킬로미터 거리에 있는 메인 대학교 보조 체육관이라는 헛간처럼 생긴 실내 시설로 이동해 닐과 세인트의 조련 아래 땀으로 흠뻑 젖을 때까지 컨디션을 높인다. 데이브가 요크 팀도 보조 체육관을 쓸 수 있도록 손을 써놓았기에 뱅고어 팀이 흐린 하늘 아래로 퇴장할 때 세련된 파란색 유니폼을 입은 요크 팀이 들이닥친다.

3시쯤 되자 빗방울이 어쩌다 한 방울씩 내리는 정도로 잦아들고 관리 요원들이 경기장을 다시 쓸 만한 수준으로 복원하기 위해 동분서주한다. 필드 주변에 세워진 철제 구조물 위에 다섯 개의 텔레비전 무대가 임시로 마련된다. 근처 주차장에는 옆면에 "메인 방송사 원격 생중계"라고 적힌 거대한 트럭이 주차되어 있다. 전기 테이프로 단단히 동여맨 두툼한 케이블 뭉치가 카메라와 이 트럭 뒤편에 임시로 마련된 아나운서 부스를 연결한다. 한쪽 문이 열려 있고 수많은 텔레비전 모니터가 그 안에서 깜빡인다.

요크 팀은 아직 부속 체육관에서 돌아오지 않았다. 뱅고어 웨스트는 레프트 필드 펜스 앞에서 공을 주고받기 시작한다. 뭔가 할 일이 있어야 긴장을 달랠 수 있기 때문이다. 메인 대학교에서 땀을 흘린 마당에 더이상의 워밍업은 필요 없다. 카메라맨들이 단상에 서서 물기를 없애려고 애를 쓰는 관리 요원들을 구경한다.

외야는 비교적 쓸 만하고 내야는 맨땅 부분을 갈퀴질해서 퀵 드라이로 덮는다. 가장 큰 문제는 홈 플레이트와 투수 마운드 사이다. 이 부분은 토너먼트가 시작되기 직전에 잔디를 다시 깔아서 뿌리가 자리를 잡을 시간이 없었기 때문에 천연 배수로 역할을 하지 못한다. 그 결과 홈 플레이트 앞에 지저분한 늪 같은 게 생겼고 구정물이 3루 베이스 쪽으로 흐른다.

누군가가 망가진 내야를 대거 치우자는 아이디어—나중에 묘수였던 걸로 밝혀진다—를 내놓는다. 그 작업을 하는 동안 올드 타운 고등학교에서 트럭이 건너와 공업용 카펫 청소기 두 대를 부린다. 오 분 뒤에 관리 요원들이 내야의 웅덩이 아래 흙을 말 그대로 빨아들인다. 효과가 있다. 3시 25분이 되자 관리인들이 초록색의 큼지막한 퍼즐을 맞추듯 잔디 뭉치를 다시 깐다. 3시 35분이 되자 기타를 들고 온 이 마을 음악 교사의 근사한 국가 연주가 온 사방으로 울려퍼진다. 그리고 3시 37분이 되자 뱅고어 웨스트의 데이브가 자리를 비운 마이크 펠키를 대신해 엄선한 다크호스 로저 피셔가 몸을 풀기 시작한다. 그 전날 로저가 네잎클로버를 발견한 것이 킹이나 아널드가 아니라 그를 선발 투수로 선택하는 데 영향을 미쳤을까? 데이브는 손가락을 코 옆에 대고 현명하게 미소를 지을 따름이다.

3시 40분에 심판이 들어선다. "포수, 공 던져봐." 그가 무뚝뚝하게 얘기한다. 조이는 그가 시키는 대로 한다. 마이크 아널드가 보이지 않는 주자를 날렵하게 태그하는 흉내를 낸 다음 공을 내야로 얼른 한바퀴 돌린다. 뉴햄프셔부터 캐나다 연해주에 이르기까지 전 주의 텔레비전 시청자들은 로저가 초록색 유니폼 소매와 그 아래에 입은 회색 웜업 셔츠를 초조하게 매만지는 모습을 지켜본다. 오언 킹이 1루에서 그에게 공을 토스한다. 피셔는 공을 받아서 골반에 갖다 댄다.

"플레이볼!" 심판이 지금까지 오십 년 동안 유소년 리그에서 외친 구호를 외치자 요크의 포수 겸 1번 타자인 댄 부샤르가 타석에 들어선다. 로저는 세트포지션을 취하고 1989년 메인 주 선수권대회의 1구를 던질 준비를 한다.

닷새 전,

데이브와 나는 뱅고어 웨스트의 투수진을 데리고 올드타운으로 향한다. 데이브가 마운드에 실제로 서면 어떤 느낌인지 아이들에게 알려주고 싶어 하기 때문이다. 마이크 펠키가 없기 때문에 매트 키니(루이스턴을 상대로 승리를 거두기 나흘 전이다), 오언 킹, 로저 피셔 그리고 마이크 아널드가 투수진이다. 우리는 느지막이 출발했고 네 선수가 번갈아 공을 던지는 동안 데이브와 나는 원정팀 더그아웃에 앉아서 여름 하늘을 서서히 빠져나가는 햇살을 맞으며 아이들을 지켜본다.

마운드에서는 매트 키니가 J.J. 피들러를 향해 강한 커브를 연거푸 던지고 있다. 다이아몬드 건너편의 홈팀 더그아웃에서는 몸 풀기를 마친 세 명의 다른 투수가 같이 따라온 다른 팀원들과 함께 벤치에 앉아 있다. 아이들의 말소리가 드문드문 들리지만 대개 학교 얘기라는 걸 알 수 있다. 여름방학의 마지막 한 달 동안 점점 더 자주 등장하는 주제다. 그들은 예전에 만난 선생님과 앞으로 만날 선생님 얘기를 하며 사춘기 직전에 접하는 신화에서 일익을 담당하는 일화를 공유한다. 큰아들이 교통사고를 당했기 때문에 학기말에 자꾸 화를 낸 선생님, 미친 중학교 코치(들어보면 제이슨*, 프레디**, 레더페이스***의 치명적인 조합 같다), 아이를 사물함 위로 엄청 세게 내동댕이쳐서 기절시켰다는 과학 선생님, 깜빡하면 또는 깜빡했다고 얘기하면 점심값을 주는 담임. 땅거미가 내리는 가운데 그들은 이렇듯 중학교를 떠도는 출처가 불분명하고 강도 높은 얘기를 신나서 떠들어

* 영화 〈13일의 금요일〉의 주인공.
** 영화 〈나이트메어〉의 주인공.
*** 영화 〈텍사스 전기톱 연쇄살인 사건〉의 주인공.

532

댄다.

양쪽 더그아웃 사이에서 매트가 던지고 또 던지는 동안 야구공은 하얀 줄무늬가 된다. 그의 리듬에는 일종의 최면 효과가 있다. 세트포지션, 와인드업, 발사. 세트포지션, 와인드업, 발사. 세트포지션, 와인드업, 발사. 공을 받을 때마다 J.J.의 미트에서 쩍쩍 소리가 난다.

"저 아이들한테는 뭐가 남을까요?" 내가 데이브에게 묻는다. "시합이 다 끝났을 때 저 아이들한테는 뭐가 남을까요? 아이들이 어떤 식으로 달라질까요?"

데이브는 놀란 표정과 고민하는 표정을 짓는다. 그러더니 매트를 돌아보며 미소를 짓는다. "서로가 남겠죠."

내가 기대했던 답이 아니다. 전혀 아니다. 오늘 자 신문에 유소년 리그 관련 기사가 실렸다. 대개 부고와 별자리 사이, 광고로 얼룩진 황무지에 실리는 해설 기사였다. 한 시즌 동안 유소년 리그를 관찰하고 이후 짧은 기간 동안 그들의 발전상을 추적 관찰한 어느 사회학자의 연구 결과를 요약했다. 그는 야구가 유소년 리그 신봉자들이 주장하는 대로 페어플레이, 노력, 팀워크의 소중함이라는 미국의 전통적인 가치관을 전달하는 데 도움이 되는지 파악하고자 했다. 연구를 실시한 학자의 주장에 따르면 어느 정도 도움이 된다고 했다. 하지만 유소년 리그 선수들 개개인의 일상에는 별다른 영향을 미치지 않는다고 했다. 구월에 다시 학기가 시작됐을 때 말썽꾼은 여전히 말썽꾼이었고 모범생은 여전히 모범생이었다. 유월과 칠월에 진지한 자세로 유소년 리그 대회에 임했던 익살꾼(이라고 적고 프레드 무어라고 읽는다)은 노동절 이후에도 여전히 익살꾼이었다. 그 사회학자가 발견한 예외가 있었다. 이례적인 플레이는 가끔 이례적인 변화를 낳았다. 하지만 대회가 시작됐을 때와 끝났을 때 아이들은 달라진 게 없었다는 것이 연구 결과의 핵심이었다.

아마 나는 데이브를 잘 알기에 그의 대답에 혼란스러워졌을 것이다. 그는 유소년 리그의 열렬한 신봉자다. 나는 그가 기사를 읽었을 거라고 확신했고 내 질문을 발판 삼아 사회학자의 결론을 반박할 거라고 예상했다. 그런데 그는 스포츠 세계를 통틀어 가장 재미없고 케케묵은 답변을 했다.

마운드에서는 매트가 계속해서 J.J.를 향해 그 어느 때보다 센 공을 던지고 있다. 그는 투수들이 '길'이라고 부르는 뭔지 모를 것을 찾았고 필드의 느낌을 익히기 위한 비공식 연습 시간인데도 불구하고 계속 던지려고 한다.

나는 데이브에게 무슨 소리인지 좀더 찬찬히 설명해달라고 부탁하지만 지금까지 아무도 몰랐던 진부한 문구의 대잔치가 벌어지는 건 아닌가 싶어서 조심스럽게 얘기를 꺼낸다. 올빼미는 낮에 날아다니지 않는 법이다, 승리는 포기하지 않는 자의 몫이고 포기하는 자는 결코 승리할 수 없다, 이용하되 잃어버리지는 말라. 아니면 심지어 주여 우리를 구하소서, 그도 아니면 나지막이 흐으으음.

"저 아이들을 보세요." 데이브는 계속 미소를 머금은 얼굴로 얘기한다. 내 생각을 읽은 듯한 분위기를 풍기는 미소다. "저 아이들을 잘 보세요."

나는 그가 시키는 대로 한다. 대여섯 명쯤 되는 아이들이 벤치에 앉아서 계속 웃으며 중학교에 얽힌 전쟁담을 떠들어대고 있다. 그중 한 명이 하던 얘기를 그만두고 매트 키니에게 커브를 던져보라고 하자 매트가 커브를 던진다. 아주 지저분하게 꺾이는 커브다. 벤치에 앉아 있던 아이들이 일제히 웃으며 환호성을 지른다.

"저 두 녀석을 보세요." 데이브가 손가락으로 가리키며 얘기한다. "한 녀석은 훌륭한 집안 출신이에요. 다른 녀석은 그렇지가 않고요." 그는 해바라기씨를 입안으로 던져 넣은 다음 다른 아이를 가리킨다. "저 녀석도요. 보스턴에서도 가장 형편없는 동네에서 태어났거든요. 유소년 리그가 아니었다면 저 녀석이 매트 키니나 케빈 로치포트 같은 아이와 알고 지낼 일이 있었을까요? 중학교에서 한 반도 아닐 테고 복도에서 서로 인사하지도 않을 테고 상대방의 존재 자체를 아예 모를 텐데 말이죠."

매트가 다시 커브를 던지는데, 이번에는 워낙 지저분하게 꺾여서 J.J.가 받지 못한다. 공이 뒷그물까지 굴러가자 J.J.는 일어나서 터벅터벅 공을 쫓아가고 벤치에 앉아 있던 아이들은 다시 환호성을 지른다.

"하지만 이걸로 모든 게 달라지죠." 데이브가 얘기한다. "이 아이들은 함께 뛰었고 함께 지구 우승을 거머쥐었어요. 잘사는 집 아이도 있고 찢어지게 가난한 집 아이도 있지만 유니폼을 입고 사이드라인을 넘으면 그 모든 게 아무 의미가 없어지죠. 학교 성적도, 부모님이 무슨 일을 하는지도, 무슨 일을 하지 않는지도. 필드 안에서 벌어지는 일은 아이들의 일이에요. 그리고 아이들은 최선을 다해서 그 일을 처리하고요. 그 나머지는 모두……." 데이브는 한 손으로 총을 쏘는 제스처를 취한다. "뒤에 남겨지죠. 그리고 아이들도 그렇다는 걸 알아요. 내 말이 믿기지 않으면 저 아이들을 보세요. 바로 저기에 증거가 있으니까."

내가 필드 너머를 쳐다보니 데이브가 얘기한 아이 중 한 명과 내 아이가 나란히 앉아서 머리를 맞대고 무슨 얘기인가를 심각하게 나누고 있다. 그러더니 놀란 얼굴로 서로 쳐다보다 웃음을 터뜨린다.

"저 아이들은 함께 뛰었어요." 데이브가 했던 말을 반복한다. "날이면 날마다 함께 연습했고요. 어쩌면 그게 경기보다 더 중요한 걸지 몰라요. 이제 저 아이들은 메인 주 선수권대회에 출전하죠. 심지어 거기서 우승할 수 있을지도 모르고요. 내가 보기에 그럴 것 같지는 않지만 상관없어요. 거기 출전한다는 것만으로도 충분하니까. 루이스턴에게 1차전에서 대패하더라도 그걸로 충분하니까. 왜냐하면 저 사이드라인 안에서 함께 일군 성과잖아요. 아이들은 그걸 기억할 거예요. 그 느낌을 기억할 거예요."

"사이드라인 안이라." 나는 중얼거리는 순간 깨닫는다. 퍼뜩 이해한다. 데이브 맨스필드는 이 케케묵은 이야기를 믿는다. 그냥 믿는 정도가 아니라 철석같이 믿는다. 일이 주 걸러 한 명씩 약물 양성 반응이 나오고 자유 계약 선수가 신과 같은 취급을 받는 빅 리그에서는 그런 상투적인 문구가 공허하게 들릴지 모르지만 여긴 빅 리그가 아니다. 여긴 더그아웃 뒤편의 철조망에 매단 낡은 스피커에서 애니타 브라이언트가 부르는 국가가 흘러나오는 곳이다. 표를 사서 관람하는 게 아니라 옆에서 옆으로 전달되는 모자에 찬조금을 넣는 곳이다. 물론 원하는 경우에 한해서 말이다. 이 아이들은 오프시즌에 뚱뚱한 사업가들과 플로리다에서 판타지 베이스볼을 할 일도, 기념품 홍보 행사에서 비싼 야구 카드에 사인할 일도, 하루 저녁에 이천 달러씩 받고 만찬장을 순회할 일도 없다. 데이브의 미소는 모든 게 무료일 때 그 진부한 문구가 진실임을 당당하게 밝힐 수 있다고 얘기한다. 그럴 때 우리는 레드 바버*와 존 투니스**와 『톰킨스빌에서 온 아이』***를 다시 한번 믿을 수 있다고 얘기한다. 데이브는 모든 아이들이 사이드라인 안에서는 평등하다고 믿는다. 그는 닐과 세인트피어와 함께 이 아이들도 그걸 믿을 때까지 끈기 있게 이끌고 왔기에 그럴 권리가 있다. 아이들은 진심으로 그걸 믿는다. 다이아몬드 저편의 더그아웃에 앉아 있는 아이들의 표정을 보면 알 수 있다. 데이브 맨스필드와 전국의 다른 데이브 맨스필드들이 해마다 그러고 있다. 이건 무료 티켓이다. 어린시절이 아니라—그런 식은 아니다—꿈속으로 다시 돌아가는 티켓이다.

데이브는 손바닥 위에 올려놓은 해바라기씨 몇 개를 위아래로 던지며 생각에 잠긴 얼굴로 잠시 침묵을 지킨다.

"중요한 건 이고 지는 게 아니에요." 이윽고 그가 말문을 연다. "그건 나중 문제지. 중요한 건 아이들이 올해 아니면 나중에 고등학교에서 복도에서 만났을 때 서로 어떤 식으로 스쳐지나고 어떤 식으로 서로 쳐다보며 기억하느냐죠. 어떻게 보면 아이들은 1989년 지구 우승을 거머쥔 그 팀원으로 한참 동안 남을 거예요." 데이브는 1

---

* 미국의 스포츠 캐스터.
** 현대 스포츠 소설의 창시자라고 불리는 미국의 소설가 겸 방송인.
*** 투니스가 출간한 야구 시리즈의 첫 권 제목.

루 측 더그아웃을 내다본다. 프레드 무어가 마이크 아널드와 함께 깔깔대고 있고 오언 킹은 웃는 얼굴로 이 둘을 번갈아 흘끗거리고 있다. "중요한 건 내 팀원들이 누구인지 파악하는 거예요. 원하건 원치 않건 어떤 사람들에게 기댈 수 있는지."

그는 선수권대회 개최 예정일을 나흘 앞두고 웃고 우스갯소리를 주고받는 아이들을 쳐다보더니 언성을 높여서 매트에게 네다섯 번만 더 던지고 그만 내려오라고 외친다.

데이브 맨스필드는 8월 5일, 아홉 번의 포스트 시즌 경기 중에서 여섯 번째로 동전 던지기에서 승리를 거두는데 그럴 때 모든 코치가 홈팀을 선택하는 건 아니다. 개중 일부는(브루어의 코치가 좋은 예다) 이른바 홈 어드밴티지는 완벽한 환상이라고, 양쪽 모두 홈구장이 아닌 다른 구장에서 경기하는 토너먼트 경기에서는 가뜩이나 그렇다고 생각한다. 단판 승부에서 원정팀을 선택하는 논리는 다음과 같다. 이런 경기 초반에는 양쪽 선수 모두 긴장하기 마련이다. 이런 때 선공에 나서 수비하는 팀의 포볼, 보크, 실수를 유발하면 그 긴장감을 이용해 주도권을 쥘 수 있다. 선공으로 4점을 득점하면 시작하자마자 경기를 지배할 수 있다. 이상 끝. 데이브 맨스필드는 이 논리에 절대 찬성하지 않는다. "나는 후공이 좋아." 그는 그렇게 얘기하고 그것으로 끝이다.

하지만 오늘은 조금 다르다. 이건 그냥 토너먼트가 아니라 선수권대회다. 사실 텔레비전으로 중계되는 선수권대회다. 로저 피셔가 와인드업을 하고 1구를 던질 때 데이브 맨스필드는 자신이 잘못 판단

한 게 아니길 간절하게 바라는 표정을 짓고 있다. 로저는 그가 임시 선발이라는 걸, 마이크 펠키가 지금 디즈니 월드에서 구피와 악수를 하고 있지만 않았던들 선발은 펠키의 몫이었다는 걸 알지만 예상 외로, 어쩌면 모두가 예상했던 것보다 조금 훌륭하게 1회를 잘 넘긴다. 그는 조 윌콕스에게 공을 다시 받을 때마다 마운드에서 뒤로 물러나 타자를 뜯어보고 소매를 만지작거리며 여유를 부린다. 가장 중요하게는 공을 스트라이크존 안에서 최고로 낮게 던지는 게 얼마나 결정적인지 안다. 요크의 라인업은 1번에서부터 9번까지 강타자로 채워져 있다. 만약 로저가 실투를 던지고 타자가 그걸 놓치지 않으면, 특히 투수일 때뿐 아니라 타자일 때도 엄청난 힘을 자랑하는 타박스에게 걸리면 그 공은 순식간에 행방불명이 될 수 있다.

　그렇기는 하지만 그는 요크 1번 타자와의 승부에서 패배한다. 부샤르가 1루까지 총총히 걸어나가자 요크 응원석에서 히스테릭한 함성이 인다. 그다음 타자는 유격수인 필브릭이다. 그가 친 1구가 다시 피셔에게로 향한다. 야구는 이런 결정적인 순간에 승부가 결정나기도 하는데, 로저는 2루로 공을 던져서 선두 주자를 잡으려고 한다. 유소년 리그에서는 이것이 대개 안 좋은 결과로 이어진다. 투수가 센터필드 쪽으로 악송구를 해서 선두주자의 3루 진루를 허용하거나 유격수의 베이스 커버가 늦어서 2루가 비어 있을 때가 많기 때문이다. 하지만 오늘은 아니다. 세인트피어가 아이들에게 수비 연습을 워낙 충실히 시켰기 때문에 오늘 유격수를 맡은 매트 키니가 있어야 할 곳을 정확하게 지키고 있다. 그래서 로저는 그에게 송구한다. 필브릭은 야수 선택으로 1루에 진출하지만 부샤르는 아웃된다.

이번에는 뱅고어 웨스트 응원단이 칭찬의 함성을 지른다.

이로써 뱅고어 웨스트 선수들의 긴장이 풀리고 로저 피셔는 간절했던 자신감을 얻는다. 요크의 에이스 투수이자 타자로서도 성적이 가장 꾸준한 필립 타박스는 스트라이크존을 벗어난 낮은 공에 삼진을 당한다. "다음번에는 혼내버려, 필!" 한 요크팀 선수가 벤치에서 외친다. "그렇게 느린 공에 적응이 안 돼서 그런 거야!"

하지만 요크 배터리가 로저를 상대로 애를 먹는 이유는 구속 때문이 아니다. 구위 때문이다. 론 세인트피어가 시즌 내내 낮은 공의 복음을 전도했고 아이들 사이에서 피시라고 불리는 로저 피셔는 야구장에서 펼쳐진 세인트피어의 강연을 말없이, 하지만 아주 열심히 귀담아들었다. 뱅고어의 1회 말 공격이 시작되자 데이브가 로저에게 투수를 맡기고 후공을 선택하길 잘한 듯이 느껴진다. 몇몇 아이들이 조그만 플라스틱 샌들을 건드리고 더그아웃으로 들어가는 게 보인다.

선수, 응원단, 코치진의 자신감은 여러 가지 방법으로 측정할 수 있지만 어떤 방법을 동원하든 요크가 한 수 위다. 홈팀 응원석의 스코어보드 기둥 하단에는 현수막이 걸려 있다. "요크가 브리스틀로 간다." 이 화려한 현수막에는 이렇게 적혀 있다. 그리고 이미 제작해서 교환할 준비를 마친, 4지구를 상징하는 핀들도 있다. 하지만 요크 코치가 선수들을 얼마나 신뢰하는지 가장 단적으로 드러나는 대목은 선발투수다. 뱅고어 웨스트를 비롯해 다른 구단에서는 프롬 파티 때 춤을 추고 싶으면 일단 데이트 상대가 있어야 한다는 결승전의 대명제를 감안해 1차전에 1선발을 올린다. 요크 코치만 이에 반해 야머스를 상대로 치른 1차전에 2선발인 라이언 퍼널드를 올렸다. 팀이 9대 8로 신승을 거둔 덕분에 그는 비난을 면할 수 있었다. 하마터면 큰일날 뻔했지만 그 덕분에 결승전을 위해 필립 타박스를 아낄 수 있었다. 엄밀히 따지면 타박스는 스탠리 스터지스만큼 훌륭하지는 않지만 스터지스에게는 없는 것이 있다. 그는 공포의 대상이다.

야구 역사상 가장 위대한 강속구 투수라고 할 수 있는 놀런 라이언은 그가 등판했던 베이브 루스 리그 토너먼트에 얽힌 일화를 자주 얘기한다. 그는 상대팀 1번 타자의 팔을 맞혀서 부러뜨렸다. 2번 타자의 머리를 맞혀서 헬멧을 두 동강 내고 그를 몇 분 동안 기절시켰다. 2번 타자가 응급처치를 받는 동안 3번 타자는 흙빛이 된 얼굴로 부들부들 떨며 코치를 찾아가 타석으로 내보내지 말아달라고 애원했다. "그리고 저는 그럴 만하다고 생각했죠." 라이언은 이렇게 덧붙인다.

타박스는 놀런 라이언이 아니지만 공을 세게 던지고 위협구가 투수의 비밀 병기라는 걸 안다. 스터지스도 공을 세게 던졌지만 바깥쪽 낮은 코스를 유지했다. 스터지스는 예의가 있었다. 타박스는 몸쪽 높은 공 승부를 좋아한다. 뱅고어 웨스트는 타격으로 오늘 이 자리에 올랐다. 타자들이 타박스에게 위축되면 방망이를 휘두를 수 없을 테고 그러면 뱅고어는 끝장이다.

닉 트라스코스는 오늘은 선두 타자 홈런 근처에도 가지 못한다. 타자석에서 몸을 빼게 만드는 위협적인 패스트볼에 삼진을 당한다. 닉은 믿을 수 없다는 듯이 주심을 돌아보며 항의를 하려고 입을 벌린다. "아무 말도 하지 마라, 닉!" 데이브가 더그아웃에서 우렁차게 외친다. "얼른 들어오기나 해!" 닉은 그가 시키는 대로 하지만 예전의 찡그린 표정이 다시 돌아왔다. 그는 더그아웃으로 들어가서 넌더리 난다는 듯이 헬멧을 벤치 아래로 던진다.

타박스는 모든 선수를 몸쪽 높은 코스로 압박하려 들겠지만 라이언 이애로비노는 예외다. 이애로비노에 대한 소문이 퍼졌으니 아무리 자신만만해 보이는 필립 타박스라도 그에게 정면승부를 걸지는 못할 것이다. 그는 바깥쪽 낮은 공을 고집하다가 라이언에게 볼넷을 허용한다. 다음 타자로 타석에 들어선 매트 키니에게도 볼넷을 허용하지만 다시 몸쪽 높은 코스로 돌아왔다. 매트는 반사 신경이 뛰어난데, 그걸 동원해야 공에 세게 맞는 걸 피할 수 있다. 그에게 1루라는 보상이 주어졌을 때 이애로비노는 매트의 얼굴 바로 앞을 지나간 폭투를 틈타 벌써 2루에 가 있다. 이후에 타박스는 흥분을 살짝 가라앉히고 케빈 로치포트와 로저 피셔를 삼진으로 돌려세워 1회를 마무리짓는다.

로저 피셔는 계속 공을 던지는 중간에 소매를 만지작거리고 내야를 흘끗거리고 어쩌다 한 번씩은 UFO를 찾는지 하늘을 올려다봐가며 계속 느릿느릿 체계적으로 공을 던진다. 주자 둘에 원아웃일 때 공이 조 월콕스의 글러브를 벗어나 그의 발치로 떨어지자 볼넷으로 걸어 나간 에스티스가 3루를 향해 달린다. 조는 금세 공을 주워서 3루수 케빈 로치포트에게 총알같이 날린다. 에스티스가 3루에 도착했을 때는 공이 이미 기다리고 있고 그는 총총히 더그아웃으로 돌아간다. 투아웃. 이 와중에 퍼널드는 2루로 진루했다.

요크의 8번 타자 와이어트가 내야의 우측으로 땅볼을 친다. 땅이 젖어서 공이 더 느리게 굴러간다. 피셔가 공을 향해 달려든다. 1루수 킹도 마찬가지다. 로저가 공을 집지만 젖은 잔디 때문에 미끄러져서 공을 쥔 채 1루까지 기어간다. 와이어트는 넉넉하게 1루를 밟는다. 그 와중에 퍼널드가 홈인해 그날 경기의 첫 득점을 기록한다.

로저가 무너질 거였다면 그때 무너졌을 것이다. 그는 내야를 둘러보고 공을 체크한다. 공을 던지려는 듯이 하다가 투수판에서 발을 뗀다. 소매가 마음에 들지 않는 모양이다. 요크의 타자 매트 프랭키가 타자석에서 나이들어 썩어가도록 그는 서두르지 않고 소매를 제대로 매만진다. 피셔가 마침내 공을 던졌을 때 프랭키는 그에게 거의 넘어가다시피 해서 3루수 케빈 로치포트 쪽으로 처리하기 쉬운 땅볼을 날린다. 로치포트는 매티 키니에게 송구해 와이어트를 포스아웃시킨다. 그래도 요크가 선취점을 올려서 2회 초에 1 대 0으로 앞서나가기 시작한다.

뱅고어 웨스트는 2회에도 점수판에 득점을 기록하지 못하지만 필립 타박스를 상대로 얻은 소득이 있다. 팔다리가 긴 요크의 투수는 1회가 끝났을 때는 고개를 꼿꼿하게 들고 마운드에서 내려왔다. 하지만 2회가 끝난 뒤에는 고개를 숙이고 터벅터벅 걸어 들어가고 몇몇 팀원들이 불안한 눈빛으로 그를 흘긋거린다.

2회 말에 뱅고어의 첫 타자로 나선 오언 킹은 타박스에게 위축되지 않지만 덩치가 크고 매트 키니보다 한참 느리다. 풀카운트에서 타박스가 인사이드로 꽉 찬 공을 시도한다. 안쪽 높은 코스로 들어온 패스트볼이 너무 깊숙하고 너무 높다. 킹이 겨드랑이를 세게 맞는다. 그는 아픈 부위를 움켜쥐며 땅바닥으로 쓰러지는데, 처음에는 너무 놀라서 소리도 지르지 못하지만 누가 봐도 괴로워하는 기색이 역력하다. 결국 그는 눈물을 흘린다. 펑펑 쏟지는 않지만 진짜 눈물이다. 188센티미터에 90킬로그램이 넘어서 덩치는 어른이지만 이제 겨우 열두 살이고 시속 110킬로미터로 날아오는 패스트볼에 맞아본 경험이 많지 않다. 타박스가 당장 마운드에서 내려와 반성하고 걱정하는 표정으로 그를 향해 달려간다. 쓰러진 타자 위로 이미 허리를 숙이고 있던 주심이 짜증 섞인 손사래를 친다. 황급히 달려온 응급 구조사는 타박스를 두 번 쳐다보지도 않는다. 하지만 팬들은 다르다. 팬들은 온갖 시선으로 그를 거듭 쳐다본다.

"또 다른 선수 맞히기 전에 투수 강판시켜요!" 누군가가 외친다.

"진짜로 다치는 선수가 나오기 전에 내려요!" 다른 누군가가 외친다. 패스트볼에 갈비뼈를 맞은 건 진짜로 다친 게 아니라는 건가.

"주심, 경고를 줘요!" 세 번째 사람이 맞장구친다. "빈볼이었잖아요! 또 그랬다가는 어떻게 되는지 경고를 주라고요!"

타박스가 관중석을 흘끗 쳐다보자 지금까지 고요한 자신감을 뿜어냈던 이 아이가 순간 어리고 자신 없어 보인다. 벨파스트와 루이스턴 전이 막바지로 치달았을 때의 스탠리 스터지스와 비슷해 보인다. 그는 마운드로 돌아가고 좌절감에 글러브 안으로 공을 세게 꽂는다.

한편 킹은 부축을 받으며 일어선다. 닐 워터먼, 응급 구조사, 주심에게 경기를 계속 하고 싶고 그럴 수 있다는 걸 확실하게 피력한 뒤 총총히 1루로 향한다. 양 팀 응원단이 힘찬 박수갈채를 보낸다.

필립 타박스는 단판 승부에서 선두 타자를 고의로 맞힐 생각이 없었을 게 분명하지만, 아서 도어에게 한복판으로 공을 던져준 걸 보면 그가 얼마나 흔들렸는지 알 수 있다. 뱅고어 웨스트의 스타팅 라인업에서 두 번째로 체구가 작은 아서는 이 뜻밖의 고마운 선물을 놓치지 않고 우중간으로 깊숙이 공을 날린다.

킹은 방망이에 공이 맞는 소리가 들린 순간 달리기 시작한다. 그는 득점할 수 없다는 건 알지만 공이 중계되는 동안 아서가 2루에 안착하길 바라며 3루를 도는데, 그때 젖은 잔디가 변수로 작용한다. 3루 쪽이 아직 덜 말랐던 것이다. 제동을 걸려는 순간 발이 미끄러지는 바람에 킹은 엉덩방아를 찧는다. 공은 어느덧 타박스에게 전달됐고 그는 위험을 무릅써가며 송구하지 않는다. 일어서려고 미미하게 노력중인 킹을 향해 돌진한다. 결국 뱅고어에서 가장 덩치가 큰 선수는 두 손을 들고 무언의 애처로운 제스처를 보인다. 항복. 미끄러운 잔디 덕분에 노아웃에 주자 2, 3루일 수 있었던 상황이 원아웃에 주자 2루로 바뀌었다. 그건 엄청난 차이고 타박스는 마이크 아널드를 삼진으로 잡음으로써 다시금 샘솟은 자신감을 과시한다.

그런데 다음 타자인 조 윌콕스의 타석 때 3구에서 그의 팔꿈치를 맞힌다. 이번에는 뱅고어 웨스트의 팬들이 전보다 큰 소리로 살짝 위협적인 고함을 지른다. 몇 명은 타박스를 퇴장시키라며 주심에게 분통을 터뜨린다. 이 상황을 충분히 이해하는 주심은 타박스에게 경고조차 주지 않는다. 윌콕스가 비틀거리며 1루까지 천천히 달려가는 동안 괴로워하는 표정을 짓고 있는 걸 보면 그럴 필요가 없다는 걸 알 수 있다. 하지만 요크 팀의 감독이 나와서 아무도 반론을 제기할 수 없는 사실을 짚고 넘어가며 투수를 진정시킨다. 투아웃에 1루가 비어 있었잖아. 아무 문제 없는 플레이야.

하지만 타박스에게는 문제가 있는 플레이다. 그는 이번 회에만 두타자를, 그것도 비명을 지를 만큼 세게 맞혔다. 그게 문제가 되지 않는다면 정신감정을 받아보아야 할 것이다.

요크는 3회 초에 1루타 세 개를 묶어서 3 대 0으로 앞서나간다. 실책이 아니라 제대로 맞은 이 안타가 1회 초에 나왔다면 뱅고어는 심각한 위기에 봉착했겠지만 수비를 마치고 들어온 선수들은 열띠고 들뜬 표정을 짓고 있다. 질 것 같은 분위기도 열패감도 전혀 느껴지지 않는다.

3회 말 뱅고어의 첫 타자는 라이언 이애로비노이고 타박스는 그를 조심스럽게, 너무 조심스럽게 상대한다. 그가 제구를 하기 시작하자 예측 가능한 결과가 벌어진다. 볼카운트 1-2에서 이애로비노의 어깨를 맞힌 것이다. 이애로비노는 몸을 돌려서 방망이로 그라운드를 한 번 때린다. 아파서인지 불만스러워서인지 화가 나서인지 알수가 없다. 아마 셋 다일 것이다. 관중석의 분위기를 읽는 것은 그보다 훨씬 쉽다. 뱅고어 응원단은 자리에서 일어나 타박스와 주심을 향해 화를 내며 고함을 지른다. 요크 쪽 응원단은 말없이 당황한 표정을 짓고 있다. 그들의 예상과 다른 방향으로 게임이 흘러가고 있다. 라이언은 빠른 걸음으로 1루를 향해 가며 타박스를 흘끗 쳐다본다. 잠깐 쳐다본 것에 불과하지만 메시지는 분명하다. 너, 세 번째다. 이번이 마지막이길 바라는 게 좋을 거야.

타박스는 코치와 잠깐 얘기를 나누고 매트 킨리를 상대한다. 그는 자신감이 와르르 무너졌고 폭투로 던진 1구를 보면 계속 투구하고 싶은 마음이 고양이가 거품 목욕을 하고 싶어 하는 정도라는 걸 알 수 있다. 이애로비노는 요크의 포수 댄 부샤르의 2루 송구를 가볍게 따돌린다. 타박스는 키니를 볼넷으로 내보낸다. 다음 타자는 케빈 로치포트다. 로치는 번트를 대려다 두 번 실패하자 뒤로 물러나 필립 타박스에게 자기 무덤을 조금 더 깊게 팔 수 있는 기회를 허락한다. 그는 과연 볼카운트 1-1에서 케빈에게 볼넷을 허용한다. 3회가 아직 끝나지도 않았는데 타박스의 투구 수가 육십 개를 넘었다.

로저 피셔도 3-2까지 승부를 끌고 간다. 타박스는 이제 낙차가 크지 않은 변화구에 의존하고 있다. 또다시 타자를 맞히는 상황이 오더라도 세게 맞히지는 않겠다고 결심한 모양이다. 피시를 보낼 데가 없다. 베이스가 꽉 찼다. 타박스도 그걸 알기에 피시가 볼넷을 노리고 방망이를 뺄 거라는 판단 아래 한복판으로 공을 던지는 도박을 건다. 예상과 달리 로저는 굶주린 듯 달려들어 1루와 2루 사이를 빠져나가는 안타를 친다. 이애로비노는 빠른 걸음으로 홈인해 뱅고어의 첫 득점을 기록한다.

필립 타박스가 자멸하기 시작했을 때 타석에 섰던 오언 킹이 다음 타자다. 요크의 코치는 자기 팀 에이스가 킹 상대로는 더욱 승산이 없다고 보고 한계에 다다랐다는 판단을 내린다. 매트 프랭키가 구원투수로 마운드에 오르고 타박스는 요크의 포수가 된다. 그는 프랭키의 연습 투구를 받으려고 홈 플레이트 앞에 쭈그리고 앉으며 체념한 동시에 마음의 짐을 벗은 표정을 짓는다. 프랭키는 데드볼을 주지 않지만 출혈을 막기에는 역부족이다. 3회가 끝났을 때 뱅고어 웨스트가 기록한 안타는 두 개뿐이지만 요크를 5 대 3으로 리드한다.

이제 5회다. 공기는 우중충한 습기로 가득하고 점수판에 꼿꼿하게 걸려 있던 요크가 브리스틀로 간다, 현수막이 축 처지기 시작한다. 응원단도 조금 늘어지고 점점 불안해한다. 요크가 정말 브리스틀로 갈 수 있을까? 그래야 맞는데. 그들의 표정은 이렇게 얘기한다. 하지만 이제 5회인데 우리가 계속 2점 차로 지고 있잖아. 맙소사, 어쩌다 이렇게 일찍부터 물 건너간 얘기가 돼버렸지?

로저 피셔는 계속 순항중이고 5회 말에 뱅고어 웨스트가 승부의 쐐기를 박는 듯한 결정타를 날린다. 선두 타자 마이크 아널드가 안타를 치고 나간다. 조 윌콕스가 희생타로 대주자 프레드 무어를 2루로 보내고 이애로비노가 2루타를 날려 무어를 홈으로 불러들인다. 이렇게 해서 매트 키니가 타석에 선다. 패스트볼이 나왔을 때 라이언이 3루로 진루하고 키니가 유격수 앞으로 쉬운 땅볼을 보내지만 유격수의 글러브에 맞고 튀어나오자 이애로비노가 잽싸게 홈인한다.

뱅고어 웨스트는 7 대 3 상황에서 의기양양하게 수비에 나선다. 이제 남은 아웃카운트는 세 개뿐이다.

로저 피셔가 6회에 요크 타자들을 상대하러 마운드에 올랐을 때 투구 수는 아흔일곱 개고 그는 지쳤다. 당장 풀카운트 승부 끝에 대타 팀 팔럭에게 볼넷을 허용한 걸 보면 알 수 있다. 데이브와 닐은 한계에 다다랐다는 판단을 내린다. 피셔가 2루로 가고 쉬는 시간마다 워밍업을 했던 마이크 아널드가 마운드에 오른다. 그는 원래 괜찮은 구원투수지만 오늘은 그의 날이 아니다. 긴장감 때문일 수도 있을 테고 마운드가 물러서 투구 폼에 변화가 생겼기 때문일 수도 있을 것이다. 그는 프랭키를 뜬공으로 잡지만 부샤르에게 볼넷을 허용하고 필브릭이 2루타를 날리자 팔럭은 피시에게로 돌진해 득점하고 부샤르는 3루에서 멈춘다. 팔럭의 득점 자체는 아무 의미가 없다. 중요한 건 2루와 3루에 요크의 주자가 있고 동점타를 날릴 가능성이 있는 타자가 타석에 들어섰다는 것이다. 동점타를 날릴 가능성이 있는 타자는 개인적으로 안타가 간절한 선수다. 왜냐하면 요크의 소멸까지 아웃 카운트가 2개밖에 남지 않은 상황을 만든 장본인이기 때문이다. 동점타를 날릴 가능성이 있는 타자는 바로 필립 타박스다.

마이크는 1-1까지 잡고 나서 플레이트 한복판을 가르는 패스트볼을 던진다. 뱅고어 웨스트의 더그아웃에서는 타박스가 방망이를 휘두르기 시작할 순간 데이브 맨스필드가 움찔하며 눈을 가리려는 듯 한 손을 이마 쪽으로 올린다. 타박스가 야구에서 가장 거두기 어려운 위업을 달성하는 딱딱한 소리가 들린다. 동그란 방망이로 동그란 공을 정확하게 맞히는 소리다.

타박스가 공을 맞힌 순간 라이언 이애로비노가 질주하기 시작하지만 아주 일찍부터 달려봐야 소용없는 것으로 밝혀진다. 공은 펜스를 육 미터 훌쩍 넘어가 텔레비전 카메라를 맞히고 필드 안으로 다시 들어온다. 라이언이 그 공을 암담한 표정으로 쳐다보는 동안 요크 응원단은 열광하고 3점짜리 극적인 홈런으로 실수를 만회한 타박스를 맞이하려고 요크 팀 전원이 더그아웃에서 뛰쳐나온다. 그는 홈 플레이트를 밟는 게 아니라 그 위로 점프한다. 더없이 행복해하는 표정을 짓고 있다. 팀원들이 좋아서 어쩔 줄 몰라 하며 그에게 달려든다. 더그아웃으로 돌아가는 동안 그의 발은 땅바닥을 거의 건드리지도 않는다.

뱅고어 응원단은 이 끔찍한 반전에 말문을 잃고 멍하니 앉아 있다. 어제 뱅고어 팀이 루이스턴 전에서 파멸의 신과 집적거렸다면 오늘은 그의 품에서 기절했다. 기세가 다시 바뀌었고 응원단은 이대로 영영 굳는 게 아닌지 걱정하는 표정이 역력하다. 마이크 아널드가 데이브, 닐과 상의한다. 그들은 다시 돌아가서 열심히 던지라고, 역전당한 게 아니라 동점에 불과하다고 하지만 마이크는 누가 봐도 기가 죽었고 우울해 보인다.

다음 타자인 허친스가 매트 키니 앞으로 쉽게 처리할 수 있는 땅볼을 날리지만 아널드만 흔들린 게 아니다. 평소에는 믿음직했던 키니가 공을 놓치고 허친스는 출루에 성공한다. 앤디 에스티스는 3루수 뜬공으로 아웃되지만 패스트볼이 나왔을 때 허친스가 2루까지 간다. 킹이 매트 호이트의 뜬공을 잡자 쓰리아웃이 되고 뱅고어 웨스트는 위기에서 벗어난다.

6회 말에 추격을 떨쳐버릴 기회가 주어지지만 그들은 기회를 살리지 못하고 마이크 프랭키에게 삼자범퇴를 당한다. 뱅고어 웨스트는 요크와 7 대 7 동점 상황에서 포스트 시즌 최초로 연장전에 돌입한다.

루이스턴 전에서는 우중충했던 날씨가 결국에는 풀렸다. 오늘은 그렇지가 않다. 뱅고어 웨스트가 7회 초에 필드로 나서는 동안에도 하늘이 점점 까매진다. 이제 6시가 다 되기는 했지만 운동장이 선명하고 제법 환해야 하는데 슬금슬금 안개가 몰려오기 시작했다. 직접 관전하지 않고 녹화 중계를 본 사람은 텔레비전 카메라에 문제가 생긴 걸로 착각할 수 있을 정도로 모든 게 나른하고 칙칙하고 노출 부족으로 느껴진다. 센터필드 쪽 관중석에 민소매 차림으로 앉은 응원단은 점점 머리와 손만 분리되어가고 있다. 외야수 트라스코스, 이애로비노, 아서 도어는 셔츠 색으로 구분이 된다.

마이크가 7회의 1구를 던지기 직전에 닐이 팔꿈치로 데이브를 찌르며 우익수 쪽을 가리킨다. 데이브는 당장 타임을 부르고, 허리를 구부리고 머리를 거의 무릎 사이로 숙인 아서 도어에게 무슨 문제가 생겼는지 알아보기 위해 종종걸음으로 다가간다.

데이브가 다가가자 아서는 놀란 표정으로 고개를 든다. "저 괜찮아요." 그는 묻지도 않은 질문에 대답한다.

"그럼 도대체 지금 뭐하는 거냐?" 데이브가 묻는다.

"네잎클로버를 찾고 있어요." 아서가 대답한다.

데이브는 너무 황당해서 아니면 너무 우스워서 아무 훈계도 늘어놓지 못한다. 그냥 경기가 끝난 다음에 찾아보는 게 나을 거라고 얘기하고는 그만이다.

아서는 점점 짙어지는 안개를 흘끗 돌아본 다음 다시 데이브를 쳐다본다. "그때쯤이면 너무 컴컴해서 안 보일 것 같은데요." 그가 얘기한다.

아서의 문제가 해결되자 경기가 속개되고 마이크 아널드는 훌륭하게 대처한다. 어쩌면 대타로 점철된 하위 타선을 상대했기 때문일 수도 있다. 요크는 득점하지 못하고 7회 말, 다시 뱅고어에게 우승의 기회가 찾아온다.

고개를 숙여

그들은 우승의 목전에 다다른다. 투아웃에 만루 상황에서 로저 피셔가 1루 베이스 라인으로 강타를 날린다. 하지만 마침 그 자리에 있던 매트 호이트가 몸을 날리고 이로써 다시 공수가 교대된다.

8회 첫 타자로 나선 필브릭이 닉 트라스코스에게 뜬공으로 아웃되고 필 타박스가 타석에 들어선다. 타박스의 뱅고어 웨스트 두들겨 패기는 아직 끝나지 않았다. 그는 자신감을 되찾았다. 스트라이크 판정을 받은 마이크의 1구를 평온한 얼굴로 지켜본다. 2구는 제법 괜찮은 체인지업이고 그가 휘두른 방망이에 빗맞은 공이 조 윌콕스의 정강이 보호대를 맞고 튄다. 그는 타석에서 벗어나 방망이를 무릎 사이에 끼우고 쪼그리고 앉아서 정신을 집중한다. 요크의 코치가 아이들에게 가르쳐준 참선법이다. 프랭크도 궁지에 몰렸을 때 마운드에서 몇 번 그런 적이 있다. 타박스가 이번에는 마이크 아널드의 도움 아래 참선의 효과를 제대로 누린다.

아널드가 타박스에게 던진 마지막 공은 타자의 눈높이에서 밋밋하게 떨어지는 커브고 타박스는 데이브와 닐이 오늘만큼은 피했으면 하는 지점을 통과한 그 공을 강타한다. 공은 펜스를 훌쩍 넘어서 왼쪽 센터 깊숙이 날아간다. 이번에는 막아주는 카메라 받침대가 없어서 결국 숲에 떨어지고, 요크 응원단은 다시 자리에서 일어나 "필-필-필"을 연호하고, 타박스는 3루를 돌아 베이스라인을 따라 달리며 하늘 높이 점프한다. 이번에는 홈 플레이트 위로 점프하지 않고 스파이크로 찍는다.

처음에는 그걸로 끝나지 않을 듯이 보인다. 허친스가 중견수 쪽 안타를 치고 실책으로 2루까지 간다. 그 뒤를 이어서 에스티스가 3

루 쪽으로 공을 보내고 로치포트가 2루로 악송구를 한다. 다행히 아서 도어가 로저 피셔의 뒤를 지키고 있었기에 추가 진루는 허용하지 않지만 이제 주자는 1, 2루고 겨우 원아웃이다.

데이브가 오언 킹을 마운드로 부르고 마이크 아널드는 1루로 자리를 옮긴다. 폭투로 주자 2, 3루가 된 상황에서 매트 호이트가 친 땅볼이 케빈 로슈포르 앞으로 굴러간다. 뱅고어 웨스트가 햄든에게 진 경기에서는 케이시 키니가 실책을 저지른 뒤에 돌아와서 호수비를 보여주었다. 오늘은 로치포트가 엄청난 플레이를 보여준다. 그는 공을 잡고 허친스가 홈 플레이트를 향해 달리지 않는지 잠깐 확인한다. 그런 다음 다이아몬드 저편의 마이크에게 송구해 발이 느린 매트 호이트를 두 걸음 차로 잡는다. 이 아이들이 겪은 시련을 감안했을 때 놀랍도록 영리한 플레이다. 뱅고어 웨스트는 컨디션을 회복하고, 킹은 묘하게 위력적인 사이드암 투구로 오버더톱 패스트볼을 보완해가며 코너를 공략해 야머스와의 경기에서 3점 홈런을 쳤던 라이언 퍼널드를 완벽하게 처리한다. 퍼널드는 1루로 힘없는 뜬공을 날리고 이렇게 이닝이 종료된다. 7회 초가 끝난 지금 요크가 뱅고어를 8 대 7로 이기고 있다. 요크의 8점 가운데 6점이 필립 타박스가 기록한 점수다.

요크의 투수 매트 프랭키는 마이크 아널드로 교체됐을 당시 피셔만큼이나 지쳤다. 차이가 있다면 뱅고어 웨스트에는 마이크 아널드가, 마이크 뒤에는 오언 킹이 있었다는 것이다. 요크에는 아무도 없다. 야머스 전에 등판한 라이언 퍼널드를 오늘 내보낼 수는 없기에 끝까지 프랭키로 밀어붙여야 한다.

그는 킹을 삼진으로 잡으며 8회를 산뜻하게 출발한다. 그다음 타자는 오늘 4타수 1안타(타박스를 상대로 2루타를 쳤다)를 기록한 아서 도어다. 이제는 힘겨워하는 기색이 역력하지만 그만큼 이대로 경기를 끝내겠다는 의지도 역력한 프랭키는 아서와 풀카운트 승부 끝에 바깥쪽으로 너무 빠지는 공을 던진다. 아서는 1루로 걸어나간다.

그다음 타자는 마이크 아널드다. 마운드에서는 실력 발휘를 하지 못했지만 이번 타석에서만큼은 완벽하게 번트를 댄다. 희생번트가 아니다. 안타를 노린 번트고 거의 성공할 뻔한다. 하지만 홈 플레이트와 투수 마운드 사이의 그 질척거리는 땅 위에서 공의 속도가 완전히 죽지 않는다. 프랭키가 공을 낚아채 2루 쪽을 흘낏 확인한 뒤 1루를 선택한다. 이제 투아웃에 주자는 2루다. 경기 종료까지 아웃카운트 한 개가 남았다.

다음 타자는 포수 조 윌콕스다. 볼카운트 2 - 1에서 그는 1루선상으로 라인드라이브를 날린다. 매트 호이트가 공을 잡지만 일 초 늦었다. 공이 파울라인 바깥쪽으로 일 센티미터쯤 나갔을 때 잡았기에 1루심이 바로 옆에서 확인하고 파울을 선언한다. 마운드로 달려가서 매트 프랭키를 끌어안으려던 호이트는 대신 공을 다시 던져준다.

이제 볼카운트는 2 - 2다. 프랭키는 투수판에서 내려와 하늘을 똑바로 올려다보며 정신을 집중한다. 그런 다음 다시 투수판을 딛고 스트라이크존을 벗어나는 높은 공을 던진다. 조이는 제대로 확인하지도 않고 자기 방어 차원에서 무작정 방망이를 휘두른다. 공이 방망이에 맞아서—천운이다—파울이 된다. 프랭키는 다시 정신을 가다듬고 다음 공을 던진다. 이번에는 그냥 바깥쪽이다. 볼 쓰리다.

이때 오늘 경기의 결정구가 나온다. 보기에는 경기를 끝내는 높은 쪽 스트라이크 같은데 주심이 볼넷을 선언한다. 조 윌콕스는 어렴풋이 못 믿겠다는 표정을 지으며 1루로 간다. 나중에 텔레비전 녹화 중계 때 천천히 재생된 영상을 보고서야 주심의 콜이 얼마나 정확하고 훌륭했는지 밝혀진다. 조 윌콕스가 긴장이 극에 달해서 공이 뿌려지는 순간까지 골프채라도 되는 듯 방망이를 잡고 바람개비처럼 돌리고 있다가 공이 다가오자 까치발을 하는 바람에 꽉 찬 공처럼 보였던 것이다. 주심은 꿈쩍하는 법이 없기에 조의 신경질적인 경련을 모두 감안해 메이저리그 급의 판정을 내린다. 규정에 따르면 타석에서 몸을 웅크린다고 스트라이크존이 좁아지지 않는다. 마찬가지로 몸을 길게 늘인다고 스트라이크존이 넓어지지 않는다. 조가 까치발로 서지 않았다면 프랭키의 공은 꽉 찬 게 아니라 목 높이로 날아왔을 것이다. 그렇기 때문에 쓰리아웃으로 경기가 끝나지 않고 누상에 주자가 추가된다.

텔레비전 카메라 한 대가 공을 던지는 요크의 매트 프랭키를 비추고 있다가 놀라운 장면을 포착한다. 공이 스트라이크 판정을 받기에는 아주 조금 늦게 떨어졌지만 프랭키는 얼굴을 환히 밝힌다. 공을 던지는 쪽 주먹을 불끈 쥐고 위로 뻗어 승리의 인사를 한다. 그런데 그가 요크의 더그아웃이 있는 오른쪽으로 내려가려고 하자 주심이 막는다. 잠시 후에 다시 화면에 잡힌 그는 불만과 의심으로 가득한 표정을 짓고 있다. 프랭키는 판정에 이의를 제기하지는 않지만—이 아이들은 정규 시즌 때도 이의를 제기하면 안 되지만 선수권대회에서는 절대, 절대, 절대 그러면 안 된다고 배운다—다음 타자를 상대할 준비를 하면서 우는 것 같다.

뱅고어 웨스트는 아직 살아 있고 닉 트라스코스가 타석으로 다가가자 다들 일어나서 고함을 지르기 시작한다. 닉은 무임승차를 노리는 기색이 역력하고 바라던 대로 된다. 프랭키가 5구 승부 끝에 그에게 볼넷을 허용한다. 오늘 요크 투수진이 기록한 열한 번째 사사구다. 닉이 1루로 걸어나가자 만루가 되고 라이언 이애로비노가 타석에 들어선다. 이런 상황에서 라이언 이애로비노가 등장한 게 한두 번이 아닌데 이번에도 또다시 라이언이다. 뱅고어 웨스트의 응원단은 자리에서 일어나 함성을 지른다. 더그아웃을 가득 메운 뱅고어 선수들은 철조망 사이로 손가락을 걸고 불안한 눈빛으로 지켜본다.

"믿기지가 않네요." 텔레비전 해설자가 말한다. "이런 명승부가 벌어지다니 믿기지가 않네요."

그의 파트너가 거든다. "그러게 말입니다. 하지만 어떤 식으로 끝나든 양쪽 팀은 이런 결말을 원했을 겁니다."

그가 이런 얘기를 하는 동안 카메라는 흙빛이 된 매트 프랭키의 얼굴을 집중적으로 비춤으로써 섬뜩한 반론을 제기한다. 그 장면을 보면 이것이야말로 요크 팀의 왼손잡이 투수가 가장 피하고 싶었던 순간이라는 것을 알 수 있다. 왜 아니겠는가. 이애로비노의 오늘 기록은 2루타 두 개, 볼넷 두 개, 데드볼 한 개다. 요크에서는 그의 출루를 한 번도 저지한 적이 없다. 프랭키는 바깥쪽 높은 공을 던지고 다시 낮은 공을 던진다. 그것이 135구, 136구다. 그는 기진맥진하다. 요크 팀의 처크 비트너 감독이 그를 불러서 잠깐 회의를 한다. 이애로비노는 회의가 끝나길 기다렸다가 다시 타석으로 들어선다.

매트 프랭키는 고개를 뒤로 젖히고 눈을 감고 정신을 집중한다. 먹이를 기다리는 아기 새 같다. 그런 다음 와인드업을 하고 메인 주 유소년 리그 시즌 마지막을 장식하는 공을 던진다.

이애로비노는 그가 어떤 식으로 정신을 집중하는지 보고 있지 않는다. 고개를 숙이고 프랭키가 어떤 공을 던지는지에 집중하고 그의 시선은 절대 공을 떠나지 않는다. 홈 플레이트 바깥쪽을 향해 낮게 깔리는 패스트볼이다. 라이언 이애로비노는 몸을 살짝 낮춘다. 방망이 끝이 돌아간다. 그는 처음부터 끝까지 방망이를 놓지 않고 있는 힘껏 휘두르고, 공이 우중간 깊숙한 곳으로 날아가자 두 팔을 머리 위로 올리고 1루를 향해 미친듯이 탭댄스를 추기 시작한다.

마운드에서는 두 번이나 승리를 거머쥘 뻔했던 매트 프랭키가 보지 않으려고 고개를 숙인다. 라이언이 2루를 돌고 다시 홈으로 귀환하기 시작했을 무렵에서야 그가 뭘 어쨌는지 제대로 이해한 프랭키가 흐느껴 울기 시작한다.

응원단은 히스테리 발작을 일으킨다. 중계진도 히스테리 발작을 일으킨다. 심지어 라이언이 밟을 수 있을 만한 공간을 남겨두고 홈 플레이트를 막고 있는 데이브와 닐도 히스테리 발작 직전이다. 그는 3루를 지나고 홈런이라는 뜻에서 회색 하늘을 향해 위엄 있게 한 손가락을 계속 돌리고 있는 3루심을 지나친다.

홈 플레이트 뒤에서는 필 타박스가 마스크를 벗고 자축 현장에서 벗어난다. 그는 심하게 낙담하는 바람에 일그러진 얼굴로 발을 한 번 크게 구른다. 그는 카메라에서 벗어나 유소년 리그 밖으로 영영 떠난다. 그는 내년에 청소년 리그에서 뛸 테고 아마 뛰어난 실력을 보이겠지만 타박스에게, 다른 아이들에게 이런 경기는 두 번 다시 없을 것이다. 이건 소위 말하는 소설에서나 볼 수 있는 경기다.

라이언 이애로비노는 울었다 웃었다 하는 동시에 한 손으로 헬멧을 누르고 다른 손으로는 회색 하늘을 똑바로 가리키며 펄쩍 뛰어올랐다가 홈 플레이트를 밟고 다시 한번 펄쩍 뛰어올랐다가 이번에는 팀원들의 품안으로 직행한다. 팀원들은 의기양양하게 그를 떠받들고 간다. 경기는 끝났다. 뱅고어 웨스트가 11 대 8로 승리했다. 그들이 1989년 메인 주 유소년 리그 챔피언이다.

나는 1루 쪽 펜스로 고개를 돌렸다가 인상적인 광경을 목격한다. 흔들리는 손들이 숲을 이루고 있다. 선수 부모들이 철조망 앞을 가득 메우고 아들을 만져보려고 그 위로 손을 내밀고 흔들고 있다. 부모들도 대부분 눈물바다다. 아이들은 모두 믿기지 않는다는 행복한 표정을 짓고 있고, 수백 개는 되어 보이는 손들이 그들을 만지고 싶어서, 축하하고 싶어서, 안아주고 싶어서, 느끼고 싶어서 그들을 향해 흔들리고 있다.

아이들은 그 손을 못 본 체한다. 나중에 만지고 끌어안을 시간이 있을 것이다. 지금은 먼저 처리해야 할 일이 있다. 그들은 한 줄로 서서 요크 선수들과 하이파이브를 하고 정해진 방식에 따라 홈 플레이트를 넘는다. 이제는 양 팀 선수들이 대부분 울고 있고 개중 몇몇은 너무 심하게 울어서 거의 걷지 못할 정도다.

뱅고어 선수들은 부모들이 아직까지 손을 흔들고 있는 펜스 앞으로 가기 전에 코치진을 에워싸고 승리의 기쁨을 실어서 그들과 서로를 때린다. 그들은 포기하지 않고 대회 우승을 쟁취했다. 라이언

558

과 매트, 오언과 아서, 마이크와 네잎클로버를 찾은 로저 피셔. 지금은 서로 축하하는 순간이니 만큼 다른 모든 것은 젖혀두어야 한다. 이윽고 그들이 울고 웃고 환호하는 부모들이 기다리는 펜스를 향해 가자 세상이 다시 정상적인 궤도로 돌아가기 시작한다.

"우리 앞으로 언제까지 계속 경기해요, 코치님?" 뱅고어가 마키아스를 누르고 지구 우승을 차지했을 때 J.J. 피들러가 닐 워터먼에게 물었다.

"J.J." 닐이 대답했다. "우리는 우리를 저지하는 팀이 등장할 때까지 계속 경기할 거다."

마침내 뱅고어 웨스트를 저지한 팀은 매사추세츠 주의 웨스트필드였다. 뱅고어 웨스트는 1989년 4월 15일 코네티컷 주 브리스틀에서 열린 동부 지역 유소년 리그 선수권대회 2차전에서 그들을 만났다. 매트 키니가 뱅고어 웨스트의 투수로 나서 삼진을 아홉 개 잡고 볼넷을 다섯 개 주고(그중 하나는 고의사구였다) 안타는 세 개밖에 맞지 않는 생애 최고의 투구를 펼쳤다. 하지만 뱅고어 웨스트는 웨스트필드의 투수 팀 로리타를 상대로 안타를 한 개밖에 뽑지 못했고 그 안타의 주인공은 예상할 수 있다시피 라이언 이애로비노였다. 최종 스코어는 2 대 1, 웨스트필드의 승리였다. 뱅고어가 기록한 1타점은 킹의 밀어내기 볼넷이었다. 승리타점 역시 로리타의 밀어내기 볼넷이었다. 긴박감 넘치는 경기, 순수주의자의 경기였지만 요크 전에는 비할 바가 아니었다.

프로야구 세계에서는 악몽 같은 한 해였다. 명예의 전당 후보가 스포츠계에서 영원히 추방을 당했다. 은퇴한 투수가 아내를 쏘고 자살했다. 협회 회장이 심장마비로 사망했다. 이십여 년 만에 처음으로 캔들스틱 구장*에서 월드 시리즈가 열렸을 때 지진이 북캐롤라이나를 강타했다. 하지만 메이저리그는 야구에서 아주 작은 일부분을 차지할 뿐이다. 다른 곳과 다른 리그, 예를 들어 자유 계약 선수도 연봉도 입장료도 없는 유소년 리그 같은 곳의 관점에서는 괜찮은 한 해였다. 동부 지역 선수권대회 우승팀은 코네티컷 주의 트럼불이었다. 1989년 8월 26일에 트럼불은 타이완을 꺾고 유소년 리그 월드 시리즈 우승을 거머쥐었다. 1983년 이후에 미국이 윌리엄스포츠 월드 시리즈에서 우승을 차지한 게 그때가 처음이었고 뱅고어 웨스트가 속한 지역에서 우승 팀이 탄생된 것은 십사 년 만에 처음이었다.

구월에는 미국야구협회 메인 분과에서 투표를 통해 데이브 맨스필드를 올해의 아마추어 코치로 선정했다.

* 당시 샌프란시스코 자이언츠의 홈구장이었다.

브루클린의 팔월

(짐 비숍에게 바친다)

★★★

숨가쁘게 흘러가는 야구 경기의 한순간.

(올스턴이 감독으로 활약했던) 에베츠 필드*에서는 잡초가
줄지어 자라고
하루의 축이 황혼으로 기우는 가운데
어두워져가는 하루의 끝 속에서
이제 막 잔디를 깎은 내야의 짙고 파릇파릇한 풀 냄새와 함께
내 눈에는 여전히 보이나니
켜지자마자 야간 근무에 나선
빙글빙글 도는 나방과 벌레 부대에게
벌써부터 공격을 당한
라이트 필드의 쏟아지는 조명

* 과거 브루클린 다저스의 홈구장이었다.

그 아래에서는 노인과 비번인 택시 기사들이

75센트짜리 좌석에서 큰 잔에 담긴 슐리츠를 마시고

1956년 6월에 주크박스를 자이브가 채운

벨벳 같은 할렘 거리만큼 생생한 이 플랫부시.

에베츠 필드에서는 내야가 느리고

좌석은 줄줄이 빈자리

1루를 지키는 거구의 호지스가

3루에서 로빈슨이 던진 공을 받으려고 글러브를 뻗고

하늘을 가득 메운 이 금요일 저녁의

유령 같은 불빛 속에 둥둥 떠 있는 타석

(뮤지얼이 일찌감치 홈런을 터뜨렸고 플랫부시가 이 점 차로 지고 있는

상황에서)

뉴컴은 팝콘과 신문 헤드라인 세례를 뚫고

터덜터덜 일찌감치 샤워를 하러 갔고

이제 마운드에 오른 얼 어스킨이 열심히 던지지만

그가 뒤늦게 무너질 경우에 대비해

조니 포드레스와 클렘 러빈이 몸을 풀고 있다

그가 무너지면 누구든 무너질 수 있기에

에베츠 필드에서는 선수들이 올라갔다 내려가고

한 타석씩 이닝을 소화하고

5회의 어스름 속에 타임이 요청되고

누군가가 샌디 아모로스의 오른편으로 맥주를 던지자

그는 아무 말 없이 빈 잔을 집어서

메일파우치 담배를 씹고 있는 경기장 관리 요원에게 건네고
정체불명의 팬들이 흥미진진한 브루클린의 모음을 외치는 것은
양쪽 관람석 모두를 괴롭히는 전염병
피 위 리스는 2루 서쪽에서 무릎에 체중을 싣고
캠퍼넬라는 사인을 보내고
눈을 감아도 내 눈에는 모두 보이고
삶은 프랑크푸르트 소시지와 오후 8시의 흙냄새가 맡아지고
천상에서 내려온 저녁의 그림자들이
경기장 지붕 위에서 천사들과 함께 헤엄치는 가운데
어스킨이 와인드업을 하고 몸을 돌려서 낮은 인사이드 코스를 던
지는 것이 보인다.

작가 해설

바로 직전의 단편집 『스켈레턴 크루』를 출간하고 얼마 지나지 않았을 때 그 책을 정말 재밌게 읽었다는 독자와 대화를 나눈 적이 있었다. 그녀는 하루에 한 편씩 약 삼 주 동안 아껴가며 음미했다고 했다. "하지만 맨 마지막의 해설은 읽지 않았어요." 그녀는 내 얼굴을 유심히 살피며 이렇게 얘기했다(내가 이렇게 엄청난 모욕을 듣고 화가 나서 자기한테 달려들지 모른다고 생각했던 것 같다). "저는 마술사의 비법을 알고 싶어 하지 않는 성격이거든요."

나는 할 일도 많은데 그걸 주제로 길고 복잡한 토론을 벌이고 싶지 않았기 때문에 그저 고개를 끄덕이며 그건 그녀의 완벽한 권리라고 얘기했지만 오늘 아침에는 할 일도 없고 하니 샌클레멘테 출신인 우리 옛친구의 말마따나 두 가지를 분명하게 짚고 넘어가려 한다. 첫째, 나는 여러분이 해설을 읽거나 말거나 상관없다. 이건 여러분의 책이니 원하면 머리에 이고 경마에 참여해도 된다. 둘째, 나는 마술사가 아니고 해설은 비법은 공개하는 곳이 아니다.

글쓰기와 마술이 전혀 무관하다는 얘기는 아니다. 나는 서로 연관이 있다고 믿게 되었고 특히 남다른 상상력을 자랑하는 소설은 마술과 뒤엉켜 있다. 그런데 대부분의 마술사들도 실토하겠지만 역설적으로 그들은 마술과 전혀 관계없는 존재다. 손수건에서 비둘기를, 빈 주전자에서 동전을, 빈손에서 실크 스카프를 꺼내는 그들의 놀라운 능력은 철저한 연습과 수없이 테스트를 거친 착각 유도 장치와 교묘한 손재주의 조합이다. 그들이 운운하는 "동양의 오랜 비밀"과 "아틀란티스의 잊힌 전설"은 대사에 불과하다. 그들은 외지인이 카네기홀까지 가는 길을 묻자 뉴욕의 비트족이 "연습하세요, 네? 연습요"라고 대답했다는 우스갯소리에 마음 깊이 공감할지 모른다.

그건 작가에게도 적용된다. 이십여 년 동안 대중소설을 쓰며 지적인 평론가들에게 통속적인 작가로 무시당해온(지식인들은 '너무 많은 사람들에게 사랑받는 예술가'를 통속적이라고 정의하는 모양이다) 내가 기꺼이 증언하자면 기교는 아주 중요한 것이고, 훌륭한 작품을 탄생시키려면 원고를 쓰고 고치고 다시 쓰는 지겨운 과정이 필요하며, 재능이 있긴 하지만 천재적이지는 않은 우리들에게는 성실한 태도만이 유일한 희망이다.

그럼에도 불구하고 이 직업에는 마술이 관여하고, 작가의 머릿속으로 대개는 단편적인 아이디어가, 가끔은 완벽한 스토리가 떠오르는 순간(이건 전술 핵무기에 맞은 것과 약간 비슷하다고 보면 된다)이 가장 흔하게 마술이 발휘되는 순간이다. 그 작가는 나중에 그 순간 그가 어디에 있었고 어떤 요소들의 결합으로 아이디어가 떠올랐는지 설명할 수 있겠지만 아이디어 그 자체는 부분의 합보다 큰 새로운 것, 무에서 창조된 어떤 것이다. 메리앤 무어의 표현을 빌자면 이것이 바로 상상의 정원에 사는 진짜 두꺼비다. 그러니까 여러분은 말미에 달린 해설을 앞에 두고 내가 비법을 공개해 마술의 묘미를 망치는 건 아닌지 걱정할 필요가 없다. 진정한 마술에는 비법이 없다. 진정한 마술에는 역사만이 있을 뿐이다.

하지만 아직 읽지 않은 이야기의 스포일러가 될 수는 있으니 미트로프를 입에 대기 전에 초콜릿 푸딩을 먹기로 작정한 고집 센 아이처럼 책의 말미부터 먼저 읽어야 직성이 풀리는 독자라면(한마디로 말해서 끔찍한 독자라면) 저주 중에서도 최악이라는 환상 붕괴로 고생하기 전에 여기서 당장 빠져나가기 바란다. 자, 그럼 이제 『악몽과 몽상』의 몇몇 작품들이 어떤 과정을 거쳐 탄생됐는지 폭풍 설명을 시작하겠다.

「돌런의 캐딜락」 ─ 어떤 생각의 흐름이 이 작품으로 연결됐는지는 상당히 빠르지 않을까 싶다. 나는 먼지와 타르와 매연을 마시며 똑같은 스테이션왜건의 궁둥이와 "동물이 튀어나오면 브레이크를 밟습니다"라고 적힌 똑같은 범퍼 스티커를 느낌상 구 년 정도 쳐다볼 수밖에 없는 도로 공사 현장을 꾸물꾸물 지나가게 되었는데…… 그날은 내 앞차가 초록색의 큼지막한 캐딜락 세단 드빌이었다. 원통 모양의 큼지막한 관이 깔린 구덩이 옆을 달팽이처럼 지나갔을 때 이런 생각을 했던 기억이 난다. 저 안에는 저 캐딜락만큼 큰 차도 들어가겠어. 뼈대를 완벽하게 갖춘 「돌런의 캐딜락」의 얼개가 삽시간에 자리를 잡았고 이후로 기본적인 요소는 눈곱만큼도 달라진 게 없었다.

이 작품이 뚝딱 탄생됐다는 얘기는 아니다. 그건 절대 아니었다. 나는 전문적인 디테일 때문에 이보다 더 주눅든 적이 없었다. 사실상 위압감을 느낄 정도였다. 이 자리에서 《리더스 다이제스트》에 실리는 개인적인 소회와도 같은 고백을 하자면 나는 문학계의 제임스 브라운(자칭 '가장 성실한 연예인'이라는)을 자임하고 싶지만 자료 조사와 전문적인 디테일 면에서는 게으르기 짝이 없다. 그런 계통의 실수로 독자와 평론가들(그중에서도 《시카고 트리뷴》과 《판타지 앤드 사이언스 픽션》 잡지에 기고하는 에이브럼 데이비슨이 가장 정확하고 통렬했다)에게 한두 번 지적을 받은 게 아니다. 「돌런의 캐딜락」을 집필할 때는 여러 가지 과학적인 사실과 수학 공식, 물리학적인 가정이 작품의 밑바탕이었기에 이번에는 얼렁뚱땅 때울 수 없겠다는 걸 깨달았다.

만약 내가 이 불쾌한 진실을 좀더 일찌감치 깨달았다면, 그러니까 돌런과 엘리자베스와 포의 작품에 등장함직한 엘리자베스의 남편 이야기를 이미 만오천 단어쯤 진행하기 전에 깨달았다면 이 「돌런의 캐딜락」은 분명 미완의 단편 부서로 넘어갔을 것이다. 하지만 나는 그걸 일찌감치 알아차리지 못했고 거기서 포기하고 싶지 않았기에 생각나는 유일한 수단을 동원했다. 형에게 연락해서 도움을 청했다.

데이브 킹은 우리 뉴잉글랜드 주민들이 '물건'이라고 표현하는 사람으로 어렸을 때는 아이큐가 150이 넘는 신동이었고(「난장판의

572

끝」에 등장하는 멍멍 포노이의 천재 동생에게서 그의 그림자를 느낄 수 있을 것이다) 로켓 썰매를 탄 것처럼 정규 교육을 마치고 열여덟 살에 대학교를 졸업하자마자 곧바로 브런스윅 고등학교 수학 교사로 취직했다. 당시 대수를 재수강한 학생들이 대부분 그보다 나이가 많았다. 그는 메인 주의 최연소 도시행정위원으로 선출됐고 스물다섯인가의 나이에 읍장을 맡았다. 그야말로 모르는 게 없는 진정한 척척박사였다.

나는 전화로 문제점을 설명했다. 일주일 뒤에 형이 보낸 마닐라 봉투를 개봉했을 때 나는 심장이 철렁 내려앉았다. 내게 필요한 정보가 담겨있을 텐데 아무 도움도 되지 못할 게 분명했기 때문이었다. 형의 필체가 악필, 그 자체였다.

다행스럽게도 비디오테이프가 들어 있었다. 그걸 틀어보니 흙을 높다랗게 쌓은 테이블에 앉아 있는 데이브가 등장했다. 그는 장난감 자동차 몇 대로 추락의 포물선이라는 그 놀라우리만치 불길한 개념을 비롯해 내가 알아야 하는 모든 걸 설명했다. 그뿐 아니라 돌런의 캐딜락을 묻으려면 주인공이 고속도로 보수 장비를 써야 한다는 것(내 원안에서는 손으로 작업했다)과 여러 도로 보수 현장에서 쓰일 가능성이 큰 대형 기계를 점프 스타트하는 법을 알려주었다. 너무나 훌륭한 정보였다. 사실 조금 지나치게 훌륭한 정보였다. 그래서 나는 이 이야기에 등장하는 방식대로 따라하는 사람이 있더라도 아무일이 벌어지지 않도록 약간 손을 보았다.

마지막으로 한마디 덧붙이자면 나는 집필을 마쳤을 때 이 작품을 싫어했다. 절대적으로 혐오했다. 이 작품은 잡지에 실린 적이 없었다. 내 작업실 뒤편 통로에 두는 '예전에 쓴 졸작' 상자로 직행했다. 그런데 몇 년 뒤에 로드 존 프레스 수장으로 근사한 한정판을 출간하는 허브 옐린이 한정판 단편집에 수록할 원고를, 되도록 어디에도 소개되지 않은 것으로 받을 수 있겠느냐고 편지를 보내왔다. 나는 앙증맞고 예쁘고 상식에서 완전히 벗어날 때가 많은 그의 책을 사랑했기에 '비운의 통로'에서 상자들을 뒤지며 건질 만한 게 있는지 찾았다.

그때 「돌런의 캐딜락」을 맞닥뜨렸고 이번에도 세월이 제몫을 톡톡히 했다. 내가 기억하는 것보다 훨씬 괜찮았고 허브에게 보내자 그도 열렬히 동의했다. 나는 원고를 좀더 다듬어서 오백 부 정도 되는 로드 존 프레스 판에 실었다. 여기에 수록하기 전에 한 번 더 다듬었고 원고에 대한 생각이 완전히 바뀌었기에 1번 타자의 자리를 맡겼다. 다른 건 둘째치더라도 실성한 내레이터와 사막에서의 생매장이 등장하는 전형적인 공포물이기도 하다. 하지만 이 작품은 내 것이 아니라 데이브 킹과 허브 옐린의 것이다. 고마워요, 두 사람.

「어린아이들을 허락하라」 ─ 『스티븐 킹 단편집 ─ 옥수수밭의 아이들 외』에 수록된 대부분의 작품들과 같은 시기에 쓴 원고이고 1978년에 출간된 그 단편집에 수록된 대부분의 작품들과 마찬가지로 원래《캐벌리어》에 소개됐었다. 단편집에서 제외된 이유는 담당 편집자 빌 톰슨이 책의 부피가 너무 커지고 있다고 생각했기 때문인데, 편집자들은 제작비가 천정부지로 치솟겠다 싶으면 가끔 그런 표현을 쓴다. 나는 그 단편집에서 「회색 물질」을 빼자고 했다. 빌은

「어린아이들을 허락하라」를 빼자고 했다. 나는 그의 의견에 따랐고 원고를 꼼꼼히 다시 읽어본 다음 『악몽과 몽상』에 넣기로 결정했다. 내가 이 작품을 상당히 마음에 들어 하는 이유는 젖먹이 살인마, 변절한 장의사 그리고 지하 묘지 관리인이나 좋아할 만한 이야기라면 사족을 못 썼던 1940년대 후반과 1950년대 초반의 기괴한 브래드베리를 연상시키는 구석이 있기 때문이다. 다르게 표현하자면 「어린아이들을 허락하라」는 사회적인 관점에서 쓸모가 전혀 없는 섬뜩한 블랙 유머다. 나는 그런 단편 소설을 좋아한다.

「나이트 플라이어」 — 가끔 장편소설의 조연이 할 얘기가 남았다며 작자를 붙잡고 머릿속에서 사라지지 않을 때가 있다. 「나이트 플라이어」의 주인공 리처드 디스가 그런 경우였다. 그는 원래 『데드 존』(1979년)에서 불운한 주인공 조니 스미스를 자신이 근무하는 슈퍼마켓용 저질 타블로이드지 《인사이드 뷰》의 영매로 취직시키는 인물이다. 조니는 그의 아버지의 집 베란다에서 그를 떨어뜨렸고 그것으로 그는 바이바이였다. 그런데 이렇게 다시 등장한다.

다른 단편들과 달리 「나이트 플라이어」는 장난처럼 시작됐지만 —조종사 자격증이 있는 뱀파이어라니 이 얼마나 '모던'한가— 디스의 성장과 더불어 이야기도 발전했다. 날마다 마주치는 현실 속 인물들의 삶과 심중이 내게 오리무중이듯 내 작품 속 등장인물들도 마찬가지인데, 가끔 지도를 제작할 때 정보를 기입하듯 등장인물의 궤적을 그리는 것이 가능할 때가 있다. 「나이트 플라이어」의 원고를 쓰는 동안 상당히 소외된 남자, 20세기의 마지막 사분기를 맞이한 우리 열린 사회의 가장 끔찍하고 혼란스러운 측면을 압축해서 구현하는 남자가 언뜻 내 눈에 비쳐졌다. 디스는 기본적으로 무신론자이고 막판에 그가 나이트 플라이어와 맞닥뜨리는 장면은 내가 『살렘스 롯』에서 인용했던 조지 세페리스의 시구를 연상시키는 구석이 있다. 진리의 기둥에는 구멍이 있다고 한 것 말이다. 20세기 후반인 작금의 분위기와 너무나도 잘 맞아떨어지는데 「나이트 플라이어」는 그 구멍을 찾아나선 남자의 얘기라고 보면 된다.

「팝시」 ── 이 아이의 할아버지가 「나이트 플라이어」 막판에 리처드 디스에게 카메라를 열고 필름을 꺼내라고 했던 그 인물이 맞느냐고? 뭐, 내가 보기에는 그런 것 같다.

「익숙해질 거야」 ── 원래는 1970년대 초반에 《마시루츠》라는 메인 대학교 문학지에 실렸던 작품인데 거의 백팔십도 달라졌다. 원래 원고를 읽다 보니 이 노인들이 사실은 『캐슬록의 비밀』에서 끔찍한 사건을 겪고 살아남은 생존자라는 생각이 들었다. 『캐슬록의 비밀』은 욕망과 집착을 다룬 블랙 코미디다. 이 작품은 비밀과 질병을 좀더 진지하게 다루었다. 『캐슬록의 비밀』에 어울리는 에필로그인데다…… 캐슬록의 몇몇 친구들을 마지막으로 만날 수 있어서 좋았다.

「헌사」 ── 나는 지금은 세상을 떠났고 이 자리에서 이름을 밝힐 생각이 없는 어느 유명 작가를 처음 만난 자리에서 경악한 이후로 몇 년 동안 어마어마한 재능의 소유자가 사석에서는 개떡 같은 인간으로 밝혀지는 이유에 대해 몇 년 동안 고민한 적이 있었다. 손버릇이 나쁜 성차별주의자이거나 냉소적인 엘리트주의자이거나 짓궂은 장난이랍시고 잔인한 짓을 일삼는 사람으로 밝혀지는 이유에 대해서 말이다. 능력이 탁월하거나 유명할수록 그렇다는 건 아니지만 내가 서두에서 언급한 그 대문호를 비롯해서 지금까지 그 비슷한 부류를 한두 명 만난 게 아니었다. 이 「헌사」는 내 나름대로 그 궁금증을 해결하기 위해 쓴 작품이었다. 소기의 목적을 달성하지는 못했지만 내 불편한 심기를 토로할 수 있었으니 그걸로 충분했다.

정치적으로 올바른 작품은 아니고, 늘 접하던 악귀와 유령의 집에 사는 귀신들이 등장하는 공포물을 원하는 독자들은 이걸 읽고 노발대발할지 모른다. 나는 그들이 부디 그래주었으면 한다. 나는 글을 쓰기 시작한 지 제법 되었지만 아직은 뒷방 노인네가 될 생각이 없다. 평론가들은 『악몽과 몽상』에 수록된 작품들을 대부분 공포물로 치부할 (그리고 논외로 간주할) 텐데 모름지기 공포물은 너무 가까이 다가가면 물어버리는 폐품 처리장의 성질 더러운 개와 같다. 내가 보기에는 이 작품도 그런 개와 같다. 그래서 사과할 작정이냐고? 내가 과연 그래야 할까? 여러분은 애초에 물릴 수 있다는 걸 알았기 때문에 이 책을 선택하지 않았을까? 나는 그렇게 생각한다. 그리고 여러분이 나를 20세기 말의 로드 설링*과 같은 다정한 스티브 삼촌으로 간주하려고 들면 나는 물어뜯으려고 더 열심히 달려들 것이다.

* TV 드라마 〈환상특급〉의 대본과 해설을 맡은 작가.

그러니까 내 방으로 들어올 때는 방심하지 말아달라는 얘기다. 나는 내가 어디까지 갈지, 다음에는 뭘 할지 몰라서 여러분이 불안해했으면 좋겠다.

말이 나온 김에 한마디만 덧붙이자면 내가 만약 「헌사」를 변호할 필요성을 느꼈다면 애초에 출간하지도 않았을 것이다. 자기 스스로 변호하지 못하는 작품은 출간될 자격이 없다. 이 전투의 승자는 피터 제프리스라는 거물급 작가가 아니라 마서 로즈월이고 내 마음이 어디로 향했는지는 보면 알 수 있을 것이다.

아, 그리고 한 가지 더. 이제 생각해보니 1985년에 출간됐던 이 작품이 『돌로레스 클레이본』(1992년)으로 발전한 것 같기도 하다.

「움직이는 손가락」 ─ 나는 사건들이 그냥 아무 이유 없이 벌어지는 단편소설을 좋아한다. 장편소설과 영화(실베스터 스탤론이나 아널드 슈워제네거 같은 친구들이 주연인 작품은 예외지만)에서는 어떤 사건이 벌어지는 이유를 설명해야 한다. 이 자리에서 친구와 이웃들에게 밝히건대 나는 이유를 설명하는 걸 질색하며 그 방면(예컨대 변조된 LSD 때문에 DNA가 달라져서 찰리 맥기에게 염화력이 생긴다는 『저주받은 천사』의 설정과도 같은)에 별로 소질이 없다. 그런데 현실 세계에는 영화 제작자들이 '일관적인 개연성'이라고 부르는 게 거의 없지 않은가. 여러분은 어떤지 모르겠지만 나는 인생 설명서를 받은 적이 없다. 그저 살아서 이 세계를 빠져나갈 방법은 없다는 걸 알기에 너무 심하게 깽판을 놓지는 않으려고 노력하는 중이다.

단편에서는 가끔 "그냥 그렇게 됐어. 이유는 묻지 마"라고 얘기할 수 있는 여지가 주어진다. 딱한 하워드 미틀라의 사연이 그런 경우인데, 나는 퀴즈쇼 도중에 세면대 하수구에서 튀어나온 손가락을 맞닥뜨린 그의 모습이 살아가다가 암이나 사고나 끔찍한 우연의 일치와도 같은 뜻밖의 사건을 맞닥뜨리는 우리의 현실을 완벽하게 비유한다고 생각한다. '착한 사람들에게 끔찍한 사건이 벌어지는 이유가 뭘까?'라는 질문에 상상 속의 이야기를 통해 '쳇, 나도 모르지'라고 대답하는 독특한 경우다. 상상 속의 이야기에서는 이런 우울한 대답에도 수긍이 된다. 결국에는 그것이 이 장르의 가장 중요한 도덕적 자산일지 모른다. 훌륭한 소설은 유한한 우리 인생의 실존주의적인 측면을 들여다보는 창문(아니면 고해실 가림막)이 될 수 있다. 영구적이지는 않지만…… 쓸 만하다.

「밴드가 엄청 많더군」— 이 단편집에는 여자 주인공이 이야기의 무대를 '특이한 시골 마을'이라고 생각하는 단편이 최소 두 편 수록되어 있다. 이것이 그중 하나고 나머지 하나는 「장마」다. '특이한 시골 마을'을 남용하는 거 아니냐고 생각하는 독자도 있을 테고 이 두 작품과 내가 예전에 발표한 「옥수수밭의 아이들」의 유사성을 알아차린 독자도 있을지 모른다. 분명 비슷한 부분이 있긴 한데 그렇다면 「밴드가 엄청 많더군」과 「장마」가 자기 표절일까? 그건 예민한 문제이고 판단은 독자 여러분 각자에게 맡겨야겠지만 누가 내게 물으면 나는 아니라고 대답하겠다(당연하지. 아니면 내가 뭐라고 대답하겠는가).
내가 생각하기에 전통적인 형식을 따르는 것과 자기 표절은 전혀 다르다. 블루스를 예로 들어보자. 블루스의 대표적인 기타 코드 진행은 사실 두 개뿐이고 이 두 개는 기본적으로 동일하다. 그럼 여기서 질문. 존 리 후커가 그가 작곡한 거의 모든 곡을 E키나 A키로 연주한다고 해서 자기 복제 모드라고, 똑같은 걸 수없이 반복한다고 볼 수 있을까? 존 리 후커의 팬들은(보 디들리, 머디 워터스, 퍼리 루이스 등 다른 대가의 팬들도) 대다수가 아니라고 대답할 것이다. 블루스 광팬들은 어떤 키로 연주하느냐가 아니라 어떤 소울을 담아서 부르느냐가 중요한 거라고 대답할 것이다.

이 경우에도 마찬가지다. 공포물에는 사막의 절벽처럼 도드라지는 전형적인 틀이 있다. 귀신이 나오는 집 이야기. 무덤에서 부활한 시신 이야기. 특이한 시골 마을 이야기. 파헤쳐보면 중요한 건 내용이 아니다. 공포물은 대개 신경 말단과 신경근육방추를 건드리는 장르이기에 중요한 건 느낌이다. 내가 여기서 느낀 점은, 그러니까 이 작품의 포인트는 요절하거나 처참한 죽음을 맞은 로커들이 너무나 많다는, 정말이지 섬뜩한 사실이었다. 이야말로 보험 계리사의 악몽이지 않은가. 젊은 팬들은 높은 사망률을 낭만적으로 해석할지 모르지만 나처럼 플래터스*를 거쳐 아이스 T**로 이동한 사람의 눈에는 좀더 어두운 측면, 꿈틀꿈틀 기어다니는 왕뱀 같은 측면이 보이기 마련이다. 내가 이 작품에서 시도하려 했던 것이 바로 그것이다. 마지막 여섯 내지는 여덟 쪽을 남겨놓은 시점에 이르러서야 이야기가

* 1950년대에 결성된 미국의 보컬 그룹.
** 1980년대부터 활동한 미국의 래퍼.

진행되고 그루브를 타고 스멀스멀 소름이 끼치기 시작했던 것 같긴 하지만.

「가정 분만」— 아마 이 단편집에서 유일하게 주문 제작된 작품일 것이다. 존 스킵과 크레이그 스펙터(『종말의 빛』과 『다리』를 비롯해 몇 편의 훌륭한 피칠갑 공포물을 출간한)가 조지 로메로 감독의 '시체' 삼부작(〈살아 있는 시체들의 밤〉, 〈시체들의 새벽〉, 〈시체들의 날〉)에 등장하는 좀비들이 세상을 점령하면 어떻게 될지를 주제로 단편집을 출간하면 어떻겠느냐고 한 것이 발단이었다. 그 얘기를 듣고 내 상상력이 폭죽처럼 터졌고 메인 주 연안을 배경으로 한 이 작품이 그 결과물이었다.

「내 귀염둥이 조랑말」— 1980년대 초반에 리처드 바크먼은 (당연히) '내 귀염둥이 조랑말'이라는 제목의 장편소설을 써보려고 버둥거리고 있었다. 그 소설의 주인공은 클라이브 배닝이라는 살인 청부업자였고 생각이 비슷한 사이코패스들을 규합해 결혼식장에서 범죄조직의 거물들을 대거 살해하라는 의뢰를 받았다. 배닝과 그의 사이코 집단의 계획이 성공을 거두자 결혼식장은 피바다로 변하지만 이들은 의뢰인들에게 배신을 당해 한 명씩 제거된다. 자초한 재앙에서 탈출하려는 배닝의 몸부림을 순차적으로 소개하는 것이 그 소설의 내용이었다.

이 작품은 내 인생이 많은 면에서 순탄하게 굴러가다가 일순간 와장창 무너진 불운한 시기에 씌인 졸작이었다. 리처드 바크먼은 두

편의 유고를 남기고 이 시기에 세상을 떠났다. 하나는 그의 필명인 조지 스타크의 이름으로 거의 탈고한 『기계의 앞날』이었고 또 하나는 6장까지 완성한 『내 귀염둥이 조랑말』이었다. 나는 리처드의 유작 관리인으로서 『기계의 앞날』을 『다크 하프』라는 소설로 발전시켜서 내 이름으로 출간했다(바크만의 공로를 인정한다고 책에 밝혔다). 『내 귀염둥이 조랑말』은 폐기 처분하고…… 배닝이 결혼식장에서 공격을 감행할 순간을 기다리는 동안 할아버지에게 들은 시간의 가변성을 잠깐 떠올리는 부분만 살렸다. 워낙 완벽해서 그 자체로 하나의 단편이나 다름없는 그 회상 장면을 찾은 것은 폐품 처리장에서 장미꽃을 찾은 것과 같았다. 나는 어마어마하게 고마운 마음을 담아서 그 대목을 끄집어냈다. 알고 보니 너무나도 끔찍했던 한 해 동안 썼던 원고 중에서 몇 안 되게 잘 쓴 원고였다.

「내 귀염둥이 조랑말」은 원래 휘트니 미술관에서 제작한 아주 비싼 (내 짧은 소견으로는 디자인도 과한) 한정판에 실렸다. 나중에 앨프리드 A. 크노프가 좀더 대중적인 판본으로 만들었다(내 짧은 소견으로는 여전히 너무 비싸고 디자인도 과했지만). 뒤늦게 다듬고 살짝 정리해서 이렇게 어떤 작품보다는 조금 낫고 또 어떤 작품보다는 조금 떨어지는 단편으로 만들어놓고 보니 내 마음이 흐뭇하다.

「죄송합니다, 맞는 번호입니다」 ─ 내가 맨 처음에, 십억 페이지 전에 〈리플리의 믿거나 말거나〉를 두고 뭐라고 했는지 기억하는가. 「죄송합니다, 맞는 번호입니다」는 거의 그 범주에 속한다. 이 작품의 아이디어는 신발을 사서 집으로 돌아오는 길에 'TV 드라마 대본'의 형태로 내 머릿속에 떠올랐다. TV로 방영되는 영화가 아주 중요한 역할을 하는 걸 보면 '시각적인' 이미지로 떠오른 모양이다. 나는 이 단편집에 실린 작품과 거의 다를 게 없는 원고를 중간에 딱 한 번 쉬고 완성했다. 영화 계약을 처리하는 내 서부 담당 에이전트가 원고를 입수한 것이 그 주 주말이었다. 다음주 초에 스티븐 스필버그가 제작중이지만 아직 방영되지는 않은 〈어메이징 스토리〉라는 TV 시리즈용으로 그 원고를 검토했다.

스필버그가 좀더 밝은 분위기의 작품을 찾는다며 반려하기에 오랜 파트너이자 친한 친구이고 당시 〈어둠 속의 외침〉이라는 신디케이트 시리즈를 제작중이던 리처드 루빈스타인에게 보여주었다. 리처드가 해피엔딩을 보며 코를 훌쩍이는 친구는 아니지만—내가 알기로는 이후로 행복하게 잘 살았다는 이야기를 남들만큼 좋아한다—우울한 작품을 피한 적은 없다. 이러니저러니 해도 〈공포의 묘지〉를 제작하지 않았는가(내가 알기로 1970년대 후반 이후에 주인공이 죽으면서 끝난 메이저급 할리우드 영화는 〈공포의 묘지〉와 〈델마와 루이스〉뿐이다).

리처드는 이 작품의 판권을 그날 당장 사서 한두 주 뒤에 드라마로 만들었다. 그리고 내 기억이 맞는다면 한 달 뒤에…… 새로운 시즌을 알리는 첫 작품으로 방영했다. 내가 들은 바로는 그 정도로 단기간에 아이디어에서 화면으로 옮겨진 경우도 거의 없다고 했다. 그나저나 이 단편집에 실린 원고는 예산상의 이유로 세트가 딱 두 개였던 최종 촬영본이 아니라 그보다 좀더 길고 좀더 짜임새 있는 원본이다. 이 작품을 여기에 수록한 이유는, 성격은 다르지만 효과 면

에서는 엇비슷한 또 다른 형식의 스토리텔링이 있다는 걸 보여주기
위해서다.

「10시의 사람들」— 1992년 여름에 나는 어떤 주소지를 찾아가
느라 보스턴 시내를 헤매고 있었다. 결국 맞게 찾아가긴 했지만 그
보다 먼저 이 작품을 건졌다. 내 길 찾기가 펼쳐진 시각이 오전 10
시 무렵이었는데, 걸어 다니면서 보니 으리으리한 고층 건물마다 사
회학적으로 말이 안 되는 집단의 사람들이 그 앞에 옹기종기 모여
있었다. 목수가 회사원과 어울리고, 수위가 파워 수트와 우아한 헤
어스타일을 자랑하는 여자와 잡담을 나누고, 배달원이 중역 비서와
짧은 인사를 주고받았다.

나는 이 집단—커트 보니것은 절대 상상하지 못했을 그랜팰룬*
이었다—을 놓고 약 삼십 분 동안 고민한 끝에 궁금증을 해결했다.
미국의 도시에 거주하는 어떤 계급의 경우 중독으로 인해 쉬는 시
간에 하는 일이 커피를 마시는 게 아니라 담배를 피우는 것으로 바
뀐 것이었다. 20세기의 가장 놀라운 반전 가운데 하나로 꼽힐 만한
사태를 미국 시민들이 고분고분하게 받아들인 결과, 이제는 으리으
리한 건물들이 모두 금연 구역으로 변했다. 이렇듯 호들갑스럽지 않
게 과거의 악습관을 끊는 과정에서 사회문화적인 행동을 기준으로
아주 묘한 집단들이 탄생됐다. 그중 한 집단이 과거의 악습관을 끊

---

* 커트 보니것이 『고양이 요람』에서 만든 용어로 아무런 연고 없이 동류의식을 느끼는 집
단을 뜻한다.

기 거부하는 사람들, 이 작품의 제목인 '10시의 사람들'이다. 단순히 읽는 재미를 노리고 쓴 작품지만 1940년대와 1950년대의 분리 평등 시설의 일부 측면을 일시적으로나마 재현한 변화의 물결에 대해 뭔가 시사하는 바가 있었으면 좋겠다.

「메이플 스트리트의 그 집」 ― 프로듀서인 내 친구 리처드 루빈스타인을 기억하는가. 내게 크리스 밴 알스버그의 『해리스 버딕의 미스터리』를 맨 처음 선물한 사람이 그 친구였다. 리처드는 특유의 삐죽삐죽한 글씨로 "마음에 들 거야"라고 적은 메모를 동봉했다. 그게 전부였지만 그걸로 충분했다. 정말이지 내 마음에 쏙 드는 작품이었다.

이 책은 제목에도 나오는 버딕 씨의 그림, 제목, 설명으로 이루어져 있다. 스토리는 불분명하다. 각 그림과 제목과 설명의 조합이 로르샤흐의 잉크 얼룩 비슷한 역할을 하며 밴 알스버그 씨가 의도한 것 이상으로 독자 또는 관람자에게 일종의 지표를 제공한다. 그 중에서도 내가 가장 좋아했던 그림 중 하나는 어떤 남자가 필요하면 그걸 몽둥이처럼 휘두를 기세로 의자를 들고 한 군데가 이상하게, 무슨 생명체처럼 튀어나온 거실 카펫을 쳐다보는 그림이다. "이 주가 흐른 뒤에 그것이 다시 등장했다." 설명에는 이렇게 되어 있다.

내가 자극을 어떻게 생각하는지 감안하면 이런 작품에 당연히 매력을 느낄 수밖에 없다. 이 주가 지난 뒤에 무엇이 등장했다는 걸까? 그건 중요하지 않다고 본다. 가장 끔찍한 악몽을 꾸었을 때도 오직 대명사만이 잠에서 깬 뒤에도 우리를 쫓아와 공포와 안도감으로 식은땀을 흘리고 몸서리를 치게 만들지 않는가.

아내 태비사도 『해리스 버딕의 미스터리』에 매료됐고 그녀가 우리 가족 모두 그림을 하나씩 골라서 그걸로 단편을 써보자고 제안했다. 태비사는 단편을 하나 탄생시켰다. 당시 열두 살이었던 오언도 마찬가지였다. 태비사가 선택한 작품은 맨 첫 번째 그림이었다. 오언이 선택한 작품은 중간에 있는 그림이었다. 나는 맨 마지막 그림을 선택했다. 나는 크리스 밴 알스버그의 허락을 받아서 그때 쓴 원고를 이 단편집에 수록했다. 덧붙이고 싶은 얘기가 있다면 지난 삼사 년 동안 4학년과 5학년 학생들에게 이 작품을 살짝 순화해서 읽어주었더니 다들 아주 좋아했다는 것이다. 못된 새아버지를 저세상으로 날려 보낸다는 데서 짜릿함을 느끼는 모양이다. 나도 거기서 짜릿함을 느꼈다. 복잡한 선행 조건들 때문에 지금까지 지면에 소개하지 못했는데 이 단편집에 수록할 수 있어서 기쁘다. 아내와 아들이 쓴 작품도 소개할 수 있으면 좋겠다.

「다섯 번째 4분의 1」 ― 또다시 바크먼의 작품이다. 아니면 조지 스타크의 작품일지도.

「클라이드 엄니의 마지막 사건」 ― 누가 봐도 모방작이고 그런 이유에서 「의사가 해결한 사건」과 한 쌍으로 간주되지만 이쪽이 좀더 야심만만한 작품이다. 나는 대학교에서 레이먼드 챈들러와 로스 맥도널드를 발견한 이래 그들을 열렬하게 사모했는데(챈들러는 요즘도 많이 읽히고 논의되는 반면 찬사를 받았던 맥도널드의 '루 아처' 시리즈는 누아르 팬이라는 조그만 집단 밖에서는 아무도 모르는 유물이 되었으니 교훈적인 한편 조금 섬뜩하다), 다시 한번 강조하지만 그들의 소설이 내 상상력에 무한대로 불을 지폈던 이유는 문체 때문이었다고 생각한다. 그 당시 외로운 청년이었던 나의 이성과 감정을 맹렬하게 자극하는 전혀 새로운 시각을 제시했던 것이다.

그런가 하면 지난 이십 년에서 삼십 년 동안 수십 명의 작가들도 깨달았다시피 모방하기가 치명적으로 수월한 스타일이기도 했다. 나는 쓸 일이 없었기 때문에 한참 동안 챈들러의 말투를 멀리했다. 필립 말로의 톤으로는 나다운 얘기를 할 수가 없었다.

그런데 어느 날 해냈다. "네가 아는 걸 써라." 선현들은 스턴, 디킨스, 디포, 멜빌과 같은 기라성의 잔재에 불과한 가엾은 우리들에게 이렇게 얘기하는데, 나에게 그것은 가르치고 글을 쓰고 기타를 칠 때에 모두 적용되는 가르침이다. 꼭 그 순서를 따를 필요는 없지만. 직업 안의 직업이라 할 수 있는 글쓰기에 관한 글쓰기에 대해서라면 쳇 앳킨스가 어느 날 밤 오스틴 시티 리미츠 뮤직 페스티벌에서 던진 말이 생각난다. 그는 일이 분 정도 아무 보람 없이 기타 튜닝을 하다가 객석을 바라보며 이렇게 얘기했다. "저는 이 분야에서 별로 재주가 없다는 걸 깨닫기까지 약 이십오 년이 걸렸는데, 그즈음에는 너무 돈을 많이 벌어서 그만둘 수가 없었죠."

나도 마찬가지였다. 나는 그것이 오리건 주 로큰롤헤븐이 됐건 네브래스카 주 개틀린이 됐건 메인 주 윌로가 됐건 그 특이한 시골 마을로 계속 돌아갈 수밖에 없는 운명, 내가 평소 하던 대로 계속 돌아갈 운명인 것 같다. 나를 끊임없이 따라다니며 괴롭히는 궁금증은 이것이다. 글을 쓸 때 나는 어떤 사람일까? 여러분의 경우에는 어떤 사람일까? 정확히 여기서 무슨 일이, 왜 벌어지고 있으며 그게 중요한 문제일까?

그래서 나는 그런 궁금증을 염두에 두고 샘 스페이드 페도라를 쓰고 럭키 스트라이크에 불을 붙이고 (요즘은 그냥 말로만 그러지만) 글을 쓰기 시작했다. 「클라이드 엄니의 마지막 사건」이 그 결과물이었고 나는 이 단편집을 통틀어서 이 작품이 가장 마음에 든다. 「클라이드 엄니의 마지막 사건」은 이번에 처음으로 공개하는 작품이다.

「고개를 숙여」― 내가 맨 처음 돈을 받고 쓴 원고가 스포츠 기사였지만 (한동안《리스본 엔터프라이즈》라는 주간지의 스포츠 부서를 도맡았다) 그렇다고 해서 이 작업이 수월해지지는 않았다. 뱅고어 웨스트 올스타팀이 메인 주 선수권대회에서 뜻밖으로 승승장구했을 때 내가 그 광경을 옆에서 지켜보았던 건 전능하신 존재를 믿는지 안 믿는지에 따라 달라지겠지만 단순한 행운 아니면 단순한 운명이었다. 나는 전능하신 존재론 쪽으로 기울이만 어느 쪽이 됐건 내가 그 자리에 있었던 이유는 우리 아들이 그 팀 선수였기 때문이었다. 그럼에도 불구하고 나는 아주 범상치 않은 일이 벌어지고 있다는 걸 혹은 벌어지려 하고 있다는 걸 금세, 아마도 데이브 맨스필드나 론 세인트피어나 닐 워터먼보다 더 빨리 알아차렸다. 나는 딱히 그걸 소재로 글을 쓸 생각이 없었는데, 써야 한다고 계속 속삭이는 목소리가 들렸다.

내가 능력 밖의 주제로 글을 쓸 때 동원하는 방식은 무식하리만치 단순하다. 고개를 숙이고 최대한 빨리, 최대한 길게 달린다. 나는 이 작품에서도 그런 식으로 신들린 다람쥐처럼 기록을 수집하고 팀을 열심히 따라다녔다. 어렸을 때 너나 할 것 없이 나른한 오후의 자습 시간에 읽었던 『영광을 향하여』나 『파워 포워드』 같은 진부한 스포츠 소설 아니면 존 R. 투니스의 『톰킨스빌에서 온 아이』처럼 어쩌다 한 번씩 등장하는 걸작 속으로 들어간 듯한 기분을 약 한 달 정도 동안 느꼈다.

어려웠건 어쨌건 간에 「고개를 숙여」는 일생일대의 기회였고 그 전에 《뉴요커》에서 근무하는 칩 맥그래스의 꼬드김이 있었기에 내 생애를 통틀어 가장 훌륭한 비소설 원고를 탄생시킬 수 있었다. 그 점에 대해 그에게 감사하는 바이지만, 그보다 먼저 이런 스토리를 가능하게 만들었고 내 시각에서 바라본 이야기를 출간할 수 있게 허락해준 오언과 그의 팀원들에게 고맙다는 인사를 전하고 싶다.

「브루클린의 팔월」 — 당연히 「고개를 숙여」와 한 쌍이긴 하지만 이 긴 단편집의 거의 말미에 이 작품을 수록한 데에는 그보다 더 훌륭한 이유가 있다. 이 작품은 미심쩍다는 평가를 받는 창작자의 지긋지긋한 굴레에서 벗어나 다양한 '진짜배기' 야구 관련 선집에 여러 차례 수록됐고 내가 누구이고 어떤 일을 하는지 전혀 모르는 듯한 편집자들에게 번번이 선택을 받았다. 그래서 정말 좋았다.

좋다. 여러분은 이제 이걸 책꽂이에 꽂고 다시 만날 때까지 몸 건강히 잘 지내기 바란다. 그동안 재밌는 책도 몇 권 읽고 형제나 자매

가 넘어지는 걸 보게 된다면 일으켜 세워주기 바란다. 다음번에는
여러분이 그런 손길이 필요한 사람이 될 수도 있고…… 그 귀찮은
손가락이 배수구에서 고개를 내밀었을 때 도움이 필요할 수도 있으
니 말이다.

메인 주 뱅고어에서
1992년 9월 16일

거지와 다이아몬드

★ ★ ★

해설까지 다 읽은 독자를 위한 스티븐 킹의 특별 서비스.

작가의 말: 원래 힌두교 우화인 이 짧은 이야기를 맨 처음 내게 들려준 사람은 뉴욕 주 스카스데일에 사는 수렌드라 파텔 씨였다. 시바 신과 그의 아내 파르바티가 주인공인 원래 이야기를 아는 사람들에게는 미안한 얘기지만 내가 그걸 마음대로 각색했다.

어느 날 대천사 우리엘이 시무룩한 얼굴로 하느님을 찾아갔다.
"왜 그러느냐?" 하느님이 물었다.
"너무 슬픈 광경을 보았습니다." 우리엘은 대답하고 자기 다리 사이를 가리켰다. "저 아래에서요."
"지상에서?" 하느님은 미소를 지으며 물었다. "아! 그곳에서는 슬픈 일이 끊일 날이 없지! 흠, 무슨 일인지 보자꾸나."
그들은 같이 허리를 숙였다. 저 아래에서 누더기를 걸친 누군가가 챈드라퍼 외곽의 시골길을 터벅터벅 걸어가고 있었다. 비쩍 말랐고 다리와 팔은 종기로 뒤덮인 남자였다. 개들이 시시때때로 짖으며 쫓아왔지만 그는 녀석들이 발뒤꿈치를 덥석거려도 지팡이를 휘두르지 않았다. 그저 오른쪽 다리를 조심해가며 터덜터덜 걸음을 옮길 따름이었다. 중간에 멀끔하고 피둥피둥한 아이들이 사악한 미소를 지으며 큰 집에서 달려나왔고 그가 아무것도 없는 동냥 그릇을 내밀자 아이들은 그를 향해 돌을 던졌다.

"저리 가, 이 더러운 놈아!" 한 아이가 외쳤다. "벌판으로 가서 죽어버려라!"

이 말에 대천사 우리엘은 눈물을 흘렸다.

"워, 워." 하느님은 그의 어깨를 토닥였다. "좀더 강단 있는 성격인 줄 알았더니."

"네, 맞습니다." 우리엘이 눈을 훔치며 말했다. "다만 저기 저 남자가 지상의 아들딸들에게 벌어질 수 있는 모든 안 좋은 일들을 상징하는 것 같아서요."

"아, 당연하지. 저자는 라무고 그게 그의 임무야. 그가 죽으면 다른 사람이 그걸 물려받겠지. 얼마나 영광스러운 임무라고."

"그럴지도 모르죠." 우리엘은 몸서리를 치며 눈을 가렸다. "하지만 저는 못 보겠습니다. 그의 슬픔이 제 심장을 까맣게 채워서요."

"이곳에서 어둠은 용납할 수 없지. 그 원흉을 바꿀 수 있도록 조치를 취해야겠구나. 여길 보아라, 착한 대천사야."

우리엘이 고개를 들어보니 하느님이 공작 알만 한 다이아몬드를 들고 있었다.

"이 정도 크기의 고급 다이아몬드면 라무가 죽을 때까지 굶을 일이 없고 이후에 7대손까지 먹여 살릴 수 있을게다. 사실 지상에서 이보다 더 훌륭한 다이아몬드는 없지. 자, 어디 보자……." 그는 손과 무릎을 짚고 엎드려서 엷은 구름 사이로 다이아몬드를 떨어뜨렸다. 그와 우리엘이 유심히 지켜보는 가운데 다이아몬드는 라무가 걷는 시골길 한복판에 떨어졌다.

다이아몬드가 워낙 크고 무거워서 라무가 좀더 젊었을 때라면 그게 땅에 부딪히는 소리를 못 들었을 리 없었겠지만 지난 몇 년 동안 그의 귀가 허파와 허리와 신장과 더불어 심각하게 나빠졌다. 눈만 그의 나이가 스물하고 하나였을 때만큼 예리했다.

라무는 거대한 다이아몬드가 저편에서 흐릿한 햇빛을 받으며 반짝이고 있는 걸 알아차리지 못한 채 힘겹게 오르막길을 오르며 한숨을 쉬었고…… 한숨이 발작적인 기침으로 바뀌자 걸음을 멈추고 지팡이 위로 몸을 숙였다. 그는 지팡이를 양손으로 붙잡고 기침이 나오는 동안 버텼다. 기침이 잦아들기 시작했을 무렵, 오래돼서 말라비틀어졌고 라무만큼 닳은 지팡이가 딱 하는 소리와 함께 부러지는 바람에 그는 흙바닥으로 나동그라졌다.

그는 누워서 하늘을 올려다보며 하느님이 왜 이렇게 잔인할까 생각했다.

"내가 가장 사랑했던 사람들은 나보다 먼저 세상을 떠났지. 내가 싫어하는 사람들은 남았고. 나는 지나가면 개들이 짖고 어린애들이 돌을 던지는 추한 늙은이가 되어버렸어. 지난 삼 개월 동안 부스러기 말고는 먹은 게 없고 십 년 동안 가족이나 친구들과 제대로 식사한 기억이 없네. 나는 집도 없이 길바닥을 떠도는 떠돌이야. 오늘

밤에는 비를 가려주는 지붕도 없이 나무나 산울타리 아래에서 잠을 청해야겠지. 온몸은 종기로 뒤덮였고 허리는 욱신거리고 물가를 지나면 피가 보이지 않아야 할 곳에서 피가 보여. 내 가슴은 동냥 그릇처럼 텅 비었고."

라무는 이십 미터도 안 되는 곳에 세상에서 가장 큰 다이아몬드가 떨어져 있는 걸 예리한 눈으로 볼 수 있었을 텐데, 불룩 솟은 마른 땅 때문에 그런 줄도 모르고 천천히 일어나 흐릿하고 파란 하늘을 올려다보았다.

"하느님, 저는 재수가 없는 놈입니다. 그렇다고 하느님을 미워하지는 않지만 하느님은 제 친구도, 어느 누구의 친구도 아닌 것 같네요."

이렇게 얘기하고 났더니 기분이 조금 좋아졌다. 그는 다시 터벅터벅 걷기 시작했고 좀더 길게 부러진 쪽 지팡이를 주웠을 때만 걸음을 멈추었다. 다시 걸음을 이어가며 자기 연민에 빠져서 배은망덕한 기도를 드린 자기 자신을 나무라기 시작했다.

"나도 감사할 일이 몇 가지 있잖아." 그는 따져보았다. "우선 오늘 날씨가 유난히 화창하고 내가 여러 군데 망가졌을지 몰라도 눈은 아직 쟁쟁하지. 만약 눈까지 멀었다면 얼마나 끔찍했겠어!"

라무는 스스로 증명하는 차원에서 눈을 질끈 감고 장님처럼 부러진 지팡이를 앞으로 내밀고 발을 질질 끌며 걸었다. 어둠은 끔찍하고 숨막히고 혼란스러웠다. 이내 전처럼 똑바로 걸어가고 있는지 아니면 한쪽으로 쏠렸는지 헷갈리기 시작했고 이러다 조만간 도랑으로 빠지지 싶었다. 그런 식으로 넘어지면 나이들어서 약해진 뼈가 어떻게 될지 겁이 났지만 그래도 그는 두 눈을 질끈 감고 계속 걸었다.

"이 노인네야, 고마워할 줄 모르는 걸 고치려면 이 방법밖에 없어!" 그는 혼잣말을 중얼거렸다. "오늘 남은 하루 동안 내가 거지일지 몰라도 최소한 앞 못 보는 거지는 아니라는 걸 기억하고 있으면 행복을 느낄 수 있을 거다!"

라무는 길가의 도랑으로 떨어지지는 않았지만 오르막길을 걷는 동안 점점 오른쪽으로 쏠리는 바람에 한쪽 가장자리로 내리막길을 내려가느라 흙속에서 반짝이는 큼지막한 다이아몬드를 그대로 지나쳤다. 그의 왼발과 다이아몬드의 간격이 오 센티미터도 안 됐다.

삼십 미터 정도 더 갔을 때 라무는 눈을 떴다. 눈앞으로 쏟아지는 환한 여름 햇살이 마음속으로까지 밀려드는 듯했다. 그는 즐거운 마음으로 부연 파란색 하늘과 부연 누런색 벌판과 그가 걷고 있는 은박색의 오솔길을 바라보았다. 이 나무에서 저 나무로 날아가는 새를 보며 웃음을 터뜨렸고 뒤편에 떨어진 큼지막한 다이아몬드를 보지는 못했지만 종기와 욱신거리던 허리를 잊었다.

"앞을 볼 수 있게 해주셔서 감사합니다! 그건 남겨주셔서 감사합니다! 길을 걷다 값나가는 물건─시장에 들고 가면 돈으로 바꿀 수 있는 유리병이나 심지어 동전─을 주울 수 있을지 모르고 그런 걸 줍지 못하더라도 실컷 볼 수 있을 거 아닙니까. 앞을 볼 수 있게 해주셔서 감사합니다! 하느님이 계셔서 감사합니다!"

그는 뿌듯한 마음을 달래며 다이아몬드를 그대로 둔 채 다시 걸음을 옮겼다. 하느님은 손을 뻗어 다이아몬드를 주워 아프리카의 산 아래에 다시 가져다놓았다. 그러고는 뒤늦게 생각났다는 듯이(하느님도 뒤늦게 생각나는 경우가 있을지 모르겠지만) 아프리카 초원에서 단단한 나뭇가지를 주워서 다이아몬드를 떨어뜨렸던 것처럼 챈드라퍼의 시골길 위로 떨어뜨렸다.

"차이가 있다면……." 하느님이 우리엘에게 말했다. "우리 친구 라무는 저 나뭇가지를 발견할 테고 죽는 날까지 그걸 지팡이로 쓸 거다."

우리엘은 자신 없는 눈빛으로 하느님을 쳐다보았다(아무리 대천사라도 그 이글거리는 얼굴을 똑바로 쳐다볼 수는 없었다). "주님, 저에게 교훈을 주신 겁니까?"

"글쎄." 하느님은 온화하게 대꾸했다. "그랬나?"

옮긴이 **이은선**

연세대학교에서 중어중문학을, 국제학대학원에서 동아시아학을 전공했다. 편집자, 저작권 담당자를 거쳐 전문 번역가로 활동중이다. 코넬 울리치의 『환상의 여인』과 『상복의 랑데부』, 애거서 크리스티의 『끝없는 밤』, 스티븐 킹의 『11/22/63』, 『악몽을 파는 가게』, 『미스터 메르세데스』, 마거릿 애트우드의 『그레이스』, 프레드릭 배크만의 『베어타운』 등을 비롯하여 다양한 소설을 번역하고 있다.

악몽과 몽상 2
NIGHTMARES & DREAMSCAPES

1판 1쇄 2019년 3월 25일
1판 3쇄 2021년 1월 4일

지은이 스티븐 킹
옮긴이 이은선
펴낸이 염현숙

책임편집 이송 ǀ **편집** 임지호 지혜림
표지디자인 이경란 ǀ **본문조판** 최미영
저작권 한문숙 김지영
마케팅 정민호 정진아 김혜연 김수현 ǀ **홍보** 김희숙 김상만 함유지 김현지 이소정 이미희
제작 강신은 김동욱 임현식 ǀ **제작처** 영신사

펴낸곳 (주)문학동네
출판등록 1993년 10월 22일 제406-2003-000045호
임프린트 엘릭시르

주소 10881 경기도 파주시 회동길 210
문의 031-955-1918(편집) 031-955-8896(마케팅) 031-955-8855(팩스)
전자우편 editor@elmys.co.kr ǀ **홈페이지** www.elmys.co.kr

엘릭시르는 출판그룹 문학동네의 임프린트입니다.